David Friedrich Strauss

# Kleine Schriften

David Friedrich Strauss

**Kleine Schriften**

ISBN/EAN: 9783337217112

Hergestellt in Europa, USA, Kanada, Australien, Japan

Cover: Foto ©Andreas Hilbeck / pixelio.de

Weitere Bücher finden Sie auf **www.hansebooks.com**

# ine Schriften

von

## David Friedrich Strauß.

———

Dritte Auflage.

Bonn,
Verlag von Emil Strauß.
1898.

# Inhalt.

—

------

### Darmstadt, 2. Februar 1866.

Gestern erfreute mich mein Schwiegersohn C. Heusler mit der Nachricht, daß seine Frau, meine liebe Tochter Georgine, früh nach 2 Uhr von einem Knäblein glücklich entbunden worden ist.

### 3. Februar.

Unter diesem guten Zeichen will ich dies Büchlein anfangen, und vor Allem dem lieben Kinde ein fröhliches Gedeihen zur Freude seiner Eltern und der meinigen aus treuem großväterlichem Herzen wünschen.

------

### 9. Februar.

Einem Großvater ziemt es, sein Haus zu bestellen. Was den Besitz betrifft, ist das meinige leicht bestellt, und bereits bestellt; dagegen finde ich mich heute aufgelegt, mein schriftstellerisches Inventar zu revidiren, auf meine mehr als dreißigjährige Autorlaufbahn einen Rückblick zu werfen.

Das Ergebniß einer derartigen Rückschau ist, ich darf es mir gestehen, auf einer Seite ein solches, das mich erfreuen, ja erheben kann. Ich habe mehr erreicht, als ich ursprünglich erwarten konnte; eine Wirksamkeit und Bedeutung als Schriftsteller gewonnen, wie ich sie nie gewagt hatte mir zu versprechen. Auch hat meine schriftstellerische Productivität diese 30 Jahre her immer so ziemlich nachgehalten; selbst wenn sie einmal erloschen schien, sich immer wiederhergestellt.

Aber erloschen schien sie wenigstens Einmal, gestockt hat sie

1*

mehrere Male, und dann sich in einer Art wieder hergestellt, die eher einem neuen Anfang als einer Fortsetzung glich. Ein stetiges Fortwachsen ist also doch zu vermissen; der Baum hat weder die Höhe erreicht, noch die vollendete Form erhalten, die ihm bestimmt schien, macht schließlich doch den Eindruck eines verkümmerten Gewächses.

Der erste Schuß war ein mächtiger. Mein altes Leben Jesu steht mir heute so fern und objectiv gegenüber, daß ich darüber wie über das Werk eines Andern sprechen kann. Ich bin mir so bestimmt bewußt, daß ich so etwas jetzt nicht mehr zu machen im Stande wäre, daß ich mich versucht fühlen könnte, es herabzusetzen. Lob' ich es, so lob' ich einen Andern, der ich heute nicht mehr bin. Aber das Buch lobt sich selbst. Es war, kann man sagen, ein inspirirtes Buch; d. h. der Verfasser hatte den mächtigsten Entwicklungstrieb der damaligen theologischen Wissenschaft in sich aufgenommen, und aus diesem Triebe ging das Buch hervor. Es fehlte viel — dazu war er auch noch viel zu jung, er war 26 Jahre alt, als er an die Arbeit zum Leben Jesu ging — viel fehlte, sage ich, daß er schon ein allseitig gelehrter Theologe gewesen wäre; aber bei dem jugendlichen Umblick in seiner Wissenschaft hatte er mit dem Instinkt der Menschen, die bestimmt sind, ihre Gattung um einen Schritt vorwärts zu bringen, sich gerade den Punkt gemerkt, auf den es damals ankam, diesen in sein Inneres aufgenommen, und ihm da Wärme und Nahrung gegeben, sich zum neuen wissenschaftlichen Lebenskeime zu befruchten.

Daraus allein erklärt sich auch die unaufhaltsame Schnelligkeit, mit der das Buch emporwuchs. Im Mai 1832 war ich, kaum von Berlin zurückgekehrt, wo ich, neben Hegel'schen Collegienheften auch zwei Schleiermacher'sche über das Leben Jesu studirt hatte, als Repetent nach Tübingen berufen worden, hatte hier alsbald philosophische Vorlesungen eröffnet, und diese durch drei Semester, bis zum Herbst 1833, fortgesetzt. Während dieser Zeit gaben mir, wie man denken kann, neben den Geschäften meines kleinen Amtes, die Vorlesungen so vollauf zu thun, daß an eigentliche Vorarbeiten zum Leben Jesu, das mir allerdings schon seit Berlin im Sinne lag, nicht zu denken war. Erst in den letzten Monaten des Jahres 1833 kam ich wirklich an jene Studien, deren erste Ergebnisse theils als umfangreiche Excerptenhefte noch in meinen Schränken, theils in einer Recension dreier Schriften über das Matthäusevangelium gedruckt vorliegen (eine noch vor dieser geschriebene Beurtheilung der beiden Leben Jesu von Paulus und Hase, mir von der Berliner Societät für wissenschaftliche Kritik als nicht schulgerecht zurückgegeben, hat sich, nachdem ich sie lange verloren geglaubt, neulich in der Handschrift wiedergefunden): und bereits nach einem Jahre, im Oktober 1834, war das ganze Buch, mit Ausnahme der Schlußabhandlung, im Drucke mehr als 1400 starke Octavseiten, fertig geschrieben. Der mit den beschränkten Mitteln einer damaligen Tübinger Officin betriebene Druck dauerte hernach gerade so lang, als das Schreiben des Buchs, und zwar einschließlich der Vorarbeiten, gedauert hatte.

Daß das Werk nicht blos überhaupt ein bedeutendes, sondern ein epochemachendes war, zeigte sich zunächst darin, daß es seinen Verfasser Amt und akademische Carriere kostete. Die schriftstellerische Pause, die ihm durch ein ihm provisorisch übertragenes Schulamt während des folgenden Jahres aufgenöthigt war, schadete nichts: es konnten mittlerweile die ersten Gegensätze sich entwickeln, die ersten Angriffe gemacht werden, gegen die sich der Verfasser zur Wehre zu setzen hatte. Um dies zu können, legte er im Herbst 1836 seine Stelle am Lyceum in Ludwigsburg nieder, und schrieb nun während des Winters in Stuttgart die drei Hefte seiner Streitschriften. Schon vorher war eine zweite Auflage des Leben Jesu nothwendig geworden, und bald wurde es eine dritte. Bereits in der zweiten war auf Einwendungen der Gegner, theils abwehrend, theils einräumend, Rücksicht genommen worden: in der dritten Auflage vom Jahre 1838 geschah dieß noch mehr.

Daß diese 3. Auflage des Leben Jesu eine Entstellung, ja geradezu eine Selbstvernichtung des Werkes war, ist keine Frage, und sie ist in diesem Sinne nicht nur von Gegnern, sondern auch von ehrgeizigen Fortsetzern, schonungslos ausgebeutet worden. Was bewies sie aber? Gar nichts gegen die wissenschaftlichen Grundsätze, von denen der Verfasser ausgegangen, noch gegen die wissenschaftlichen Ergebnisse, zu denen er gelangt war; nur gegen den Verfasser bewies sie allerdings etwas. Aber auch gegen diesen nicht, daß er bei Abfassung seines Buches leichtsinnig und übereilt zu Werke gegangen, sondern etwas ganz Anderes.

Ich habe meinen lieben, vortrefflichen Freund Zeller zwar um mancher Eigenschaften willen stets bewundert, die mir abgehen; ganz besonders aber um der Meisterschaft willen, die er bei Veranstaltung neuer Auflagen seiner Werke entwickelt, das schon ursprünglich gut Gewesene durch wiederholte Sorgfalt zum Besseren und Besten zu machen. Diese Gabe geht mir so sehr ab, daß ich, durch die Erfahrung mit den frühern Auflagen meines Leben Jesu geschreckt, als es sich vor drei Jahren wieder um eine solche handelte, das Buch lieber ganz neu geschrieben habe. Will ich ein vor Jahren geschriebenes Werk, über stylistische Nachhülfen und einzelne Berichtigungen oder Ergänzungen hinaus, verbessern, so werde ich es muthmaßlich allemal verderben. Wie kommt das? Ein gelehrter Denker hat ein Werk verfaßt, das er nun nach Verfluß mehrerer Jahre neu herausgeben soll. Gewiß hat er in der Zwischenzeit Manches zugelernt, über Manches reifer nachgedacht, und die Ergebnisse davon werden der neuen Bearbeitung seines Werks zu Gute kommen. Er setzt seinen Stoff aufs Neue dem unterdeß verstärkten Lichte seines Denkens aus, bereichert ihn mit den neugesammelten Früchten seines Fleißes, und so kann es nicht fehlen, daß nicht die neue Ausgabe zugleich eine wirklich verbesserte wird. Und ich? Hatte ich etwa von 1835 bis 38 über den Gegenstand meines Leben Jesu nicht wiederholt, ja fortwährend, nachgedacht? nicht, was neu darüber erschien, gelesen, frühere Lücken meiner Kenntnisse ausgefüllt? Woran fehlte es also, daß ich nach alledem das Buch durch die neue Bearbeitung nur aus den Fugen brachte? Daß die Wage in meinen Händen schwankte, der Kompaß irre geworden war? — Es war die Stimmung nicht mehr vorhanden, aus der heraus ich das Buch ursprünglich geschrieben hatte.

Stimmung? Wie? Ist denn die Wissenschaft von Stimmungen, von Launen abhängig? Oder ist der des Namens eines Gelehrten, eines wissenschaftlichen Mannes würdig, der auf seine Forschungen und deren Ergebnisse der wechselnden Stimmung einen Einfluß gestattet? Daß es der ächte, ganze Gelehrte, der rein wissenschaftliche Denker nicht thut, sehe ich an Zeller, den ich als das lebendige Musterbild eines solchen mit neidloser Bewunderung betrachte. Daraus folgt, daß ich ein solcher Gelehrter, ein solcher Denker nicht bin. Nun, für einen eigentlichen

Gelehrten habe ich mich auch nie gehalten; meine Gelehrsamkeit besteht nur darin, daß ich im Allgemeinen hinlänglich begründet und orientirt, und für das Einzelne geübt genug bin, um mir in dem wissenschaftlichen Gebiete, worin ich jedesmal etwas leisten möchte, rasch dasjenige Maß von Kenntnissen zu schaffen, das zu solcher Leistung erforderlich ist. Diese Kenntnisse und deren Erwerbung sind mir aber niemals Zweck, sondern nur Mittel; die Beisuhr des Materials, wenn mich auch Einzelnes, je nachdem der Gegenstand ist, interessirt und erfreut, wird mir doch immer einigermaßen sauer; der rechte Spaß geht für mich erst an, wenn es an die Verarbeitung, die Gestaltung des Stoffes geht. Da, wenn ich fühle, wie der Lehm in meinen Händen sich erweicht, wie er bereitwillig, ja gewissermaßen von selbst die Formen annimmt, die meine Finger ihm geben wollen, da fühle ich mich im Genusse meines Talents, und das ist auch gewiß mein eigenthümlichstes Talent.

Zunächst erscheint dieß als etwas blos Formelles, als das, was man Darstellungsgabe nennt, aber es ist mehr. Es handelt sich nicht blos um den Ausdruck, um einen blühenden, gefälligen Styl; einen solchen an und für sich zu erstreben, ist mir nie eingefallen: auch nicht blos um die Auffindung einer erschöpfenden und übersichtlichen Eintheilung, oder sonst etwas dieser Art. Sondern es ist ein Durchdringen des Gegenstandes in seinem Innern, ein Schmelzen und Flüssigmachen desselben in der erhöhten geistigen Temperatur, das ihn in den Stand setzt, sich in der ihm immanenten, in seinem Wesen liegenden Form zu crystallisiren. Eben diese erhöhte Temperatur aber, und durch sie den Silberblick des Gegenstandes, hervorzubringen, ist bei mir — daß ich so sage — die reine Vernunft nicht im Stande, sondern es gehört etwas aus dem Temperament, dem Blut, dazu, es ist Sache der Stimmung, der Phantasie, der Intuition. Nicht als ob solche Erhöhung der geistigen Thätigkeit damit zur Sache des Augenblicks, der vorübereilenden guten Stunde würde: sie kann anhalten, lange und stetig anhalten, und hat dieß bei mir die ganze Zeit über gethan, während der ich mit der ersten Ausarbeitung meines Leben Jesu beschäftigt war. Dann aber, wenn sie sich in einem Werke, gleichviel ob groß oder klein, ausgestaltet und verkörpert hat, hört sie als Stimmung auf, und ist nachher nicht wieder, wenigstens nicht in der Intensität, daß sie zur wirklichen Verbesserung des fertigen Werks hinreichte, hervorzurufen. Am wenigsten waren dazu die von allen Enden her auf mein Buch gerichteten Angriffe geeignet, denen ich in jener 3. Auflage gerecht werden wollte: nachdem sich mir die Intuition verdunkelt hatte, aus der es ursprünglich hervorgegangen war, mußten sie mich nothwendig verwirren, und die unter solchen Umständen unternommene Umgestaltung des Werks eine Verunstaltung werden. Zum Theil schon während des Drucks am 2. Bande wurde mir dieß klar; und als zwei Jahre später eine 4. Auflage nöthig wurde, bin ich meistens, doch immer noch nicht genug, zu den Lesarten der ersten zurückgekehrt.

---

## 10. Februar.

Wenn man sagen wird, die von mir im Vorigen eingestandene Art zu arbeiten, der Einfluß der Stimmung, das Schaffen aus einer Intuition heraus, dann die Freude am Formen und künstlerischen Ausgestalten des Stoffs, alles das sei nicht die Art, wie ein Gelehrter, ein Mann der strengen Wissenschaft zu Werke gehe, sondern so mache es ein Poet: so bin ichs nicht, der etwas dagegen einwendet. Und wenn man hinzusetzt, ein Poet sei ich nun aber doch auch nicht, und mich fragt, was ich denn also eigentlich und schließlich sei? so werde ich antworten: das ist es eben. So viel ist gewiß, wie ich 18 Jahre alt war, wenn ich damals das Zeug in mir gefunden hätte zu einem Dichter, so hätten Philosophie und Theologie vor mir gute Ruhe gehabt. Aber so klug war ich doch bald, durch die große Lust mich über die schwache Kraft nicht täuschen zu lassen, und so machte ich mich ernstlich an das wissenschaftliche Studium.

Indessen ich konnte es doch immer nur betreiben und so auch später darin productiv werden nach Maßgabe meiner besonderen Geistesart. Das Stück von einem Poeten, das in mir war, ließ sich nicht hinauswerfen, um so weniger, als es in der That die Grundlage bildete, worauf mein ganzer geistiger Organismus aufgebaut war. Es ist spaßhaft, aber ich kann diesen nicht anschaulicher machen, als wenn ich von meinem Namen ausgehe, der hier in der That ein omen ist. Das mir gleichnamige Thier ist ein Vogel, aber kann nicht fliegen; statt der Flügel hat es nur

Stummeln, aber diese beflügeln seinen Lauf. So kann ich nicht dichten; aber ich habe nichts, weder Großes noch Kleines, geschrieben, wobei mir der Poet in mir nicht zu Statten gekommen wäre. Gewiß war er mir ebenso auch hinderlich; ohne ihn wäre ich sicher ein größerer Gelehrter geworden: aber ein geringerer Schriftsteller geblieben, und so wollen wir uns eben nehmen wie wir sind.

Dieß ist freilich leichter gesagt, als gethan. Oft schon habe ich scherzweise gedacht, ich sei wohl im Grunde darum ein so treuer Anhänger von Preußen, weil, wollte man meine Geistesanlage zeichnen, eine Figur herauskommen würde, wie die Preußens auf der Karte. Ein Stück hier und ein Stück da, und in der Mitte kein rechter Zusammenhang. Das ist so wenig für den Einzelnen eine behagliche Begabung als es für einen Staat eine behagliche Gestaltung ist. Weder dem einen noch dem andern wird es dabei in seiner Haut recht wohl. Darum begreife ich den Annexionstrieb Preußens so gut: er würde mir auch nicht fehlen, wenn man Talente annectiren könnte.

Stellen wir uns eine vollständige und wohlabgerundete Dichternatur vor, so liegt auf der einen Seite der für die Wirklichkeit, die Gestalten und Veränderungen der Natur wie des Menschenlebens geöffnete Sinn, die Fähigkeit, diese in ihrer ganzen Mannichfaltigkeit und jede in ihrer Eigenthümlichkeit aufzufassen und festzuhalten. Daran grenzt das Gefühl, das die Eindrücke, äußere wie innere, in sich aufnimmt und verarbeitet sie, wie der Brennspiegel die Sonnenstrahlen concentrirt und potenzirt, und damit den Drang erzeugt, das volle Herz durch Mittheilung nach außen zu erleichtern. Zu diesem Behufe hat jedoch bei dem Dichter dieser Inhalt erst durch ein drittes Medium hindurchzugehen, die Phantasie nämlich, in welcher der schwere verdichtete Gefühlsinhalt aufquillt und zu idealen Formen sich gestaltet. Hier ist die Werkstätte der poetischen Erfindung: hier entstehen dem Dichter seine Personen, ihre Charaktere, Situationen und Conflicte, dem Maler (denn alles dieß gilt nicht nur vom Dichter im engern Sinn, sondern von jedem kunstschöpferischen Genius) seine Gestalten und Gruppen, dem Musiker seine Melodien und Accorde; welche sofort einem vierten Factor, der äußern Kunstfertigkeit in Sprache und Metrik, Zeichnung und Farben u. s. f. überantwortet, und von dieser erst vollends zur ganzen leibhaftigen Wirklichkeit gebracht werden.

### 11. Februar.

Vergleiche ich mit diesem Schema meine persönliche Begabung, so ist diese gleich am ersten Punkte, der sinnlichen Receptivität, höchst mangelhaft durch die Schwäche meines Gesichts, und die großentheils, wenn auch nicht einzig, dadurch bedingte Scheu vor der Gesellschaft. Hierdurch ist die Aufnahme von Stoffen für künstlerische Bearbeitung bereits sehr beschränkt: weder die Natur kann auf den so Beschaffenen in ihrer ganzen Stärke und Fülle wirken, noch wird ihm das Menschenleben in der Mannichfaltigkeit seiner Formen und Beziehungen vertraut werden. Besser steht es mit dem zweiten Punkte, dem Gefühl; ja in diesem Stücke bin ich mir bewußt, daß tieferer Gemüthseindrücke, innigerer Empfindung und Mitempfindung, kaum ein wirklicher Dichter fähig sein kann. Letzteres, die Gabe lebendiger Mitempfindung, ist mir besonders bei meinen biographischen Arbeiten zu Statten gekommen: den größten Theil der Anziehungskraft, die ihnen nachgerühmt worden, verdanken sie dem Umstand, daß keine Situation darin geschildert, kein Ereigniß erzählt ist, worein ich mich nicht lebendig versetzt, die ich nicht mit den Personen meiner Erzählung warm und innig durchempfunden hätte.

Wäre aus dem bisher beschriebenen Material zur Noth immer noch ein Poet, wenn auch mit beschränkter Sphäre und mehr subjectiver Richtung, zu machen gewesen, so scheitert diese Möglichkeit entschieden an der Art, wie es im dritten der oben verzeichneten Felder, dem der Phantasie, bei mir bestellt ist. Hier ist, was das schöpferische Vermögen betrifft, nahezu ein vacuum vorhanden: ich wäre nie im Stande gewesen, die kleinste wirkliche Novelle, das einfachste Drama zu erfinden. Die Phantasie wirkt bei mir höchstens als Gabe der Metapher, des Bildes, mithin nur accidentell oder decorativ: in dieser Art jedoch hat sie mir die bedeutendsten Dienste geleistet; einen großen Theil des Erfolgs meiner Schriften habe ich dieser Naturgabe zu danken; es ist der Schwingenschlag des Straußes, der, ohne ihn vom Boden zu heben, doch seinen Gang beflügelt. Und ein schmales Endchen wirklicher substanzieller Erfindungsgabe zeigt sich schließlich doch: es ist mir von jeher natürlich gewesen, bei lebhafter Erörterung, namentlich in Streitschriften, in die dialogische Form zu fallen, mithin Meinung und Gegenmeinung in verschiedenen Personen zu verkörpern. Doch hiervon in der Folge mehr, wenn erst noch von dem vierten und letzten Stück dichterischer Begabung, dem Talent der Form, der Fertigkeit der Fingerspitzen gleichsam, mit wenigen Worten wird geredet sein. Hier stünde es bei mir insofern wieder aufs Beste, als mir im prosaischen Ausdruck von jeher Alles leicht geworden ist, ich von Ringen, ja nur von besonderer Bemühung mit der Sprache nie etwas gewußt, für Alles, was ich ausdrücken wollte, stets von selbst das rechte Wort, für jede Art von Inhalt ungesucht die passende Form, den geeigneten Ton gefunden habe. Anders ist es mit dem Vers: da geht mein Empfinden weit über mein Vermögen hinaus; ich weiß sehr genau, wie ein wohlgebauter Vers, ein reiner Reim beschaffen sein muß, aber sie selbst zu machen, wird mir schwer, und bedarf daher eines sehr starken Anstoßes von der Seite des Gefühls, in Lust oder Schmerz, Liebe oder Haß, um die Schwierigkeiten überwinden zu helfen.

Mit solcher fragmentarischen Begabung war nun das Subjekt derselben zunächst übel daran. Das starke Gefühl in Verbindung mit der Leichtigkeit des Ausdrucks enthielt einen Reiz der Production, dem nicht wohl zu widerstehen war; aber so lange diese auf dem Gebiete der Dichtung gesucht wurde, konnte bei dem Mangel an der Hauptsache, der schöpferischen Phantasie, nichts Kluges herauskommen. Mittlerweile gings im Lernen fort — ich meine von der Zeit zwischen dem 16. und 20. Jahre — ich nahm in mich auf, was in Philologie, Geschichte, den Anfangsgründen der Philosophie geboten wurde: aber ein rechter Zug war nicht in der Sache, es fehlte an tieferem, das Innere ergreifendem Interesse, das auch die Philosophie, weder wie sie an der Universität gelehrt wurde, noch wie sie in den Kantischen Schriften, an die man uns zunächst verwies, zu Tage lag, mir einzuflößen im Stande war. Mein ganzes geistiges Wesen war damals noch in einen Nebel von Empfinden und — soweit mir dieß vergönnt war, — Phantasien eingehüllt; daß in mir auch starke Verstandesgaben lagen, entdeckte ich mit Ueberraschung erst später; und diese hätten doch entwickelt sein müssen, um der Kantischen Kritik etwas abgewinnen zu können. Auf den warmen Dunstball, den damals mein geistiges Wesen bildete, konnten einerseits nur die Dichter von Einfluß sein, die mir aber nichts helfen konnten; auf philosophischer Seite nur ein System, das sich vorzugsweise an das Gefühl und das Vermögen des bildlichen Denkens wendete. Eine solche Philosophie glaubte ich erst bei Jacobi zu finden, und fand sie dann bei Schelling, in dessen Schriften ich mich nun vertiefte, und mich von ihm auch in das ahnungsreiche Helldunkel der Jacob Böhme'schen Mystik, bald noch überdieß durch Justinus Kerner und Eschenmayer in den Irrgarten des Magnetismus und Somnambulismus, einführen ließ.

Die ästhetische Form der Monologen und Reden über die Religion lockten mich in den Bereich der Schleiermacher'schen Schriften hinüber. Zunächst schwelgten auch hier wie bei Schelling Gefühl und Bilderlust; aber unvermerkt, und stärker als bei Schelling, fand man sich bald zum Unterscheiden, zum Entgegensetzen, Trennen und Verbinden, kurz zum dialektischen Denken genöthigt, das sich an dem Studium der Hegel'schen Werke, die wir zunächst vornahmen, noch weiter entwickelte. Jetzt lernte ich ganz neue Kräfte in mir kennen; nachdem ich mich bis daher für einen Gefühlsmenschen gehalten, hielt ich mich jetzt zwar sowenig wie jemals für einen Verstandesmenschen, aber die Entwicklung fing damals in mir an, in deren Folge mich die Meisten seitdem für einen solchen gehalten haben und noch halten. Von da an erst kam der rechte Zug, ja eigentliche Leidenschaft in mein Studium; erst von dieser Zeit an habe ich wirklich gelernt, von jetzt an aber auch so reißend schnelle Fortschritte gemacht, daß ich über Altersgenossen, an denen ich all die Jahre her hinaufgesehen, in kürzester Frist hinauswuchs.

Was auf mein Talent diese belebende Kraft ausübte, war der Umstand, daß jetzt, sowenig ich auch damals noch ein klares Bewußtsein davon hatte, die klaffende Lücke in meiner Begabung ausgefüllt, für die schöpferische Phantasie ein Surrogat gefunden, mein bisher gespaltenes Wesen zur Einheit gebracht war. Dieses Surrogat bestand in der Gabe des dialektischen Denkens, die ich in mir entdeckt hatte. Eine Ueberzeugung, eine Einsicht, die mein Gemüth ergriffen hatte, konnte von diesem jetzt, in Ermangelung jener dichterischen Gabe, dem dialektischen Verstande überantwortet werden, der sie gleichfalls, wenn auch in anderer Weise als die Phantasie, doch nicht ohne Beihülfe des Stückchens von dieser Gabe, das mir zu Gebote stand, in sich aufquellen, wachsen, Aeste und Zweige treiben, sich formiren und organisiren ließ; bis sie

zuletzt, der sprachlichen Gestaltungsgabe überliefert, zur schrift=
lichen Fixirung gelangte. Dieß ist von den ersten schwachen Ver=
suchen, wie sie durch die academischen Uebungen veranlaßt wurden,
bis zu meinen größeren Werken und bis auf den heutigen Tag
die eigenthümliche Art meines geistigen Schaffens geblieben, durch
welche mir so viel Erfolg nach außen und so viel Befriedigung
nach innen zu Theil wurde, als bei einer so eigenthümlich be=
dingten Naturanlage möglich ist. Doch ich kehre dahin zurück,
von wo ich zu dieser Episode abgeschweift bin.

## 12. Februar.

Ein weiteres Product der Erschütterung durch die allseitigen
Angriffe auf meine Ansichten, nur wenig später als die Arbeit
an der dritten Auflage meines Leben Jesu, waren die Selbst=
gespräche über Vergängliches und Bleibendes im
Christenthum. Schon in dieser ihrer Form ist ihr Ursprung
aus subjectiven Gemüthskämpfen nicht zu verkennen; es zeigt sich
in ihnen das Bemühen, die Kluft, die ich durch mein Leben Jesu
zwischen mir und der mehr oder weniger gläubigen Menschheit
aufgerissen hatte, womöglich zu überbrücken, mittelst eines, wenn
auch noch so schmalen und schwankenden Stegs einen Zusammen=
hang zwischen beiden Seiten zu ermöglichen. Der Schreck, gleich=
sam mich so ganz allein zu sehen, war mir in die Glieder ge=
fahren; die krankhafte Gemüthsaufregung ist in dem fieberhaften
Pulsschlag jener Gespräche deutlich zu spüren. Eben dieses kranken
habitus wegen ist diese Schrift dem unterdeß genesenen und an
die Einsamkeit und die scharfe Luft der von ihm erklommenen
Höhe längst gewöhnten Verfasser nicht mehr angenehm; während
besonders weibliche Gemüther sich noch immer davon erbaut zeigen.
Das Beste, und was ich mir am Ende selbst auch gefallen lassen
kann, hat kürzlich eine theure Freundin mir darüber geschrieben,
nachdem sie die beiden in den Friedlichen Blättern vereinigten
Aufsätze wieder gelesen hatte: „Mich hat", schreibt sie, „nicht nur
der Theil über Kerner erfreut, sondern auch der zweite gerührt,
weil Sie, wenn Sie mir erlauben, es zu sagen, so vielen guten
Willen haben, und doch Ihre Ueberzeugung aus allen Formen
der Rücksicht hervorbricht."

### 13. Februar.

Bald darauf veranlaßte mich die durch einen Besuch Ruge's in Würtemberg geknüpfte Verbindung mit den Halle'schen Jahrbüchern zu der Arbeit über Schleiermacher und Daub; wie sie mich schon vorher zu der über Justinus Kerner veranlaßt hatte. Zugleich führten mich die um jene Zeit sich eröffnenden Aussichten auf eine Berufung nach Zürich zu dogmatischen und dogmengeschichtlichen Studien, die sich, ursprünglich als Vorbereitung auf eine dort zu haltende Vorlesung unternommen, nach Vereitelung jener Aussicht zu Vorarbeiten für ein Werk über christliche Glaubenslehre gestalteten. Mein dogmatischer Standpunkt hatte seit der Schlußabhandlung zum Leben Jesu, hauptsächlich durch Einwirkung der frühern Schriften Feuerbachs (sein Wesen des Christenthums erschien erst nach dem 1. Bande meiner Dogmatik, oder doch während dieser schon im Druck begriffen war), jene Modification erlitten, die ich in meinen „Halben und Ganzen" geschildert habe; ich hatte die Hegel'sche Identität des Inhalts zwischen Religion und Philosophie aufgegeben, ohne mich doch (wie auch heute noch nicht) dazu verstehen zu können, die Religion als solche nur wie eine nothwendige Schwachheit der menschlichen Natur zu betrachten. Indem nun aber vor Allem die in jener Zeit, besonders unter der Jugend, einflußreichen Halle'schen und bald Deutschen Jahrbücher sich leidenschaftlich in die Feuerbach'sche und Bruno Bauer'sche Richtung warfen, und mich ihrem Geschwindschritt gegenüber als einen Zurückgebliebenen darstellten; auch der geduldige historische Auflösungsproceß, wie er in meiner Dogmatik an dem kirchlichen Dogma durchgeführt war, der radicalen Methode von Feuerbachs Wesen des Christenthums gegenüber den ungestümen Geistern jener Jahre nicht behagte: so machte meine Dogmatik wenig Glück, und die Auflage von 3000 Exemplaren hat sich nur langsam vergriffen. Das Buch, woraus man gleichwohl viel lernen kann, wäre einer ähnlichen Umarbeitung, wie die, der ich vor drei Jahren das Leben Jesu unterzogen habe, gar wohl werth, und ich hatte auch eine Zeitlang eine solche im Sinne: aber bei dem elenden Zustand meiner Augen kann ich an die Vorstudien, wie sie dazu nöthig wären, leider nicht mehr denken.

Ueber die äußern Umstände der Abfassung des Buchs sei

noch dieß bemerkt. Das Leben Jesu hatte ich, beide Bände in Einem Zuge, bis auf die Schlußabhandlung fertig geschrieben, ehe ich mit dem Druck anfangen ließ: von der Dogmatik schrieb ich den ersten Band im Winter 1839—40, der dann während des Sommers gedruckt wurde; den zweiten ebenso im Winter 1840—41, beides im Gartenhause des Stadtraths Ritter in Stuttgart, wo ich ein paar der ruhig glücklichsten Jahre meines Lebens zugebracht habe.

Für die Abfassung meiner Dogmatik hatte das theologische Interesse, welches von meinem Universitätsstudium, meiner Wirksamkeit erst im praktischen Kirchendienst, dann am theologischen Stift in Tübingen her in mir lebte, und überdieß durch die Aussicht auf eine Thätigkeit als öffentlicher Lehrer der Theologie in Zürich neue Nahrung bekommen hatte, noch vorgehalten: jetzt, da das Werk fertig, diese, und wie ich bald erkannte, jede ähnliche Aussicht verschwunden war, und ich mich auf die Existenz eines Privatgelehrten verwiesen sah, fing das theologische Interesse nachzulassen an. Das ästhetische, das in mir auch neben dem vorherrschenden theologischen doch nie erstickt war, das musicalische, soweit es bei meiner technischen Unkenntniß vorhanden sein konnte, genährt durch musicalische Freunde, trat hervor; ich unternahm, halb im Scherz halb im Ernst, für einen dieser Freunde, der, obwohl nur musicalischer Dilettant, sich durch vortreffliche Liedercompositionen bekannt gemacht hat, meinen leider verstorbenen Kauffmann, nach Tiecks Novelle: das Zauberschloß, einen Operntext zu schreiben, der auch fertig geworden, und mir zu besserer Einsicht in das Wesen der Oper sehr förderlich gewesen ist, während Kauffmann, der im Ernst nie daran dachte, sich an eine Operncomposition zu wagen, nur eine Romanze daraus, aber diese allerliebst, componirt hat. Schwerlich wäre doch auch der Text zur Grundlage einer aufführbaren Oper tauglich gewesen.

Will man solches Allotriatreiben als Schuld ansehen: wohlan, die Straße war schon vor der Thür, und bei Gott! eine solche Straße, als wollte der Lehrer dem Allotria treibenden Schüler Arm und Beine entzweischlagen. Ich rede von meiner Heirath, oder ich rede vielmehr nicht von ihr, sondern nur von den Wirkungen, die sie auf meine Schriftstellerei gehabt hat. Sie brachte diese zum vollkommenen Stillstand. Während der vierjährigen Dauer meiner Ehe habe ich nichts, kein Buch, keine Abhandlung, keinen Aufsatz geschrieben. Von den furchtbarsten Fragen der eignen Existenz bedrängt, wie ich jene ganze Zeit über war, lagen mir die wissenschaftlichen Fragen fern; so fern, wie dem Schiffbrüchigen, dem das Wasser bis ans Kinn geht, die Sorge für die Bewirthschaftung seiner Güter am Lande.

Nachdem ich dem Joch, das sich nicht ganz zerbrechen ließ, mich wenigstens so weit entzogen hatte, daß ich wieder allein für mich leben konnte, lebte alsbald auch der schriftstellerische Trieb in mir wieder auf. Die kleine Arbeit über den kurz vorher verstorbenen Ludwig Bauer, später dem ersten Bändchen meiner Kleinen Schriften einverleibt, ist mir als erstes Lebenszeichen nach meiner Befreiung immer werth geblieben. Ein gar gutes Werk that um jene Zeit mein Freund Vischer an mir, indem er mir die mehr als hundert Schubartsbriefe abtrat, die er von der Besitzerin für einen Preis, den nun ich dieser erlegte, erworben hatte. Weder Schubarts Wesen noch sein Schicksal hatten Verwandtschaft mit dem meinigen; aber der Umstand, daß seine Gedichte bei meinen Eltern Hausbuch gewesen, und mir als Knaben auch mündlich viel von ihm erzählt worden war, setzte mich zu ihm in ein gemüthliches Verhältniß; und in die Stürme und Bedrängnisse seines Lebens sich hineinzuempfinden, that dem gleichfalls Bedrängten und Schiffbrüchigen wohl. Die Arbeit an diesen Briefen, zu denen es mir nach und nach glückte, mehr als noch einmal so viele wenigstens zur Benutzung dazu zu bekommen, hat mir über eine der schlimmsten Zeiten meines Lebens, das Jahr 1847, das in höchst peinlichen Bemühungen, das Trennungsverhältniß zu reguliren, hinging, hinübergeholfen.

Einer Versäumniß habe ich mich dabei anzuklagen, die beweist, wie wenig ich zu dergleichen Urkundenarbeiten damals noch geübt war. Ich unterließ es, die Herkunft der einzelnen Stücke anzugeben, und kann dies leider auch hier nur sehr unvollkommen nachholen, da ich den größeren Theil der Originalien nicht mehr zur Hand habe. Die von Vischer und an seiner Stelle dann von mir erworbenen und noch in meinem Besitz befindlichen etwa 110 Stücke stammen aus der Familie des Dichters Fr. Haug, dessen Vater, Balthasar Haug, erst Landpfarrer, dann Professor

in Ludwigsburg und später in Stuttgart, Schubarts Freund ge=
wesen war. Nur die wenigsten sind an ihn selbst gerichtet, die
meisten an Schubarts Frau; und da diese in Stuttgart in dürf=
tigen Umständen gestorben ist, so ist anzunehmen, daß sie für
allerlei Gutes, das ihr die Haug'sche Familie erwiesen haben
mag, dieser die Briefe ihres Mannes hinterlassen hat. 87 Stück
Briefe von Schubart, größtentheils an seinen Schwager Böckh
gerichtet, wurden mir von Schubarts Schwestersohn, dem penj.
Oberamtmann Hoyer in Ludwigsburg, zur Benutzung mitgetheilt;
leider waren sie nach seinem vor wenigen Jahren erfolgten Tode,
wo ich sie käuflich erwerben wollte, verschwunden; einige mir
früher nicht mitgetheilte fanden sich damals noch, von denen ich
in der meinen Kleinen Schriften einverleibten „Nachlese" Rechen=
schaft und Proben gegeben habe. Dazu kamen von verschie=
denen Seiten, zum Theil durch Freund Künzel, den Autographen=
sammler, vermittelt, einzelne oder mehrere Briefe von Schubart,
die mir meistens im Original, einige wenige auch in Abschriften,
an deren Authentie jedoch zu zweifeln keine Ursache war, zuge=
schickt wurden. Wo schon gedruckte Briefe gegeben sind, habe ich
jedesmal angemerkt, woher sie genommen.

Während ich noch an diesen Briefen sammelte, hatte ich den
glücklichen Einfall, der meinem „Romantiker auf dem Throne
der Cäsaren" zum Grunde liegt. Wenige Menschen waren mir so
von Grund meiner Seele unsympathisch, wie Friedrich Wilhelm IV.
von Preußen; dagegen war mir der abtrünnige Julian von jeher
interessant, ja in seiner Art lieb gewesen und durch den Mittel=
begriff der Romantik schossen mir jetzt beide für einen Augenblick
zu einem seltsamen Doppelbilde zusammen. Erst war die Arbeit
für des mir befreundeten Schwegler's Jahrbücher der Gegenwart
bestimmt; mein theurer Märklin, nachdem er sie gelesen, war es,
der mir zuredete, dieselbe als besondere kleine Schrift erscheinen
zu lassen, wofür ich alle Ursache hatte, ihm dankbar zu sein. Es
ist mir viel Beifall für die Schrift geworden; die Tadler, die ihr
auch nicht fehlten, übersahen, daß eine politische Parodie keine
historische Monographie ist. Am meisten Freude hat mir das
Urtheil einer englischen Zeitschrift gemacht, die ungefähr sagte,
mein Schriftchen sei zwar weder geistreich noch witzig, aber das

Schlagende der von mir beigebrachten historischen Parallelen wirke wie Geist und Witz.

Es kam nun das Jahr 1848 mit seiner Bewegung, und damit sah sich meine Schriftstellerei, die so eben wieder anzuwachsen und frisch zu treiben begonnen hatte, von Neuem entwurzelt. Aber auch abgesehen davon war eine Bewegung, die sich bald als Revolution anließ, meiner Natur nicht sympathisch. Zumal da ich überhaupt an politischen Fragen bis dahin wenig oder gar keinen Antheil genommen hatte. Bis in den Anfang der 40er Jahre hinein war ich durch die wissenschaftlichen Probleme, deren Lösung mich beschäftigte, vollauf in Anspruch genommen, und meine Erholung suchte ich auf dem ästhetischen Gebiete; von 1842 bis hart an das Jahr 1848 hin war ich in meiner Ehe als ein Todter zu betrachten. So war mir das politische Treiben, dem jetzt nicht weiter zu entgehen war, zunächst ein unbehagliches Element, und ich betrachtete es als selbstverständlich, daß ich wenigstens keine thätige Rolle in demselben übernehmen dürfe. Allein das Schicksal fing mich durch einen Köder, der gerade für mich unwiderstehlich war. Meine Ludwigsburger Landsleute, mit denen ich nie besondern Verkehr gehabt, erinnerten sich jetzt meiner als eines Mannes, der zum Abgeordneten in das Frankfurter Parlament geeignet sein möchte, und schickten drei befreundete Männer zu mir nach Heilbronn, wo ich damals noch wohnte, mich zum Auftreten in einer Wählerversammlung einzuladen. Solchem Vertrauen der Geburtsstadt in die Länge Widerstand zu leisten, war, mit dem guten sel. Stadtpfarrer Eichner zu reden, „für meine Gemüthlichkeit zu schwer, und für mein Herz vollends unmöglich". Also ich kam, und hielt sofort im Zeitraum von 10 Tagen an verschiedenen Orten des Ludwigsburger Bezirks jene Candidaturreden, die ich nachher unter dem Titel: „6 theologisch-politische Volksreden", herauszugeben mich bewogen fand. Als Zeichen der, auch physischen, Aufregung, wie sie damals gleichsam in der Atmosphäre lag, erwähne ich Folgendes: Meine früheren und späteren Arbeiten sind sämmtlich am Tag oder Abend geschrieben: jene Reden auszuarbeiten, weckte mich der Drang früh 3 oder 4 Uhr, wo sie bei Licht niedergeschrieben wurden und bei Tagesanbruch fertig waren. Ich schrieb sie, da meine Eltern schon seit Jahren todt waren, der Mehrzahl nach im Hause meines Oheims, des Kaufmanns Ruoff, der mir damals wie immer treue verwandtschaftliche Zuneigung bewies, meiner Erfolge wie ein Vater sich freute, dafür aber auch, nach dem Umschlag der Volksstimmung zu meinen Ungunsten, sich mancher Unbill ausgesetzt sah. Zwar auch jetzt schon war mein Erfolg auf diesem Felde kein nachhaltiger. Die städtischen Wähler hatte ich wohl in überwiegender Mehrheit für mich; aber die ländliche Bevölkerung war durch die Geistlichkeit gegen mich aufgehetzt, und so fiel ich schließlich bei der Parlamentswahl durch. Nun waren aber außerdem auch noch Wahlen für die Würtembergische Ständekammer ausgeschrieben, und da hatten meine Ludwigsburger nach den Bauern nicht mehr zu fragen, denn die „gute Stadt" Ludwigsburg wählte einen Abgeordneten für sich. Der sollte nun ich sein, diese Schadloshaltung wollten sie mir aus gutem Herzen geben, und da war wieder schwer, Nein zu sagen. Ich wurde also einstimmig gewählt, und der Tag der Entscheidung als ein Fest der ganzen Stadt begangen. Es war, denke ich, im Mai; die Stände aber hatten erst im September zusammenzutreten.

Um diese Zeit löste ich, da ich meine zwei Kinder ihres zarten Alters wegen vorerst der Mutter hatte überlassen müssen, mein Hauswesen in Heilbronn vollends auf, und da mich in Würtemberg auch der Bürgerwehrdienst genirte, der damals jedem ohne Unterschied des Lebensberufs und beinahe auch des Alters angesonnen wurde, ging ich nach München, wo ich mir in der Anschauung der von mir noch nie gesehenen Schätze der Kunst und in harmlosem Lebensgenuß Erholung von dem häuslichen Elend der vergangenen Jahre wie von der politischen Aufregung der letzten Wochen versprach. Ich täuschte mich nicht in meiner Hoffnung, und verlebte theils in München selbst, theils auf kleinen Reisen ins bairische Gebirge und Salzburg ein paar so vergnügte Monate, daß mir der Zeitpunkt, der mich in die Ständekammer nach Stuttgart rief, viel zu frühe kam.

Auch gestalteten sich in der Kammer selbst die Verhältnisse gleich von Anfang in einer Art, die für mich nicht anziehend sein konnte. Eine radicale Mehrheit überwog, die mich ebensosehr durch die Rohheit ihres Auftretens abstieß, als mir die Reinheit ihrer Absichten zweifelhaft war. Ich sah nur Zerstörungslust aber wenig Bauverstand; ich konnte mir von aufgeregten Massen unter ehrgeizigen Führern, bei denen ich ebensowenig politische Einsicht als politische Tugend zu entdecken wußte, kein Heil für das Allgemeine versprechen. Meiner ganzen Natur, meiner besten Ueberzeugung nach mußte ich also hier gegen den Strom schwimmen, und zwar gegen einen sehr reißenden wilden Strom. Das wäre schon gut gewesen, wenn ich nur die Floßen gehabt hätte, mich gegen den Strom zu halten. Allein, was ich längst wußte, bekam ich hier peinlich zu erfahren: daß ich kein Redner sei. Von Natur sind wir Schwaben dieß durchschnittlich überhaupt nicht; ob ich durch Uebung es hätte werden können, steht dahin; aber diese Uebung hatte mir gefehlt. Meine kurzgefaßten Predigten als Vicar und Repetent hatte ich aufgeschrieben und dann auswendig gelernt; die Vorlesungen, die ich in Tübingen hielt, wie damals an der Würtembergischen Universität alle Welt, abgelesen; der katechetische Unterricht, den ich nacheinander in Religionslehre, alten Sprachen, Philosophie und Theologie zu ertheilen hatte, war doch noch lange kein zusammenhängender freier Vortrag gewesen. Wäre ich auf dem Katheder geblieben, hätte auf demselben die Zeiten erlebt, da auch in Süddeutschland die Forderung eines freien Vortrags immer unabweisbarer an den academischen Lehrer herantrat: gewiß würde auch ich gesucht haben, derselben gerecht zu werden; ob mit Glück, weiß ich freilich nicht. Aber im Herbst 1848 waren es ja bereits 15 Jahre, daß ich vom Katheder entfernt war, und ich hatte das 40. Lebensjahr hinter mir. Da hätte jedenfalls eine längere parlamentarische Uebung dazu gehört, um aus mir so spät noch einen Redner zu machen. Für jetzt hielt ich's in der Kammer wie einst auf der Kanzel: wollt' ich über einen Gegenstand sprechen, so schrieb und memorirte ich die Rede, die ich dann in der Sitzung hielt. Daß man damit in parlamentarischen Verhandlungen nicht weit kommt, liegt auf der Hand. Die Fähigkeit, auf das, was in der Debatte vorkommt, unmittelbar und aus dem Stegreife zu antworten, und zwar nicht blos in einzelnen epigrammatischen Bemerkungen — denn diese fehlten mir nicht —, sondern in zusammenhängender Ausführung, ist unerläßlich. Daß sie mir fehlte, setzte mich gegen die seichtesten Gesellen, denen aber diese Gabe zu Gebote stand, in Nachtheil und machte meine Situation in die Länge unerträglich.

Eins kam noch hinzu, woraus ich ganz besonders erkennen mußte, daß ich in dieser Art von Wirksamkeit nicht auf meinem Felde sei. Hatte ich einmal einer Vorversammlung beigewohnt, wo man sich über den Gegenstand der nächsten Sitzung und wie er behandelt werden sollte, besprach: so wußte ich sicher über denselben in der Sitzung nichts zu sagen; wozu ich nur dann mich aufgelegt und befähigt fühlte, wenn ich den Gegenstand vorher ganz allein für mich überdacht hatte. Das war ja nun offenbar der Schriftsteller, der Poet, wenn man will, den zum Parlamentsmann umzubilden es doch wohl zu spät war.

Bei diesem Widerstreit gegen die Strömung in der Kammer, und dem Unbehagen, das meine mangelhafte Ausrüstung zu solchem Kampfe in mir erzeugen mußte, konnte der Anlaß nicht ausbleiben, der mich bewog, aus dem Kahn zu springen. Der Gang der öffentlichen Dinge führte denselben in folgender Gestalt herbei. Robert Blum war in Wien standrechtlich erschossen worden; mit der Entrüstung über die Gewaltthat ging die Begeisterung für den Märtyrer durch Deutschland; auch in der Würtembergischen Kammer sollte über die Sache verhandelt, sollte eine Todtenfeier für Robert Blum beantragt werden. Nichts regt so sehr meine innerste Natur zum Widerspruch auf, als ein grundloser, unverständiger Enthusiasmus. Ein solcher aber schien mir hier zu walten. Ich habe Blum nie für mehr halten können, als für einen, wenn man will wohlmeinenden, aber gewöhnlichen Wühler, ohne alle tiefere politische Einsicht. Und dem österreichischen Gouvernement, das die Befugnisse, die das Frankfurter Parlament in Anspruch nahm, nie anerkannt hatte, konnte ich es nicht so sehr verargen, daß es mit dem hergelaufenen Aufruhrprediger kurzen Prozeß machte. Seine Hinrichtung tadelte ich wohl, aber mit der Wendung, daß sie mehr als ein Verbrechen, nämlich ein Fehler sei, sofern sie aus Blum einen Märtyrer, mithin erst recht eine Standarte der Revolution gemacht habe. Dieser kalte Wasserguß auf die erhitzten Köpfe ergab nun freilich viel Zischen und Dampf, nicht blos in der Kammer, sondern auch außerhalb derselben. Selbst meinen Ludwigsburger Wählern war das zuviel. Sie waren im Verlauf des Jahrs roth und immer röther geworden; in mir glaubten sie einen Mann des kühnsten Fortschritts gewählt zu haben: und nun sprach ich gegen

Robert Blum. Eine Adresse wurde aufgesetzt, die mir das Mißfallen meiner Wähler, ihre getäuschte Erwartung, ausdrücken sollte. Sie bedeckte sich mit Unterschriften und wurde mir übersandt. Eine Unterschrift fand ich, die mich rührte: ein alter Flaschnermeister, bei dem ich als Knabe Leuchterchen und Laternchen, manche kleine Spielwaaren, gekauft, und ihm wieder zur Reparatur gebracht hatte, stand auch unterzeichnet mit den Worten: „Mit Bedauern, Stoll". Ueberdrüssig, wie ich längst der ganzen Sache war, wollte ich auf diese Meinungsäußerung meiner Wähler hin mein Mandat sofort niederlegen: die Gründe verständiger Freunde hielten mich damals noch zurück. In der Kammer saß mit mir der Professor der katholischen Theologie, Dr. Kuhn von Tübingen, ein hagerer, schneidiger Mann, von einem Gepräge, dem ich es zutraute, daß er als Bischof vor 400 Jahren einen Ketzer wie mich hätte verbrennen lassen. Auch jetzt gingen seine politischen Meinungen ohne Zweifel weit mehr nach rechts als die meinigen; aber er stand doch nach beiden Seiten hin selbstständig da, und bewies besonders dem Majoritäts- und Zeitungsgeschrei gegenüber eine Charakterstärke, die mich mit Hochachtung erfüllte und ihm näher brachte. Er war es hauptsächlich, der mir vorstellte, daß der Rücktritt auf eine Mißfallensäußerung der Wähler hin ein übler Vorgang wäre, der, wenn er Nachahmung fände, zu völliger Abhängigkeit der Abgeordneten von den Wählern und beziehungsweise den Massen führen müßte. Das leuchtete mir ein, und so blieb ich noch, wenn auch ungern und nicht auf lange. Kurz vor Weihnachten entlockte mir eine, wie mir schien, absichtliche und unlautere Weglassung in dem Vortrag eines Mitgliedes der äußersten Linken — ich meine, daß er in seinem Vortrag einen wichtigen Punkt tendenziös überging, — in der Erwiederung den Ausdruck: „wegescamotiren", und darüber wurde ich auf Anbringen der Partei von dem Präsidenten zur Ordnung gerufen. Diesen Ordnungsruf ließ ich mir nicht gefallen und erklärte noch desselben Tages schriftlich meinen Austritt aus der Kammer, indem ich der mir widrigen Partei, von der manche Hauptlärmschläger ihre Diäten immer schon vor der Verfallzeit einzuziehen pflegten, auch noch dadurch meine Verachtung bezeigte, daß ich auf sämmtliche mir für die Zeit meiner Kammerthätigkeit zustehenden Diäten verzichtete.

## 16. Februar.

Da ich so eben meiner Berührung mit dem katholischen Professor Erwähnung gethan habe, so sei hier mit einem Worte auch einer ähnlichen mit meinem alten Widersacher Wolfgang Menzel gedacht. Es stellte sich bald heraus, daß wir in der Kammer in verschiedenen Hauptfragen einverstanden waren, wir traten derselben Fraction bei, in deren geselligen wie geschäftlichen Zusammenkünften wir uns begegneten. Nach einigem anfänglichen Stutzen wichen wir uns bald nicht mehr aus, und ich muß dem Manne nachsagen, daß, wie unangenehm mir auch in der Kammerdebatte sein griffiger, giftiger Ton war, er doch in jenen Fractionszusammenkünften sich ganz gut benahm, mir sogar mit einer Art von Courtoisie entgegenkam. Auch mit dem jetzt verstorbenen König Wilhelm ergab sich damals eine Berührung. Schon wie ich als Mitglied der Adreßdeputation zu Anfang des Landtags ihm vorgestellt wurde, hatte er mir gedankt für den guten Einfluß, den ich auf meine Anhänger in Ludwigsburg ausgeübt (diese hatten nämlich, als ich in der Parlamentswahl durchgefallen war, den Häuptern der Pietistenpartei die Fenster einwerfen wollen, und ich sie davon in der letzten jener „Volksreden" abgemahnt). Wie er nun von meinem Auftreten gegen die radicalen Tendenzen hörte, sagte er zu seinem Hofarzt Hardegg, meinem Schul=Freunde, über mich: „Daß er courage hat, hab' ich immer geglaubt, sonst hätt' er nicht mit den Theologen angebunden". Später, als das Märzministerium, in seiner liberalen Mittelstellung gedrängt, an die Gründung einer Regierungszeitung dachte, ließ mir der König durch den Minister Römer die Redaction derselben anbieten, die ich natürlich ohne Weiteres ablehnte.

Ich athmete mit jeder Station freier, als ich am Dreikönigstag 1849 von Neuem München zufuhr.

Hier fing ich jetzt an, die Betrachtung der dortigen Kunstwerke etwas methodischer zu betreiben, die Anschauung mit kunsthistorischen Studien zu verbinden. Insbesondere in der Glyptothek, dieser verdienstlichsten Schöpfung des Königs Ludwig, suchte ich mich immer mehr heimisch zu machen. Meine Glyptothekepigramme, die ich ohne meinen Namen im Morgenblatt abdrucken ließ, sprechen die gehobene Stimmung aus, in welche die wiederholte Anschauung jener unschätzbaren Kunstwerke mich versetzte. Auch was von Musik in München geboten wurde, suchte ich jetzt und später eifrig auf, und strebte so weit in diese Kunst einzudringen, als dieß der von mir schmerzlich empfundene Mangel technischer Kenntnisse gestatten wollte. Was ich bei den vornehmsten von mir angehörten Werken dieser Kunst empfunden und gedacht, faßte ich gegen das Ende meines Münchner Aufenthalts in die „Musikalischen Sonette" zusammen, die ich meinem Freunde Kauffmann, der mich zuerst in diese Kunst eingeführt hatte, jedoch nur handschriftlich, widmete.

Zu schriftstellerischer Thätigkeit empfand ich zunächst keinen Trieb. Den politischen Thaten gegenüber, die freilich vorerst auch nur Worte blieben, war das geschriebene Wort, soweit es nicht eben jene Thaten betraf, ganz besonders also das wissenschaftliche, beinahe zur Werthlosigkeit heruntergesunken. Und was mich betrifft, so war ich in der Wissenschaft gewissermaßen heimathlos, d. h. sachlos, geworden. Das theologische Interesse in mir war erloschen, ja ich empfand gegen Alles, was Theologie hieß, einen Widerwillen. Davon waren meine eigenen früheren Schriften nicht ausgenommen. Wer mich als den Verfasser des Lebens Jesu begrüßte, fand sicher einen frostigen Empfang. In allen andern Fächern aber war ich lediglich Dilettant. Die Einladung der Brockhaus'schen Verlagshandlung zur Mitarbeit an der „Gegenwart", die sie damals zur Ergänzung des Conversationslexicons in Angriff nahm, und das Zureden meines betriebsamen Freundes, des Prof. C. F. Neumann, in dessen Familie ich gern und viel verkehrte, bewogen mich, die beiden Artikel: A. W. S ch l e g e l und C. J m m e r m a n n, für jenes Sammelwerk zu übernehmen. Da ich von Schlegel bei Weitem nicht Alles, von Immermann außer dem Münchhausen nichts gelesen hatte, so waren die sämmtlichen Werke beider Schriftsteller erst zu studiren. Das Studium machte mir bei dem erstern mehr Freude als bei dem letztern; die Arbeiten über beide sind jetzt meinen Kleinen Schriften einverleibt.


### 17. Februar.

Der Druck der Schubartsbriefe mit meinen Einleitungen hatte zwar schon vor mehr als Jahresfrist begonnen; die Unruhe der Zeit jedoch führte solche Verzögerung herbei, daß die Sammlung erst im Sommer 1849, zur ungünstigsten Zeit, erscheinen konnte. Da nun der Verleger überdieß den unklugen Einfall hatte, für die zwei Bändchen den Preis auf mehr als 5 Thaler festzusetzen, so blieb ihm der größte Theil der Auflage liegen und konnte auch durch spätere Herabsetzung des Preises nicht mehr flott gemacht werden.

Im Herbste jenes Jahres, während ich Tag für Tag meinen Freund Märklin zum Besuch erwartete, lief statt seiner die Nachricht von seinem Tode ein. Der Verlust dieses Mannes, der erst Genosse meiner Jugend und meiner Studien, dann Theilnehmer meiner theologischen Kämpfe, endlich während der Jahre meines Aufenthalts in Heilbronn mein täglicher liebster Umgang gewesen war, ergriff mich tief, und alsbald war der Entschluß gefaßt, den edlen Freund zum Gegenstand einer biographischen Darstellung zu machen. An Quellen konnte es mir nicht fehlen, da ich mit dem Verstorbenen vom 14. bis zum 25. und dann später noch einmal 4 Jahre lang fast ununterbrochen zusammengelebt, in den Zwischenzeiten mit ihm in lebhaftem Briefwechsel gestanden hatte, außerdem durch die Briefe, welche andere Freunde von ihm besaßen, und die Erinnerungen der Familie unterstützt war. Im Laufe des Winters kam die Arbeit um so leichter zu Stande, je mehr hier das Herz mitarbeitete; um so empfindlicher war mir aber auch, daß erst die Familie Aengstlichkeit bei der Sache zeigte, dann sich nur mühsam ein Verleger finden ließ. Die Schrift: „Christian Märklin" erschien erst gegen das Ende des Jahres 1850, und machte kein Glück. Daß das schonungslose Gemälde, das ich darin von dem Treiben einer hirnlosen Demokratie am Wohnorte des Verstorbenen entworfen, den Haß der Partei, die mir noch von meinem Auftreten in der Würtembergischen Ständekammer her grollte, von Neuem anfachte, und dieser Haß sich nun auch in journalistischen Angriffen auf jene Schrift ergoß, war natürlich; aber auch die Schilderung des wissenschaftlichen Stilllebens und der theologischen Kämpfe, die den Hauptinhalt der Biographie ausmachte, fand in einer Zeit, die immer noch von den nicht gethanen Thaten der kaum verflossenen Jahre her schwindelte, keinen Anklang. Ein Literat, mit dem ich in München freundschaftlichen Umgang gehabt, dem ich das Büchlein selbst geschenkt hatte, schrieb eine Recension darüber, deren Inhalt ungefähr war: Die Beschreibung, die hier ein Würtembergischer Magister von dem Leben eines andern Würtembergischen Magisters gebe, habe für solche, die nicht Würtembergische Magister seien, viel Ergetzliches. Daß mir der Verf. diese Recension im Manuscript zur Begutachtung zuschickte, und auf meine Aeußerung, ich müsse sie als Verhöhnung meines Buchs ansehen, sie gleichwohl drucken ließ, war ächt Münchnerisch. Ueber die Fragen, mit denen die Tübinger Magister sich abgequält, war man in München beim Bierglas längst hinaus, und rohen Hohn für Humor auszugeben, hatten die Literaten eines gewissen Kreises von ihrem Meister Fallmerayer gelernt.

Auf mich konnten diese Mißerfolge nicht ohne ungünstige Wirkung bleiben. Vor so rauher Temperatur, von der er seine ersten Schößlinge empfangen sah, zog sich der in mir neu erwachte schriftstellerische Trieb empfindlich zurück. Ich bekam den Eindruck, meine Zeit als Autor sei um, und da ich die Schriftstellerei zu meiner Subsistenz nicht eben nöthig hatte, so ließ ich von da an über zwei Jahre lang die Feder ruhen. Man wollte mich nicht mehr lesen: gut; so wollte ich auch nicht mehr schreiben.

Um dieselbe Zeit sah ich mich überdieß durch eine Veränderung des Wohnorts und der ganzen Lebensweise von literarischen Bestrebungen abgezogen. Im Herbst 1851 war mir mein nunmehr 6jähriger Sohn von der Mutter herauszugeben, und sie fügte freiwillig auch die Tochter hinzu.

Da ich also die Kinder bekommen sollte, engagirte ich eine Haushälterin, und da mir Stuttgart durch die Mutter gesperrt blieb, München aber kein geeigneter Ort für die Ausbildung der Kinder schien, zog ich versuchsweise nach Weimar. Dahin zog mich mein alter Freund Schöll, dessen seit den Universitätsjahren unterbrochene Bekanntschaft ich im Sommer 1849, bei einem Besuch in Weimar, erneuert hatte. Allein gleich Anfangs verstimmte mich hier eine schlechte, verwahrloste Wohnung; die Lebensart, doch schon halb norddeutsch, sagte mir wenig zu; das Kleinliche der Verhältnisse beengte mich; es war bald entschieden, daß hier meines Bleibens nicht sein könne.

Wohin? Kerl! rief ich mir mit Schubart zu; und ich wußte vorerst keine andere Auskunft als (1852) nach Köln zu ziehen.

Hier hatte ich meinen guten Bruder, hatte seine Familie, seine Freunde; aber mein Verkehr mit ihm war theils durch sein

Geschäft, theils durch seine Kränklichkeit sehr gehemmt; ein literarischer Umgang fehlte mir, und weder die Art der Stadt und Gegend, noch das Leben und Treiben der Bevölkerung konnten mir behagen. Dazu kam Noth mit der Haushaltung. Die erste Haushälterin, mit der ich und noch mehr die Kinder wohl versorgt gewesen, fand nach Jahresfrist Gelegenheit zu heirathen; die zweite aber, obwohl mir von bester Hand empfohlen, zeigte sich erst als unzulänglich, in der Folge als wirklich schlecht.

Das waren keine Verhältnisse, den stockenden literarischen Productionstrieb in neuen Fluß zu bringen. Ich blieb in meiner Verbitterung; es entstand nichts, bereitete sich nichts vor. Die einzige Seite, von der ich mich in Köln angeregt fand, war die Musik. Durch die Vermittelung eines der Freunde meines Bruders wurde ich Mitglied einer musicalischen Gesellschaft, die durch einen Kern von Künstlern der dortigen Musikschule und einen Kreis von Dilettanten alle Samstag Abend in eigenem Local eine Symphonie und etliche kleinere Orchesterstücke zur Aufführung brachte. Hier hatte ich Gelegenheit, insbesondere von Haydns Symphonien manche zu hören, die man bei den großen Concertaufführungen weniger zu hören bekommt, so werth sie auch durch ihre unvergleichliche Frische und Gesundheit der häufigsten Aufführung wären. Mußte man hier immerhin mit den bescheidenen Kräften Nachsicht haben, so waren die großen Concerte, damals noch im Casinosaal, in der spätern Zeit meines Aufenthalts unter Hillers Leitung, geeignet, auch höhern Anforderungen zu genügen. Ich weiß nicht mehr genau, war es hier, daß ich Beethovens 9. Symphonie wieder hörte, oder war's die Erinnerung an eine frühere Aufführung: genug, eines Morgens im Sommer 1853 fand ich mich aufgelegt, die Schnurre darüber zu schreiben, die ich als musicalischen Brief eines beschränkten Kopfes betitelte. Ein hübscher Zufall war's, daß Mittags, wie ich eben damit fertig geworden, ganz unerwartet mein alter Freund, Musikdirector Hetsch von Mannheim, zum Besuche kam, dem ich nun meine Herzenserleichterung vorlesen konnte. Sie fand seine Billigung, und so wurde sie der Allgemeinen Zeitung zugeschickt, die sie auch alsbald einrückte.

Im Herbst desselben Jahres benutzte ich eine Reise in's Oberland, um in Karlsruhe dem Kammerherrn und Oberforstrath

von Uexküll, oder vielmehr seiner Gemäldesammlung, einer Jugend=
bekannten von Ludwigsburg her, einen Besuch zu machen. Die
erneuerte Anschauung dieser Schätze, eine Anzahl von Briefen
und Tagebüchern aus dem Nachlaß des Stifters der Sammlung,
die mir sein Neffe, der damalige Besitzer, anvertraute, gaben mir
für einen Theil des folgenden Winters zusagende Beschäftigung.
Die Aufsätze über den alten Uexküll und seine Gemälde=
sammlung, und über Eberhard Wächter, erst in der Allge=
meinen Zeitung, dann, wie jener musicalische Brief, in meinen Kleinen
Schriften abgedruckt, waren die Ergebnisse. Wächter erinnerte
mich an seinen jüngern Landsmann Schick; ich legte mich auf
Kundschaft nach dessen Familie und Verlassenschaft; bald war ein
Sohn von ihm in Stuttgart ausfindig gemacht und bald aus
seinem Besitz durch Vermittlung eines Freundes eine Reihe von
Briefen in meinen Händen, aus denen ich den Aufsatz Ueber
Schick erst für die Allgemeine Zeitung, jetzt gleichfalls in meinen
Kleinen Schriften, zusammenstellte. Einige Jahre später fand ich
in dem Kunstblatt von Eggers einen biographischen Artikel über
Schick, dessen Verfasser zwar, wie mir schien, nicht blos aus dem
meinigen geschöpft, sondern die von mir benützten und noch einige
weitere Briefe selbst in Händen gehabt hatte, auf die ganze
Quelle jedoch sicherlich nur durch meinen Artikel aufmerksam ge=
worden war; dessen er sich gleichwohl in neuester Literatenart
nicht bewogen fand, auch nur mit einer Silbe zu gedenken.
Wie mich Wächter auf Schick geführt hatte, so führte mich
bald darauf Schubart auf Frischlin. Mein damaliges Wissen
von diesem Landsmann beschränkte sich aber auf das, was aus
Schubarts und Kerners Gedichten an ihn und den Notizen in
Schwabs Beschreibung der schwäbischen Alp hervorging. Meine
Kenntniß zu erweitern, holte ich mir zunächst auf der Kölner
Stadt=Bibliothek den betreffenden Band der Ersch= und Gruber'=
schen Encyclopädie, wo mir der gelehrte Artikel von Zacher treff=
liche Dienste that. Was von und über ihn gedruckt war, konnte
ich mir hienach leicht verschaffen. Aber ich hätte gern wieder,
wie bei Schubart, Briefe gehabt. Schrieb also nach Stuttgart,
und that hier einen ungeahnt reichen Fischzug. An die sechst=
halbhundert Nummern, theils Briefe, theils Aktenstücke, fanden
sich im dortigen Staatsarchiv, und rückten bald in einer statt=

lichen Kiste an. Aber wie ich die Kiste aufgehämmert hatte, wer beschreibt meinen Schrecken, als ich von den übrigen Briefschaften wenig, von denen Frischlins aber gar nichts lesen konnte! Eine heillosere Hand hat nicht leicht ein Gelehrter geschrieben; ich dachte, die Kiste habe ihren Weg nach Köln umsonst gemacht, diese Schrift werde ich in Ewigkeit nicht entziffern lernen. Ich lernte es binnen etlichen Wochen so, daß mir nur wenige einzelne Wörter unverständlich blieben; aber leider muß ich auch glauben, daß von dem seither eingetretenen Ruin meiner Augen diese Arbeit eine Hauptursache gewesen ist. Aber Freude machte sie mir ungemein viel; ich empfand ganz das eigenthümlich Belebende, die Phantasie Anregende, was es hat, aus den eigenen Schriftzügen und den alterthümlichen Papieren die Schicksale und Begebenheiten längst vergangener Zeiten und Personen hervorzuholen.

Auch die Art des Helden bot etwas, das mir sympathisch war. Zwar den romantischen Schleier, den sein tragischer Ausgang über sein Leben und Wesen breitet, sah ich bei näherer Bekanntschaft mit dem Thatbestand immer mehr zerreißen. Der Mann sank unter die Höhe meiner frühern Vorstellung von ihm herab, und ich fand, daß auch Gervinus, aus genauerer Kenntniß heraus, ihm zuviel Ehre anthut, wenn er ihn mit Hutten vergleicht. Verwandt mit diesem ist er nur etwa durch seine Kampflust; aber seine Kämpfe sind entfernt nicht von den hohen Ideen getragen, entfernt nicht mit dem Adel und dem selbstlosen sachlichen Interesse durchgeführt, wie die Kämpfe Huttens. Man kann sagen: das Persönliche und das Sachliche steht bei beiden Kämpfern in umgekehrtem Verhältniß: was bei dem einen Hauptsache, ist bei dem andern Nebensache. Dafür aber hat dieses Persönliche bei Frischlin eine seltene Fülle und Frische. Hierin hat er Aehnlichkeit mit Schubart, und das wird es am Ende auch sein, wodurch mich der eine wie der andere angezogen hat. Zwar gemüthlich ganz so nahe wie Schubart ist mir Frischlin nicht gekommen. Zum Theil mag's an der größern Zeitferne liegen: die Denk- und Empfindungsweise Schubarts, der Genius der Sturm- und Drangperiode des vorigen Jahrhunderts, liegt uns näher und spricht uns verwandter an, als der des ausgehenden sechszehnten. Aber mehr liegt es doch noch in der Persönlichkeit. Schubart ist bei aller Wildheit doch eine weichere, gefühlvollere, liebenswürdigere Natur als Frischlin. Dieser freilich dafür ungleich thatkräftiger, auch thätiger, fleißiger, ein Arbeiter ohne gleichen; während bei Schubart eine gewisse Schlaffheit und Trägheit nicht zu verkennen ist. Aber Frischlin ist auch ein Händelsucher, bei Weitem nicht so gutmüthig und leicht wieder zu begütigen als Schubart; mit Letzterem war im Leben weit leichter auszukommen als mit dem Ersteren. Aber in der gewaltigen Sinnlichkeit, der wilden Leidenschaft, sind beide sich gleich, und von dieser Seite ist es mir zum Vorwurf gemacht worden, daß ich mir gerade diese zwei Männer zu biographischen Helden ausgewählt habe.

Zunächst kann ich daran dem Zufall den ersten Antheil zuweisen, daß beide meine speciellen Landsleute waren. Aber es ist allerdings nicht blos dieß. Als zu Anfang der 40er Jahre mein Universitätsbekannter Hermann Reuchlin eine Biographie Pascals geschrieben hatte, konnte ich, damals noch ohne eigene Erfahrung in dergleichen Arbeiten, nicht begreifen, wie man sich einen, bei allem Geist, so krankhaft ascetischen Menschen zum Helden einer Biographie wählen könne. Dieses Urtheil war im höchsten Grade subjectiv; denn in der That, ich würde einen solchen Helden niemals gewählt haben. Was ich vor Allem an einem Menschen verlangte, wenn er mir das rechte biographische Interesse einflößen sollte, war Fleisch und Blut. Ich wollte warme, lebensvolle Persönlichkeiten haben, die mir die menschliche Natur als solche, unverstümmelt und unverkünstelt, zur Anschauung brachten. In dieser Hinsicht waren Frischlin und Schubart unstreitig zwei Prachtexemplare. Meine Hinneigung zu ihnen aus einer Verwandtschaft der Naturen erklären, konnte gleichwohl nur ein Solcher, der mich nicht kannte, und überdieß ein seichter Psycholog war. Das Tiefere wäre vielmehr, zu sagen, gerade weil ich bei ihnen fand, was mir fehlte, habe ich mich durch sie angezogen gefühlt. In der That haben mir persönlich, bei allem natürlichen Verlangen nach den Freuden des Lebens, doch immer die rechten Organe gefehlt, mich desselben zu bemächtigen; ich habe mich zum Leben eigentlich immer nur sentimental und elegisch verhalten, die rechte Lebenslust und Lebensfreude nie gehabt. Gerade deßwegen that mir die Betrachtung und Darstellung von Naturen wohl, die sich zum Leben so frisch, so naiv verhielten, seiner Güter sich so ohne Weiteres zu bemeistern, seine Freudenbecher so teck zu leeren wußten. Gingen sie daran auch schließlich zu Grunde, so konnten sie sich doch sagen, daß sie gelebt hatten. Es versteht sich, daß es damit, sollte mich einer als biographischer Held anziehen, nicht gethan war. Er mußte geistige Interessen zeigen, geistige Thaten aufzuweisen haben, und zwar in einer Richtung, die der meinigen verwandt war; er mußte dem Licht, der Freiheit zugekehrt, ein Feind der Despoten und der Pfaffen sein. Wie dieß bei Frischlin sowohl als bei Schubart, im höchsten Sinne freilich bei Hutten zutraf, erhellt von selbst; bei welchem letzteren anderer= seits das Temperamentsvolle als Grundlage gleichfalls nicht fehlte.

Doch in Köln sollte ich die Arbeit an Frischlin nicht vollen= den. Zu Ende des Sommers 1854 stellte sich die Nothwendig= keit heraus, eine andere Haushälterin zu suchen, und während die Kinder in den Herbstferien bei ihrer Mutter waren, kam mir der Zweifel, ob überhaupt bei dieser Art Wirthschaft, insbesondere für das Mädchen, eine rechte Erziehung möglich sei? ob es nicht bes= ser wäre, meine Haushaltung aufzulösen, das Mädchen in ein gutes Institut, den Knaben in ein tüchtiges Haus zu thun, bis dereinst die erstere im Stande sein würde, mir die Haushaltung selbst zu führen? Für den Sohn war mir ein Haus in Oehrin= gen empfohlen; für die Tochter empfahl mir mein alter Bekann= ter, Hofprediger Dittenberger in Weimar, das Institut des Frl. Heidel in Heidelberg, an welchem er früher, während seines dor= tigen Aufenthalts, Unterricht gegeben hatte. Also faßte ich den Entschluß, brachte den Sohn — und bald darauf mein Bruder seine zwei ältesten Söhne — zu Präceptor Preuner nach Oehrin= gen, die Tochter in das Institut in Heidelberg, wo ich von jetzt an, statt in Köln, selbst auch meinen Aufenthalt nahm. Und mit wenigen Entschließungen in meinem Leben hatte ich so viel Ursache, zufrieden zu sein, wie mit diesen.

Ich meinerseits fing nun wieder eine Junggesellenwirthschaft an, und fand mich dabei, der Plackerei mit einer schlecht versehe= nen eigenen Haushaltung gegenüber, wesentlich erleichtert. Alle Sonntage hatte ich die Tochter zu Tisch bei mir, auch außerdem durfte sie mich öfters besuchen, Spaziergänge, kleine Landpartien mit mir machen. Die 4 Jahre, während deren ich so meine Toch= ter, unter der Obhut trefflicher Menschen, an meiner Seite her= anwachsen sah, gehören zu den stillglücklichsten meines Lebens.

Auch sonst vereinigte sich Alles, mir den Aufenthalt in Heidelberg angenehm und gedeihlich zu machen. Einer der ersten Besuche, die ich machte, war bei Dr. Kuno Fischer, der damals als Privatdocent, dem aber das Lesen untersagt worden war, am Orte lebte. Ich hatte vor einigen Jahren einen Aufsatz von ihm über L. Feuerbach gelesen, der mir als das Beste erscheinen wollte, was bis dahin zu dessen Beurtheilung gesagt war; und jetzt war er ja vermöge des Interdicts, das in Folge theologischer Denunciation auf ihm ruhte, gewissermaßen ein College von mir. Ich fand einen noch sehr jungen Mann, mit hellblondem Haar und Schnurrbart, schnell und scharf in seiner Rede, und norddeutsch-stramm in seinem Auftreten. So grell der Gegensatz war, den dieß zu meiner Natur und Art bildete, so kam er mir doch gleich von Anfang mit so viel Hochschätzung und Zuneigung entgegen, daß ich mich vertraulich zu ihm hingezogen fühlte. Es mir in seinem Kreise behaglich zu machen, trug nach näherem Bekanntwerden auch seine Frau bei, von französischer Herkunft, aber in Deutschland erzogen, und so zart und gemüthvoll, daß sie dem Deutschen durchaus als Landsmännin erschien. Auch meine Tochter, und, wenn er in Ferien kam, mein Sohn, fanden in der Familie Fischer, zu der noch ein munteres Töchterchen von etwa 2 Jahren gehörte, die freundlichste Aufnahme, und so bildete sich ein Verhältniß, das, wenn auch längst durch Ortsentfernung gehemmt, doch mich, und wie ich hoffe meine Kinder, durchs Leben begleiten wird.

Ein anderer Besuch galt Gervinus. Ich war seinem epochemachenden Werk über die deutsche Nationalliteratur so viel Belehrung schuldig geworden, hatte mich später an seiner Schrift über den vereinigten Landtag in Preußen, wie an der vorzugsweise von ihm geleiteten deutschen Zeitung so erbaut, meine Hochachtung vor ihm war so groß, daß mich verlangte, seine persönliche Bekanntschaft zu machen. Allein es geschah nicht ohne eine gewisse Scheu. Bei aller Geisteshöhe war er mir immer zugleich als eine herbe Natur erschienen, und wie weit in religiösen Dingen sein Freisinn ging, war mir in Folge einiger Bemerkungen über die neuere theologische Kritik in seiner Literaturgeschichte zweifelhaft. Wie überraschte mich daher die freundliche, gemüthliche Aufnahme, die ich bei ihm fand, und die mein Inneres so auf-

schloß, daß ich nach einer halben Stunde mit der Ueberzeugung
von ihm ging, auch hier ein Verhältniß auf die Dauer angeknüpft
zu haben. Auch mit Frau Gervinus, die, bei mancher Seltsam=
keit in ihrem Wesen, doch durch den redlichen Ernst ihres geisti=
gen Strebens und das aufrichtige Wohlwollen ihres Herzens mir
bald lieb wurde, ergab sich ein angenehmer Verkehr; während
meine Kinder, bei der Kinderlosigkeit des Paars, hier weniger An=
sprache, obwohl stets freundliche Aufnahme fanden.

In meiner Arbeit an Frischlin fand ich mich durch den Um=
zug nach Heidelberg und die eingreifende Veränderung meiner Le=
bensweise, die damit verbunden war, sehr unterbrochen. In Köln
war ich eben noch mit dem Excerptenapparat fertig geworden, und
nun sollte an die Ausarbeitung gegangen werden. Aber die vie=
len neuen Eindrücke, seit ich dort jene Papiere zusammengepackt
hatte, bis jetzt, wo ich sie hier wieder vor mich nahm, hatten mich
aus der Frischlin=Stimmung hinausgesetzt, mir den Gegenstand,
der lebendig hätte vor mir stehen sollen, in graue Ferne gerückt.
Glücklicherweise kam mir eben jetzt durch freundschaftliche Ver=
mittlung eine neue Quelle zu: die Tübinger Senatsprotocolle aus
Frischlins Zeit; sie wurden gelesen und excerpirt, und versetzten
mich wieder ganz in jene Welt. Nun gings noch vor Winters
Anfang lustig an die Ausarbeitung, und hier zeigte Kuno Fischer
eine ebenso unerwartete als unschätzbare Freundesgabe. Von dem
schroff und eigenartig erscheinenden Manne, der vollauf mit eigenen
Werken und Entwürfen beschäftigt war, die noch dazu einem ganz
anderen Gebiet als meine damalige Arbeit angehörten, konnte ich
bei seiner Gesinnung gegen mich wohl freundliche Theilnahme an
dem, was mich eben beschäftigte, aber nicht dieses liebevolle Ein=
gehen auch in das Einzelnste erwarten, wie ich es bei ihm fand.
Mich mit Fischer über einen Punkt, den ich gerade unter Händen
hatte, zu besprechen, gab mir die entschiedenste Förderung. Mit
bewundernswerther Leichtigkeit wußte er sich in die Sache, wie
ich sie ihm vortrug, zu versetzen; eine Aufgabe, an der ich mich
zerarbeitete, ward alsbald auch die seinige, und er machte im
Gespräch gemeinsam mit mir Versuche, sie zu lösen. Dazu kam
noch eines, was seinen Umgang so belebend für mich machte.
Mein Selbstvertrauen, wie mein Lebensgefühl überhaupt, war
nie besonders stark gewesen; damals war es, in Folge des langen

Mißwachses auf Seiten meiner literarischen Thätigkeit, zu tiefer Schwäche herabgesunken. Seit meinem Rücktritt aus dem theologischen Felde hatte ich nichts Durchschlagendes, nichts, woran ich mir hätte bewußt werden können, daß meine Kraft noch ungeschwächt sei, geschrieben. Fischer brachte mir eine Hochschätzung — nicht blos meiner früheren schriftstellerischen Leistungen, sondern meiner lebendigen geistigen Potenz entgegen, die mich, weil sie von einem selbst so geistvollen Menschen ausging, im Innersten aufrichtete, und nicht wenig dazu beitrug, meiner Schriftstellerei einen frischen Aufschwung zu geben.

Daß deren nächstes Erzeugniß, eben die Biographie Frischlins, die, mit dem ersten Frühjahr fertig, im Sommer 1855 erschien, beim Publikum so wenig wie meine unmittelbar vorangegangenen Schriften Glück machte, verschlug mir wenig. Denn einmal begriff ich die Ursachen sehr gut: den entlegenen Gegenstand, und die durch das halblateinische Gelehrtendeutsch des ausgehenden 16. Jahrhunderts, das sie stückweise mit sich führte, nicht jedermann verständliche Form. Und dann blieb ich mir des Werths meiner Arbeit, theils an sich, theils insbesondere für mich, dennoch klar bewußt. Dieser persönliche Werth des Buches bestand darin, daß ich damit einen neuen Weg für meine Schriftstellerei gefunden hatte, den, wenn auch nur eine Strecke weit, eingeschlagen zu haben, mich nicht gereuen darf.

Mein Abgehen von der Theologie ist mir von manchen Seiten, am lautesten von der seichtesten Sorte meiner Gegner, den liberalen Schwätzern, einem Schwarz in Gotha, neuestens der Schenkel'schen Sippschaft, als eine Art Fahnenflucht zum Vorwurf gemacht worden. Als ob ich nicht unter derselben Fahne, auch auf anderem Felde, fortgekämpft hätte! Als ob ich nicht, auf das alte Feld zurückgekehrt, eben an den Herren bewiesen hätte, daß ich meine Kraft in der Zwischenzeit nicht vergeudet hatte! Wer freilich nur nothdürftig das Zeug für ein wenig theologische Salbaderei oder auch Silbenstecherei hat, dem fällt es nicht schwer, bei der Theologie zu bleiben, und denjenigen einen Ausreißer zu schelten, der, weil er auch noch für andere Fächer sich begabt fühlt, einen Abstecher auf diese Felder macht. Für mich war in der That diese Abschweifung auf das biographische Gebiet (und das Buch) über Frischlin war die erste eigentliche Biographie, die ich schrieb; das Bisherige, selbst die Schrift über Märklin, waren nur biographische Skizzen gewesen) ich sage, für mich war die Abschweifung auf das biographische Gebiet ein Bedürfniß meiner Natur. In meinen früheren theologischen Arbeiten war der Poet in mir, so manche seiner Gaben er auch hatte verwerthen können, doch noch nicht ganz zu seinem Rechte gekommen. Oft hatte ich in frühern Zeiten gedacht: wenn ich nur einen Roman schreiben könnte, ein schlechter sollte es gewiß nicht werden, den ich schriebe. Allein das Ueble war: ich konnte überhaupt keinen schreiben. Hier, in der Biographie, war nun der Roman, wie ich ihn schreiben konnte, gefunden. Was ich nicht leisten konnte, die Erfindung, war mir hier erspart: die Fabel, die Personen mit ihren Charakteren und Schicksalen, war geschichtlich gegeben. Was mir aber zu Gebote stand: die Gabe der lebhaften Vergegenwärtigung, des warmen Mitgefühls, der plastischen, Gemüth und Phantasie des Lesers anregenden Darstellung, das konnte hier noch ganz anders als bei meinen theologischen Arbeiten zur Anwendung kommen. Und was ich bei diesen geübt hatte: die Fertigkeit der kritischen Sichtung, der immanenten dialektischen Abwicklung des Stoffs, davon war auch im biographischen Fache gar wohl Gebrauch zu machen. Als ich in der Folge, mir selbst unerwartet, zur Theologie zurückkehrte, bekam ich freilich das Unzukömmliche solcher Unterbrechung hinlänglich zu empfinden; ich hatte viel nachzuholen, in Manches mich von Neuem einzuarbeiten; auch das konnte mir nicht verborgen bleiben, daß ich ohne Zweifel in der Zwischenzeit auf theologischem Gebiete mehr hätte wirken können, als dieß auf dem andern möglich war: aber das alles konnte nicht aufkommen gegen das klare Bewußtsein, meiner Naturanlage Folge geleistet zu haben. Diese also wäre zu schelten, wenn dazu Andern ein Recht zuständke; und wenn nicht auch von meiner Seite solches Schelten, selbst zum Klagen über eine so wunderlich zusammengesetzte Natur herabgestimmt, eine Thorheit wäre.

Mittlerweile ging mein geselliges Leben in Heidelberg behaglich fort; an weiteren Bekanntschaften außer den schon erwähnten, z. B. mit Häusser, dem Chemiker Bunsen (auch den Ritter dieses Namens lernte ich in seiner ganzen geschwätzigen Anmaßlichkeit kennen) u. A., fehlte es nicht; ein genaueres Verhältniß bildete sich aber nur noch zu Dr. Locher, dessen Bekanntschaft ich durch Fischer machte. Noch in München hatte ich einmal in der Beilage zur Allgemeinen Zeitung einen Artikel über dortige Theater= und Musikzustände gelesen, der mir so wohl gefiel, daß ich mich nach dem Verfasser erkundigte. Es wurde mir ein Dr. Locher genannt, der vor Kurzem noch in München gelebt habe. Ihn fand ich jetzt in Heidelberg, und gewann ihn bald sehr lieb. Kind reicher Eltern war er, nach deren frühem Tode sein eigener Herr, auf Universitäten gegangen, hatte sich aber hier mehr von Kunst und schöner Literatur, als von einer Facultätswissenschaft, angezogen gefühlt. Besonders dem Theater hatte er seine Nei= gung zugewandt, und wohlgebaut und von angenehmen Manieren wie er war, bald auf Liebhabertheatern Glück gemacht. In Hei= delberg war er durch Kuno Fischers hinreißenden Vortrag für philosophische Studien gewonnen worden, und bereitete sich da= mals vor, sich als Privatdocent der Aesthetik daselbst zu habili= tiren. Eine schöne und geistvolle Frau stand ihm zur Seite, und drei anmuthige Kinder belebten das Hauswesen. Eine mehr= tägige Pfingstreise, die ich mit ihm, Fischer und Gervinus in die Pfalz machte, gehört zu den angenehmsten Erinnerungen meines Heidelberger Lebens. Insbesondere zwischen Kuno Fischer und mir bildete Locher eine wohlthätige Vermittlung. Fischer, von Haus aus scharf, damals noch durch die erfahrene Unbill frisch gereizt, gab sich bisweilen in einer Art, die meinem weicheren und gleichfalls reizbaren Naturell empfindlich war; da war denn eine milde, feine, freundliche Natur wie Locher unschätzbar, um die Gegensätze auszugleichen, Verstimmungen nicht aufkommen zu lassen. Als er im Herbst 1855, von seinem Vorhaben, sich zu habilitiren, auf einmal abspringend, Heidelberg verließ, empfand ich dieß als schweren Verlust, der mir auch nicht ersetzt worden ist; es war die erste Lücke in einem Kreise, der sich bald noch weiter lichten sollte.

### 19. Februar.

Die rege geistige Atmosphäre, in welche meine Uebersiedlung nach Heidelberg mich gebracht hatte, verfehlte ihre Wirkung auf mein eigenes Thun und Treiben nicht. Hier, wo ich Alles ge= schäftig sah, konnte auch ich nicht feiern. Kaum war ich also mit

Frischlin zu Staube, so sah ich mich nach einem neuen Stoffe
um. Das 16. Jahrhundert hielt mich fest; aber aus seinem lei=
digen Ausgang stieg ich zu seinem herrlichen Anfang hinauf.
Schon als ich auf der Kölnischen Bibliothek nach Frischlinischen
Schriften suchte, war mir ein alter Sammelband mit allerhand Sachen
von Ulrich von Hutten in die Hände gefallen, worunter mich be=
sonders das Gedicht, daß die Deutschen mit nichten entartet seien,
als das Thema für Frischlins Julius redivivus enthaltend, inter=
essirte. Jetzt holte ich mir zunächst, um eine Uebersicht des
Gegenstands zu gewinnen, die Münchsche Gesammtausgabe der
Hutten'schen Werke von der Heidelberger Bibliothek, die mich in=
deß durch ihren incorrecten Text bald auf die ältern Drucke der
einzelnen Schriften, so weit solche am Orte zu finden waren, zu=
rückwies. Ich warf mich um so eifriger auf den Gegenstand, als
auch meine Freunde den Gedanken freudig ergriffen und es an
Ermunterung nicht fehlen ließen. Von der eingreifendsten Be=
deutung für meine Arbeit aber wurde die Eröffnung, die mir
Gervinus machte, daß Professor Eduard Böcking in Bonn aus
den umfassendsten Vorstudien heraus eine neue Ausgabe der
Werke des Ritters vorbereite. Da ich ohne Verbindung mit
Böcking war, so übernahm es Gervinus, einen Brief von mir
mittelst Begleitschreibens bei ihm einzuführen. Glücklich traf es
sich, daß Böcking so eben mein Buch über Frischlin gelesen, und
daß es ihm, unerachtet es für einen Gelehrten wie er viel zu
wünschen übrig lassen mußte, gefallen hatte. So kam er meinen
Wünschen in Betreff Huttens aufs Freundlichste entgegen, stellte
mir seine Huttensbibliothek, die vollständigste Sammlung der
Schriften von und über Hutten, die in Deutschland zu finden
war, zur Verfügung, und sagte mir für alle Fälle, wo ich dessen
bedürfen würde, Rath und Auskunft zu. So, durch seine Bücher=
sendungen, seine Winke unterstützt, machte ich vom Herbst 1855
bis in den Frühling 1856 hinein meine Excerptensammlungen;
worauf mich im Sommer Böcking einlud, zum Abschluß meiner
Vorarbeiten noch auf einige Wochen zu ihm nach Bonn zu kommen.
Vierzehn Tage brachte ich in seinem Hause zu, aufs Freundlichste
aufgenommen und verpflegt, und durch das Durchsprechen des
Gegenstands mit ihm ungemein gefördert. Was zu einer Arbeit,
sei es Ausgabe oder Biographie, wobei es auf gründliche Ur=

kundenforschung und diplomatische Genauigkeit ankommt, eigent=
lich gehört, davon habe ich erst durch Böcking einen Begriff be=
kommen. Wenn man davon in meiner Huttensbiographie Einiges
geleistet findet, so ist es gut; Schade, daß sich mir in der Folge
keine Gelegenheit mehr bot, es noch besser zu machen.

Zur Beschleunigung meiner Arbeit trug der Aufenthalt in
Bonn nicht bei; im Gegentheil war ich dort auf Manches auf=
merksam geworden, was erst noch ins Reine gebracht werden
mußte, ehe zur Ausarbeitung geschritten werden konnte; so kam
es, daß mit dieser erst am 6. November, den ich als den Geburts=
tag meines Sohnes für einen Tag guter Vorbedeutung hielt, be=
gonnen wurde. Die Arbeit nahm den Winter in Anspruch und
war im Frühling fertig; worauf aber bei meiner leidigen Art,
meine Concepte durch Abkürzungen und Verbesserungen sehr un=
leserlich zu machen, auch dießmal erst noch eine Abschrift nöthig
war. Das Buch über Hutten gab mir während der Ausarbei=
tung nicht den lebhaften Genuß wie das über Frischlin, wovon
der Grund theils darin lag, daß hier das Arbeiten aus hand=
schriftlichen Quellen fast durchaus wegfiel, theils darin, daß über=
haupt das im engern Sinne biographische, persönliche Moment
gegen das literar= und culturgeschichtliche zurücktrat. Erst wie
ich, mit dem Concept fertig, dieses vor dem Abschreiben noch ein=
mal im Zusammenhang überlas, fand ich mich selbst von meiner
Darstellung ergriffen. Auch Böcking, der sachkundige scharfe
Richter, als ihm die Abschrift vorgelegt werden konnte, äußerte sich
zufrieden. Und so ist denn auch das Buch, als es im Sommer
1857 herauskam, ich darf wohl sagen mit allgemeinem Beifall
aufgenommen worden. Aber, sei es, daß die Auflage zu stark
genommen wurde, oder daß die Form des Buches, vermöge der
vielen lateinischen Quellenstellen, doch noch eine zu gelehrte war,
es hat bis jetzt keine zweite Auflage erlebt.

Während ich mit der Ausarbeitung der Huttensbiographie
beschäftigt war, hatte sich in meinen geselligen Verhältnissen eine
eingreifende Veränderung zugetragen. Kuno Fischer, nach langem
unwillkommenem Ruhestande, den er zur Ausarbeitung seiner ge=
diegenen Werke über Leibnitz und Baco benutzt hatte, war zunächst
durch eine Einladung des wackern lichtfreundlichen Friedrich v.
Raumer veranlaßt worden, einen Vortrag in Berlin zu halten;

woran sich, da der Vortrag, wie zu erwarten war, vielen Beifall
fand, der Versuch knüpfte, sich dort als Privatdocent der Philo=
sophie zu habilitiren. Die Facultät war für Fischer; aber das
Ministerium Raumer, wie es hieß auf Specialbefehl Friedrich
Wilhelms IV., cassirte die Bewilligung der Facultät. Indessen
war der Großherzog von Weimar auf Fischer aufmerksam gewor=
den und berief ihn, irre ich nicht, im December 1856, als Pro=
fessor der Philosophie nach Jena. So herzlich ich es dem Freunde
gönnte, in eine seinem Talent wie seiner Neigung einzig ent=
sprechende Laufbahn zurückkehren zu dürfen, so war doch für mich
der Verlust ein äußerst empfindlicher. Außer meiner lieben Toch=
ter und der geisteshellen und geistesfrischen Vorsteherin des In=
stituts hatte ich jetzt nur noch Gervinus zum vertraulichen Um=
gang. Aber so vertraut wie Fischer war er mir doch nicht. So
hoch ich ihn um seines Seelenadels willen verehrte; so viel ich
auch, besonders in Beurtheilung politischer Verhältnisse, von ihm
gelernt hatte und noch ferner lernte; so sehr auch in vielen wich=
tigen Punkten unsere Ansichten zusammenstimmten: im Ganzen
war doch sein Standpunkt ein anderer, seine Art, die Dinge an=
zufassen und zu schätzen, eine andere. Er war, wenn ich es mit
einem kurzen Worte ausdrücken soll, durchaus ein social=politischer,
ich durchaus ein ästhetisch=künstlerischer Mensch. Er schwärmte
für Shakespeare' und Händel, wie ich Goethe und Mozart verehrte;
aber was er in jenen schätzte, war doch weniger das Musicalische
oder Poetische selbst, als die sittlichen Ideen, die er in ihren
Werken mittelst jener Formen wirksam fand, das Dorische so zu
sagen in dem Genius beider Männer, wogegen ihm das Jonische
und Attische in Mozart und Goethe bereits als Erschlaffung und
Entartung erschien. Am meisten trafen wir noch in unserer Ver=
ehrung für Lessing zusammen; aber auch hier, wenn ich, wenig=
stens für den jugendlichen Lessing, von einer gewissen Fechter=
bravour, einer Liebhaberei für dialectische Virtuosenstücke sprach,
begegnete ich auf seiner Seite einer Unbedingtheit der Bewunde=
rung, die sich in Betreff Shakespeare's zur starren Orthodoxie
steigerte. Es wurde über diese Punkte, besonders im Anfang un=
serer Bekanntschaft, viel zwischen uns gestritten, wobei ich oft leb=
hafter wurde als schicklich war, während Gervinus immer gleich
freundlich und langmüthig, freilich auch unerschüttert bei seiner

Meinung blieb. Zwischen Fischer und mir bildete bei allen Ge=
gensätzen der Natur und der Geistesrichtung die gemeinsame philo=
sophische Bildung, insbesondere der Durchgang durch das Hegel'sche
System, einen Boden, auf dem wir uns immer wieder fanden, eine
Voraussetzung, aus welcher heraus wir uns zum Voraus schon
verstanden.

Auch in Bezug auf meine Arbeiten hatte ich an Fischer viel
verloren. So nahe es lag, nach Hutten an Luther zu gehen:
Fischer, wie er mich kannte, würde mir doch schwerlich zu dem
Unternehmen einer Biographie Luthers zugeredet haben. Aber
Gervinus that es aus seiner Verehrung Luthers heraus, aus der
Ueberzeugung heraus, daß eben jetzt durch ein aus dem rechten
Gesichtspunkte geschriebenes Werk über den großen deutschen Re=
formator viel gewirkt werden könnte. Sein Vertrauen, daß ich
ein solches Werk schreiben könnte, ehrte und ermunterte mich; ob=
wohl der Theologie noch immer nicht nur äußerlich, sondern auch
innerlich abgewendet, machte ich mich doch um so eher vorerst an
vorbereitende Studien, als mich Gervinus zu überzeugen wußte,
um rechter Art zu sein, müßte ein Werk über Luther diesen viel
weniger theologisch, als historisch im größten Sinne fassen. Um
diesen theologischen Kern der Sache ging ich denn auch wie
die Katze um den heißen Brei herum. Ich fing mit dem
weniger geistlichen Zwingli an, und zwar mit seinen Briefen, die
ihn von vorn herein noch ganz auf dem humanistischen Boden
zeigen, auf welchem Luther nie zu Hause gewesen ist. Aber je
weiter ich vorwärts schritt, desto mehr kam ich doch auch bei
Zwingli in das specifisch Theologische hinein, und vollends in sei=
nen Abhandlungen, seinen Schriften, konnte ich nicht weiter kom=
men. Ich überlegte mir mein Vorhaben noch einmal, und kam
zu dem Ergebniß, daß ich die Rechnung ohne den Wirth gemacht,
d. h. einen Plan ohne Rücksicht auf meine innerste Natur und
Neigung entworfen habe. Es war nicht blos meine damals noch
andauernde Abwendung von der Theologie; auch jetzt, da ich
diese überwunden und wieder manches Theologische geschrieben
habe, könnte ich kein Leben Luthers schreiben. Ich verehre den
großen Befreier mit inniger Dankbarkeit; ich bewundere seine
Mannhaftigkeit, seinen überzeugungstreuen Muth; ich fühle mich
angezogen durch so manche Züge voller, gesunder Menschlichkeit,

die sein Leben wie seine Schriften bieten: aber Eines ist, was mich innerlichst von ihm scheidet, was mir, klar vorgestellt, jeden Gedanken einer biographischen Arbeit über ihn unmöglich macht. Ein Mann, bei dem Alles von dem Bewußtsein ausgeht, daß er und alle Menschen für sich grundverdorben, der ewigen Verdammniß verfallen wären, aus der sie nur durch das Blut Christi und ihren Glauben an dessen Kraft erlöst werden können — ein Mann, dessen Kern dieses Bewußtsein bildet, ist mir so fremd, so unverständlich, daß ich ihn nie zum Helden einer biographischen Darstellung wählen könnte. Was ich auch sonst an ihm bewundern und lieben möchte: dieses sein innerstes Bewußtsein ist mir so abscheulich, daß von Sympathie zwischen mir und ihm, wie sie zwischen dem Biographen und seinem Helden unerläßlich ist, niemals die Rede sein könnte.

### 20. Februar.

Also gab ich diesen Plan auf und wendete mich einem andern zu: dem Plan, eine Reihe deutscher Dichterleben, von Klopstock bis Schiller, zu schreiben. Diesem Vorhaben, wie es mehr aus meinem eignen Innern kam, war aber hinwiederum Gervinus nicht günstig. Er sah in einer solchen Arbeit ein Fortspinnen an unsrer schönwissenschaftlichen Aera, die er mit seiner Geschichte der deutschen Nationalliteratur abgeschlossen haben wollte, um einer politischen Aera Raum zu schaffen. Ich konnte das Verhältniß zwischen beiden Richtungen nicht als dieses ausschließende fassen, und machte mich daher unbeirrt an die Vorarbeiten. Es war mir um den Cyclus, den in sich geschlossenen und in seinen Stufen und Gliedern sich ergänzenden Kreis der sechs großen Geister zu thun, zu denen ich mich keineswegs in gleichem Maße hingezogen fand. Im Verhältniß inniger Angehörigkeit fühlte ich mich nur zu der Hälfte von ihnen, zu Lessing, Goethe und Schiller; von den übrigen war mir zwar Wielands Persönlichkeit immer liebenswürdig, von seinen Dichtungen aber nur wenige anziehend gewesen; während mir Herders Schriften in die Länge stets Schwindel und eingenommenen Kopf, seine Persönlichkeit aber, besonders der Neid in seinem Verhältniß zu den beiden productiven Genien an seiner Seite sogar Widerwillen erregte. Klopstocks Messias war von mir in früher Jugend mit einer gewissen

Begeisterung gelesen worden; manche seiner Oden hatten mir in reifen Jahren Bewunderung eingeflößt; und an dem Manne selbst war etwas Selbstbewußtes und Vornehmes, womit ich sympathisirte. Aber Zu= oder Abneigung kam hier nicht in Frage, sondern nur das Verhältniß der Männer zur Entwicklung des deutschen Geistes, zur Begründung unsrer nationalen Literatur: und da hatte jeder von den Sechsen seine bestimmte, ihm nicht streitig zu machende Stelle. Also ging ich muthig an's Werk; Angst war es mir dabei nur einigermaßen auf Herder; doch der war ja in der Reihe erst der Vierte.

Daß ich für Klopstock zwar die Vorarbeiten vollendete, in der Ausarbeitung aber stecken blieb, habe ich mit der Ursache dieser Hemmung in der Vorrede zu der demnächst auszugebenden Neuen Folge Kleiner Schriften, die das fertig gewordene Stück meiner Klopstocksbiographie enthalten, auseinandergesetzt. Hier sei nur noch beigefügt, daß der Gelehrte, der mir die Mittheilung der ungedruckten Briefe Klopstocks an Fanny verweigerte, der jetzt verstorbene Hamburger Archivar Lappenberg gewesen ist. Möglich, daß ich den muthmaßlichen Werth dieser Briefe damals überschätzte; möglich auch, daß durch Gervinus' ungünstiges Gutachten mir unbewußt der Trieb zur Sache doch innerlich abgeschwächt war: genug, die angefangene Arbeit blieb liegen, und kann, troß der vielseitigen Zureden, die unterdeß, bald in Bezug auf ein Leben Lessings, bald auf eine Biographie Goethe's oder Schillers an mich ergangen sind, des traurigen Zustands meiner Augen wegen nicht mehr zu Stande kommen.

Da ich dessenunerachtet nicht müßig bleiben wollte, so kam mir der Gedanke, auf meine Arbeit über Hutten zurückgreifend, seine Gespräche zu übersetzen. Ich habe das Uebersetzen nie für etwas Leichtes gehalten; aber daß es so schwer sei, wie ich es nun fand, hatte ich bis dahin doch nicht gewußt. Als ich das kleinste der Huttensgespräche, das erste Fieber, zur Probe übersetzt hatte, war ich sehr verwundert, wie viel Böcking und Gervinus, denen ich meine Arbeit vorlegte, daran auszusetzen hatten, und noch mehr verwundert, daß ich ihnen fast durchaus Recht geben mußte. Ihre Ausstellungen, auch an meiner Verdeutschung der folgenden Gespräche, betrafen weniger den Sinn, als den Ausdruck, der ihnen noch zu latinisirend, nicht naturwüchsig deutsch genug war; und so sehr ich mich auch bemühte, und mit der Zeit es auch erreichte, ihren Forderungen gerechter zu werden, so bin ich doch auch so mit der Uebersetzung noch nicht in allewege zufrieden und finde, daß sie sich neben die Wieland'schen Arbeiten an Lucian und Cicero nicht stellen darf. Eher hoffte ich mit den der Uebersetzung beigegebenen Einleitungen und Anmerkungen das Richtige getroffen zu haben.

Merkwürdiger als die Arbeit selbst ist jedenfalls eine Wendung, die während derselben sich in mir vorbereitete, die mir aber in ihren Ursachen, wie es bei solchen inneren Vorgängen öfter vorkommt, schon heute nicht mehr ganz klar ist. Hatte ich auch die Arbeit über Luther abgelehnt und ablehnen müssen, so war es doch vielleicht ein mir selbst nicht bewußter theologischer Zug, der mich, an den Dichtern vorbei, wieder zu Hutten zurückgeführt hatte. Zwar war es bei diesem ursprünglich entschieden mehr der Humanist als der Reformator gewesen, wodurch ich mich angezogen fühlte, und es hatten die Bibelsprüche statt der classischen Verse in seinen spätern Schriften immer etwas Mißbehagliches für mich behalten; doch hatte ich über dieser Form, je mehr sie bei ihm nur dieß war, den Kampf für Geistesfreiheit überhaupt und nationale Unabhängigkeit nicht übersehen, und seine Gespräche vollends, wie ich mich jetzt eingehender mit denselben beschäftigte, bliesen die Funken verwandten Geistes, die in mir seit Jahren unter einer immer tieferen Aschendecke lagen, von neuem wach.

Ein äußerer Anlaß kam hinzu. Die Zeit meiner großen theologischen Fehden lag so weit rückwärts; meine Bestrebungen und Schriften waren seit einer Reihe von Jahren so unschuldiger Art gewesen; selbst in der Biographie Huttens trat doch hinter der Theilnahme an dem Kampfe des Helden für Luther und seine Sache gegen Rom, somit hinter einer ganz protestantischen Gesinnung, alles Andere so sehr zurück, daß der Verfasser, besonders von Seiten des größeren Publicums, jene alten Gegensätze vergessen, sich selbst des Bannes, der damals auf ihm gelastet, endlich entbunden glauben konnte. In meiner Heidelberger Junggesellenwohnung, wenn die Ferien meine Kinder zu mir brachten, beschränkt, für mich und sie einen gesunden Landaufenthalt wünschend, hatte ich im Herbst 1857 und ebenso 1858 jedesmal etliche Wochen in Münkheim bei Hall, wo mein alter Freund Rapp

Pfarrer war, zugebracht. Ich wohnte nicht bei ihm, wie dieß auch mit zwei Kindern, zu denen das erstemal überdieß noch 2 Söhne meines Bruders kamen, nicht möglich gewesen wäre, sondern im Wirthshause; wir lebten, wie natürlich, still und harmlos, und jeden Sonntag ging ich mit den Kindern, meinem Freunde, dem Pfarrer, in die Kirche. So gab es auch von außen keinerlei Störung, außer daß bei unserm zweiten Aufenthalt es sich einigemale zeigte, wie die Leute auf mich und meinen Namen aufmerksam geworden waren. Hatte mich dieß gewundert, sofern die Gemeinde, in der wir uns aufhielten, nicht eine altwürtembergische, deren keine von pietistischen Bestandtheilen frei ist, sondern eine der religiös unbefangenen Gemeinden des fränkischen Neu=Würtemberg war: so löste sich mir das Räthsel, indem sich freilich mein Erstaunen erhöhte, als kurz nach meiner Rückkehr nach Heidelberg von meinem Freunde die Nachricht einlief, er sei wegen meines Aufenhalts in Münkheim und meines Aus= und Eingehens in seinem Hause von seinem geistlichen Vorgesetzten, dem Prälaten Mehring in Hall, amtlich zur Rede gestellt worden. Jetzt war mir einerseits klar, daß hier geistliche Hetzerei stattgefunden, daß man die unwissenden Münkheimer aufmerksam gemacht hatte, was für ein Vogel unter ihnen sein Quartier genommen habe; während andererseits mein Erstaunen darüber zur Entrüstung stieg, wie gegen den ruhigen Aufenthalt eines Würtembergischen Staatsbürgers in einem Würtembergischen Orte, ohne jeden äußern Anlaß, geistlicher Einspruch erhoben werden konnte. Wurde dieser Einspruch auch nicht unmittelbar gegen mich, sondern gegen meinen Freund, den Pfarrer, erhoben, so traf das darin enthaltene Interdict mittelbar doch mich, und ich fand den Versuch, meinem alten Studiengenossen nicht blos die Zustimmung zu meinen Lehren, sondern auch den persönlichen Verkehr mit mir zu untersagen, aufs Aeußerste empörend.

Dieser Prälat Mehring, noch heute in Amt und Wirksamkeit, ist eine der eigenthümlich widerwärtigen Gestalten, wie sie in unserer Zeit mehr als in jeder frühern, vermöge der so verschiedenen Kräfte und Richtungen, die in ihr durcheinander gähren, möglich sind. Eine dürre, ascetische Natur, querköpfig und eigensinnig, findet, nachdem sie sich schon in eine gläubige Theologie einstudirt und an geistlichem Wirken, wohl auch Herrschen, Ge-

schmack gefunden hat, an philosophischen Studien Gefallen, ja
traut sich gar besondern Beruf für die Speculation zu, aber nur
in der Richtung, sie der Kirche dienstbar zu machen. Indem so
in hergebrachter Art, nur eigenthümlich verschroben nach der Natur
des Mannes, Theologie und Philosophie wechselseitig gefälscht,
bald die Vernunft, bald die Schrift verdreht und vergewaltigt
werden, bildet sich ein bitterer Haß gegen eine mittlerweile auf=
gekommene Richtung aus, deren Eigenthümlichkeit es eben ist, die
Sinnlosigkeit und Unlauterkeit solcher Vermittlungsversuche scho=
nungslos ins Licht zu stellen; und dieser Haß richtet sich ganz
besonders gegen jeden Versuch, innerhalb derjenigen Kirche, unter
deren Lenker der philosophirende Prälat gehört, einer solchen
Einsicht Zugang zu verschaffen. Zufrieden jedoch, wenn nur
dieses geistliche Palladium, der Glaube, wie er sich denselben zu=
recht gemacht hat und zur Aufrechthaltung eines Kirchenverbandes
für hinreichend ansieht, gewahrt ist, hat der Mann namentlich
in politischer Hinsicht, schon aus Widerspruchsgeist, mancherlei
liberale, ja selbst radicale Ideen, ist für Abschaffung der Todes=
strafe, scheut sich überhaupt nicht, wie dieß von jeher die Art der
rechten Hierarchen war, gelegentlich auch der Regierung zu wider=
sprechen, und dadurch von der übrigen Prälatenbank in der
Kammer eine, wenn man will, rühmliche Ausnahme zu machen.
Die Aehnlichkeit mit dem großen Ewald in Göttingen ist, bis
auf das gewaltige Selbstgefühl hinaus, nicht zu verkennen, und
auch in dem merkwürdigen Hasse stimmen beide zusammen, dessen
sie von jeher, ohne jede persönliche Berührung, den Schreiber
dieser Zeilen gewürdigt haben.

Empört, wie gesagt, über das obengemeldete Vorgehen
des Prälaten, wollte ich denselben erst in einem öffentlichen Send=
schreiben zur Rede stellen; allein Freund Rapp fürchtete es ent=
gelten zu müssen, und so unterließ ich's. Daß ich mich statt
dessen mit einem Beschwerdeschreiben an den (Justiz=)Minister von
Wächter=Spittler wandte, geschah, weil ich mit ihm aus Anlaß
meines Aufsatzes über seinen Schwiegervater Spittler in Brief=
wechsel stand; allein an der Spitze des Cultusministeriums, das
die Sache anging, stand damals der Concordatsmann Rümelin,
den ich durch meine Beurtheilung dieser Angelegenheit in der
Vorrede zu meiner Huttensbiographie nicht günstig für mich ge=

stimmt hatte. So wurde meine Beschwerde mit vornehmer Bla=
sirtheit abgelehnt, und Rapp brachte sich gleich darauf durch eigene
Unvorsichtigkeit in Verwicklungen, die der Prälat als nachträg=
liche Rechtfertigung seines Vorgehens verwenden konnte.

Im Herbst 1857 hatte ich in Münkheim die letzten Druck=
bogen meiner Biographie Huttens corrigirt; der Winter und fol=
gende Sommer verging erst mit dem Versuch, an eine Arbeit
über Luther heranzukommen, dann mit den Vorarbeiten zu einer
Klopstocksbiographie; November 1858 fing ich an dieser zu
schreiben an, und als noch im Laufe des Winters die Arbeit
stockte, machte ich mich an die Uebersetzung der Huttens=
gespräche. In diese Beschäftigung mischte sich bereits allerlei
theologische Lectüre, insbesondere eine Umschau auf dem Felde
der neuesten biblischen Kritik, wovon ich nur die hauptsächlichsten
Baur'schen Arbeiten schon zur Zeit ihrer Erscheinung mit ver=
dienter Bewunderung, trotz des vielfachen Unrechts, das mir darin
geschah, gelesen hatte. Die nähere Kenntnißnahme von dem Un=
fug, der auf diesem Gebiete fort und fort getrieben wurde, fehlte
gerade noch, um die durch Huttens Worte aus der Asche ge=
weckten, durch die Unbill von Seiten des Würtembergischen Hier=
archen geschürten Funken in mir zur hellen Flamme anzublasen.
Aus dieser Stimmung heraus schrieb ich im Frühling des Jahres
1860 jene Vorrede zu der Uebersetzung der Huttensgespräche, die
ihrer Zeit vielen Eindruck machte, und von der seltsamerweise
eben jener Concordatsminister, der darin nichts weniger als sanft
berührt war, geurtheilt haben soll, sie sei das Beste, was ich ge=
schrieben. Aus dem Herzen geschrieben war sie wenigstens; manche
Absätze derselben sind, nachdem mich der Drang aus dem Schlafe
geweckt hatte, im Bette wörtlich ausgedacht und sofort nach dem
Aufstehen niedergeschrieben. Diese Vorrede war das Letzte, was
ich in Heidelberg zu Stande brachte; der kurze Rest meines dor=
tigen Aufenthalts verging in theologischen Studien, indem ich
eine neue Ausgabe meines Leben Jesu bereits in Aussicht ge=
nommen hatte.

Dieser mein Heidelberger Aufenthalt war mit der Zeit
immer öder geworden. Im Frühling 1858 war meine Tochter
confirmirt worden, und da sie nun den Institutscursus vollendet
hatte, sah ich mich für sie nach einer Familie um, wo sie unter

der Leitung einer tüchtigen Hausfrau sich die zur Führung eines Hauswesens erforderlichen Kenntnisse und Fertigkeiten erwerben könnte. Und da konnte ich sie mir nirgends besser aufgehoben denken, als in der Familie meines Freundes Rapp. Im Pfarrhause zu Münkheim wie früher zu Enslingen war es mir bei den kürzeren oder längern Aufenthalten, die ich seit meinen jungen Jahren dort genommen, stets so herzlich wohl gewesen; ich hatte das Walten eines guten, ebenso gemüthlichen als gebildeten Familiengeists gespürt; meinen Freunden war es ebenso gegangen; noch im Sommer 1856 war Kuno Fischer, mit dem ich einen mehrtägigen Besuch im Münkheimer Pfarrhause machte, von dem dortigen Aufenthalte entzückt gewesen: in diesem Hause meine Tochter ein Jahr lang unterzubringen, war mein lebhafter Wunsch für sie. Rapp, Anfangs nicht geneigt, einen Theil dessen selbst einwendend, was sich nachher wirklich herausstellte, wollte doch schließlich meinem Verlangen nicht länger widerstehen, und so trat meine Tochter im Herbst 1858 ihre Lehrzeit im Rapp'schen Hause an. Es war von meiner Seite gewiß gut gemeint; aber es war ein Fehler, und eine neue Bestätigung des Satzes, daß man nichts, wenn auch noch so freundschaftlich, erzwingen soll. Die wackere Familie war eben damals daran, sich äußerlich und auch innerlich aufzulösen. Die Perle derselben, die zweite Tochter, Frida, hatte sich kurz vorher mit dem Professor Boger in Oehringen verheirathet; den beiden andern war der Zutritt einer Fremden und Jüngeren, die mit ihnen das Zimmer theilen sollte, unangenehm, und so sah sich Georgine, vom Heidel'schen Institut her nur Liebe und Freundlichkeit gewohnt, zum erstenmal mit unverhohlener Abneigung behandelt. Die Mutter, ohnehin eine kühle Natur, und dazumal bereits, was wir freilich nicht wußten, von den Anfängen des Uebels ergriffen, dem sie zwei Jahre später erlag, war auch nicht gestimmt, das Mädchen an sich zu ziehen; während der alternde Vater von seiner frühern Heiterkeit und Lebendigkeit schon viel verloren hatte. Nach einem unbehaglich und ohne wesentlichen Nutzen in diesem Hause zugebrachten Jahre verpflanzte ich meine Tochter in das Boger'sche Haus in Oehringen, wo ihr an der Seite der reinen, edeln, liebevollen Frida, unter den Scherzen und oft sehr pädagogischen Neckereien des klugen, immer heitern Boger, besonders seit ich auch den Bruder aus der Preuner'schen Kost in das Bogersche Haus gebracht hatte, das letzte Jahr vor ihrer Wiedervereinigung mit mir ebenso genußreich als bildend verflossen ist.

## 21. Februar.

Mir aber stand noch etwas Schreckliches bevor, ehe ich mit meinen Kindern wieder vereinigt werden sollte. Diese Wiedervereinigung war auf den Herbst 1860 in Aussicht genommen, da nun meine Tochter soweit herangewachsen und vorbereitet war, um mein Hauswesen selbstständig führen zu können, für den Sohn aber der Besuch eines Gymnasiums dringendes Bedürfniß wurde. Daß dieß nicht das Lyceum in Heidelberg sein sollte, war, da mir diese Anstalt von keiner Seite gerühmt wurde, bald beschlossene Sache; ich selbst auch war des Heidelberger Aufenthalts nachgerade satt geworden. Ich hatte schöne Zeiten daselbst durchlebt, auch war literarisch manches Erfreuliche zu Stande gekommen; so außer den schon erwähnten größern Arbeiten der Aufsatz über Spittler für die Preußischen Jahrbücher, über Klopstocks Karlsruher Aufenthalt für Sybels historische Zeitschrift (beides jetzt in meinen Kleinen Schriften); dann, ursprünglich nicht für den Druck bestimmt, zur Confirmation meiner Tochter die Erinnerungen an meine Mutter, ferner die Scherze über das Semikolon und Barbara Streicherin (jetzt in die Neue Folge meiner Kleinen Schriften aufgenommen) und die Einleitung und Anmerkungen zu der von Künzel herauszugebenden Schillersreliquie. Aber seit dem Abgang meiner Tochter hatte der Aufenthalt in Heidelberg seinen schönsten Reiz für mich verloren; bald verließ auch Dr. Julius Meyer, der mir seit Fischers Wegzug immer näher getreten, und durch seinen Kunstsinn ebenso schätzbar wie durch gemüthliches Anschließen an mich lieb geworden war, den Ort, und so war ich zuletzt, da das Verhältniß zu Gervinus doch immer kein cameradschaftliches werden konnte, ohne eigentlichen Umgang. Unter den Orten, die als künftiger Aufenthalt für mich und meine kleine Familie in Frage kommen konnten, mußte leider Stuttgart außer Betracht bleiben; eine Zeit lang schwankte die Wahl zwischen Darmstadt, wohin mich der inzwischen dort angesiedelte Bruder, und Heilbronn, wohin mich das Vertrauen auf die Würtembergischen Lehranstalten und freundschaftlichen Verbindungen von meinem frühern Aufenthalte her zogen; die Entscheidung erfolgte schließlich für das letztere.

Da brachte mich plötzlich die Anzeige von Gräfe's Anwesenheit in Heidelberg, die ich Anfangs September 1860 im Journal las, auf den Gedanken, meine Augen, die neben allgemeiner Schwäche, an einem aus großer Kurzsichtigkeit durch vieles Lesen hervorgegangen und in den letzten Jahren immer mehr gesteigerten Schielen und Doppelsehen litten, von ihm untersuchen zu lassen. Er fand eine Operation nöthig, und wies mich, da er diese seiner unmittelbar bevorstehenden Abreise in die Schweiz wegen nicht selbst vornehmen könne, an seinen Schüler, Dr. W. in D. Wie dieser mich an beiden Augen, aber ungenügend, operirte, und dann Wochen lang mit eiteln Vertröstungen und prismatischen Brillen herumzog; wie ich, solcher Täuschungen endlich müde, mich entschloß, nach Berlin zu Gräfe zu reisen, wie mich dieser, von seiner Reise zurückgekehrt, mit vollständigem Erfolg operirte, aber freilich ohne eine später eingetretene Verminderung der Sehkraft der Augen verhüten zu können, will ich hier nicht erzählen. Erst im November kam ich in Heilbronn an, wo sich unterdessen meine Kinder, unter der Obhut der treuen Caroline, einer ehemaligen Dienerin meiner Familie, bereits häuslich eingerichtet hatten.

Meine neue Existenz in Heilbronn wurde mir nicht so schnell behaglich als ich selbst von der Erfüllung meines langgehegten Wunsches nach Wiedervereinigung mit meinen Kindern erwartet hatte. Die Sorge für das Hauswesen, die Anfangs, bei dem jugendlichen Alter meiner Tochter (sie hatte im Frühling vorher ihr 17tes Jahr zurückgelegt), doch zum Theil noch auf mir lag, war mir nach den sechs Jahren Junggesellenleben eine ungewohnte Last, und auch die Einsamkeit des Wohnens und Lebens war mir unvermerkt zu einer Art von anderer Natur geworden. Allerlei Noth mit dem Dienstpersonal, dessen Lenkung die jugendliche Hausgebieterin erst zu lernen hatte, kam hinzu. Doch wurde es in allen diesen Stücken mit jedem Vierteljahre besser, und als nach vier Jahren durch die Verheirathung meiner Tochter das Zusammenleben und der eigene Haushalt sich wieder löſten, hatte ich mich so daran gewöhnt, daß ich lange Zeit brauchte, bis ich meine Einsamkeit wieder ertragen lernte.

Im Uebrigen machten sich die Verhältnisse in Heilbronn ganz angenehm. Die alten Freunde und Bekannten nahmen mich freudig wieder in ihre Mitte auf; das Gymnasium, dessen Besuch meinem Sohne zu ermöglichen, eigentlich das Motiv meiner Ansiedlung in Heilbronn gewesen war, täuschte meine Erwartung nicht; die Wohnung war schön und geräumig, und die Verhältnisse zu den drei Familien im Hause, besonders zu der des Hausherrn mit zwei Töchtern, durch Vermittlung der muntern, freundlichen Art Georginens das angenehmste. Für meine literarischen Arbeiten fehlte freilich eine größere Bibliothek, doch wurde ich in der Folge von den Bibliotheken zu Stuttgart und Tübingen bereitwillig mit allem Nöthigen versehen.

Das Erste, was ich in Heilbronn, die Kraft der von der Operation angegriffenen Augen schüchtern versuchend, ausarbeitete, waren die Nachlesen zu Frischlin und Schubart, wie sie hernach in meinen Kleinen Schriften abgedruckt worden sind. Im Uebrigen fuhr ich in meinen Vorarbeiten für eine Umarbeitung meines Leben Jesu, d. h. im Lesen und Excerpiren der neueren Leistungen in diesem Fache fort. Es war damals die Zeit der Sammlungen für eine deutsche Flotte, der Wunsch, dieser Sache zu dienen, mit dem anderen verbunden, der Stadt, in der ich zum zweitenmal meine Wohnung genommen, mit einer freundlichen Begrüßung entgegenzutreten, bewog mich, meine Bekannten unter dem Lehrerpersonal des Gymnasiums zur Veranstaltung eines Cyclus öffentlicher Vorträge aufzufordern, den ich am 9. December 1860 mit meinem später gedruckten Vortrag über Lessings Nathan eröffnete.

Der Winter ging mit den schon bezeichneten theologischen Studien hin, deren Einförmigkeit ich jedoch, da sie ihrem Abschluß noch ferne waren, im Frühling durch die Herbeischaffung des Manuscripts von Reimarus und die Abfassung der Schrift darüber zu unterbrechen das Bedürfniß empfand. Gleichzeitig mit diesem Büchlein stellte ich ein Bändchen Kleine Schriften zusammen, in welches ich, außer den oben erwähnten Nachlesen und einem aus Anlaß der Reimarusstudien entstandenen Aufsatz über Brockes und Reimarus, aufnahm, was ich von meinen kleinen Arbeiten aus den letzten 10—12 Jahren der Erhaltung werth achtete. Die beiden Bändchen wurden erst gegen Anfang des folgenden Winters im Drucke fertig.

Der Sommer 1861 brachte mir einen herben Verlust. Am 21. Juni starb unerwartet in Baden, wo er zur Kur sich aufhielt, mein Freund Dr. Sicherer, dessen während meines frühern Aufenthalts in Heilbronn gemachte Bekanntschaft in Kurzem zur Freundschaft gediehen, und auch während der Jahre meiner Abwesenheit durch gegenseitige Besuche und Briefe lebendig erhalten worden war. Nicht nur mich selbst, sondern auch meine Kinder hatte der biedere Freund, obwohl als Junggesell wenig darauf eingerichtet, stets gastlich in seinem stattlichen Hause aufgenommen; meine Anwesenheit besonders in der Regel durch einen Schmaus, wozu er alle Freunde zusammenberief, gefeiert. Unter den Potenzen, die mich jetzt wieder nach Heilbronn gezogen hatten, war er eine der stärksten gewesen. Sein unerwarteter Tod traf mich und alle, die ihm näher gestanden, oder ihn auch nur gekannt hatten, höchst schmerzlich, und es war mir inneres Bedürfniß, mich an einem Gedächtnißworte, wie ich es nach seiner Beerdigung in einem Kreise von Freunden des Verstorbenen sprach, selbst aufzurichten. Es ergab sich in der Folge, daß er unter anderen auch mich mit einem freundlichen Legate bedacht hatte; was mir um so rührender sein mußte, da es in einem Testament vom Jahr 1845 geschehen war, wo wir uns kaum erst kennen gelernt hatten.

## 22. Februar.

Wenig über ein halbes Jahr später starb ein anderer Freund, dessen Haus nicht selten das Ziel unserer gemeinsamen Wanderungen oder Fahrten gewesen war: Justinus Kerner in Weinsperg. Unsere Freundschaft war über 30 Jahre alt, sie datirte aus meiner frühern Studentenzeit, wo mich, in das Studium von Schelling und Jakob Böhme vertieft und mit Kerners Geschichte zweier Somnambulen bereits bekannt, die Nachrichten von der Hellsehenden, die er nachmals Seherin von Prevorst nannte, und die kurz vorher in seine Pflege gekommen war, nach Weinsperg zogen. Gleich damals von Kerner wie von seiner Frau mit der liebenswürdigsten Freundlichkeit aufgenommen, kam ich von da an während einer Reihe von Jahren zu längern oder kürzern Besuchen gerne wieder in das gastliche Haus, und auch die spätere Aenderung meiner Ansichten, insbesondre über das Geisterwesen, änderte nichts in unserm freundschaftlichen Verhältniß. Daß, wie ich mich bei meiner Verheirathung erst in Sontheim, dann in Heilbronn niederließ, der nachbarliche Verkehr mit dem Kerner'schen Hause zu den Annehmlichkeiten meiner neuen Existenz gehörte, versteht sich von selbst. Es war am ersten Sonntag nach meiner Ankunft in Heilbronn, daß der brave Sicherer mit dem Wagen vor meiner Wohnung hielt, um mich und meine Kinder dem alten Freunde zuzuführen. Kerner war bereits an das Zimmer gefesselt, in der Regel saß er in braunem mönchs= kuttenartigem Schlafrock auf einem Kanapé am Fenster, auf dessen Sims ein Laubfrosch im Glase stand, während von demselben allerlei seltsam geformte Gurken und Kürbisse aus dem Garten, den der Dichter nicht mehr besuchen konnte, herunterhingen. Rührend war die Liebe, mit welcher der Alte mich bei diesen Besuchen, die ich von da an fleißig wiederholte, jedesmal empfing, mit der er meine Kinder, die er seit ihren ersten Lebensjahren nicht mehr gesehen hatte, zu sich heranzog und mit den halb= blinden Augen betrachtete, wohl auch betastete, indeß ich mich an seine Seite setzen mußte, um das trauliche Gespräch aus alter Zeit zu erneuern. Auch für die Kinder fiel von seinen Reden immer etwas ab, ein heiteres, wohl auch derbes Scherzwort, eine drollige Erzählung: sie waren immer gern dabei, wenn es nach Weinsperg ging und werden das Bild des greisen Dichters gewiß lebenslänglich in der Seele behalten. Aber daß es leiblich mit ihm zu Ende ging, war nicht zu verkennen, und so kam im Fe= bruar 1862 die Todesnachricht, wenn auch wegen der Kürze der vorangegangenen eigentlichen Krankheit überraschend, doch nicht unerwartet. Dem Leichenbegängniß konnte ich leider, durch die Grippe in's Zimmer gesperrt, nicht beiwohnen: ich schickte meinen Sohn statt meiner, der bei dieser Gelegenheit das Glück hatte, dem zu des Freundes Leiche herbeigeeilten Uhland, der demselben bald im Tode nachfolgen sollte, vorgestellt zu werden. Gleich damals ging mich Kerners Enkelschwiegersohn, später sein Sohn im Namen der Familie an, den Nekrolog des Verewigten für den Schwäbischen Merkur zu übernehmen. Für den Augenblick machte mich die Grippe, die mich noch nicht losgelassen hatte, dazu un= fähig: aber auch davon abgesehen fühlte ich mich zu der Arbeit wenig geneigt. Man hat dabei, besonders wenn man im Auf= trag der Hinterbliebenen handelt, zwischen diesen und der Wahr=

heit einen schlimmen Stand. Ich liebte und verehrte Kerner als eine schöne poetische Natur; aber von seinen Leistungen als Dichter dachte ich mäßig, und vollends seine Bestrebungen und Schriften im Fache des Hellsehens und Geisterwesens konnte ich, so wie ich jetzt dachte, höchstens entschuldigen, nicht vertreten. Also lehnte ich das Ansinnen der Familie unter schicklicher Andeutung dieser Gründe ab. Allein ich sollte nicht loskommen. Theobald Kerner stellte mir die unumwundene Aeußerung meiner Ansicht frei; doch auch so übernahm ich die Arbeit nur in der bedingten Art, daß ich sie, wenn sie fertig wäre, dem Sohne zusenden wollte mit der Befugniß, sie zu cassiren oder drucken zu lassen, in diesem Falle aber ohne etwas daran zu ändern. Er ließ sie drucken; aber ich habe alle Ursache zu glauben, daß die Familie übel damit zufrieden gewesen ist. Ein Bruderpaar Reinhard in Cannstatt gab hernach ein ganz schwaches, aber durchaus bewunderndes Büchlein über Kerner heraus, und der Exminister Rümelin unternahm es in der Allgemeinen Zeitung, seine Geisterklopfereien unter der Firma von Erscheinungen, deren Gesetze man künftig noch entdecken würde, gegen mich zu retten. Dagegen warf mir Gervinus freundschaftliche Parteilichkeit für Kerner vor: ein Vorwurf, der, so wie er ihn machte, wohl zu stark, doch jedenfalls begründeter sein möchte als der entgegengesetzte. Aber den alten Freund, den seltenen Menschen, den liebenswürdigen Nachbar hatten wir jetzt eben verloren, und es war in der Folge immer ein überaus wehmüthiges Gefühl, wenn man wieder einmal nach Weinsperg kam, das Haus anzusehen, und des Mannes, der es einst belebt hatte, zu gedenken.

Indessen gingen meine theologischen Vorarbeiten ihren Gang; doch in rechten Zug kamen sie erst, oder der langsam gehäufte Holzstoß gerieth erst in Brand, als ich endlich dazu schritt, nachdem ich so manche andere Stimme angehört, nun auch das Buch, das mit Rücksicht auf jene Stimmen umgearbeitet werden sollte, mein altes Leben Jesu, wieder anzusehen. Das war doch noch immer die Sprache, die ich am Besten verstand; das waren meine Gesichtspunkte, mein eigenthümliches Pathos; an diesem Jugendfeuer entzündete sich der Eifer des Mannes noch einmal. Das war aber auch kein schlechtes Buch, wie ich oft nahe daran gewesen war den Gegnern zu glauben, das verbessert werden wollte; son-

dern bei allen seinen Mängeln ein so gutes, daß ich mich zusam=
menzunehmen hatte, um es durch die Umarbeitung nur nicht
schlechter zu machen. Aber auch das wurde mir jetzt vollends klar,
daß die Umarbeitung keine partielle, durch Aenderung und Ein=
schiebung in das alte Buch zu bewerkstelligende, sondern eine
totale, d. h. die Ausarbeitung eines völlig neuen Buches, sein
müsse.

Winters Anfang 1862 ging ich an die Ausarbeitung, die
mich bis zum Juli des folgenden Jahres in Anspruch nahm. Sie
wurde mir, besonders von vorn herein, nicht leicht. Schon die
doppelte Rücksicht, einerseits populär, und andererseits doch auch
so zu schreiben, daß die Theologen zu merken bekämen, ich kenne
ihre Schliche wohl, erschwerte die Arbeit. In der Einleitung
kostete mich besonders der Abschnitt über die äußeren Zeugnisse
für die Evangelien, außerdem die Darlegung der neueren Ver=
handlungen über das Verhältniß der drei ersten, Mühe. Im
ersten Buche sodann war es eine saure Arbeit, aus so ungenü=
genden und so vielfach überarbeiteten Berichten ein muthmaßliches
Bild der Persönlichkeit, der Absichten und Schicksale Jesu heraus=
zuarbeiten, und die Mühe wurde nicht erleichtert durch die stille
Ueberzeugung, die ich umsonst in mir bekämpfte, daß sie doch
eigentlich vergeblich sei. Bis zu den Erzählungen vom Tode Jesu
hatte ich mein Fuhrwerk mühsam und langsam bergauf geschoben:
jetzt fand ich mich auf der Höhe; mit der Auferstehungsgeschichte, noch
innerhalb des ersten Buchs, senkte sich die Straße, und von da
an, noch mehr mit dem zweiten Buch, meiner alten Domäne,
rollte mein Wägelein rasch und lustig bergab. Wenn man über
Schwere des Styls geklagt hat, so kann dieß wohl nur die erste
Hälfte des Buchs, insbesondere jene Partien betreffen, die mir
selbst schwer geworden sind; es müßte seltsam zugegangen sein,
wenn man in der zweiten Hälfte die muntere Stimmung des sich
wieder ganz in seinem Elemente fühlenden Verfassers nicht auch
seiner Schreibart anmerken sollte.

Doch mitten in die Arbeit an dem neuen Leben Jesu war
abermals ein harter Schlag, der härteste von denen gefallen, die
mich seit meiner Wiederansiedelung in Heilbronn betroffen hatten.
Niemand hatte gleich von Anfang dieser Arbeit eine lebhaftere
Theilnahme zugewendet, als mein guter Bruder Wilhelm, der,

seit er sich Gesundheitswegen aus seinem Geschäfte zurückgezogen, und Anfangs in Frankfurt, seit 1860 in Darmstadt seinen Ruhe= sitz genommen hatte, sich erst die rechte, wenn auch anderseits leidige Muße gegönnt sah, dergleichen Bestrebungen wieder mehr im Zusammenhang zu folgen, die ihm von jeher wichtig gewesen waren. Bei dem Bau eines Wohnhauses und einer Fabrik in Köln hatte er sich durch Erkältung und Nässe, wohl auch Aerger über die Handwerksleute, eine Krankheit mit Herzaffection zuge= zogen, die, von dem Arzte nicht richtig erkannt, ja hartnäckig ver= kehrt behandelt, als Verhärtung der Herzklappen sich festsetzte. Zwar sah in der Folge der treffliche Nasse in Bonn, dem sich mein Bruder längere Zeit daselbst in die Kur gab, der Sache auf den Grund, und seiner einsichtsvollen Behandlung, mit den Diätvorschriften, die er dem Patienten gab, und die von diesem fortan unverbrüchlich beobachtet wurden, hatten wir die Erhaltung seines Lebens während 18 weiterer Jahre zu danken; aber unter allerlei Schwankungen nahm das Uebel doch von Jahr zu Jahr zu, und machte zuletzt den Rücktritt von einem, sollte es mit Er= folg betrieben werden, höchst anstrengenden, und besonders mit einem Leiden solcher Art unverträglichen Geschäfte unumgänglich. Auf dem Boden der modernen Weltanschauung durch Lectüre und eigenes Nachdenken fest begründet, ihren Ergebnissen mit warmer Ueberzeugung zugethan, und nur von der vollständigen Ausarbeitung und Verbreitung derselben Heil für die Menschen erwartend, sah er zwar in meinen früheren theologischen Schriften dankenswerthe Beiträge dazu, aber theils erschienen sie ihm in ihrer Haltung zu negativ, in ihrer Form zu gelehrt, um ins All= gemeine wirken zu können, theils fand er in meinen späteren Schriften, Hutten etwa abgerechnet, Seitenschritte statt einer An= näherung zum Ziele. So begrüßte er zwar meine Rückkehr zur Theologie mit großer Freude; nun aber, meinte er, müsse ich auch auf den Kern der Sache losgehen, der alten christlichen Welt= anschauung in allen ihren Theilen und Folgerungen, von Gottes= und Weltbegriff bis auf die Lehren von Lebensgenuß und Sitte hinaus, die moderne natürliche oder philosophische entgegenstellen, und dieß in einer Form und Sprache, die für Alle verständlich und ergreifend wäre. Daß ein solches Werk wünschenswerth sei, bestritt ich nicht; daß es schwer und die Zeit vielleicht noch nicht da sei, es zu schreiben, bestritt er nicht; als ich ihm meinen Plan eines neuen Lebens Jesu vorlegte, ließ er ihn nur als eine Abschlagszahlung gelten; ich selbst halte es nicht für mehr und denke eben jetzt an die schließliche Abzahlung: allein nur mit halber Hoffnung, sie noch leisten zu können. Dessenungeachtet sah er, seit ich mit der Ausarbeitung jenes Buches angefangen hatte, von Brief zu Brief den Nachrichten, die ich ihm von den Fortschritten der Arbeit gab, begierig entgegen und ermunterte mich, rüstig fortzufahren. Wie ich dadurch auf den Gedanken kam, das Buch ihm zu widmen, wie ich aber die schon geschriebene Widmung für mich behielt, um ihn mit der gedruckten zu überraschen, und wie er hinwegstarb, ohne von meinem Vorhaben etwas erfahren zu haben, ist von mir in dem Buche selber angemerkt worden.

Schon mit dem Anfang des Winters 1862/63 hatten sich seine Leiden vermehrt, im Januar flößte sein Zustand Besorgniß ein; allein von scheinbar viel schlimmeren Anfällen hatte man ihn so oft sich wieder erholen sehen: so zögerte ich, um ohne wirkliche Noth meine Arbeit nicht zu unterbrechen, mit der Reise, bis — auf einmal die Todesbotschaft mich überraschte. Jetzt warf ich mir mein Zaudern schmerzlich vor, und wußte mich nur dadurch einigermaßen zu trösten, daß, was mich zurückhielt, nichts Anderes, als eine auch ihm so wichtige Arbeit gewesen war. So sah ich nur den Todten wieder, und hatte nun in noch ganz anderem Sinn, als früher bei dem Freunde, das Bedürfniß, mich durch ein Gedächtnißwort, das ich im Kreise der Familie sprach, aufzurichten. Was mir in ihm gestorben war, habe ich in diesem Gedächtnißwort auszudrücken versucht: ich kann jetzt hinzusetzen, daß mir seitdem nichts in Freud oder Leid begegnet ist, wobei ich nicht seine Theilnahme, seinen Rath, seine Ansprache, kurz, ihn selbst, schmerzlich vermißt hätte. Wenn uns mit einem Freunde ein Theil unsrer selbst stirbt, wie ganz anders noch mit einem Bruder, besonders wenn einer uns in so vollem Sinne, wie mir der Verstorbene, Bruder war.

## 24. Februar.

Nach meiner Rückkehr vom Grabe des Bruders suchte und fand ich in meiner Arbeit den Trost, der möglich war. Als im Juli das Werk von Renan erschien, war ich mit dem meinigen

beinahe fertig, und fand, auch nachdem ich jenes gelesen, in die=
sem nichts zu ändern, außer daß ich an ein paar Stellen auf
dasselbe kritische Rücksicht nahm. Nach dem Abschluß meines
Concepts machte ich zu meiner Erholung eine mehrtägige Reise in
den Schwarzwald, und fing dann, heimgekehrt, an, mein Concept,
das ich der allzugroßen Augenanstrengung wegen nicht mehr, wie
früher, selbst abzuschreiben mich getraute, einem Schreiber in die
Feder zu dictiren. Im October wurde ich hiermit fertig, und
sendete das Manuscript an Brockhaus, mit dem ich im November
wegen des Verlags einig wurde. Das neue Leben Jesu wurde
im Februar 1864 ausgegeben; die Auflage war stark; um so
größer und angenehmer daher meine Ueberraschung, als schon
um Ostern die Nothwendigkeit einer zweiten Auflage sich zeigte,
bei der ich nur wenige Verbesserungen anbrachte.

Eine französische Uebersetzung unternahmen zu meiner Freude
die Herren Nefftzer und Dollfuß in Paris, und lieferten, obwohl
sie sich dabei nur die Revision, die aber streckenweise zur eigenen
Uebersetzung wurde, vorbehalten hatten, eine mustergültige Arbeit.
Der Vertrag wurde auf Dreitheilung des Gewinns zwischen Ver=
fasser, Verleger und Uebersetzer abgeschlossen, und hat dem erstern,
wenn auch die Geschäftsfreunde an Pünktlichkeit viel zu wünschen
übrig lassen, doch schon einigen Ertrag verschafft. Daß ich von
Seiten der englischen Uebersetzung nicht ganz leer ausging, ver=
danke ich dem Wohlwollen des Hrn. Mackay, der das Risico
großmüthig über sich genommen hat.

Im Laufe des Sommers lernte ich das von Rütenik heraus=
gegebene Schleiermacher'sche Leben Jesu kennen, und faßte bald
den Plan, es einer ausführlichen Kritik zu unterwerfen, was ich
auch nach meiner Rückkehr von Homburg, wo ich mit meiner
Tochter und Schwägerin den Brunnen getrunken hatte, in Aus=
führung brachte. Ich hatte der Aufrichtung durch eine solche
Arbeit nöthig unter den allerhand Sorgen, welche die bevor=
stehende Verheirathung meiner Tochter und Auflösung meines Haus=
wesens mit sich brachten.

Nach der Hochzeit meiner Tochter am 17. November, und nach=
dem mein übriger Hausrath theils versteigert, theils einstweilen
untergebracht war, reiste ich zu meiner Zerstreuung nach Berlin,
wo ich die Arbeit über Schleiermachers Leben Jesu voll=

ends zurecht machte und drucken ließ. Zugleich wurden zu zwei weiteren literarischen Unternehmungen dort die Keime gelegt. Daß ich die Kritik des Schenkelschen Charakterbilds hinter der Schrift über Schleiermachers Leben Jesu noch einmal abdrucken ließ, hatte zunächst den zufälligen Grund, daß ich mit dem Verleger auf 15 Bogen und einen Ladenpreis von 1 Thlr. gerechnet hatte, und nun die Kritik Schleiermachers nur 14 Bogen füllte. Im Honorar machte es keinen Unterschied, aber 14 Bogen zu 1 Thlr. schien mir zu theuer, und so fügte ich, nicht ungern, noch jenen schon gedruckten Artikel hinzu. Darin lag der Keim zu der weiteren Fehde mit Schenkel. Und in dem Umstande, daß ich das Büchlein zum Andenken an meine Mutter im Lewaldschen Hause zur Vorlesung brachte, und dem Eindruck, den es da machte, lag der Anlaß zur Zusammenstellung der Neuen Folge Kleiner Schriften.

Auf der Rückreise von Berlin im schneereichen März 1865 erkältete ich mich so gründlich, daß ich unterwegs zweimal, in Jena und Frankfurt, das Bett hüten mußte, und endlich in Heidelberg, wo ich mich 4 Wochen lang, mit der halben Absicht, aber ohne rechte Lust, mich wieder da niederzulassen, aufhielt, an einem bedenklichen, mit Fieber verbundenen Husten erkrankte. Der Arzt schickte mich Ende April nach Baden, um da Molken oder Griesbacher Wasser zu trinken; aber erst die Aenderung des Wetters, der erste Regen nach langem trocknem Ostwinde, machte mich schnell gesund. Und ebensoviel trug meine dort vorgenommene Arbeit: Die Halben und die Ganzen, dazu bei, die ich mit einem innern Trieb und Glück geschrieben habe, wie lange nichts Anderes.

Nach einem angenehmen Sommeraufenthalte mit meiner Tochter in Biebrich und nachher einem vergeblichen Versuch, mich in Bonn anzusiedeln, zog ich nach Darmstadt, wo mir die Veranstaltung und Correctur des zweiten Bändchens Kleiner Schriften und die Vorbereitungen zu einem Büchlein, das an die Stelle der alten Dogmatik treten soll, den Winter herumbringen halfen. Weihnachten und Neujahr brachte ich bei meiner lieben Tochter und ihrem braven Manne sehr gemüthlich zu, und am 1. Februar dieses Jahres hat mich die erstere durch die glückliche Geburt eines Enkels zum Großvater gemacht.

## Zweite Abtheilung.

München, 19. November 1867.

Schon sind es mehr als sechs Wochen, daß ich wieder in München bin. Wieder: das heißt zum fünften Mal, und zu längerer Niederlassung zum zweiten. Was mir doch dießmal die Stadt eine ganz andre Miene zeigt als das erste Mal! Ob die Ursache wohl nur die ist, daß ich damals um beinahe 20 Jahre jünger war? Damals so eben 40, wie jetzt demnächst 60? Die drei Male aber, die ich dazwischen hier war, sind nur kurze Besuche von einigen Wochen gewesen, wo ich der alten Zeit mich erinnere, alte Freunde und Bekannte wiedersehen wollte, wo mir München in dem rosenfarbenen Schimmer des Reisehumors erschien. Jetzt handelt es sich wieder um eine längere Niederlassung, und da seh' ich Alles ohne jeden Nimbus, sowohl den touristischen der Jahre 1858, 65 und des Frühlingsbesuchs von 1867, als den jugend= lichen — wenn ein solcher einem 40jährigen Schwaben noch er= laubt war — von 1848 bis 51.

Es ist schlimm, an einen neuen Ort versetzt zu werden, wenn man sich nicht auch im Stande fühlt, ein neues Leben zu beginnen. Ich aber fühle jetzt nur, daß das alte zu Ende ist, ohne daß sich ein neues in mir regen wollte. Altershalber könnte das wohl noch sein, 60 Jahre ist für einen Gelehrten noch nicht die Zeit, die Feder niederzulegen. Ebenso wenig als es für einen im Gan= zen gesunden Mann zu spät ist, zu leben und des Lebens sich zu freuen. Aber mein Leben wie meine Schriftstellerei ist eben gar zu oft gebrochen, unter= und abgebrochen worden, als daß sie noch den frischen Trieb haben könnten, den sie den Jahren nach wohl noch haben sollten. Vom Leben will ich hier nicht reden — Niemand beichtet gern in Prosa, sagt Göthe —; aber meine Schriftstellerei, welch ein wunderliches Geflicke abgerissener und wieder angeknüpfter Fäden stellt sie dar! Jede neue Erwägung und Erfahrung gibt mir von Neuem schmerzlich zu erkennen, welch unersetzlichen Schaden mir meine Entfernung vom akademi= schen Lehrstuhl im Jahr 1835 und die vereitelte Zurückführung auf denselben i. J. 1839 zugefügt hat. Wie frisch hat die stetige

Kathederwirksamkeit meine Freunde erhalten — von dem unver=
wüstlichen Zeller nicht zu reden, aber auch Vischer, der nach Gei=
stesart und Schicksal mir verwandter ist, welchen schönen Nach=
sommer seines Wirkens erlebt er noch, seitdem er der Würtember=
gischen Heimath wiedergegeben ist. Würde das aber der Fall sein
können, wenn er die 11 Jahre, die er im Ausland zubrachte, auch
entfernt vom Katheder, vom frischen lehrenden Verkehr mit der
Jugend hätte zubringen müssen?

Man sage mir nicht: bei der Muße, die du hattest, der
lastenden Nothwendigkeit enthoben, für den täglichen Bedarf zu
arbeiten, hättest du dich von innen heraus frisch erhalten, die freie
Zeit, um die dich mancher deiner akademischen Freunde beneidet
haben dürfte, zu freien Geistesschöpfungen benutzen können und
sollen. Freie Geistesschöpfungen! Nun einige der Art, so gut
ich's eben konnte, habe ich ja während meiner Mußezeit geliefert.
Aber zu freien Geistesschöpfungen im eigentlichen Sinn ist unser
einer eben nicht der Mann. So stetig und nachhaltig quoll es
nicht in mir, daß ich auch ohne Anlaß von außen immerfort hätte
schaffen, und wiederum auch den geduldigen Gelehrtengeist hatte
ich nicht, daß ich auch ohne Rücksicht auf das Schaffen immerfort
hätte arbeiten können. Dazu — meine alte Klage — das Zwei=
seitige, Unzusammenhängende meiner geistigen Begabung. Ganz
paßte zu dieser mein anfänglicher theologischer Beruf zwar auch
nicht; aber hätte man mich in diesem gelassen, so glaube ich sicher,
daß es mir gelungen wäre, nach und nach alle Quelladern meines
Talents in jenes Bette zu leiten, auch die ästhetisch=poetischen
Seiten meiner Natur für die akademische Thätigkeit fruchtbar zu
machen. Nun aber stieß man mich aus dieser Laufbahn, benahm
mir bald jede Hoffnung in dieselbe zurückzukehren: und so schön
war die spröde Gebieterin denn doch nicht, daß ich mich hätte be=
wogen fühlen sollen, auch ihre verschlossene Pforte noch zu bela=
gern. Ich erinnerte mich also, daß auch schon vor ihr manches
schöne Gesicht Eindruck auf mich gemacht hatte; wenn nur — ja
das freilich war es: der Theologie und Kirche würde ich nie Ge=
legenheit gegeben haben, mir die Thüre zu weisen, wenn ich nicht
schon vorher andere Thüren mir verschlossen gefunden hätte. Doch
das von den Thüren ist geflunkert: es handelte sich nur um Eine
solche, die der Poesie. Allein diese hatte doch so manche, wenn=

gleich nicht durchaus ebenbürtige, Halbschwestern: Aesthetik, Historie mit ihren verschiedenen Fächern: ob da nicht ein Unterkommen für mich zu finden war? Also versucht' ichs da, und nicht ganz ohne Erfolg, wie bekannt; und gewisse Seiten meiner Natur fanden dabei selbst noch mehr ihre Rechnung als bei der Theologie. Bald aber zeigte sich ein anderer Fehler. An das Fach der Geschichte — und das war es doch, was mich am ernstlichsten anzog — war ich zu spät herangekommen. Ich wußte es nur an seinem biographischen Zipfel zu fassen. Und auch das nicht ohne viel Mühe und Ungeschick. Die Beifuhr des Materials machte mir stets weit mehr zu schaffen, und kam doch nicht so genügend zu Stande, wie bei den gelernten Männern des Fachs. Ich dachte oft, wenn ich als Historiker von der Pike auf gedient hätte, so hätte ich da etwas leisten können. Möglich, oder auch nicht, ich weiß es nicht; so wie es nun einmal um mich stand, war es kein Wunder, daß unter Zeitumständen, die einen theologischen Protesteifer wieder anfachen konnten, ich mich angemuthet fand, den längst abgerissenen theologischen Faden wieder anzuknüpfen.

Ein paar Jahre spann ich an diesem Faden fort: nun ist er auf's Neue abgerissen. Und kein Wunder. Hatte mich aus der historisch-ästhetischen Schriftstellerei einestheils doch auch das Bewußtsein herausgetrieben, in dieser Sphäre nur Dilletant zu sein, nur Dilletantisches leisten zu können: so mußte ich nun in der Theologie die Erfahrung machen, daß ich während der 18 Jahre, seit ich mich von ihr losgesagt, auch in ihr gewissermaßen zum Dilletanten geworden war. Mit dem Treiben ganzer theologischer Schulen und Richtungen seit dieser Zeit war ich nicht mehr auf dem Laufenden, mein Interesse für theologische Dinge überhaupt nur noch ein sehr Beschränktes. Hatte mich früher auch an dem Studium des mir Antipathischen der polemische Eifer festgehalten, so überwog jetzt der Ekel an dem Abgeschmackten und Erlogenen jeden Antrieb, mich näher darauf einzulassen. Nur Eines ist, wozu ich noch einen verborgenen Trieb in mir empfinde, und schon ein gewisser Instinct der Symmetrie in meinem Innern führt mich dazu: in ähnlicher, — oder vielmehr in ganz anderer Art, nämlich in viel freierer Umgestaltung, wie von meinem Leben Jesu, möchte ich auch von meiner Dogmatik noch eine, so gut als mir möglich, populäre Umarbeitung, gleichsam ein letztwilliges Glaubensbekenntniß eines Denkenden unserer Tage, geben. Aber diese Aufgabe ist eine so schwere, daß ich immer wieder verzweifle, ihr mit meiner sinkenden Kraft noch gewachsen zu sein.

Denn die beste und frischeste müßte ich einzusetzen haben, um nicht befürchten zu müssen, durch eine solche Arbeit meinem literarischen Rufe vollends den Garaus zu machen. Was hilft es, sich das Demüthigende zu verhehlen? Thatsache ist doch, daß seit meinem ersten Leben Jesu ich mich in der Schätzung des Publicums immer weiter heruntergeschrieben habe. Erst hatte man nur Verwünschungen für dieses Buch; dann, als man es zu schätzen anfing, setzte man es gleichzeitig gegen spätere Leistungen Anderer, wie meine eigenen späteren Leistungen gegen jene frühere, herunter. Man sieht, ich habe Glück gehabt als Autor! Indessen in gewissem Sinne stimme auch ich dem Urtheil derer bei, welche mein erstes Leben Jesu für meine beste Arbeit halten. Es ist dieß geworden, weil ich dabei meine frische jugendliche Kraft nach sachmäßiger Vorbildung mit voller Begeisterung auf einen Gegenstand wandte, der eben damals zu den Hauptaufgaben der Zeit gehörte. Auch den folgenden Arbeiten widmete ich, wenn gleich, soweit sie nicht theologisch waren, einen andern, doch nicht geringern Theil meiner Kraft, und vorgeübt war sie, wenigstens in formeller Hinsicht, was Darstellung und Ausdruck betrifft, selbst noch mehr; auch an Begeisterung fehlte es nicht, wenn sie auch die urkräftige nicht sein konnte wie damals, wo sie mit einem Grundbestreben der Zeit zusammentraf; aber daß dieses Zusammentreffen, und außerdem freilich zum Theil auch die stoffliche Vorübung, fehlte, entschied zu Ungunsten dieser späteren Schriften. Doch darf ich mir, wenn auch hier Beklagter und Richter in Einer Person, herausnehmen, zu sagen, daß diese Ungunst eine nur zum geringsten Theil verdiente war. Von der zweiten Hälfte meines neuen Leben Jesu glaube ich nicht, daß sie unter irgend einer Partie des ersten steht, und meine „Halben und Ganzen" halte ich für das Beste, was ich überhaupt im polemischen Fache geschrieben habe. Dennoch haben selbst die Gutgesinnten mir diese Streitschrift — wenigstens ihren Haupttheil, gegen Schenkel — nur eben verziehen. Meine Kleinen Schriften, obwohl in ihren beiden Theilen meines Erachtens das Beste enthalten ist, was ich rein als Schriftsteller, in Absicht auf Darstellung und Sprache, habe leisten können, hat man gar nicht beachtet. Auch den Hutten, obwohl er seiner Zeit viel Beifall fand, hat man mir doch nicht bleibend gut ge= schrieben; es darf heute, wenn überhaupt noch von mir die Rede ist, jeder literarische Gassenjunge an mir die Schuhe abputzen, ohne eine Zurechtweisung fürchten zu müssen.

Nun soll man sich freilich durch den äußeren Erfolg oder den Mangel eines solchen in seinem schriftstellerischen Thun nicht bestimmen lassen, und meine Art ist dieß auch niemals gewesen, so wenig, daß ich als Autor gewiß mehr Glück gemacht haben würde, wenn ich auf den augenblicklichen Geschmack des Publicums mehr Rücksicht hätte nehmen wollen: aber Alles hat doch seine Grenzen. Zudringlich sein darf man nicht. Hat das Publicum einem Schriftsteller so deutlich wie mir zu verstehen gegeben, daß es ihn nicht mehr lesen will, so meine ich, darf er auch nicht mehr schreiben. Denn rein nur für sich selber schreibt man nur etwa Tagebuchblätter, wie ich hier; was man den Freunden zu sagen hat, das sagt man ihnen mündlich oder in Briefen; die Nach= welt aber — nun da gilt ja wohl der Spruch: „Sorget nicht für den kommenden Morgen; denn der kommende Tag wird für das Seine sorgen; es ist genug, daß jeder Tag seine eigene Plage habe." Soviel also scheint mir für einen Schriftsteller in meiner gegenwärtigen Lage deutlich angezeigt: glaubt er sich nicht jetzt oder künftig im Stande, etwas zu schreiben, das geeignet ist, das Publicum in weiten Kreisen zur Beachtung und zur Hochachtung zu zwingen, so soll er nichts mehr schreiben.

## München, 20. November.

Wie seltsam oft die Fäden der Lectüre laufen, wenn man einmal im Fall ist, in der Lectüre nur dem Zufall und der Ideen= association zu folgen. Noch in Darmstadt las ich, durch Freund A. Metz darauf geführt:

1) Schmidt's (von Jena) Geschichte der preußischen Unions= oder Einheitsbestrebungen — ich weiß den Titel nicht mehr genau, die Erzählung beginnt aber mit dem Fürsten= bund und schließt mit dem Krieg von 1866 und dessen Folgen. In dem Büchlein fand ich einen höchst zeitgemäßen Stoff mit richtiger Einsicht, in löblicher Gesinnung, nicht ohne Geschick be=

arbeitet; wenn ich auch tieferes Talent, wie höhere Weihe ver=
mißte. Daraus ersah ich unter anderem mit Verwunderung, daß
das sog. vaticinium Lehninense mehr wie einmal in der preu=
ßischen Politik gespukt habe, daß insbesondere in diesem Jahr=
hundert noch der Staatskanzler von Hardenberg darauf aufmerk=
sam gewesen sei.

2) Zufällig besaß ich einen Abdruck dieses vaticinium,
nahm denselben vor mich, aber sah fast nur in einen Nebel,
worin ich wenig Körperhaftes unterscheiden konnte. Holte mir
daher

3) den Band von Schmidt's historischer Zeitschrift,
auf welchen in jener Schrift wegen zweier Aufsätze über das vaticinium Lehninense, die dort zu finden sein sollten, verwiesen
war. Der erste war der späte Abdruck eines für den Staats=
kanzler in dessen Auftrage von Wilken erstatteten Gutachtens.
Ich fand die Arbeit schwach; erst wird ganz im Ernste widerlegt,
daß das Ding keine wirkliche, vom heiligen Geiste eingegebene
Weissagung sei; unter den Beweisgründen hiegegen ergetzte mich be=
sonders der, daß der heilige Geist in den von ihm wirklich inspi=
rirten biblischen Propheten niemals witzig gewesen, was er im
vaticinium Lehninense in dem bekannten Vers:

Multa per edictum, sed turbans plura per ictum —
von der Johann=Sigismund'schen Ohrfeige an den Neuburgischen
Prinzen Wolfgang Wilhelm, doch unleugbar gewesen wäre. Wenn
ferner Wilken gegen das angebliche Alter der Prophezeiung, Sec.
14, dessen reines, unmönchisches Latein anführt, so weiß man schon
nach den ersten Versen:

Nunc tibi cum cura Lehnin cano fata futura,

Quae mihi monstravit dominus, qui cuncta creavit,
noch mehr aber nach vielen der folgenden, die namentlich gegen
die Prosodie auf's gröbste verstoßen, nicht, was man von Wilkens
eigener Latinität denken soll. Uebrigens sind allerdings die Mo=
nachismen ohne Zweifel absichtlich, und die damit zusammen=
hängenden Fehler hat der Verfasser nicht vermeiden wollen.
Der zweite Aufsatz, von Giesebrecht, ist bedeutend besser. Wilkens
Hypothese in Betreff des muthmaßlichen Verfassers — ich habe
nicht behalten, auf wen der gerathen hatte, ist treffend widerlegt.
Aber auch bei Giesebrechts Rittmeister von Oelven habe ich mich)

nicht beruhigen können. Wenn man ihn auch nach dem, was Giesebrecht sonst von ihm an Charakterzügen wie an Versen beibringt, eines Products wie unser vaticinium im Allgemeinen wohl fähig halten möchte, so bleibt doch des Propheten katholischer Widerwille gegen das Haus Hohenzollern und insbesondere die Begründer des Protestantismus in der Mark, unerklärt. Ich halte mithin die Frage nach der Person des Verfassers (wenn nicht seitdem etwas Befriedigenderes erschienen ist, was ich nicht weiß) für noch ungelöst, pflichte dagegen in Betreff der Entstehungszeit Giesebrecht bei, der die ersten Jahre Friedrichs III., vor der Königskrönung, die nirgends angedeutet, mithin den Ausgang des 17. Sec., als solche annimmt, sofern bis dahin die Weissagung, nach Abzug des Orakelstyls, Zug für Zug zutrifft, von jenem Zeitpunkt aber theils in's Unbestimmte, theils in's Irrige geräth. Ein kurzer historischer Commentar von Giesebrecht setzt das alles nach Wunsch in's Licht.

4) Nun hätte ich mich aber doch mit der Geschichte der Mark gern auch unabhängig von der Lehniner Weissagung etwas näher bekannt gemacht, als ich mich bis dahin rühmen konnte, es zu sein. Holte mir also bald nachdem ich hier angekommen war, auf der Bibliothek die neuerschienene und im Schwäbischen Merkur angerühmte Geschichte des preußischen Staats von Eberty: I. Theil bis zum Ende des großen Kurfürsten; II. Theil bis 1740. Ganz so gut wie ich nach dem Merkurartikel das Buch erwartet hatte, fand ich es doch nicht. Ich fand eine Arbeit in usum publici majoris mit gewandter aber flüchtiger Feder gefertigt. Gerade von dem bedeutendsten der brandenburgischen Herrscher vor dem großen Friedrich, dem großen Kurfürsten, bekommt man bei aller Ausführlichkeit der Erzählung keinen rechten Begriff. Der Widerspruch, worin seine oft unnöthigen Kriege, seine ebenso treulose als im Allgemeinen resultatlose Diplomatie, seine herzlose Prachtliebe über dem Elend des Volks — mit dem Prädicat des Großen stehen, das ihm der Verfasser mit Recht nicht zu entziehen wagt, bleibt von ihm ungelöst. Befriedigender ist seine Darstellung Friedrich Wilhelms I., wie sie auch mit sichtlicher Vorliebe in detaillirter Ausführung gegeben ist.

5) Die Jugendgeschichte Friedrichs II., die in den Umkreis des 2. Theils des Ebertyschen Buches fällt, veranlaßte mich, nach

einigen der dort angeführten Monographien zu greifen. Die erste, die Rheinsberger Zeit betreffend, war die Schrift: Chasot, von Kurd von Schlözer. Von diesem Verfasser hatte ich schon früher Verschiedenes gelesen: gleichfalls kleine Monographien, eine über die letzten Zeiten der Hansa, eine über Choiseul 2c. Diese hatte ich brillant, aber etwas manierirt geschrieben gefunden; be= sonders zu dem großen historischen Object der erstern, das eine nüchtern pragmatische Entwicklung erheischte, paßte der graziöse Salonstyl schlecht. Bei der Schrift über Choiseul mochte es der dürftige unerquickliche Gegenstand sein, warum sie mir keinen be= sondern Eindruck machte. Um so angenehmer war ich jetzt durch das Chasot=Büchlein überrascht. Hier fand ich Styl und Gegen= stand in Uebereinstimmung. Ersterer schien mir auch für sich schlichter, weniger prätentiös geworden zu sein. Und der leichte lebenslustige brillante Franzose, paßte vortrefflich in solchen Rahmen. Nur fast etwas gar zu leicht hat es sich der Verfasser mit der Form gemacht: die Aufnahme langer französischer Brief= oder Memoirenstellen in den deutschen Text halte ich für einen Stil= fehler: sie mußten schlechterdings übersetzt, und der Urtext, so weit es erforderlich schien, in den Beilagen gegeben werden. Da= gegen finde ich darin, daß der Verfasser, um von der Enge und Gebundenheit der preußischen Zustände auch noch unter Friedrich eine recht anschauliche Vorstellung zu geben, frischweg ein Stück aus dem Tagebuch eines nach Berlin und Potsdam reisenden Lübeckers einrückt, einen ebenso geschickten wie kühnen Griff. Was nun aber dem Büchlein seinen Hauptwerth verleiht, ist die Figur des großen Fürsten im Hintergrunde, auf welche von dem hell= beleuchteten Vordergrunde aus die mannigfaltigsten Lichter fallen. Und zwar ist es von der Rheinsberger Zeit an bis zu seinem Tode, daß wir den großen Friedrich immer wieder, in den ver= schiedensten Situationen, nicht immer so liebenswürdig wie am Anfang, aber immer bedeutend, zu Gesichte bekommen. Zu seiner Lebensgeschichte und Charakteristik ist das Büchlein von Schlözer über Chasot ein höchst werthvoller Beitrag.

6) Zugleich mit demselben holte ich mir von der Bibliothek verschiedene der Friedrichs=Monographien von Preuß. Sein großes Leben Friedrichs kannte ich schon. Jetzt las ich zuerst sein Büchlein über Friedrichs Jugend. Nach der Schlözer=

schen Schrift erschien es mir in der Darstellung zuerst ein wenig stumpf. Das war nun wohl so ziemlich gleichmäßig die Schuld beider Theile: dort etwas zu viel, hier etwas zu wenig Gewürz. Freilich liegt auch zwischen den Abfassungszeiten der beiden Schriften ein Menschenalter. Und welches! Die von Preuß stammt aus dem letzten Jahre Friedrich Wilhelms III. Nachdem ich mich also an den weniger pikanten Styl, der auch durch die Stellung des Kgl. preußischen Historiographen hin und wieder etwas Bemänteln= des bekommt, mehr gewöhnt hatte, stieß ich unter andern löblichen Eigenschaften immer öfter auf eine, die für jene Zeit, den Spät= abend des königlichen Verfassers der neuen Agende, und den Vor= abend des romantischen Königs, nicht genug zu loben ist: die Freude und der Freimuth, womit des großen Königs freier Stand= punkt in religiösen Dingen in's Licht gesetzt wird.

7) Fast noch mehr als die Schrift über Friedrichs Jugend sprach mich die andere: Friedrich mit seinen Verwandten und Freunden, an. Die einzelnen Bilder sind meistens recht anschaulich ausgeführt, und das allmählige Aussterben des Freun= deskreises, die steigende Veröbung des Lebens auf Sans-souci, macht eine im höchsten Sinn elegische Wirkung.

8) Die Schrift endlich: Friedrich der Große als Schriftsteller, mit ihren mich vielfach überraschenden Notizen, einestheils über die ungemeine literarische Fruchtbarkeit des viel= beschäftigten Königs und Feldherrn, anderntheils über die unver= antwortliche Art, wie man mit seinem literarischen Nachlaß nach seinem Tode verfuhr (der auch in dieser Hinsicht unwürdige Nach= folger schenkte sämmtliche hinterlassene Handschriften Friedrichs, soweit sie in seinem Besitz, theilweise auch käuflich erworben waren, dem elenden Wöllner, der sie an die Buchhändler Voß und Decker in Berlin verkaufte), führte mich auf Friedrichs Werke selbst, wovon ich mir in der schönen Preuß'schen Ausgabe zunächst 9) Friedrichs Briefwechsel mit Voltaire holte.

———

## Dritte Abtheilung.

### Darmstadt, 15. Mai 1872.

„Wieder in München!" fing ich vor nächstens 5 Jahren den zweiten Abschnitt dieser Aufzeichnungen an. „Noch immer in Darmstadt!" beginne ich heute den dritten. „Wie seltsam oft die Fäden der Lectüre laufen!" mit diesem Ausruf setzte ich dort meinen Bericht fort, ohne noch die ganze Seltsamkeit dieses Laufes zu übersehen, ohne zu ahnen, wohin er mich führen würde. Unter allerhand Büchern über preußische Geschichte im Allgemeinen und über Friedrich den Großen im Besondern, die ich damals in München gelesen, wird als letztes, womit jene Aufzeichnungen abbrechen, unter Nr. 9 Friedrichs Briefwechsel mit Voltaire aufgeführt. Damit war eine Studienreihe angeknüpft, die in meiner Schrift über den letzteren ihren Abschluß finden sollte.

Jene Nummer 9, von welcher dort nichts weiter verzeichnet steht, war für mich von dem höchsten Interesse. In dieses theilten sich zunächst beide Correspondenten; doch überwog schließlich das Interesse für denjenigen von beiden, von dem ich noch am wenigsten wußte. Das war aber — ich bekenne es nicht ohne Beschämung — Voltaire. In meinen jungen Jahren lag er für mich im Schatten der Geringschätzung, die von Seiten der romantischen Philosophie, worin ich aufgewachsen, die Aufklärung traf; später hatte mir zwar bei meinen kritischen Bemühungen der Vorschub nicht entgehen können, den die Männer dieser Richtung demjenigen geleistet hatten, was ich erstrebte; ich hatte die englischen Deisten schätzen, unsern Reimarus verehren und lieben gelernt: aber immer blieb diesen mehr oder minder ernsten wissenschaftlichen Männern gegenüber der frivole Spötter gemieden auf der Seite liegen. Und nicht allein, daß ich ihn in der Hauptsache nicht kannte; selbst auch das was ich von ihm kannte, stand ihm bei mir im Wege. An seinem Charles XII. hatte ich, wie herkömmlich, das Bischen Französisch gelernt das ich wußte: von einem zu solchem Zwecke gelesenen Buche bleibt einem in der Regel kein Eindruck. Später hatte ich auf Empfehlung meines Bruders, der ein großer Voltaire-Verehrer war, den Candide gelesen: aber dem Schüler einer hochgestimmten idealistischen Philosophie, der ich damals war, konnte der Voltaire'sche Roman nur seicht erscheinen. Wenn ich durch irgend eine Art von Schriftwerken für einen Autor zu gewinnen bin, so sind es Briefe: durch seine Briefe an Friedrich hatte mich denn auch Voltaire gewonnen.

Gewonnen zunächst soweit, daß ich begierig war, mehr von ihm zu lesen, ihn näher kennen zu lernen. Zu diesem Zwecke griff ich vorerst nach andern Briefen von ihm, nach seinen Gelegenheitsgedichten, weiterhin nach den Denkschriften, die nacheinander drei Secretäre, die in seinen Diensten gestanden, über ihn aufgezeichnet hatten. Nachdem ich den letztern Köder verschluckt, war an ein Loskommen nicht mehr zu denken. Jetzt hatte der Mann mein biographisches Interesse erregt, und das übte noch immer, so lange ich auch schon in diesem Fache nicht mehr gearbeitet, große Gewalt über mich. Aber ich wollte ja nichts mehr schreiben. Für wen auch? man las mich ja nicht. Also wollte ich den mir merkwürdig gewordenen Menschen und Schriftsteller ganz nur für mich allein kennen lernen, mir den Genuß, mir die Belehrung zuwenden, die für mich aus dem Studium seiner Werke entspringen mußten. Absichtlich legte ich mir keine Excerpte an, um mir jeden Gedanken an eine daraus etwa zu gestaltende Schrift von vorne herein abzuschneiden.

Aber die Lectüre seiner Werke nahm ich aus München nach Darmstadt, wohin ich im Frühling 1868 zurückkehrte, mit herüber. Mit den 70 Bänden war in einem halben Winter unmöglich fertig zu werden. Geradezu alle durchzulesen, hatte ich mir wohl auch nicht vorgenommen; vor der Henriade, vor den Trauerspielen hegte ich gemessenen Respect. Um so mehr zogen mich die polemischen und satirischen Schriften an; auch vor den philosophischen Abhandlungen gewann ich bald eine Achtung, die ich nicht erwartet hatte. Immer tiefer las und dachte ich mich in den merkwürdigen Mann und seine Wirksamkeit hinein; aber es blieb dabei, schreiben wollte ich nichts über ihn und schrieb deßhalb nicht einmal etwas aus ihm heraus.

Es ist hübsch, was mich zuerst diesem Vorsatz ungetreu machte. Es war der Gedanke — nicht an das Publikum, sondern an meine Tochter. Die Briefe des Alten, welche die kleine Corneille betreffen, die er als Pflegekind zu sich nahm, waren doch gar zu liebenswürdig; wie mußten sie meine Tochter erfreuen, wenn ich sie zu ihrem Gebrauche zusammenschrieb. So entstand mein erstes Excerpt, wie es jetzt die dritte Beilage zu meinem Voltairebüchlein bildet. Hat ein Autor aber einmal die Feder in der Hand, so gibt eins das andere. Leicht ging es bei mir gleichwohl noch immer nicht. Mit dem Publicum wollte ich nichts mehr zu schaffen haben, und für wen schreibt man denn, wenn nicht für das Publicum? Das Excerpt hatte ich für die Tochter gemacht; wie, wenn sich jemand fand, für den es sich verlohnte, ohne Rücksicht auf das Publicum auch noch etwas mehr als blos ein Excerpt von meinen Voltairestudien aufzuschreiben?

16. Mai.

Hier greift in meine Schriftstellerei eine Bekanntschaft ein, die ich etwa anderthalb Jahr früher gemacht hatte. Als die jugend= liche Gemahlin des Erbprinzen Ludwig von Hessen lebte hier Prinzessin Alice, der Königin Victoria und des zu früh verstor= benen Prinzen Albert zweite Tochter, als eine Dame von leb= haftem Geist und umfassender Bildung bekannt . . . . . .

Jetzt etwas über Voltaire niederzuschreiben, um es der Prinzessin vorzulesen, war ein Gedanke, der etwas Lockendes für mich hatte. Indem ich ihre freundliche Gestalt zwischen mich und das Publicum stellte, überwand ich den Widerwillen, den der Gedanke an das letztere mir gegen das Schreiben einflößte; es blieb mir vorerst ganz aus dem Gesicht. Schrieb ich aber etwas über Voltaire, so durfte es nicht ein einzelnes Wort, auch nicht ein einzelnes Verhältniß oder Erlebniß desselben sein, das ich be= handelte; das Interessante war hier eben der ganze Mann, sein gesammtes Leben und Wirken. Das war aber ein gewaltiger Stoff, da gab es erst noch viel zu lesen und zu studiren. Vor allem mußten die 70 Bände seiner Werke nun ernstlich daran. Und nicht blos das bisher nicht Gelesene, wie die gefürchteten Dramen, auch das schon Gelesene, wie die Briefe und Anderes, mußte, weil früher nicht excerpirt, jetzt mit der Feder in der Hand noch einmal gelesen werden. In Betreff der Zeit und der Zeitgenossen Voltaire's mußte ich mir Schranken setzen, sonst war an ein Fertigwerden für den nächsten Zweck nicht zu denken.

Für Rousseau hatte ich in frühern Jahren viel Neigung gehabt, noch ausführlicher etwas später mit Diderot mich beschäftigt, den ich auch eine Zeit lang zum Gegenstand einer Arbeit zu machen gedachte. Bei der Gelegenheit war ich mit Grimm's Correspondenz, mit Marmontel's Denkwürdigkeiten bekannt geworden. Neuerdings hatte mir das Werk über Diderot von Rosenkranz viele Freude gemacht. Die geistvollen Aufsätze Sainte-Beuve's über Voltaire und Friedrich von Preußen führten mich in seine Causeries du Lundi ein, die für die französische Literatur- und Culturgeschichte im 17. und 18. Jahrhundert so reiche Belehrung bieten. Wie gerufen aber kam mir für mein Vorhaben das ausführliche Werk von Desnoiresterres über Voltaire, von dem übrigens damals nur erst 3 Bände, bis zur Uebersiedlung des Helden nach Preußen, vorhanden waren. Weiter sah ich mich nach Schriften über Voltaire absichtlich nicht um, da mein Vorhaben nur dahin ging, die Eindrücke, die der Mann und seine Werke auf mich machten, zusammenzufassen und auszusprechen.

So kam der Sommer 1869, und es war außer Excerpten immer noch nichts zu Stande gekommen. Ich war wieder in München, um noch einiges auf der dortigen Bibliothek nachzusehen; da fiel mir die alte Anekdote von dem attischen Redner, der in Sparta eine Lobrede auf den Herakles ankündigte, und die lakonische Querfrage, wer ihn dann table, als ein passender Anfang für einen Vortrag über Voltaire ein, und ich schrieb die zwei ersten Absätze, wie sie jetzt Seite 1 und 2 im Buche stehen, bis zu dem Satze von den „Katzen und Affen" nieder. Das war gleichsam ein Draufgeld: jetzt konnte die Sache doch nicht wohl mehr liegen bleiben. Zunächst indeß ging ich mit einem Freunde auf 4 Wochen an den Bodensee, wo nicht der Ort war, die Arbeit ernstlich in Angriff zu nehmen. Dieß geschah erst nach meiner Heimkehr im Herbst, und als der Winter kam, ließ sich nachgerade daran denken, das Geschriebene bei der Prinzessin zum Vortrag zu bringen. Es wurde die Abrede genommen, daß ich alle andern Tage 1—1½ Stunden ihr aus meinem Manuscripte vorlesen sollte. In 7 Abenden kam ich damit zu Stande, während deren ich mich durch die immer gleiche lebendige Aufmerksamkeit meiner Zuhörerin belohnt sah.

Nachdem ich hierauf meine Arbeit noch mancher Verbesserung,

einzelne Abschnitte auch einer völligen Umgestaltung unterworfen hatte, ließ ich den Druck beginnen[1]) . . . . . .

Für mich wird das Andenken der Prinzessin Alice mit der Erinnerung an eines der erfreulichsten Ereignisse meines Lebens, die Abfassung der Schrift über Voltaire, so lang ich lebe unzertrennlich verbunden sein.

## 17. Mai.

Auch weiterhin hatte das Büchlein Glück. Mit seinem Erscheinen um Johannis 1870 war es auch schon vergriffen, und der Verleger kündigte mir die Nothwendigkeit einer zweiten Auflage an. Sie vorzubereiten, begab ich mich nach München zu nochmaliger Benutzung der Bibliothek; aber kaum hatte ich mich da eingerichtet, so erfolgte die französische Kriegserklärung und setzte die Welt in Staunen und Verwirrung. Im ersten Schrecken wollte ich hieher zurückkehren; auf dem Wege jedoch besann ich mich noch eines Besseren und begab mich, wie ursprünglich meine Absicht gewesen, zur Badecur nach Rorschach am Bodensee. Von der neuen Auflage des Voltaire, glaubte ich, werde unter solchen Umständen vorerst nicht die Rede sein; allein der Verleger gab mir die Nachricht, daß sie ungehindert ihren Fortgang nehmen solle. Aus Rorschach hatte der Kriegsschrecken fast sämmtliche Badegäste verjagt: da mein alter Freund, Pfarrer Rapp, mir dahin nachgekommen war, befand ich mich nur um so behaglicher. Der Rest des Juli freilich, während die beiderseitigen Streitkräfte sich erst zusammenzogen und sich einander gegenüber aufstellten, verging noch in etwas gedrückter Stimmung, da man, bei aller Zuversicht auf den endlichen Sieg der gerechten deutschen Sache, doch das Gelingen eines ersten Stoßes von französischer Seite für möglich hielt: und die Nachricht von der Räumung Saarbrückens, die in den ersten Augusttagen einlief, war, wenn sie uns auch nicht niederschlug, doch nicht geeignet, die Stimmung zu

---

1) Die Frau Prinzessin hatte Kunde davon erhalten, daß Strauß wünschte, ihr das Buch zu dediciren, und aus welchen Gründen er Werth auf diese Widmung legte; daß er aber aus rücksichtsvoller Discretion nicht wagte, mit dem Wunsche hervorzutreten. Ihre königlich-Hoheit betrachtete darum diesen Wunsch so, als ob er ihr gegenüber wirklich ausgesprochen worden sei, und nahm die Dedication in den im Texte enthaltenen Worten an.

heben. Nun kamen aber Schlag auf Schlag die Siegeskunden von Weißenburg und Wörth, der Feind auf seiner ganzen Angriffslinie geworfen und auf dem Rückzug begriffen. Daß es so weitergehen werde, bezweifelte von jetzt an kein deutsches Herz. Die Ueberlegenheit der preußischen Kriegsleitung und Kriegführung hatten wir im Jahre 1866 kennen gelernt; was man bis dahin bezweifeln konnte, ob sie sich ebenso Frankreich wie damals Oesterreich gegenüber bewähren würde, war nun entschieden. So lebten wir auf dem neutralen Ufer frohbewegt die ersten Siegeswochen mit, nur hin und wieder durch die schiefen Vorstellungen und die schlechte Gesinnung gegen Deutschland geärgert, die wir selbst bei gebildeten Schweizern antrafen. Nach der ersten Augustwoche verließ mich Rapp, der noch einen Aufenthalt auf dem Schwarzwald machen wollte; ich gab ihm bis Ueberlingen das Geleite: Wie ich andern Tags von da nach Rorschach zurückkam, fand ich auf meinem Zimmer im Einschluß meines Verlegers einen Brief von Renan.

Mit Ernst Renan war ich bis vor Kurzem ohne persönliche Beziehung gewesen. Daß eine solche eintrat, verdankte ich einem jüngern Freunde, den ich seit mehreren Jahren gewonnen hatte. Als ich in der ersten Hälfte der 60er Jahre mit meinen beiden Kindern in Heilbronn Haus hielt, lebte in Stuttgart als Hauslehrer in einer adeligen Familie ein junger Genfer, Charles Ritter, der sich aus der Theologie in die Philologie herübergezogen hatte, sich aber für theologische Fragen noch immer lebhaft interessirte und mit den einschlägigen deutschen Forschungen und Schriften, auch den meinigen, wohl vertraut war. Ein zufälliges Bekanntwerden mit der in Stuttgart lebenden Familie meines verstorbenen Freundes Märklin mochte dazu beitragen, seine Aufmerksamkeit auch persönlich mir zuzuwenden. Ich hatte so eben die erste Sammlung meiner kleinen Schriften erscheinen lassen; darin reizte ihn besonders die Abhandlung über den auch in Frankreich wohlbekannten A. W. Schlegel zur Uebersetzung in's Französische. Er fragte schriftlich bei mir an, ob ich nichts dawider hätte; mir konnte es begreiflich nur angenehm sein, und da er über einzelne Punkte des Aufsatzes noch nähere Auskunft wünschte, so lud ich ihn zum Besuche nach Heilbronn. Er kam, und wurde mir, je näher ich ihn bei seitdem öfters wiederholtem Zusammentreffen an meinen verschiedenen Aufenthaltsorten kennen lernte, durch die Reinheit seines Sinnes, den Ernst seines wissenschaft= lichen wie sittlichen Strebens, die Treue seiner Anhänglichkeit an mich, immer lieber. Nachdem er, in seine Heimath zurückgekehrt, und bald als Lehrer an dem städtischen Collége zu Morges am Genfer See angestellt, noch verschiedenes Einzelne von mir — und zwar nach dem Urtheile von Sachverständigeren als ich vor= trefflich — übersetzt hatte, faßte er den Plan, eine Reihe meiner kleinern Arbeiten, wie die Schrift über Julian, den Vortrag über Nathan, und besonders auch Abschnitte aus der dem sinnesver= wandten Jüngling besonders werthen Biographie Märklins, in französischer Uebertragung zu einem Bande von Essais et Mé= langes zusammenzustellen. Der von ihm mit Recht hochverehrte Sainte=Beuve billigte sowohl den Plan als die Proben, die Ritter ihm vorlegte, verschaffte ihm einen Verleger in Paris, und über= raschte ihn eines Tages mit der Nachricht, daß Ernst Renan, dem er von der Sache erzählt, aus freien Stücken sich erboten habe, seiner Zeit zu dem Buche eine Vorrede schreiben zu wollen. Dieß und die für mich freundliche Gesinnung, die Renan auch später, bei einem Besuche Ritter's in Paris an den Tag gelegt hatte, war für mich die Veranlassung gewesen, ihm ein Exemplar meiner Schrift über Voltaire noch eben vor dem Ausbruche des Krieges zu übersenden.

Dafür enthielt nun sein Schreiben an mich, datirt Sevres, 31. Juli 1870, den Dank.

Votre charmant volume de Voltaire, schrieb er, m'est ré- gulièrement parvenu, et si j'en ai tardivement achevé la lecture, cela tient à un voyage que je faisais dans les mers polaires avec le prince Napoléon, et que la guerre a in- terrompu. Peu de lectures m'ont fait autant de plaisir que celle de ces pages pleines d'esprit, de finesse et de tacte, où le vrai caractère de notre grand homme de XVIII: siècle, si souvent méconnu, est admirablement ré- tabli. Voltaire a, dans ses qualités et ses défauts, des côtés si profondément français qu'il pouvait sembler im- possible qu'un étranger ne commit pas en le jugeant quel- que gaucherie.

Dann, nach einer geistvollen Aufzählung der Contraste, die sich in Voltaire's Wesen zusammenfanden, fährt Renan fort:

Vous avez marché à travers ces dangers avec un équilibre parfait. Votre livre est la vérité même, et me fait vivement désirer que vous traitiez de même quelque autres épisodes de notre histoire religieuse . . . .

Hierauf nach verſchiedenen freundlichen Aeußerungen über das Gemeinſame unſrer Beſtrebungen, über Ritter's Ueberſetzung verſchiedener meiner Arbeiten kommt Renan auf die brennende Tagesfrage, den ſo eben ausgebrochenen Krieg, zu ſprechen.

Que vont devenir, cher maître, nos efforts vers l'honnête et le vrai dans l'affreux orage qui vient d'être déchaîné il y a quelques jours? Vous comprenez ma douleur, à moi et au petit nombre d'hommes qui avaient fait de l'union intellectuelle de l'Allemagne et de la France le but de leur activité. Ce n'est ici ni le lieu ni le temps de vous dire tout ce que je pense sur ce sujet. Vous pensez sans doute comme moi que le devoir de l'ami de la justice et de la vérité est, tout en remplissant ses devoirs à tous les degrés, de se dégager du patriotisme étroit qui retrécit le coeur et fausse le jugement. Voilà la haine, l'injustice, les appréciations iniques mises à l'ordre du jour pour un siècle entre les deux portions de la famille européenne dont l'entente est le plus nécessaire pour l'oeuvre de la civilisation. J'ai toujours considéré cette guerre comme le plus grand malheur qui pût arriver à l'humanité. Je la croyais conjurée. Le serrement de coeur qui j'ai éprouvé à Tromsoë, quand un télégramme funeste nous a appris que la guerre était certaine, est la plus pénible impression que j'aie éprouvé de ma vie.

So ſehr mich in dieſem Briefe das Urtheil eines ſo competenten Richters über meine Darſtellung Voltaire's erfreuen mußte, ſo achtungswerth fand ich zugleich die Geſinnung, die der franzöſiſche Schriftſteller über die große internationale Angelegenheit äußerte. Und doch konnte ich ſie, je genauer ich ſeine Worte erwog, um ſo weniger ganz zu der meinigen machen. Er ſah in dem ausgebrochenen Kriege wohl ein Unglück, aber er hatte kein Wort für das Verbrechen, das darin lag. Er ſchien zwiſchen den beiden in Streit gerathenen Nationen die Wage in einem Gleichgegewicht halten zu wollen, das durch die ſchwere Schuld der einen von vorne herein aufgehoben war. Indem er unparteiisch zu sein meinte, war er merklich parteiisch; während er als Kosmopolit zu empfinden glaubte, empfand er durch und durch als Franzose.

Ich war allein, der Freund hatte mich verlassen; andere Gesellschaft statt seiner hatte oder mochte ich nicht. So ging der Renan'sche Brief, gingen die Gedanken über den richtigen Standpunkt für die Beurtheilung des entbrannten Kriegs, mit mir aus und ein. Ich fand mich aufgelegt, zu antworten. Und weil dabei manches zu sagen war, das nicht allein zu Renan's, sondern auch zu anderer Leute Gebrauche dienen konnte, nicht blos schriftlich, sondern lieber gleich gedruckt. So entwarf ich den Brief an Renan, überlas ihn, schrieb ihn ab, ohne mit mir in's Reine kommen zu können, ob ich etwas Brauchbares gemacht habe oder nicht. Das Wetter war schlecht geworden, ich gedachte den See zu verlassen, und zwar in der Richtung nach München, wo ich mehr Stille als in dem durch fortwährenden Truppennachschub noch immer stark beunruhigten Darmstadt zu finden hoffte. Auf dem Dampfboot während der Ueberfahrt nach Lindau las ich mein Sendschreiben noch einmal durch: und nun glaubte ich doch zu finden, daß es nicht übel sei. Gab es also gleich in Lindau nach Augsburg an die Allgemeine Zeitung auf die Post. Und schon am dritten Tage hatte ich in München die Antwort von einem Bekannten aus der Redaction, daß mein Schreiben bereits gesetzt werde, und sie gute und große Wirkung davon erwarten. Die hat es denn auch gehabt über mein Erwarten; mit keiner meiner Schriften habe ich so vielen Menschen aus dem Herzen geredet, so vieler Menschen Dank geerntet, wie mit diesen so gelegentlich und auf Gerathewohl hingeworfenen Zeilen.

Freund Ritter übersetzte mein Sendschreiben in's Französische, Renan selbst besorgte die Einrückung der Uebersetzung in das Journal des Débats, wo er dann in der nächsten Nummer seine vom 13. Septbr. datirte Antwort folgen ließ. Unterdessen waren die Ereignisse unaufhaltsam vorwärts geschritten, der Schlag von Sedan war gefallen, der Kaiser kriegsgefangen, sein Regiment gestürzt. Zugleich hatte man von deutscher Seite kein Hehl mehr, daß man sich gegen den unruhigen Nachbar eine bessere Grenze zu schaffen, ihm durch Wegnahme größtentheils uns früher geraubter Gebiete und Plätze künftige Ueberfälle zu erschweren gedenke. Dieser Perspective gegenüber entfaltete sich nun Renan in seiner Antwort vollends ganz als Franzose. Daß die Kriegserklärung von Seiten Frankreichs ein Unrecht gewesen, räumte er jetzt ein; doch nur weil er diesem verhältnißmäßig unschuldigen Fehltritt seiner Lands=leute, den er später eine touchante folie nannte, ein Verbrechen, ein sacrilegium von unsrer Seite, das Attentat auf die Integrität des geheiligten Bodens der grande nation entgegenzustellen hatte!

Das forderte abermals eine Antwort heraus, und noch un=gleich dringender als am Anfang das Privatschreiben. Aber die Antwort mußte auch unvermeidlich schärfer ausfallen als die erste, in demselben Maße als jetzt größere Irrthümer zu berichti=gen, ärgere Sophismen aufzudecken waren. Doch wo blieb dann das freundliche Vernehmen mit dem französischen Collegen, das mir werth war, das ich um alles gern erhalten hätte? Um Zeit und zugleich die genaueste Kenntniß von dem Object, um das es sich zunächst handelte, zu gewinnen, übersetzte ich mir erst Renan's Brief. Auch der Beifall, den mein erstes Sendschreiben gewonnen, machte mich jetzt zaghaft, es mit einem zweiten zu wagen, das vielleicht nicht ebenso zum Ziele traf.

Während ich in diesen Ueberlegungen schwankte, kam zufäl=lig mein Freund Zeller von Heidelberg herüber. Zu keiner Zeit hätte mir ein Mann, dessen Einsicht und Rath ich so hoch hielt, erwünschter kommen können. Sein Urtheil war aber, nachdem ich die Sache einmal angefangen, müsse ich sie auch fortsetzen. Da ich einmal als Anwalt des deutschen Rechts gegen Frankreich auf=getreten, dürfe ich die Partie nicht aufgeben. Und in Betreff meiner Furcht, dem befreundeten Gegner weh zu thun, traute mir Zeller, allzu schmeichelhaft, Feinheit genug zu, dieß zu vermeiden.

So ging ich an die Abfassung des Antwortschreibens, und es schien mir von vorne herein nicht übel zu gelingen. Weiter=hin jedoch verwickelte ich mich allzusehr in die einzelnen Punkte des zu beantwortenden Briefs, so daß der Schluß meines Schrei=bens ein zerfasertes Ansehen gewann, und das Ganze beim Wie=derlesen keinen Eindruck auf mich machte. Ich hielt meine Ant=wort für mißlungen, und machte mich gefaßt, sie demnächst in's Feuer zu werfen. War demnach in sehr gedrückter Stimmung, als ich am Abend, einer Einladung der Prinzessin zum Souper folgend, nach ihrem Palais ging. Der Prinz war noch im Feld abwesend, die Gattin nicht ohne Sorge um ihn; doch um den Krieg konnte man jetzt ohne Sorge sein, da er, wenn auch noch nicht beendigt, doch entschieden war. So wandte denn die Prinzessin das Gespräch vornehmlich den Aufgaben zu, die nach dem einstigen Friedensschlusse die Fürsten wie das Volk in Deutschland erwarteten, und verhehlte dabei ihre Besorgnisse nicht, ob da auch alles so ausfallen würde, wie es verständige Vaterlandsfreunde wünschen müßten. Die Gesinnungen, die sie bei dieser Gelegenheit aussprach, erfreuten und erhoben mich; aber auf meinen Briefentwurf gab ich der Unterhaltung noch keinen Bezug; ich ging nach Hause und zu Bette in der Ueberzeugung, daß er nicht zu brauchen sein werde.

Erst wie ich am andern Morgen mich erhob und die Unterhaltung vom vorigen Abend noch einmal überdachte, fiel es mir wie Schuppen von den Augen. Das war ja die Wendung, die ich meinem Antwortschreiben am Schlusse geben mußte, und die hier ihre Wirkung auf das Publicum so wenig verfehlen konnte, als sie im Gespräch der Prinzessin ihre Wirkung auf mich verfehlt hatte. So schnitt ich den lahmen Schluß meines Entwurfes hinweg und schrieb flugs den neuen, wie er jetzt im Drucke die vier letzten Seiten füllt: und nun wußt' ich auch, und zwar bestimmter als bei meinem ersten Sendschreiben, daß ich es recht gemacht hatte. Mein Vorgefühl täuschte mich nicht: der Brief, wie er am 2. October in der Allgemeinen Zeitung erschien, fand fast noch mehr Beifall als der erste, und nach wenigen Tagen liefen gleichzeitig von 3 Verlagshandlungen Anerbietungen ein, meine beiden Sendschreiben an Renan als Broschüre zusammenzudrucken. Ich gab meine Uebersetzung des Briefs von Renan dazu, was mir dieser hernach als eigenmächtige Verfügung über sein geistiges Eigenthum so übel genommen hat; wie fast noch mehr die Verwendung des Ertrags der kleinen Schrift für die deutschen Invaliden. Den der ersten Auflage theilte ich zwischen der deutschen Invalidenstiftung und den Sanitätsvereinen in Stuttgart und Darmstadt; auch nach Straßburg wurde ein Scherflein gesandt. Als nach wenigen Wochen das Heft eine zweite Auflage erlebte, wandte ich den ganzen Ertrag der Invalidenstiftung allein zu; wobei mir aber etwas Ungeschicktes begegnete. Ich ging von der Voraussetzung aus, daß sämmtliche Beiträge,

wo auch immer eingezahlt, in die gleiche allgemeine Kasse kämen,
und beauftragte daher meinen Leipziger Verleger der Kürze wegen
zur Einzahlung des mir gebührenden Honorars in Leipzig. Da
war es mir denn keine ganz angenehme Ueberraschung, wie ich
Anfangs November von dem Vorsitzenden des dortigen Zweigver-
eins der Invalidenstiftung eine Ausfertigung erhielt, wonach mich
dieser Verein in dankbarer Anerkennung meines ansehnlichen Bei-
trags zum Ehrenmitglied ernannt habe. Denn wenn ich meine
Gabe einem Localverein zuwenden wollte, so war ich auf den in
Stuttgart oder in Darmstadt gewiesen; der Leipziger ging mich
näher nicht an, als sofern die dortigen Krieger eben auch Deutsche waren und sich brav geschlagen hatten; womit ich mich schließlich wohl auch beruhigen konnte.

Da ich oben der Ritter'schen Uebersetzung verschiedener meiner kleinern Sachen und des Versprechens von Renan, eine Vorrede dazu zu schreiben, gedacht habe, so mag hier auch noch erwähnt sein, wie es damit schließlich gegangen ist. Von der Uebersetzung hatte mir Freund Ritter im Sommer 1870 schon eine
Reihe von Aushängebogen nach Rorschach gebracht, die vor dem
Kriege fertig geworden waren; in Folge des Kriegs und der Verstimmung der Franzosen gegen alles Deutsche glaubte ich sicher,
die Sache würde nun liegen bleiben. Allein, das Buch war bis
auf wenige Bogen gedruckt, der Pariser Verleger wollte seinen Einsatz
nicht verlieren, Renan zog sein Versprechen nicht zurück, und so
erschien im April ds. J. das Buch als stattlicher Oktavband
unter dem unpassenden vom Verleger gemachten Titel: Essais
d'histoire religieuse et mélanges littéraires par D. F. Strauss,
traduits par M. Ch. Ritter. Avec une introduction par M. E.
Renan. Der letztere hat also zwar sein Versprechen gehalten;
aber so verstimmt und kurz angebunden, daß ich der Pflicht über-
hoben bin, ihm dafür zu danken. Wir werden wohl schwerlich
mehr in persönliche Berührung kommen; wie ich überhaupt eine
bessere Stimmung Frankreichs gegen Deutschland schwerlich mehr
erleben werde: glücklich genug, daß ich eine Umgestaltung Deutschlands erlebt habe, in deren Folge sich dieses um die Stimmungen seiner wandelbaren Nachbarn nicht mehr so viel zu kümmern
braucht.

## Ludwigsburg, 27. December 1872.

Den Bericht über das Zustandekommen und die Erfolge meiner Schrift: „Der alte und der neue Glaube", zu dessen Abfassung die Zeit noch nicht gekommen ist, will ich vorläufig durch Eintragung eines lateinischen Briefs eröffnen, den ich in den ersten Tagen nach der Vollendung des Druckes, October 1872, niederschrieb, um damit das für meinen Freund, Stadtpfarrer F., bestimmte Exemplar zu begleiten.

Venit tandem, amice, nec se diutius exspectavi patitur, libellus meus novus, imo, nisi praesagia animi fallunt auctorem, novissimus. Sentio vires, non tam ingenii, quam corporis, labare, et serena mente dictum illud repeto:

Vixi et quem dederat cursum fortuna peregi. Quod injunctum mihi a numine erat ut profiterer neque homines celarem, professus sum; sermonem quasi meum a primo jam usque ad ultimum verbum recitavi. Non ultra dices, si moriar, debitorem me aequalium aut nostratium esse moriturum. Quae habebam cum eis communicavi: libellus hic quidquid supererat continet.

Sed dices forsitan, quae tua est ratio, multa me omisisse, plura quam aequum sit in dissertatione mea desiderari. Multa, fateor, omisi, sed non negligens, sed sciens ac volens. Res acu tangere, non penitus pertractare volui. Non docere ex cathedra, sed quasi libere conversari cum lectoribus mihi proposui. Se non satis eruditos a me esse si lectorum aliqui fortasse querentur, dolebo; sed si scintillas ex hominum animis undique excussisse non dicar, tum demum male me scripsisse concedam.

Ceterum de eventu libelli ecce me egregie securum. Quod debebam, ut poteram feci; jam fiat quod potest, et sic debuisse fieri, mihi persuadendo acquiescam.

Tu vero, amicissime, valere et me amare perge.

---

## II.

# Zum Andenken an meine gute Mutter.

### Für meine lieben Kinder.

———

Es ist doch recht Schade, liebe Kinder, daß ihr meine gute Mutter, eure Großmutter nicht mehr gekannt habt. Schade für euch und für sie. Was sie an euch für eine Freude gehabt hätte! An Georginens aufgewecktem, anstelligem Wesen; an der Anspruchlosigkeit und immer gleichen Stimmung unseres Fritz. Auf letztere hielt sie besonders viel. Oft wollt' ich meinen Bruder, euren Oheim, beneiden, weil er nach dieser Seite der Liebling der Mutter heißen konnte; denn er hatte von Natur diese Gleichheit der Stimmung mehr als ich. Doch mit dem Neide war es Scherz: wir wußten wohl, daß sie uns in gleichem Maße liebte, aber jeden in seiner Art. Eben auf diese Art eines jeden verstand sie sich so gut. So hätte sie auch deine Regsamkeit, liebe Georgine, sehr zu schätzen gewußt; denn sie hatte sie selbst. Aber sie würde dich auf des Bruders Genügsamkeit und Seelenruhe hingewiesen haben, wie vielleicht ihn mitunter auf deine Rührigkeit: in ihr war Beides vereinigt.

Ja, eure Großmutter machte ihrer Schule Ehre. Ich meine nicht die, in welcher sie Lesen und Schreiben gelernt hatte, obwohl dieser auch; sondern der Leidensschule, durch welche sie gegangen war. Sie kam als Waise schon zur Welt. Ihr Vater war bereits ein Vierteljahr vorher jung gestorben; ihre Geburt erneuerte die Klage um seinen Verlust. Er war Pfarrer in Neckarweihingen gewesen (sein Name war Beckh); ihr erinnert euch des langgestreckten Dorfes mit seiner Schiffbrücke, daß ihr vom Hartnecker Schlößchen herab so freundlich vor euch liegen saht. Hinter der Kirche mit dem spitzen schiefergedeckten Thurme liegt das Pfarrhaus; kommen wir einmal wieder in die Gegend, so führe ich euch vor das Haus, in welchem eure gute Großmutter das Licht der Welt erblickt hat. Auch ihre ersten Lebensjahre brachte sie in demselben zu; der alte Großvater übernahm

6*

den Pfarrdienst wieder, den er nur zu Gunsten des Stiefsohnes abgetreten hatte, und behielt die Schwiegertochter mit den zwei Enkelinnen bei sich. Nach einigen Jahren verheirathete die junge Wittwe sich wieder, und nahm ihre Kinder mit sich in das Pfarrhaus zu Aurig bei Vaihingen. Doch auch der Mutter war ein frühes Ziel gesteckt. Sie starb im Wochenbett, das neugeborne Zwillingspärchen ihr nach, und nun waren die beiden Mädchen erster Ehe ganz verwaist.

Da nahm ihr mütterlicher Großvater sich ihrer an. Es war ein Kaufmann in Bietigheim, mit Namen Leibius; o haltet, liebe Kinder, so lang ihr lebet, das Andenken des schlichten Mannes in Ehren, dem auch ihr noch so viel verdanket. Er erzog die Mutter eures Vaters zu dem was sie war; und das Beste, was in ihm ist, das Beste was er an Lehre und Beispiel auf euch übertragen konnte, bekennt euer Vater, ihr zu verdanken. Nie fährt er auf der Eisenbahn über den schönen Enzviadukt bei Bietigheim, ohne mit Zärtlichkeit auf das Städtchen zu blicken, und seinen Dank und Segen für das unvergängliche Gute hinüberzusenden, das ihm von dort gekommen ist.

Die kleine Christiane mochte sechs Jahre zählen (sie war am 9. September 1772 geboren), als ihr Großvater sie mit der älteren Schwester zu sich nahm, und stets hat sie von da an ihre glücklichsten Jugendjahre gerechnet. Der Großvater war, wie gesagt, Kaufmann, d. h. Kleinhändler, in dem kleinen Städtchen, wohlhabend nach den Ortsverhältnissen, und unter seinen Mitbürgern geachtet. Er stand schon wohl in den Sechszigen, hatte einen Sohn als Pfarrer, einen andern als Kaufmann im Lande versorgt, und lebte in zweiter Ehe mit einer Frau, die zwar nicht die rechte Großmutter der beiden Waisen, aber doch auch eine gute Alte war. Die Seele des Hauses indeß war der Großvater: von ihm ging der Geist der Ordnung und des Friedens aus, der darin herrschte.

Die Mädchen besuchten nun die Schule: wie vor achtzig Jahren die Schulen eines protestantischen deutschen Landstädtchens eben waren. Man lernte Lesen aus dem Spruch- und Gesangbuch und aus der Bibel; deutsch Schreiben und das nöthigste Rechnen auf der Tafel und im Kopfe; an Religionsunterricht fehlte es nicht, und das Gedächtniß wurde durch Auswendiglernen von Bibelsprüchen und Kirchenliedern bereichert und gestärkt: aber von Geschichte, Erdbeschreibung, Naturlehre, deutscher Literatur, wovon euch, liebe Kinder, jetzt in der Schule so reiche und anziehende Tische gedeckt werden, bekam man damals so viel wie nichts zu kosten. Eines gleichwohl will ich nicht unerwähnt lassen, weil es den praktischen Sinn unserer Alten, bei aller Einfachheit, zeigt: man übte die Kinder im Handschriftenlesen; und weil die Hand des Commandanten auf dem benachbarten Asperg, des berufenen Generals Rieger, schwer zu entziffern war, so befanden sich etliche Handbillete von ihm unter den Lehrmitteln der Schule zu Bietigheim.

Eure Großmutter, mit ihrem hellen Geiste, ihrer Freude am Lernen und ihrem eisernen Gedächtniß, war natürlich mit dem, was in dieser Schule gelernt werden konnte, bald am Rande, und oft hat sie mir erzählt, wie lebhaft in jenen Jahren der Wunsch in ihr gewesen, daß ihr doch mehr Stoff zu lernen und ihren Geist zu nähren geboten werden möchte. Und dennoch, jene Stoffarmuth unserer alten Schulen, wenn sie nur in ihrer Art gut versehen wurden, führte auch wieder ihre eigenthümlichen Vorzüge mit sich. Man lernte Weniges, aber dieses recht; der enge Kreis, in dem man sich in steter Wiederholung drehte, prägte das Einzelne um so tiefer ein; der geistige Hausrath, den man sich erwarb, bestand aus wenigen Stücken, die aber dafür dauerhaft und desto leichter in Ordnung zu halten waren. Eure Großmutter sprach kein Französisch, nicht einmal hochdeutsch, aber von ihrer schwäbisch geführten Unterhaltung fanden sich geistvolle Männer angezogen; zu vielem Bücherlesen war sie nicht gebildet, um so mehr zu frischem Nachdenken aufgeweckt. Sie schrieb bis in ihre alten Tage nicht blos eine deutliche, sondern eine schöne und beseelte Hand; ihre Rechtschreibung war, in Anbetracht der Zeit, aus der sie stammte, aller Ehren werth; und die Verständigkeit, Herzlichkeit und gute Laune ihrer Briefe soll euch einmal, wenn ihr reif seid, sie zu schätzen, noch Freude machen. Von den zahlreichen Bibelsprüchen und Liederversen, die sie in der Schule gelernt, hatte sie keinen vergessen; ich bedurfte Jahre gelehrten theologischen Studiums, um es ihr an Bibelfestigkeit gleichzuthun; in der Kenntniß geistlicher Lieder erreichte ich sie nie.

Dabei ließen die wenigen Stunden, welche der Schulunterricht wegnahm, der Bewegung im Freien, dem harmlosen Spiel, der leiblichen Kräftigung volle Zeit. Man tummelte sich im Hof und auf den Wiesen, an der Enz und am Erlenbach. In diesen Stücken war die Erziehung der guten alten Zeit, so streng sie sonst war, freisinnig genug. Daneben mußten die Mädchen doch in Haus und Garten der Großmutter an die Hand gehen, im Winter mit ihr spinnen, und am Abend dem Großvater aus Riegers Postille vorlesen. Die bogenlangen Betrachtungen dieses ehrlichen Trösters setzten die Geduld der jungen Kinder oft auf harte Proben, und Christiane, wie sie immer ein munteres Ding war, machte sich bisweilen den Spaß, das zur Bezeichnung der Bogen unten an der Seite stehende: „Riegers Postill" mitzulesen; so oft auch der langmüthige Großvater sie belehrte, daß das nicht zum Text gehöre.

Wie streng und doch wie freundlich die Ordnung im Hause war, davon ist mir aus den Erzählungen der Mutter noch ein Zug im Gedächtniß geblieben. Der Großvater besaß einen Weinberg, dem er besondere Neigung und Sorgfalt zuwendete. So zärtlich er nun auch die beiden Enkelinnen liebte, nie durften sie ihn doch, wenn die Trauben zu reifen begannen, in den Weinberg begleiten; das wäre wider die Ordnung gewesen; aber nie kam er auch aus dem Weinberg zurück, ohne jeder eine von ihm geschnittene Traube mitzubringen. Bei der Lese mochten sie sich dann im Weinberg selber gütlich thun.

Ihr werdet euch des Bildes kaum erinnern (es hängt mit andern noch in Ludwigsburg bei unserer treuen Caroline, und wenn ich mich einmal wieder häuslich mit euch einrichte, werden wir es zu uns nehmen), das den würdigen Alten vorstellt. Ein längliches, feines Gesicht, aus dem helle blaue Augen verständig und doch freundlich uns anschauen. Ich weiß mich des Tags noch lebhaft zu erinnern, da das Bild zum ersten Mal in unser Haus kam. Der Vater wollte der Mutter auf ihren Geburtstag eine Freude machen, und da er ihre dankbare Verehrung für den damals längst verstorbenen Großvater kannte, so gab er einem Maler den Auftrag, das im Besitz eines Sohnes befindliche Portrait desselben zu copiren. Da dieses etwa zehn Jahre vor der Zeit gemalt war, in welcher die Mutter bei ihm gelebt hatte, so sollte der Maler suchen, das Gesicht um so viel älter vorzustellen.

Der gute Mann lieferte nicht eben ein Meisterwerk; aber die Absicht des Vaters ward auf's schönste erreicht. Da der Goldrahmen zu dem Bilde nicht mehr fertig geworden war, so hängte der Vater in der ersten Frühe des Geburtstags der Mutter es einstweilen ohne Rahmen auf. Wie nun diese aus der Schlafkammer trat und das Bild erblickte, war sie im Innersten bewegt. Die erweckte Erinnerung half den Mängeln der Arbeit nach, sie fand sich den theuren Großvater vollkommen vergegenwärtigt, und drückte dem Vater ihren Dank durch Thränen der schmerzlichsten Freude aus.

Ungern verlasse ich dieses Jugendparadies der guten Mutter; ich wünschte noch mehr einzelne Züge daraus zu wissen, um mich noch länger darin aufhalten zu dürfen. Allein die verrinnende Zeit verlangt ihr Recht. Für den Großvater kamen die Jahre der Altersschwäche heran, seine Leibesgebrechen nahmen zu, für die Erziehung junger Mädchen war sein Haus nicht mehr der Ort. Auch war für diese die Zeit gekommen, um in Kochen und Nähen noch dasjenige zu lernen, wozu die Anleitung der Großmutter nicht ausreichend gewesen war. So wurden sie nach Stuttgart in das Haus eines Kaufmanns Otto gebracht, der, wenn ich nicht irre, ein entfernter Verwandter war. Hier lebte damals noch die in Würtemberg durch ihr Kochbuch unsterbliche Löfflerin als Landschafts-Köchin. In ihrer Küche, unter ihrer persönlichen Leitung, hat eure Großmutter das Kochen gelernt, und sie hat dieser Schule zeitlebens durch ihre Kochkunst Ehre gemacht. Die ländlichen Schwestern meinten, auch in der Residenz wie in dem ehrlichen Landstädtchen Abends unbefangen ihre Gänge durch die Straßen machen zu können, und wunderten sich nicht wenig, als man ihnen eröffnete, das schicke sich hier nicht. Aber der gute Otto gab sich selbst zu ihrem Ehrenwächter her, und machte mit ihnen, wenn der Koch- und Nähunterricht zu Ende war, gutwillig ihre abendlichen Promenaden.

Als die Stuttgarter Lehrzeit um war, nahm ein Sohn des alten Herrn in Bietigheim, ein Halbbruder ihrer verstorbenen Mutter, der in Hegnach bei Waiblingen Pfarrer war, Christiane zu sich. Hier ward ihr Gelegenheit, das Erlernte praktisch anzuwenden, indem die Tante der geschickten und thätigen Nichte gern einen Theil der Haushaltung überließ. Hegnach ist nur zwei

Stunden von Ludwigsburg entfernt: so lernte euer Großvater die Großmutter kennen. Es war in der zweiten Hälfte der neunziger Jahre, daß er sie als seine Frau nach Ludwigsburg führte.

Die Verhältnisse konnten ansehnlich scheinen, in welche sie hier trat; waren aber, wenn man auf den Grund blickte, nicht erfreulich, die Aufgabe nicht leicht, die sie sich gestellt sah. Ein wohlhabendes Handlungshaus: darin aber ihr Mann noch lange nicht sein eigener Herr. Ach! und auch als er es in der Folge wurde, war er es doch nicht, und ist es in seinem Leben nie geworden. Das ging so zu.

Euer Großvater war ein Mann von der schönsten natürlichen Begabung. Sein Latein in der Ludwigsburger Schule hatte er so tüchtig gelernt und so wenig mit den Schulbüchern bei Seite gelegt, daß er noch im Alter, seinen Virgil, Ovid, Horaz in der Tasche, aufs Land ging, und sich da, um zu lesen, im Wirthsgarten allein in eine Laube setzte. Zu jeder Art schriftlicher Ausarbeitungen hatte er ein angeborenes Geschick. Wo Eingaben, Bittschriften, Circulare zu machen waren, wendeten sich Verwandte und Bekannte an ihn, und ich erinnere mich aus meiner Universitätszeit einer Torte, die er mir zuschickte, und die er von einem mir wohlbekannten Zuckerbäcker für einen ihm gemachten Aufsatz zum Geschenk bekommen hatte. Etliche Abhandlungen von ihm über Lieblingsgegenstände seiner Beobachtung (ich sage euch bald mehr davon) könnt ihr sogar, wenn ihr sie einmal aufsuchet, gedruckt lesen. Selbst für Poesie war euer Großvater nicht ohne Talent. Sein lustiges Epigramm auf das Lehrbuch der drei lateinischen Präceptoren mit den ominösen Namen habe ich euch ja oft hergesagt, und ihr es hoffentlich behalten.

In dieser Begabung, diesen Neigungen, war offenbar eine gelehrte Laufbahn vorgezeichnet: doch die Gewohnheit, daß der Sohn in der Regel das Gewerbe des Vaters ergriff, wirkte in den Eltern, und, wie es scheint, auch in ihm selbst noch so stark, daß der Gedanke an das Studiren nicht ernstlich gefaßt wurde. Auch seiner Erziehung wäre eine solche Laufbahn, besonders wenn es die theologische gewesen wäre, die ihn schon mit dem vierzehnten Jahre von Hause weggenommen und unter die Klosterzucht gestellt hätte, zu Gute gekommen. Denn ihn zu erziehen, fehlte es seiner

leidenschaftlichen Mutter an Bildung, dem verständigen Stief=
vater (der fromme Vater war ihm früh gestorben) an Sinn für
Anderes als das Geschäft, und vor Allem an Gewalt im Hause.
So kam er, nach daheim bestandener Lehrzeit, nur auf zwei Jahre
in das Ausland, in ein Großhandlungshaus zu Havre de Grace,
von wo er, nebst der Fertigkeit in der französischen Sprache, die
ihm später während der Kriegsjahre mehrfach zu Statten kam,
noch die vollendete Kunst der kaufmännischen Buchführung mit
nach Hause brachte. Diese wandte er sofort in dem Geschäfte
seines Stiefvaters an, der dafür das Praktische der Handelsge=
schäfte, den Einkauf, Verkauf und die Speculation, um so lieber
in eigener Hand behielt, je weniger der Stiefsohn hiezu Talent
und Lust bezeigte, während eben hiefür der Stiefvater in ausge=
zeichnetem Maße befähigt war. So blieb für den Ersteren viel
freie Zeit, welche er mit allerhand Liebhabereien ausfüllte, die, an
sich zwar nicht unedler Art, ihn doch von seinem einmal ergrif=
fenen Berufe immer weiter abführten, immer mehr an ein Leben
nach Laune und Bequemlichkeit gewöhnten. Er pflanzte und ver=
edelte Obstbäume, legte Bienenstände an, beobachtete sinnig die
Natur und Haushaltung dieser Thierchen, und schrieb darüber
in eine Zeitschrift jener Jahre schätzbare Aufsätze; las alte und
neuere Poeten, und vertiefte sich dazwischen in den Mysticismus
des Stillingschen „Grauen Mannes".

In dieser Stellung eines besoldeten Haussohnes stand euer
Großvater, als er sich verheirathete, und ihm für seine Familie
ein Wohnraum im obern Stockwerke des Handlungshauses ange=
wiesen wurde. Daß in so verwickelten Verhältnissen eure gute
Großmutter, neben ihrer Genügsamkeit und rastlosen Thätigkeit,
zugleich alle die Klugheit, Selbstbeherrschung, herzgewinnende
Freundlichkeit und nicht leicht zu trübende Heiterkeit bedurfte, die
ihr theils die Natur, theils die Verhältnisse ihrer jungen Jahre
gegeben hatten, um durchzukommen und den Muth nicht zu ver=
lieren, möget ihr euch denken. Ein Töchterchen, dessen Geburt
in den ersten Jahren der Ehe die Eltern erfreute, starb bald
wieder hinweg. Es folgte ein Söhnlein, Namens Fritz; nicht ich,
liebe Kinder, sondern ein älterer Bruder, von dem ich aber nicht
zu viel Gutes sagen darf, da mich hernach Jedermann als sein
Ebenbild betrachtet hat. Dem sei indeß, wie ihm wolle, so viel

muß ich sagen, daß der Knabe gern und fleißig lernte, lenksam und liebreich und aller Verwandten und Bekannten Liebling war. Doch länger nicht als sieben Jahre sollte diese Freude den Eltern bleiben. Ein bösartiges Scharlachfieber, wie es scheint, auch vom Arzte verkehrt behandelt, raffte den guten Knaben hinweg. Ein Trauer= und Trostgedicht auf diesen Todesfall von dem verehrten Hausfreunde, Oberhelfer Vischer, dem Vater meines Freundes in Zürich, befindet sich noch unter meinen Papieren. Doch an den armen, nun kinderlosen Eltern, verfing kein Trost. Mehr als einmal hat die Mutter mir erzählt, wie ihr in jener Zeit oft Abends von tagelangem Weinen die Augen ganz trocken und un= beweglich gewesen seien. Ein Jahr nach diesem Trauerfall wurde ich geboren. Das war Trost. Und dritthalb Jahre nach mir euer guter Oheim; das war Freude. Wir blieben's auch; und haben wir gleich, bald mit, bald ohne Schuld, den guten Eltern manchmal Sorge, so haben wir ihnen doch niemals Unehre ge= macht.

Es war im Jahre 1814, und ich sechs Jahre alt, als mein Vater durch den Tod seines Stiefvaters in den Besitz der von seinem Vater begründeten Handlung kam. Er schien am Ziel seiner Wünsche, welche durch den langen Verzug (er stand bereits in seinem 46. Jahre) nur um so leidenschaftlicher geworden waren. Eine Zeit lang ging auch das Geschäft schwunghaft fort. Doch mancherlei Unstern trübte bald das neue Glück. Eine Reihe von Ladendiebstählen brachte empfindlichen Verlust, und der Schreck und Jammer darüber, da lange keine Spur des Thäters zu ent= decken war (ein im Hause beschäftigter Arbeiter zeigte sich zuletzt als solcher), erschütterte die Nerven und untergrub die Gesundheit meiner guten Mutter. Im Jahre 1816 starb König Friedrich, und damit hörte Ludwigsburg auf, Sommerresidenz des Hofes zu sein, woraus besonders auch dem Geschäfte meines Vaters mancher Vortheil erwachsen war. Mittlerweile hatte sich, in Folge von Napoleons Sturz, das Festland den englischen Fabrikaten eröffnet, die nun massenhaft einströmten und die Preise der unter dem Schutze der Continentalsperre theurer gefertigten festländischen Waaren schnell herabdrückten. Mein Vater aber hatte nach dem Tode seines Stiefvaters ein beträchtliches Lager solcher Waaren noch zu den früheren hohen Preisen übernommen. Statt nun,

was Anfangs mit verhältnißmäßig geringem Verluste thunlich
war, so rasch wie möglich mit denselben aufzuräumen, verstockte er
sich, sie nicht unter dem Preise herzugeben, während ihr Werth
mit jedem Tage tiefer sank, und die Interessen für das todtlie=
gende Kapital sein Vermögen verzehrten. Und sie hätten es auf=
gezehrt, wenn nicht die Mutter, unter jahrelangen Kämpfen, nach
und nach die Veräußerung durchgesetzt hätte; als es freilich längst
zu spät und der Verlust ungeheuer war, doch wenigstens noch
Zeit, um dem Aeußersten zuvorzukommen.

Unter allen diesen Wirren litt die gute Mutter unsäglich;
doch unseren glückseligen Kinderaugen waren sie größtentheils
verhüllt. Wir lebten eine recht schöne heitere Knabenzeit. Die
Eltern beide, der Vater nicht minder als die Mutter, waren voll
Güte und Zärtlichkeit gegen uns, machten und gönnten uns jede
gesittete Freude, und ließen sich das Geräusch und die Unruhe,
welche unsere Spiele nicht selten mit sich führten, geduldig ge=
fallen. Ein hartes Wort, das der Vater uns wohl einmal in
der Hitze gab, machte er bald durch erneuerte Freundlichkeit gut;
einen Papierdrachen, den er uns eines Tages wegen verspäteten
Heimkommens im Zorne zerschlug, fanden wir am folgenden von
ihm selbst wieder zusammengeklebt. Ein geräumiges Haus mit Hof
und Altan, Hintergebäuden und allerhand leerem Gelaß, das die
Eltern mit der alten Großmutter und einer Tante allein be=
wohnten, gab unserem Treiben erwünschten Spielraum. Nirgends
lieber als in unserem Haus und Hofe versammelten sich die Kame=
raden, weil sie nirgends mehr Platz und Duldung fanden.

So lange der Vater noch im Geschäfte seines Stiefvaters
arbeitete, hatte er in dessen unfern gelegenem Garten, außer seinen
Baum= und Blumenpflanzungen, auch einen großen Bienenstand
angelegt, in welchem er, wie schon erwähnt, seine Beobachtungen
anstellte, bisweilen auch mit Freunden, die sämmtlich dem gebil=
deten, zum Theil dem gelehrten Stande angehörten, einen gesel=
ligen Abend zubrachte. Als er selbst das Geschäft übernahm und
nicht mehr so leicht von Hause abkommen konnte, wurde der Bie=
nenstand auf den Altan des Hinterhauses verlegt. Hier stand
nun ein Dutzend Bienenstöcke, bald mehr bald weniger, theils in
Körben, theils in Holzkasten, alle aber, oder doch die meisten, in
Decimalwagen, deren lange Balken mit den kleinen flachen Wag=

schalen in den innern Gang des Altans hereinsahen, während der
Stock an dem kürzern Arme durch Schnüre befestigt ruhte, aber
durch Einlegung des entsprechenden Gewichts in die Wagschale
gehoben werden konnte. Der Zweck dieser Einrichtung war, ohne
Beunruhigung der Bienen während des Sommers die täglichen
Gewichtsveränderungen jedes Stockes auszumitteln, und dadurch
eine Uebersicht zu gewinnen, aus welcher die gute oder schlechte
Beschaffenheit eines Jahrgangs und seiner einzelnen Monate in
Absicht auf Bienenzucht, der Honigertrag der verschiedenen Pflan-
zen, z. B. des Salbei, der Linde (letztere in der Lindenstadt
Ludwigsburg von besonderer Wichtigkeit), hervorgehen mußte.
Jeden Abend daher, vom ersten Frühling bis in den Spätsommer,
sobald abgegessen war, nahm der Vater ein Licht, um auf den
Altan zu gehen und seine Bienen zu wägen. Wir Knaben pflegten
ihn zu begleiten. An schönen Sommerabenden ruhten da die
Bienen nach gethaner Arbeit behaglich summend vor und in ihren
Körben, während der Duft des eingetragenen Honigs und Blüthen-
staubs den ganzen Bienenstand durchdrang. Nun wog der Vater
und schrieb das Gewicht auf die dahängende Schiefertafel; und
wie freuten wir uns mit ihm, wenn die Ziffer gegen die gestrige
manchmal eine Zunahme von ein bis zwei Pfund bei einem Stocke
auswies! Diese Zahlen wurden dann am Schlusse jeden Monats
von dem Vater in ein Buch eingetragen, so daß zuletzt eine Ta-
belle, wie von Barometerbeobachtungen, vor ihm lag.

Eine Hauptfreude für uns Knaben war im Sommer das
Schwärmen der Bienen. So klein die Thierchen sind, so gewährt
doch dieses Schwärmen derselben ein wahrhaft erhabenes Natur-
schauspiel. Wie von dämonischer Gewalt getrieben, ja geworfen,
stürzen im Zeitraum weniger Minuten mehrere tausend Bienen
aus dem engen Flugloch hervor, erheben sich von dem Stocke
brausend in die Luft, die sie verdunkeln, um, wenn sie sich da
gesammelt, weiter zu ziehen, und sich an einen bequemen Gegenstand, einen Baumast, einen Dachvorsprung, als Klumpen anzuhängen, der sofort von dem Bienenvater in einen untergehaltenen
Korb gefaßt, und als neuer Stock auf dem Stande aufgestellt
wird. Auf dieses Schauspiel zu passen, wenn es nach bestimmten Vor-
zeichen erwartet werden konnte, ließen wir Knaben uns nicht leicht
nehmen, wenn wir auch manchmal einen Bienenstich (denn die

Thierchen sind dabei in der leidenschaftlichsten Aufregung) davon=
trugen.

Nicht immer jedoch verlief die Sache so regelmäßig. Es kam
vor, daß der Schwarm, nachdem er sich eine Zeit lang in der
Luft umgetrieben, statt sich irgendwo anzuhängen, unverrichteter
Sache wieder in den Korb zurückstürzte. Der Vater wußte wohl,
wo das herkam: die Königin mußte nicht mit den Schwärmenden
gewesen sein. Darauf richtete er nun seine Untersuchung. Er
ging in den Hof hinunter, suchte und suchte, und fand endlich die
Majestät mit zersetzten Flügeln am Boden kriechen. Sie war also
zwar mit den andern ausgezogen, aber unfähig, mit ihnen auf=
zusteigen, zu Boden gefallen. Er brachte sie in den Korb zurück,
und konnte nun berechnen, was geschehen würde. Am nächsten
sonnigen Mittage wiederholte der Stock den vereitelten Schwärm=
versuch, und jetzt stellte sich der Vater, durch seine Bienenkappe
mit Drahtvisir und stichfeste Handschuhe geschützt, so auf, daß er
auf das Flugloch und Flugbrett sowohl genau sehen, als vor=
kommenden Falls langen konnte. Trupp für Trupp drängten
sich die Völker heraus; auf einmal: Platz der Königin! Sie
schritt vor, und war eben im Begriff, ihren früheren Fall zu
wiederholen, als des Vaters geschickte Finger sie ergriffen und in
Sicherheit brachten. Die hitzigen Bienenschaaren nichts desto
weniger vorwärts und in die Luft — und nun machte der Vater
ein allerliebstes Kunststück. Wohlwissend, daß der ausgezogene
Schwarm, der über uns brauste, sobald er sich ohne Königin
fand, binnen weniger Minuten sich wieder, wie das vorige Mal,
in den Stock zurückstürzen werde, entfernte er den vollen Stock,
aus dem die Kolonie gezogen war, stellte einen leeren Korb an
den Platz, und setzte die abgefangene Königin hinein. Kaum war
das in höchster Eile geschehen, so begann auch schon der stür=
mische Rückzug: die ausgezogenen Bienen, durch die Verwechslung
getäuscht, warfen sich auf den leeren Korb, zogen ein, fanden mit
Ueberraschung ihre vermißte Königin, und trugen voll Vergnügen
noch an demselben Tage als Glieder eines neuen Bienenstaats
Honig und Wachs ein.

Doch noch kühner als durch solche Versuche drang des Vaters
Beobachtungslust in das Innere der Bienenwelt ein. Wenn es
mit einem Bienenstaate, bei günstigen Verhältnissen der Witterung,

Wohnung u. f. f. doch nicht steht wie es sollte, wenn er im Wohlstand zurückkommt, wenn Räuber sich in seine Thore drängen und dergleichen, so ist jedesmal anzunehmen, daß es an der Königin fehle, daß sie entweder mißgeschaffen, krank, oder gar gestorben sei. Dies mit Sicherheit auszukundschaften, hatte der Vater einen kurzen Weg. Er kannte ein Gewächs, zu den Pilzen gehörig, Bovist genannt, das getrocknet und angezündet wie Zunder glimmt, und durch seinen Rauch die Bienen, wie jetzt Chloroform die Menschen, auf eine halbe Stunde vollständig betäubt. Ein Stück rauchen=den Bovists also wurde in einem durchlöcherten Gefäß unter den Stock gelegt, dessen Haushaltung untersucht werden sollte; und wenn das Kraut ausgeglimmt hatte und der Korb aufgehoben wurde, lag dessen sämmtliche Bürgerschaft in einem Haufen wie todt auf dem Flugbrett. Wie Bohnen konnten wir nun die Bienen durch die Finger laufen lassen, und da fand sich dann in der Regel, was der Vater hatte erforschen wollen.

Nicht wenig vermehrte unsere Theilnahme an des Vaters Bienenlust der Umstand, daß er bald jedem von uns einen eigenen Stock schenkte, dessen Ertrag an Honig in unsere Sparkasse fließen sollte. Der Bruder hatte Glück mit seinem Stock; auch der meinige schien Anfangs gedeihen zu wollen, bald jedoch wurde er buckelbrütig und ging zu Grunde.

Wie? buckelbrütig? fraget ihr mich erstaunt, was ist denn das? — Ja, das wüßte ich selbst nicht, liebe Kinder, wenn nicht, wie gesagt, der mir vom Vater geschenkte Bienenstock leider buckel=brütig geworden wäre. Ihr wisset doch, in einem Bienenstocke sind außer der Königin, die zugleich die Mutter aller ihrer Un=terthanen ist, denn sie allein legt die Eier, noch zwei Klassen von Bienen: die fleißigen Arbeitsbienen, die von allen Blüthen auf Wiesen und Bäumen den süßen Ertrag heimbringen, daheim Wachs ausschwitzen und Zellen bauen, Honig aufspeichern und die junge Brut mit Brei aus Honig und Blüthenstaub versorgen; und zweitens, die Männchen, die dicken sogenannten Drohnen, die nichts thun, als ihrer Monarchin den Hof zu machen, übrigens sich die von den Arbeitern eingebrachten Süßigkeiten schmecken zu lassen, im Stocke spazieren zu gehen und vor demselben spazieren zu fliegen; denn daß sie die Eier sollten ausbrüten helfen, ist vermuthlich eine Fabel. Glücklicherweise bilden diese Verzehrer in

einem wohleingerichteten Bienenstaate bei Weitem die Minder=
zahl; es sind ihrer nicht so viele Hundert als der Arbeiter Tau=
send; ja wenn es dem Winter zu geht und die Nahrung knapp
wird, machen die Arbeiter wenig Umstände und stechen die Fresser,
denen kein Stachel zu Hülfe kommt, sammt und sonders todt.
Es legt also die Königin ordentlicher Weise zweierlei Eier, männ=
liche und weibliche; denn die Eier, aus welchen Königinnen her=
vorgehen, sind — ein bürgerfreundliches Naturspiel! — von
denen, aus welchen gemeine Arbeitsbienen werden, urspünglich
nicht verschieden, sondern nur die kleinere oder größere Zelle, in
welche das Ei gelegt wird, gleichsam der Raum der Wiege, be=
stimmt den Unterschied. Auch für die Drohneneier ist eine Anzahl
größerer Zellen als die für Arbeitsbienen, obwohl kleiner als die
königlichen, bereit; sollen Drohneneier in Arbeiterzellen Raum für
ihre Entwicklung finden, so muß dadurch nachgeholfen werden,
daß deren gewöhnlich flacher Deckel mit einer Wölbung, oder
einem Buckel, versehen wird. Wenn nun in einem Stocke die
für Arbeiterbrut bestimmten, sonst flach gedeckten Zellen solche
gewölbte Deckel zeigen, so heißt der Stock buckelbrütig: und das
ist dann freilich ein schlimmer Umstand. Es heißt nämlich nichts
Anderes, als daß in einem Bienenstaate (durch Untüchtigkeit der
Königin, die nur Drohneneier legen kann) nur noch Verzehrer, und
keine Arbeiter und Erwerber mehr nachwachsen; gerade wie wenn
es in einem Menschenstaate nur noch Prinzen, Junker und Be=
amte, aber keine Bürger und Bauern mehr geben sollte; wobei
ein Ende mit Schrecken nicht lange ausbleiben könnte. So, liebe
Kinder, erging es eurem Vater mit seinem Bienenstocke, der buckel=
brütig wurde; und daher hat er von dort an so eifrig darauf
gehalten, daß im Hause wie im Staate nicht mehr verzehrt als
erworben, nicht mehr ausgegeben als eingenommen werde.

Doch da bin ich in das Bienenkapitel hineingerathen, bin
redselig geworden und von meinem eigentlichen Gegenstande —
ich wollte euch ja von meiner Mutter erzählen — abgekommen.
Denn mit des Vaters Bienenwesen hatte die Mutter nichts ge=
mein, ja sie war demselben abgeneigt. Nicht als hätte es ihr an
Natursinn gefehlt, den sie besaß wie Wenige; aber sie stellte sich
hier streng auf den praktischen Standpunkt. Wäre der Vater ein
großer Herr, meinte sie, ein reicher geschäftsloser Mann, so würde

sie solche Verwendung seiner Mußestunden und seines Geldes
loben.  In seiner Lage hingegen, wo nur ungetheilte Aufmerksamkeit und angestrengte Thätigkeit im Geschäfte den drohenden
Ruin noch abwenden könne, sei solche Zerstreuung, solche Ausgaben (denn als Erwerbsquelle betrieb der Vater seine Bienenzucht
wahrhaftig nicht) geradezu vom Uebel.  Dabei blieb sie, und
hatte, wie gewöhnlich zu spät, die Genugthuung, daß der Vater
endlich, als ihn auch zunehmendes Alter bequemer machte, ihr
folgte und den Bienenstand abgehen ließ.

Doch auch der Zeitordnung bin ich über diesen Erzählungen
ein Stück weit vorangelaufen.  Aus meinen früheren Schuljahren
habe ich die Ankunft eines kleinen Brüderchens nachzutragen, das
mir als ein zartes, sinniges Wesen im Gedächtniß lebt, das aber,
zu meinem lebhaften Schmerz, uns schon im ersten Jahre wieder
entrissen wurde.  Und leider hatte der kleine Spätling die letzte
Kraft der ohnehin schon leidenden Mutter mitgenommen.  Eine
Reihe von Jahren, bis gegen das Ende meiner Klosterzeit, war
sie von da an in einem solchen Zustande von Nerven- und Glie-
derschwäche, daß man völliges Contractwerden befürchtete.  Nur
elend und mühsam konnte sie noch gehen, ihren häuslichen Geschäften vermochte sie, die an rastlose Thätigkeit Gewöhnte, zuletzt
nicht mehr selbst nachzukommen.  Doch, wenn sie auch nicht zu-
griff, wenn sie auch nur im Sessel saß, lenkte sie Alles. Der Vater,
wenn er gleich bei Weitem nicht immer that, wozu sie ihn trieb,
oder unterließ, wovon sie ihn abmahnte, that doch nicht leicht
etwas, auch im Geschäfte nicht, ohne ihren Rath eingeholt zu
haben, und er befand sich immer wohl dabei, wenn er ihr folgte.

Der drohenden Lähmung zu begegnen, wurde der Mutter
der Besuch des Wildbades verordnet.  Wie schwer riß sie sich los
von uns Kindern, die ihrer Pflege, einem Manne, der ihres Ra-
thes und Beistandes, einem Geschäft und Hauswesen, das ihrer
Leitung jeden Tag, jede Stunde bedurfte.  Aber sie ging, und sie
hatte die Geisteskraft, weil sie wußte, daß ohne das keine heilsame
Wirkung des Bades möglich war, alle Sorgen daheimzulassen, und
die ihr vorgeschriebene Kurzeit über so heiter und aufgeräumt zu
sein, als hätte sie das bestbestellte Haus zurückgelassen. Nur wer,
wie ich, weiß, wie innig sie an diesem Hause hing, wie ganz sie
in und für die Ihrigen lebte, ermißt die Willensstärke, die sie

hiezu aufbieten mußte. Vier Sommer nach einander von 1817 an, wiederholte sie den Gebrauch des Wildbades, aber ohne wesentlichen Erfolg, da das Wasser sie mehr anzugreifen als zu stärken schien.

Da verlautete im Frühling 1821, daß ein Müller bei dem Dörfchen Neustadt in der Nähe von Waiblingen eine Schwefelquelle aufgefunden habe, und sein Tochtermann daran sei, ein Badehaus einzurichten. Der Arzt meinte, vielleicht möchte eine solche Quelle den Umständen der Mutter eher angemessen sein, und nachdem der Vater an Ort und Stelle die Einrichtungen angesehen hatte, die freilich noch sehr in den Anfängen standen, wurde für den Sommer jenes Jahres der Versuch beschlossen.

Und er täuschte die Erwartung nicht. Nach etlichen Wochen verließ die Mutter den Badeort, wo ihr auch die freundlichste Pflege von Seiten der jungen Wirthsleute zu Gute gekommen war, wesentlich gebessert, obwohl begreiflich die Schwäche noch lange nicht gehoben, sondern voraussichtlich noch mehrere Jahre lang die Wiederkehr zu der wohlthätigen Quelle erforderlich war. Nachdem im Laufe der folgenden Jahre die Kur etwa viermal wiederholt worden, fand sich die gute Mutter so weit gestärkt, daß sie sich eine weitere Fortsetzung derselben nicht mehr gestatten mochte, da sie ihrem häuslichen Berufe, wenn auch nicht ohne Mühseligkeit, doch wieder nachzukommen im Stande war. Unsere Freude war groß, da wir sie als uns neu geschenkt betrachten mußten, nachdem ein Jedes, wie sie selbst, im Stillen sich bereits auf das Schlimmste gefaßt gemacht hatte.

Im Herbste nach jener ersten Kur, welche die Mutter in Neustadt gebraucht hatte, kam ich zur Vorbereitung auf meinen selbstgewählten theologischen Beruf in das Kloster Blaubeuren, und es läßt sich denken, daß der zärtlichen Mutter der Abschied und die weite Entfernung der einen Hälfte ihres geliebten Kinderpaars nicht leicht wurde. Doch blieb ihr vorerst noch mein Bruder Wilhelm, der nicht nur seine Schuljahre erst zu vollenden hatte, sondern auch später die Lehrzeit in dem väterlichen Haus und Geschäfte zubringen sollte. Ein gutartiger zweiter Lehrling wurde zu seiner Gesellschaft und Unterstützung angenommen, und diese Lehrjahre des Bruders hat die Mutter nachher jederzeit zu den angenehmsten ihres Lebens gerechnet. Von den gutmüthigen

Eulenspiegeleien der beiden jungen Leute, von den unschuldigen Neckereien, die sie ausübten, von den kleinen Anstößen, welche die Mutter gutzumachen und vor dem aufbrausenden Vater zu vertuschen hatte, pflegte sie noch spät mit besonderem Vergnügen zu erzählen. Denn so ernst auch die Verhältnisse waren, mit denen sie zu ringen hatte, so schwer die Last des Siechthums, die noch immer auf ihr lag: die Heiterkeit ihres Geistes ließ sich nie in die Länge trüben, und zu einem Scherze war sie immer aufgelegt. An Kindern und jungen Leuten insbesondere war ihr einiger Muthwille lieber, ja selbst einer Unart, die nicht aus bösem Herzen kam, sah sie eher nach, als geziertem oder altklugem Wesen, das ihr auf nichts Gutes zu deuten, zu nichts Gutem zu führen schien.

Mit mir eröffnete sich seit meinem Abgang in das Kloster von dem elterlichen Hause aus ein Briefwechsel, der, wie er durch die achtzehn Jahre, welche die gute Mutter von da an noch zu leben hatte, hindurchging, was ihre Briefe betrifft, fast ohne Lücken noch in meinem Besitze ist. Anfangs liefert der Vater den Text, den die Mutter nur mit kürzeren Nachschriften begleitet; mit den Jahren jedoch kehrt das Verhältniß sich allmählig um, und die Mutter wird die Hauptbriefstellerin. Immer inniger rankten Mutter und Sohn sich aneinander an; sie selbst entwickelte sich gleichsam noch einmal mit meiner Entwicklung und später mit meinen Kämpfen; wie andererseits ich ihren ganzen Werth erst nach und nach während der Ferienbesuche verstehen lernte, die ich, allmählig heranreifend, vom Kloster und dann von der Universität aus bei den Eltern machte.

Diese Ferienaufenthalte, so wohlthätig sie für mein, besonders Anfangs im Kloster sehr verwaistes Gemüth waren, so fehlte ihnen doch zugleich ein recht bitterer Beigeschmack nicht. Immer weniger nämlich konnte mir bei zunehmenden Jahren der abnehmende Wohlstand der Eltern verborgen bleiben. Sah ich doch, wie von den beiden Gehülfen, die bei meinem Abgang in das Kloster noch in dem Geschäfte gewesen waren, erst einer, endlich auch der andere abgeschafft wurde. Die Mutter aber hielt es für Pflicht, wie es ihr Herzenserleichterung war, die Sorgen, mit denen sie sich abkämpfte, dem heranwachsenden Sohne mitzutheilen. Die Schulden, die bei der Uebernahme des Geschäfts hatten

gemacht werden müssen, konnten nicht abbezahlt werden, die ab-
zutragenden Zinsen drückten schwer, während Umtrieb und Werth
des Geschäfts sich zusehends verminderten. Ob durch endliches
Losschlagen der alten Waaren zu jedem Preise noch zu helfen
sein würde, stand dahin; aber der Vater wollte sich ja zu jenem
Losschlagen noch immer nicht verstehen. So stand Bankerott,
öffentliche Schande, in unmittelbarster Aussicht. Nie wird das Bild
aus meiner Seele schwinden, wie die Mutter eines Abends vor
Schlafengehen, mit schon aufgelöstem grauem Haar neben mir auf
dem Sopha sitzend, mir diese Verhältnisse, ihre Kämpfe und Sorgen offenbarte.

Doch sie selbst war es dann wieder, welche so düstere Gedanken zu beschwören und Ruhe und Heiterkeit in die Herzen
zurückzuführen wußte. Das Mittel, wodurch sie für sich aller
Kümmernisse, aller Verstimmungen Meister wurde, war unaus-
gesetzte pflichtmäßige Thätigkeit, verbunden mit dem festen Glauben an eine weise und gütige Vorsehung, welche, sofern nur der
Mensch nach Kräften das Seinige thue, zuletzt Alles wohl machen
werde. Darin bestand im Grunde auch ihre Religion. Es war
eine Religion des gewissenhaften Handelns auf der einen, des
gläubigen Vertrauens auf der anderen Seite. Ganz abweichend
verhielt sich auch in diesem Stücke der Vater. Ihm genügte diese
Religion nicht, weil er ihr nicht genügte. Er wußte sich mit
dem pflichtmäßigen Handeln so sehr im Rest, daß er nothwendig
etwas außer ihm haben mußte, das in die Lücke trat. Das war
der Versöhnungstod Christi, auf dessen sündentilgende Kraft er sich
verließ. Ihm wurde es leichter, ein für allemal felsenfest zu
glauben, als jeden Tag von Neuem den Kampf mit seinen Neigungen und Leidenschaften zu beginnen. Die Mutter machte sich
über das Geschleppe von Glaubenssätzen lustig, mit dem er sich
behänge, während ihr Glaube so kurz und einfach beisammen sei.
Christus, über dessen göttliche Natur, dessen geheimnißvoll heiligen Namen, dessen welterlösendes Opferblut der Vater sich in
düstern Speculationen erging, war der Mutter ein weiser, gott-
gesendeter Lehrer, ein tugendhafter Mensch, dessen Martyrthum
uns aber nichts helfen konnte, wenn wir nicht seiner Lehre nach-
lebten, seinem Beispiele folgten.

Bibellesen, Kirchengehen, mit mechanischer Regelmäßigkeit

als verdienstliches Werk, oder auch nur als vermeintliche Religions=
pflicht betrieben, waren ihr lächerlich, und eine gutherzige Tante
in unserem Hause, die in beiden Stücken einer musterhaften
Pünktlichkeit sich rühmen durfte, war oft die Zielscheibe ihrer freund=
lichen nie verletzenden Scherze. Sie selbst besuchte die Kirche
gern, doch nur wenn sie einen Prediger wußte, der in ihrem Sinn
erbaulich, d. h. in hellem praktischen Geist, und zugleich mit Wärme
und Gefühl predigte. Wie einmal ein katholischer Pfarrer der
Stadt dies mehr als die evangelischen zu leisten schien, be=
suchte sie längere Zeit die katholische Kirche. In diesem Sinne
wählte sie auch ihre häuslichen Erbauungsbücher aus. Als die
„Stunden der Andacht“ erschienen, waren ihr diese sehr will=
kommen, und manche der Betrachtungen dieses Buches hat sie
an unvergeßlichen Abenden mit uns Söhnen gelesen. Im Ge=
sangbuch waren ihr die Lieder von Gellert und ähnliche die lieb=
sten; in dem Liede: „Ich soll zum Leben bringen“, fand sie ihre
innigste, heiligste Ueberzeugung wieder. Auch diejenigen Lieder,
in welchen die freudige Aussicht auf ein Leben und eine Vergel=
tung nach dem Tode ausgesprochen war, thateu ihrem Herzen
wohl. Die gute Mutter war sich nicht bewußt, daß sie mit ihrer
immer frischen Thätigkeit, ihrem reinen, liebreichen, anspruchs=
losen Sinne, den Himmel schon hier im Busen trug.

Gewissermaßen zu der Religion meiner Mutter gehörte auch
ihre Freude an der Natur. In ihr sah sie das Werk eines wei=
sen und gütigen Schöpfers, das sie nie genug bewundern konnte.
An einem schönen Frühlingstage oder Sommerabend in einer an=
muthigen Gegend zu wandeln, gab ihr die Stimmung der hei=
tersten Andacht, des frömmsten Entzückens. Da äußerte sie wohl,
daß sie an die Katechismuslehre vom Weltuntergang niemals habe
glauben können, denn es sei ihr undenkbar, daß Gott ein so
herrliches Werk jemals sollte zerstören wollen. Vor zwei Thoren
Ludwigsburgs befinden sich zwei Parkwäldchen, das eine das Oster=
holz, das andere der Salon genannt, wo im Schatten der Bäume
eine Menge von Maiblumen wächst. Dahin ging die Mutter, so
lange wir Söhne noch daheim waren, mit uns, später mit der
Tante, regelmäßig jedes Frühjahr einmal, um einen Strauß Mai=
glöckchen zu pflücken, und noch die alte Frau war dabei wie ein
Mädchen beglückt.

Freude hatte die Mutter auch am Gartenwesen; noch mehr hat sie sich oft, in Folge von Jugenderinnerungen, einen Weinberg gewünscht; aber weder diesen noch einen eigenen Garten gönnte ihr das Geschick. Ein kleines Gartenfleckchen, hinter einer Scheune gelegen, überließ ihr ein Schwager, dem es neben größeren Gärten überflüssig war, zur Benutzung. Das Gärtchen war kaum größer als ein großes Zimmer: und doch, wie viel Glück wußte die genügsame Frau dem kleinen Fleckchen abzugewinnen! Hier pflanzte sie das nöthigste Grünzeug und etliche Gemüse für ihre Küche, und fand auch noch für Veilchen, Aurikeln und ähnliche bescheidene Blumen ein Plätzchen aus. Da häusliche Geschäfte und körperliche Schwäche ihr selten größere Spaziergänge erlaubten, so gab ihr der Gang in ihr Gärtchen doch frische Luft, bisweilen auch Erholung von häuslichem Kummer und Verdruß. Noch sehe ich sie dahin wandeln im einfachen Kattunkleid und Haube, mit dem flachen Gartenkörbchen unterm Arm, oder mit dem gefüllten zurückkommen. O Georgine, wie einfach war deine Großmutter in ihrem Anzug. Ach, der edelste Gehalt hat nur um so mehr Werth, je schlichter die Form ist, in der er sich gibt. Wird mein liebes Kind das einmal verstehen lernen? Gar gerne begleitete ich die Mutter in ihr Gärtchen, und half ihr in ihren ländlichen Arbeiten. Noch in ihren letzten Jahren, als ich schon mit der halben Welt im Kriege lag, erinnere ich mich mit Vergnügen, ihr die kleinen Wege getreten zu haben zwischen ihren Beeten. Ach, wer dich auch jetzt besitzen mag, du liebes Fleckchen Erde, sei mir gesegnet für den Trost und die Erquickung, die du so oft meiner guten Mutter gespendet hast!

Etwa zehn Jahre lang hatte die Stärkung, welche das Neustädter Bad meiner Mutter gewährt hatte, so ziemlich vorgehalten, als um das Jahr 1836 ihre Gesundheit von Neuem zu wanken begann. Leider muß ich sagen, daß ich selbst vielleicht die unschuldige Veranlassung dieser Störung war.

Im Sommer vorher hatte ich mein Leben Jesu herausgegeben, und welche Anfeindungen ich mir dadurch zuzog, in welche Kämpfe mich verwickelte, ist bekannt. Man entfernte mich von meiner Stelle am Stift zu Tübingen, und übertrug mir die Stellvertretung an der obersten Klasse des Lyceums meiner Vaterstadt. Vielleicht erwartete die Behörde, ich werde das Gebotene ausschlagen; aber ich nahm es schwer, aus dem öffentlichen Dienst der Kirche oder Schule zu scheiden, und bezeigte mich willig, die Stelle anzutreten. Die Mutter wunderte sich über meinen Entschluß, ja er setzte sie in Verlegenheit. Kam ich nach Ludwigsburg, so erforderte es der Anstand, daß ich in dem überflüssig geräumigen Hause der Eltern wohnte; aber die Stimmung des durch die Jahre ohnehin verdüsterten Vaters gegen mich war in Folge der Wirkungen meines Leben Jesu so, daß das Beisammenwohnen unmöglich erfreulich ausfallen konnte. Das wußte die Mutter an Ort und Stelle besser als ich es in Tübingen wußte; auch gab sie es mir zu verstehen; aber — kurz ich kam, und die Mutter behielt Recht. Es gab peinliche Scenen, zumal auch ein Auf- hetzer nicht fehlte, der Oel ins Feuer goß, indem er jeden Schmäh- artikel, jedes Libell gegen mich, deren damals jede Woche etliche brachte, dem Vater zusteckte; peinlich für mich, peinlich mehr noch für die Mutter, gegen welche der Vater, der sich gegen mich mehr zurückhielt, seinen vollen Unwillen herausließ, so daß sie jeden Augenblick einen häßlichen Bruch zwischen Vater und Sohn be- fürchten mußte. Nach Jahresfrist gab ich die Stelle auf und zog nach Stuttgart: aber die Mutter hat mir später gestanden, daß die Gemüthspein jenes Jahres ihrer Gesundheit einen harten Stoß gegeben habe.

Sie selbst war natürlich schmerzlich berührt von den An- fechtungen, die ich mir durch jenes Buch zugezogen, von dem Ver- lust so schöner Aussichten, die ich dadurch verscherzt hatte; ihrer religiösen Denkart nach waren ihr zwar die meisten der biblischen Wundergeschichten, die ich in meinem Buche in das Gebiet der Sage verwies, höchst gleichgültig; doch bis zu der Spitze mitfort- zugehen, zu welcher mich der Weg folgerichtiger Wissenschaft ge- führt hatte, lag ihr natürlich fern; auch sie könne nicht Alles glauben, was in der Bibel stehe, bekannte sie, aber sie lasse es eben dahingestellt; und dabei hätte auch ich es bewenden lassen sollen, war ihr ächt weibliches Gutachten, das sie übrigens selbst nicht ohne Lächeln aussprechen konnte. Die Reinheit meiner Ab- sicht ohnehin, das Ehrenwerthe meiner Aufrichtigkeit, wenn sie diese auch oft Unklugheit schalt, verkannte sie keinen Augenblick, und so dienten diese Kämpfe, da ihr überdies das Unrecht zu Herzen ging, das sie mir geschehen sah, statt uns zu trennen, vielmehr dazu, uns um so inniger aneinander zu schließen, die Geistesgemeinschaft zwischen Mutter und Sohn zu vollenden.

Im Sommer 1836 (ich war damals noch in Ludwigsburg, das ich erst im Herbst verließ) fand sie sich genöthigt, nach vieljähriger Unterbrechung wieder zu dem Neustädter Bad ihre Zuflucht zu nehmen. Es blieb auch diesmal nicht ohne Wirkung, obgleich manche Badegäste schlecht genug dachten, den Haß, den ich mir so eben bei einigen Frommen und bei allen Heuchlern zugezogen hatte, die unschuldige Mutter entgelten zu lassen. Daß ein Beamter, der sich hierin besonders bemerkbar machte, bald nachher wegen Betrugs in das Zuchthaus kam, gereichte mir, ich bekenne meine Sünde, zu nicht geringer Befriedigung.

Das folgende Jahr verging leidlich; doch im Jahr 1838 fand die Mutter, um sich für den kommenden Winter zu stärken, abermals räthlich, das altbewährte Bad zu besuchen. Diesmal hatte sie es mit der Gesellschaft besser getroffen; der erste Grimm gegen mich im Publikum war vorüber, und die Mutter selbst für sich, die kleine, zarte Frau mit dem großen ausdrucksvollen Auge, dem schlichten, heitern und doch bedeutenden Wesen, erweckte überall Zuneigung und Hochachtung. So erwies ihr diesmal die Badegesellschaft, sowohl während ihres Aufenthalts, als auch besonders bei ihrem Abgang, so viel Liebe und Ehre, daß die bescheidene Frau ganz erstaunt war. „Solche Ehre,“ schrieb sie an mich, „ist mir in meinem Leben noch nicht widerfahren; Schade, daß es nun seinem Ende so nahe ist; ich würde dies als ein Zeichen einer glücklicheren Lebensperiode ansehen.“

Die Erfrischung und Stärkung, welche ihr das Bad gebracht hatte, erwies sich nicht als nachhaltig. Im Winter stellte bedenkliches Nasenbluten und zeitweise kurzer Athem sich ein. Meine Berufung nach Zürich, die eben um jene Zeit erfolgte, gab ihr kurze Freude; denn bald liefen die Nachrichten von den wüsten Bewegungen ein, welche die Zurücknahme derselben zur Folge hatten. Sie überließ mein Schicksal jener höheren Leitung, auf welche sie während ihres ganzen Lebens ihr Vertrauen gesetzt hatte. Um die Mitte des März 1839 wurden die Zufälle beängstigend; der Vater berief mich, und ich kam. Ich fand die gute Mutter schwach, aber bei völligem Bewußtsein, voll Liebe, Ergebung, Heiterkeit, wie immer. Die Schwäche jedoch nahm stündlich zu, und nach wenigen Tagen machte eine Lungenlähmung dem theuren Leben im Alter von 67 Jahren ein Ende.

Die Mutter ließ mich in wilden Schicksalsstürmen, auch den Bruder noch in schwankender Lage zurück; oft aber habe ich sie in der Folge glücklich gepriesen, daß sie die schlimmeren Stürme nicht erlebte, welche wenige Jahre nachher mein Lebensschiff gegen die Klippen geschleudert haben. Jetzt, nachdem der Schiffbruch überstanden, der beste Besitz, ihr, liebe Kinder, aus demselben gerettet, auf das Uebrige verzichtet, und mein Fahrzeug im Hafen ist, jetzt möchte ich oft die gute Mutter wieder um mich haben, mich mit ihr, wie ehemals, traulich unterhalten, ihr ihre Enkel und euch die Großmutter zeigen, euch von ihr unterweisen lassen und auf ihr Vorbild verweisen. Es ist nicht möglich, und weil es nicht möglich ist, habe ich diese Zeilen für euch geschrieben, von denen ich weiß, ihr werdet sie mir noch in Zukunft danken.

Denn das Andenken guter Menschen bleibt nicht blos im Segen, sondern es spendet auch Segen fort und fort. Aber gleich dem Wasserquell will es gefaßt sein, um nicht bald im dürren Boden zu versickern. Hier habe ich nun das Andenken einer guten Mutter zum bescheidenen Brunnen gefaßt, und gesegnet seien Kinder und Enkel, gesegnet alle von Geschlecht zu Geschlecht, die daraus trinken!

# III.

# Der Romantiker auf dem Throne der Cäsaren,

### oder

### Julian der Abtrünnige.

———

Von dem Kaiser Julian, geehrteste Versammelte, habe ich versprochen, Sie heute zu unterhalten. Zum Glück ist Ihnen gegenüber diese Aufgabe, wenn nicht minder schwer, doch weniger beschwerlich, als sie es sonst wohl sein könnte. Für's Erste nämlich sind Sie mit Julian's Geschichte ihren wesentlichen Umrissen nach vertraut. Ich habe also nicht erst nöthig, Ihnen die einzelnen Umstände seines Lebens und seiner Regierung der Reihe nach vorzuerzählen; ich kann mich auf die Höhe des Ueberblicks stellen und von hier aus Ihnen die Punkte bezeichnen, welche wir meines Erachtens vor andern in's Auge zu fassen haben, um uns ein gründliches Urtheil über den merkwürdigen Mann zu bilden. Zu besonderer Beruhigung aber gereicht mir das Andere. Von unserem Kreise nämlich kann ich versichert sein, daß in demselben kein Mitglied sich befindet, welches, wird Julian's Name genannt, vor dem Apostaten das Kreuz schlägt und einen inneren Schauder entweder wirklich empfindet, oder doch pflichtschuldig äußern zu müssen glaubt; ich habe insofern Unbefangene mir gegenüber, welche dem Urtheile, das ich vor Ihnen zu begründen mich bemühen will, mit keinem bannenden Vorurtheil — sei es voraneilen, oder in den Weg treten werden.

Uebrigens scheint es in der That mit dem Aburtheilen über Julian seine eigenthümlichen Schwierigkeiten zu haben. Das wäre noch das Wenigste, daß von jeher so verschieden und selbst entgegengesetzt über ihn geurtheilt worden ist. Entgegengesetzte Urtheile legen wir uns leicht zurecht, wenn wir ihre Quelle in entgegengesetzten Eigenschaften oder Gesichtspunkten der Urtheilenden entdecken. Sehen wir statt dessen denselben Gegenstand von denjenigen gelobt, die ihn auf ihrem Standpunkte eigentlich schelten müßten, von jenen aber getadelt, deren Denkart er doch befreundet ist, so gilt es, genauer zuzusehen, wollen wir nicht an Beurtheilern und Gegenstand irre werden, und mit unsrem eigenen Urtheil in die Irre gerathen.

Zwar bei den älteren Stimmen über Julian ist es — wie überhaupt in der alten Welt die Gegensätze sich noch einfacher und unvermischter gegenüberliegen — ein Leichtes, der Gunst der Einen wie der Ungunst der Anderen auf den Grund zu sehen. Denn wenn Gregor von Nazianz in seinen Schmähreden auf den gefallenen Julian diesen einen Ahab und Jerobeam, einen Pharao und Nebukadnezar nennt, wenn er über den Sturz des Drachen, des Abtrünnigen, des großen Dämons, einen Jubel anstimmt, zu welchem er alle Völker und Zungen, alle Menschen und Engel aufruft[1]; während denselben Fürsten Libanius in seiner Leichen= rede als Zögling, Schüler und Beisitzer höherer Wesen, als Bei= stand und Genossen der Götter anredet[2]: so klingt das freilich sehr widerstreitend: allein wir werden natürlich finden, daß der Apostate des neuen Christenthums und Wiederhersteller des alten Götterdienstes dem eifrigen Christen ebenso schwarz erscheinen mußte, als er einem der „letzten Heiden“ hehr und glänzend erschien.

Steigen wir nun aber in die neuere Zeit herunter, so werden wir an unserem Maßstab irre, nach welchem wir je von den eifrigsten Christen die härtesten Urtheile über Julian zu hören erwarten und umgekehrt. Da begegnet uns Gottfried Arnold mit seiner Kirchen= und Ketzergeschichte: und siehe da, dieser Christ in der zweiten Potenz, dieser Pietist — freilich alten Styls — ist sichtbar günstig für Julian gestimmt, und nimmt in gewisser Hinsicht gegen die Christen die Partei des Heiden. Womit der fromme Mann natürlich, wie er sich ausdrücklich ver= wahrt, dessen Unglauben und Gotteslästerungen nicht entschuldi= gen will: aber er meint, die damaligen Christen, und besonders deren Geistliche und Bischöfe, seien durch ihr ärgerliches Wort= gezänke, durch die Wuth, mit welcher der größere Haufe die schwächeren und meistentheils unschuldigen Häuflein unterdrückte und verfolgte, selbst daran schuldig gewesen, daß Julian sich von ihnen abwendete; die Frechheit der christlichen Eiferer habe den

---

1) Gregor. Naz. Orat. III. und IV. zu Anfang. Opp. ed. Colon Tom. I, p. 49 sq. 110 sq.

2) Liban. Orat. parental. in Julian. §. 156. In Fabric. Biblioth. Graec. Tom. VI, p. 377 sq.

wohlmeinenden Herrn vielfach gereizt und zu strengeren Maß=
regeln herausgefordert; ja, man möchte wohl zweifeln, ob Julianus
die Christen, oder diese Julianum verfolget haben[1]). — Es ist
klar: in der rechtgläubigen Kirche des vierten Jahrhunderts sieht
und bekämpft Arnold die in Buchstabendienst versunkene, ver=
folgungssüchtige lutherische Orthodoxie seiner Zeit; die Parteien
der Arianer und Valentinianer, Novatianer und Donatisten, sind
ihm gleichsam Pietisten vor Spener; selbst die Heiden gewinnen,
als unterdrückte Secte, sein Mitgefühl: so kann dem Fürsten,
welcher den Druck einer tyrannisch gewordenen Kirche brach und
Religionsfreiheit ertheilte, sein Beifall selbst dann nicht entgehen,
wenn derselbe sich persönlich unglücklicherweise zur schlechtesten
jener Secten, zur heidnischen, bekannte. Damit aber hat die
Magnetnadel, welche sich bisher einfach und unverrückt dem Pole
des Christlichen zu=, und folgerecht dem Julian, als heidnischem
Pol, abgekehrt zeigte, bereits eine Störung erlitten; es ist eine
neue Kraft als Faktor eingetreten, welche sie in's Schwanken
bringt. Oder eine neue Kraft ist es insofern noch nicht, als es
nur ein Gegensatz innerhalb des Christlichen selbst ist, der jetzt
mit vorschlagender Wirkung heraustritt. Es ist der Gegensatz
zwischen einer herrschenden Kirche, die, in Buchstabenwesen und
Aeußerlichkeit verkommen, keine Abweichung von ihrer Norm,
keine freiere Regung, aufkommen lassen will, — und zwischen
der Religion des Herzens und des Friedens, die auch in abwei=
chenden Formen den Einen Geist noch anerkennt, Duldung übt,
wie sie selbst nur auf Duldung und Gewährenlassen, nicht auf
Herrschaft, Anspruch macht. Und während unter Julian's Zeit=
genossen der große Gegensatz zwischen Christenthum und Heiden=
thum den untergeordneten zwischen Orthodoxie und Heterodoxie
innerhalb des ersteren so weit überwog, daß Gregor von Nazianz
dem Heiden Julian gegenüber den Arianer Constantius mit Lob=
sprüchen erhebt[2]), von denen wir nicht wissen, ob sie uns mehr
an den Athanasianer oder an den kundigen Zeitgenossen Wunder
nehmen sollen: ist nunmehr der Gegensatz zwischen freier und

---

1) Gottfried Arnold, unparteiische Kirchen= und Ketzerhistorien, I. Band,
IV. Buch, 1. Kap., §. 11 ff.
2) Orat. III, p. 50 A B.

dulbsamer Gemüthsreligion und herrschsüchtiger Buchstaben-Kirche so sehr die Hauptsache geworden, daß Arnold den toleranten Heiden Julian mit einer Vorliebe behandelt, die uns von dem frommen Christen in Erstaunen setzt.

Gehen wir noch weiter herab und zugleich auf die andere Seite hinüber, so zeigt sich uns das nicht minder auffallende Gegenstück, daß ein versteckter Gegner des Christenthums dessen offenem Widersacher mit weit mehr Kaltsinn begegnet, als bei solcher Uebereinstimmung der inneren Gesinnung zu erwarten war. Gibbon, der in seinem berufenen 15. Kapitel mit einer so zweideutigen Verbeugung an dem göttlichen Ursprung des Christenthums vorübergeht, um desto ausführlicher zu zeigen, wie menschlich es bei seiner Ausbreitung zugegangen, wie Fanatismus, Aberglauben und hierarchische Schlauheit das Beste dabei gethan haben: müßte er nicht eigentlich mit sichtbarer Befriedigung einen Fürsten einführen, welcher den Versuch machte, dem Christenthum praktisch seinen durch theilweise so unlautere Mittel errungenen Sieg wieder zu entreißen, während er theoretisch seinen Ursprung als einen durchaus ungöttlichen nachwies? Statt dessen erkennt Gibbon zwar die ausgezeichnete Begabung Julian's als Menschen, seine Tapferkeit als Krieger und Tüchtigkeit als Regenten, seine Mäßigung im Glück und Standhaftigkeit im Unglück, vollkommen an: aber er kann es nicht verhehlen, daß ihm die Figur des Mannes im Ganzen nicht behagt. Nicht nur, daß er an dem Spätling den hohen Geistesflug eines Cäsar, die vollendete Klugheit des Augustus vermißt: seine Tugenden selbst findet er nicht recht natürlich, seine Philosophie nicht einfach genug. Der Charakter eines Apostaten vom Christenthum würde dem Julian in des deistischen Geschichtschreibers Augen keinen Eintrag thun; aber die Schwärmerei, welche seine Tugenden umwölkte, und auch bei ihm, wie bei allen Schwärmern, nicht ganz ohne Beimischung frommen Betruges war, kann er ihm nicht verzeihen. Ungenaue Kenntniß, meint er, könnte den Julian als einen philosophischen Monarchen darstellen, der mit unparteiischer Duldsamkeit das theologische Fieber zu stillen sich bemühte, welches die Gemüther seines Zeitalters ergriffen hatte; eine genauere Prüfung seines Charakters und Benehmens jedoch zerstöre dieses günstige Vorurtheil, und zeige uns einen Fürsten, dessen Verstand durch die

Ansteckung mit abergläubischen Zeitvorstellungen geschwächt war,
welche ihn auch in seinem Handeln als Regenten häufig über die
Gränzen der Gerechtigkeit und Klugheit fortrissen[1]). — Man
sieht: hier ist der einst so schroffe Gegensatz zwischen Heidenthum
und Christenthum schon völlig neutralisirt; beide stehen als unfreie
Geistesformen, als Aberglauben und Schwärmerei, auf der einen
Seite; der heidnische Schwärmer ist nicht besser und nicht schlechter als der christliche, da beide von freier, vernünftiger Denk-
und Handlungsweise gleich weit entfernt sind.

Gehe ich nun von dem britischen Historiker zu unserem
Schlosser fort, so werden Sie mir zutrauen, daß ich beider
Standpunkte wohl auseinanderzuhalten weiß. Mir so wenig wie
sonst Jemanden fällt es ein, in dem deutschen Geschichtschreiber
einen Gegner des Christenthums, offenen oder verkappten, zu sehen.
Aber so sehr der biedere Mann den sittlichen Kern des Christenthums zu schätzen weiß, so anerkennend er sich allenfalls auch gelegentlich über das biblische Christenthum ausspricht (über dessen
angebliche Einfachheit und Annehmbarkeit man freilich die unklar-
sten Vorstellungen noch immer nicht aufgeben mag): so ist er doch
der Athanasianischen Orthodoxie, dem Bischofs- und Synoden-
Christenthum der Zeiten Constantin's und seiner Söhne so abgeneigt als nur irgend Einer, und es sollte folglich, muß man vermuthen, der Mann schon zum Voraus einen Stein bei ihm im
Brett haben, der es unternahm, jenes ganze Gebäude auseinander
zu werfen, und dem Christenthum dadurch zu seiner Läuterung
behülflich zu sein, daß er ihm die weltliche Herrschaft entzog,
durch welche es so sichtbar verdorben worden war. Statt dessen
jedoch fährt Julian kaum bei den orthodoxesten Historikern so
schlecht, als bei dem nur praktisch-religiösen Geschichtschreiber
des achtzehnten Jahrhunderts[2]). Zwar, daß dieser in Julian's
Unternehmen, das Heidenthum wieder zur herrschenden Religion zu

---

1) Gibbon, Geschichte des Verfalls und Untergangs des röm. Welt-
reichs, Kap. XXII u. XXIII.

2) Schlosser's Urtheile über Julian findet man in seiner Recension
von Neander's Schrift über denselben. Allg. Lit. Ztg. 1813, S. 125 ff.:
in seiner Universalhistorischen Uebersicht der Gesch. der a. Welt, III, 2, S. 408 ff.,
und in der Weltgeschichte für das deutsche Volk, IV, S. 483 f.

machen, ein unverständiges Widerstreben gegen den Zeitgeist findet[1]), welcher dem Christenthum günstig war, und den er hätte leiten sollen, statt sich demselben entgegen zu stemmen, — damit geschieht dem Apostaten nur sein historisches Recht, das von jedem Glaubensbekenntniß unabhängig ist. Aber während Gibbon demselben doch noch fromme und aufrichtige Anhänglichkeit an die alten Götter als herrschende Leidenschaft gelassen hatte, sieht Schlosser Verstellung als den Grundzug seines Wesens an, die auch, nachdem ihn kein äußerer Druck mehr dazu nöthigte, in der Eitelkeit fortbauerte, mit welcher er seine Gesinnungen wie seine Reden durch classische Reminiscenzen aufstutzte, für sich immer vor dem Spiegel, nach außen immer auf der Bühne stand. Aus dieser Eitelkeit weiß Schlosser die ganze Entwickelung und spätere Stellung Julian's abzuleiten. Der talentvolle junge Mensch zieht durch seine Fortschritte in den Schulstudien die Aufmerksamkeit der Sophisten auf sich; ihr Lob erregt sein Selbstgefühl; aber auf dem politischen Felde eröffnet sich dem Ehrgeize des zurückgestellten Prinzen keine Aussicht; er sucht also, was ihm im Staate versagt scheint, unter den Sophisten der Erste zu sein, und schließt sich deren eifrig heidnischen Bestrebungen um so mehr an, je abschreckender seinem Dünkel der blinde Glaube ist, welchen die christlichen Lehrer von dem Laien verlangten. Endlich doch zur Regierung gelangt, unternimmt er die Restauration des Heidenthums: allein nur ein Büchergelehrter konnte sich einbilden, daß ein Hirngespinnst von Poesie, Philosophie und Aberglauben sich an die Stelle der wirklichen Religion setzen lasse. — Was aber Julian nicht selbst schon schlimm gemacht, das verderben im Urtheile Schlosser's vollends seine Umgebungen, die Hofphilosophen und Staatssophisten, die er in seine Nähe berief; eine Menschenart, die bekanntlich und nicht mit Unrecht eine stehende Antipathie unseres biderben Geschichtslehrers bildet. — Hier stellt sich demnach die Sache so. Nur einfach und wahr! nur nichts Gemachtes und Gespreiztes! Selbst die elendesten

---

1) „So unverständig — heißt es an dem zuletzt angeführten Orte — als es in unsern Tagen sein würde, die Klöster, die geistliche Zucht und die andächtige Sitte des Mittelalters, oder auch nur die strenge Glaubenslehre der Reformatoren wieder einzuführen."

Predigten christlicher Kirchenväter sind insofern Schlosser'n lieber, als des kaiserlichen Sophisten und seiner Lehrer kalte, gekünstelte Declamationen. Jenen Männern ist's doch einfältiger Ernst, sie vergessen sich in der Sache, für welche sie poltern; während dieser immer nur bei sich und den schönen Worten ist, die er über die Sache zu machen weiß, welche so glücklich war, sein Talent für sich zu gewinnen. Ebendeßwegen haben auch Männer der ersteren Art die Welt umgekehrt, während die Bemühungen Julian's und der Seinigen spurlos im Sande zerronnen sind.

Da, gemäß dem bisher ihnen Dargebotenen, meine Zuhörer in Betracht des Verhaltens neuerer Schriftsteller zu Julian sich bereits in die Fassung gesetzt haben werden, nur noch Unerwartetes zu erwarten: so wird es sie kaum mehr überraschen, ein Paar der eifrigsten Verfechter des wunderglaubigen Christenthums unter unsern Zeitgenossen, den Petrus und den Johannes der modernen Kirche, genau ebenso eingenommen für Julian zu finden, als der um so Vieles freier denkende Schlosser sich gegen ihn eingenommen zeigte. Wer erinnert sich nicht der begeisterten Schrift des damals noch jugendlichen Neander über den Kaiser Julian, dessen offener Sinn für alles Edle und Große, dessen Enthusiasmus für die erhabenen Gestalten der Vorzeit, dessen Zug nach oben über die Beschränkungen des irdischen Lebens hinaus, das empfängliche Gemüth des christlichen Historikers mit liebender Theilnahme erfüllt hatte? Nicht mit dem herkömmlichen Brandmale des Apostaten erscheint Julian in dieser Darstellung; sondern sein Uebergang vom Christenthum zu der alten Religion seiner Väter wird psychologisch auf eine Weise erklärt, welche ihm fast mehr zum Lob als zum Tadel ausschlägt. Oder ist er zu schelten, daß die unfruchtbaren Lehrstreitigkeiten, die Zänkereien über Wesens-Gleichheit oder Aehnlichkeit des Sohnes Gottes mit dem Vater u. dergl. ihn weniger anzogen, als die tiefsinnigen und zugleich sittlich bedeutsamen Fragen über die Natur und Abkunft der Seele, ihre Gefangenschaft und ihre Befreiung aus den Banden der Materie mit Hülfe der Götter, welche die heidnischen Philosophen ihm zu lösen versprachen[1]? Freilich konnte, auch abge-

---

1) Liban. Orat. parent. §. 9: Καὶ ποτε τοῖς τοῦ Πλάτωνος γέμου·

sehen von jenen Ausartungen, eine Religion, welche das Gött=
liche in Knechtsgestalt verkündigte, sein dem Außerordentlichen,
dem Großen und Glänzenden zugewendetes Gemüth nicht für sich
einnehmen: — und dieß ist der einzige leise Vorwurf, den
Neander seinem Helden über dessen von andern Schriftstellern
so scharf getadelte Apostasie macht. Selbst seine Regenten=Maß=
regeln gegen die christliche Religion und ihre Bekenner, wie ge=
lind werden sie dargestellt, wie schonend beurtheilt! Sie ergaben
sich von selbst aus seinem religiös=politischen Standpunkte, ja von
diesem aus waren sie noch sehr milde, in Folge nicht bloß seiner
Staatsklugheit, sondern auch seiner geläuterten religiösen Denk=
art; manche Härten in der Ausführung seiner Verordnungen sind
dem übeln Willen der Beamten, oder der, nicht selten durch das
frühere Benehmen der Christen veranlaßten Volkswuth auf Rech=
nung zu schreiben; wenn der Kaiser selbst bisweilen über die
Gränzen seiner Grundsätze hinaus sich fortreißen ließ, so gericht
ihm sein lebhaftes Temperament, das durch die Christen vielfach
gereizt wurde, zur Entschuldigung [1]). — Kaum minder schonend
urtheilt Ullmann über Julian, obwohl er nicht eben so für ihn
eingenommen heißen kann, schon deßwegen nicht, weil er sich
dessen erbittertsten Gegner, Gregor von Nazianz, zum Helden
erwählt hat [2]). Zwar für das Aergerniß, welches Julian an der
Knechtsgestalt des Göttlichen in Christo nahm, hat Ullmann
bereits ein strengeres Tadelwort, indem er ihn philosophischen

---

σιν εἰς ταὐτὸν ἐλθὼν (Julian), ἀκούσας ὑπέρ τε θεῶν καὶ δαιμόνων, —
καὶ τί τε ἡ ψυχη, καὶ πόθεν ἥκει, καὶ ποῖ πορεύεται, καὶ τίσι βαπτίζεται,
καὶ τίσιν αἴρεται, — καὶ τί μὲν αὐτῇ δεσμός, τί δὲ ἐλευθερία, καὶ πῶς
ἂν γένοιτο τὸ μὲν φυγεῖν, τοῦ δὲ τυχεῖν· ἁλμυρὰν ἀκοὴν ἐπεκλύσατο τῷ
ποτίμῳ λόγῳ u. s. w. (Als er einmal mit Platonikern zusammentraf, und
sie sprechen hörte von Göttern und Dämonen, und was die Seele sei, woher
sie komme und wohin sie gehe, woburch sie niedergedrückt und woburch gehoben
werde, worin ihre Knechtschaft und worin ihre Freiheit bestehe, und wie sie
jener entgehen, diese aber erringen möge: da wusch er die salzige Fluth (der
christlichen Lehre) durch das reine Quellwasser der wahren Lehre aus sei=
ner Seele.)

1) Neander, der Kaiser Justinian und sein Zeitalter. Leipzig 1813.
S. 71 ff. 145 ff.

2) Ullmann, Gregorius von Nazianz, der Theologe. Darmstadt 1825.
S. 72 ff.

Uebermuths beschuldigt; übrigens aber fällt es ihm mindestens ebenso schwer, seinen Helden wegen seiner Schmähreden gegen den todten Kaiser, als diesen wegen seiner Maßregeln gegen das Christenthum zu entschuldigen, und die am meisten getadelte unter diesen, sein Verbot, daß Christen nicht öffentliche Lehrer der Rhetorik und alten Literatur sein sollten, findet er ebenso wie Neander von Julian's Standpunkt aus wohlbegründet. — Dieser Standpunkt selbst aber ist nach beiden keineswegs schon um deßwillen ein unbedingt falscher und verwerflicher, weil er ein heidnischer war. Vielmehr gesteht der berühmte Geschichtschreiber der christlichen Kirche dem Restaurator des Heidenthums wahre Religiosität, ja, einen göttlichen Glauben zu [1]). Eine Milde und Weitherzigkeit, deren man sich erfreuen kann, von welcher man aber doch sich getrieben finden muß, einen bestimmteren Grund aufzusuchen, als die allgemeine christliche Liebe, auf welche bekanntlich bei Theologen am wenigsten zu rechnen ist.

Nun glaube man aber nur nicht, daß die Vorliebe Neanders für Julian mit einer Verblendung über dessen Fehler zusammenhänge. Den Grundfehler wenigstens, die irrige Geistesrichtung, aus welcher die einzelnen Mißgriffe wie die verfehlte geschichtliche Stellung Julian's im Ganzen hervorgingen, hat er so richtig angegeben, daß kaum etwas hinzuzufügen übrig bleibt. Wie jede neue Epoche in der Geschichte der Menschheit durch einzelne Zeichen vorherverkündigt zu werden pflegt; wie jede neue, in das Leben der Menschen tief eingreifende Wahrheit sich versprengte Boten vorausschickt, welche sie vorzeitig einem noch unempfänglichen Zeitalter predigen: so geschieht es nach Neander auch auf der andern Seite, daß Einzelne es versuchen, einen Zustand des Menschengeschlechts, der für dasselbe nicht mehr geeignet ist, zurückzuführen, indem sie noch einmal recht kräftig aussprechen, was doch seine Herrschaft über die Menschen nicht mehr erhalten kann. Der Unmöglichkeit, das Verfaulte durch sich selbst wieder frisch zu machen, sich bewußt, sehen sich diese Männer nach einer Würze um, nach einem Salze, — welches für eine schaal gewordene Religion herkömmlich in einer Philosophie gefunden wird. Die Philosophie, welche dem absterbenden Heidenthum zu diesem

---

1) a. a. O. S. 96. 170.

8*

Dienste sich erbot, war die neuplatonische. Die innere Offenbarung Gottes im Menschen, wie Neander sich ausdrückt, oder,
wie wir sagen würden, die platonische Ideenlehre, wurde hier,
vermittelst ihrer poetisch-mythischen Fassung im Timäus, mit den
alten religiösen Traditionen und dem vaterländischen Cultus in
der Art in Verbindung gebracht, daß diesen durch jene der belebende Geist, jener durch diese eine feste, objective und populäre
Grundlage gegeben werden sollte [1]). — Wir kennen diese Ver-
quickung des Alten und Neuen, zum Behuf der Wiederherstellung
oder besseren Conservirung des ersteren, vorzugsweise auf dem
religiösen, doch auch auf andern Gebieten, aus unserer nächsten
Nähe gar wohl, und sind gewohnt, sie Romantik zu nennen.
So hat man romantische Dichter jüngst diejenigen genannt, welche
die verblichene Märchenwelt des mittelalterlichen Glaubens als
tiefste Weisheit poetisch zu erneuern strebten; philosophische Romantiker sind uns jene, welche der kritisch entleerten Philosophie
den Inhalt, den sie denkend nicht zu produciren wissen, durch
phantastisches Einmengen religiösen Stoffes zu verschaffen suchen;
der romantische Theolog — und dieß sind sie heut zu Tage, wenn
nicht in hervorbringender, doch in aneignender Weise, alle, —
— müht sich, durch philosophische und ästhetische Zuthaten den
abgestandenen theologischen Kohl wieder genießbar und verdau-
lich zu machen; romantische Politiker sehen in der Wiedererweckung
des mittelalterlichen Feudal- und Ständewesens das einzige Heil-
mittel für den modernen Staat; ein romantischer Fürst endlich
wäre derjenige, der, wie unser Julian, in den Vorstellungen und
Bestrebungen der Romantik aufgenährt, dieselben durch Regierungs-
maßregeln in die Wirklichkeit überzusetzen den Versuch machte.
Obwohl sich nämlich der Begriff der Romantik zunächst in Verbindung mit der christlichen Religion gebildet hat, so ist doch
kein Grund einzusehen, warum wir seine Anwendung auf dieses
Gebiet beschränken sollten. Die Beschreibung wenigstens, welche
Neander von dem religiösen Standpunkte Julian's und seiner
Lehrer gibt, enthält, wie wir gesehen haben, alle Merkmale der
Romantik. Wenn er Recht hat, so fehlten auch der alten, grie-

---

1) Ebendas. S. 3. 22. 103 ff.

chisch=römischen Welt ihre Romantiker nicht: und er hat Recht,
wie wir bald finden werden.

Daher also der Widerwille unseres unromantischen Schlosser
gegen Julian; daher das Wohlwollen unserer romantischen Theo=
logen für ihn, in welchem sie Fleisch von ihrem Fleische wittern.
Zwar kein Christ, aber ein Romantiker: er ist unser Mann; hat
er gleich objectiv den wahren Glauben nicht, so hat er ihn doch
subjectiv; ja, noch mehr, der Glaube kann auch seinem Ge=
halte nach göttlich sein, — versichert Neander[1]) — wenngleich die
Dogmen, in denen er sich verkörpert, menschlich sind. Dieses
Wahre und Göttliche an Julian's Religiosität war nach Neander
sein Glaube an die göttliche Abkunft und Bestimmung des Men=
schen, obwohl in seinem System unter andern, und vielleicht min=
der angemessenen Sinnbildern, als in der christlichen Lehre, dar=
gestellt; der Glaube ferner an uralt überlieferte Weisheit, — ein
Grunddogma aller Romantik, vom Neuplatonismus bis zur Schel=
ling=Creuzer'schen Symbolik herunter, welches aber naturgemäß
zu Restaurationsversuchen führen muß, von denen Neander doch
— wenigstens soweit es den Julianischen betrifft; — selbst ein=
sieht, daß sie mißlingen müssen.

Ein heidnischer Romantiker auf dem Throne also ist uns
Julian, und von diesem Gesichtspunkte aus wollen wir ihn jetzt
noch genauer betrachten.

Die geschichtlichen Stellen, wo Romantik und Romantiker
aufkommen können, sind solche Epochen, wo einer altgewordenen
Bildung eine neue gegenübersteht, welche, noch unfertig und un=
ausgebildet, in Vergleichung mit den entwickelten Positionen von
jener, als negativ erscheint. Auf solchen Markscheiden der Welt=
geschichte werden Menschen, in denen Gefühl und Einbildungs=
kraft das klare Denken überwiegt, Seelen von mehr Wärme als
Helle, sich immer rückwärts, zum Alten, kehren; aus dem Un=
glauben und der Prosa, die sie um sich her überhandnehmen
sehen, werden sie nach der gestaltenreichen und gemüthlichen Welt
des alten Glaubens, der urväterlichen Sitte sich sehnen, und
diese für sich und wo möglich auch außer sich wiederherzustellen
suchen. Da sie aber von dem ihnen widrigen neuen Principe,

---

1) Ebendas. S. 170.

als Kinder ihrer Zeit, mehr als sie wissen, selbst auch durch=
drungen sind, so wird das Alte, wie es sich in ih nen, und durch sie
reproducirt, nicht mehr das reine, ursprüngliche Alte sein, sondern
mit dem Neuen vielfach gemischt, und dadurch an dieses zum Vor=
aus verrathen; der Glaube nicht mehr der ächte, unwillkürlich
das Subject beherrschende, sondern ein solcher, an welchem dieses
willkürlich und absichtlich festhält. Den Widerspruch und die
Unwahrheit, welche hierin liegen, verbirgt sich jenes gemüthliche
Bewußtsein durch ein phantastisches Dunkel, worein es sie ver=
hüllt: die Romantik ist wesentlich Mysticismus, und nur mystische
Gemüther können Romantiker sein. Allein die Widersprüche zwi=
schen dem Alten und Neuen sind zum Theil auch im tiefsten
Dunkel mit Händen zu greifen; die Unwahrheit eines willkür=
lichen Glaubens ohnehin muß im innersten Bewußtsein empfun=
den werden: weßwegen denn Selbstverblendung und innere Un=
wahrhaftigkeit zum Wesen jeder Romantik gehören.

Als Altes und Neues nun, als Positives und beziehungs=
weise Negatives, wie jetzt Christenthum und freier Humanismus
standen sich zu Julian's Zeit Heidenthum und Christenthum
gegenüber. Dem Julian erschienen die Christen, weil sie die
Götter Griechenlands und Roms, Aegyptens und Syriens nicht
anerkannten, gerade ebenso als Gottlose und Atheisten (ἀσεβεῖς
und ἄθεοι sind ihre stehenden Prädicate in seinen Schriften),
wie den jetzigen Romantikern Diejenigen, welche dem Glauben an
den christlichen Gott und Gottmenschen entsagt haben. Ebenso
verächtlich sprach er von dem todten Juden, den die Galiläer ver=
ehren[1]), als jetzt von jener Seite über den Versuch gesprochen
wird, fortan allen geistigen und sittlichen Bedarf des Menschen

---

1) Julian. ap. Cyrill. contra Jul. L. VI, p. 194 D: (Juliani imp.
opera et Cyrilli Alex. contra Julian. et Ezech. Spanheim) — ἀξίως ἄν
τις συνετωτέρους ὑμῶν μισήσειεν, ἢ τοὺς ἀφρονεστέρους ἐλεήσειεν, οἳ κα=
τακολουθοῦντες ὑμῖν εἰς τοῦτο ἦλθον ὀλέθρου, ὥστε τοὺς αἰωνίους ἀφέντες
θεοὺς, ἐπὶ τῶν Ἰουδαίων μεταβῆναι νεκρόν. (Billig muß man die Verstän=
digern unter euch hassen, die Einfältigern aber bemitleiden, welche als eure An=
hänger so tief ins Verderben hineingerathen sind, daß sie die ewigen Göt=
lassend zu einem todten Juden übergingen.) Vgl. ebendas. p. 206 A, L. X,
p. 335 B. Julian. epist. LII, p. 438 C. Liban. Orat. parental. §. 87:
Julian hat die christlichen Bücher widerlegt, αἲ τὸν ἐκ Παλαιστίνης ἄνθρωπον

lediglich aus der Erkenntniß seines eigenen Wesens zu schöpfen. Daß die Christen sich weigerten, den Göttern, oder auch nur ihrem Gott, Opfer zu bringen, war ihm nicht minder befremd= lich und anstößig[1]), als es jetzt gefunden wird, daß wir von Abendmahl und Kirchenbesuch nichts mehr wissen wollen. Daß aus dieser neuen Gottlosigkeit etwas für Leben und Sitte Er= sprießliches hervorgehen könne, war ihm ebenso undenkbar[2]), als es den Anhängern des Alten unter uns geläufig ist, von den staats= und sittenverderblichen Lehren der neuen Philosophenschule zu sprechen. Mit nicht geringerem Selbstgefühl endlich wurde der Neuheit des von gestern sich datirenden Christenthums das ehrwürdige Alter der väterlichen Religion entgegengehalten[3]), als heut zu Tage von dem achtzehnhundertjährigen Bestande des erstern im Gegensatze zu der Weisheit des Tages gesprochen wird.

Und doch war die verneinende Kraft des Denkens, welche im Christenthum die Götter Griechenlands und Roms läugnete, vorlängst auch in die heidnische Religion selbst eingedrungen, und

---

θεόν τε καὶ θεοῦ παῖδα ποιοῦσι. (Welche den Menschen aus Palästina zum Gott und Gottessohn machen.)

1) Julian. ap. Cyrill. L. IX, p. 306 A: Die Juden sind durch den Verlust ihres Tempels entschuldigt, daß sie nicht mehr eigentlich und öffentlich opfern: ὑμεῖς δὲ, οἱ τὴν καινὴν θυσίαν εὑρόντες, οὐδὲν δεόμενοι τῆς Ἱε- ρουσαλὴμ, ἀντὶ τίνος οὐ θύετε; (Ihr hingegen, die ihr das „neue Opfer“ er= funden habt, und Jerusalem nicht brauchet, weßhalb opfert ihr nicht?) Vgl. ebendas. L. X, p. 343 C.

2) Julian. ap. Cyrill. VII, p. 229 D: (ἐκ τῶν παρ' ὑμῖν γραφῶν) οὐδ' ἂν γένοιτο γενναῖος ἀνὴρ μᾶλλον οὐδὲ ἐπιεικής. ἐκ δὲ τῶν παρ' ἡμῖν αὐτὸς αὐτοῦ πᾶς ἂν γένοιτο καλλίων u. s. f. (Durch eure heiligen Schriften kann Keiner edler oder ehrenhafter werden; durch die unsrigen dagegen kann Jeder besser werden als er war.) Ebendas. p. 238 E wird das Christen= thum, seiner laxen Lebensgrundsätze wegen, eine Religion für Schenkwirthe (κά- πηλοι), Zöllner, Tänzer und ähnliches Gelichter genannt.

3) Julian. epist. LII, p. 438 A heißen die Heiden οἱ ὀρθῶς καὶ δι- καίως τοὺς θεοὺς θεραπεύοντες κατὰ τὰ ἐξ αἰῶνος παραδεδόμενα. (Die rechten und ordentlichen Götterverehrer nach der uralten Ueberlieferung.) Ders. bei Cyrill. VI, p. 191 DE: ὁ δὲ Ἰησοῦς, ἀναπείσας τὸ χείριστον τῶν παρ' ὑμῖν, ὀλίγους πρὸς τοῖς τριακοσίοις ἐνιαυτοῖς ὀνομάζεται. (Von Jesus da= gegen, der die Schlechtesten unter euch angeworben hat, ist erst seit dreihundert und etlichen Jahren die Rede.)

diese damit eine ganz andere geworden [1]), als diejenige, auf deren
Alterthum man pochte. In der Götterwelt Plutarch's und Plo-
tin's, des Libanius und Julian, würden Homer und Hesiod ihren
Olymp so wenig wieder erkannt haben, als in Neander's
Christenthum ein Paulus und Johannes das ihrige, in Schleiermacher's christlichem Glauben ein Luther und Calvin den
ihrigen erkennen würden. Homer's Götter waren reine Phantasiewesen, die natürliche, locale und politische Grundlage ihres Begriffs zu idealer und doch individueller Menschlichkeit verklärt.
Bei Julian dagegen hat sich ebenso das menschlich Ideale wie das
Individuelle an den alten Götter aufgelöst, sie sind zu bloßen Be-
griffswesen und Naturkräften geworden. Wir haben ein philo-
sophisch-kosmogonisches, physikalisch-astronomisches System vor uns,
dessen Mittelpunkt Helios als der erste Gott bildet, während nicht
nur Diana mit dem Monde, sondern auch Venus mit dem Pla-
neten ihres Namens zusammenfällt [2]). Phantasiewesen waren die
homerischen Götter auch insofern, als sie durchaus sinnlich, an-
schaubar, und nur räumlich der Menschenwelt' entrückt, vorgestellt wurden. In das Bewußtsein der Julianischen Zeit hingegen
war vorlängst der Riß zwischen sichtbarer und unsichtbarer, in-
telligibler und Sinnenwelt eingetreten. Wie Plato von den sinnlich wirklichen Dingen die Ideen derselben, so unterscheidet Julian
nach neuplatonischer Lehre sichtbare und unsichtbare Götter: die
den Augen erscheinende Sonne ist nur das Abbild des unsichtbaren und nicht erscheinenden (des an und für sich seienden Guten)
und ebenso der sichtbare Mond und die Gestirne von ihren unsichtbaren Urbildern [3]); ja dieser Gegensatz gilt für so tiefgehend,

---

1) Schlosser, A. Lit. Ztg. 1813, S. 128: Julian's Heidenthum war
eine ganz andere Religion, als die des heidnischen Volkes. Vom alten Heidenthum entlehnte es (S. 127) nur Namen und Bilder.

2) Ausführlich hat Julian dieses System in seiner Oratio IV, in regem
Solem, Opp. p. 130 sqq. entwickelt.

3) Julian. ap. Cyrill. L. II, p. 65 B: Θεοὺς ὀνομάζει Πλάτων τοὺς
ἐμφανεῖς, ἥλιον καὶ σελήνην, ἄστρα καὶ οὐρανόν· ἀλλ' οὗτοι τῶν ἀφανῶν
εἰσὶν εἰκόνες· ὁ φαινόμενος τοῖς ὀφθαλμοῖς ἥλιος τοῦ νοητοῦ καὶ μὴ φαι-
νομένου, καὶ πάλιν ἡ φαινομένη τοῖς ὀφθαλμοῖς ἡμῶν σελήνη καὶ τῶν
ἄστρων ἕκαστον εἰκόνες εἰσὶ τῶν νοητῶν. (Götter nennt Plato die sichtbaren,
Sonne und Mond, Himmel und Gestirne; aber diese sind nur Abbilder der

daß zwischen seinen beiden Seiten noch ein Mittelglied, mithin eine dritte Götterklasse, eingeschoben wird [1]). Der homerische Olymp war ferner eine Versammlung selbstständiger, sich vielfach durchkreuzender und entgegenwirkender Mächte, welche durch Zeus waltende Obmacht nur sehr unvollkommen zusammengehalten wurden; gerade wie die hellenischen Stämme und Staaten vom trojanischen bis zu den Perserkriegen, ja, bis auf Alexander herunter, sich zu einander verhielten. Statt dessen ist in der Julianischen Götterwelt die strenge Monarchie, und zwar nach dem Vorbilde des römischen Kaiserreichs, mit seiner Provincialverwaltung durch Proconsuln und Procuratoren, durchgeführt. Wir erkennen, sagt er selbst, den Weltschöpfer als den gemeinsamen Herrn von Allem an, unter ihm aber andere Völkergötter, denen, wie den Statthaltern des Kaisers, jedem sein besonderer Amtsbezirk übertragen ist [2]). Endlich aber war die ächte griechisch-römische Götterwelt

---

unsichtbaren: die den Augen erscheinende Sonne von der übersinnlichen und nicht erscheinenden u. s. s.) Epist. LI. ad Alex. p. 434 D nennt Julian τὸν μέγαν Ἥλιον τὸ ζῶν ἄγαλμα καὶ ἔμψυχον καὶ ἔννουν καὶ ἀγαθοεργὸν τοῦ νοητοῦ πατρός. (Den großen Helios das lebendige, beseelte und wohlthätige Abbild des übersinnlichen Vaters.)

1) Julian. Orat. IV, in regem Solem, p. 132 sq. Vgl. Neander, Kaiser Julian, S. 107 ff.

2) Julian. ap. Cyrill. L. IV, p. 148 B: Von dem Weltschöpfer des Moses haben wir eine bessere Meinung, οἱ κοινὸν μὲν ἐκεῖνὸν ὑπολαμβάνοντες ἁπάντων δεσπότην· ἐθνάρχας δὲ ἄλλους, οἳ τυγχάνουσι μὲν ὑπ' ἐκεῖνον, εἰσὶ δὲ ὥσπερ ὕπαρχοι βασιλέως, ἕκαστος τὴν ἑαυτοῦ διαφερόντως ἐπανορθούμενος φροντίδα. (Die wir ihn für den gemeinsamen Herrscher über Alles halten, unter ihm aber Völkergötter annehmen, welche, gleich den Statthaltern des Kaisers, jeder sein besonderes Geschäft besorgen) Ders. ebendas. p. 115, D. E: οἱ γὰρ ἡμέτεροί φασι τὸν δημιουργὸν ἁπάντων μὲν εἶναι κοινὸν πατέρα καὶ βασιλέα, νενεμῆσθαι δὲ τὰ λοιπὰ τῶν ἐθνῶν ὑπ' αὐτοῦ ἐθνάρχαις καὶ πολιούχοις θεοῖς, ὧν ἕκαστος ἐπιτροπεύει τὴν ἑαυτοῦ λῆξιν οἰκείως αὐτῷ. Ἐπειδὴ γὰρ ἐν μὲν τῷ πατρὶ πάντα τέλεια καὶ ἓν πάντα, ἐν δὲ τοῖς μεριστοῖς ἄλλη παρ' ἄλλῳ κρατεῖ δύναμις· Ἄρης μὲν ἐπιτροπεύει τὰ πολεμικὰ τῶν ἐθνῶν· Ἀθηνᾶ δὲ τὰ μετὰ φρονήσεως πολεμικά· Ἑρμῆς δὲ τὰ συνετώτερα μᾶλλον ἢ τολμηρότερα, καὶ καθ' ἑκάστην οὐσίαν τῶν οἰκείων θεῶν ἕπεται καὶ τὰ ἐπιτροπευόμενα παρὰ σφῶν ἔθνη. (Die Unsrigen lehren, der Weltschöpfer sei der gemeinsame Vater und König von Allem, die einzelnen Völker aber habe er an untergeordnete Volks- und Stadt-Gottheiten vertheilt, deren jede das ihr zugetheilte Gebiet auf ihre Weise verwaltet Da

vor allen Dingen eine ernsthaft gemeinte Vielheit und Verschieden=
heit von Gestalten: Zeus wirklich ein anderer als Apollon, Mi=
nerva keine Venus u. s. f. Freilich schon zu Herodot's Zeit sehen wir
eine Vermengung verschiedener Gottheiten insofern eintreten, als
mit der Kunde des ägyptischen Landes und Wesens die Griechen
anfingen, in der Isis ihre Demeter, im Osiris ihren Dionysos zu
sehen u. s. w.: aber trotz dieser Vermischung des Griechischen mit
Außergriechischem behaupteten doch die einzelnen griechischen Götter
gegen einander vorerst noch ihre Verschiedenheit und Selbstständig=
keit. In diesem neuplatonischen Himmel dagegen ist nichts mehr
fest, Alles taumelt durcheinander, in einer Götterdämmerung
gleichsam zerfließen alle scharfen Umrisse der Gestalten: Zeus ist
Helios, ist auch Hades und Serapis; Prometheus ist die über
alles Sterbliche waltende Vorsehung; aber dasselbe ist auch Athene;
welche in diesem Systeme Tochter des Helios heißt; was freilich
mit dem alten Mythus insofern auf Eins hinausläuft, als zwi=
schen Zeus und Helios jeder Unterschied sich aufgehoben hat¹).

---

nämlich in dem Allvater zwar Alles vollkommen und Eins, in den Theilgottheiten
aber diese oder jene Kraft die vorherrschende ist: so verwaltet Ares die kriegeri=
schen unter den Völkern, Athene die verständig kriegerischen, Hermes die von mehr
Geist als Kühnheit, und je nach dem besondern Wesen der eigenen Götter richten
sich auch die von ihnen regierten Nationen.)

1) Julian. Orat. IV. in reg. Solem, p. 149 C: ὑπὸ Διὸς — ὅσπερ
ἐστὶν ὁ αὐτός Ἥλιος. — Ἀπόλλων, τῷ νομιζομένῳ μηδὲν Ἡλίου διαφέρειν. (Von Zeus, welcher zugleich Helios ist, — dem Apollon, der vom Son=
nengotte nicht verschieden ist.) Ebendas. p. 136 A beruft er sich für die Iden=
tität der im Text genannten Vier auf den Apollinischen Vers:

Εἷς Ζεὺς, εἷς Ἀΐδης, εἷς Ἥλιός ἐστι Σάραπις.

(Einer ist Zeus, Hades, der Sonnengott und Serapis.)
Orat. VI. adv. Cynicos, p. 182 C: ὁ γάρ τοι Προμηθεὺς, ἡ πάντα ἐπι-
τροπεύουσα τὰ θνητὰ πρόνοια —. (Prometheus nämlich, die alles Sterbliche
verwaltende Vorsehung.) Orat. IV. in reg. Sol. p. 149 B. C: Ἀθηνᾶν
πρόνοιαν, — ἣν ὁ μὲν μῦθός φησιν ἐκ τοῦ Διὸς γενέσθαι κορυφῆς·
ἡμεῖς δὲ ὅλην ἐξ ὅλου τοῦ βασιλέως Ἡλίου προβληθῆναι —· ἐπεὶ τἄλλα
γε. οὐδὲν διαφέρειν Ἡλίου Δία νομίζοντες, ὁμολογοῦμεν τῇ παλαιᾷ φήμῃ.
καὶ τοῦτο δὲ αὐτὸ, Πρόνοιαν Ἀθηνᾶν λέγοντες, οὐ καινοτομοῦμεν, εἴπερ
ὀρθῶς ἀκούομεν·

Ἵκετο δ' εἰς Πυθὼ καὶ εἰς γλαυκῶπα Προνοίην. (Die Athene Pro=
noia (Vorsehung), welche der Mythus aus dem Haupte des Zeus entstehen läßt,

Die Götter bilden (das hatte man der christlichen Trinitäts-Ter-
minologie abgehört) eine Vielheit ohne Theilung und eine Einheit ohne Vermischung; zu der absoluten Wirksamkeit des obersten Gottes verhalten sich alle übrigen nur noch als unselbst-
ständige Durchgangspunkte[1]). — Wie diese philosophische Umgestaltung des heidnischen Olymps in den Umdeutungen ihr Gegen-
bild hat, welche christliche Romantiker in Theologie und Philosophie mit dem Gottesbegriff, der Dreieinigkeits- und Engellehre
des christlichen Himmels vorgenommen haben — wer braucht darauf erst noch mit Fingern hingewiesen zu werden?

Auch die einzelnen Mythen hatte sich diese heidnische Romantik, wie die christliche so manche biblische Erzählungen, in
ihrer Weise zurecht gemacht. Nach Homer (Il. XVIII, V. 239
f.) nöthigt Here einmal zu der Achaier Gunsten den unermüde-
ten Helios, vor der Zeit zu des Okeanos Fluthen niederzugehen.
Aber eine solche Störung der von ihm vergötterten astronomischen

---

wogegen wir sie ganz aus dem ganzen Helios hervorgehen lassen; während wir
übrigens, da wir zwischen Zeus und Helios keinen Unterschied annehmen, mit
der alten Sage übereinstimmen. Auch das, daß wir die Athene Pronoia nennen, ist keine Neuerung von uns, wenn es mit Recht heißt: Er kam nach Pytho
und zu der blauäugigen Pronoia )

1) Orat. IV. in reg. Sol. p. 149 D: τὴν Ἀθηνᾶν νομιστέον —
συνάπτειν — τοὺς περὶ τὸν ἥλιον θεοὺς — τῷ βασιλεῖ τῶν ὅλων Ἡλίῳ
δίχα συγχύσεως εἰς ἕνωσιν. (Athene, muß man sich vorstellen, führe die die
Sonne umgebenden Götter mit dem Allkönig Helios ohne Vermischung zur Einheit zusammen.) Ebendas. p. 156, C. D u. 157 A: ὁ βασιλεὺς τῶν ὅλων
Ἥλιος, ὁ — τὸν οὐρανὸν σύμπαντα πληρώσας τοσούτων θεῶν, ὁπόσους
αὐτὸς ἐν ἑαυτῷ νοερῶς ἔχει, περὶ αὐτὸν ἀμερίστως πληθυνομένων καὶ
ἑνοειδῶς αὐτῷ συνηνωμένων. (Der Allkönig Helios, der, so viele er ideell
in sich schließt, mit so vielen Göttern den Himmel erfüllt, die in ungetheilter
Mehrheit um ihn und Eins mit ihm sind.) Ebendas. p. 150 B: Aphrodite,
zum Abstractum der σύγκρασις oder ἕνωσις τῶν οὐρανίων θεῶν zusammen-
geschwunden, verleiht der Erde Fruchtbarkeit, ης ὁ μὲν βασιλεὺς Ἥλιος ἔχει
τὴν πρωτουργὸν αἰτίαν, Ἀφροδίτη δὲ αὐτῷ συναίτιος —. p. 153 D: καὶ
γὰρ οὐδέν ἐστιν ἀγαθὸν κατὰ τὸν βίον, ὃ μὴ παρὰ τοῦ θεοῦ τοῦδε (τοῦ
Ἡλίου) λαβόντες ἔχομεν, ἤ τοι παρὰ μόνου τέλειον, ἢ διὰ τῶν ἄλλων θεῶν
παρ' αὐτοῦ τελειούμενον. (Deren erste wirkende Ursache der König Helios,
Mitursache aber Aphrodite ist. Denn nichts Gutes gibt es im Leben, das uns
nicht von diesem Gott entweder ganz und unmittelbar oder durch Vermittlung
der andern Götter käme.)

Gesetze war dem Zögling der Neuplatoniker ebenso undenkbar ge=
worden, als die umgekehrte bei Josua unsern heutigen Theologen,
wenn sie die Astronomie auch nur aus dem Kalendermann studirt
haben: flugs setzt er daher an die Stelle eines wirklich beschleu=
nigten Sonnenuntergangs einen nur scheinbar früheren Anbruch
der Nacht in Folge eines dicken Nebels [1]. Man sieht: damals
wie heute steckt im Romantiker immer zugleich der Rationalist, so
wenig er es auch Wort haben will. Doch nicht allein solche Ab=
weichungen vom Naturgesetz, auch umgekehrt die allzu große Na=
türlichkeit, das Animalische in der alten Götterlehre, sucht Julian
durch seine Auslegung der Mythen zu beseitigen. Den Helios
nennt Hesiod einen Sohn des Hyperion und der Theia. Dabei
hat man aber nicht an Begattung und Ehe zu denken — unglaub=
hafte und widersinnige Spielereien einer dichterischen Muse, meint
Julian —; sondern es heißt nur soviel, daß Helios der ächte
und unmittelbare Ausfluß der obersten und göttlichsten Ursache
sei [2]. So verliert auch der Mythus von Cybele und Attis in
der Auslegung unseres Neuplatonikers nicht nur alles Anstößige,
sondern gewinnt sogar eine für das ganze System seiner Welt=
anschauung gewissermaßen grundlegende Bedeutung. Daß die

------

1) Ebendas. p. 137 B: τὸ γάρ·

    "Ηλιόν τ' ἀκάμαντα βοῶπις πότνια "Ηρη

    Πέμψεν ἐπ' Ὠκεανοῖο ῥοὰς ἀέκοντα νέεσθαι·

πρὸ τοῦ καιροῦ φησι νομισθῆναι τὴν νύκτα, διά τινα χαλεπὴν ὀμίχλην.
(Denn wenn es bei Homer heißt:

    Helios aber, den unermüdeten, nöthigte Here,

    Zu des Oleanos Fluthen sich widerwillig zu senken —

so heißt dieß nur, daß die Nacht vor der Zeit einzutreten geschienen habe, wegen
eines starken Nebels.)

2) Ebendas. p. 186 C: ὁ μὲν γενεαλογῶν αὐτὸν Ὑπερίονος ἔφη καὶ
Θείας· μονονουχὶ διὰ τούτων αἰνιττόμενος τῶν πάντων ὑπερέχοντος αὐτὸν
ἔκγονον γνήσιον φῦναι. — μηδὲ συνδοιασμὸν μηδὲ γάμους ὑπολαμβά-
νωμεν, ἄπιστα καὶ παράδοξα ποιητικῆς Μούσης ἀθύρματα· πατέρα δὲ
αὐτοῦ καὶ γεννήτορα νομίζωμεν τὸν θειότατον καὶ ὑπέρτατον. Vgl. p. 132 f.
(Der eine nennt ihn in seiner Genealogie den Sohn des Hyperion und der Theia,
wodurch er zu verstehen gibt, daß er von dem über Alles Erhabenen ein ächter
Sproß sei. — Hiebei muß man nicht an Paarung oder Hochzeit denken, un=
glaubhafte und widersinnige Spiele einer dichterischen Muse, sondern als seinen
Vater und Erzeuger den Göttlichsten und Höchsten sich vorstellen.)

Göttermutter den geliebten Jüngling, nachdem er in der Höhle
mit der Nymphe gebuhlt hat, aus Eifersucht entmannen läßt,
heißt nichts Anderes, als daß die intelligible Welturfache, die
übersinnliche Schöpferkraft, dem Streben der schöpferischen Ursache
des Sinnlichen, in diesem in's Unendliche fortzuzeugen, und sich
dadurch immer tiefer in die Materie zu versenken, Einhalt thut,
und dieselbe zu sich, zum Uebersinnlichen, zurückwendet [1]). Und
meine nur Niemand — setzt Julian hinzu — ich wolle sagen,
es sei dieß einmal so geschehen und gethan worden, als müßten
die Götter nicht, was sie zu thun haben, oder müßten ihre eigenen Fehler verbessern: dieses Undenkbare haben vielmehr nach
göttlicher Anleitung die Alten absichtlich ihren Göttergeschichten
eingewoben, um durch das Widersinnige der äußeren Geschichte
die Verständigen zur Aufsuchung ihrer inneren Bedeutung zu
veranlassen; während den Einfältigen das äußere Symbol genügen mag. Niemals war also eine Zeit, wo dasjenige nicht — in
feinem wahren Sinne genommen — vorging und stattfand, was
der Mythus besagt: sondern von jeher und immerfort ist Attis
der Gehülfe der Göttermutter, immer strotzt er von Zeugungslust
und immer wird er entmannt [2]). — Man sieht, hier ist der heid-

1) Julian. Orat. V. in Matrem Deorum, p. 166 B, C: τὴν δὴ τὰ
γινόμενα καὶ φθειρόμενα σώζουσαν προμήθειαν (sie hieß vorher πάσης γε-
νέσεως αἰτία, welche — τῶν νοητῶν ὑπερκοσμίων θεῶν δεξαμένη πάντων
αἰτίας ἐν ἑαυτῇ, πηγὴ τοῖς νοεροῖς ἐγένετο — nach der dreifachen Abstufung
von θεοὶ νοητοὶ, νοεροὶ und φαινόμενοι) ἐρᾶν ὁ μῦθος ἔφη τῆς δημιουρ-
γικῆς τούτων αἰτίας καὶ γονίμου· καὶ κελεύειν μὲν αὐτὴν ἐν τῷ νοητῷ
τίκτειν μᾶλλον, καὶ βούλεσθαί γε πρὸς ἑαυτὴν ἐπεστράφθαι καὶ συνοικεῖν,
ἐπίταγμα δὲ ποιεῖσθαι, μηδενὶ τῶν ἄλλων, ἅμα μὲν τὸ ἑνοειδὲς σωτήριον
διώκουσαν, ἅμα δὲ φεύγουσαν τὸ πρὸς τὴν ὕλην νεῦσαν· — ἐπείπερ ἐν
πᾶσιν ἡ πρὸς τὸ κρεῖττον ἐπιστροφὴ μᾶλλόν ἐστι δραστήριος τῆς πρὸς τὸ
χεῖρον νεύσεως. — 167 A B C: ὃ δὴ βουλόμενος ὁ μῦθος διδάξει, πα-
ραινέσαι φησὶ τὴν μητέρα τῶν θεῶν τῷ Ἄττιδι, θεραπεύειν αὐτὴν καὶ
μήτε ἀποχωρεῖν μήτε ἐρᾶν ἄλλης. ὁ δὲ προῆλθεν ἄχρι τῶν ἐσχάτων τῆς
ὕλης κατελθών. ἐπεὶ δὲ ἐχρῆν παύσασθαί ποτε καὶ στῆναι τὴν ἀπειρίαν,
so erfolgte die Entmannung: ἡ δὲ ἐκτομὴ τὶς ἐποχὴ τῆς ἀπειρίας. [Das
Wesentliche dieser Stellen, wie der in den zwei nächsten Anmerkungen citirten,
ist vornen im Text übersetzt.]
2) Orat. V. in Matr. Deor. p. 169 D. 170 A B: Καὶ μή τις ὑπο-
λάβοι με λέγειν, ὡς ταῦτα ἐπράχθη ποτὲ καὶ γέγονεν· ὥσπερ οὐκ εἰδό-

nische Romantiker bis zur Klarheit der mythischen Auffassung sei=
ner Götterlehre durchgebrochen; was ihm, in Vergleichung mit
unsern christlichen Romantikern, dadurch erleichtert war, daß ihm
seine heiligen Geschichten nicht mit der bindenden Auctorität eines
Wortes Gottes, sondern als Erzählungen von Dichtern entgegen=
traten, in welchen, wie er sich ausdrückt, dem Göttlichen immer
auch viel Menschliches beigemischt sich findet [1]. — Wann wird
die christliche Welt einmal diesen einfachen Satz auch in Betreff
ihrer Evangelien anerkennen? Wie lange werden denselben, so
offen der Thatbestand auch vorliegt, Heuchler und Bibelschmeichler
noch verleugnen dürfen?

Romantiker bleibt übrigens Julian, unerachtet seines kriti=
schen und philosophischen Verhaltens zu den heidnischen Götter=
geschichten, deswegen dennoch, weil er denselben auch nach ihrer
Zersetzung in Fabel und Bedeutung noch eine religiöse Geltung
zuerkennt, sie fortwährend zu Gegenständen des äußeren Cultus
macht; so wie er auch nicht aufhörte, sich der Samen und Wur=
zeln, zeitweise auch der Fische und des Schweinefleisches zu ent=
halten, unerachtet er diesen Speiseverboten eine lediglich allegori=
sche Bedeutung unterlegt [2]. Hierin liegt aber ein großer Irrthum,
der sich nur einem, bei einzelnen hellen Blicken doch im Ganzen
so mystisch=dämmerhaften Bewußsein, wie das unseres Romanti=
kers war, entziehen konnte. Sobald an einem religiösen Objecte
— sei es eine Sache (etwa ein Götter= oder Heiligenbild), eine
Handlung (z. B. das Abendmahl), oder eine Geschichte, die Un=

---

των τῶν ϑεῶν αὐτῶν, ὅ τι ποιήσουσιν, ἢ τὰ σφῶν αὐτῶν ἁμαρτήματα
διορϑουμένων. ἀλλὰ οἱ παλαιοὶ τῶν ὄντων ἀεὶ τὰς αἰτίας — διερευνώ-
μενοι — ἔπειτα εὑρόιτες ἐσκέπασαν αὐτὰ μύϑοις παραδόξοις, ἵνα διὰ τοῦ
παραδόξου καὶ ἀπεμφαίνοντος τὸ πλάσμα φωραδὲν ἐπὶ τὴν ζήτησιν ἡμᾶς
τῆς ἀληϑείας προτρέψῃ· τοῖς μὲν ἰδιώταις ἀρκούσης, οἶμαι, τῆς ἀλόγου
καὶ διὰ τῶν συμβόλων μόνον ὠφελείας u. s. f. (Von selbst denkt man hier
an die gleichlautende Theorie des Origenes, s. mein Leben Jesu, Einl §. 4.)
Ebendas. p. 171 C D: καὶ οὐδέποτε γέγονεν ὅτε μὴ ταῦτα τοῦτον ἔχει
τὸν τρόπον· ἀλλ' ἀεὶ μὲν Ἄττις ἐστὶν ὑπουργὸς τῇ μητρὶ —, ἀεὶ δὲ
ὀργάζει τὴν γένεσιν, ἀεὶ δὲ ἀποτέμνεται τὴν ἀπειρίαν —.

1) Orat. IV. in reg. Sol. p. 137 C: ἀλλὰ τὰ μὲν τῶν ποιητῶν χαί-
ρειν ἐάσωμεν· ἔχει γάρ τι μετὰ τοῦ ϑείου πολὺ καὶ ἀνϑρώπινον.

2) Orat. V. in Matr. Deor. p. 174 sqq.

terscheidung zwischen Idee und bloßem Bilde mit klarem Bewußt=
sein vollzogen ist, so verhält sich der Geist frei dazu, und damit
nicht mehr religiös, da das religiöse Verhalten ein wesentlich ge=
bundenes ist. Dringt jene Unterscheidung — also in Bezug auf
die heilige Geschichte die Erkenntniß ihres mythischen Charakters [1])
— in der öffentlichen Meinung durch, so ist es mit der religiö=
sen Bedeutung dieser Geschichte am Ende: und darin eben liegt
der Grund, warum unsere heutigen Romantiker, gewitzigter als
die alten, jene Unterscheidung und Erkenntniß nicht aufkommen
lassen wollen, und die biblischen Erzählungen lieber noch so schmä=
lich verdrehen, den Hochzeitswein zu Kana in Mineralwasser ver=
wandeln u. dgl., als daß sie ihren historischen Charakter fallen
ließen. — Doch auch Julian ist nichts weniger als consequent in
seinem Verhalten zu religiösen Legenden; sondern ein andermal
kann er sehr heftig ausfallen gegen die Ueberweisen, welche das,
was er glaublich findet, Alteweibermärchen nennen; in solchen
Dingen verdiene doch wohl die Ueberlieferung der Städte, in
welchen sich ein Wunder zugetragen, mehr Glauben, als diese
Modeherren, die, bei allem Scharfsinn, des Wahrheitssinnes ent=
behren [2]). — Noch klingen uns die Ohren von der gleichen Lec=
tion, die wir so oft von christlichen Romantikern haben anhören
müssen!

---

1) Von manchen unhistorischen Erzählungen des neuen Testaments ist
neuestens überzeugend nachgewiesen worden, daß sie nicht der bewußt= und ab=
sichtslos dichtenden Sage, sondern sehr absichtlicher und völlig bewußter Erdich=
tung, ihren Ursprung verdanken. Auf solche Erzählungen die Benennung des
Mythischen anzuwenden, hat man sich enthalten. Hiezu sehe ich, in der Sache
wenigstens, keinen Grund. In der griechisch = römischen Götterlehre, woher uns
der Begriff des Mythus kommt, denkt Niemand an eine solche Unterscheidung.
Jede unhistorische Erzählung, wie auch immer entstanden, in welcher eine reli=
giöse Gemeinschaft einen Bestandtheil ihrer heiligen Grundlage, weil einen ab=
soluten Ausdruck ihrer constitutiven Empfindungen und Vorstellungen erkennt, ist
ein Mythus. Vgl. das Leben Jesu, I, S. 94 ff. der vierten Auflage.

2) Orat. V. in Matr. Deor. p. 161 B. Er hatte ein Mirakel erzählt,
das sich bei der Landung eines Bildes der Göttermutter in Ostia begeben haben
sollte, und setzt nun hinzu· .καίτοι με οὐ λέληθεν, ὅτι φήσουσιν αὐτά τινες
τῶν λίαν σοφῶν ὕθλους εἶναι γραϊδίων οὐκ ἀνεκτούς. ἐμοὶ δὲ δοκεῖ ταῖς
πόλεσι πιστεύειν μᾶλλον τὰ τοιαῦτα, ἢ τουτοισὶ τοῖς κομψοῖς, ὧν τὸ ψυ-
χάριον δριμὺ μὲν, ὑγιὲς δὲ οὐδὲν βλέπει. [Wörtlich im Text.]

Wie hatte es dem romantischen Kronprinzen in's Herz ge=
schnitten, da er unter seines ungläubigen Vorfahrs Regierung die
Tempel zerfallen, die Mysterien vernichtet, die Altäre zerstört, die
Opfer aufgehoben, die Priester vertrieben, das Tempelgut ver=
schleudert sah[1])! Wie fest nahm er sich vor, falls er auf den
Thron berufen werden sollte, die kranke Welt zu heilen, den Göt=
tern ihre Ehren, den Völkern ihre Götter, und damit dem römi=
schen Reiche die Stütze seiner Größe wiederzugeben. Denn durch
die Narrheit der Galiläer, schreibt er später, wäre beinahe Alles
zu Grunde gerichtet worden: nur der Götter Gnade bringt uns
Rettung[2]). Der Atheismus der Christen und besonders der christ=
lichen Kaiser hatte die Götter gegen das Römerreich aufgebracht;
der Abfall des Heeres zu dem neuen Unglauben hatte demselben
den Beistand des Mars und der Bellona, des Pallor und Pavor
entzogen, die sonst, vor den Legionen herschreitend, die Feinde zur
Flucht gewandt hatten[3]); und Krieger wie Staatsmänner zu bil=
den, männlichen Muth oder patriotischen Hochsinn einzuflößen,
war nach Julian's Urtheil das Christenthum so wenig, als seine
Mutter, das Judenthum fähig[4]).

---

1) Worte des Libanius in der Orat. parental. in Jul. §. 10. Vgl. den=
selben in der Orat. de ulciscenda Juliana nece §. 22. Fabric.

2) Julian. epist. VII, p. 376 D: *Διὰ γὰρ τὴν Γαλιλαίων μωρίαν,
ὀλίγου δεῖν, ἅπαντα ἀνετράπη· διὰ δὲ τὴν τῶν θεῶν εὐμένειαν σωζόμεθα
πάντες.* [Wörtlich im Text.]

3) Vgl. Liban. orat. parent. §. 82.

4) Julian. ap. Cyrill. L. VII, p. 229 sq. (Vgl. oben S. 189 Anm. 2):
Ein Mensch, der in griechisch=römischer Literatur und Religion erzogen wird, ist
er von der Natur nicht ganz stiefmütterlich ausgestattet, *ἀτεχνῶς γίνεται τῶν
θεῶν τοῖς ἀνθρώποις δῶρον, ἤτοι φῶς ἀνάψας ἐπιστήμης, ἢ πολιτείας
γένος, ἢ πολεμίους πολλοὺς τρεψάμενος, καὶ πολλὴν γῆν, πολλὴν δὲ ἐπελ-
θὼν θάλασσαν, καὶ τούτῳ φανεὶς ἡρωϊκός* (wird ordentlich ein Geschenk der
Götter für die Menschen, sei es, daß er in Wissenschaft oder Leben ein neues
Licht anzündet, oder viele Feinde schlägt, oder große Wanderungen zu Land und
zur See macht und sich dadurch als Helden zeigt.) Dagegen *ἐκ πάντων ὑμῶν
ἐπιλεξάμενοι παιδία, ταῖς γραφαῖς* (A. u. N. T.) *ἐμμελετῆσαι παρασκευά-
σατε· κἂν φανῇ τῶν ἀνδραπόδων, εἰς ἄνδρα τελέσαντα. σπουδαιότερα,
ληρεῖν ἐμὲ καὶ μελαγχολᾶν νομίζετε.* (Wählet unter euch allen Knaben aus
und lasset sie in der Schrift unterrichten: und wenn sie, zum männlichen Alter
gelangt, sich edler zeigen als Sklaven, so haltet mich für einen Thoren und

Zur Regierung gelangt, betrachtete daher Julian die kirch=
liche Restauration als seine Grundaufgabe. Die, auch schon von
den früheren Imperatoren bekleidete Würde eines Pontifex Maximus war ihm so wichtig als die kaiserliche; er theilte fortan sein
Leben in den Dienst des Staates und den des Altars[1]). Und
zwar begnügte er sich nicht damit, das Untergegangene in der
Religion wiederherzustellen, sondern er fügte dem Alten Neues
hinzu[2]). Dabei zeigte aber die Uebertreibung, die er sich zu
Schulden kommen ließ, das Gemachte und Erzwungene seines
Wiederherstellungsversuchs deutlich an. Uebermäßig war, nach
dem Urtheil eines unparteiischen Zeitgenossen, die Menge der
Opfer, die er brachte, indem er nicht selten hundert Stiere auf
Einmal, unermeßliche Heerden andern Viehes und die kostbarsten
Vögel, von Land und Meer zusammengebracht, an den Altären
schlachten ließ; obwohl selbst Heide, findet doch auch Ammianus
Marcellinus hierin mehr Aberglauben, als wahre Frömmigkeit,
und bekannt ist der Volkswitz, als Julian in den parthischen
Krieg zog: falls er als Sieger zurückkomme, werden die Stiere
rar werden[3]). Je schmerzlicher er den schon von Cicero und
Plutarch beklagten defectus oraculorum empfand, desto mehr
suchte er Surrogate dafür zu schaffen. Da auch die erdent=
steigenden Orakel — schreibt er — gewissen Zeitperioden zu unter=

---

Verrückten.) Ebendas. p. 218 B: ἕνα μοι κατὰ Ἀλέξανδρον δείξατε στρα-
τηγὸν, ἕνα κατὰ Καίσαρα, παρὰ τοῖς Ἑβραίοις· οὐ γὰρ δὲ παρ' ὑμῖν.
(Einen Feldherrn wie Alexander oder Cäsar zeiget mir bei den Hebräern —
geschweige denn bei euch.) Ferner p. 221 sq. 224 u. a. a. St.

1) Ueber die Oberpriesterswürde vgl. Julian. Fragment. orat. episto-
laeve cujusd. p. 298 D. Auch sonst rechnet in diesem Fragmente Julian sich
selbst zu den Priestern: πρέπει ἡμῖν u. dgl. Das Andere sind Worte des
Libanius, Orat. de ulcisc. Juliani nece §. 22: οὗτος γάρ ἐστιν ὁ μερίσας
αὐτοῦ τὸν βίον εἴς τε τὰς ὑπὲρ τῶν ὅλων βουλὰς, εἴς τε τὰς περὶ βωμοὺς
διατριβάς.

2) Worte des Libanius, Orat. parental. 60.

3) Ammian. Marcellin. L. XXII, 12: Hostiarum sanguine plurimo
aras crebritate nimia perfundebat, tauros aliquoties immolando cente-
nos, et innumeros varii pecoris greges, avesque candidas terra quaesitas
et mari. Ders. XXV, 4: Superstitiosus magis quam sacrorum legitimus
observator, innumeras sine parcimonia pecudes mactans: ut aestimare-
tur, si revertisset de Parthis, boves jam defuturos.

liegen scheinen, so hat unser menschenfreundlicher Herr und Vater Zeus, damit wir nicht gänzlich des Verkehrs mit den Göttern beraubt wären, uns in den Stand gesetzt, durch die heiligen Künste ihren Willen zu erforschen, wodurch wir nun, je nach vorkommendem Bedürfniß, die nöthigen Aufschlüsse erhalten können [1]. Diese heiligen Künste sind theils Vögel= und Eingeweideschau, welche Julian in einer Weise vervielfältigte und zugänglich machte, die alle Ordnung und Regel aufhob [2]; theils die theurgischen Proceduren, durch welche er, wie seine neuplatonischen Lehrmeister, Kundthuungen und selbst Erscheinungen der Götter hervorrufen zu können glaubte [3] — wobei man sich von selbst der Verbindung erinnern wird, die wenigstens zu Zeiten und in gewissen Kreisen zwischen den Visionen des Somnambulismus und der christlichen Romantik stattfand. Doch, auch wieder ächt romantisch, war es mit dem Respecte des Subjects vor diesen objectiven Götterwinken kein rechter Ernst: wie sein Hofphilosoph Maximus den Grundsatz hatte, den ersten etwa ungünstigen Anzeichen nicht nachzugeben, sondern der Gottheit Gewalt anzuthun, bis man sie dem Wunsche des Verehrers geneigt gemacht habe [4]: so weiß auch Julian, namentlich auf dem von ihm so leidenschaftlich betriebenen Perserzuge, die abmahnenden Zeichen, die seinem Sinne entgegen sind, geschickt in günstige umzudeuten [5]; ein Gaukelspiel zwischen eingebildeter Hingabe an ein objectiv Göttliches und Willkür des romantischen Subjects, worin Neander — gleichfalls höchst be-

---

1) Julian. ap. Cyrill. **VI**, p. '198 C.

2) Ammian. Marcellin. XXII, 12: Augebantur autem caerimoniarum ritus immodice, cum impensarum amplitudine antehac inusitata et gravi: et quisque, cum impraepedite liceret, scientiam vaticinandi professus, juxta imperitus ac docilis, sine fine vel praestitutis ordinibus, oraculorum permittebantur scitari responsa, et extispicia, nonnunquam futura pandentia: oscinumque et auguriorum et omnium fides, si reperiri usquam posset, affectata varietate quaerebatur.

3) Liban. Orat. parent. §. 83. de ulcisc. Jul. nece, §. 22. Vgl. Eunapius, Vitae Sophistar., in Jamblicho p. 15 sq. ed. Boissonade.

4) Eunap. in Maxim. p. 54 sq.: μὴ πάντως εἴκειν τοῖς πρώτως ἀπαιτήσασιν, ἀλλ' ἐκβιάζεσθαι τὴν τοῦ θείου φύσιν, ἄχρις ἂν ἐπικλίνοις πρὸς τὸν θεραπεύοντα.

5) S. Ammian. Marcellin. XXIII, 1 sq., besonders cap. 5

zeichnend — einen Beweis von ächter Frömmigkeit findet[1]). — Ebenso übertrieben aber, wie seine gottesdienstlichen Veranstaltungen, war Julian's persönliche Betheiligung bei ihrer Ausübung. Er war eifriger in der Götterverehrung, rühmt Libanius, als selbst Nikias — wir würden etwa sagen, als Karl X. Zu einem Tempelbesuche war ihm kein Weg zu weit oder zu beschwerlich, keine Hitze zu groß. Mit einem Opfer in der von ihm erbauten Schloßcapelle begann und schloß er jeden Tag. Kein Opfer war im Umkreise der griechischen Welt gebräuchlich, das Julian nicht während der wenigen Jahre seit seiner Bekehrung dargebracht hätte. Dabei machte es einen eigenen Eindruck, den kaiserlichen Oberpriester zu sehen, wie er selbst Holz zum Altare trug und das Feuer anblies, dann eigenhändig Thiere abschlachtete, und als haruspex in ihren Eingeweiden wühlte[2]). Denselben schwärmerischen Eifer, wie im Opfern, bewies Julian in der Ascese: bald enthielt er sich dieser, bald jener Speise, je nachdem er es auf den Verkehr mit dieser oder jener Gottheit, mit Pan oder Hermes, Hekate oder Isis, abgesehen hatte[3]). — Daß Julian diejenigen Einrichtungen der neuen Religionsgenossenschaft, welche ihm nachahmungswürdig, oder vielmehr geeignet erschienen, die Menschen zu gewinnen, der alten Staatsreligion aufzupfropfen suchte, daß er Armenpflege, Bußdisciplin u. dgl. mit Hülfe seiner Priesterschaft einführen wollte[4]), kann man löblich finden: und doch war es nur ein Flicken des alten Kleides mit neuen Lappen, wodurch der Riß größer werden mußte. Ebenso löblich ist es, daß er den gesunkenen heidnischen Priesterstand wieder zu heben Anstalt machte: übrigens beweist es ein geringes Vertrauen auf die moralische Kraft des hohen Begriffs von seiner übermenschlichen Würde, den er demselben beizubringen sucht, wenn er daneben die kleinlichsten Vorschriften für das äußerliche Benehmen

---

1) Kaiser Julian, S. 96.

2) Diese Notizen s. bei Julian. Misopogon, p. 346. Liban. Orat. parent. §. 60 sqq. de ulcisc. J. nec. §. 22. Gregor. Naz. Orat. IV, p. 121. Womit zu vergleichen Neander, Kaiser Julian, S. 129, und Wiggers, Julian der Abtrünnige, in Ilgens Zeitschrift für historische Theologie, 7ter (oder der neuen Folge 1ter) Band, S. 134.

3) Liban. Orat. parental. §. 83.

4) Greg. Naz. Orat. III, p. 101 sq. Sozom. H. E. V, 15.

der Priester nicht überflüssig findet; und die Warnung vor unge=
eigneter Lectüre, vor dem Studium atheistischer Philosophensysteme,
erinnert ganz an die Erlasse und Maßregeln gewisser Cultusmi=
nisterien und Consistorien unserer Zeit: nur daß diesen der Him=
mel den Gefallen nicht so leicht erweisen kann, den Julian seinen
Göttern so lebhaft verdankt, die Schriften der gottlosen Philoso=
phen größtentheils zu Grunde gehen zu lassen [1]).

Mit einem Worte lassen Sie mich auch noch der eigenthüm=
lichen Stellung Julian's zur Religion und dem Tempel der Juden
gedenken. So tief er ihre heiligen Schriften unter die Erzeug=
nisse des griechischen Geistes setzte; so sehr ihm an ihrem Mono=
theismus das Ausschließende gegen andere Völkergottheiten zuwider
war: so hatten sie doch nicht bloß das Institut der Opfer (so
lang ihr Tempel noch stand) mit den Griechen gemein; sondern

---

1) In dem S. 199 Anm. 1 angeführten Fragment, p. 296 B: εὔλογον —
τοὺς ἱερέας τιμᾷν ὡς λειτουργοὺς θεῶν, — καὶ διακονοῦντας ἡμῖν τὰ πρὸς
τοὺς θεούς, συνεπισχύοντας τῇ ἐκ θεῶν εἰς ἡμᾶς τῶν ἀγαθῶν δόσει· προ-
θύουσι γὰρ πάντων καὶ ὑπερεύχονται u. s. f. (Man hat allen Grund, die
Priester zu ehren als Diener der Götter, welche den Verkehr zwischen uns und
ihnen verwalten und zu der Herabkunft des Guten von den Göttern auf uns
mitwirken; denn sie opfern und beten für Alle.) 304 C. D. 300 C. D.: ἱερω-
μένος τις μήτε Ἀρχίλοχον ἀναγινωσκέτω μήτε Ἱππώνακτα, μήτε ἄλλον
τινὰ τῶν τοιαῦτα γραψόντων. — ἄμεινον μὲν γὰρ καὶ πάντως πρέποι δ'
ἂν ἡμῖν ἡ φιλοσοφία μόνη, καὶ τούτων ἡ τοὺς θεοὺς ἡγεμόνας προστησα-
μένη τῆς ἑαυτῶν παιδείας. ὅπερ Πυθαγόρας, καὶ Πλάτων, καὶ Ἀριστοτέλης,
οἵ τε ἀμφὶ Χρύσιππον καὶ Ζήνωνα. προςεκτέον μὲν γὰρ οὔτε πᾶσιν, οὔτε τοῖς
πάντων δόγμασι· ἀλλὰ ἐκείνοις μόνον καὶ ἐκείνων, ὅσα εὐσεβείας ἐστὶ
ποιητικά, καὶ διδάσκει περὶ θεῶν πρῶτον μὲν ὡς εἰσὶν, εἶτα ὡς προνοοῦσι
τῶν τῇδε u. s. f. 301 C: μήτε Ἐπικούρειος εἰσιέτω λόγος μήτε Πυρρώ-
νειος· ἤδη μὲν γὰρ καλῶς ποιοῦντες οἱ θεοὶ καὶ ἀνῃρήκασιν, ὥστε ἐπιλεί-
πειν καὶ τὰ πλεῖστα τῶν βιβλίων. (Wer sich dem Dienste der Götter geweiht
hat, der soll weder den Archilochos noch den Hipponax noch einen andern Schrift=
steller dieser Art lesen. Am besten stünde es uns an, einzig mit Philosophie
uns zu beschäftigen und zwar mit derjenigen, welche die Götter als Führer ihrer
Lehre voranstellt, wie Pythagoras, Plato, Aristoteles, die Stoiker. Denn nicht
auf alle noch auf aller Lehrsätze muß man hören, sondern nur auf diejenigen,
welche fromm machen und lehren, daß es Götter gibt und daß sie für die mensch=
lichen Angelegenheiten sorgen. Keine Epikureische noch skeptische Lehre finde Ein=
gang; haben doch bereits auch die Götter, woran sie sehr wohl thaten, diese
Schulen vertilgt, so daß auch die meisten ihrer Schriften verschwunden sind.)

die Strenge, mit welcher das mosaische Gesetz den Lebenswandel regelt, seine mancherlei Speiseverbote besonders, gaben dem Judenthum in den Augen des ascetischen Julian einen Vorzug, an welchem selbst Heiden sich spiegeln mochten[1]); vollends der neuen christlichen Gottlosigkeit gegenüber trat der alte Nationalcultus der Hebräer mit dem griechisch-römischen in Eine Linie. Daher begünstigte Julian, zu der Christen größtem Aergernisse, die Juden, und wollte ihnen namentlich zur vollen Religionsübung, die ihnen seit der Katastrophe unter Vespasian unmöglich geworden war, wieder verhelfen. Auf sein Geheiß sollte der alte, weit und breit berühmte Tempel zu Jerusalem, in welchem einst Salomo so großartige Opfer dargebracht hatte, sich aus seinen Trümmern wieder erheben: der Kaiser selbst wies bedeutende Summen dazu an, und aus allen Theilen des Reiches flossen die Beiträge der Gläubigen zusammen; ein eigener Baucommissär in der Person des gelehrten Ministers Alypius war aufgestellt und förderte das Werk: da hemmte, wie es heißt, ein schreckliches Wunder dessen Fortsetzung: ein überflüssiges Wunder; da der Umschwung der Dinge nach dem Tode Julian's dem romantischen Dombau von selbst ein Ende gemacht haben würde[2]).

---

1) Julian. ap. Cyrill. VII, p. 238 B. C: τοῖς μὲν γὰρ Ἑβραίοις ἀκριβῆ τὰ περὶ θρησκείαν ἐστὶ νόμιμα καὶ τὰ σεβάσματα καὶ τὰ φυλάγματα μυρία, καὶ δεόμενα βίου καὶ προαιρέσεως ἱερωτάτης. (Die Hebräer haben in Bezug auf die Gottesverehrung genaue Vorschriften und Unzähliges zu halten und zu beobachten, wozu es des heiligsten Willens und Lebens bedarf.) In dieser Hinsicht, auf ihre Eßfreiheit (ihr πάντα ἐσθίειν ὡς λάχανα χόρτου) klagt Julian (ebendas. D) die Heiden der χυδαιότης — Gemeinheit — an, welche aber die Christen, wie er meint, noch weiter getrieben haben.

2) Julian. ep. XXV, Judaeorum nationi. Gregor. Naz. Orat. IV, p. 111. Sozom. H. E. V, 21. Theodoret. H. E. III, 20. Ammian. Marcellin. XXIII, 1: Ambitiosum quondam apud Hierosolymam templum, quod post multa et interneciva certamina obsidente Vespasiano posteaque Tito aegre est expugnatum, instaurare sumptibus cogitabat immodicis: negotiumque maturandum Alypio dederat Antiochensi, qui olim Britannias curaverat pro praefectis. Cum itaque rei idem fortiter instaret Alypius, juvaretque provinciae rector, metuendi globi flammarum prope fundamenta crebris assultibus erumpentes, fecere locum exustis aliquoties operantibus inaccessum: hocque modo elemento destinatius repellente, cessavit inceptum.

Doch diese restaurirende Thätigkeit innerhalb der alten Staatsreligionen reichte nicht hin, wenn nicht zugleich dem subversiven Treiben der gottlosen Neuerer entgegengetreten wurde. Gewalt und Verfolgung, wie sie von so manchen seiner Vorgänger zu diesem Behufe angewendet worden war, verschmähte Julian, theils als vergeblich und zweckwidrig, da in Sachen des freien Willens der Zwang nichts fruchte, und das Märtyrerthum bisher nur zur Förderung des Christenthums gedient habe; theils als unwürdig und unbillig, da diejenigen eher Mitleid als Haß verdienen, welche in Bezug auf die wichtigste Angelegenheit des Menschen, die Religion, in der Irre gehen [1]). Auf dem geistigen Wege der Belehrung und Ueberredung mithin, nicht der körperlichen Gewalt, will er, seiner wiederholten Erklärung nach, gegen die Christen zu Werke gegangen wissen [2]). Freilich wurden bei diesen Ueberredungsversuchen von ihm nicht immer nur lautere Vernunftgründe in Anwendung gebracht. So, wenn er sich auf den öffentlich ausgestellten Bildnissen in Begleitung von Göttern darstellen ließ, und damit den Christen die peinliche Wahl aufdrängte, entweder mit ihm zugleich den von ihnen sogenannten Götzen ihre Huldigung darzubringen, oder mit diesen sie auch ihrem Kaiser zu versagen; oder wenn er die zum Empfang des donativum vor ihm erscheinenden Soldaten erst an einem heidnischen Altar vorübergehen ließ, auf welchen sie Weihrauch zu streuen hatten: so war im erstern Falle die unreine Triebfeder der Furcht, wie im andern die der Begierde stark in Bewegung gesetzt; es war, nach des Kirchenvaters richtigem Ausdruck, zwar ein gelinder, aber doch immer ein Zwang [3]). Selbst als Richter vergaß sich der religionseifrige Fürst bisweilen so weit, nach dem Glaubensbekenntniß der Parteien zu fragen; ob-

---

1) Julian. Fragm. orat. p. 288. Epist. LII. p. 435 sqq. Socrat. Hist. Eccles. III, 15. Sozom. H. E. V, 14. Greg. Naz. Orat. III, p. 72 sq. Liban. Orat. parental. §. 59.

2) Julian. Epist. LII, p. 438 B: λόγῳ δὲ πείθεσθαι χρὴ καὶ διδάσκεσθαι τοὺς ἀνθρώπους, οὐ πληγαῖς, οὐδὲ ὕβρεσιν, οὐδὲ αἰκισμῷ τοῦ σώματος. Vgl. epist. VII, p. 376 C.

3) Die Erzählungen s. bei Gregor. Naz. Orat. III, p. 75 sq. 83 sq. Sozom. V, 16. Liban. Orat. parent. §. 81. Die Bezeichnung: ἐπιεικῶς ἐβιάζετο, gebraucht Gregor a. a. O. p. 82 D.

wohl er sich dann zusammennahm, um demselben keinen Einfluß auf seinen Richterspruch zu gestatten [1]). Sein Grundsatz war: für seinen Freund zu achten, wer des Zeus Freund sei, den Feind des Zeus und der Götter aber nur insofern nicht auch für den seinigen, als er die Hoffnung nicht aufgab, ihn noch auf bessere Gesinnungen zu bringen [2]). Daraus floß die Instruction, die er einem Präfecten ertheilte, und die man für eine romantische Kabinetsordre aus neuester Zeit halten könnte: „Bei Gott (der heidnische Romantiker schreibt natürlich: Bei den Göttern), mein Wille ist es nicht, daß die Galiläer getödtet, oder widerrechtlich mißhandelt werden sollen; das aber finde ich in der Ordnung und will es hiermit anbefohlen haben, daß denjenigen Personen und Städten, welche dem Glauben ihrer Väter treu geblieben sind, ein Vorzug eingeräumt werde" [3]). Demgemäß wurden nicht allein die wichtigsten Hof=, Kriegs= und Staatsämter vorzugsweise mit Altgläubigen besetzt [4]); sondern selbst hülfsbedürftigen Städten wurde die Wiederherstellung des alten Götterdienstes zur Bedingung des Staatsbeistandes gemacht. „Pessinus — schreibt Julian an den Oberpriester von Galatien — bin ich bereit zu unterstützen, unter der Bedingung, daß sie sich die Huld der Göttermutter wieder zu erwerben trachten. Thun sie das nicht, so verfallen sie — ich sage es ungern — in meine Ungnade, und ich weiß ihnen nicht zu helfen, da es sich mit meinem Berufe als Regenten nicht vertragen will, Feinden der Götter Vorschub zu thun" [5]). — In dem ersteren dieser Erlasse haben sie die Be=

---

1) Ammian. Marcellin. XXII, 10.

2) Liban. Orat. parental. §. 59: φίλον μὲν ἄγων τὸν Δἴ φίλον, ἐχϑρὸν δὲ τὸν ἐκείνῳ. μᾶλλον δὲ φίλον μὲν τὸν ἐκείνῳ φίλον, ἐχϑρὸν δὲ οὐ πάντα τὸν οὔπω Δἴ φίλον· οὓς γὰρ ᾤετο τῷ χρόνῳ μεταϑήσειν οὐκ ἀπήλαυνε, κατεπᾴδων δὲ ἐνῆγε. καὶ τὴν πρώτην τε ἀναινομένους, περὶ βωμοὺς ὕστερον χορεύοντας ἔδειξε. [Die freie Uebersetzung dieser Stelle, so wie der in den nächsten Anmerkungen citirten enthält der Text.]

3) Julian. Epist. VII, Artabio, p. 376 C: ἐγὼ, νὴ τοὺς ϑεούς, οὔτε κτείνεσϑαι τοὺς Γαλιλαίους, οὔτε τύπτεσϑαι παρὰ τὸ δίκαιον, οὔτε ἄλλο τι πάσχειν κακὸν βούλομαι· προτιμᾶσϑαι μέντοι τοὺς ϑεοσεβεῖς καὶ πάνυ φημὶ δεῖν — — ἄνδρας τε καὶ πόλεις.

4) Gregor. Naz. Orat. III, p. 74. Socrat. H. E. III, 11. Sozom. V, 17. Theodoret. III, 8.

5) Julian. Epist. XLIX, ad Arsac. Pontif. Galat. p. 431 D u. 432 A :

nennung: Galiläer, bemerkt. Auch das sollte eine Waffe gegen die Dissidenten sein, daß ihnen der bereits ehrwürdig gewordene Christenname nicht zugestanden wurde [1]).

Vor Allem ist aber hier der bekannten Verordnung Julian's zu gedenken, daß kein Christ Grammatik und Rhetorik, überhaupt alte Literatur, solle öffentlich lehren dürfen [2]); ein Verbot, das, von heidnischen Zeitgenossen getadelt, jetzt von christlichen Schriftstellern in Schutz genommen wird. Julian — sagt Ullmann — betrachtete die heidnischen Schriftsteller, vornehmlich die Dichter, zugleich als Religionsurkunden, und als solche wollte er sie nicht von Bekennern einer fremden, für das Heidenthum geradezu zerstörenden Religion erklären lassen. Er verfuhr von seinem Gesichtspunkt aus nach demselben Grundsatze, wornach wir die christlichen Urkunden für die heranwachsende

---

τῇ Πεσσινοῦντι βοηθεῖν ἕτοιμός εἰμι, εἰ τὴν Μητέρα τῶν θεῶν ἵλεων κα-
τιιστήσουσιν ἑαυτοῖς. ἀμελοῦντες δὲ αὐτῆς, οὐκ ἄμεμπτοι μόνον, ἀλλὰ,
πικρὸν εἰπεῖν, μὴ καὶ τῆς παρ' ἡμῶν ἀπολαύσωσι δυσμενείας·
      Οὐ γάρ μοι θέμις ἐστὶ, κομιζέμεν ἢ ἐλεαίρειν
      Ἄνδρας, οἵ κε θεοῖσιν ἀπέχθωντ' ἀθανάτοισιν.
(Etwas abgeändert aus Odyss. X, 73 sq.)  Andere ähnliche Fälle berichtet noch
Sozom. H. E. V, 3.  Vgl. auch Liban. Or. par. §. 61.

1) Greg. Naz. Orat. III, p. 81 A B: ἐκεῖνο μὲν οὖν καὶ σφόδρα
μειρακιῶδες καὶ κοῦφον, καὶ οὐχ ὅπως βασιλέως ἀνδρὸς, ἀλλ' οὐδὲ ἄλλου
τινὸς τῶν καὶ μετρίως στιβαρῶν τὴν διάνοιαν, ὅτι τῇ μεταθέσει τῆς κλή-
σεως ἕψεσθαι νομίσας τὴν ἡμετέραν διάθεσιν, ἢ αἰσχυνεῖν γε ἡμᾶς ὥσπερ
τι τῶν αἰσχίστων ἐγκαλουμένους, εὐθὺς καινοτομεῖ περὶ τὴν προσηγορίαν,
Γαλιλαίους ἀντὶ Χριστιανῶν ὀνομάσας τε καὶ καλεῖσθαι νομοθετήσας —.
(Das war doch gar knabenhaft und windig, und nicht nur keines Herrschers,
sondern nicht einmal eines Mannes von nur mäßig ernstem Sinne würdig, daß
er, in der Meinung, dem Namenswechsel werde auch unsre Gesinnung folgen,
oder er könne uns damit wie mit der schmählichsten Anschuldigung beschämen,
alsbald eine neue Bezeichnung aufbringen wollte, indem er uns Galiläer statt
Christen nannte und zu nennen verordnete.)

2) Julian begründet dieses Verbot Epist. XLII, p. 422 sqq. Vgl.
bens. ap. Cyrill. p. 229 C.  Gregor. Naz. Orat. III, p. 51 sqq. Ammian.
Marcellin. XXII, 10: Illud autem erat inclemens, obruendum perenni
silentio, quod arcebat docere magistros rhetoricos et grammaticos ritus
Christiani cultores.  Oros. VII, 30.  Vgl. Neander, Julian, S. 158 ff
Wiggers, in Ilgen's Zeitschrift. VII, S. 141 f.

Jugend von keinem Bekenner einer fremden, dem Christenthum feindseligen Religion (oder Philosophie, möchte er heute vielleicht beifügen) würden auslegen lassen. Aber man konnte, setzt Ullmann hinzu, die Werke des classischen Alterthums auch noch von einem andern Standpunkt ansehen, auf welchem das religiöse Bekenntniß nicht unmittelbar in Betracht kommt, von dem Standpunkte, der in der neueren Zeit der allgemeine geworden ist: als universelle, nicht einem Volk oder Bekenntniß, sondern der Menschheit angehörige Bildungsmittel edlerer Menschlichkeit [1]). Und man kann — setzen wir hinzu — auch die neutestamentlichen Schriften von diesem Standpunkte aus, der einfach als der historische zu bezeichnen ist, betrachten und auslegen, wobei dann keine Ausschließung irgendwelcher Lehrer (wofern ihnen nur die erforderlichen Kenntnisse nicht abgehen) nöthig ist; und wie es bei den von Julian heilig geachteten Schriften dahin gekommen ist, trotz seines Verbots, so wird es auch bei den christlichen dahin kommen, trotz aller theologischen und philosophischen, politischen und gekrönten Romantiker.

Doch nicht bloß in seiner religiösen Stellung, sondern in all seinem Thun und Lassen, ja in seiner ganzen Persönlichkeit, war Julian Romantiker. — Vor Allem hat der romantische Fürst eine mystisch hohe Vorstellung von der Würde und dem Berufe des Herrschers. Wem, mit Homer (Il. II, 25) zu reden, die Völker vertraut sind und so mancherlei obliegt, der bedarf einer höheren als bloß menschlichen Natur, und kann, als bloßer Mensch, nur durch den Beistand der Götter seiner Aufgabe genügen [2]). So haben ihn, den Julian, die Götter selbst im entscheidenden Augenblicke durch Erklärung ihres Willens zur Herrschaft berufen, für welche sie ihn schon vor seiner Geburt bestimmt hatten; wie sie ihn denn auch im Verlauf seines Lebens, und insbesondere seiner Regierung, durch mancherlei Zeichen lenkten, und selbst mit wiederholten Erscheinungen begnadigten [3]).

In der Wirklichkeit freilich zeigt sich als der Inspirations-

---

<br>

1) Ullmann, Gregor v. Nazianz. S. 89 f.
2) Julian. Epist. ad Themistium, p. 256. 260. 267.
3) Julian. Epist. ad Atheniens. p. 284 sq. Orat. VII. ad Heracl. p. 227 sqq. Ammian. Marcellin. XX, 5. Liban. Orat. parental. §. 83.

heerd, unter dessen Einflüssen der romantische Fürst handelt, vielmehr eine menschliche Schule: er ist, wie Schlosser ihn bezeichnet, ein Büchergelehrter, oder genauer, der Adept einer Schulweisheit, welche, vom Strome der forttreibenden geschicht= lichen Entwicklung abgekehrt, ja ihm widerstrebend, ihr Wesen treibt, bis es ihr gelingt, durch ihren hochgebornen Schüler einen vorübergehenden Einfluß auf die Wirklichkeit zu gewinnen. Wie der hoffnungsvolle Prinz zuerst in Pergamus durch den greisen Aedesius in die Anfangsgründe der neuplatonischen Lehre einge= führt, hierauf durch dessen beide Schüler, Eusebius und Chry= santhius, weiter gefördert, endlich durch den gewaltigen Maximus zu Ephesus vollendet wurde; wie ihm ebendaselbst und in Eleusis — und wo noch sonst — die mystischen Weihen zu Theil wur= den, ist bekannt [1]). Zur Regierung gelangt, ist es dann einer der ersten Acte des romantischen Prinzen, seine Lehrer und Vorbilder an seinen Hof zu berufen; ein Ruf, welchen die Mehrzahl be= gierig annimmt und sich zu Nutze macht, und nur der einzige Chrysanthius die in allen Zeiten seltene Mäßigung oder Klug= heit hat, beharrlich abzulehnen [2]). — Mit diesem Schulmäßigen in der Bildung Julian's hängt auch das zusammen, daß er sich gerne reden hörte, und jede Gelegenheit benützte, wo eine Rede anzubringen war [3]); selten stand seine Zunge still, sagt

---

1) Ich verweise auf Gibbon, Cap. 23; Wiggers, in Ilgen's Zeit= schrift, S. 129 f.; Neander, Julian, S. 78 ff.; Teuffel, Julianus Apostata, in Pauly's Realencyclopädie, Bd. IV. „Wenn zur Zeit Julian's — bemerkt hiebei Gibbon, S. 705 der Uebers. von Sporschil — diese Künste blos von den heidnischen Priestern, um eine im Verscheiden begriffene Sache zu unter= stützen, geübt worden wären, möchte man vielleicht dem Interesse und den Ge= wohnheiten des priesterlichen Charakters einige Nachsicht angedeihen lassen. Wohl aber mag es als Gegenstand des Staunens und des Aergernisses angesehen wer= den, daß die Philosophen selbst dazu beitrugen, den Aberglauben und die Leicht= gläubigkeit des Menschengeschlechts zu mißbrauchen, und daß die griechischen My= sterien durch die Magie oder Theurgie der Neuplatoniker unterstützt wurden." — Wir in unsern Tagen sind an diese Stellung gewisser Philosophen längst so ge= wöhnt, daß wir uns über die Verwunderung des englischen Historikers verwun= dern möchten.

2) Eunap. Vitae Soph. in Maximo, p. 54 sqq. in Chrysanth, p. 110 sq. ed. Boiss.

3) Liban. Orat. parental. §. 75.

Ammian [1]), und ebenso gerne erging sich seine rasche Feder in Briefen und sonstigen Ausarbeitungen, die ganz in der Manier der Schule gehalten sind, der er seine Bildung verdankte [2]).

Aber gemacht, aus Reminiscenzen zusammengesetzt, vor dem Spiegel geschrieben, sind nicht bloß die Schriften Julian's, sondern sein ganzes Wesen leidet an dieser Gesuchtheit und Absichtlichkeit. Nicht erst Gibbon vermißt an seinen Tugenden die Natürlichkeit, sondern schon seine Zeitgenossen fanden in seiner Frömmigkeit, seiner Herablassung, etwas Affectirtes [3]). Wie gefällt er sich in seinen Tugenden, und am meisten dann, wenn er sie, wie in seinem Misopogon, im Sinne der Gegner verspottet und herabsetzt. Mit welch kokettem Cynismus [4]) hat er in dieser witzig sein sollenden Schrift sein eigenes Aeußere karifirt. Sein eitles Haschen nach dem Beifall des Publicums hat gleichfalls schon der mehrerwähnte ehrliche Ammian gerügt [5]). Damit steht nicht im Widerspruch, daß der romantische Kaiser, wenn ihm, wie in Antiochien, die Gewinnung des Publicums entschieden mißglückt war, diesem sofort verstimmt den Rücken kehrte, der Stadt seine allerhöchste Ungnade zu erkennen gab, und sich zwar durch Witz und Satire Genugthuung nahm, übrigens aber selbst durch Reue und Abbitte der Betroffenen sich nicht begütigen ließ [6]). Auch

---

1) Ammian. Marcellin. L. XXV, 4: Linguae fusioris et admodum raro silentis.

2) Vgl. über Julian's Schriften das Urtheil Schlosser's, A. Lit. Ztg. 1813, S. 129 ff.

3) S. die Stelle Ammian's S. 200, Anmerk. 2. Ferner Ammian. XXII, 7. Über einen später noch zu erwähnenden Act gesuchter Loyalität: Quod laudabant alii. quidam ut affectatum et vile carpebant.

4) Ein Ausdruck von Teuffel, in dem Artikel Julianus Apostata, in Pauly's Realencyclopädie, IV. Bd. S. 407.

5) XXII, 7: (bei Gelegenheit eines einzelnen Falles) per ostentationem intempestivam nimius captator inanis gloriae visus. XXV, 4 (in der allgemeinen Charakteristik): Vulgi plausibus laetus, laudum etiam ex minimis rebus intemperans appetitor, popularitatis cupiditate cum indignis loqui saepe adfectans.

6) Ueber die Geschichten in Antiochien vergl. den Misopogon, ferner Ammian XXII, 14. Nach demselben XXIII, 2. gaben die Antiochener dem erzürnten Kaiser bei seinem Abzuge das Geleit und baten ihn um Verzeihung:

die bekannte Wendung fehlte ihm nicht, wenn er bei der Bevöl=
kerung auf unerwarteten Widerstand stieß, daß nur eine schlechte
Minorität sich den Namen der Gesammtheit anmaße [1]). Ueber=
haupt zeigt sich der gekrönte Romantiker zwar wohl eigensinnig [2]),
aber doch nicht fest. Nicht nur seine Maßregeln gegen das Chri=
stenthum erlitten im Laufe seiner kurzen Regierung manche Ab=
änderung, sondern auch Richtersprüche, die er den einen Tag ge=
fällt hatte, sollen ihn oft am folgenden Morgen schon wieder
gereut haben und von ihm cassirt worden sein [3]). Sicher ist, daß
er von Natur heftig und äußerst erregbar war, und sich in der
Hitze leicht übernahm; wenn wir auch die Schilderung Gregor's
auf sich beruhen lassen, wie er bei'm Rechtsprechen geschrieen und
gesticulirt habe, ja wie es für gemeine Leute nicht immer ge=
fahrlos gewesen sei, ihm in der Audienz zu nahe zu kommen [4]).

---

er aber, nondum ira, quam ex compellationibus et probris conceperat,
emollita, loquebatur asperius, se esse eos, asserens, postea non visurum.

1) Epist. LI. ad Alexandrinos, p. 433 A: τὸ νοσοῦν μέρος ἐπι-
φημίζειν ἑαυτῷ τολμᾷ τὸ τῆς πόλεως ὄνομα. (Der kranke Theil erfrecht
sich, den Namen der Stadt sich beizulegen.)

2) Z. B. Ammian. Marcellin. XXII, 14: Nulla probabili ratione
suscepta, popularitatis amore vilitati studebat venalium rerum, quae
nonnunquam secus quam convenit ordinata, inopiam gignere solet et
famem. Et Antiochensi ordine, id tunc fieri, cum ille juberet, non
posse, aperte demonstrante, nusquam a proposito declinabat, Galli si-
milis fratris, licet incruentus

3) Gregor. Naz. Orat. III, p. 86 B C: καίπερ δὴ οὕτως ἔχων ὁρμῆς,
καὶ πρὸς πολλὰ τῇ κακονοίᾳ χρησάμενος, ὅμος (οὐ γὰρ εἶχε πῆξιν τοῦ
ἀνδρὸς ἡ διάνοια —) οὐ διεφύλαξεν εἰς τέλος τὴν γνώμην. Orat. IV,
p. 120 C: τί δ' ἂν εἰ λέγοιμι δικῶν μεταθέσεις καὶ μετακλίσεις διὰ μέ-
σης νυκτὸς πολλάκις μεταβαλλομένων καὶ περιτρεπομένων, ὥσπερ ἀμπώ-
τιδας; (Trotz seines übeln Willens beharrte er doch — ohne Festigkeit, wie der
Mann war — nicht bis an's Ende auf seinem Beschlusse. — Wie, wenn ich
von den Umänderungen und Umwandlungen der Rechtshändel reden wollte, welche
oft in der Zwischenzeit einer Nacht wechselten wie Ebbe und Fluth.)

4) Ders. Orat. IV, 121 A B: ὅτι μὲν βοῶν καὶ σεισμῶν ἐπλήρου
τὰ βασίλεια δικάζων — ταῦτα μὲν οὐδὲ λόγου τινὸς ἀξιώσομεν. τοῦτο δὲ
τίς ἀγνοεῖ τῶν ἁπάντων. ὅτι πολλοὺς προςιόντας αὐτῷ δημοσίᾳ καὶ τῶν
ἀγροικοτέρων, ὥστε τυχεῖν τινὸς ὧν ἄνθρωποι βασιλέων δέονται, παίων
πὺξ δημοσίᾳ καὶ λὰξ ἐναλλόμενος οὕτω διετίθει κακῶς, ὥστε ἀγαπᾶν ἐκεί-
νους τὸ μή τι παθεῖν χαλεπώτερον; (Daß er beim Rechtsprechen den Pallast

Er selbst war sich dieser Schwäche bewußt, und gestattete daher seinen Umgebungen eine rechtzeitige Erinnerung [1]). — Daß der Witz dem gekrönten Romantiker nicht fehlen darf, versteht sich von selbst. Manche seiner ornate et facete dicta sind uns aufbehalten. Selbst in amtlichen Sentenzen und officiellen Actenstücken konnte er sich des Witzes nicht immer enthalten, wovon namentlich die Christen wiederholt empfindliche Erfahrungen machten [2]).

Meine Schilderung des romantischen Kaisers hat sich nach und nach so weit in's Einzelne hinein verlaufen, daß mich meine Zuhörer nächstens auch noch um sein Aussehen, sein Gehen und und Stehen, Räuspern und Spucken, fragen werden. Auch hiefür ist leicht Rath zu schaffen, und ich kann mit zwei, ja mit drei Porträts von ihm aufwarten, die wenigstens alle nach der Natur gezeichnet sind. Denn zwei derselben rühren von persönlichen Bekannten des Kaisers her, deren einer sein Studiengenosse, später freilich sein erbitterter Gegner, der andere sein Waffengefährte und Glaubensgenosse, doch keineswegs unbedingter Bewunderer war; das dritte hat er sogar selbst gezeichnet [3]). Wie es jedoch mit Bildnissen derselben Person, aber von verschiedenen Malern entworfen, vollends wenn sie mit verschiedenen Tendenzen malten, der Fall zu sein pflegt: sie sehen einander fast gar nicht ähnlich. Nur an dem langen struppigen Bart erkennen wir den Julian des Julian als denselben mit dem seines Kriegsgefährten; obwohl Letzterer wenigstens von der Bewohnerschaft, welche der Kaiser seinem Barte nachrühmt, anständig schweigt; woraus

---

mit Geschrei und Getöse erfüllte, dieß will ich keines Wortes würdigen. Das aber, wem von Allen ist es unbekannt, daß er viele von den Landleuten, die vor ihn kamen, um etwas von demjenigen bei ihm auszuwirken, was die Leute von Fürsten zu erbitten pflegen, öffentlich mit Faustschlägen und Fußtritten so mißhandelte, daß jene froh waren, nur noch so davongekommen zu sein?)

1) Ammian. XXII, 10: Levitatem agnoscens commotioris ingenii sui, praefectis proximisque permittebat, ut fidenter impetus suos aliorsum tendentes ad quae decebat monitu opportuno frenarent.

2) Ein solcher mit Witz gesalzener Erlaß gegen die Christen ist z. B Epist. XLII. Vgl. auch Socrat. H. E. III, 12.

3) Gregor. Naz. Orat. IV, p. 122 A B. Ammian. Marcellin. XXV. 4. Julian. Misopogon, p. 338 sq.

Sie zugleich ersehen, daß der kaiserliche Maler selbst sich am wenigsten geschmeichelt hat. Interessanter, weil mehr auf das Be-
wegliche und Beseelte, mithin Charakteristische, in dem Aeußeren
Julian's gerichtet, ist die Schilderung Gregor's, obwohl sichtbar-
lich der Haß ihm die grellen Farben geboten hat, welche uns
aus derselben in's Auge springen. Schon während ihres gemeinsamen Studiums in Athen, versichert er, sei ihm an dem jungen
Prinzen das Ungleiche und Excentrische seines Wesens und Benehmens aufgefallen. Sein unsteter Nacken, seine zuckenden Schul-
tern, sein irre rollendes Auge, seine unruhigen Beine, seine Hochmuth schnaubende Nase, die lächerlichen Verzerrungen seines Gesichts, das unmäßige, schütternde Gelächter, das er oft aufschla-
gen konnte, sein Nicken und Kopfschütteln ohne Grund, seine
stockende, durch Athmen unterbrochene Rede, seine abspringenden,
sinnlosen Fragen und die um nichts besseren Antworten, unge-
ordnet und häufig sich selbst widersprechend, schienen unserm an-
gehenden Kirchenvater schon damals nichts Gutes zu bedeuten[1]).
Wie gesagt, eine gegnerische Schilderung, von der jedenfalls viel
zum Vortheil des Geschilderten abzuziehen ist: und doch werden
wir nach demjenigen, was wir bisher von Julian's Denk- und
Handlungsweise kennen gelernt haben, uns wohl besinnen, sie
geradezu, auch in ihren Grundzügen, für Verläumdung zu erklären.

Indessen um Julian nicht Unrecht zu thun, ist es Zeit, daß
wir zum Schlusse noch auf diejenigen Züge in seinem Bilde
achten, in welchem er sich nicht bloß, wie bisher, als Romantiker,

---

1) Die in der vorigen Anmerkung citirte und im Text übersetzte Stelle
Gregor's lautet so: — ἐποίει με μαντικὸν ἡ τοῦ ἤθους ἀνωμαλία καὶ τὸ
περιττὸν τῆς ἐκστάσεως —. οὐδενὸς γὰρ ἐδόκει μοι σημεῖον εἶναι χρη-
στοῦ αὐχὴν ἀπαγὴς, ὦμοι παλλόμενοι καὶ ἀνασηκούμενοι, ὀφθαλμὸς σο-
βούμενος ἢ περιφερόμενος καὶ μανικὸν βλέπων, πόδες ἀστατοῦντες καὶ
μετοκλάζοντες, μυκτὴρ ὕβριν πνέων καὶ περιφρόνησιν, προσώπου σχημα-
τισμοὶ καταγέλαστοι τὸ αὐτὸ φέροντες, γέλωτες ἀκρατεῖς τε καὶ βρασμα-
τώδεις, νεύσεις καὶ ἀνανεύσεις σὺν οὐδενὶ λόγῳ, λόγος ἱστάμενος καὶ κο-
πτόμενος πνεύματι, ἐρωτήσεις ἄτακτοι καὶ ἀσύνετοι, ἀποκρίσεις οὐδὲν τούτων ἀμείνους ἀλλήλαις ἐπεμβαίνουσαι καὶ οὐκ εὐσταθεῖς οὐδὲ τάξει προϊ-
οῦσαι παιδεύσεως. Daß er aus diesen Eigenschaften des studirenden Prinzen
gleich damals Unheil prophezeit habe, dafür beruft sich Gregor auf das Zeugniß
seiner damaligen Genossen.

oder romantischer Fürst, überhaupt, sondern bestimmt als heid=
nischer Romantiker, als Romantiker auf dem Throne der Cäsaren,
zeigt; wodurch er sich also von christlichen Romantikern, mit
denen er uns bisher gemeinsame Merkmale bot, unterscheidet,
ja zu ihnen beziehungsweise in einen Gegensatz tritt, der schwer=
lich zu seinem Nachtheil ausschlagen dürfte. — Was er roman=
tisch erneuern wollte, war das schöne Griechen=, das gewaltige
Römerthum. — Vom Griechenthum sehen wir in Julian, bei
aller sophistischen Ausartung, bei allem neuplatonischen Mysticis=
mus, doch den philosophischen Trieb, die Geistesfreiheit noch er=
halten, welche den natürlichen Ursachen der Dinge nachforscht,
und gegen blinden Glauben sich sträubt. Daß auf letzteren die
ganze Weisheit des Christenthums hinauslaufe, war ja eine der
Ursachen, welche den philosophischen Kaiser von diesem abstießen,
dem er Schuld gab, auf den leichtgläubigen, kindischen und un=
vernünftigen Theil der menschlichen Seele berechnet zu sein[1]).
Die trockene Zurückführung einer Erscheinung in Natur und Ge=
schichte auf den göttlichen Befehl genügt ihm nicht; er verlangt
eine Zusammenstimmung zwischen dem Willen Gottes und dem
Wesen der Gegenstände, welche durch jenen gesetzt oder bestimmt
werden[2]). Zu dem Griechischen im Wesen Julian's können wir
auch seinen Natursinn rechnen, auf welchem sein ganzes Religions=
system ruht, und vermöge dessen es ihm unbegreiflich ist, wie
Menschen, mit Umgehung der sichtbaren und lebendigen Götter,
von denen sie täglich und stündlich Wohlthaten empfangen, der

---

1) Gregor. Naz. Orat. III, p. 97 B: ὑμῶν (ἐστὶν, werfe Julian den
Christen vor) ἡ ἀλογία καὶ ἡ ἀγροικία, καὶ οὐδὲν ὑπὲρ τὸ, πίστευσον, τῆς
ὑμετέρας ἐστὶ σοφίας. (Euer Theil ist die Unvernunft und Unbildung, und
eure Weisheit geht über das: glaube! nicht hinaus.) Julian. ap. Cyrill. II,
39 A B: τῶν Γαλιλαίων ἡ σκευωρία — ἀποχρησαμένη τῷ φιλομύθῳ καὶ
παιδαριώδει καὶ ἀνοήτῳ τῆς ψυχῆς μορίῳ, τὴν τερατολογίαν εἰς πίστιν
ἤγαγεν ἀληθείας.

2) Julian. ap. Cyrill. IV, p. 143 B: καὶ γὰρ οὐδὲ ἀπόχρη λέγειν·
εἶπεν ὁ θεός, καὶ ἐγένετο. ὁμολογεῖν δὲ χρὴ τοῖς ἐπιτάγμασι τοῦ θεοῦ
τῶν γινομένων τὰς φύσεις. So ist z. B. — heißt es weiter — der körper=
liche Unterschied zwischen Germanen und Aethiopiern nicht in einem bloßen gött=
lichen Befehl (ψιλὸν ἐπίταγμα), sondern in der Beschaffenheit des Klima's u. s. f.
begründet.

Sonne, in deren Strahlen sie sich wärmen, des Mondes u. s. f., einen todten Mann anbeten mögen, von dem weder sie noch ihre Vorfahren etwas gesehen haben[1]).

Vom Römerthum hatte Julian vor Allem die Grundtugend desselben, die kriegerische Tüchtigkeit, in sich bewahrt, und zwar gleichsehr als Talent des Feldherrn, die Gabe, sich ein tüchtiges Heer heranzuziehen und Feldzugs= und Schlachtenplane zu ent= werfen, wie als persönliche Tapferkeit des Kriegers. Damit hing denn auch seine körperliche Abhärtung, seine Bedürfnißlosigkeit und Mäßigkeit zusammen. Wie die großen Römer der guten Zeit, ein Cincinnatus, ein Curius und Fabricius, sich durch Ein= fachheit ihrer Lebensweise ausgezeichnet hatten, so war eine seiner ersten Regierungshandlungen die Vereinfachung des Hofhaltes, die Entlassung der Schaaren von Köchen, Barbieren und Verschnitte= nen, mit denen seine Vorgänger sich umgeben hatten[2]). Im grel= len Abstich von ihrer Lebensweise, war sein Lager eine Streu, mit einem Pelz bedeckt[3]); seine Kost im Felde kaum für einen gemeinen Soldaten, im Frieden kaum für einen Diogenes gut genug[4]); und während er auch in der Liebe enthaltsam war wie Scipio[5]), war er rastlos den Tag und die halbe Nacht, oft mit verschiedenen Dingen zugleich, beschäftigt wie Cäsar[6]). Zum phi= losophischen Bewußtsein erhoben, war diese römische Denk= und

---

1) Julian. ad Alex. epist. LI, p. 434 B C: τὰ κοινῇ καθ' ἡμέραν — παντὶ ὁμοῦ τῷ κόσμῳ παρὰ τῶν ἐπιφανῶν θεῶν δεδομένα πῶς ὑμεῖς οὐκ ἴστε; μόνοι τῆς ἐξ ἡλίου κατιούσης αὐγῆς ἀναισθήτως ἔχετε; μόνοι θέρος οὐκ ἴστε καὶ χειμῶνα παρ' αὐτοῦ γινόμενον; μόνοι ζωογονούμενα καὶ φυόμενα παρ' αὐτοῦ τὰ πάντα; — — — καὶ τούτων μὲν τῶν θεῶν οὐδένα προςκυνεῖν τολμᾶτε· ὃν δὲ οὔτε ὑμεῖς, οὔτε οἱ πατέρες ὑμῶν ἑωρά- κασιν Ἰησοῦν οἴεσθε χρῆναι θεὸν λόγον ὑπάρχειν.

2) Liban. Orat. parental. §. 62. Ammian. Marcellin. XXII, 4.

3) Liban. a. a. O. §. 138. Ammian. XVI, 5.

4) Ammian. XVI, 5. XXV, 2: Imperator, cui non cupediae cibo- rum ex regio more, sed sub columellis tabernaculi parvis coenaturo, pultis portio parabatur exigua, etiam munifici fastidienda gregario. So im Felde; aber auch in pace victus ejus mensura atque tenuitas erat recte noscentibus admiranda, velut ad pallium mox reversuri. Liban. orat. parental. §. 85: οὐδὲν ἐλείπετο τῶν τεττίγων.

5) Ammian. XXIV, 4. XXV, 4.

6) Ammian. XVI, 5. XXV, 4. Liban. orat. parental. §. 84 sq.

Lebensart Stoicismus; der romantische Augustus ist daher Stoi=
ker, und in seiner auf Uebertreibung angelegten Stellung selbst
Cyniker. — Als antiker Romantiker war Julian ferner politisch
liberal, ein Freund der alten republicanischen Staatseinrichtun=
gen, die er, der Sache nach untergegangen, doch in ihren Formen
achtete und wieder hervorzog. Nicht bloß, daß er sich, nach
August's Vorgange, den Titel eines Herrn verbat: zum Erstaunen
der in den byzantinischen Despotismus längst eingewohnten Zeit=
genossen begibt er sich am Neujahrstage zu Fuß zu den Consuln,
und als er kurz darauf einem von ihnen aus Versehen in's Amt
gegriffen, legt er sich selbst eine Geldbuße von 10 Pfund Gold
auf [1]). Freilich ebenso affectirt und wirkungslos, aber doch immer=
hin erfreulicher, als wenn andererseits die unumschränkte Macht=
vollkommenheit und der orientalische oder feudalistische Prunk des
Königsthums romantisch wieder hervorgesucht werden, mit welchen
sich allerdings das Christenthum in seiner classischen Zeit ebenso,
wie die griechisch = römische Religion mit republicanischer Freiheit
und Einfachheit, wahlverwandt gezeigt hat.

Auch Julian's Tod ist der eines alten Weisen. Obwohl in
der Blüthe der Jahre, mitten unter unvollendeten Entwürfen im
bedenklichsten Augenblicke von der Todeswunde getroffen, der sein
allzukühner Muth ihn blosgestellt hatte, verliert er doch die Fas=
sung nicht, noch beklagt er das frühe Ziel, das er sich gesteckt
sieht; sondern zufrieden mit seinem Tagwerke, reuelos über das
Vergangene und froh des zukünftigen Looses der vom Körper
nun bald entbundenen Seele, getröstet und seine Umgebungen
tröstend, entschlummert er unter philosophischen Gesprächen, nicht
ohne Bewußtsein der Aehnlichkeit dieser Scene mit der Sterbe=
scene des platonischen Sokrates, mit dessen Kerker Libanius das
Zelt des sterbenden Julian vergleicht [2]).

So ist auch uns begegnet, was wir bei frühern Beurthei=
lern Julian's bemerkten, von dem denkwürdigen Manne uns wech=
selsweise angezogen und wieder abgestoßen zu finden: und so
wenig wir im Stande sind, diesen Widerspruch in dem Eindrucke
des Mannes und unsrer Stellung zu ihm aufzulösen, so sind wir

---

1) Ammian. Marcellin. XXII. 7.
2) Liban. orat. parental. §. 140. Ammian. XXV, 3.

doch wohl jetzt ausgerüstet, den Grund desselben klar und bestimmt zu erkennen und zu bezeichnen. Uns Söhnen der Gegenwart, die wir vorwärts streben, und den neuen Tag, dessen Morgengrauen wir spüren, heraufführen helfen möchten, ist Julian als Romantiker, dessen Ideale rückwärts liegen, der das Rad der Geschichte zurückzudrehen unternimmt, zuwider, und in dieser Hinsicht, formell gleichsam, finden wir uns zu seinen christlichen Gegnern hingezogen, welche damals das neue Princip des Fortschritts und der Zukunft vertraten. Aber materiell ist dasjenige, was Julian aus der Vergangenheit festzuhalten suchte, mit demjenigen verwandt, was uns die Zukunft bringen soll: die freie harmonische Menschlichkeit des Griechenthums, die auf sich selbst ruhende Mannhaftigkeit des Römerthums ist es, zu welcher wir aus der langen christlichen Mittelzeit, und mit der geistigen und sittlichen Errungenschaft von dieser bereichert, uns wieder herauszuarbeiten im Begriffe sind. In dieser Hinsicht, auf den Inhalt seiner Ideale und Bestrebungen, fühlen wir uns, trotz aller Verzerrung, in der sie bei ihm erscheinen, zu Julian hingezogen, von seinen Gegnern aber abgestoßen, aus welchen das Princip des unfreien Glaubens, des gebrochenen Lebens, zu uns spricht, das in seinen letzten Nachwirkungen zu überwinden, unsere Aufgabe und unser Pathos ist.

Bekanntlich haben die Christen, die ihrem Erzfeinde den Ruhm seines schönen Endes nicht gönnten, seine Sterbescene entstellt, indem sie ihn in verzweifeltem Wüthen das Blut seiner Wunde gen Himmel spritzen lassen mit dem Ausruf: Du hast gewonnen, Galiläer[1]). Die Lüge ist nicht ohne Sinn, ja sie enthält eine allgemeine, auch für uns tröstliche Wahrheit: die nämlich, daß unfehlbar jeder Julian, d. h. jeder auch noch so begabte und mächtige Mensch, der eine ausgelebte Geistes- und Lebensgestalt wiederherzustellen oder gewaltsam festzuhalten unternimmt, gegen den Galiläer, oder den Genius der Zukunft, unterliegen muß.

---

1) Theodoret. H. E. III, 25: νενίκηκας, Γαλιλαῖε. Abweichend Philostorg. VII, 15.

# IV.

# Brockes und Reimarus.

---

# Barthold Heinrich Brockes und Hermann Samuel Reimarus.

## 1.

Eine harmlosere Lectüre kann es auf der Welt nicht geben, als weiland des Kaiserlichen Pfalzgrafen und Rathsherrn der freien Reichsstadt Hamburg, B. H. Brockes, „Irdisches Vergnügen in Gott". Es umfassen die neun ansehnlichen Bände dieses Werkes[1] zwar Gedichte sehr verschiedener Art: doch der rothe Faden, der sich durch alle zieht, bis er im letzten Bande fast mit Ausschluß aller übrigen zu Tage tritt, sind jene Gedichte, welche der Herausgeber des letzten Bandes „Physikalische und moralische Betrachtungen über die drei Reiche der Natur" genannt hat. Es heißt von Salomo, er habe geredet über die Gewächse von der Ceder bis zum Ysop, über Vieh und Vögel, Fische und Gewürm: ebenso hat Brockes über alle diese, und noch dazu über Sonne und Regen, Feuer und Wasser, Luft und Erde, Steine und Metalle, die fünf Sinne und die vier Jahreszeiten, Reime gemacht. Es war die Freude an der irdischen Wirklichkeit, die Richtung der Geister auf Betrachtung und Erforschung der Natur, wie sie zuerst am Ende des Mittelalters, dann von neuem am Schlusse der Religionskämpfe des sechzehnten und siebzehnten Jahrhunderts hervorgetreten war, und nun in der ersten Hälfte des achtzehnten in Dichtern wie Thomson in England, unser Brockes in Deutschland, in die Poesie eintrat.

---

1) Der erste Band erschien 1721, der neunte Frankfurt und Leipzig 1748.

Zwar die Fracht von Kenntnissen und Notizen, welche dabei in Bewegung zu setzen war, beschwerte die Poesie nicht wenig, und brachte sie namentlich in Brockes der Prosa näher als zu wünschen war: um so besser war das Einverständniß dieser naturbeschreibenden Dichtung mit der Religion; es war ja kein blos irdisches Vergnügen, keine Freude an der Natur an sich, der sie Ausdruck gab, sondern ein irdisches Vergnügen in Gott. Seit seinen mittlern Lebensjahren hatte Brockes, so berichtet uns sein Biograph, den Sonntag zur Arbeit an seinen Naturgedichten bestimmt. In den Stunden, welche Andere mit schnöden, oder gar sabbatschänderischen Ergetzlichkeiten zubringen, belehrte und vergnügte er sich aus dem Buche der Natur, doch erst nachdem er sich vorher in der Versammlung der Christen aus dem Buche der Offenbarung hatte unterrichten lassen. War es doch die gute Zeit, da die Naturforschung noch Hand in Hand mit dem Glauben ging, die Blüthezeit des physico = theologischen Beweises, der Hydro=, Pyro=, Ichthyo= und Akridotheologien, welche das Dasein Gottes aus Wasser und Feuer, den Schuppen und Blasen der Fische wie dem Bau und den Wanderzügen der Heuschrecken zu erhärten suchten. Die ganze Brockes'sche Naturpoesie ist ein gereimter physico=theologischer Beweis.

Die Natur ist ein System von Mitteln und Zwecken, die sich entsprechen, und, weil sie im Bewußt= und Verstandlosen durchgeführt sind, auf einen außerhalb der Natur stehenden schöpferischen Verstand als Urheber hinweisen. Diese zweckmäßige Anlage zeigt sich theils in dem einzelnen Naturwesen, als Zusammenstimmung seiner Organe und ihrer Verrichtungen zu seinem eigenthümlichen Lebenszwecke, theils in dem Zusammensein und Zusammenwirken der verschiedenen Naturwesen und Naturreiche, unter denen das eine durch das Dasein des andern, und insbesondere das höhere durch das niedrigere, bedingt ist. Hienach erscheint der Mensch, das unstreitig höchste irdische Naturwesen, als der Endzweck, auf den alle andern berechnet, zu dessen Dienst und Nutzen alle übrigen erschaffen sind.

Wird nun gleich von unserm Dichter auch die erstere Seite, die zweckmäßige innere Einrichtung der einzelnen Naturwesen, die Berechnung all ihrer Glieder und Triebe auf ihr eigenes Wohlsein, mit uneigennütziger Liebe hervorgehoben, so ist doch nicht

zu verkennen, daß die andere Seite, ihr Nutzen für den Men=
schen, diejenige ist, in deren Ausführung sich der behagliche Se=
nator am liebsten ergeht, und von der er sich am religiösesten
gestimmt findet. Wenn er z. B. den Hirsch besingt, so findet er
wohl in seinem schlanken Bau, seinem raschen Anstand u. s. f.
die Spuren einer schöpferischen Macht und Weisheit, zugleich aber
ist er ihm auch ein Beweis der göttlichen Liebe und Fürsorge für
uns Menschen,

> Da sein angenehmes Fleisch, das er uns zur Kost gewährt,
> Uns, auf so verschiedne Weis' zugericht, ergetzt und nährt. [1]

So hat Gott auch

> in der Gemsen Körper solche Werkzeug' fügen wollen,
> Daß sie Sturz und Fall nicht scheuen, und da gern sind, wo sie sollen.

Doch die Hauptsache ist auch hier,

> daß sie uns so nützlich sein:
> Für die Schwindsucht ist ihr Unschlitt, für's Gesicht die Galle gut;
> Gemsenfleisch ist gut zu essen, und den Schwindel heilt ihr Blut;
> Auch die Haut dient uns nicht minder. Strahlet nicht aus diesem Thier
> Nebst der Weisheit und der Allmacht auch des Schöpfers Lieb' herfür? [2]

Daß das selbstlose Pflanzenreich seinen Zweck nicht in sich
selbst, sondern unmittelbar oder mittelbar nur im Menschen
habe,

> Daß aller Blumen bunte Pracht
> Für Menschen ganz allein gemacht, [3]

ist unserm Dichter eine unzweifelhafte Sache; doch auch an
dem Thierreiche bemüht er sich, denselben Gesichtspunkt durch=
zuführen.

> Die Ziegen schenken uns ihr Haar, das uns, nicht ihnen Nutzen bringt. [4]

Ganz so uneigennützig, Theile zu haben, die nicht auf es selbst,
sondern lediglich auf uns Menschen berechnet wären, ist das Schwein
nicht; doch, meint der Dichter, in Betracht, daß seine Ohren,
Schinken, Rüssel, Zunge und Füße, uns nebst den Würsten so
manches schöne Gericht liefern,

---

1) IX, 249.
2) Ebendas. S. 252.
3) S. 378.
4) S. 242.

gestehe jeder voll Erkenntlichkeit mit mir

So von wild= als zahmen Schweinen, es sei gar ein nutzbar Thier.
Und erheb' und ehr' und preise den, der sie uns schenkt, dafür. ¹)

   Sind indessen schon am Schwein, dem wilden wenigistens, seine Hauer wenig menschenfreundliche Werkzeuge, so scheinen an= dere Thiere, wie namentlich die Raubthiere aller Art, vielmehr zum Schaden als zum Nutzen des Menschen gemacht zu sein. Es ist ein kleinlauter Trost, wenn der Dichter, als auf eine Probe von des Schöpfers weiser Liebe, darauf hinweist,

Daß von den Thieren, die uns schädlich, die Arten nicht so stark sich mehren,
Als von denjenigen, die uns so nützlich sind und uns ernähren. ²)

Denn, ist der Mensch der einzige Endzweck der Natur, wozu sind überhaupt Wesen, die ihm schädlich und verderblich sind, geschaf= fen? So wagt Brockes am Ende doch nicht, von allen, sondern nur von „gar vielen" Thieren zu behaupten, daß sie „zu unserm Nutz erschaffen sein" ³): obwohl er sich im Einzelnen redliche Mühe gibt, selbst an den schädlichsten noch eine nützliche Seite hervorzukehren. Sein Kampf mit dem Wolf, um dieses garstige Raubthier dem Menschenwohl und seiner teleologischen Weltbe= trachtung dienstbar zu machen, ist in der That musterhaft:

Es scheint der Wolf sei mehr zur Strafe als zum Vergnügen (sc. des Menschen)
auf der Welt;

Denn er ist nicht nur mördrisch, grausam, wild, tückisch, blutbegierig, gräßlich,
Und sonderlich fatal den Schafen, er ist dazu noch scheußlich, häßlich,
Dabei auch fürchterlich zu hören, wenn er im Winter heulend bellt:
So daß man fast bei diesem Thier auf die Gedanken kommen sollte,
Gott würd' im Wolfe nicht geehrt, und wenn man ihn auch ehren wollte,
Weil der zu häßlich und zu schädlich. Allein man muß hier wohl erwägen,
Daß, ob bei ihm des Schöpfers Wege sich nicht so klar zu Tage legen,
Wir darum nicht gleich schließen müssen: wenn auf der Welt kein Wolf
vorhanden,
So wär' es besser, oder denken, vielleicht wär' er von selbst entstanden.
O nein! denn daß wir es nicht wissen, wozu er eigentlich gemacht,
Zeigt deutlich unsern Unverstand, umschränkten Geist und Unbedacht,
Doch keinen Fehl der Schöpfung an. Zudem, wenn wir es recht ergründen,
Sind auch in Wölfen viele Dinge zu unserm Nutzen noch zu finden.

––––––––––

1) S. 266.
2) S. 244 f.
3) S. 244.

Wir haben nicht nur ihrer Bälge im scharfen Frost uns zu erfreuen,
Es dienen ihrer Glieder viele zu großem Nutz in Arzeneien. ¹)

Ist so einmal der böse Wolf bezwungen, so können die übrigen Raubthiere, besonders die kleinern, keine Schwierigkeiten mehr machen. Der Leopard z. B. ist zwar kaum minder gefähr= lich als der Wolf, doch ist dafür sein Pelz um so werthvoller:

Was wird mit ihren schönen Bälgen für großer Handel nicht getrieben!
Man sieht denn auch in ihm die Spuren von Macht, von Weisheit und von
Lieben. ²)

Ebenso macht der Marder den Schaden, den er in unsern Hüh= nerställen anrichtet, durch seinen trefflichen Pelz wieder gut, und daß demselben zum scheinbaren Ueberfluß auch noch Collega Iltis beigegeben worden, rechtfertigt sich dadurch,

daß sein Balg viel schlechter, und im schlechtern Preise nur
Insgemein verkaufet wird; wodurch denn auch armen Leuten
In dem Frost geholfen ist, allerlei sich zu bereiten.
Um sich vor der strengen Kälte zu bedecken und zu schützen,
Können also Iltiss' auch den verlaßnen Armen nützen. ³)

Doch außer dem leiblichen Nutzen weiß unser wohlmeinender Dichter bei manchen Thierarten auch geistige Lehre und Erbauung zu holen. So scheint ihm das Schaf, neben der Nutzbarkeit aller seiner Theile, überdieß

ein belehrend Thier, ein Bild der Frömmigkeit zu sein.
Wer etwa meint, dieß sei zu viel, der darf nur Hirtenlieder lesen;
Man wird befinden, daß sogar durch Bilder von der Schäferei
Man froh und gleichsam ruhig werde, und inniglich gerühret sei. ⁴)

Der gereiste Dichter war nämlich zugleich Gemäldekenner, und hatte sein Zimmer gewiß mit zierlichen Bildern im Geschmack Watteau's ausgeschmückt. Der Affe kann nach ihm, weil er dem Menschen näher steht „als es fast der Stolz erlaubt", uns zur Demuth leiten; dabei

fällt uns billig ein:
Was für eine Geisterleiter muß wohl nicht vorhanden sein,
Die von uns hinab= auch aufwärts mit so manchen Staffeln führt,
Daß, weil wir kein End' erblicken, die Vernunft sich fast verliert. ⁵)

---

1) S. 251.
2) S. 250.
3) S. 277.
4) S. 298 f.
5) S. 282.

Ein Dichter, der so andächtig im Geschöpf überall den Schöpfer sieht, im Natürlichen ein Sinnbild des Geistigen und Sittlichen findet, und selbst das Ueble in der Natur genügsam zum Besten zu kehren weiß, war gewiß ein friedsam frommes Gemüth, und wir finden die Nachricht ganz in der Ordnung, daß er seinen sonntäglichen Naturgottesdienst regelmäßig durch Theilnahme an dem christlichen eingeleitet habe.

## 2.

Wie ein Blitz aus heiterm Himmel trifft uns darum die andere, leider ebenso verbürgte Nachricht, wornach dieser gottselige Naturdichter, diese harmlose Seele, wonach unser Brockes einer der zwei oder drei Männer war, denen sein Landsmann Hermann Samuel Reimarus von jenem Werke geheime Mittheilung machte, das in den später von Lessing bekannt gemachten Fragmenten als ein Aeußerstes von Gottlosigkeit die ganze Christenheit in Schrecken setzen sollte 1).

Freilich in die Kirche ging auch Reimarus so regelmäßig als unser Dichter; klagt er doch selbst, wie oft er die Lästerung der Vernunft und seiner eigensten geheimen Ueberzeugungen von den Kanzeln herunter habe mitanhören müssen. Er hatte seine Gründe, neben seiner innern Vernunftreligion die kirchliche als Maske beizubehalten: und ein ähnliches Verhältniß könnte bei Brockes stattgefunden haben. Daß der bedächtige Reimarus ihn in den engen Kreis von Vertrauten zog, vor denen er seine Maske zu lüften keinen Anstand nahm, ist Beweises genug, daß er eine der seinigen verwandte Denkart in ihm kannte. Und wenn wir annehmen, daß wenigstens Keime des freiern rationellen Sinnes, der ihm eigen war, in Reimarus durch seinen Vater gelegt worden seien, so war ja Reimarus der Vater in jüngern Jahren auch der Erzieher des frühverwaisten Brockes gewesen. Gleichwohl müssen wir noch in den Gedichten des letztern besonders nachsehen, ob uns wirklich in denselben Spuren einer ähnlichen Entzweiung

----

1) Nach der Angabe von Joh. Albr. Heinr. Reimarus, abgedruckt in Niedner's Zeitschrift für historische Theologie, Jahrgang 1850, XX, 520.

seiner Naturfrömmigkeit mit der kirchlichen begegnen, wie eine solche auf Reimarus' Seite bekannt ist.

Wo es sich um die kirchliche Rechtgläubigkeit eines Mannes fragt, ist Toleranz, wenn sie sich bei ihm findet, allemal ein be=
denkliches Zeichen. Und dieses bedenkliche Zeichen entdecken wir bald an unserm Brockes. Wie können, fragt er noch ganz loyal, so viele tausend Arten falscher und anstößiger Götzendienste von Gott geduldet werden? Aber die Antwort ist nicht etwa, daß sie im Sündenfall ihre leidige Ursache und in der ewigen Ver=
dammniß ihre gerechte Strafe haben, sondern daß sie als bloße Folgen der Unwissenheit gar nicht so schuldhaft seien, als man sie insgemein dafür halte. Schon aus Interesse würde ja ein jeder nur den wahren Gott ehren wollen, wenn er ihn kännte:

also folgt, daß in der That

An dem falsch= und Götzendienst blos die Dummheit Antheil hat.
Da die Menschheit denn hierin sich aus Bosheit nicht verschuldet,
Sondern sie aus Einfalt blos Gott so klein sich vorgestellt,
Ist vielleicht das eine Ursach', daß der Schöpfer in der Welt
Vielerlei Religionen leidet und aus Langmuth duldet. [1])

Hier meint man ja fast, Reimarus selbst sprechen zu hören, der an einer Stelle des Werks, dessen ersten Entwurf er seinem Freunde Brockes mittheilte, sagt: „Die Vielgötterei und Abgötterei ist eine Unwissenheit und Dummheit, keine Bosheit. Kein Mensch, der einen rechten Begriff hätte von dem wahren unendlichen Wesen, welches wir Gott nennen, und der einsicht, daß mehrere Götter außer dem Einen unendlichen ein Nichts sind, wird wis=
sentlich ein Nichts anbeten und verehren wollen [2]). Und ist hierin doch mindestens noch ein Unterschied wahrer und falscher Religion anerkannt, so sehen wir an andern Stellen diesen Gegensatz in die gleichgültige Mannichfaltigkeit verschiedener, gleichermaßen blos subjectiver Vorstellungen von Gott sich auflösen.

So wie fast alle Nationen
In allerlei Religionen
Sich Gott verschiedentlich gedenken:

---

1) S. 425 f.

2) H. S. Reimarus, Apologie oder Schutzschrift für die vernünftigen Ver=
ehrer Gottes. Manuscript der hamburger Stadtbibliothek. Th. I, B. V, Kap. I, § 4.

so scheint überhaupt jedes Ich seine eigene und von der aller
andern verschiedene Gottesidee zu haben.

> Ein jeder denkt zu Gottes Preise
>
> Sich Gott auf eine andre Weise.
>
> Aus welchem ich denn so viel fasse,
>
> Daß Gott von allen Menschen keinen, wenn er ihm redlich dienet, hasse. [1]

Selbst Atheisten sind nicht zu verfolgen, um so weniger, da sie
es in der Regel nur dadurch geworden sind,

> daß man, was Gott sei, so wunderlich erklärt. [2]

Wohl spricht Brockes auch von Offenbarung; aber statt die
christliche Offenbarung den heidnischen Religionen wie der sogenannten natürlichen Religion entgegenzusetzen, stellt er ihr die
letztere an die Seite, ja er ordnet sie derselben deutlich unter.
Zuweilen redet er von drei Offenbarungen: die erste ist die
Offenbarung Gottes in der Natur, die uns von seiner Allmacht,
Weisheit und Liebe unterrichtet; die zweite die biblische, die sich
hauptsächlich auf ein künftiges Leben bezieht;

> Die dritte zeiget offenbar in den Vergrößrungsgläsern sich
>
> Und in den Telescopiis zum Ruhm des Schöpfers sichtbarlich;
>
> Indem, wenn man in der Natur verborgne Größ' und Kleinheit steiget,
>
> Bei einem heiligen Erstaunen der Schöpfer mehr als sonst sich zeiget.

Durch das Wort „unmittelbar", das die zweite dieser Offenbarungen für sich in Anspruch zu nehmen pflegt, darf man sich nicht
irre machen lassen, als hätte sie darin einen Vorzug vor den beiden andern. Denn für uns ist ja doch auch sie nur eine mittel-
bare, durch die Schriften der Apostel.

> Kann aber etwan dein Verstand dieß nicht, wie ich es fasse, fassen,
>
> So will ich dieser vor den andern auch wirklich einen Vorzug lassen;
>
> Und weil sie noch absonderlich in geistlichen geweihten Händen,
>
> Und uns gelehrt wird und erklärt, nunmehro mich zur dritten wenden. [3]

D. h. er mag nicht in das bekannte Wespennest stechen, wie auch
Reimarus sich lebenslänglich davor gehütet hat.

Dabei hält er indeß das Bekenntniß nicht zurück, die Offenbarung Gottes in der Natur sei

---

1) S. 428.

2) S. 431.

3) S. 437—439.

Die allererste, herrlichste und sicherste mit Recht zu nennen. ¹)

## In seinen Creaturen offenbart sich Gott

Auf eine Menschensätz' und Lehren unendlich übersteigend' Art.
In diese Offenbarung mischt kein Irrthum und kein Fehl sich ein;
Kein' aus der Menschen Thorheit blos entstandne Ketzermacherein;
Die Schande menschlichen Geschlechts, des Hochmuths und des Geizes Brut.
Die drinn vorhandne lichte Lehre kommt allen Sterblichen zu gut,
Und ihrem großen Ursprung gleich, ist sie so wahr als allgemein. ²)

## Daher des Dichters Bitte an die Gottheit:

laß mich blos aus deinen Werken
Deine wahre Wirklichkeit, Allmacht, Lieb' und Weisheit merken.
Laß mich alle Menschen lieben, doch am innigsten die Christen,

## d. h. unter den Christen diejenigen,

Die sich nicht aus Leidenschaft sträflich miteinander zwisten. ³)

## Deren sind freilich in allen positiven Religionen nur wenige, da man in denselben vielmehr

sich aus Hochmuth plaget,
Sich verketzert, sich verfolget, sich ermordet, sich verjaget;

## während ihre Bekenner andererseits in dem Wahne stehen,

Daß durch Verachtung seiner Wunder und seiner Creatur auf Erden
Sie Gott den Himmel abverdienen, die Seligkeit erlangen werden. ⁴)

## Der Dichter im Gegentheil sieht in dieser Geistesrichtung das größte und verderblichste Laster:

Ist auch von allen andern Sünden
Wohl eine größere zu finden,
Als Gottes Ordnung zu verlassen,
Und sich mit selbsterfundnen Künsten
Mit lächerlichen Hirngespinsten
Und eiteln Grillen zu befassen?

(Worin man die Hindeutung auf die Dogmen der geoffenbarten Religionen nicht verkennen wird.)

---

1) S. 506.
2) S. 346.
3) S. 336.
4) S. 347.

Stolz, Thorheit, Undank, Heuchelei,
Geiz, Aberglaub', Abgötterei,
Kann ein Vernünft'ger leicht entdecken,
Daß sie in diesem Laster stecken.
Ja, dieses nicht alleine nur;
Es ist ein wahrer Höllensame,
Und ist sein eigentlicher Name
Die Sünde wider die Natur.
Bemerket dieß, vernünft'ge Lehrer: . . . .
Man kommt nicht in der Christen Orden,
Wenn man nicht erst ein Mensch geworden;
Man wird ein Mensch, wenn uns, gerührt,
Die Creatur zum Schöpfer führt.
Laßt von Artikeln in dem Glauben
Der andern ja euch keinen rauben,
Sprecht von der wahren Christenpflicht:
Jedoch versäumt den ersten nicht. [1]

In dieser allgemeinen Versäumniß findet Brockes die Ursache, warum das Leben der Christen ihrer Lehre so wenig zur Empfehlung gereiche.

Unmöglich ist es, aus dem Leben der meisten Christen zu erweisen,
Wie trefflich ihre Lehre sei. Wer weiß, ob die Verbesserung
Der menschlichen Idee von Gott, auch durch das Leben ihn zu preisen
Die Sterblichen nicht dringen könne? . . . . [2]

Als eine solche bessere Idee von Gott erschien ihm die Vorstellung desselben als Weltseele oder Weltgeist:

Du wirst, wenn du es recht erwägst, unmöglich dich entbrechen können,
Der wahren Gottheit wahres Wesen den allgemeinen Geist zu nennen [3].

Ein solches Denkbild sei wenigstens Gottes würdiger, als wenn man ihn als alten Mann, als Lämmlein oder Taube, sich vorstelle.

Hiemit begreifen wir vollständig, wie der scheinbar so harmlose Dichter des „Irdischen Vergnügens in Gott" zu der ersten geheimen Gemeinde des Werks gehören konnte, das der Christenheit ihr himmlisches Vergnügen in Christus so grausam zu stören bestimmt war.

---

1) S. 353.
2) In dem Neujahrsgedicht 1746, S. 506 ff.
3) Ebendas.

### 3.

Andererseits hatte der Verfasser der Wolfenbüttelschen Fragmente, oder, wie wir jetzt wissen, daß das Werk als Ganzes hieß,
der Apologie für die vernünftigen Verehrer Gottes, mit seinem
dichterischen Freunde nicht nur die Liebhaberei für Naturbetrach-
tung und Naturforschung, sondern auch den philosophisch-religiö-
sen Standpunkt bei dieser Betrachtung gemein. Brockes' Irdisches
Vergnügen in Gott hat in Reimarus' Abhandlungen von den
vornehmsten Wahrheiten der natürlichen Religion[1] sein Seiten-
stück. Wie jenes eine sozusagen poetische, so enthalten diese eine
philosophisch-naturgeschichtliche Durchführung des physico-theologi-
schen Beweises.

Das Thierreich insbesondere war ein Lieblingsgegenstand
der Betrachtung und der Untersuchungen von Reimarus. In dem
Bau und noch mehr in den Trieben der Thiere, die er zum Gegenstand einer eigenen Schrift machte[2], fand auch er die leben-
digsten Beweise von des Schöpfers Weisheit und Güte. Aber er
bezeichnet es ausdrücklich als einen gemeinen Irrthum, daß die
Menschen ihr Geschlecht zum Mittelpunkt und Endzweck aller
übrigen Dinge machen, und sich darum an dem Dasein so vieler
Thiere stoßen, die ihnen schädlich oder auch nur unbequem sind.
Das Dasein aller andern Lebendigen hat ja nicht minder als das
unsrige in der großen Absicht des Schöpfers seinen Grund. Diese
Absicht des Schöpfers ist das Wohl nicht blos einiger, sondern
aller Lebendigen. Gott hat alle möglichen Arten und Stufen des
Lebens und der innern Vollkommenheit in seiner Vorstellung gehabt; er hat an aller möglichen Glückseligkeit der Lebendigen sein
Gefallen, und seine Macht kann Alles, was er denkt und was
ihm gefällt, zur Wirklichkeit bringen: so hat er die Welt geschaffen
als eine Wohnung der Lebendigen, die miteinander alle möglichen
Arten des Lebens begreifen und eine zusammenhängende Natur-
kette ausmachen, in der kein Glied fehlen durfte, welches des Lebens,
der Lust und Glückseligkeit fähig war. Zu diesem System aller
möglichen Lebendigen, dieser Kette, in der kein Ring mangeln

---

1) Erste Ausgabe 1755. Ich citire nach der sechsten, Hamburg 1791.
2) Allgemeine Betrachtungen über die Triebe der Thiere, 1760.

darf, gehören nun auch die uns verhaßtesten oder von uns ver=
achtetsten Thiere mit: auch von ihnen will jedes leben und sich
seines Lebens freuen, so gut als wir; jedes trägt das Seinige
zur Vollkommenheit des Ganzen bei und macht, daß die Welt
allenthalben mit reger Kraft und Empfindung erfüllt, die große
Stadt Gottes in allen Gassen und Winkeln belebt und bevölkert sei [1]).

Zeigt sich hier Reimarus auf der hohen Warte Leibniz'scher
Weltbetrachtung, und hat dahin auch der beleibte Brockes, wie
wir uns von dem Gedicht über den Affen her erinnern, sich em=
porzuarbeiten gesucht, so läßt sich auch Reimarus wieder, der
Denkart seiner Zeit gemäß, in die Niederungen Brockes'scher Nütz=
lichkeit herab. „Auch für dich", ruft er dem über so manches
lästige Ungeziefer ungeduldigen Menschen zu, „auch für dich näh=
ret sich so manches Insekt, indem es die Befruchtung der Pflan=
zen befördern muß. Wenn du gleich manche Mücken und Wür=
mer nicht selbst issest oder brauchest, so speiset sie doch der Vogel,
der dir singt, oder auf deinen Tisch kommt, und der Fisch, der
deine Mahlzeit angenehmer macht" (wir riechen bereits den Duft
aus der Küche von „Hammonia's Mäcen", wie Brockes bei Hage=
dorn heißt), „ja manches Schwein, das für deine Tafel in die
Mast getrieben wird, oder der Walfisch, der dir sein Fett und
seine Barten hergibt. Die Insekten, Vögel und Mäuslein thun
allerdings der Saat und den Früchten Schaden. Aber wenn alle
Saat unbeschädigt aufwüchse, so würde der Bauer über die allzu
reichliche Ernte und den wohlfeilen Preis klagen. Wenn alle
Blüthe an den Bäumen zur reifen Frucht gediehe, so würde sie
den Baum entkräften und viel zu klein und unkräftig werden.
Wenn Menschen voraussähen und ihr Bestes verstünden", ereifert
sich Reimarus, „so würden sie auf manchen Baum selbst Raupen
hinauftragen und zuweilen Vögel und Mäuse ins Land einladen,
daß sie ihnen den Ueberfluß der Natur wegzehren hülfen" [2]).

Doch über die Enge dieses utilistischen Zeitstandpunktes war
Reimarus mit seinem eigenen Natursinn und Naturgefühl weit
hinaus. „Ich habe oft", sagt er in einer in dieser Hinsicht clas=
sischen Stelle, „ich habe oft meine Betrachtung über die geringsten

---

1) Abh. IV, §. 19. V, 1. 2. IX, 7. 9.
2) IX, 8. 9.

Thiere, sofern sie noch Leben und Empfindung haben und nach ihrer Art einer Lust und Glückseligkeit fähig sind. Wenn ein Schwarm Mücken untereinander spielet; wenn die Bienen durch Blumen und Haide emsig umherflattern, um Honig und Wachs zum gemeinen Besten des Stocks zu sammeln; wenn die Vögel durch Büsche und Bäume rauschen, zwitschern, oder eine Gattin locken; wenn der Hund über seines Herrn Ankunft, oder im grünen Felde, von tausend Freuden außer sich, zehnmal hin und wieder läuft; wenn ein Kätzlein mit dem andern in hunderterlei artigen Stellungen, Springen und Haschen, scherzend die Zeit vertreibt; wenn eine Sau sich so willig hinlegt und sich von ihren saugenden Ferkeln zerwühlen läßt: so ergetze ich mich an der unschuldigen Lust der Thiere, und stelle mir die Vielheit und Mannichfaltigkeit derselben, wie sie von der unzählbaren Menge und Verschiedenheit der Lebendigen auf dem ganzen Erdboden, ja allenthalben in den großen Weltkörpern empfunden wird, mit Entzücken vor. Ich denke an den großen Schöpfer, der aller seiner Geschöpfe Lust mit anschauendem Erkenntnisse gegenwärtig vor sich hat, und in derselben den erhabenen Zweck seiner Schöpfung nicht ohne eigene Lust bewirkt sieht. Ich schwinge mich in diese göttliche Vorstellung als den wahren und einzigen Gesichtspunkt, aus welchem sich die Welt in ihrem ganzen Zusammenhang und ihrer rechten Vollkommenheit zeigt. Ich gönne nun allen, auch den niedrigsten Geschöpfen das Leben; und sehe, daß, wie wir Menschen in dem Zusammenhange des Möglichen auf einer mittlern Stufe der Vollkommenheit stehen, jedoch selbst noch einer höhern fähig sind und von Natur danach streben, so Millionen andere Geschöpfe von noch höherer Vollkommenheit in der Welt sein müssen, die nichts in der göttlichen Absicht leer lassen, und aller noch über unsern jetzigen Zustand möglichen Glückseligkeit, außer der unendlichen, genießen". [1]

Die Vorstellung Gottes als der Weltseele, zu der sein poetischer Freund sich neigte, wies Reimarus mit seiner zersetzenden Wolfischen Logik ab[2]; als Philosoph blieb er dabei, die Materie todt, alles Leben und alle Zweckthätigkeit in ihr durch eine außer-

---

1) Abh. IX, §. 7, S. 780 f.
2) Abh. III, §. 3.

weltliche Intelligenz bewirkt zu denken: aber in Stellen, wie die
angeführte, weht es aus einer Gemüths- und Geistestiefe, die der
spröde Wolfische Gedanke nicht erschöpft, wo sich Reimarus mit
Leibnizens Genius berührt, der Wand an Wand mit der Wahrheit wohnte.  Und sofern dieser Hauch aus der Tiefe philosophisch-
religiöser Weltanschauung in ihm nicht durch universelle Geniali-
tät und weltmännische Vielthätigkeit verflüchtigt, vielmehr durch
scharfen Verstand und entschiedenen Charakter verdichtet war,
sehen wir denselben gerade bei ihm zum Sturme werden, der (in
den Fragmenten oder der Apologie für die vernünftigen Verehrer
Gottes) das Gebäude des positiv christlichen Religionssystems so
schonungslos wegzufegen Anstalt machte.  Wer die gesammte
Natur als Offenbarung Gottes begreift, der braucht nur den
Muth zu haben, sich zu gestehen was er denkt, um jede besondere
Offenbarung als überflüssig zu erkennen, und wer gerade in der
stetigen Wirksamkeit der Naturgesetze die göttliche Thätigkeit sieht,
dem kann das sogenannte Wunder nur als eine Hemmung dieser
Thätigkeit, als ein Widerspruch Gottes mit sich selbst erscheinen,
den er auf Rechnung menschlichen Wahnes, wo nicht menschlichen
Betruges, schreiben muß [1]).

---

1) Vgl. hiezu meine Schrift:  H. S. Reimarus und seine Schutzschrift
für die vernünftigen Verehrer Gottes.  (Band V der Gesammelten Schriften.)

# V.

# Lessing's Nathan der Weise.

---

## Ein Vortrag.

---

**1864.**

Die großen Kunstwerke sind für alle Zeiten geschaffen, und nur dasjenige Kunstwerk ist mit Fug ein großes zu nennen, das den Menschen aller Jahrhunderte faßlich und genießbar bleibt. Aber auch das größte Kunstwerk ist in einer gewissen Zeit und aus ihr heraus gearbeitet: darum wird es ganz und vollständig nur von dem verstanden werden können, der sich mit jener Zeit und ihren Verhältnissen näher bekannt gemacht hat. So wird der Don Quixote z. B. zu keiner Zeit auf einen reifen und gebildeten Menschen seine Wirkung verfehlen: aber worauf er ursprünglich gemünzt war und wie weit des genialen Dichters Geschoß noch über das nächste Ziel hinaus getroffen hat, wird nur demjenigen ganz deutlich werden, der den Verfall des Ritterthums und der Ritterpoesie um den Ausgang des Mittelalters zum Gegenstand seiner Studien gemacht hat. Ebenso wird der Sinn und die Bedeutung des Dichterwerks, von dem ich Sie heute unterhalten möchte, im Allgemeinen nicht zu verkennen sein, so lange zwischen Fanatismus und Toleranz, zwischen Bigotterie und Aufklärung der Streit dauern wird: aber um das Werk in allen seinen Theilen und Beziehungen zu verstehen, müssen wir uns in die Zeit und in die Verhältnisse seiner Entstehung, in die siebziger Jahre des vorigen Jahrhunderts, in die Kämpfe zurückversetzen, zu denen Lessing durch die Herausgabe der sogenannten Wolfenbüttelschen Fragmente den Anlaß gegeben hatte.

Es waren dies, wie wir jetzt wissen, Abschnitte aus einem Werke, das der im Jahre 1768 verstorbene Hamburger Professor Hermann Samuel Reimarus handschriftlich hinterlassen hatte. Er nannte das Werk eine „Schutzschrift für die vernünftigen Verehrer Gottes"; es war aber, wie Lessing sich ausdrückte, nichts Geringeres als ein Hauptsturm auf die christliche Religion, was

er darin unternahm. Er bestritt die göttliche Eingebung der
heiligen Schrift, leugnete Weissagungen und Wunder, erkannte die
Lehre Mosis und der Propheten, Jesu und der Apostel nicht
als Offenbarung an, ja erlaubte sich, die Lauterkeit ihres Charak=
ters mehr als nur in Zweifel zu ziehen. Das Alles war nicht
eben neu. Seitdem in der Reformation der Zweifel einmal er=
wacht war, hatte er allmälig immer weiter und tiefer gefressen.
Auf die Socinianer waren die englischen Freidenker, auf diese
die französischen Spötter gefolgt. Zu ihnen verhielt sich die
Richtung von Reimarus beziehungsweise schon wieder als Reaktion.
Er führte Ernst und Würde in die Verhandlung zurück, schied
streng zwischen Offenbarung und Vernunftreligion und hielt, indem
er die erstere verwarf, nur um so eifriger an der letzteren und
der mit ihr eng verflochtenen Sittenlehre fest. Aus dem hinter=
lassenen Werke von Reimarus nun, das ihm, bei aller Schroffheit
und Einseitigkeit, doch der Gelehrsamkeit und Denkschärfe wegen,
womit es geschrieben war, höchst beachtenswerth, und zugleich
durch den Ernst und Wahrheitseifer, den es überall bekundete,
höchst achtungswerth erschien, von dem er überdieß keine Beschä=
digung, sondern nur eine Sichtung und Läuterung des Christen=
thums erwartete, — aus diesem Werke ließ nun, wie gesagt,
Lessing seit dem Jahre 1774 einzelne Abschnitte drucken. Den
Verfasser durfte er aus Rücksicht auf dessen Hinterbliebene, denen
er wahrscheinlich die Mittheilung des Manuskripts verdankte,
nicht nennen: so gab er vor, dasselbe ohne den Namen eines
Verfassers auf der Wolfenbüttelschen Bibliothek, der er vorstand,
gefunden zu haben. Die einzelnen Stücke begleitete er dann mit
Vor= und Nachworten, die sie in das rechte Licht stellen, den An=
stoß, den sie erregen mußten, mildern sollten. Er deutete an,
was sich zum Schutze der Bibel gegen die Einwürfe seines Un=
genannten allenfalls sagen ließ; doch selbst im schlimmsten Falle,
meinte er, wenn sich nichts Gegründetes mehr dagegen sagen
ließe, wäre man noch lange nicht genöthigt, dem Ungenannten
zuzugeben, was er zum Nachtheil der christlichen Religion daraus
folgerte. Z. B. wenn der Ungenannte behauptete, die Aufer=
stehung Jesu sei auch darum nicht zu glauben, weil die Nach=
richten der Evangelisten davon sich widersprechen: so hielt es
Lessing zwar für vergebliche Mühe, mit der orthodoxen Theologie

diese Widersprüche zu leugnen; aber er sagte: die Auferstehung
Jesu kann ihre gute Richtigkeit haben, ob sich schon die Nach=
richten der Evangelisten davon widersprechen. Ein Satz, hinter
dem man sich freilich in Lessing's Sinne sogleich den andern
denken muß, daß es mit dem Christenthum, d. h. mit demjenigen,
was ihm als der religiöse Kern des Christenthums erschien, gleich=
falls seine gute Richtigkeit haben könnte, wenn sich auch die Auf=
erstehung Jesu geschichtlich nicht erweisen lassen sollte. Denn zu=
fällige Geschichtswahrheiten, meinte er, können ja doch nie der
Beweis von nothwendigen Vernunftwahrheiten werden.

In diesen Verhandlungen stellte Lessing jene großen Sätze
auf, an denen die protestantische Theologie bis auf diesen Tag
gezehrt hat, ohne sie bis auf diesen Tag verdaut zu haben:

Der Buchstabe ist nicht der Geist und die Bibel ist nicht
die Religion. Folglich sind Einwürfe gegen den Buchstaben
und gegen die Bibel nicht eben auch Einwürfe gegen den
Geist und die Religion. — Die Religion ist nicht wahr,
weil die Evangelisten und Apostel sie lehrten; sondern sie
lehrten sie, weil sie wahr ist. Aus ihrer inneren Wahrheit
müssen die schriftlichen Ueberlieferungen erklärt werden, und
alle schriftlichen Ueberlieferungen können ihr keine innere
Wahrheit geben, wenn sie keine hat.

Diese Sätze, die noch heute Vielen ein Aergerniß sind,
waren damals den Meisten geradezu unverständlich. Man be=
griff nicht, wie einer die Bibel preisgeben und damit doch der
christlichen Religion nichts zu vergeben behaupten konnte. Die
Theologen machten Lessing, der höchstens die halbe vertreten
wollte, für die ganze Meinung seines Ungenannten verantwort=
lich. Im Herzen sei er mit diesem einverstanden, ja er habe
vielleicht die demselben beigelegten Fragmente selbst geschrieben,
und wolle es nur nicht Wort haben, um der Verantwortung zu
entgehen. In dieser Art schlug besonders Melchior Göze, der
Hauptpastor in Hamburg, in Zeitungen und Streitschriften gegen
Lessing als Herausgeber der Fragmente Lärm und rief auch die
weltliche Obrigkeit gegen das Treiben eines Mannes auf, der
mit dem Christenthum zugleich die Grundlagen der bürgerlichen
Ordnung untergrabe. Er predigte keinen tauben Ohren: im
Sommer 1778 belegte das Braunschweigische Ministerium, in

dessen Bereiche Lessing als Bibliothekar zu Wolfenbüttel lebte, sowohl die Fragmente als seine Streitschriften gegen Göze mit Beschlag und verbot ihm, ohne höhere Genehmigung etwas Weiteres in der Sache, sei es in oder außerhalb Landes, drucken zu lassen. Da Lessing an dieses Verbot sich nicht kehrte, sondern seine ferneren Schriften in der Angelegenheit nun eben auswärts drucken ließ, so hatte er sich auf Alles, zunächst auf den Verlust seiner Stelle als Bibliothekar, gefaßt zu machen.

Unter diesen Umständen war es, daß Lessing den 11. August 1778 an seinen Bruder schrieb: „Noch weiß ich nicht, was für einen Ausgang mein Handel nehmen wird. Aber ich möchte gern auf einen jeden gefaßt sein. Du weißt wohl, daß man das nicht besser ist, als wenn man Geld hat, so viel man braucht; und da habe ich diese vergangene Nacht einen närrischen Einfall gehabt. Ich habe vor vielen Jahren einmal ein Schauspiel entworfen, dessen Inhalt eine Art von Analogie mit meinen gegenwärtigen Streitigkeiten hat, die ich mir damals wohl nicht träumen ließ. Wenn Du und Moses (Mendelssohn) es für gut finden, so will ich das Ding auf Subskription drucken lassen ... Ich möchte zwar nicht, daß der eigentliche Inhalt meines anzukündigenden Stücks allzufrüh bekannt würde; aber doch, wenn ihr, Du oder Moses, ihn wissen wollt, so schlagt das **Decamerone** des Boccaccio auf: Giornata I., Melchisedech Giudeo. Ich glaube eine sehr interessante Episode dazu erfunden zu haben, daß sich Alles sehr gut soll lesen lassen, und ich gewiß den Theologen einen ärgeren Possen damit spielen will, als noch mit zehn Fragmenten." Auch seiner Freundin Elise Reimarus, der hinterlassenen Tochter des Verfassers der Fragmente, gab Lessing von seinem Plane Nachricht, mit dem Beisatz: „Ich muß versuchen, ob man mich auf meiner alten Kanzel, dem Theater, noch ungestört will predigen lassen." Um geschwind fertig zu werden, schrieb er dem Bruder, mache er den Nathan in Versen; denn seine Prosa habe ihn immer mehr Zeit gekostet als Verse. Ja, werde der Bruder sagen, als solche Verse! „Mit Erlaubniß," verwahrt sich Lessing, „ich dächte, sie wären viel schlechter, wenn sie viel besser wären." Es waren reimlose fünffüßige Jamben nach englischem Muster; Lessing war nicht der erste, der sie ins deutsche Drama einführte, unter Anderem war ihm namentlich

Klopstock darin vorangegangen; aber erst Lessing wußte sie so zu bilden und zu verwenden, daß dadurch Goethe und Schiller zur Nachfolge gereizt und so der Jambus zum dramatischen Vers auch für Deutschland wurde.

Schlugen nun die Freunde im Decameron die Stelle nach, auf welche sie Lessing verwiesen hatte, so fanden sie unter dem ersten der zehn Tage, worein die Erzählungen dieses Novellen= kranzes vertheilt sind, an der dritten Stelle, als Beispiel, wie den weisen Mann seine Klugheit aus großer Gefahr erretten könne, folgende Geschichte erzählt (Boccaccio's Decameron, über= setzt von K. Witte, I, S. 50—53):

„Saladin, dessen Tapferkeit so groß war, daß sie ihn nicht nur von einem geringen Manne zum Sultan von Babylon er= hob, sondern ihm auch vielfache Siege über sarazenische und christliche Fürsten gewährte, hatte in zahlreichen Kriegen und in großartigem Aufwand seinen ganzen Schatz geleert, und wußte nun, wo neue und unerwartete Bedürfnisse wieder eine große Geldsumme erheischten, nicht, wo er sie so schnell, als er ihrer bedurfte, hernehmen sollte. Da erinnerte er sich eines reichen Juden, Namens Melchisedek, der in Alexandrien auf Wucher lich und nach Saladin's Dafürhalten wohl im Stande gewesen wäre, ihm zu dienen, aber so geizig war, daß er von freien Stücken es nie gethan haben würde. Gewalt wollte Saladin nicht brauchen; aber das Bedürfniß war dringend, und es stand bei ihm fest, auf eine oder die andere Art müsse der Jude ihm helfen. So sann er denn nur auf einen Vorwand, ihn zwingen zu können.

„Endlich ließ er ihn rufen, empfing ihn auf das Freund= lichste, hieß ihn neben sich sitzen und begann alsdann: „„Mein Freund, ich habe schon von Vielen gehört, du seiest weise und habest besonders in göttlichen Dingen viele Einsicht; nun erführe ich gern von dir, welches unter den drei Gesetzen du für das wahre hältst, das jüdische, das sarazenische oder das christliche."" Der Jude war in der That ein weiser Mann und erkannte wohl, daß Saladin ihm solcherlei Fragen nur vorlegte, um ihn in seinen Worten zu fangen; auch sah er, daß, welches von diesen Gesetzen er vor den andern loben möchte, Saladin immer seinen Zweck erreichte. So bot er denn in der Geschwindigkeit seinen ganzen Scharfsinn auf, um eine unverfängliche Antwort, wie sie hier Noth that, zu finden, und sagte dann, als ihm plötzlich eingefallen war, wie er sprechen sollte:

„„Mein Gebieter, die Frage, die ihr mir vorlegt, ist schön und tiefsinnig; soll ich aber meine Meinung darauf sagen, so muß ich euch eine kleine Geschichte erzählen, die ihr sogleich vernehmen sollt. Ich erinnere mich, oftmals gehört zu haben, daß vor Zeiten ein reicher und vornehmer Mann lebte, der vor allen anderen auserlesenen Juwelen, die er in seinem Schatze verwahrte, einen wunderschönen und kostbaren Ring werth hielt. Um diesen seinem Werthe und seiner Kostbarkeit nach zu ehren, ordnete er an, daß derjenige unter seinen Söhnen, der den Ring, als vom Vater ihm übergeben, würde vorzeigen können, für seinen Erben gelten und von allen andern als der vornehmste geehrt werden sollte. Der erste Empfänger traf unter seinen Kindern ähnliche Verfügungen und verfuhr dabei wie sein Vorfahr. Kurz, der Ring ging von Hand zu Hand auf viele Nachkommen über. Endlich aber kam er in den Besitz eines Mannes, der drei Söhne hatte, die sämmtlich schön, tugendhaft und ihrem Vater unbedingt gehorsam, daher auch gleich zärtlich von ihm geliebt waren. Die Jünglinge kannten das Herkommen in Betreff des Ringes, und da ein jeder der Geehrteste unter den Seinigen zu werden wünschte, baten alle drei den Vater, der schon alt war, einzeln auf das Inständigste um das Geschenk des Ringes. Der gute Mann liebte sie alle gleichmäßig und wußte selber keine Wahl unter ihnen zu treffen; so versprach er denn den Ring einem jeden und dachte auf ein Mittel alle zu befriedigen. Zu dem Ende ließ er heimlich von einem geschickten Meister zwei andere Ringe verfertigen, die dem ersten so ähnlich waren, daß er selbst, der doch den Auftrag gegeben, den rechten kaum zu erkennen wußte. Als er auf dem Todbette lag, gab er heimlich jedem der Söhne einen von den Ringen. Nach des Vaters Tode nahm ein jeder Erbschaft und Vorrang für sich in Anspruch, und da einer dem andern das Recht dazu bestritt, zeigte der eine wie der andere den Ring, den er erhalten hatte, vor. Da sich nun ergab, daß die Ringe einander so ähnlich waren, daß Niemand, welcher der echte sei, erkennen konnte, blieb die Frage, welcher von ihnen des Vaters wahrer Erbe sei, unentschieden, und bleibt es heute noch.

„„So sage ich euch denn, mein Gebieter, auch von den drei Gesetzen, die Gott der Vater den drei Völkern gegeben und über die ihr mich befraget. Jedes der Völker glaubt seine Erbschaft, sein wahres Gesetz und seine Gebote zu haben, damit es sie befolge. Wer es aber wirklich hat, darüber ist, wie über die Ringe, die Frage noch unentschieden.““

„Als Saladin erkannte, wie geschickt der Jude den Schlingen entgangen sei, die er ihm in den Weg gelegt hatte, entschloß er sich, ihm geradezu sein Bedürfniß zu gestehen. Dabei verschwieg er ihm nicht, was er zu thun gedacht habe, wenn jener ihm nicht mit so viel Geistesgegenwart geantwortet hätte. Der Jude diente Saladin mit Allem, was dieser von ihm verlangte, und Saladin erstattete jenem nicht nur das Darlehn vollkommen, sondern überhäufte ihn noch mit Geschenken, gab ihm Ansehen und Ehre in seiner Nähe und behandelte ihn immerdar als seinen Freund.“

Wie aus dieser Erzählung Lessing ein auf seinen Streit mit Göze bezügliches Schauspiel machen wollte, wußten seine Freunde sich nicht sogleich recht vorzustellen. Auch dem Bruder mußte er berichtigend schreiben, er habe sich eine ganz unrechte Idee davon gemacht. Es werde nichts weniger als ein satyrisches Stück; im Gegentheil so rührend, als er nur immer eins gemacht habe, und Moses habe ganz recht geurtheilt, daß Spott und Lachen sich zu dem Tone nicht schicken würde, den er in seinem letzten Blatte gegen Göze angestimmt habe. „Mein Stück, schreibt er demselben etwas später, hat mit unseren jetzigen Schwarzröcken nichts zu thun; und ich will ihm den Weg nicht selbst verhauen, endlich doch einmal aufs Theater zu kommen, und wenn es auch erst nach hundert Jahren wäre. Die Theologen aller geoffenbarten Religionen werden freilich innerlich darauf schimpfen; doch dawider öffentlich sich zu erklären, werden sie wohl bleiben lassen.“

Ein Entwurf des Stücks in Prosa von Lessing's Hand hat sich erhalten; darauf ist bemerkt, daß er am 14. November (1778) den ersten Aufzug zu versifiziren angefangen habe. Am 1. Dezember schickte er dann bereits den Anfang des Manuskripts an den Bruder, und am 19. März des folgenden Jahres kündigte er die letzte Manuskriptsendung an, so daß um die Mitte des

Mai das fertige Werk an die Subskribenten versandt werden konnte. In wenig mehr als vier Monaten also hatte Lessing seinen Nathan aus dem sehr summarischen Entwurf heraus in seine gegenwärtige Gestalt gebracht, und zwar, wie wir aus seinen Briefen ersehen, unter Kummer, Verdruß und quälenden Sorgen jeder Art.

Zu Anfang des Jahres, wenige Monate ehe er die Arbeit am Nathan aufnahm, war ihm seine Frau gestorben, mit der er nach vieljährigem Kampfe gegen Verhältnisse, die ihrer Verbindung im Wege standen, nur ein Jahr in der glücklichsten Ehe hatte leben dürfen. Die Vereinsamung in dem öden Wolfenbüttel, eine bereits schwankende Gesundheit, dazu Geldnoth, denn die Frau hatte ihm mehrere Stiefkinder bei sehr verwickelten Vermögensumständen hinterlassen, gaben ihm eine trübe, mitunter bittere Stimmung. „Ich bin mir,“ schrieb er im August an die Hamburgische Freundin, „ich bin mir ganz allein überlassen. Ich habe keinen einzigen Freund, dem ich mich ganz anvertrauen könnte. Ich werde täglich von tausend Verdrießlichkeiten bestürmt. Ich muß ein einziges Jahr, das ich mit einer vernünftigen Frau gelebt habe, theuer bezahlen. . . . . Wie oft möchte ich es verwünschen, daß ich auch einmal so glücklich habe sein wollen als andere Menschen.“ Besonders die Geldnoth bedrängte ihn hart. Die Subskribentensammlung für sein Stück mit dem Eifer des Geschäftsmannes zu betreiben, war seine Sache nicht. „Meine Ankündigung des Nathan,“ schreibt er im Oktober dem Bruder, „habe ich nirgends hingeschickt als nach Hamburg. Ich besorge schon, daß auch auf diesem Wege, auf welchem schon so Viele etwas gemacht haben, ich nichts machen werde, wenn nicht meine Freunde thätiger sind, als ich selbst. Aber wenn sie es auch sind, so ist vielleicht das Pferd verhungert, ehe der Hafer reif geworden.“ Jedenfalls wurde das Geld für den Nathan erst zur Ostermesse flüssig: um bis dahin auszukommen, mußte Lessing Geld zu entlehnen trachten, und ein ihm von Hamburg her befreundeter Jude, Moses Wessely, streckte ihm dreihundert Thaler vor. Wenn nun aber die Subskription nicht soviel ertrug? „Alsdann käme ich gut an,“ äußerte er gegen den Bruder, „denn ich habe an M. Wessely einen Wechsel darüber auf vier Monate ausgestellt, der mir sodann auf den Hals käme, ohne daß ich die geringste Anstalt desfalls gemacht hätte. Du glaubst nicht, wie mich das bekümmert, und es wäre ein Wunder, wenn man es meiner Arbeit nicht anmerkte, unter welcher Unruhe ich sie zusammenschreibe."

Zuletzt kam auch noch ein literarischer Aerger hinzu, der dem Dichter beinahe die Stimmung zur Vollendung des Nathan benommen hätte. Unter den Theologen, die sich gegen die Wolfenbüttelschen Fragmente und deren Herausgeber und Anwalt Lessing erhoben, war auch ein Mann, von dem dies Wunder nehmen konnte, sofern er durch freimüthige theologische Kritik bekannt und bei den Altgläubigen selbst im schwarzen Register war, der Hallesche Professor Johann Salomo Semler. Aber Semler war, bei aller Gelehrsamkeit und freien Denkart, doch in Vergleichung mit Lessing ein beschränkter und unklarer Kopf, dem das Verfahren des Ungenannten zu radikal, Lessing's Zugaben zu hoch waren, und so schrieb er eine Beantwortung der Fragmente, insbesondere des Fragments vom Zwecke Jesu und seiner Jünger, die fast um dieselbe Zeit wie Lessing's Nathan gleichfalls auf Subskription, angekündigt wurde. Dieser Schrift fügte er einen Anhang bei: Vom Zwecke Herrn Lessing's und seines Ungenannten. Bekanntlich hatte sich Lessing zum Schutze seiner Herausgabe der Fragmente des Ausdrucks bedient, dem Feuer müsse Luft gemacht werden, wenn es gelöscht werden solle. Dieses Lessing'sche Wort ad absurdum zu führen, dichtet nun Semler mit wenig Geschick eine Scene, die er nach London verlegt, wo ein Brandstifter sich mit jenem Grunde entschuldigt, dafür aber vom Lordmayor ins Tollhaus geschickt wird. Dieses „Geschmiere des Schubjack Semler," wie sich Lessing in einem Briefe an Elise ausdrückte, bekam er eben zu Gesichte, als er noch den ganzen fünften Akt am Nathan zu ·machen hatte, und ward „über die impertinente Professorgans" so erbittert, daß bald das Stück darüber liegen geblieben wäre. Es kam gleichwohl glücklich zu Stande, dagegen blieb das Sendschreiben aus dem Tollhause, womit Lessing dem Professor hatte einheizen wollen, kaum angefangen liegen.

Treten wir nach diesen Vorbemerkungen an die Dichtung selbst heran, der unsere Betrachtung gewidmet ist, so war also die aus Boccaccio genommene Erzählung der Kern, an welchen

alles Uebrige sich erst anschloß. Er glaube eine interessante Episode dazu erfunden zu haben, hatte sich Lessing gegen den Bruder ausgedrückt. Es war wohl noch etwas mehr als eine bloße
Episode, was er von dem Seinigen hinzuthun mußte: ungefähr ebenso
viel, als Shakspeare dazuzugeben hatte, wenn aus der Geschichte mit
den drei Kästchen im Kaufmann von Venedig ein Schauspiel
werden sollte. Die Erzählung von den drei Ringen ist eine Parabel, gehört also der episch-didaktischen Dichtung an; und auch
daß sie von einem reichen Juden in der Absicht vorgetragen wird,
einer von dem Sultan seinem Gelde gestellten Falle zu entgehen,
begründet keine Verwickelung, die für ein ernstes Drama ausreichend wäre. Sollte der Jude den tieferen Antheil, den der
Held eines Schauspiels verlangt, in Anspruch nehmen, so durfte
er kein bloßer, wenn auch noch so kluger, Geldjude bleiben, der
die Geschichte mit den Ringen, die er, wer weiß woher, aufgelesen,
nur als Mittel benützte, sich aus der Klemme zu helfen; der
Jude und seine Erzählung durften sich nicht äußerlich bleiben,
sondern mit der Ringfabel mußte der Erzähler derselben sein
eigenes Pathos, das ihm mehr noch als sein Mammon am Herzen lag, aussprechen.

Doch zwischen zwei Personen, und mehr haben wir ihrer
bis jetzt nicht, ist wohl ein Dialog, eine eigentliche und volle
dramatische Handlung aber so wenig möglich, als zwei Flächen
schon einen Körper machen. Der Dichter mußte also, ehe er
weiter ging, die Personenzahl vermehren. Vor Allem gab er dem
Juden eine, wenn auch nur angenommene, Tochter. An ihr kann
dieser die Gesinnung, die er in seiner Erzählung aussprach, bewähren, kann sie zu seiner aufgeklärten, rein humanen Religion
erziehen; aus der Sphäre des bloßen Gedankens steigt so der
Mann auf den Boden der Wirklichkeit herunter, in diesem Verhältniß erst gewinnt er wahrhaft Fleisch und Blut. Entsprechend
wird auch dem Sultan ein weibliches Wesen an die Seite gestellt,
das, um innerhalb des muhamedanischen Lebenskreises ein reines
und edles Verhältniß zu erzielen, als seine Schwester bestimmt
wird.

Doch wie? Bei der Erzählung von den drei Ringen sind
sämmtliche drei Religionen betheiligt, aber nur durch zwei wirklich
redende und handelnde Personen vertreten: wo bleibt neben dem

Sultan und dem Juden der Christ? Zeit und Ort machten keine Schwierigkeit: die Zeit Saladin's, der Kreuzzüge führte ja auf den Schauplatz der Handlung die Bekenner aller drei Religionen, aus dem christlichen Abendlande besonders Ritter und Krieger aller Art, zusammen. Lessing wählte einen Ritter aus dem für die Kreuzzüge wichtigsten Orden der Templer; doch er hätte den Anlaß, den er gehabt hatte, den alten dramatischen Plan jetzt wieder hervorzusuchen, den Streit mit dem Hamburgischen Hauptpastor, vergessen haben müssen, wenn er als Vertreter der Christenheit dem Ritter nicht einen geistlichen Würdenträger, den Patriarchen, zur Seite gestellt hätte. Gab er diesem noch einen dienenden Bruder, der Tochter des Juden eine Duenna und dem geldbedürftigen Sultan einen Finanzmann bei, so war das Personal zu einem vollständigen Schauspiel beisammen.

Wie sollten nun aber diese Personen gegen einander in Bewegung gebracht, in Handlung gesetzt werden? In der Erzählung des Boccaccio war das Motiv der Handlung, d. h. der Grund, warum der Sultan den Juden nach der wahren Religion fragt und warum der Jude durch die Geschichte von den Ringen antwortet, der Wunsch des ersteren, Geld zu bekommen, und die Abgeneigtheit des letzteren, welches herzugeben: das in dieser Geschichte liegende religiöse Motiv ist hier, wie gesagt, lediglich als Mittel verwendet. Für Lessing nun aber war gerade dieses letztere Motiv, die Vergleichung der drei Religionen, das, was ihn an der Erzählung des Boccaccio angezogen hatte. Sie erinnerte ihn an eine Stelle im Cardanus, wo dieser die vier Religionen, nämlich außer den drei genannten auch noch die heidnische (in damaliger Weise als Eine gedacht), nacheinander jede für sich und gegen einander plaidiren läßt; eine Stelle, deren sich Lessing in jungen Jahren in einer seiner bekannten „Rettungen" gegen ungerechte Verketzerung angenommen hatte. Demnach mußte sich bei ihm die Handlung, umgekehrt als bei Boccaccio, schon von vorne herein um den Religionspunkt drehen und die Geldangelegenheit nur als Mittel verwendet werden, um die Anfrage des Sultans an den Juden und dessen Antwort durch die Erzählung von den drei Ringen herbeizuführen.

So gestaltete sich die Fabel, wie sie in dem Lessing'schen Drama theils vorausgesetzt, theils uns in Handlung vorgeführt

wird, folgendermaßen. Ein Bruder Saladin's, Aſſad mit Na=
men, ein ritterlicher Jüngling und von Bruder und Schweſter
zärtlich geliebt, aber auch bei hübſchen Chriſtendamen wohl auf=
genommen, ſo daß einmal von einem ſehr ernſthaften Verhältniß
der Art die Rede ging — dieſer war eines Tages von einem
Ausritt nicht mehr heimgekommen, und von den Seinigen, ob=
wohl in Saladin auch andere Vermuthungen aufſtiegen, als ver=
unglückt betrauert worden. Des Bruders Muthmaßungen waren
nur allzugegründet: denn kurz, Aſſad war einer Chriſtin zuliebe,
die er im gelobten Lande kennen gelernt hatte, ſelbſt Chriſt ge=
worden und mit ihr als ihr Gemahl nach Deutſchland gegangen,
wo ſie ihm einen Sohn gebar. Die Schöne war eine Stauffin,
der Gemahl nahm, wie es ſcheint, von einem der Familie ſeiner
Frau gehörigen Schloß den Namen Wolf von Filneck an. (Dem
Schwaben muß bei dieſem Namen das den Stauffiſchen Stamm=
ſitzen nahe gelegene Schlößchen Filseck, auf dem linken Uſer der
Fils, unterhalb Göppingen, einfallen; ob auch der Dichter daran
gedacht hat oder der ähnliche Klang nur Zufall iſt, mag unent=
ſchieden bleiben.) Als nach wenigen Jahren der neue Ritter,
vom nordiſchen Klima vertrieben, mit ſeiner jungen Frau in das
Morgenland zurückkehrte, ließen ſie den Knaben dem Mutter=
bruder, Konrad von Stauffen, einem Tempelherrn, zur Erziehung
zurück. Bald darauf ſtarb die Frau, nachdem ſie im Morgen=
lande noch eines Töchterchens geneſen war, das der Vater, da er
ſich mit andern Rittern in die Feſtung Gaza werfen mußte, durch
ſeinen Reitknecht einem Juden zu Jeruſalem, den er ſich durch
mehrmalige Rettung ſeines Lebens verpflichtet hatte, zur einſt=
weiligen Pflege übergeben ließ. Als kurz hernach der Ritter bei
Askalon gefallen war, blieb das Töchterchen dem Juden, dem
weiſen Nathan unſeres Stücks.

Es war eine furchtbare Prüfung, die eben dazumal, als ihm
das fremde Kind überbracht wurde, über Nathan ergangen war.
In einer Judenverfolgung von Seiten fanatiſcher Chriſten war
ſeine Frau mit ſieben hoffnungsvollen Söhnen, ſeinen ſämmtlichen
Kindern, im angezündeten Hauſe ſeines Bruders, zu dem er ſie
geflüchtet hatte, verbrannt. Drei Tage und Nächte hatte Nathan
in Staub und Aſche in verzweiflungsvollem Ringen vor Gott ge=
legen, hatte bald den Chriſten unverſöhnlichen Haß geſchworen,

bald der sanfteren Stimme der Vernunft Gehör gegeben: als ihm das Kind gebracht und von ihm als göttlicher Wink zu einem neuen Leben der Vergebung und Liebe empfangen wurde. Die siebenfache Zärtlichkeit, die er für die eigenen Kinder gehegt hatte, übertrug jetzt Nathan, vergeistigt überdies und geläutert, auf das Eine fremde Mädchen, dessen Erziehung er sich bald zur heiligsten Lebensaufgabe machte. Nathan war Jude, aber er war innerhalb des Judenthums über das Judenthum hinausgewachsen, hatte die Höhe des Standpunktes erreicht, auf welchem als das Wesentliche der Religion nur das Humane, Vernünftige, Sittliche erscheint, das Dogmatische, die Wunder und Geheimnisse, als Hüllen erkannt werden, die der Weise zwar nicht vor der Zeit abreißt, aber, wenn die darunter keimende Vernunfteinsicht herangereift ist, mit schonender Hand entfernt. Nach diesen Grundsätzen hatte er auch die Tochter erzogen, und keine Pflicht zu verletzen geglaubt, wenn er das Christenkind vom Judenthum aus auf eine Stufe brächte, die ebenso auch das Ziel einer vernünftigen christlichen Erziehung hätte sein müssen, obwohl sie es, wie Nathan die Christen zu kennen glaubte, schwerlich gewesen sein würde.

Während so Recha, wie Blanda von Filneck jetzo hieß, bei dem weisen Nathan, den sie für ihren wirklichen Vater hielt, in den besten Händen sich befand, war ihr um mehrere Jahre älterer Bruder in Deutschland, nicht ohne einige, wenn auch unbestimmte, Kunde von dem abenteuerlichen Lebensgange seines Vaters, herangewachsen, dem Tempelorden, wie sein Oheim, einverleibt worden, und mit dessen Namen, Kurd von Stauffen, genannt, zuletzt in das gelobte Land gekommen, um gegen die Sarazenen zu kämpfen. Hier warteten eben die Templer mit Ungeduld auf den Ablauf des Waffenstillstandes, der die Kämpfe hemmte, und kaum hatte dessen letzte Stunde geschlagen, so suchte ein Corps derselben die Burg Tebnin zu ersteigen; allein der Streich mißglückte, ihrer zwanzig wurden gefangen, davon neunzehn enthauptet, nur Kurd allein, wie durch ein Wunder, von Saladin begnadigt. Man wollte wissen, dem Sultan sei eine Aehnlichkeit zwischen dem jungen Ritter und einem längst verlorenen Bruder aufgefallen, er sollte bei seinem Anblick Thränen im Auge gehabt haben; doch hatte er den Begnadigten bald aus dem Gesicht verloren, der sich nun als des Sultans Gefangener, wie er sich betrachten mußte,

in Jerusalem und sonst im Lande thatlos und darum mißmuthig
umhertrieb.

Um diese Zeit begab es sich, daß der reiche und weise Jude,
Recha's vermeintlicher Vater, in Handelsgeschäften eine Reise
nach Babylon zu machen hatte; daß während seines Abseins in
seinem Hause bei Nacht eine Feuersbrunst ausbrach, so heftig
und gefährlich, daß Recha nahe daran war, zu verbrennen.  Da
führt der Zufall den unbeschäftigten Tempelherrn herbei, er hört
aus der Flamme um Hülfe rufen, und, zu kühner, wackerer That
stets aufgelegt, rettet er das Mädchen.  Aber spröd und trotzig
von Natur und jetzt noch überdies durch die Hemmung seiner
kriegerischen Thätigkeit verstimmt, will er von Dank nichts wissen,
und setzt auch nachher den durch Recha's Gesellschafterin ihm
wiederholt überbrachten Einladungen die beharrlichste, nicht eben
artige Ablehnung entgegen.

So verständig Recha von ihrem Pflegevater erzogen war,
so war sie doch ein junges Mädchen und von der Natur wohl,
mithin auch mit reger Einbildungskraft ausgestattet, die überdies
von ihrer christlichen Gesellschafterin Daja nur gar zu reichlich
genährt und aufgeregt wurde.  Ein Jüngling in weißem Mantel
hatte sie, als ihr eben in Qualm und Rauch das Bewußtsein
vergehen wollte, in starkem Arm aus der Glut getragen und
war eben so bald in der Menge verschwunden; nachher hatte
man ihn unter den Palmen um das heilige Grab bisweilen wan=
deln sehen, aber im Hause hatte er sich auf keine Botschaft stellen
wollen, und in den letzten Wochen hatte er sich gar nicht mehr
sehen lassen.  Was Wunder, daß sich in der Phantasie der noch
von dem Todesschreck angegriffenen Recha der Jüngling in einen
Engel, der weiße Mantel in dessen Flügel, ihre natürliche Ret=
tung in ein Wunder verwandelte; daß ihr Zustand zuletzt an
ein magnetisches Hellsehen streifte, worin sie den heimkehrenden
Vater bei geschlossenen Augen in die Ferne hin wahrnehmen
konnte.

Alles bisherige liegt unserem Drama als Vorhergegangenes
im Rücken und wird gelegentlich erzählt: hier, mit Nathans Zu=
rückkunft, eröffnet sich die dramatische Handlung selbst. Von dem
Brand in seinem Hause hat er auf dem Wege schon gehört; von
der Gefahr und Rettung seiner Tochter erfährt er durch die

Dienerin und gleich darauf durch sie selbst. Aber er erfährt
auch, daß ihr noch die Gefahr droht, in Schwärmerei zu ver=
fallen, und daß ihm die Gefahr droht, von der bigotten geschwä=
tigen Daja, die um Recha's wahre Herkunft weiß, als ein Jude,
der ein Christenkind seiner väterlichen Religion entfremdet hat,
denunzirt zu werden. Beiden Gefahren tritt er, der einen als
kluger und reicher, der andern als weiser und guter Mann ent=
gegen, indem er der Dienerin das schwatzhafte Gewissen mit Ge=
schenken stopft, der Tochter aber über die Grundlosigkeit und mehr
noch über das Schädliche und Verwerfliche der Grille, die sie sich
in den Kopf gesetzt, die Augen in einer sokratischen Katechese öffnet,
deren Spitze der goldene Spruch bildet:

> Begreifst du aber,
> Wie viel andächtig schwärmen leichter, als
> Gut handeln ist? wie gern der schlaffste Mensch
> Andächtig schwärmt, um nur — ist er zu Zeiten
> Sich schon der Absicht deutlich nicht bewußt —
> Um nur gut handeln nicht zu dürfen?

Indem kommt sein alter Freund und Schachgenosse, der
Derwisch, ihn zu begrüßen, und Nathan ist nicht wenig über=
rascht, den weltverachtenden Mönch als Finanzminister des
Sultans wieder zu finden. Al Hafi zeigt sich in seiner Gesin=
nung unverändert, ist auch eines Postens, den Saladin's ver=
schwenderische Freigebigkeit zu keinem leichten macht, bereits über=
drüssig und warnt nicht undeutlich seinen Freund vor den An=
lehen, die der großmüthige Sultan bei ihm zu machen Lust be=
kommen könnte.

Da zeigte sich mit einem Male der lange verschwunden ge=
wesene Tempelherr wieder unter den Palmen; doch ehe ihn noch die,
bis Nathan sich umgekleidet, an ihn vorausgeschickte Daja er=
reicht, hat sich schon ein Klosterbruder, im Auftrage des Patri=
archen, an ihn gemacht. Dieser Klosterbruder geht den Tempel=
herrn auch näher an, als beide wissen. Er war vor achtzehn
Jahren der Reitknecht gewesen, der das wenige Wochen alte Kind,
des Templers Schwesterchen, dem Nathan überbracht hatte. Der
Welt überdrüssig, war er später Einsiedler in der Nähe von
Jericho geworden; war dann arabischen Räubern, die ins Land
fielen und seine Zelle zerstörten, mit Noth entflohen, und lebte

jetzt in Anwartschaft auf die nächste Vakatur einer Einsiedelei auf
dem Tabor, als Laienbruder in einem Kloster zu Jerusalem, wo
ihn der Patriarch zu allerhand Kommissionen brauchte, die dem
ehrlichen Manne eben nicht nach dem Sinne waren. So jetzt
die Aufforderung, die er dem Tempelherrn bringen soll, einen
Brief mit der Darlegung von Saladins Kriegsplan, den der
Patriarch ausgekundschaftet hatte, an den König Philipp von
Frankreich zu bestellen; ja noch besser, mit dessen Handreichung
den Saladin, wenn er sich wieder, wie er pflegte, mit geringer
Begleitung nach dem Libanon zu seinem Vater begeben würde,
zu überfallen und aus dem Wege zu schaffen. Einen solchen
Antrag, an dem Manne, der, wenn auch im Kriege sein Gegner,
doch persönlich sein Wohlthäter und Lebensretter war, zum Ver=
räther, ja zum Mörder zu werden, weist der Jüngling mit Ab=
scheu zurück, und läßt in dieser Stimmung Daja mit ihrer aber=
maligen Einladung in das Judenhaus noch derber als sonst ab=
fahren.

In den Palast des Sultans geführt, wo wir diesen mit
seiner Schwester Schach spielen sehen, eröffnet sich uns hierauf
ein Blick in die großmüthige, vorurtheilsfreie Denkart, aber auch
in die Finanznoth, die hier herrscht. Durch das Ausbleiben des
ägyptischen Tributs ist der Schatz völlig trocken gelegt; es ergibt
sich, daß schon seit Monaten Prinzessin Sittah den ganzen Sul=
tanischen Hofhalt aus ihrer Privatschatulle bestritten hat; eine
Anleihe ist nicht zu umgehen, und Defterdar Al Hafi soll sie
negoziren. Aber wo wird er einen Darleiher finden, da Saladin
zwar als großmüthiger Geber, doch nicht ebenso auch als pünkt=
licher Zahler bekannt ist? Da fällt dem Sultan der ihm von
Al Hafi so oft gerühmte Nathan ein. Vergebens sucht Al Hafi
durch allerhand Winkelzüge, indem er ihn auf einmal als über=
aus geizig darstellt, den Schlag von dem Freunde abzulenken;
von der Schwester, die des Derwischs Verlegenheit bemerkt hat,
überredet, beschließt Saladin, den Juden zu sich zu bescheiden.

Dieser ist unterdessen selbst gegangen, den Tempelherrn
aufzusuchen, den er noch unter den Palmen spazierend findet.
Das Aeußere des jungen Mannes behagt ihm; sein Blick, sein
Gang erinnern ihn — er weiß nur nicht gleich, an wen? Na=
türlich ist es sein längst verstorbener Freund, des Jünglings Vater.

Der Empfang von Seiten des Templers ist, wie zu erwarten war,
so rauh und abweisend wie möglich; aber einen Nathan schlägt
man nicht so leicht aus dem Felde wie eine Daja; eine Zeit lang
ringt Nathans Feinheit und Geist mit des Ritters Stolz und
Sprödigkeit, bis endlich Beide auf dem Boden derselben freien
Denkart in Sachen der Religion sich begegnen, und nun der
Ritter nicht länger widerstehen kann. Er verspricht, Nathan zu
besuchen, seine Tochter kennen zu lernen; er nennt ihm seinen
Namen, freilich nicht den väterlichen, sondern den des Oheims;
aber Nathan, dem die Verwandtschaft beider Häuser, die Zusam=
mengehörigkeit beider Namen bekannt ist, glaubt nun auch sicher
zu sein, daß die Aehnlichkeit, die ihm an dem jungen Manne
vorhin so aufgefallen war, sich auf Wolf von Filneck nnd keinen
andern beziehe. Da er zugleich noch des Näheren erfährt, wie
der Tempelherr, der Lebensretter seiner Tochter, sein Leben der
Gnade des Sultans verdankt, so trifft dessen Botschaft, die ihn
vorbescheidet, in ihm auf die willfährigste Stimmung, Alles, was
Saladin von ihm verlangen würde, zu thun; während Al Hafi,
außer sich, die Aufmerksamkeit des geldbedürftigen Sultans von
dem Freunde nicht haben abwenden zu können, dessen Ruin er
vor sich zu sehen glaubt, Amt und Land im Stiche läßt und sich
aufmacht, zu den Feueranbetern am Ganges zu ziehen.

Der Besuch, den sofort der Tempelherr der von ihm geret=
teten Recha macht, fällt zwar beiderseits höchst befriedigend aus,
wirkt aber doch entgegengesetzt. Während der Tempelherr, das
Aufkeimen einer mit seinem Ordensgelübde unverträglichen Lei=
denschaft fürchtend, ziemlich abgebrochen davon eilt, ist Recha
umgekehrt über die Ruhe verwundert, die sie, seit sie den Tempel=
herrn nun genauer gesehen und gesprochen, bei aller Zärtlichkeit
für diesen, in ihr Gemüth eingezogen findet. Der Templer ist
ja ihr Bruder: das weiß sie zwar noch nicht, aber in der ruhigen
leidenschaftlosen Zuneigung, die sie für ihn empfindet, zeigt sich,
ihr selbst noch unbewußt, die Ahnung davon.

Im Empfangszimmer des Sultans bereitet sich jetzt die
Scene mit Nathan vor, nicht ohne Beschämung Saladins über
die Rolle des Fuchses, in welche die schwesterliche Intriguenlust
ihn hineingetrieben. Er soll dem Juden dadurch eine Falle
stellen, daß er ihm die von der Geldangelegenheit scheinbar ganz

abliegende Frage nach der vorzüglichsten Religion vorlegte, die
aber, der Jude mochte sie beantworten, wie er wollte, ihn in des
Sultans Hände geben mußte. Gab er als Jude der jüdischen
Religion den Vorzug, so hatte er den Islam beschimpft und
mußte zahlen; · erhob er den Islam über die anderen, so mußte
er folgerichtig Muselmann werden oder zahlen; und ähnlich ließ
sich die Sache wenden, falls er dem Christenthum den Preis zuerkannte. Aus dieser Schlinge zieht sich nun Nathan, wie Melchisedek im Decameron, durch die Erzählung von den drei Ringen,
doch mit einer Abweichung von Boccaccio, von der wir später
noch werden reden müssen. Aber auch die Wirkung, welche die
Erzählung auf Saladin macht, ist bei Lessing in dem Verhältniß
eine tiefere, als bei ihm der Sultan für den Inhalt der Erzählung sich tiefer als bei Boccaccio interessirt. Bei diesem bewundert
er nur die Klugheit und Geistesgegenwart, mit der sich der Jude
der ihm gelegten Schlinge zu entziehen gewußt hat, und statt
ihm Gewalt anzuthun, entdeckt er ihm nun offen sein Bedürfniß
und erhält mit freiem Willen des Juden, den er zu seinem Freunde
macht, das Darlehn. Bei Lessing dagegen ist Saladin von dem
tiefen Sinn der Erzählung betroffen, erkennt in Nathan den Ein-
geweihten einer religiösen Einsicht, die auch in seinem Innern
lebt; einen solchen um Geld zu pressen, widersteht ihm so sehr,
daß er ihn mit der bloßen Bitte um seine Freundschaft entlassen
will, und daß nun Nathan seinerseits, unter dem Vorwand, als
wäre es ihm um eine sichere Anlage für seinen Baarvorrath zu
thun, ihm dasjenige anbieten muß, was der Sultan erst mit
List und Gewalt von ihm zu erhalten entschlossen gewesen. Dieser
nimmt sein Anerbieten an, wird aber bald darauf durch das Ein-
laufen des ägyptischen Tributs in den Stand gesetzt, seine Schuld
bei Nathan wieder abzutragen. Die Erwähnung, welche in jener
Unterredung Nathan von dem Tempelherrn, als dem Retter
seiner Tochter, macht, ruft dem Saladin den von ihm begnadigten Jüngling ins Gedächtniß zurück, und er entläßt den Juden
mit dem Auftrag, ihn zu ihm zu schicken.

Schwer mit sich selbst und seiner neuen Leidenschaft käm-
pfend, doch zuletzt zu kühnem Entschluß und freudiger Hoffnung
aufgerichtet, hatte unterdessen der Tempelherr unter den Palmen
auf Nathan gewartet. Dessen Aufforderung, mit ihm in sein

Haus zu treten, begegnet er mit der Weigerung, seine Tochter jemals wiederzusehen, wenn ihm der Vater nicht verspreche, daß er sie für immer solle sehen können; und wie Nathan noch nicht verstehen will, wirft er sich, sein Gefühl nicht länger bemeisternd, ihm als seinem Vater um den Hals. Da wirkt es nun wie ein Guß kalten Wassers auf den glühenden Jüngling, daß Nathan ihn nicht als Sohn, sondern als lieben jungen Mann anredet; daß er gegen seine Werbung um die Tochter, die er bisher her= vorrufen zu wollen geschienen, jetzt Bedenklichkeiten äußert, erst wissen will, was für ein Stauffen sein Vater gewesen u. dergl. mehr. Das Alles hält der Ritter für Ausflüchte, hinter denen sich die Abneigung des Juden verstecke, dem Christen seine Tochter zu geben; er kann ja nicht ahnen, daß seine auffallende Aehnlich= keit mit Wolf von Filneck, also die Vermuthung, er möge nicht, wie er vorgab, Konrads von Stauffen, sondern Filnecks Sohn, mithin Recha's Bruder sein, den Alten so schwierig macht. Ver= geblich ist daher dessen Bitte nur um eine kleine Frist, vergeblich seine Versicherung, daß er ihm ja noch nichts abgeschlagen habe: wie Nathan den Tempelherrn verläßt, ist dieser mit dem Aufruhr von Liebe, gekränktem Stolz und bösem Argwohn im Herzen, ganz in der Verfassung, wo auch ein edleres Gemüth dem Ver= sucher bloßsteht, wenn ein solcher zu ihm tritt.

Und wirklich tritt er alsbald zu ihm in der Person der Daja, welche, wie sie von den Schwierigkeiten hört, die ihr Herr der Werbung des Ritters entgegenstellt, das Geheimniß von Recha's wahrer Herkunft nicht länger bei sich behalten kann. Das bringt des Templers Zorn gegen Nathan zum Ueberfließen. Wie? der Jude ist nicht einmal ihr Vater, und will die Christin dem Christen vorenthalten? hat es selbst ihr vorenthalten, daß sie Christin ist? Es wird Mittel geben, ihn zu zwingen, und wenn — der Patriarch helfen müßte. Wie ein warnender guter Geist tritt ihm in den Kreuzgängen des Klosters, wohin seine Leidenschaft ihn alsbald führt, der ehrliche Laienbruder entgegen: umsonst; der Patriarch kommt, und glücklich, daß ihm der Mann gleich nicht gefällt, glücklich, daß der Mann seine schon abge= wiesenen abscheulichen Anträge auf Verrath und Meuchelmord zum Heil der Christenheit wiederholt: so trägt ihm der Tempel= herr den Handel von dem Juden, der ein Christenkind als Jüdin

erzogen, doch nur als ein Problema, einen gesetzten Fall, ohne
Nennung eines Namens vor, und durch des Pfaffen zudringliches
Inquiriren und sein, allen Vorstellungen von des Juden Verdienst
um das Mädchen herzlos wiederholtes: „Der Jude wird ver=
brannt" wird er vollends so weit zur Besinnung gebracht, daß
er mit dem Patriarchen nichts mehr zu schaffen haben will, son=
dern sich anschickt, der Vorladung Saladins zu folgen.

Dieser, durch ein von Sittah aufgefundenes Bild seines ver=
storbenen Bruders so eben aufs Günstigste vorbereitet, empfängt
den Tempelherrn als den ihm in seinem Lebensherbste frisch und
jung wiedergeschenkten Assad und fordert ihn auf, als Christ oder
Muselmann, ganz wie er wolle, bei ihm zu leben; worauf der
Jüngling mit Freuden eingeht. Aber daß zwischen diesem und
Nathan es keineswegs so steht, wie er nach des Letztern Reden
hätte voraussetzen dürfen, vernimmt der Sultan mit Befremdung,
vernimmt als Ursache die abgewiesene Werbung und mit Miß=
fallen den Schritt zum Patriarchen, den der Jüngling in der
Leidenschaft gethan, den er übrigens mit den besten Versprechun=
gen für seine Wünsche entläßt. Auch Sittah, die dem Gespräch
des Bruders mit dem Tempelherrn verschleiert zuhört, ist von
dessen Aehnlichkeit mit dem Bilde betroffen (des vor zwanzig
Jahren Verschollenen selbst sich noch zu erinnern, war nach des
galanten Dichters Voraussetzung die Prinzessin zu jung, die
Schwester, die ihn so lieb gehabt, war eine ältere gewesen), und für
seine Verbindung mit Recha interessirt sie sich als Frauenzimmer
dergestalt, daß sie von dem Bruder die Erlaubniß auswirkt, das
Mädchen unter schicklichem Vorwande zu sich holen zu lassen.

Bei dem Patriarchen ist mittlerweile der Wink des Tempel=
herrn nicht verloren gewesen. Er hat den Klosterbruder beauf=
tragt, den Juden mit dem angenommenen Christenkinde aufzu=
spüren, und da der Klosterbruder kein anderer, als der ehemalige
Ueberbringer des Rittertöchterleins an Nathan ist, so kann er sich
schon denken, um wen es sich handelt. Er eilt also zu Nathan,
erinnert ihn der Sache, bedeutet ihn warnend, daß es ein Tempel=
ler gewesen, der den Handel beim Patriarchen angebracht, setzt
ihn aber auch durch ein Brevier, das er von seinem verstorbenen
Herrn noch bewahrt, und worein dieser seine Angehörigen einge=
geschrieben hatte, über des Tempelherrn Abkunft ins Klare, daß

nämlich seine Vermuthung richtig, der Jüngling Filneck's Sohn
und Recha's Bruder ist. Der Tempelherr, wie er den Kloster=
bruder von Nathan weggehen sieht, hat kein ganz gutes Gewissen;
namentlich beim Patriarchen angebracht hat er Nathan wohl nicht;
was er gleichwohl gethan hat, bittet er ihm jetzt ab, indem er es
aus der Kränkung durch Nathan's kaltes Zurückweichen erklärt,
und seine Werbung um das Mädchen, sie möge nun Christin
oder Jüdin, Nathan's oder eines Andern Tochter sein, wiederholt.
Aber sein Befremden erneuert sich, wird von Neuem zur Ent=
rüstung, als ihn jetzt Nathan auf Verwandte, namentlich einen
Bruder des Mädchens verweist, die sich vorgefunden, und von
denen nun die Einwilligung zu holen sei, und besonders auf den
Bruder wird er bitterböse, so merklich ihm auch Nathan andeutet,
daß er selbst dieser Bruder ist. Ihn zu treffen, gehen sie in den
Sultanspalast, wo sie Recha bei Sittah finden, und wo, nachdem
auch Saladin dazugekommen, sich Alles aufklärt, der Templer und
Recha sich, nicht ohne anfängliche Bestürzung des ersteren, als
Geschwister, Saladin und Sittah sie als Kinder ihres verstorbenen
Bruders erkennen, und so Jude, Christen und Muhamedaner sich
als wiedergefundene Glieder Einer Familie umfassen.

Das also wäre die Fabel des Nathan, und daß sie rührend
sei, hat Lessing gewiß nicht mit Unrecht von ihr gerühmt. Daß
sie außerdem in der Darstellung, die er ihr gegeben, einen poeti=
schen, ja, im scharfen Unterschiede von seinen übrigen Dramen,
in gewissem Sinne sogar romantischen Eindruck mache, daß uns
aus ihr etwas von dem Zauberhauch des Orient anwehe, ist von
Andern mit nicht minderem Recht hervorgehoben worden. Ob
sie aber auch möglich, ob sie wahrscheinlich ist, und zwar zuerst
geschichtlich wahrscheinlich? Da Saladin, und zwar als Herr
von Jerusalem, eine der Hauptpersonen des Dramas ist, so bildet
die Zeit vom Jahre 1187, in dessen Herbste Saladin jene Stadt
eroberte, bis zum Jahre 1193, in dessen Frühling er starb, den
Rahmen, in welchen die Handlung des Stückes fallen muß; da
aber darin außerdem die Könige Philipp, d. h. Philipp August
von Frankreich und Richard von England als anwesend im ge=
lobten Lande erwähnt werden, so zieht sich jene Zeit auf die des
dritten, oder je nachdem man zählt, vierten Kreuzzuges, und zwar
auf das Jahr 1191 zusammen, da nur während eines Theils von

diesem Jahre beide Könige in Palästina waren. Doch sagt Les=
sing, den in seiner Dramaturgie hierüber aufgestellten Grund=
sätzen getreu, in einer handschriftlichen Bemerkung zu dem Ent=
wurfe des Nathan, im Historischen habe er sich über alle Chro=
nologie hinweggesetzt, und die Anspielungen auf wirkliche Be=
gebenheiten sollen nur den Gang des Stückes motiviren.

Fragen wir also, ob sich überhaupt zur Zeit der Kreuzzüge,
und näher des vierten Kreuzzugs, Charaktere wie die unseres
Schauspiels denken lassen, so hat sich der Dichter selbst in dem
Entwurf einer Vorrede zu einer zweiten Auflage des Nathan auf
den hohen Stand der jüdischen und mohamedanischen Bildung
zu jener Zeit berufen, und insbesondere zu bedenken gegeben, daß
der Nachtheil (wie er sich ausdrückt), welchen geoffenbarte Reli=
gionen dem menschlichen Geschlechte bringen, einem vernünftigen
Manne zu keiner Zeit auffallender müsse gewesen sein, als zur
Zeit der Kreuzzüge; ein solcher vernünftiger Mann aber sei, ver=
schiedenen Andeutungen der Geschichtschreiber zufolge, eben ein
Sultan gewesen. In der That lag in den Kreuzzügen, bei aller
Feindseligkeit, womit die beiden Religionen auf einander platzten,
doch zugleich etwas Ausgleichendes. Wie die troischen und achä=
ischen Helden bei Homer, so tauschten jetzt Ritter und Sarazenen
neben den Stößen und Streichen zugleich Achtung und Anerken=
nung. Besonders in Richard Löwenherz und Saladin standen
sich zwei ebenbürtige Helden gegenüber, von denen überdies, ge=
nau genommen, der sarazenische der edlere war. Freiwilliger
Uebertritt selbst hochgestellter Männer von einer Partei und Re=
ligion zur andern war nicht unerhört. Ein Tempelritter aus
England, Robert von St. Alban, ging zu Saladin über, nahm
eine Verwandte von ihm zur Frau und kämpfte fortan gegen die
Christen. Richard Löwenherz machte sich kein Bedenken, einen
Vetter Saladin's zum Ritter zu schlagen. Das Heirathsprojekt
zwischen Saladin's Bruder Malek el Adel und Richard's Schwe=
ster (sie war die Wittwe König Wilhelms II. von Sicilien), wo=
von Lessing's Saladin im ersten Auftritt des zweiten Aktes spricht,
ist ganz geschichtlich, wenn auch nichts daraus geworden ist. Was
aber die innere Freiheit der religiösen Denkart betrifft, so muß
man sich erinnern, welcher Ketzereien später die Tempelherren,
eben in Folge ihres Verkehrs mit den Muhamedanern im Orient,

beschuldigt worden sind; Beschuldigungen, die zwar aus böser
Absicht ins Fratzenhafte übertrieben, doch sicher nicht ganz aus
der Luft gegriffen waren. Und schon lange vor dem Prozeß
gegen die Templer, schon im vierten Jahrzehnd nach der Zeit,
in welcher unser Drama spielt, kam in dem zweiten Hohenstaufi=
schen Friedrich ein Kaiser in das gelobte Land, der sich mit den
sarazenischen Fürsten besser als mit den christlichen Ritterorden
zu stellen wußte, ja dem die gemeine Sage das Lästerbuch von
den drei Betrügern (de tribus impostoribus), das nur die Kehr=
seite der Geschichte von den drei Ringen bildet, zuschreiben konnte.
Daß also irgend ein Jude, ein Tempelherr und ein Sultan jener
Zeit so gedacht haben können, wie Lessing sie im Nathan denken
läßt, unterliegt historisch genommen keinem Anstand; ob es dem
Dichter ebenso freistand, auch der bestimmten geschichtlichen Per=
sönlichkeit Saladin's die gleiche Denkart zu leihen, wird sich uns
wohl zeigen, wenn wir nun die einzelnen Charaktere des Stücks
in Absicht auf ihren innern Bestand und ihre Bezüge zu ein
ander in Betrachtung ziehen.

Unter diesen steht derjenige, von welchem das Stück den
Namen hat, voran. Es ist eine alte Annahme, daß Lessing den
Charakter des Nathan nach dem seines Freundes, des jüdischen
Philosophen Moses Mendelssohn, gebildet habe. Allein vergeb=
lich sieht man sich nach bestimmten individuellen Zügen, die sich
beiderseits entsprechen sollen, um. Nur die allgemeine Stimmung
der sittlichen Ruhe und Milde, die auf Nathan's Thun und
Sprechen liegt, kann an Mendelssohn erinnern; dessen kränkliches,
gedrücktes Wesen aber in seinem angeblichen Nachbilde ohne jeden
Nachklang geblieben wäre. Nathan ist von Hause aus eine ideale
Figur, die Verkörperung einer Idee. Diese Idee ist keine andere,
als die des religiösen Standpunkts, auf welchem Lessing stand,
die Idee der Humanität, der allem Dogmenwesen entwachsenen,
in Liebe thätigen Vernunftreligion; und insofern könnte man
eher Lessing selbst, als Mendelssohn, in der Person des Nathan
wiederfinden. Jedenfalls gibt die Solidarität der Denkart, die
zwischen dem Dichter und seinem Helden stattfindet, dem Bilde
des Letzteren eine Lebenswärme, die dasselbe für sich schon über
die Sphäre einer todten Abstraktion erhebt. Es kommt aber
hinzu, daß diese Idee von dem Dichter in den Körper und das

Weſen eines Juden geſenkt iſt. Dazu veranlaßte ihn zunächſt
die Erzählung des Boccaccio; deſſen Melchiſedek nun aber zum
Nathan zu idealiſiren, war ihm allerdings durch ſeine Bekannt=
ſchaft mit Mendelsſohn beſonders nahe gelegt. „Welch ein
Jude!" ſagt der Tempelherr von Nathan — „und der ſo ganz
nur Jude ſcheinen will!" Dies iſt auch ein Wink für den Schau=
ſpieler; freilich nicht, in Nathan's Sprache den jüdiſchen Dialekt
anklingen zu laſſen, wie dies mit grober Verkennung des Unter=
ſchiedes zwiſchen dem idealen Schauſpiel und der Komödie ſchon
geſchehen iſt; aber eine gewiſſe Schlauheit, die Menſchen herum=
zuholen, ein ſich Schmiegen und Kleinmachen, um ſeine Zwecke,
die freilich bei ihm die reinſten und höchſten ſind, zu erreichen,
auch in ſeiner Ausdrucksweiſe neben der dialektiſchen Schärfe eine
Neigung zu Bild und Gleichniß, ſind ächt orientaliſch=jüdiſche
(Letzteres allerdings auch wieder perſönlich Leſſingiſche) Züge, die
der im Nathan dargeſtellten Idee zu einer ſehr beſtimmt ausge=
prägten Verkörperung verhelfen. Erinnerte uns oben die Erzäh=
lung von den drei Ringen an die Geſchichte mit den drei Käſt=
chen im Kaufmann von Venedig, ſo wird man kaum umhin kön=
nen, bei dem Juden des Leſſing'ſchen Stücks an den des Shak=
ſpeare'ſchen, freilich als das reine Widerſpiel von jenem, zu den=
ken. Wie in Shylock der Jude den Menſchen nahezu aufgezehrt
hat, ſo iſt bei Nathan umgekehrt der Jude bis auf wenige for=
melle Spuren im Menſchen aufgegangen.

Auch das Bild Recha's, das in leichteren Umriſſen gezeich=
net iſt, kommt doch durch die Situationen, in die ſie geſetzt wird,
zu aller wünſchenswerthen Beſtimmtheit und Lebendigkeit. Zart
ohne ſchwächliche Empfindſamkeit, geiſtreich und gebildet ohne
eitles Bücherwiſſen; wie ſie ſich bald zeigt, iſt im Zeitpunkt ihres
erſten Auftretens ihr Gemüth der Kampfplatz, auf welchem Ver=
nunft und Schwärmerei ſich bekämpfen; nachdem ſie hierauf an
dem heimgekehrten Vater ſich leicht aus dieſem Strudel heraus=
gehoben, löſt ſie die Aufgabe, die ſich ihr nun ſtellt, eine leiden=
ſchaftliche Neigung zu reiner Schweſterliebe zu läutern, ſchon im
Voraus mit dem ahnenden Inſtinkt einer tiefen und reinen Na=
tur; und wehrt ſich endlich gegen den Verſuch, ſie ihrem bis=
herigen Vater, neben dem ſie von keinem andern wiſſen will, zu
entfremden, mit einer Wärme, einer Leidenſchaft, die der ſchönſte

Lohn für Nathan, der gültigste Beweis ist, daß er seine Liebe und Sorge an sie nicht verschwendet hat.

Ihre Gesellschafterin Daja weiß sich viel mit ihrer Würde als Christin und Kreuzfahrerswittwe; es sei ihr nicht an der Wiege gesungen worden, daß sie nur darum ihrem Ehegemahl nach Palästina folgen würde, um da ein Judenmädchen zu erziehen. Recha bezeichnet sie einmal als eine von den Schwärmerinnen, die den einzig wahren Weg zu Gott zu wissen wähnen und sich gedrungen fühlen, Jeden, der dieses Wegs verfehlt, darauf zu lenken. Im handschriftlichen Entwurfe des Nathan behandelt sie der Tempelherr, wie sie ihn ins Haus des Juden ladet, geradezu als Kupplerin; diesen Zug hat der Dichter, als dem hohen Styl seines Schauspiels unangemessen, in der Ausführung verwischt; aber als eine Art geistlicher Kupplerin hat er Daja selbst gezeichnet; wirklich verbindet sich ja ihr Projekt, Recha der Christenheit wiederzugeben, bald mit einem eigentlichen Heirathsprojekt, und so kann es ihr an einem doppelten Kuppelpelz, einem irdischen und einem himmlischen, nicht fehlen. Auf dem Grund einer gutmüthigen, aber gemeinen Natur mischen sich Bigotterie, Neugier und Geschwätzigkeit mit wirklicher Anhänglichkeit für ihren Zögling auf eine Weise, die diese in der Oekonomie des Stücks unentbehrliche Mittelsperson zugleich zu einer höchst ergetzlichen Figur macht.

Von dem Patriarchen, so dick und roth und freundlich der Prälat auch ist, findet sich der Tempelherr gleich beim ersten Anblick abgestoßen. „Wär' nicht mein Mann!" sagt er vor sich hin. Dieser Patriarch von Jerusalem ist eine geschichtliche Person; er hieß Heraklius, und in einer der schon erwähnten handschriftlichen Noten bedauert Lessing, daß derselbe in seinem Stücke noch bei Weitem so schlecht nicht erscheine, wie in der Geschichte. Daß nämlich dieser Kirchenfürst zugleich ein höchst sittenloser Mensch war, der mit der Königin Sybille von Jerusalem im anstößigsten Verhältniß lebte, und ein feiger Mensch, der in der Stunde der Gefahr das heilige Kreuz, das er im Heere zu führen hatte, einem Andern überließ, hat der Dichter als nicht zu seinem Zwecke gehörig bei Seite gelassen, um den Mann mit einfachen, aber um so stärkern Zügen nur als Hierarchen, als das Urbild eines Pfaffen, wie er nicht sein soll, zu zeichnen. Wie er sich in einem

Prunke gefällt, der einem chriſtlichen Seelenhirten übel anſteht,
ſo liegt ihm auch alles Andere eher als das Heil der ihm anver=
trauten Seelen am Herzen; er hat ſeine Hände in allen politi=
ſchen Händeln; er weiß Alles auszukundſchaften und ſucht Alles
an verborgenen Fäden zu ſeinen Zwecken zu lenken. Dieſe Zwecke
laufen, wenn man ihn hört, alle in dem Wohl der Chriſtenheit,
in der größeren Ehre Gottes, zuſammen; was zu dieſem Zwecke
zu thun ſei, das hat der Laie vom Prieſter, vom Biſchof, zu
vernehmen, und ſeiner Anweiſung wie der Stimme eines Engels
ohne viel Grübeln zu gehorchen; vor dieſem höchſten Gebot hat
jede ſcheinbar entgegenſtehende Pflicht als eitle Vorſpiegelung der
ſich überhebenden Vernunft zurückzutreten; ſelbſt Verrath und
Mord ſind nicht nur erlaubt, ſondern Pflicht, wenn zur größeren
Ehre Gottes der Prieſter ſie vorſchreibt. Daß hinter dieſer grö=
ßeren Ehre Gottes nur die größere Ehre der Hierarchie, hinter
dem Wohl der Chriſtenheit nur das Wohlſein der Pfaffheit ſteckt,
verſteht ſich bei dergleichen Mitteln von ſelbſt. Einem ſolchen
Hierarchen iſt dann natürlich am Chriſtenthum das äußere Be=
kenntniß die Hauptſache; mag der Jude das Chriſtenkind, menſch=
lich genommen, noch ſo gut erzogen haben, da er es nicht nach
dem chriſtlichen Katechismus erzogen hat, ſo kann ihm jenes nichts
helfen, er wird verbrannt; und hat er es vollends in gar keiner
poſitiven Religion, nur rein vernünftig erzogen, ſo iſt das noch
ſchlimmer; lieber ein falſcher Glaube, als gar kein Glaube: da=
bei hofft der Prieſter auch den weltlichen Machthaber zu faſſen;
er will ihm begreiflich machen, wie gefährlich ſelbſt für den Staat
es iſt, wenn der Menſch nichts glauben darf. Mit ähnlichen
Gründen hatte Melchior Göze gegen Leſſing als den Heraus=
geber der Fragmente die weltliche Obrigkeit aufgerufen; auch die
faſt komiſch aus dem Zeitkoſtüm fallende Aeußerung des Patri=
archen über das Theater (IV, 2) erinnert an Göze's Eifern gegen
dieſe Anſtalt: kein Wunder, daß damals alle Welt mit Fingern
auf den Hauptpaſtor von Hamburg als das Urbild des Patriar=
chen im Nathan deutete. Und da, ſo lange es Kirchen gibt, ge=
wiß jedem Zuſchauer oder Leſer ein geiſtlicher Würdenträger aus
ſeiner Nähe einfallen wird, der demſelben zum Verwechſeln ähn=
lich ſieht, ſo wird der Patriarch immer eine populäre, auch für
den Schauſpieler dankbare Figur bleiben.

Wie dem Phariſäer in Chriſti Gleichnißreden der Zöllner, dem Prieſter und Leviten der Samariter, ſo ſteht in Leſſing's Drama dem Patriarchen der Kloſterbruder gegenüber. In ihm, dem geringen Knecht, der nicht einmal leſen kann, hat der Dichter alles Beſte und Liebenswürdigſte des Chriſtenthums, alle Demuth, Duldung, Milde und Herzenseinfalt zur Anſchauung gebracht. Der Kloſterbruder iſt einer von den geiſtig Armen, denen das Himmelreich gehört. Er iſt einfältig; ſpöttiſch nennt ihn der Tempelherr in ſeiner anfänglich etwas hochfahrenden Art „einen verſchmitzten Bruder", und auch der langmüthige Nathan wird bei ſeinem weitſchweifigen Erzählen ungeduldig; aber der weiſe Nathan bemerkt auch, daß ſeine Einfalt fromme, nicht dumme Einfalt iſt. Solche fromme Einfalt pflegt nicht allein mit einem zarten Gefühl für Recht und Unrecht verbunden zu ſein, ſondern wir bemerken an ihr nicht ſelten ſogar eine Art von ehrlicher Schlauheit, mit der ſie die Argliſt der Klugen durchſchaut und zu Schanden macht. So ſtellt ſich der Kloſterbruder unverkenn= bar einfältiger an, als er iſt. Als der Templer das Vorhaben äußert, freilich in einer ziemlich pfäffiſchen Sache, wie er ſich ausdrückt, in Bezug auf den Juden nämlich, der ein Chriſtenkind unterſchlagen, den Patriarchen — der Ritter den Pfaffen — um Rath zu fragen, wie treffend iſt der Einwurf:

> Gleichwohl fragt der Pfaffe
> Den Ritter nie, die Sache ſei auch noch
> So ritterlich —

und dieſen Einwurf macht der Kloſterbruder. Bei einem ſolchen Manne kann es unmöglich Dummheit ſein, wenn er des Patri= archen Auftrag an den Tempelherrn ſo ungeſchickt ausrichtet, dieſen ſich und ſeinem Auftraggeber ſo in die Karten ſehen läßt, ſondern es iſt wohlmeinende Abſicht, um den unerfahrenen jungen Mann auf die Fälle recht aufmerkſam zu machen, die er ihm ſtellen ſoll. Er richtet ſeine Aufträge aus, weil Kloſterleute ihren Oberen Gehorſam ſchuldig ſind; aber er iſt es wohl zufrieden, wenn ihm dergleichen Aufträge, wie der Patriarch ſie ihm gibt, mißlingen, wie denn auch in der Regel der Fall iſt. Wundern muß man ſich dabei freilich, wie der kluge Prieſter ſich fortwäh= rend eines ſo ungeeigneten Werkzeugs bedienen mag; wenn der

Tempelherr einen guten Pfiff der Schurkerei darin sieht, sich die Einfalt als den unverdächtigsten Spion vorauszuschicken, so gibt er damit doch eigentlich nur die ästhetische Wirkung des Kontrastes an, den die Zusammenstellung dieser beiden Figuren auf uns macht, ohne uns ihr Verhältniß im Drama psychologisch begreiflich zu machen.

Zu den christlichen Figuren des Schauspiels gehört endlich noch der Tempelherr. Sein Aeußeres, den drallen Gang, den guten, trotzigen Blick, die Gewohnheit, die Augbraunen mit der Hand zu streichen, beschreibt uns Nathan, wie er ihm zuerst nahe tritt. „Ein Jüngling wie ein Mann!" sagt er und meint, in der rauhen, bittern Schale des Sonderlings stecke sicher kein eben solcher Kern. Der Tempelherr ist eine Jünglingsnatur von der besten Art: leidenschaftlich, aufbrausend, voll Stolz und Trotz, aber auch voll Muth und Edelsinn. Wir werden an den Tellheim in der Minna von Barnhelm und seine schroffe Ehrenhaftigkeit erinnert, und werden durch beide an Lessing selbst erinnert; denn es sind Züge seiner eigensten Natur, womit er hier die Geschöpfe seiner Phantasie ausstattet. Der Tempelherr ist im Abendland unter Christen erzogen, hat aber im gelobten Lande, wie er sagt, schon manche Vorurtheile abgelegt; gerade an den blutigen Religionskämpfen, die er hier theils mitgefochten, theils mitangesehen, ist es ihm klar geworden, daß es fromme Raserei ist, seinen Gott als den vermeintlich besten der ganzen Welt aufdrängen zu wollen; hat er sich zu einem religiösen Standpunkt emporgeschwungen, auf dem er sich mit Nathan begegnet. Aber er ist noch der brausende Jüngling, noch nicht der im prüfungsvollen Leben geläuterte Mann; daher kommt es, daß, wie ihm Nathan mit seinem Zurückweichen in Betreff Recha's unverständlich wird, er alsbald den Christen gegen den Juden herauskehrt, wüthend wird, daß der Jude sich einfallen lasse, der Christenheit eine Seele abjagen zu wollen, und kein Bedenken trägt, den geistlichen Fanatismus, den er doch selbst von seiner schlimmsten Seite kennen gelernt hat, gegen ihn zu Hülfe zu rufen. Dies thut er freilich nur im Sturm der Leidenschaft; er thut es nicht ganz, sondern weicht zurück, sobald ihm im Gespräch mit dem Patriarchen zum Bewußtsein kommt, mit welcher Macht er sich da habe verbinden wollen; und er gesteht hernach seinen Fehler

dem Nathan mit gewinnender Aufrichtigkeit. Aber wie fein ist es
von dem Dichter, daß er die schönen Reden:

Es sind
Nicht Alle frei, die ihrer Ketten spotten,

und:

Der Aberglauben schlimmster ist, den seinen
Für den erträglichsten zu halten —

daß er diese Reden den Tempelherrn in Bezug auf Nathan füh=
ren läßt, während sie diesen doch gar nicht, sondern vielmehr
ganz nur den Redenden selber in seinem damaligen Beginnen
treffen.

Werfen wir zuletzt auch noch auf die muhamedanische Per=
sonengruppe einen Blick, so ist Saladin ganz das, was Lessing
in der Dramaturgie von einer geschichtlichen Figur im Drama
verlangt: nämlich „das poetische Ideal von dem wahren Charafter,
den die Geschichte dem Manne jenes Namens beilegt." Die Herr=
schergröße, der Hochsinn, die Großmuth und Freigebigkeit, bei
äußerster persönlicher Genügsamkeit, der Wahlspruch: Ein Kleid,
Ein Pferd, Ein Gott! sind, neben aller kriegerischen Wildheit
und Härte, die übrigens im Stücke gleichfalls angedeutet werden,
historische Züge an Saladin. Mit der religiösen Weitherzigkeit
und Toleranz, die ihm der Dichter beilegt, ist es freilich nicht so
ganz richtig. Saladin war ein strenger, eifriger Muselman; den
heiligen Krieg gegen die Ungläubigen betrachtete er als seine
Lebensaufgabe; er verachtete die Dichter, verabscheute das welt=
liche Wissen, und einen Philosophen, der sich einfallen ließ, am
ungeeigneten Orte bedenkliche Spekulationen auszukramen, ließ
er kurzweg greifen und erdrosseln. Das sieht nicht sehr nach
Toleranz aus. Doch waren die Fälle nicht ganz selten, wo der
Mensch in ihm über den Muselman den Sieg davon trug. Als
die in Jerusalem eingeschlossenen Christen ihn bei dem gemeinsamen
Vater des Menschengeschlechts um Gnade beschwören ließen, hörte
er es mit Ehrfurcht an und schonte nach der Uebergabe ihr Leben.
Daß er bei seinem Tode Almosen unter die Bekenner der drei
Religionen zu gleichen Theilen habe ausspenden lassen, davon
wissen freilich nur abendländische Geschichtschreiber: doch die Er=
zählung des Decameron von den drei Ringen, die, wie so viele

Stücke dieser Sammlung, aus älteren Quellen stammt, zeigt uns, wie früh sich eine derartige Vorstellung über Saladin festgesetzt hatte, an welche dann der Dichter mit allem Fug seine Darstellung anknüpfen konnte.

Erscheinen in Sittah des Bruders Tugenden in weiblicher Form, nur mit Beimischung einiger weiblichen Intriguenlust wieder, so ist der Derwisch eine um so originellere Figur. Aus einem Brief von Zelter an Goethe wissen wir, daß ein jüdischer Rechenmeister, Namens Abram, der ein Zimmer in Mendelssohn's Haus bewohnte und von Lessing um seiner Diogenesnatur willen geschätzt war, das Modell zum Al Hafi gewesen; doch so, daß im zweiten Auftritt des zweiten Aufzugs in der Scene mit dem Schachspiel eine Anekdote von einem andern Berliner Sonderling, dem Schachkünstler Michel, auf ihn übertragen worden. Uebrigens sind Al Hafi's Edelmuth und Unabhängigkeitssinn, seine Verachtung der Glücksgüter bei aller Einsicht in ihre Unentbehrlichkeit, seine Lust, all den Plunder abzuwerfen, um rein der Contemplation zu leben, zugleich ganz Lessing'sche Züge; dieser wollte ja auch Al Hafi's Schicksal nach seinem raschen Abgang am Schlusse des zweiten Aktes in einem Nachspiel: Der Derwisch, zum Abschluß bringen, das freilich nicht mehr zur Ausführung gekommen ist.

Ueber die Idee oder den Zweck seines Nathan hat sich der Dichter wiederholt und deutlich ausgesprochen. Wenn unter tausend Lesern, schrieb er an seinen Bruder, nur Einer daraus an der Evidenz und Allgemeinheit seiner Religion zweifeln lerne, so sei ihm das genug. Weniger schneidend und verneinend drückte er sich in dem schon erwähnten Entwurf einer Vorrede zum Nathan aus. „Wenn man sagen wird," bemerkt er hier, „dieses Stück lehre, daß es nicht erst von gestern her unter allerlei Volk Leute gegeben, die sich über alle geoffenbarte Religion hinweggesetzt hätten, und doch gute Leute gewesen wären; wenn man hinzufügen wird, daß ganz sichtbar meine Absicht dahingegangen sei, dergleichen Leute in einem weniger abscheulichen Lichte vorzustellen, als in welchem der christliche Pöbel sie gemeiniglich erblickt: so werde ich nicht viel dagegen einzuwenden haben." So ist auch in dem handschriftlichen Entwurf des Stücks der Inhalt der Scene im fünften Akt, zwischen Sittah und Recha, oder, wie sie

im Entwurf heißt, Rachel, mit den Worten angegeben: „Sittah
findet an Rachel nichts, als ein unschuldiges Mädchen, ohne alle
geoffenbarte Religion, wovon sie kaum den Namen kennt, aber
voll Gefühl des Guten und Furcht vor Gott.“

Im Stücke selbst muß die Stelle, wo dessen Idee und Ten=
denz zu Tage tritt, begreiflich vor Allem die Erzählung sein, um
welche sich, als den Kern des Ganzen, alle übrigen Theile krystal=
lisirt haben: die Erzählung von den Ringen. Bei Boccaccio
schließt sie, wie wir gesehen haben, mit der Nutzanwendung: jedes
der drei Völker glaube in seiner Religion das wahre göttliche
Vermächtniß zu haben; wer es aber wirklich habe, darüber sei,
wie über die Ringe, die Frage noch unentschieden. Bei diesem
blos verneinenden, oder doch skeptischen Ergebniß bleibt Lessing
nicht stehen. Nachdem sein Richter die hadernden Söhne wegen
Mangels an Entscheidungsgründen von seinem Stuhl gewiesen,
fällt demselben noch etwas ein, wodurch am Ende doch noch eine
Entscheidung zu erzielen sein dürfte. Aeußerlich, an Stoff und
Gestalt, sind die Ringe nicht zu unterscheiden, so viel steht fest.
Das heißt, so verschieden im Uebrigen die drei Religionen sind,
so sind sie es doch, wie Nathan sagt,

<blockquote>
von Seiten ihrer Gründe nicht.<br>
Denn gründen sich nicht alle auf Geschichte?
</blockquote>

und muß nicht Geschichte

<blockquote>
allein auf Treu'<br>
Und Glauben angenommen werden?
</blockquote>

und

<blockquote>
wessen Glauben zieht man denn<br>
Am wenigsten in Zweifel? Doch der Seinen?
</blockquote>

In Bezug auf die äußeren geschichtlichen Beweise, will Lessing
sagen, hat keine der drei Religionen vor der andern etwas vor=
aus. Eine wie die andere nimmt die Wahrheit ihrer Grundthat=
sachen auf Treu und Glauben der von ihr heilig gehaltenen Er=
zähler an. Wenn es der Christ, der Jude, mit der Glaubwür=
digkeit seiner heiligen Bücher so streng nehmen wollte, wie er es
mit der Glaubwürdigkeit des Koran nimmt, oder mit dieser so
gelind wie mit jener: so möchte wohl auf der einen Seite das

Einemal so wenig, das Anderemal so viel übrig bleiben, als auf der andern.

Doch damit ist bei Lessing die Sache noch nicht abgethan. Im Decameron gibt der Ring dem Vorzeiger das Recht auf die Erbschaft des Vaters und den Vorrang unter seinen Brüdern. Bei Lessing hat er außer seiner vorweisbaren äußern Gestalt noch eine innere geheimnißvolle Kraft, die Kraft, vor Gott und Menschen angenehm zu machen. Eine magische Kraft dieser Art läßt sich weder nachmachen, noch kann sie ohne Wirkung bleiben. Demjenigen von den drei Brüdern, der den ächten Ring besitzt, kann die Liebe der beiden andern unmöglich fehlen, sie müßten sich ihm freiwillig unterordnen. Streiten sie statt dessen unter einander, zeigt sich Keiner im Besitz der Kraft, die Herzen der beiden andern zu gewinnen, so folgt, daß Keiner den ächten Ring hat, daß dieser verloren gegangen ist, und die sie haben alle falsch sind. Diese magische Kraft ist die moralische Wirksamkeit der Religion. Wenn der Richter die Söhne auffordert, der Kraft des Steins in ihrem Ring mit Sanftmuth, mit herzlicher Verträglichkeit, mit Wohlthun, mit innigster Ergebenheit in Gott zu Hülfe zu kommen, so geht hier das Bild in seine eigene Auslegung über: diese Tugenden, als die sittlichen Wirkungen der Religion, sind es eben, was durch die magische Kraft des Steines im Ring abgebildet wird. In ihnen, nicht in den äußern, geschichtlichen Gründen, liegt der untrügliche Beweis für die Wahrheit einer Religion. Diejenige Religion wird die wahre sein, nicht deren Stifter angeblich das übermenschlichste Wesen war, die meisten Wunder gethan und die unbegreiflichsten Geheimnisse gelehrt hat, sondern die, welche die besten Menschen und die meisten guten Menschen macht.

Daß das die eine so gut könne wie die andere, der Islam z. B. so gut wie das Christenthum, hat Lessing nirgends gesagt. Nur das hat er gesagt, daß es in keiner unmöglich und daß in jeder eben dies die Hauptsache sei. Noch weniger ist darin, daß als Vertreter des Judenthums und des Islam nur reine Charaktere hingestellt sind, während auf Seiten des Christenthums dem ehrlichen Klosterbruder der abscheuwerthe Patriarch, die zweideutige Daja und der leidenschaftliche Tempelherr gegenüberstehen — ich sage, noch weniger sei hierin eine Absicht Lessings zu

suchen, das Christenthum den beiden andern Religionen gegenüber in Nachtheil zu setzen. Sondern die reinen Charaktere sind
in allen drei Religionen nur diejenigen, welche und so weit sie
über den Buchstaben ihrer Religion zum Geiste, über das Dogma
zum sittlichen Kerne hindurchgedrungen sind; den rabbinisch orthodoxen Juden, den starrgläubigen Muselman würde der Dichter
ebenso schwarz gemalt haben, wie den christlichen Patriarchen,
wenn es in seinem Plane gelegen hätte, auch im Gebiete der
beiden außerchristlichen Religionen diese Schattenpartien auszuführen. Allein da er zunächst nur auf Christen wirken wollte,
brauchte er auch nur diese zu demüthigen, nur aus ihrer Mitte
warnende Figuren aufzustellen, während er aus den beiden andern Religionen beschämende Charaktere ihnen gegenüberstellte.
Nicht das also ist die Moral von Lessings Nathan, daß die drei
Religionen an Werth und Wahrheitsgehalt einander gleich seien,
sondern daß in einer wie in der andern der dogmatische Buchstabe tödte, und nur der sittliche Geist lebendig mache. Welche
von ihnen dieses Geistes mehr und diesen Geist reiner habe, das
sollen sie durch moralischen Wetteifer, nicht durch fanatischen
Glaubenseifer zur Entscheidung zu bringen suchen.

„Ich habe nie verlangt," läßt der Dichter seinen Saladin
an der Stelle sprechen, wo er dem Tempelherrn freistellt, ob er
als Christ oder Muselman bei ihm leben wolle:

Ich habe nie verlangt,<br>
Daß Allen Bäumen Eine Rinde wachse.

Indem er so die Religionsform, das unterscheidende Bekenntniß,
für die bloße Rinde, für das dem innern Lebenssaft, der sittlichen Gesinnung gegenüber gleichgültige Aeußerliche erklärt, stellt
sich Lessing freilich mit dem, was gewöhnlich Frömmigkeit heißt,
in geraden Gegensatz. Zwar darf man nicht vergessen, daß es
die Muhamedanerin ist, wenn Sittah von den Christen sagt:

Ihr Stolz ist, Christen sein, nicht Menschen. Denn<br>
Selbst das, was noch von ihrem Stifter her<br>
Mit Menschlichkeit den Aberglauben würzt,<br>
Das lieben sie nicht weil es menschlich ist:<br>
Weil's Christus lehrt, weil's Christus hat gethan.<br>
Wohl ihnen, daß er ein so guter Mensch

> Noch war! Wohl ihnen, daß sie seine Tugend
> Auf Treu und Glauben nehmen können! Doch
> Was Tugend? Seine Tugend nicht, sein Name
> Soll überall verbreitet werden; soll
> Die Namen aller guten Menschen schänden,
> Verschlingen. Um den Namen, um den Namen
> Ist's ihnen nur zu thun.

Ich sage, man darf nicht vergessen, daß es des Sultans Schwester ist, die so spricht; allein, ein Weniges von der Schärfe und Bitterkeit abgezogen, ist es doch Lessing's eigenes Urtheil über das, was er um sich her als christliche Frömmigkeit sah und an den meisten Orten noch heute als solche sehen würde. Was dieser gegenüber sein Standpunkt ist, das legt er dem Nathan in den Mund, indem er ihn zum Tempelherrn sprechen läßt:

> Sind Christ und Jude eher Christ und Jude
> Als Mensch? Ach, wenn ich einen mehr in Euch
> Gefunden hätte, dem es gnügt, ein Mensch
> Zu heißen!

So hat Schiller Rousseau darum gelobt, daß er „aus Christen Menschen geworben" habe, und Lessing selbst verheißt in seiner „Erziehung des Menschengeschlechts" ein neues ewiges Evangelium, zu dem sich die Schriften des neuen Bundes nur als Elementarbücher verhalten werden.

Auf die Vorwürfe einzugehen, die man gegen diesen Standpunkt Lessing's von Seiten einer strengern — oder engern — religiösen Denkart erhebt, wäre hier nicht am Orte; lieber lassen Sie mich über einige ästhetische Ausstellungen, die man an seinem Drama gemacht hat, schließlich noch ein paar Worte sagen. Man hat ein Mißverhältniß darin gefunden, daß es, ursprünglich auf den großen geschichtlichen Konflikt zwischen christlichem Fanatismus und reiner Vernunftreligion angelegt, zuletzt auf die ordinäre Rührung eines bürgerlichen Familienstücks auslaufe. Allerdings ist es eine Familie, die sich am Schlusse, vermöge einer jener Wiedererkennungen, in denen schon Aristoteles eines der wirksamsten dramatischen Motive sah, aus der Zerstreuung wieder zusammenfindet; aber was für eine Familie? Eine Familie, die ihre Angehörigen bei den drei Religionen herum verzettelt hatte, und sie nun wieder sammelt, nicht unter den Fittigen einer bestimmten

positiven Religion, sondern in den Armen der Einen allgemeinen
Religion, der Religion der Vernunft und Humanität, deren ver=
sprengte und sich entfremdete Kinder die einzelnen Religionen
sind. Durch diese gewissermaßen symbolische Bedeutung der
Personen und Schicksale in unserem Drama erledigt sich auch der
Tadel, den die Wendung am Schlusse erfahren hat, daß zwei
Liebende sich als Geschwister erkennen, sich folglich entsagen
müssen. Dem Dichter wäre es ein Leichtes gewesen, durch eine
kleine Wendung seiner Fabel das Paar als liebendes zu be=
glücken, wenn er es seiner Absicht gemäß gefunden hätte. Allein
eben weil sein Absehen über alles Persönliche hinausging, durfte
er es nicht. Er muß jede sinnliche Befriedigung versagen, um
desto nachdrücklicher auf die ideelle hinzuweisen, die er uns ge=
währen will.

Doch eben diese ideelle, gedankenhafte Haltung des Schau=
spiels hat man getadelt, hat mehr Handlung und Kampf darin
gewünscht. Der Patriarch, hat man gesagt, hätte müssen gegen
den Juden zum Aeußersten schreiten, der Templer in einem
Augenblick furchtbarer Gefahr als Retter Nathan's auftreten und
dadurch zugleich seine eigene Läuterung, seine Erhebung aus dem
Dunkel des religiösen Vorurtheils vollenden. Dieser Tadel hat
viel Einleuchtendes, ja er ist, den Nathan nur als Drama
schlechtweg betrachtet, nicht zu widerlegen. Drastischer, erschüt=
ternder wäre das Stück sicher geworden, hätte der Dichter die
Kräfte, die er darin in Bewegung setzt, ganz entfesselt in ihrer
vollen Macht auf einander stoßen und eine an der andern zer=
brechen lassen, als so, wo es vom Vorsatz zur wirklichen That
gar nicht kommt, das Feuer schon als Funke wieder erstickt wird.
Allein durch eine solche Aenderung wäre, selbst bei glücklichem
Ausgang, der ganze Charakter, die ganze Grundstimmung des
Lessing'schen Stücks alterirt worden. Diese Grundstimmung ist
die Selbst= und Sieges=Gewißheit der Vernunft, das heitere Licht,
das jede Wolke in sich verzehrt, keine sich zum verderblichen Ge=
witter zusammenballen läßt. In dieser Stimmung erscheinen
Wahn und Finsterniß schon im Voraus als besiegt; die Waffen
fallen den Gegnern, indem sie sie ergreifen wollen, aus den Hän=
den; selbst ein Fürst der Finsterniß, wie der Patriarch, wird zur
machtlosen, halbkomischen Figur, fast wie in den kirchlichen Schau=

spielen des Mittelalters der wirkliche Fürst der Finsterniß zu er=
scheinen pflegte. Den Kampf, können wir sagen, hatte Lessing
in seinen Streitschriften wider Göze vorweggenommen: im Na=
than, der zu diesem Kampfe das Nachspiel bildet, wollte er nur
noch die Versöhnung geben, gleichsam den Triumphgesang der
Vernunft über den Wahn, des Lichtes über die Finsterniß an=
stimmen. Dabei mußte natürlich, wie der Streit ein Streit um
Gedanken gewesen war, so auch in dem versöhnenden Schauspiel
der Gedanke überwiegen, konnte die Handlung überhaupt nur so
weit zur Entfaltung kommen, als es zur Unterlage des idealen
Elementes nöthig war. In diesem „dramatischen Gedicht," wie
er den Nathan, seiner freieren Form wegen, im Unterschied von
der strenger geschlossenen des eigentlichen Dramas nannte, — in
diesem dramatischen Gedicht wollte Lessing nicht blos, wie im
eigentlichen Drama geschieht, durch Mitleid und Furcht unsere
Leidenschaften, sondern zugleich durch ausdrückliche Belehrung
unsere Vorstellungen reinigen: der Nathan ist, mit Einem Wort,
ein didaktisches Drama.

Die didaktische Poesie genießt in der neueren Aesthetik wenig
Gunst, sie gilt nicht als volle, ächte Poesie, und daher fürchtet
man wohl, dem Nathan zu nahe zu treten, wenn man ihn ein
didaktisches Drama nennt. Allein vor Allem, lassen wir uns
doch ja durch Worte nicht irre machen. Schiller's Glocke ist auch
in gewissem Sinne ein didaktisches Gedicht, nur lyrisch=didaktisch,
wie der Nathan dramatisch: und doch ist sie eine Perle der Dich=
tung, die Niemand auf die Reinheit ihrer poetischen Abkunft in=
quiriren wird. Ist die Art keine reine, so muß die einzelne
Dichtung desto bedeutender sein, die uns diesen Mangel der Art
vergessen macht. Wollten wir alle dergleichen gemischte Erzeug=
nisse auf dem Boden der Kunst ekel von der Hand weisen, so
brächten wir uns um eine Reihe gerade der originellsten Schöpfun=
gen des menschlichen Geistes. Die Natur, indem sie ihre Gaben
austheilt, kehrt sich an unser doktrinäres Fachwerk nicht. Sie
legt Platon's philosophischem Geiste ein Stück von einem Poeten
zu, und er schreibt seinen Phädon, sein Gastmahl, Bastarde nach
dem System, unvergleichbar herrliche, ganz einzige Produkte für
jeden gesunden, unbefangenen Sinn. Sie weiß in Schiller den
Dichter durch den Philosophen und Redner zu ergänzen, und er

ſchreibt ſeine gedankenſchweren Gedichte, ſeine beredten Dramen, an denen die Doktrin mäkeln mag ſo viel ſie will; ſie werden doch die Lebensbrunnen bleiben, aus denen das deutſche Volk, ſo lange ein ſolches beſtehen wird, ſich kräftigt und verjüngt. Sie weiß in Leſſing Verſtand und Einbildungskraft ſo wunderbar zu vermählen, daß ihm Gründe und Gegengründe zur Rede und Gegenrede werden, die Dialektik der Gedanken zum Dialog von Perſonen ſich belebt, das Geſpräch zum Drama ſich ausbreitet, das, im Elemente der Dichtung vergnügt, eine Zeit lang ſeinen Gedankenurſprung vergißt, bis es, nachdem es alle dramatiſche Gerechtigkeit erfüllt hat, eben im Nathan in den Dienſt des Ge= dankens zurückkehrt.

Im Bewußtſein dieſer Beſchaffenheit ſeines Nathan konnte Leſſing wohl einmal die Vermuthung äußern, derſelbe werde vielleicht, wenn er wirklich einmal aufs Theater kommen ſollte, auf demſelben wenig Wirkung thun. Allein der Erfolg hat gar bald dieſe Befürchtung widerlegt, und fährt fort, ſie zu wider= legen; der Nathan hat ſich auch als ein höchſt wirkſames Büh= nenſtück bewährt. Während die dramatiſche Handlung, die Be= züge und Schickſale der auftretenden Perſonen die Aufmerkſam= keit ſpannen und das Gemüth in Anſpruch nehmen, ſteigt all= mählig der hohe Sinn des Ganzen, wie ein fernes Gebirg vor dem Wanderer, vor dem Geiſte auf, und die goldenen Sprüche, dem Zuſchauer oft wörtlich oder doch dem Sinne nach längſt ver= traut, Sprüche, auf denen der ganze ſittlich religiöſe Bildungs= ſtand der Gegenwart beruht, geben dem Spiele, das ſich vor uns abrollt, eine heilige Weihe, dem empfänglichen Zuſchauer eine andächtige Stimmung. Dabei vermißt man die ſtärker packenden Eindrücke eigentlich draſtiſcher Stücke ſo wenig, als man bei den tiefen Friedensklängen von Mozart's Zauberflöte die mannigfal= tige Charakteriſtik und die ſchäumende Leidenſchaft in den Melo= dien ſeines Don Juan vermißt. In beiden Letztlingswerken, dem des Dichters wie dem des Tonſetzers, ſo verſchiedenartig ſie übri= gens ſein mögen, offenbart ſich ein zur Klarheit und zum Frieden mit ſich hindurch gedrungener, in ſich vollendeter Geiſt, an den, weil er jede innere Trübung überwunden hat, auch keine Störung von außen mehr ernſtlich heranreicht; ſie ſind Werke, über welche hinaus dem Genius, der ſie geſchaffen, kein höheres mehr möglich war, Werke, welche das Licht der Verklärung schon umfließt, worein ihre Urheber bald nachher im Tode eingegangen sind.

Dergleichen aus einer besseren Welt stammende Schöpfungen, einer Welt, in welcher die Gegensätze ewig schon gelöst, die Kämpfe ewig schon gewonnen sind, worin wir uns oft so aussichtslos noch abarbeiten, sind uns aber nicht zu thatlosem Genuß, zu bloßer ästhetischer Anschauung gegeben: vielmehr als Unterpfänder und Mahnungen zugleich, daß dem ernsten und redlichen Kampfe der endliche Sieg nicht fehlen werde; daß die Menschheit, wenn auch langsam und unter Rückfällen, aus der Dämmerung dem Lichte, aus der Knechtschaft der Freiheit entgegenschreite; daß aber auch nur der als Mensch mitzähle, der im weiteren oder engeren Kreise, als Nathan oder als Klosterbruder, als Sittah oder Recha, nach Kräften geholfen hat, den Anbruch dieses Tages, das Kommen dieses Gottesreiches zu beschleunigen.

# VI.

# Der Schenkel'sche Handel in Baden.

(Verbesserter Abdruck aus Nr. 441 der National-Zeitung
vom 21. September 1864.)

Während in Preußen die Gegensätze in Kirche und Schule für den Augenblick durch die politischen Fragen zum Schweigen gebracht sind, sehen wir von den kleineren deutschen Staaten Hannover und Baden in lebhafter kirchlicher Erregung. Dabei hat die Bewegung in Baden den eigenen Charakter, daß hier die Regierung auf der Seite des Fortschritts, wie die Gegner urtheilen, sogar des Umsturzes, steht, und der Kampf durch den Widerstand hervorgerufen ist, den ein Theil der Geistlichkeit und des ihr vertrauenden Volkes dem raschen Vorschreiten der Regierung entgegensetzt. Das von dieser im Einverständniß mit der Mehrheit der Stände erlassene Schulgesetz hat den katholischen Klerus in einen Aufruhr gebracht, der, besonders seit noch von Rom aus Oel in's Feuer gegossen worden, weit davon ist, gestillt zu sein; in der protestantischen Kirche war es bekanntlich eine Schrift des Heidelberger Professors Schenkel [1]), gegen welche nach längerer Agitation 117 Geistliche einen Protest unterzeichneten, worin sie den Verfasser für unfähig erklärten, ein theologisches Lehramt in der badischen Landeskirche zu bekleiden, und die oberste Kirchenbehörde aufforderten, ihn insbesondere aus seiner Stellung als Seminardirektor zu entfernen. Der Gegenprotest der zahlreich besuchten Durlacher Conferenz im Juli und aus den jüngsten Tagen die Entscheidung des Oberkirchenraths zu Gunsten Schenkel's und der freien theologischen Forschung sind in Jedermanns Erinnerung. Ein anderer Ausgang war bei der damaligen Richtung der badischen Regierung nicht zu erwarten, und ich meine, auch die billig Denkenden unter den Strenggläubigen sollten damit nicht unzufrieden sein, da auch sie sich der Aner-

---

1) Das Charakterbild Jesu. Ein biblischer Versuch von Dr. Daniel Schenkel, großherzogl. badischem Kirchenrath und Professor der Theologie. 3. Auflage. Wiesbaden 1864, C. W. Kreidel's Verlag.

kennung unmöglich entziehen können, daß, nach den Worten des
Oberkirchenraths, „das Vertrauen der Gemeinde zum Christen=
thum nur geschwächt werden kann durch jeden Versuch, dasselbe,
unter welchem Vorwand auch immer, der freien Forschung zu
entziehen".

Hat man sich also dieses Ausganges der Sache als eines
Sieges, den das Prinzip der Lehrfreiheit in einem Theil der pro=
testantischen Kirche errungen, auf jeden Fall zu freuen, so ist eine
andere Frage, ob auch der Anlaß dieses Kampfs und Siegs der
rechte gewesen, ob gerade die Schenkel'sche Schrift verdient habe,
in solcher Art verfochten zu werden, und welches Licht es auf die
Kämpfer werfe, daß eben diese Schrift und ihr Verfasser sie zu
solchem Kampfe begeistern mochten.

Mit Recht bezeichnete der Präsident der Durlacher Conferenz[1]
Herrn Schenkel als einen Mann, der bis dahin in seinen wissen=
schaftlichen Kundgebungen durchaus auf dem Boden des positiven
Christentums gestanden habe. Er hätte mehr sagen können.
Kaum sind es zehn Jahre, daß der Verfasser des „Charakterbildes
Jesu" mit Dr. Kuno Fischer in einen Streit verwickelt war, in
welchem der jetzt Verketzerte als Ketzermacher, der kleine Lessing
von heute sich als leibhaftiger Pastor Göze gebärdete. Herr
Bluntschli, dem der Ruhm bleiben wird, für Schenkel und sein
Buch eingetreten zu sein, während er sein früheres Auftreten
gegen Strauß und sein Leben Jesu aufrecht erhält, meinte in
Durlach, wäre im Jahre 1839 Strauß als Professor der Philo=
sophie, statt der Theologie, nach Zürich berufen worden, so hätte
das Volk keinen Anlaß gehabt, dagegen Widerspruch einzulegen.
Er erinnerte sich nicht, oder wollte sich nicht erinnern, daß noch
vor wenigen Jahren der von ihm in Schutz genommene Herr
Schenkel einen Docenten nicht der Theologie, sondern der Philo=
sophie, wegen angeblich unchristlicher Lehren der Oberkirchen=
behörde als schädliches, ja verderbliches Mitglied der Universität
bezeichnet, und dadurch die Entfernung eines Mannes vom Kathe=
der veranlaßt hatte, den jetzt die hohe Schule zu Jena unter
ihre ersten Zierden rechnet. Es ist mehr als nur der Spruch:
„Die Welt ist rund und muß sich drehn", was man empfindet,

---

wenn man den Denuncianten von damals jetzt selbst denun=
cirt sieht, wenn man sein damaliges Wort gegen Fischer liest,
er hätte es nicht ungern gesehen, „wenn diesem die Märtyrer=
palme, die er kaum verdiente, vor der Hand noch nicht zu Theil
geworden wäre." Nun, Herrn Schenkel ist sie nicht zu Teil ge=
worden [1]), und wir haben das gern gesehen, weil er sie wirklich
nicht verdiente, weil er sie schon durch seine frühere Anklägerrolle
verwirkt hatte.

So weit freilich — und es ist doch erst ein Jahrzehnd —
sehen die Durlacher Vertheidiger Herrn Schenkel's aus begreif=
lichen Gründen nicht gern zurück, sie datiren ihren Mann erst
vom Jahre 1858, also vor sechs Jahren her, wo er im Agenden=
streit zuerst als einer der Ihrigen aufgetreten ist. In diesem
Kampfe hatte Herr Schenkel seine Stellung genommen noch vor
dem Systemwechsel in der badischen Regierung, aber mit der
richtigen Witterung, daß die kirchliche Reaction in diesem Lande
keinen Boden und keine Zukunft habe; nachdem die geahnte Wen=
dung erfolgt war, konnte der rührige Mann seine Thätigkeit in
der neuen Richtung in immer weiterem Umfang entwickeln. Eine
„Christliche Dogmatik vom Standpunkte des Gewissens" zwar,
die in jenen Jahren von ihm erschien, gab dem Bedenken Raum,
daß es doch ein weites Gewissen sein müsse, aus dem sich eine so
dickleibige Glaubenslehre hervorholen ließ; aber eine eigene kirch=
liche Zeitschrift, die er begründete, schuf Klientel und Macht,
jüngere Kollegen traten herzu, die ihm mit ihren Forschungen
unter die Arme griffen, beziehungsweise ihre „Schulsäcke" zur
Verfügung stellten, und so konnte er bald als der eigentliche
badische Landestheolog aufgeklärten Antheils gelten. Im Bewußt=
sein dieser Stellung und um ihr eine noch breitere Grundlage
zu schaffen, schrieb er sein „Charakterbild Jesu", das statt dessen
seine kirchliche Stellung in ihren Grundfesten erschüttern sollte.

Neu in dem Buche, das so heftigen Widerspruch hervorrief,
war höchstens die Form: halb Vorlesung für Gebildete, halb
Predigt, stellenweise gewürzt durch jene schneidenden Töne, wie

---

[1]) Wenn er auch das Vorwort zur dritten Auflage seiner Schrift, als
säße ihm bereits das Messer an der Kehle, vom „Tage Johannis des Täufers"
datirt.

man sie in Ansprachen an Arbeiter zu vernehmen pflegt. Unter den Ergebnissen des Buchs, an denen man Anstoß nahm, ist kaum Eines neu und dem Verfasser eigen, fast alle sind längst von andern deutschen Theologen vorgetragen worden; insbesondere könnte man sagen, sie seien von Tübingen den Neckar hinunter nach Heidelberg getrieben, dort von Herrn Schenkel an's Land gezogen und — freilich in etwas aufgeweichtem und verwässertem Zustande — seinem Bauwesen einverleibt worden. Doch daß wir ihm nicht Unrecht thun: in Einem Stücke weicht er schon in den Grundlagen von der Tübinger Kritik erheblich ab. Er hat sich nämlich von seinem Collegen Holtzmann (so hat sich dieser in Durlach selbst ausgedrückt) „das Resultat vollständigst garantiren" lassen, daß der älteste Bericht von dem Leben Jesu nicht, wie die Tübinger gemeint hatten, im Matthäus-, sondern zur Abwechslung im Marcus-Evangelium zu suchen sei.

Mit der Tübinger Kritik dagegen hat der Heidelberger Theologe das johanneische Evangelium als eigentliche Geschichtsquelle aufgegeben. Aufgegeben? Nicht doch! Das Werk eines Apostels und Augenzeugen ist es ihm zwar nicht, aber ebensowenig das tendenziöse Erzeugniß eines Gnostikers aus dem zweiten Jahrhundert (was, beiläufig gesagt, nur die extreme Behauptung eines Einzelnen innerhalb jener Schule ist); sondern aus einem kleinasiatischen Kreise hervorgegangen, der erst den dort weilenden Judenapostel heidenchristlich und gnostisch umgebildet (wovon sonst nirgends eine Spur), dann unter dem Einfluß seiner Vorträge eine eigenthümliche Darstellung der öffentlichen Wirksamkeit Jesu ausgebildet hatte. Mit dem ihm so überlieferten Geschichtsstoffe hat der Verfasser des Evangeliums sehr frei geschaltet, aber nicht willkürlich nur (also zuweilen und in gewissem Maße doch) erfunden; sein Werk ist eine wirkliche Geschichtsquelle, freilich nicht im gewöhnlichen, aber in einem höheren, vergeistigten Sinn. Fragen wir: in welchem Sinn? so bekommen wir zur Antwort, der Verfasser habe die evangelische Ueberlieferung umgebildet mit einem Verständniß des innersten Wesens und der letzten Ziele des Lebenswerkes Jesu, wie eine frühere beschränktere Zeit es noch nicht haben konnte (S. 24—26). D. h. die Wendung, welche das Christenthum viel später, unter dem Einfluß nicht vorherzusehender Umstände nahm, die Ideen, die sich in Folge davon in der

Christenheit entwickelten, legte der Verfasser des vierten Evange=
liums als bewußte Absicht und deutliche Einsicht dem Stifter
desselben in den Mund: etwa wie wenn einer Luther'n die Ideen
Lessing's, oder Calvin die Schleiermacher's in den Mund legen
wollte. Eine Schrift dieser Art ist eine wirkliche Geschichtsquelle
nur für die Zeit, in der sie entstanden ist; für die Geschichte, von
der sie handelt, kann sie nur in sehr untergeordnete Betrachtung
kommen, und von einer „höhern, vergeistigten Bedeutung" des
Wortes: Geschichtsquelle, weiß die historische Wissenschaft nichts.

Damit hat man bereits den ganzen Charakter des Schenkel'=
schen Buchs: Durchaus wird erst mit der einen Hand der
Kritik gegeben, was sie nur immer verlangen kann,
dann aber mit der andern Hand so viel wieder zurück=
genommen, als erforderlich scheint, um auch den
Glauben zufrieden zu stellen; wobei sich indeß auf
allen Punkten ergibt, daß dieses Zurückgenommene
für die Kritik viel zu viel, für den Glauben aber
lange nicht genug ist.

So wird die Geburts= und erste Kindheitsgeschichte Jesu
als sagenhaft preisgegeben; dabei jedoch die Erzählung von dem
Tempelbesuch des Zwölfjährigen als geschichtlich festgehalten (S. 27 f.
258 f.). Da fragt natürlich die Kritik: wie mag der Ast be=
stehen, wenn man den Stamm umgehauen hat? wie kann man,
bei der augenscheinlichen Gleichartigkeit der Erzählungen von der
Darstellung des Kindes und dem Besuche des Knaben Jesus im
Tempel, die eine als Sage, die andere als Geschichte betrachten?
Der Glaube aber fragt: wo bleibt die Empfängniß vom heiligen
Geist? wo bleibt überhaupt in dem Buche die göttliche Natur
Christi? „Indem ich es versuchte," antwortet der Verfasser, „ein
Charakterbild von dem Heilande zu entwerfen, war ich durch die
Natur der Sache auf die Zeichnung seiner menschlichen Seite an=
gewiesen" (Vorwort S. VI). Als ob es neben dieser auf des
Verfassers Standpunkte noch eine göttliche geben, und diese
anders als in und mit der menschlichen dargestellt werden könnte!

Der Vorgang bei der Taufe Jesu ist nach Herrn Schenkel
in den drei ersten Evangelien in den Schleier der Sage gehüllt,
im vierten ist die Geschichte nur die Hülle der Ideen des Evan=
gelisten: darum aber ist es doch wahre Geschichte; denn am Jor=

ban, nach dem Empfang der Johannestaufe, ist Jesu ein Licht über seine Bestimmung zur religiösen Erneuerung seines Volks aufgegangen (S. 35). Hinterher findet sich freilich, daß ihm das rechte Licht damals doch noch nicht aufgegangen war: nämlich seine Bestimmung zum Messias hatte er noch nicht erkannt, oder, wie der Verfasser sich auch ausdrückt, „was er sollte, schwebte ihm wohl, im Ganzen, ziemlich deutlich vor, wie er es aber ausführen wollte, das lag noch unklar in seiner Seele" (S. 36). Nun, wir denken, was uns nur „im Ganzen" und nur „ziemlich" deutlich „vorschwebt", das liegt eben noch unklar in unserer Seele; es war also zwischen dem Was und dem Wie kein Unterschied, keines von beiden war Jesu damals schon klar, das rechte Licht ist ihm nicht auf einmal am Jordan, sondern nach und nach aufgegangen, und was Herr Schenkel hier von wahrer Geschichte redet, ist nach seinen eigenen Einräumungen ein leeres Wort.

Die Versuchungsgeschichte buchstäblich geschichtlich zu nehmen, dazu ist der Verfasser des Charakterbildes natürlich viel zu aufgeklärt, aber, daß sie bloße Erfindung sei, erklärt er für geradezu unmöglich. „So etwas erfindet sich nicht," ist in solchen Fällen sein Waidspruch, der in der Regel nur mit kaum redenswerthen weitern Gründen unterstützt wird. Allein, wenn sich überhaupt etwas erfindet, so erfindet sich auch „so etwas"; und wenn die Einbildungskraft die Züge ihrer Erfindungen allerdings nicht aus dem Nichts erschafft, sondern dem Gegebenen entnimmt und nur frei componirt, so läßt sich ja gerade bei dieser Erzählung besonders augenscheinlich nachweisen, woher sie Zug für Zug genommen ist. Nach Herrn Schenkel tritt in derselben eine echt geschichtliche, für das Charakterbild Jesu höchst wichtige Erinnerung zu Tage, die Erinnerung an gewaltige Kämpfe mit versuchenden Gedanken und Willensregungen nämlich, die in Jesu als Menschen entstehen konnten, von ihm aber so vollständig überwunden wurden, daß seine vollkommene sittliche Reinheit dadurch keinen Abbruch erlitt (S. 37 ff.). Wenn nun hieraus die 117 Unterzeichner des Protestes die Folgerung zogen, Herr Schenkel läugne die Sündlosigkeit Jesu, so thaten sie ihm zwar dem Worte nach Unrecht, denn er hat sie in seiner Dogmatik behauptet und im Charakterbild wenigstens nicht geläugnet; der Sache nach aber haben sie unseres Erachtens vollkommen Recht.

Ein Gemüth, in welchem von innen heraus oder durch natürliche Eindrücke der Außenwelt nicht blos leichte Reize, sondern „gewaltige Stürme" der Versuchung entstehen können, mag ein sittlich höchst vortreffliches sein, aber ein sündloses ist es nicht, und wer für seinen Glauben eines sündlosen Erlösers bedarf, der wird ihn in diesem Charakterbild nicht finden.

Es ist gerade wie mit dem Wort: Erlöser oder Heiland, das Herr Schenkel auch (freilich mit so vielen ähnlich gesinnten Theologen unserer Zeit) unaufhörlich im Munde führt, während es bei ihm jeden natürlichen Sinn verloren hat. Erlöser in der echten und ehrlichen Bedeutung des Wortes ist nur der für die Sünden der Welt sich opfernde Gottmensch; einen noch so musterhaften, noch so belebend und segensreich fortwirkenden Menschen Erlöser zu nennen, ist ein täuschendes Spiel mit Worten, das nicht blos auf den Ueberfrommen den Eindruck eines Frevels am Heiligen macht. So kann ich mir auch nicht denken, daß Herr Schenkel seinen Zweck, Allen Alles zu sein, bei frommen Kreisen erreichen sollte, wenn er ihnen wiederholt ihre specifische Lieblingsphrase vom „Kern und Stern" zu hören gibt; sie steht ihm so wenig natürlich zu Gesichte, wie andrerseits die Hegel'sche, die er sich auch aneignet, daß Jesus „in Wahrheit" so gewesen sein könne, wie das vierte Evangelium ihn darstellt, wenn er gleich „in Wirklichkeit" nicht so war (S. 25).

Die Protestmänner haben Herrn Schenkel auch Läugnung der Wunder Jesu vorgeworfen. In der That ist ihm die Wundergabe Jesu kein „Ausfluß ihm inwohnender Allmachtskräfte", keine „Ausstrahlung seiner göttlichen Natur", sondern „eine, wenn auch in ihm noch so bedeutend erhöhte, menschliche Naturgabe" (S. 48). Da haben wir abermals die ganze zweideutige Stellung des Mannes. Die sogenannte Wunderkraft eine Naturgabe — damit muß die Kritik zufrieden sein; gegen eine Erhöhung, b. h. gegen die Annahme verschiedener Grade einer Naturgabe, kann sie auch keine Einwendung machen: während die Unbestimmbarkeit des Maßes dieser Erhöhung den Glauben beruhigen und ihm die Möglichkeit vorspiegeln soll, für Christus doch noch eine Ausnahmsstellung über allen übrigen Menschen zu gewinnen. Dagegen bleiben aber Glaube und Kritik, diesmal einstimmig, dabei, daß es zwischen natürlich und übernatürlich kein Mittleres geben könne, und daß überdies die Steigerung der Naturgaben ihre sehr bestimmte Grenze habe.

Das Letztere scheint auch Herr Schenkel selbst anzuerkennen, wenn er die „Vermuthung" äußert, „daß nur solche Krankheiten in Folge des Verfahrens Jesu heilbar waren, deren eigentliche Ursache in einer Störung der Organe des Geistes lag, und auf welche daher, der Natur der Sache nach, eine geistige und sittliche Einwirkung stattfinden konnte" (S. 51). Nachdem er daher die Besessenen in den Evangelien herkömmlich als Geisteskranke und ihre Heilung als eine natürlich-psychische dargestellt hat, gesteht er von dem Aussatze zu, daß auf einen daran Leidenden eine heilkräftige Einwirkung lediglich geistig-sittlicher Art nicht so leicht denkbar sei, wie auf einen Geisteskranken. Darum jedoch die evangelische Erzählung von der Heilung eines Aussätzigen durch Jesus „in das Fabelreich zu verweisen", sieht er noch keinen Grund; an eine mythische Entstehung derselben insbesondere ist ihm zufolge nicht zu denken, theils weil der „Urmarcus" sie berichtet, der ja durch Nachbar Holtzmann „garantirt" ist, theils — wir wissen schon — weil „so etwas sich nicht erfindet". Sondern die Heilung des Aussätzigen ist Geschichte: freilich, schränkt Herr Schenkel alsbald ein, war wohl kein Augenzeuge dabei, Uebertreibung ist augenscheinlich, die näheren Umstände schwerlich mehr zu ermitteln; doch ist so viel „nicht unwahrscheinlich, daß der Aussätzige, als er Jesum aufsuchte, bereits in einem vorgeschrittenen Stadium der Heilung sich befand, aber von Jesu eine den Fortschritt seiner Genesung ungemein fördernde Anregung seiner Lebensthätigkeit erfuhr" (S. 52 f. 263 f.). Man könnte einen Preis für Denjenigen aussetzen, der sich hierbei etwas Bestimmtes zu denken im Stande ist; darum ist es aber dem Verfasser des Charakterbildes auch gar nicht zu thun; dagegen verlangen Leute wie die 117 etwas Greifbares in die Hand zu bekommen, und weil sie dies in den Schenkel'schen Auslassungen über die Wunder Jesu nirgends finden können, so beschuldigen sie ihn mit Recht, er läugne dieselben. Denn mit den übrigen macht er es durchaus ebenso. Die weiteren Heilungen, die Todtenerweckungen, die Speisung, die Wasserverwandlung, die Sturmstillung, sind ihm als Allmachtswunder undenkbar, darum jedoch noch lange nicht erfunden, vielmehr ist an einer geschichtlichen Grundlage jedesmal nicht zu zweifeln, die dann freilich, genau zugesehen, wenn auch nicht allemal ohne Umschweif zugestanden, eine lediglich natürliche war, und nur in der Sage wunderhaft ausgeschmückt wurde.

Rein mit der Sprache herausgegangen ist Herr Schenkel überraschender, und bei seiner sonstigen Haltung möchte man fast sagen unvorsichtiger Weise gerade bei dem Hauptwunder der evangelischen Geschichte, der Auferstehung Jesu (S. 226 ff.). Hier lehnt er mit unmißverstehbaren Worten sowohl das Wunder als den Scheintod, mithin jedes wirkliche Wiederaufleben des Gekreuzigten, ab, und faßt den Vorgang als einen rein psychologischen im Innern der Jünger, der nur in dem leer gefundenen Grabe einen äußeren Anlaß gehabt und sich zuerst in Visionen tieferregter Frauen kundgegeben habe. Wenn hienach die Männer des Protestes den Verfasser des Charakterbildes beschuldigten, daß er die Auferstehung Jesu läugne, so hatten sie, sollte man denken, vor Gott und Menschen Recht. Nur in Durlach nicht. Da hat es ihnen Herr Holtzmann als ein Stück „pastoraler Rhetorik", berechnet auf die Aufregung des Volks, zum schweren Vorwurf gemacht. Sie hätten, meinte er, über diesen Punkt die Schenkel'sche Dogmatik vergleichen sollen. Ei, wozu denn die Dogmatik, wenn im Charakterbild mit dürren Worten zu lesen ist, daß der Verfasser eine wirkliche Wiederbelebung Jesu nicht annimmt? Vielleicht eben deswegen, weil es in dem andern Buche nicht mit so dürren Worten gesagt, etwas mehr dogmatisch verblümt ist? Die Art, wie der Durlacher Vertheidiger die augenscheinlich weiter gehende Darstellung des Charakterbildes auf ein bloßes Nichtwissen, wie es sich eigentlich mit der Auferstehung Jesu verhalten habe, zurückzuschrauben, wie er besonders das „tieferschütterte, weibliche Nervenleben" als Quelle des Auferstehungsglaubens zurückzuschieben sucht, zeigt deutlich, daß an diesem Punkte der Verfasser aus seiner Rolle gefallen, und daß es eben diese Rolle der Halbheit und Zweideutigkeit ist, worin er seinen Schildträgern so wohlgefällt.

Oder Halbheit ist ein ungenauer Ausdruck: Herr Schenkel, sollte ich sagen, ist zu drei Viertheilen auf Seiten der Kritik, aber ein Viertheil findet er gerathen, dem Glauben noch einzuräumen, und so ist es seinen Anhängern, überhaupt dem aufgeklärten Mittelschlag (dem Philister würde ich sagen, wenn es nicht unhöflich wäre), eben recht. Man will sich nicht mehr beengt wissen durch die Schranken des strengen Kirchenglaubens, man wünscht bequemen Raum für seine wohlerworbene Verstandesbildung; im Uebrigen aber will man an dem bestehenden Kirchenwesen nicht rütteln, will seine Predigt über das Evangelium am Sonntag, seinen christlichen Festcyklus, sein Abendmahl nicht verlieren. Beides hofft man an der Hand eines Mannes wie Schenkel zu erreichen. Aber man dürfte sich täuschen. Wenn alles das in der evangelischen Geschichte nicht wahr ist, was der Verfasser des Charakterbildes preisgibt, so ist noch viel weniger wahr; wenn Christus nicht mehr der Gottmensch, sondern nur noch ein göttlicher Mensch ist, so kann er nicht mehr Gegenstand unserer Anbetung, nicht mehr Mittelpunkt des Kultus bleiben; und wenn erst alle in der Gemeinde die Vorstellungen des „Charakterbildes" sich angeeignet hätten, so müßte in der christlichen Kirche und ihren Einrichtungen ein Zusammensturz erfolgen, der die Durlacher Herren erschrecken würde. Nur der Umstand, daß die Masse des Volks, wenn auch unbefangen und halb unbewußt, noch auf dem Standpunkt der 117 steht, ist es, was die Kirche in ihrem jetzigen Bestande aufrecht erhält; das wissen diese Männer und handeln demgemäß, und dieses klare Wissen und bestimmte Wollen stellt sie über jene Andern, die zum Theil nicht wissen, was sie wollen, zum Theil aber auch nicht wollen, was sie wissen.

„Die Freiheit und das Himmelreich," singt der alte Ernst Moritz Arndt, „gewinnen keine Halben". Aber das Erdreich besitzen sie, und wer, vor Allem in religiösen Dingen, halb und für die Halben schreibt, der ist sicher, zahlreiche Anhänger zu finden, die, falls ihm die Ganzen von der einen oder andern Seite etwas anhaben wollen, sich wohl auch als begeisterte Kämpfer um ihn schaaren. Von den sieben Schwaben sagt man, sie seien mit starker Wehr und großer Furcht gegen ein Ungeheuer ausgezogen, das sich zuletzt als ein Hase erwies: von den siebenhundert Durlachern wird man dereinst sagen, daß sie sich ritterlich geschlagen haben, um ein Banner nicht in Feindeshand fallen zu lassen, das in Wirklichkeit ein geflickter Waschlappen war.

VII.

# Die Halben und die Ganzen.

Eine Streitschrift

gegen

die HH. DD. Schenkel und Hengstenberg.

———

# Vorwort.

Wer möchte nicht ein Ganzer sein? und wer bliebe nicht doch ein Halber?

Gewiß, keiner von uns kann seiner Länge einen Zoll, geschweige eine Elle, zusetzen; aber sein natürliches Maß ausfüllen wollen, seine Kraft vollständig in Anwendung bringen, die Dinge festen Blicks anschauen, und das Erkannte vor sich und Andern ganz und rückhaltslos aussprechen, das kann Jeder. In diesem Sinne ein Halber zu sein, ist Schmach, ein Ganzer immer mehr zu werden, unbedingte Mannespflicht.

Gibt es aber nicht auch Ganze, die schlimmer sind als die Halben? Die der Wahrheit, weil sie ebenso wie der Böse mit dem Finger gleich die Hand begehrt, auch den Finger nicht lassen wollen? Gewiß gibt es Solche; aber ob sie wirklich schlimmer sind als jene, ist noch die Frage. Andere mögen anders urtheilen: mir sind sie lieber; schon darum, weil sie weniger gefährlich sind. Wo sie Einen Proselyten machen, da machen die Halben in dieser schwachen Welt ihrer zehn, und für die Wahrheit sind doch beide Theile verloren, ja die Letzteren unwiederbringlicher als die Ersteren.

Eine andere Frage ist, ob es in unserer fortschreitenden Zeit in der That noch solche Ganze im Sinne des Rückschritts geben kann? Schwerlich wird sich einer den Ideen und Bestrebungen der Gegenwart auf allen Punkten verschließen können; auch an dem entschiedensten Rückschrittsmanne werden Stellen nachzuweisen sein, wo die Zeit in ihn eingedrungen ist, wo er ihr, oft unbewußt, Concessionen gemacht hat, wo er mithin selbst auch als ein Halber erscheint.

Nur die volle Hingabe an den vorwärts drängenden Zug der Zeit, das ernste und redliche Handanlegen an ihre Aufgaben, kann in unsern Tagen noch ganze Männer bilden.

Baden, im Mai 1865.

Der Verfasser.

---

# L

# Gegen Schenkel.

Daß Herr Kirchenrath Schenkel auf den Angriff, den ich in der Beilage meiner Schrift über Schleiermacher's Leben Jesu gegen ihn gerichtet, die Antwort nicht schuldig bleiben würde, war auch ohne seine eigene und seiner Anhänger vorläufige Ankündigungen zu erwarten. Wie könnte auch der Mann jemals um eine Antwort verlegen sein, dem das Wort nie versagt, selbst dann nicht, wenn die Gedanken dahinten bleiben? Denn daß er diese wenigstens damals noch nicht ordentlich beisammen gehabt, als er seine kurze Erklärung in den Schwäbischen Merkur schickte, ist offenbar.

Der Beurtheiler meiner genannten Schrift in diesem Blatte[1]) meinte, das Publikum werde sich betreffs der angehängten Auslassung über Schenkel wundern, daß ich mit ihm, der doch in gleicher Verdammniß mit mir sei, alle und jede Gemeinschaft von der Hand weise; doch „dürften Eingeweihtere dabei an Wilhelm Tell, der den Parricida abwies, sich erinnern". Was der Verfasser mit dieser Wendung sagen wollte, war so leicht zu errathen, daß ich jedes weitere Wort darüber unnöthig finden würde, selbst wenn es gerade mir anstünde, es zu sagen; auf der Hand liegt in jedem Falle, daß das nicht seine Meinung sein konnte, was der Herr Kirchenrath ihm als solche unterlegt, und wogegen er sich nicht eilig genug verwahren zu können meint[2]). Diese Aeuße-

---

1) Nr. 72 vom 26. März 1865.
2) Schwäb. Merkur Nr. 74, vom 29. März.

rung nämlich, fürchtet er, könnte „Uneingeweihte" leicht zu der Vermuthung veranlassen, als hätte er auf irgend einem nur Wenigen bekannten Wege mit mir in Verbindung zu treten gesucht, und wäre von mir zurückgewiesen worden. „Zur Verhütung jedes Mißverständnisses solcher Art" erklärt er nun, „daß er sich mir weder mündlich noch brieflich noch in einer Druckschrift jemals zu nähern versucht habe, und daß also ich nie in die Lage habe kommen können, ihn abzuweisen."

Sollte in der That Herr Schenkel bei einiger Besinnung nöthig gefunden haben, sich gegen einen Verdacht zu verwahren, den unmöglich Jemand gegen ihn hegen konnte? Wie wenig muß er auf die Proben von Klugheit gebaut haben, die er schon gegeben, wenn er meinte, es könnte irgend wer, der von ihm und seinem Thun auch nur oberflächlich Notiz genommen, ihm eine so unkluge Handlungsweise zutrauen, als die gewesen wäre, mit mir eine Verbindung zu suchen? Er, der „Doctor und ordentliche Professor der Theologie, der badische Kirchenrath, Seminar-Direktor und erste Universitätsprediger", sich mündlich, brieflich oder gedruckt einem Manne nähern, der Nichts ist, nicht einmal der Hutten'sche Niemand, weil er doch in jungen Jahren die Schwachheit gehabt, den Titel eines Doctors der Philosophie sich zu erwerben! — Doch wäre es noch um die Herablassung; wenn nur nicht dieser Niemand es auf sich hätte, in den Abgrund seines Nichts wider seinen Willen auch Andere, die sich ihm nähern, hinabzuziehen! Diesen Stand der Dinge haben sich aufstrebende Theologen schon seit einem Menschenalter wohl gemerkt. Gerade solche, die von mir eine Anregung empfangen hatten, und die sich nun einerseits zwar auf einen wissenschaftlich freieren Standpunkt stellen, andererseits aber doch auch ihre kirchliche oder akademische Stellung nicht verlieren wollten, suchten dies in der Regel dadurch zu erreichen, daß sie in ihren Schriften erst über mich (was kann man sich nicht gegen einen Niemand erlauben?) mit einigen Fußtritten hinwegschritten, dann nach so gelöstem Freibrief ihre eigenen Wagnisse um so getroster zu Markte brachten. Und die Berechnung hat fast niemals getäuscht. Man hat den Leuten Ketzereien, die den meinigen auf's Haar ähnlich waren, zugute gehalten, weil sie doch vorher mir, den man als den eigentlichen Antichrist anzusehen gewohnt war, feierlich abgesagt hatten.

Von dieser verständigen und so offenbar zweckdienlichen Taktik sollte irgend Jemand Herrn Schenkel das Gegentheil zugetraut haben? Ihm, der zum Besten der Kirche und der Wissenschaft sich „möglich", ja wirklich zu erhalten suchen muß, zugetraut, mit dem notorisch „Unmöglichen", dem Verfasser des kritisch bearbeiteten Lebens Jesu, eine Verbindung gesucht zu haben? Das hat ihm Niemand zugetraut, und er selbst kann nicht im Ernste geglaubt haben, daß es ihm Jemand zutrauen würde.

Aber warum hat er sich denn so sehr beeilt, einem Ding der Unmöglichkeit in den Weg zu treten? so sehr beeilt, daß er seine Erklärung noch an demselben Tage niederschrieb, an dem ihm der Artikel, gegen den er sich erklären zu müssen glaubte, zugekommen war? Daß er eine persönliche Annäherung an mich gesucht, das konnte freilich Niemand meinen; aber daß seine Ansichten den meinigen sehr nahe stehen, sein „Charakterbild" und mein „Leben Jesu" derselben Richtung angehören, das war und ist noch immer eine sehr verbreitete Meinung. Dagegen sich zu erklären, war ihm jener Artikel im Schwäbischen Merkur eine willkommene Veranlassung; dazu die Berichtigung des vorgespiegelten Mißverständnisses nur die Einleitung. Daß „seine theologische Ueberzeugung auf wesentlich anderen Grundanschauungen ruhe als die meinige", das wollte er vor einem möglichst großen Publikum betonen; daß die von ihm herausgegebene kirchliche Zeitschrift alsbald „Fronte gegen mein für das Volk bearbeitetes Leben Jesu gemacht habe", darauf wollte er aufmerksam machen.

Bei dieser Absicht, vor dem Publikum sich mir möglichst fern zu stellen, sollte ihm, muß man denken, ein Angriff von meiner Seite gar nicht unerwünscht gekommen sein. Wenn der Pharisäer Gott dankt, daß er nicht ist, wie andere Leute, insbesondere nicht wie dieser Zöllner, so kann er unmöglich etwas dagegen haben, wenn der Zöllner seinerseits bestätigt, daß er nicht sei, wie der heilige Mann ihm gegenüber. Statt dessen findet Herr Schenkel in seiner seitdem erschienenen ausführlichen Antwort[1] es inhuman, daß ich zu meinem Angriff auf ihn gerade den Augenblick gewählt

---

1) Das Christenthum und die Humanitäts-Religion des Herrn Dr. D. F. Strauß. Allgemeine kirchliche Zeitschrift, herausgegeben von Prof. Dr. Dan. Schenkel ꝛc. Sechster Jahrgang, 4. Heft, S. 225—236.

habe, „in welchem die Meute der hochkirchlichen Verfolger ihr
Hep! Hep! von allen Seiten ihm zuschreie". Seltsam! ich habe
im Niederschreiben jenes Aufsatzes das bestimmte Bewußtsein ge=
habt, Herrn Schenkel dadurch in seiner augenblicklichen Situation
vielmehr zu nützen; und wäre es mein Wunsch gewesen, ihn aus
seiner äußeren Stellung geworfen zu sehen, so würde ich, da ich
ihn einmal nicht loben konnte, wenigstens den Angriff auf ihn
unterlassen haben. Sprach ich mich öffentlich gegen sein Buch
aus, so war er vor aller Welt der Complicität mit dem meinigen
entlastet; wurde er auf der einen Seite von Hengstenberg, auf
der anderen von mir angefochten, so erschien er ja als der Mann
der richtigen Mitte, als der Vertreter jener einigenden und ver=
söhnenden Theologie, auf die er mit vielen Anderen eben so große
Stücke hält, als ich kleine.

1.

Doch daß ich ihn gerade jetzt als Theologen angegriffen,
verargt Herr Schenkel mir weniger, als daß ich diesen Zeitpunkt
gewählt habe, um durch die Erinnerung an seinen Handel mit
Kuno Fischer noch seine Person zu verunglimpfen. Ich habe mich
„vergessen", drückt er sich aus: offenbar wäre es ihm sehr lieb
gewesen, wenn ich die Sache vergessen hätte. Warum auch nicht
vergessen, was so lange schon her ist? Es sind ja, versichert er,
„nicht zehn, wie Herr Strauß zu einiger Beschönigung der
Wiederaufwärmung jenes Klatsches sagt, sondern zwölf Jahre seit
jenem Vorgange verflossen, den er mir zu meiner Beschämung
vorhält"[1]). Von dem Klatsch nachher; aber meine Zeitbestimmung
bitte ich den Herrn Kirchenrath, mir ungehudelt zu lassen. Der
beschämende „Vorgang" allerdings, d. h. die Anschwärzung Fischer's
bei einem Mitgliede des badischen Oberkirchenraths, fällt schon in
den Oktober 1852, das Verbot der Vorlesungen Fischer's in den
Juli 1853; aber davon sprach ich in meinem Artikel nicht, son=
dern, kaum seien es zehn Jahre, sagte ich, „daß der Verfasser des
Charakterbildes Jesu mit Dr. Kuno Fischer in einen Streit
verwickelt gewesen"[2]). Nun, die zwischen beiden Männern ge=

---

1) Allg. kirchl. Zeitschrift a. a. O., S. 229.
2) Der Christus des Glaubens u. s. f., S. 226.

wechselten Streitschriften tragen sämmtlich die Jahreszahl 1854; da mein Artikel gegen Schenkel im Jahr 1864 zuerst erschienen ist, so war es kein Streben nach Beschönigung, sondern die wörtliche, keiner kirchenräthlichen Correctur bedürftige Wahrheit, wenn ich von nur zehn dazwischen liegenden Jahren sprach.

Warum ist es denn aber Herrn Schenkel so sehr darum zu thun, eine längere Frist herauszubringen? Sollte das Streben nach Beschönigung, das er mir zuschiebt, vielmehr auf seiner Seite zu finden sein? Offenbar möchte er den häßlichen Handel als etwas längst Verjährtes darstellen, woran zu erinnern unstatthaft sei. Deswegen will er statt der knappen zehn lieber zwölf Jahre haben. Bekanntlich indessen verjähren selbst Diebstahl und Fälschung in der Regel schon mit dem vollendeten zehnten Jahre; freilich nur rechtlich, daß ihretwegen einer nicht mehr zur bürgerlichen Verantwortung und Strafe gezogen werden kann; moralisch, was den Leumund und die sittliche Schätzung des Thäters betrifft, verjähren sie in der Regel auch mit zwölf Jahren nicht, und noch weniger gibt es für Handlungen, die lediglich der sittlichen Beurtheilung anheimfallen, eine solche äußerliche Verjährungsfrist.

Ein Anderes wäre es freilich, wenn die ganze Sache, die ich zu so ungelegener Zeit in Erinnerung gebracht, wie Herr Schenkel sich ausdrückt, nur „ein alter Klatsch" wäre, den ich „ohne gewissenhafte Erforschung des Thatbestandes" aufgewärmt und fortgepflanzt hätte. Dabei kommt er mit einem Worte Lessing's angezogen, das mir, wie er höchst schmeichelhaft voraussetzt, „doch wohl bekannt sein werde": in der That habe ich es zu einer Zeit, als Herrn Schenkel's Schriftstellerei noch in den Windeln lag, gegen einen Widersacher hoffentlich passender, als er jetzt gegen mich, in Anwendung gebracht. Es ist das Wort gegen Klotz, daß dem Kunstrichter gegen einen Schriftsteller nur derjenige Tadel erlaubt sei, den er aus dessen Schriften gut machen könne; mit jeder Notiz aus anderer Quelle, die er gegen ihn benütze, überschreite er seine Befugniß und werde „Klätscher, Anschwärzer, Pasquillant". Nun, wenn Lessing im elften Antigöze den Hauptpastor als einen Mann bezeichnet, „der seine Collegen aus brüderlicher Liebe eher ewig schlafen macht, als ihnen (wie Lessing einem Gegner) das Schlafen vorwirft": so ist

natürlich dem Herrn Kirchenrath „doch wohl bekannt", was sein
großer Vorgänger damit gemeint hat. Nur für andere Leser daher, die in Lessing weniger zu Hause sein möchten, bemerke ich,
daß damit auf den Tod des aufgeklärten Hamburgischen Predi-
gers Alberti gezielt ist, den man durch Göze's zelotische Angriffe
beschleunigt glaubte. Diesen blutigen Stich — sollte Lessing
wirklich im Stande gewesen sein, ihn aus den Schriften seines
Gegners gut zu machen? Und wenn nicht, würde er darum, an
sein gegen Klotz aufgestelltes Gesetz erinnert, sich demselben verfallen bekannt haben? Mein Streit mit Göze, würde er gesagt
haben, ist über die Kritik von Büchern längst hinaus. Hier stehen
sich nicht mehr Verfasser und Kunstrichter, sondern zwei Principien und ihre Vertreter gegenüber, und diese können in der Beurtheilung, die sie gegen einander üben, nicht auf ihre gegensei-
tigen Schriften beschränkt sein, sondern Jedem muß der ganze
Kreis der öffentlichen Wirksamkeit des Anderen als Arsenal für
seine Beweisführung zu Gebote stehen. — Wenn ich, wie ich gethan, nicht über ein Schenkel'sches Buch, sondern über „den
Schenkel'schen Handel in Baden" schrieb, so mußte es mir freistehen, die Data zur Beurtheilung desselben aus allen mir glaubhaft scheinenden Quellen zu schöpfen.

Doch dies nur im Allgemeinen als Wink, daß mit einem
Lessing'schen Spruch, wie mit der Keule des Hercules, nicht jeder
Gesell ohne Weiteres umspringen kann; ich selbst in dem vorlie-
genden Falle kann mich demselben nach seinem strengsten Sinne
unterwerfen, denn ich kann Alles, was ich von Herrn Schenkel's
Verfahren gegen Kuno Fischer gesagt habe, aus seinen eigenen
Schriften gegen diesen erweisen[1]). Also, was habe ich denn gesagt, womit ich Herrn Schenkel zu viel gethan hätte? „Noch vor
wenigen Jahren," sagte ich in dem mehrgedachten Artikel, „habe
Herr Schenkel einen Docenten der Philosophie wegen angeblich
unchristlicher Lehren der Oberkirchenbehörde als schädliches, ja

---

1) Diese sind: der zwar anonym erschienene, später aber von ihm an-
erkannte Aufsatz: Das Christenthum und modernes Philosophenthum, in der
Darmstädter Allg. Kirchenzeitung, 1854, Nr. 12, wiederabgedruckt bei Kuno
Fischer: Das Interdict meiner Vorlesungen S. 65—78. Ferner: Abfertigung
für Herrn Kuno Fischer in Heidelberg, von Dr. Dan. Schenkel, 1854.

verderbliches Mitglied der Universität bezeichnet, und dadurch seine Entfernung vom Katheder veranlaßt"[1]). Das nennt der Herr Kirchenrath rundweg „eine grobe Unwahrheit"[2]). Wir erwarten seine Beweise.

Für's Erste, sagt er, habe er den genannten Docenten nicht bei der Kirchenbehörde benuncirt. Er habe nur „bei einer zufälligen Veranlassung einem ihm befreundeten Manne seine Ansicht über die Fischer'schen Vorlesungen (über Geschichte der neueren Philosophie, die eben damals im Druck erschienen waren) mitgetheilt"; und „daß Freunde sich ihre Gedanken darüber offen mitgetheilt haben, werde wohl Niemand für etwas Unberechtigtes erklären"[3]). Wie unschuldig! wie abscheulich, aus einer so harmlosen Mittheilung zwischen Freunden eine Denunciation zu machen! Aber wer war denn der Freund, in dessen Busen Herr Schenkel sein bekümmertes Herz ausschüttete? und was war die zufällige Veranlassung, bei der er es that? Der Freund war, wie wir anderswo von ihm selbst erfahren, „ein Mitglied des badischen Oberkirchenraths", und die zufällige Veranlassung war „eine Predigerconferenz zu Durlach im Oktober 1852"[4]). Herr Schenkel wußte also sehr wohl, daß er nicht blos zu einem Freunde, sondern zu einem Oberkirchenrathe sprach, und er wollte auch nicht blos zu dem ersteren, sondern zugleich zu dem letzteren sprechen. Denn er sprach auch seinerseits nicht blos als Freund, sondern „als Universitätsprediger und Direktor des Predigerseminars, in dessen Stellung der Beruf dazu lag", und sprach so bei einer Gelegenheit, die es mit sich bringt, daß dabei in vertraulicher Form Manches angeregt wird, was hernach amtlich in's Werk gesetzt werden soll. In solcher Stellung und bei solcher Gelegenheit also machte Herr Schenkel, wie er selbst erzählt, den befreundeten Oberkirchenrath auf den „ihm als nachtheilig, ja verderblich erscheinenden Einfluß Fischer's aufmerksam, und „sprach lebhaft das Bedürfniß eines kräftigen Gegengewichts, der Berufung eines

-------

1) Der Christus des Glaubens ꝛc. S. 227.
2) Allg. kirchliche Zeitschrift a. a. O. S. 229.
3) Abfertigung S. 5 f.
4) Abfertigung S. 6, Darmst. Allg. Kirchenzeitung bei Kuno Fischer, S. 68. Vgl. die Allg. kirchliche Zeitschrift a. a. O.

entschieden christlich gesinnten Philosophen nach Heidelberg, aus", das er „durch die pantheistische Färbung der gedruckten Vorlesungen Fischer's motivirte" [1]).

Wir haben uns oben nur nach der amtlichen Stellung des „befreundeten Mannes" erkundigt, und ein Mitglied des Oberkirchenraths in ihm gefunden; wir erlauben uns jetzt, noch einen Schritt weiter zu gehen, und auch nach seiner Person zu fragen. Da erfahren wir als „notorisch", daß es der „Herr Ministerialrath Bähr" gewesen [2]), und von diesem Herrn ist nun weiter notorisch, daß er für nichts weniger als einen Gönner der beanstandeten oder überhaupt der freieren Richtung in Kirche und Wissenschaft bekannt war. Wollte also Herr Schenkel gegen den Vertreter der ihm als schädlich erscheinenden Richtung etwas in Gang bringen, so hatte er sich an die rechte Adresse gewendet; er konnte sicher sein, daß das vertraulich niedergelegte Samenkorn nicht todt liegen, sondern bald in einer entsprechenden amtlichen Maßregel aufgehen werde. Also denuncirt hat Herr Schenkel den philosophischen Docenten jedenfalls, und zwar zuerst denuncirt, ehe noch von irgend einer anderen Seite ein Einschreiten gegen denselben in Anregung gebracht war. Aber, sagt er, nicht bei der Oberkirchenbehörde, sondern nur bei einem Mitglied der Oberkirchenbehörde. Das ist so recht eine von den Distinctionen, womit man unter dem Galgen durchschlüpft; sie wird aber überdies durch das eigene Bekenntniß des Herrn Schenkel kraftlos, daß er später in einem amtlichen Senatsvotum, das als Gutachten an den Oberkirchenrath ging, seine „Erklärung gegen die pantheistische Theorie Herrn Fischer's", mithin auch gegen dessen verderblichen Einfluß an der Hochschule „entschieden" aufrecht erhalten habe [3]). Darnach zerfiele also Herrn Schenkel's Denunciation in zwei Theile: eine vertrauliche, die aber ihre volle Wirkung that; worauf ihr dann erst auch die amtliche folgte. Ob ich nun ein Recht hatte, in den sechs Zeilen, die ich der Sache widmete, dies so auszudrücken, daß „Herr Schenkel einen Docenten

---

1) Darmst. K.-Ztg. bei Fischer a. a. O.

2) Kuno Fischer und die akademische Lehrfreiheit in Baden, Protestantische Kirchenzeitung, 1854, Nr. 14, S. 310.

3) Abfertigung S. 9. Vgl. die Protest. Kirchenzeitung a. a. O.

der Philosophie der Oberkirchenbehörde als verderbliches Mitglied der Universität bezeichnet habe", das kann ich getrost der Entscheidung aller geradsinnigen Leser überlassen.

Daß er den akademischen Einfluß Kuno Fischer's als „nachtheilig, ja verderblich" dargestellt habe, sind Schenkel's eigene Worte; so aber sei ihm dieser Einfluß, und insbesondere das damals herausgekommene Buch von Fischer, behauptet er jetzt, „nicht", wie ich gesagt, „wegen seines unchristlichen, sondern wegen seines, wie er annehmen zu müssen geglaubt habe, atheistischen Inhalts" erschienen, und „nur gegen den Atheismus habe er sich damals entschieden ausgesprochen"[1]. Der Herr Kirchenrath scheint zu glauben, wovon wir wohl begreifen, daß er es wünschen möchte, seine damaligen Streitschriften seien sämmtlich verloren gegangen, daß er sich erbreistet, Dinge zu behaupten, die der erste Blick in dieselben widerlegt. Denn ganz und gar nicht von Atheismus sprach er dort, wie er es im Angesicht des Fischer'schen Buches auch unmöglich konnte; sondern durchaus und immer wieder von Pantheismus und von dessen Unverträglichkeit mit dem Christenthum. Daß Fischer in seinen Vorlesungen „sich in crasser Weise zum Pantheismus bekenne"; daß er „ohne Umschweife die Persönlichkeit Gottes leugne und die pure Weltvergötterung lehre"; daß er insofern „nicht auf christlichem, sondern auf paganistischem Boden stehe", da die Lehre von der „Persönlichkeit Gottes, die Unterscheidung der Welt von Gott, die Kern- und Grundlehre des Christenthums sei": dies ist das breit ausgeführte Thema der Schenkel'schen Streitschriften, von denen die eine sogar einen besonderen Anhang hat, der den „Pantheismus des Herrn Kuno Fischer mit seinen eigenen Worten documentiren" soll[2]. Nur am Schlusse des Artikels in der Darmstädter Kirchenzeitung hatte er das Heine'sche Witzwort vom Pantheismus als verschämtem Atheismus adoptirt; aber nur in dem Sinne, daß ihm die entschiedene Feindschaft des letzteren gegen das Christenthum noch ehrenwerther erscheine, als die falsche Freundschaft für dasselbe, die er dem ersteren zuschrei-

---

1) Allgem. kirchliche Zeitschrift a. a. O., S. 230.
2) Abfertigung S. 24—31. Vgl. den Artikel in der Darmst. Kirchenzeitung bei Fischer, S. 72—77.

ben zu müssen glaubte. Wie kommt es nun, daß, der urkund=
lichen Thatsache gegenüber, wornach er damals seinen Gegner auf
einen mit dem Christenthum unverträglichen Pantheismus ange=
klagt hat, er ihn jetzt (worin er sich freilich, wenn ich recht ver=
stehe, was er zwischen den Zähnen murmelt, geirrt zu haben be=
kennt) vielmehr auf Atheismus belangt haben will? Wie das
kommt? Auf die natürlichste Weise von der Welt. Als er seine
Streitschriften gegen Fischer schrieb, bestand in Baden wie im
übrigen Deutschland noch die alte Aera, man war noch in der
Rückströmung nach der Sturmfluth der Jahre 1848 und 1849
begriffen. Damals konnte sich ein Theologe der richtigen Mitte,
ohne zu viel Gefahr für seinen Ruf, die Befriedigung wohl
gönnen, gegen den Pantheismus nach Herzenslust loszuziehen.
Seitdem ist, in Baden insbesondere durch einen hochherzigen
Entschluß des Fürsten, aber auch in der übrigen Welt, eine neue
Wendung eingetreten. Wir schreiten wieder, wenn auch langsam,
vorwärts; der Wissenschaft wird nicht mehr die Umkehr zuge=
muthet; und so ist auch das Geschrei gegen den Pantheismus
ziemlich verschollen, den man überdies mittlerweile, dem immer
mehr um sich greifenden Materialismus und Atheismus gegen=
über, als das mindere Uebel erkennen gelernt hat. Gegen diesen,
den Atheismus, zu kämpfen und gekämpft zu haben, steht einem
Theologen des gemäßigten Fortschrittes auch heute noch nicht
übel an; folglich will Herr Schenkel jetzt auch in Kuno Fischer
nur den Atheismus bekämpft haben: da es doch, wie alle Blätter
seiner damaligen Streitschriften zeigen, vielmehr nur der Pantheis=
mus gewesen ist, den er in demselben bekämpfte und bekämpfen
konnte.

Gegen den Atheismus gestritten zu haben, glaubt Herr
Schenkel sich um so weniger schämen zu dürfen, als er darin
einen Mann wie Gervinus sich zur Seite weiß. Auch Gervinus
spreche ja in seiner Schrift über die Mission der Deutschkatholiken
von dem Atheismus als einem Wurmfraß, der widerlich um sich
greife, von einer herzlosen Spekulation, die alles Religionsgefühl
verflüchtige und negire[1]). Gewiß; nur daß der Geschichtschreiber

_______

1) Schenkel in der Allg. kirchl. Zeitschrift, a. a. O. S. 230. Gervinus,
die Mission der Deutschkatholiken, 3. Aufl., S. 47.

der deutschen Nationalliteratur sicher nicht mit Heine und Schen=
kel den Pantheismus für Atheismus genommen, nicht für die
Herzlosigkeit, die er in einer Philosophie zu finden meinte, ihre
pantheistische Richtung verantwortlich gemacht hat. Gervinus
hatte jenen Atheismus im Auge, von dem damals (im Jahre
1846) ein Apostel desselben versicherte, daß er am besten unter
den Tischlern und Schlossern gedeihe[1]); die Jahre, als in der
Schweiz ein Marr und andere seinesgleichen Ludwig Feuerbach's
Wesen des Christenthums studirten, und den Arbeitern Friedrich
Feuerbach's Religion der Zukunft vorlasen. Was aber den Pan=
theismus betrifft, so darf man sich nur erinnern, wie Gervinus
über Goethe's pantheistische Weltanschauung spricht, um sich zu
versichern, daß er der Letzte ist, der auf den Pantheismus einen
Stein werfen möchte. Seinen persönlichen Bekannten ist seine
Verehrung für Theodor Parker wohl bekannt. Und diese hat,
wie ich aus seinem eigenen Munde weiß, nicht am wenigsten
darin ihren Grund, daß der amerikanische Theologe aus seinem
Pantheismus, den bei uns ein Schleiermacher sogar in Privat=
briefen verbergen zu müssen glaubte, selbst auf der Kanzel kein
Hehl zu machen pflegte.

Doch nicht nur, daß er in Kuno Fischer den Pantheismus
bekämpft hat, will Herr Schenkel jetzt nicht mehr Wort haben,
sondern auch das sucht er zu verstecken, daß er denselben vor=
nehmlich wegen seines unchristlichen Charakters beanstandet hat.
In seinen Streitschriften gegen Fischer war er noch selbst ge=
ständig, dem befreundeten Mitgliede des Oberkirchenrathes gegen=
über sich lebhaft dafür ausgesprochen zu haben, „daß durch die
Anstellung eines entschieden gläubigen, entschieden christlich ge=
sinnten Philosophen dem Umsichgreifen des Fischer'schen Pan=
theismus unter den Studirenden zu Heidelberg gesteuert werden
sollte[2])." Jetzt will er nur den Wunsch geäußert haben, „es
möchte als Gegengewicht gegen Fischer's hervorragenden Einfluß
ein gefeierter Lehrer der Philosophie an die Universität berufen
werden[3])." Jetzt heißt also der Einfluß Fischer's nicht mehr ein

---

1) W. Marr, das junge Deutschland in der Schweiz, 1846. S. 125.
2) Darmst. Kirchenztg., bei Kuno Fischer, S. 68. Abfertigung, S. 6.
3) Allg. kirchl. Zeitschrift a. a. O. S. 229.

unchristlich verderblicher, sondern nur ein einseitig hervorragender, dem gegenüber es um die Berufung nicht eines entschieden christlichen, sondern überhaupt nur eines gefeierten Lehrers der Philosophie zu thun gewesen sein soll. Begreiflich; denn mit der heutigen Strömung der Dinge, wie mit der heutigen Stellung Herrn Schenkel's, vertrug es sich gar zu schlecht, die Theologie aufs Neue der Philosophie zur Vormünderin setzen zu wollen, von einem Philosophen entschieden christliche Gesinnung zu verlangen. „Die Philosophie sei frei und bewege sich in ihren Kreisen ohne alle von außen kommende Hemmung und Beschränkung! nur maße sie sich auch nicht an, die Theologie niederzuhalten; es soll Freiheit sein unbedingt und für beide Theile!" Wer, meint man, das der Mann gewesen sei, der so im Ton eines T. Quinctius Flamininus die Freiheit der Philosophie proklamirte? Kein anderer als Herr Schenkel selbst[1]); aber noch nicht als badischer Professor und Seminardirektor, sondern als schweizerischer Geistlicher, und im hoffnungs- und strebungsvollen Jahr 1846, nicht in der Reaktionszeit der ersten fünfziger Jahre. Also damals wollte er für die Philosophie von keiner theologischen Beschränkung hören; später wollte er gegen einen Philosophen, weil seine Philosophie ihm theologischen Anstoß gab, einen christlichen Gegenphilosophen berufen wissen; und jetzt will er statt dessen nur gegen den überwiegenden Einfluß des einen einen andern gefeierten Philosophen gefordert haben!

Ist es nach allem diesem mit nichten eine grobe Unwahrheit, sondern eine vielleicht grobe, d. h. unangenehme, aber volle Wahrheit, daß Herr Schenkel, wie ich gesagt, einen Docenten der Philosophie 1) der Oberkirchenbehörde als verderbliches Mitglied der Universität bezeichnet, und 2) ihn so bezeichnet hat wegen seiner mit dem Christenthum unverträglichen Lehrart, so soll doch 3) das nicht wahr sein, daß er dadurch „dessen Entfernung vom Katheder veranlaßt habe." „Denn," versichert er, „daß die Oberkirchenbehörde die Entfernung des Docenten vom Katheder beantragte, das geschah nicht nur gänzlich ohne mein Zuthun, sondern unter meiner ausdrücklichen Mißbilligung und zu meinem tiefen Bedauern[2])." Das gehe aus seinem Votum im engeren

---

1) Die protestantische Geistlichkeit und die Deutschkatholiken, S. 27.
2) Allg. kirchl. Zeitschrift a. a. O. S. 230.

akademischen Senat urkundlich hervor, das ich mir hätte ver=
schaffen müssen, wenn es mir darum zu thun gewesen wäre, sein
wirkliches Verhalten in jener Angelegenheit kennen zu lernen.
Also seine Absicht, behauptet Herr Schenkel, sei nicht gewesen,
den ihm anstößigen Docenten vom Katheder zu entfernen: allein,
habe ich denn über seine „Absicht" etwas ausgesagt? Ich habe
nur gesagt, daß er durch sein Vorgehen die Entfernung jenes
Docenten „veranlaßt" habe. Und das liegt als Thatsache vor
Aller Augen, mag auch in jenem Aktenstück von Schenkel's Ab=
sicht stehen, was da will. „Der evangelische Oberkirchenrath in
Karlsruhe," dies sind seine eigenen Worte, „hat bei dem groß=
herzoglichen Ministerium des Innern auf Fischer's Entfernung
angetragen, und dieselbe ist auch höheren Orts verfügt worden[1]."
Wenn er aber weiterhin selbst nicht in Abrede zieht, daß zu jenem
Antrage des Oberkirchenraths das vorangegangene Gespräch zwischen
ihm und einem Mitgliede desselben „mit eine Veranlassung ge=
worden sein" könnte[2]): so ist von einer anderen Veranlassung
niemals etwas bekannt geworden, und es bleibt mithin sein Ge=
spräch vielmehr als die einzige Veranlassung jenes Erfolges übrig.
Doch der Antrag der Oberkirchenbehörde gegen Kuno Fischer soll
ergangen sein „in Folge ganz selbstständiger Prüfung seiner ge=
druckten Vorträge". Mag sein; aber diese Prüfung erfolgte doch
erst, nachdem Herr Schenkel auf das Buch und den Mann im
üblen Sinne aufmerksam gemacht, nachdem er auch die Punkte
bezeichnet hatte, auf welche bei der Prüfung besonders zu sehen
sei. Genug, zu der Lawine, die einen tüchtigen Mann verschütten
sollte, hat Herr Schenkel den ersten Ball in Bewegung gesetzt,
und dies nicht etwa arg= und absichtslos, sondern mit dem Be=
wußtsein und der Absicht, eine Lawine in Bewegung zu setzen.

Aber, daß sie den anstößigen Docenten der Philosophie
vom Katheder werfen sollte, das, versichert er, habe er nicht ge=
wollt, vielmehr, daß sie noch einen anderen, einen christlichen
Docenten, neben ihn auf das Katheder setzen sollte. Allein, sind
denn Lawinen so zahm, daß sie nach unseren Wünschen laufen?
und war Herrn Schenkel die Denkart der damaligen Oberkirchen=

---

1) Darmst. Kirchenztg., bei Fischer, S. 66 f
2) Abfertigung S. 6.

behörde, und insbesondere seines Vertrauensmannes, von einer
Seite bekannt, daß er hoffen konnte, sie werde sich an seinen
milderen Antrag, oder, wie ein einsichtsvoller Berichterstatter
jener Tage sich ausdrückte, an seine „lahme Clausel"[1]) binden?
War der Oberkirchenrath einerseits von der Schädlichkeit des in
Rede stehenden Docenten, und andererseits von seinem Rechte
überzeugt, in Sachen des Vortrags der Philosophie an der
Landesuniversität ein Wort mitzusprechen, so dachte er ganz
folgerichtig: es ist weit kürzer und sicherer, den Schädlichen ab-
setzen, als den Unschädlichen, aber vielleicht auch nicht Nützlichen,
berufen. Doch Herr Schenkel will einmal nur das Letztere, die
Berufung eines Gegenphilosophen, gewünscht, will von Anfang
an nur diese beantragt haben. Wir setzen keinen Zweifel in
seine Versicherung, wenn wir auch darauf aufmerksam machen
müssen, daß sie nur für die spätere Zeit bewiesen ist. In seinen
gedruckten Streitschriften vom Jahre 1854 spricht er sich allerdings
in diesem Sinne aus; eben dahin soll sein im Senat abgegebenes
Votum gelautet haben. Aber jene Schriften schrieb er erst, nachdem die strengere Maßregel gegen Fischer vollzogen, und auch die
Senatsverhandlung erfolgte erst, nachdem jene Maßregel vom
Oberkirchenrath in Anregung gebracht war. Ob nun der allgemeine Unwille, der im Publikum, besonders der Universitätsstadt,
bald über den Anstifter solcher Unbill laut wurde, nicht eine Veranlassung für Herrn Schenkel gewesen ist, einzulenken, bestimmter
als Anfangs auf die mildere Maßregel zu bringen, dies ist eine
Frage, die nur aus dem Briefwechsel, der zwischen ihm und
seinem kirchenräthlichen Freunde über die Sache geführt sein soll,
entschieden werden könnte, die aber aufzuwerfen um so näher
liegt, wenn man bedenkt, was weiter geschah.

„Als das Dekret zur Entfernung Fischer's von der Universität eintraf," erzählt Herr Schenkel, „seien auch Freunde von
ihm der Meinung gewesen, daß der engere Senat noch Schritte
zu Fischer's Gunsten bei der Regierung thun sollte." Er aber
sei überzeugt gewesen, „daß diese Schritte erfolglos bleiben
müßten; und zum Werkzeuge einer zu Nichts führenden, höchstens
bittere Stimmungen hervorrufenden Demonstration habe er sich
nicht hergeben wollen: dergleichen gehe überhaupt gegen seine

_______________

1) Protest. Kirchenzeitung 1854, Nr. 14, S. 310.

Natur und sein Gewissen"[1]). In der That, ein seltsames Ding, das Gewissen des Herrn Schenkel. Er hatte den A als schädlich bezeichnet, und gleichwohl schonend nur auf Berufung eines B mit Belassung des A angetragen; die Regierung hatte umgekehrt den A entfernt, ohne einen B zu berufen; seine Collegen, bisher an der Sache unbetheiligt, wollen sich im Sinne von Herrn Schenkel's ursprünglicher Absicht fürsprechend an die Regierung wenden: und siehe da, ihm verbietet, für seine eigene Absicht noch einmal einzutreten, seine Natur und sein Gewissen! Daß seine Natur dabei im Spiele gewesen, glauben wir gerne; aber wann hätte je das Gewissen einem Ehrenmanne verboten, ein dixi et salvavi animam zu sprechen, auch wenn er sicher wußte, daß es „zu Nichts führen", und auf die Gefahr hin, die aber hier nicht einmal vorhanden war, daß es „bittere Stimmungen" hervorrufen würde?

Und ein böses Knötchen ist doch auch in der milderen Geißel, die Herr Schenkel in seinem Senatsvotum für den angeklagten Docenten geflochten haben will. Er hat nämlich zwar gegen die Entfernung, aber „für eine ernste Verwarnung" desselben gestimmt. „Ich hielt," berichtet er uns, „den Dr. Fischer damals für einen irre geleiteten jungen Mann, der den rechten Weg vielleicht noch finden könne, wenn eine ernste Gewissenserschütterung über ihn käme[2]." Da hören wir die echte Pfaffensprache, welche den, der sie einmal geführt hat, für alle Zeiten zum Pfaffen stempelt, selbst wenn er später für gut finden sollte, seinen Kirchenrock roth färben zu lassen. Ein zwar noch junger, aber durch die vollgültigsten Proben als geistesreif und geistesstark erwiesener Universitätslehrer soll wie ein Schulknabe vorgenommen, und ihm, wohlgemerkt, seiner Lehre, nicht irgend welcher Handlungen wegen, in's Gewissen geredet werden, weil er nach Herrn Schenkel's Ueberzeugung auf einem Irrwege begriffen ist. Die Folge würde gewesen sein, daß entweder der verwarnte Docent moralisch todt gemacht, oder die Behörde mit Allen, die für die Maßregel gestimmt hatten, der Verachtung der Studirenden preisgegeben worden wäre: im Angesicht der ersteren Möglichkeit war es sogar noch humaner,

---

1) Abfertigung S. 9 f.
2) Abfertigung a. a. O.

im Angesicht der anderen wenigstens klüger, ihn gerade abzu=
setzen.

Dazu nehme man nun noch, was oben schon berührt worden
ist. Herr Schenkel gibt zu verstehen, daß er sich in Betreff des
Buches von Fischer, das damals den Gegenstand seiner Anklage
bildete, geirrt haben dürfte. Er gibt es zwar in höchst eigen=
thümlicher, nichts weniger als unumwundener Art zu verstehen.
„Ohne Zweifel," sagt er, „würde jetzt, nach zwölfjährigen Erfah=
rungen, mein Urtheil über das damals angefochtene Buch, das
mir wegen seines, wie ich annehmen zu müssen glaubte, atheisti=
schen Inhalts schädlich und verderblich schien, ein anderes sein[1])."
Nach zwölfjährigen Erfahrungen? Was kann ihn über den wahren
Sinn eines philosophischen Buches die Erfahrung, und wäre es
eine zwölfjährige, gelehrt haben? Darüber konnte ihn nur gründ=
licheres Studium des Buches selbst oder etwa ähnlicher Bücher be=
lehren; daß er diese Studien seither nicht gemacht hat, glauben
wir gern, und loben es, daß er das auch nicht behauptet hat.
Aber die Erfahrung? Nun, die konnte ihn allenfalls lehren,
daß eine so hitzige Verfolgung des Pantheismus einem Theologen,
der mittlerweile die Führerschaft der kirchlichen Fortschrittspartei
in seinem Lande übernommen hatte, nicht wohl anstehe. Also ver=
sichert er, er habe Fischer's Buch und Lehre damals für atheistisch
gehalten. Allein damals erschienen sie ihm ja, wie wir gesehen
haben, vielmehr pantheistisch; daß sie ihm atheistisch erschienen
seien, ist die neue Wendung, mit der er uns jetzt überrascht.
Das also hat ihn die zwölfjährige Erfahrung gelehrt, daß er der
Sache die Wendung geben müsse, als hätte er damals Fischer
für einen Atheisten gehalten, und wäre demnach sein Auftreten
gegen ihn ein solches gewesen, das auch freisinnige Kirchenmänner
vollkommen berechtigt finden müßten: jetzt — doch wofür er sei=
nen damaligen Gegner jetzt hält, sagt er nicht; es möchte einem
Widerruf, einer Ehrenerklärung für den einst Verfolgten ähnlich
sehen, wozu sich der Herr Kirchenrath, der empfindlichen Ver=
letzungen eingedenk, die ihm jener in der Gegenwehr beigebracht,
durchaus nicht aufgelegt findet. Immerhin jedoch gibt er zu ver=
stehen, daß er sein damaliges Urtheil über Fischer's philosophischen

---

1) Allg. kirchl. Zeitschrift a. a. O. S. 230.

Standpunkt nicht mehr für richtig halte. Aus seinem damaligen Urtheil aber war sein Auftreten gegen Fischer hervorgegangen, und dieses Auftreten hatte dessen Entfernung vom akademischen Lehramt zur Folge gehabt. Diese mit Allem, was sich sowohl für den Entfernten, als für die Hochschule, von der er entfernt wurde, daran knüpfte (für letztere bekanntlich langjährige Ver‍‍ödung des philosophischen Studiums), alle diese Folgen hängen an dem damaligen Irrthum des Herrn Schenkel. Er wird sich in den Mantel seiner Ueberzeugung, seines guten Glaubens hüllen: in unsern Augen hätte ein offenes Wort des Bedauerns über einen so verhängnißvoll gewordenen Irrthum den Kirchenrath lange nicht um so viel heruntergesetzt, als es den Menschen ge‍‍hoben hätte.

Statt dessen thut sich Herr Schenkel durch die Versicherung gütlich, daß er doch „das Recht der Lehrfreiheit in seinem amt‍‍lichen Votum unumwunden anerkannt und vertheidigt habe" [1]). Wir kennen dieses amtliche Votum nicht, fürchten aber seinem Urheber kein Unrecht zu thun, wenn wir uns an dasjenige halten, was er selbst daraus mittheilt. Von Vertheidigung der Lehrfrei‍‍heit nun ist in dem ausführlichsten Bericht, den er darüber gibt [2]), nichts zu finden. Gleichviel; im Votum könnte es dennoch enthalten gewesen sein. Dagegen lesen wir sein Bekenntniß: „Ich habe (in jenem Votum) das Recht des evangelischen Ober‍‍kirchenraths, in Fällen, wo das Christenthum durch öffentliche Vorlesungen in seinen Grundlagen angegriffen wird, ein Ein‍‍schreiten der Staatsbehörde zu veranlassen, befürwortet." Eine schöne Lehrfreiheit, das! Also dem evangelischen Oberkirchenrathe steht über die Vorlesungen nicht allein der theologischen, sondern auch der philosophischen, überhaupt sämmtlicher Fakultäten an der Landeshochschule ein Aufsichtsrecht zu; er hat zu wachen, ob in denselben nichts vorkommt, was das Christenthum in seinen Grund‍‍lagen angreift; worin diese Grundlagen bestehen, und was als Angriff auf dieselben zu betrachten sei, entscheidet selbstverständlich derselbe Oberkirchenrath; sein Wächteramt hätte er, sofern er seinen Sitz nicht in der Universitätsstadt selber hat, durch die theologi‍‍

---

1) Allg. Zeitschrift a. a. O. S. 230.
2) Abfertigung S. 8 f.

schen Professoren an derselben auszuüben, die somit seine natür=
lichen Spione und Angeber wären; fände er nach deren Bericht
oder eigener Wahrnehmung einen Universitätslehrer eines Angriffs
auf die Grundlagen des Christenthums schuldig, so hätte er das
Recht, die Staatsbehörde zum Einschreiten aufzufordern; diese
aber, sofern nicht besondere Gründe vorlägen, das Gutachten der
Sachverständigen zu beanstanden, hätte die Pflicht, gegen den An=
geschuldigen und seine Vorlesungen einzuschreiten. Nun erwäge
man, daß in einem paritätischen Staate ein solches Oberaufsichts=
recht über die Vorlesungen an der Universität unmöglich blos
dem evanglischen Kirchenrath eingeräumt werden könnte, sondern
ebenso auch dem katholischen Ordinariat zugestanden werden müßte:
um sich von der Lehrfreiheit eine Vorstellung zu machen, wie sie
nach damaligen Schenkel'schen Grundsätzen (wenn der Ausdruck
hier erlaubt ist), von der Stellung der akademischen Lehrer, wie
sie unter diesem doppelten Damoklesschwerte sich gestaltet haben
würde!

Das also ist der „alte mythische Klatsch"[1]), den ich nicht
hätte „aufwärmen", das der unangenehme Handel, den ich, nach=
dem längst Gras darüber gewachsen war, nicht hätte ausgraben
sollen. Wenn ich nun noch von der sittlichen Entrüstung, von
der tiefen Verachtung ein Bild gegeben hätte, die sich in jenen
Jahren in allen Kreisen, die davon berührt waren, über das
Verfahren Schenkel's aussprach? Wenn ich das köstliche Billet
des biederen Schlosser[2]) mitgetheilt, wenn ich aus der Darstellung,

---

1) Was ist Klatsch? Herr Schenkel sagt S. 228 a. a. O. seiner allg.
tirchlichen Zeitschrift, ich habe meinen Angriff auf ihn wieder abdrucken lassen,
„obwohl von wohlmeinender Freundesseite gewarnt". Gewarnt, das heißt ja
doch: darauf aufmerksam gemacht, wie übel mir der Angriff auf einen so über=
legenen Gegner und seine von der Lehr= und Glaubensfreiheit unzertrennliche
Sache bekommen könnte. Das hat ihm der Freund, der mich so gewarnt haben
soll, gewiß nicht selbst gesagt, denn so hat mich keiner gewarnt, und gewarnt
hat mich keiner, weil keiner so denkt. Daß dem oder jenem meiner Bekannten
aus Gründen, die in äußeren Verhältnissen liegen, mein Streit mit Herrn
Schenkel unbequem sein mochte, ist etwas ganz Anderes.

2) „Heidelberg, den 20. März 1854.
An den Herrn Buchhändler Mohr dahier.
Schicken Sie mir doch gefälligst den Wisch, den Schenkel unter

die ein noch lebender berühmter Historiker derselben Universität
in einem öffentlichen Blatte gab[1]), die schlagendsten Stellen hervorgehoben hätte? Ich hole es jetzt nach, da der Getroffene zur
Mythe verflüchtigen möchte, was doch von allen Seiten, aus
den Aufzeichnungen urtheilsfähiger Zeitgenossen, wie aus seinen
eigenen Schriften, sich Zug für Zug als unumstößliche Thatsache
bewähren läßt.

Er selbst hat uns durch ein Citat auf einen früheren Streit
aufmerksam gemacht, in den er, vor dem mit Kuno Fischer, noch
von Schaffhausen aus, mit Gervinus wegen der Deutschkatholiken
verwickelt war[2]), und in welchem er, das Anbringen bei der Behörde abgerechnet, schon ganz als derselbe wie acht Jahre später
erscheint. Damals hatte er es der Natur der Sache nach weniger
mit der Philosophie, als mit der populären Literatur in Deutschland zu thun. Da hießen ihm die großen deutschen Dichter des

---

dem Titel: „Abfertigung für Herrn Kuno Fischer" geschrieben und
zu seiner eigenen Schande hat drucken lassen.

Schlosser,<br>
Geh. Rath."

1) Es ist der schon öfter angeführte Artikel der Protestantischen Kirchenzeitung, 1854, Nr. 14, S. 307—312: „Kuno Fischer und die akademische Lehrfreiheit in Baden." Der Schluß lautet: „Es ist gut, zu wissen, welches die
ultima ratio dieser Art von Orthodoxie ist; ihre Vertreter nuanciren sich, wie
es scheint, nur darnach, ob sie dem mißliebigen Metaphysiker ein Interdikt oder
vorerst nur eine ernste Vermahnung zu Theil werden lassen wollen. Das nennt
sich dann wissenschaftliche oder gar spekulative Theologie. Selbst der Ruf einigen
Freisinns wird nicht ganz verschmäht; denn es gibt ja noch arglose Gemüther
genug, die, gegen die Jesuiten schreiben, für ein ausreichendes Dokument pro-
testantischer Freisinnigkeit halten. Unseres Bedünkens müßte man diesen Irrthum, wo er noch umgeht, auszurotten suchen: Pater Roh und Antiroh sind
oft verwandter, als es auf den ersten Blick scheint."

2) Die protestantische Geistlichkeit und die Deutschkatholiken. Eine Er-
widerung auf die neueste Schrift von G. G. Gervinus, von Dr. Daniel Schenkel.
1846. Der Standpunkt des positiven Christenthums und sein Gegensatz. Replik
auf die Entgegnung von G. G. Gervinus, von Dr. D. Schenkel. 1846. — Dagegen Gervinus: Die protestantische Geistlichkeit und die Deutschkatholiken. (Als
Anhang zu den späteren Ausgaben seiner Mission der Deutschkatholiken.) Mit
Bezug auf zwei Streitschriften Dr. Schenkel's. (Nämlich der Text des Anhangs
bezieht sich auf die erste, das Vorwort dazu auf die zweite Schenkel'sche Schrift.)

vorigen Jahrhunderts „hervorragende Literaten", deren „Be=
streben an die Stelle der religiösen Mächte die literarischen
und humanistischen zu setzen, eine unser Volksleben in seinen
Grundfesten erschütternde Revolution eingeleitet habe, ohne daß
sie Kraft und Tiefe genug gehabt hätten, diese in den Strom
der Ordnung und Mäßigung zurückzuleiten". Jenes Zeitalter
habe uns „wohl literarisch gehoben, aber religiös unbefriedigt
gelassen; wohl unsern Geschmack gebessert, aber die Harmonie
des Denkens und Gemüths nicht zu Stande gebracht"[1]). Daß
Gervinus die Führerrolle in dem Deutschland des neunzehnten
Jahrhunderts ebenso der politischen Idee zuerkannte, wie im
achtzehnten die wissenschaftlich=literarische, im sechszehnten die
religiöse die treibende Macht gewesen, ist dem Theologen nicht
nach dem Sinne, der sich und sein Fach nicht in die hinteren
Reihen der Zeitbewegung zurückgeschoben wissen will. Toleranz,
die sein Gegner verlangt, ist ihm eine Sache, auf die er nicht
viel hält, an die er nicht glaubt, die er nicht einmal wünscht,
da er nur einen „faulen Frieden", nur Lauheit und Gleichgültig=
keit des Einen gegen den Glauben des Andern, was „ein Zeichen
des schrecklichsten religiösen Verfalles wäre", in ihr sieht[2]). Redet
Gervinus von dem „Widerspruch zwischen Gottes Wort und
Gottes Weltordnung, zwischen Offenbarung und Naturgesetz",
der im achtzehnten Jahrhundert zum allgemeinen Bewußtsein
gekommen, so meint Schenkel ihn widerlegt zu haben, wenn er
auf vereinzelte Fälle und Erscheinungen hinweist, wo ein „Con=
flict der Naturvergötterung mit der Offenbarung des göttlichen
Wortes" auch schon früher vorgekommen sei, und knüpft nun
hieran den unerwarteten Ausfall: „Gewiß, es wäre ein herr=
licher Fortschritt, ein wunderbarer Aufschwung der abendländischen
Völkerschaften zu gewärtigen, wenn sie das Joch des Schriftwortes
und den Krummstab der Kirche zu gleicher Zeit abwürfen, und
zu den Mysterien der Natur zurückkehrten, in deren Lusthainen
das junge Deutschland vor mehr als einem Jahrzehnt schon vor=
genießend geschwelgt hat"[3]). Man begreift, daß Gervinus keine

---

1) Die protest. Geistlichkeit u. s. f. S. 23 f.　Der Standpunkt des posi=
tiven Christenthums, S. 26.

2) Die protest. Geistlichkeit zc., S. 56.

3) Der Standpunkt des positiven Christenthums, S. 7.

Luſt haben konnte, mit einem Schriftſteller dieſer Art die Ver=
handlung weiter fortzuſetzen. Nach ſeiner erſten Schrift hatte
er ihn noch für einen „achtungswerthen Gegner" gehalten, „dem
Antwort zu ſtehen auf alle Fälle Gewinn und Nutzen ſei". Ohne
Zweifel hatte er ſonſt noch nichts von Schenkel geleſen, und
nahm daher Manches in ſeiner erſten Streitſchrift argloſer, als
es eigentlich zu nehmen war. Die zweite dagegen zeigte ihm in
ihrem Verfaſſer ſo „gar kein Organ für geſchichtliches Verſtänd=
niß", einen ſolchen „Mangel an Unbefangenheit und Wahrheits=
ſinn", ſo „viel theologiſchen Eifer bei ſo wenig religiöſer Geſin=
nung", daß er „dieſem Manne weiter Rede zu ſtehen unter
ſeiner Würde achten" mußte[1]).

Im der That, den beiden Gegnern gegenüber, wenn man
die zwiſchen ihm und ihnen gewechſelten Streitſchriften lieſt,
ſpielt Herr Schenkel dieſelbe und eine gleich klägliche Rolle. Er=
ſcheint er dem ſcharfen logiſchen Denken und dem knappen tref=
fenden Ausdruck Kuno Fiſcher's gegenüber wie ein Schuljunge,
ſo nimmt er ſich dem ſittlichen Ernſt und der ruhigen Würde
von Gervinus gegenüber wie ein Straßenjunge aus. Der blanken
Klinge und deren kunſtgerechter Führung bei dem Erſteren tritt
er mit tumultuariſch geſchwungenen Knütteln und Stuhlbeinen
entgegen. Im Streite mit dem Zweiten macht er den Eindruck
des Spitzes, der eine edle Dogge von allen Seiten kläffend um=
kreiſt, ohne ſie aus ihrer Gelaſſenheit zu bringen, bis ſie ihn
endlich doch, des Unfugs ſatt, mit einem kräftigen Griff aus
ihrem Wege ſchleudert. Dabei iſt das Selbſtvertrauen zu be=
wundern, womit der Mann den Philoſophen über Logik und
Dialektik, den Hiſtoriker über Gang und Geiſt der Geſchichte be=
lehrt, jenem Rhetor zu Epheſus nicht unähnlich, der keinen An=
ſtand nahm, dem Hannibal eine Vorleſung über Kriegskunſt zu
halten.

Doch was mache ich, daß ich der Schenkel'ſchen Anhänger=
ſchaft gegenüber, die ſchon mein Zurückgehen auf ſeinen Streit
mit Kuno Fiſcher ungeeignet fand, gar zu einem noch früheren
Handel mich verſteige? Das ſeien ein für allemal abgethane
Sachen, abgelegte Schlangenhäute, das ſei der alte Schenkel ge=

---

[1]) Die Miſſion der Deutſchkatholiken, dritte Auflage. S. 101—108.

wesen, jetzt habe man es mit einem anderen, einem neuen zu thun. Nun das eben ist es, was ich leugne. Und wer es mit mir leugnet, ist Herr Schenkel selbst. Er will von keiner Umkehr, keinem Uebertritt wissen. Er ist „niemals ein Unfreier gewesen". Aber er hat immerzu „gelernt", ist „mit der fortschreitenden Zeit weiter geschritten"[1]). Er hat vollkommen Recht; auch darin, wenn er den Vorwurf der Ueberläuferei (in ein besseres Lager, wozu ich den Hengstenbergischen der Apostasie hatte mildern wollen) von sich weist. Er meint dies zwar so, er sei auch früher schon kein Anderer gewesen als jetzt; wahr ist es aber in dem Sinne, daß er auch heute noch kein Anderer ist als vor zwölf Jahren, da er gegen Kuno Fischer und den Pantheismus, vor nächstens zwanzig, da er gegen Gervinus und den Deutschkatho-licismus zu Felde zog. Es ist nicht wahr, daß der Mensch so-fort ein anderer wird, wenn er aus dem Dienste des einen Princips in den eines anderen tritt; am wenigsten, wenn es gar nicht um zwei verschiedene Principien, sondern nur um zwei Schattirungen innerhalb desselben Princips sich handelt. Wenn ein Theologe, bei Einhaltung derselben vermittelnden Stellung, seinen Mantel jetzt etwas mehr nach der linken Seite dreht, da er ihn vorher mehr rechts getragen hatte, so ist das noch lange keine Veränderung, die eine Umkehr des ganzen Menschen voraus-setzt oder mit sich bringt. Aus der Einsicht, der er sich nicht ver-schloß, daß für seine mehr geistlich-demagogischen als eigentlich hierarchischen Gaben und Neigungen ein lockerer geknüpftes Kirchenwesen mit einem leichter geschürzten Credo einen günstigern Spielraum gewähren müsse, erklärt sich der ganze Umschwung, der im Laufe der letzten zehn Jahre mit Herrn Schenkel vor-gegangen ist.

Und wahrhaftig, wenn der Styl der Mensch ist, so ist Herr Schenkel stets derselbe geblieben; denn sein Styl, seine Darstellungs- und Ausdrucksweise trägt noch heute dasselbe Ge-präge wie vor zwanzig Jahren. Jetzt wie damals fehlt demselben Haltung und Würde, wie ihm Schärfe und Feinheit fehlen; er ist platt, wo er klar, buntscheckig, wo er lebendig sein will; die Ironie wird ihm zum groben Spaß; seine Bilder sind wie auf

---

[1]) Allg. kirchliche Zeitschrift a. a. O., S. 231 f.

dem Tröbelmarkte zusammengekauft; auf tiefes Ausholen, wie von seltener Weisheit, folgt seichtes Rabotiren; aus erbaulichem Phrasenschwall fällt er in niedrige, grimassirende Höhnerei herab. Und leider ist die Mehrzahl seiner jüngeren Freunde auch in diesen Stücken bei dem Führer in die Schule gegangen; obwohl ich insbesondere in Herrn Holtzmann's Auslassungen das Natur= wüchsige der Ungeschliffenheit nicht verkenne.

Aber, sagen die Männer der Partei, wir haben es ja nicht mit dem Stylisten, nicht einmal mit dem wissenschaftlichen Theo= logen Schenkel zu thun; was wir an dem Manne schätzen, das sind seine Verdienste um Abwerfung des Concordats, um Ent= werfung unserer freisinnigen Kirchenverfassung; diese Dienste zurückzuweisen, weil er früher auf Seiten der kirchlich positiven Richtung gestanden, wäre der größte Widersinn gewesen, wie, es uns zuzumuthen, eine Lächerlichkeit ohne Gleichen ist. Und was uns jetzt um ihn schaart, ist wieder nicht sein angefochtenes Buch und ein Urtheil über dessen wirthschaftlichen Werth; sondern das Princip der protestantischen Lehr= und Glaubensfreiheit, das in Baden in diesem Augenblicke mit der Frage, ob Schenkel in seinem theologischen Lehramte bleiben soll, stehen und fallen muß. — In dem letzteren Punkte nun ist zwischen mir und den Männern der Durlacher Conferenz kein Streit. Ich habe gleich Anfangs den damaligen Oberkirchenrath um seiner Entscheidung in der Sache willen gelobt, wie ich es jetzt als einen verhängniß= vollen Fehler beklagen würde, wenn er oder die Regierung, dem Andrange der Gegner nachgebend, Herrn Schenkel fallen lassen wollte. Darum bleibt es aber doch ein Uebelstand, daß jene Principienfrage gerade mit der Person und Sache dieses Mannes zusammenfällt. Ich bin nicht gemeint, die Dienste zu leugnen, die derselbe im Laufe der letzten Jahre der Kirchenfreiheit in Baden geleistet hat, oder den freisinnigen Männern dieses Landes zuzumuthen, sie hätten so tüchtige Lungen, so rührige Arme, einen so anschlägigen Kopf und eine so geschwinde Feder, die sich ihnen darboten, zurückweisen sollen. Darum bleibt es aber doch ein Unglück, daß kein anderer Mann auf dem Platze war, der die erste Stelle in dem Kampfe würdig hätte ausfüllen können; daß man diese erste Stelle einem Manne überlassen mußte, der für dieselbe wohl etwa das praktische Geschick, aber weder den geisti=

gen noch den sittlichen Gehalt besaß. Frage man herum bei den Vertheidigern dieses Mannes, wenn sie unter sich sind und reden, wie es ihnen um's Herz ist, ob nicht Alle wie Einer im Stillen wünschen, es möchte ein Anderer an seinem Platze stehen und von jeher gestanden haben? ob der Mann, den sie aufrecht zu erhalten aus allen Kräften streben, nicht doch zugleich für Alle eine Verlegenheit ist? In politischen Dingen mag es leider an dem sein, daß man nicht weit kommen würde, wenn man es in der Sichtung der Mitwirkenden allzu genau nehmen wollte; obwohl auch da der Unsegen nicht ausbleibt, wenn nicht mindestens die Hauptpersonen tadelfreie Männer sind. Noch weit unerläßlicher ist dies in religiösen Dingen, in dem Kampfe, der die Geister, indem er sie aus den Ketten des Wahnes befreit, durch innere, dem erkannten Wesen des Menschen entnommene Gesetze zu bin=den sucht. An diesem heiligsten Menschheitswerke kann in hervor=ragender Stellung keiner gedeihlich mitarbeiten, der nicht reine oder gereinigte Hände, ein ganzes und ungetheiltes Herz und truglose Lippen dazu mitbringt.

2.

Ich habe gesagt: es ist eine göttliche Komödie, daß der jetzt Märtyrer werden soll, der noch vor wenigen Jahren Ketzermeister war. Herr Schenkel hat zu leugnen versucht, daß er das Letztere gewesen; ich glaube im Bisherigen bewiesen zu haben, daß er es in der That gewesen ist.

Nun habe ich aber weiter gesagt, auch das sei eine göttliche Komödie, daß die Fortschrittsmänner in Baden, um die Lehrfreiheit zu wahren, sich eines Buches von Schenkel annehmen müssen. Ein Buch, dessen Verfasser man mit gleich starkem Eifer von der einen Seite abzusetzen, von der andern zu halten sucht, pflegt doch sonst wenigstens ein Buch von Entschiedenheit und Charakter zu sein. Schenkel's Charakterbild Jesu aber ist ein verschwom=menes, achselträgerisch vermittelndes, charakterloses Buch.

Dagegen sagt nun Herr Schenkel zunächst, „sein Buch möge ich so tief heruntersetzen, als es meiner gereizten Stimmung und üblen Laune nur immer gefällig sei"[1]. Natürlich: das Buch an

---

1) Allg. kirchl. Zeitschrift a. a. O. S. 228.

sich ist ja so vortrefflich, daß einer in sehr übler Stimmung sein
muß, um nicht davon entzückt zu sein; die Speise, die es bietet,
so köstlich, daß, wem sie nicht mundet, nothwendig eine belegte
Zunge haben muß. So meinen auch seine Schildträger in den
badischen Tagesblättern, da meine Angriffe auf ihn und sie in
der Sache keinen Anhalt haben, so können sie nur in persönlicher Verstimmung wurzeln; wobei sie mich als einen Mann darstellen, der keinen Widerspruch, kein Zuglüftchen des Tadels ertragen könne. Wie es den Herren, die mich kaum vom Sehen
kennen, belieben mag; ich meinerseits habe schon Stürmen blos-
gestanden, gegen welche ihre Quängeleien in der That wie Zuglüftchen erscheinen, und ich hoffe, mit ihnen noch oft in ebenso
guter Laune zusammenzutreffen, wie sich mich heute darin finden,
und auf dem Kampfplatz immer gefunden haben.

Doch wie? hält mir Herr Schenkel weiter entgegen, du willst
mich der Halbheit und Zweideutigkeit zeihen, und hast doch selbst
eine Zeit gehabt, wo du ganz ähnliche Reden führtest, wie die,
welche du mir jetzt zum Vorwurfe machst. — Aehnliche, das
wäre möglich, denn ähnlich sieht sich Manches, was darum noch
lange nicht dasselbe ist; und zu anderer Zeit, darin läge für ihn
noch lange kein Recht, jetzt noch so zu reden, wie ich es vor
sechsundzwanzig Jahren nicht anders wußte. Denn in der That,
eine Schrift von mir aus dem Jahre 1839 ist es, mit der er mich
zu schlagen sucht. Vier Jahre vorher war mein Leben Jesu zum
ersten Mal erschienen; der Kampf, der Sturm gegen dasselbe hatte
so eben den höchsten Grad erreicht, und war durch meine Berufung nach Zürich und den Widerstand, der sich dawider im
dortigen Volk erhob, an einem entscheidenden Wendepunkt angekommen. In dieser Situation erließ ich an die Männer, die
sich für meine Berufung am meisten verwendet hatten, und sich
jetzt um derselben willen besonders angefochten sahen, ein Sendschreiben, das die empörten Wogen zu beschwören suchte. Es hat
sie nicht beschworen, und ich begreife jetzt vollkommen, warum es
sie nicht beschworen hat.

Ich machte meine Sache so gut, als ich auf meinem damaligen Standpunkte konnte. Dieser Standpunkt war der der
Hegel'schen Philosophie. Aus ihr, wie die Schule sie auffaßte,
war ich in meinem Leben Jesu mit einem Fuße herausgetreten,

aber mit dem anderen steckte ich noch darin. Aus dem Hegel'schen
Satze, daß Religion und Philosophie den gleichen Inhalt, nur
jene in der Form der Vorstellung, diese in der Form des Be=
griffes, haben, war meine ganze Kritik des Lebens Jesu hervor=
gewachsen. Die Schule Hegel's verstand den Satz des Meisters
so: weil es wahre philosophische Ideen seien, die in den Erzäh=
lungen der Evangelien zur Vorstellung gebracht werden, so seien
diese Erzählungen damit auch als historisch glaubwürdig erwie=
sen; aus der Wahrheit der Ideen folgerte man die Wirklichkeit
der Geschichte. Gegen diese Position der Hegel'schen Schule war
der ganze kritische Theil meines Leben Jesu geschrieben. Aus
der Wahrheit der Ideen, sagte ich, folgt für die Glaubhaftigkeit
der Geschichte nichts; diese ist vielmehr lediglich nach ihren eigenen
Gesetzen, nach den Regeln des Geschehens und der Beschaffenheit
der Berichte zu beurtheilen. Daß es aber dieselben Ideen seien,
die einerseits in den, wenn auch unhistorischen, religiösen Erzäh=
lungen vorgestellt, und andererseits von der Philosophie begriffen
werden, das bezweifelte ich damals noch nicht; die Dogmen von
der übernatürlichen Geburt, von der Auferstehung, der Himmel=
fahrt Jesu u. s. f., d. h. den Begriffsgehalt derselben, erklärte
ich durch meine Kritik für ungefährdet, und der Nachweisung, wie
ich dies meine, war die Schlußabhandlung des Werks gewidmet.

Also ich machte meine Sache so gut als ich damals konnte.
Ich sprach in dem Sendschreiben ganz aus der Stellung heraus,
die ich mir in meinem Leben Jesu innerhalb der Hegel'schen
Schule gegeben hatte. Ich suchte Jesu Gottessohnschaft und Er=
lösungstod, mit Abweisung der groben dogmatischen Auffassung,
als auch für uns noch gültige Wahrheiten darzustellen. Ich suchte
für das Aufgeben der biblischen Wunder durch Hinweisung auf
die großen Naturwunder Ersatz zu bieten. Selbst für ein Leben
über das sinnliche hinaus bestrebte ich mich, eine Formel zu finden,
in der Glauben und Wissen sich die Hände reichen könnten.

Indem nun Herr Schenkel mich hier auf denselben Pfaden,
die er jetzt wandelt, zu betreten sucht, müßte freilich seine Hand
etwas weniger täppisch sein, um mich zu fassen. Auch ich, meint
er, habe eine Zeit gehabt, in welcher mein Gemüth dem vermit=
telnden Wunderbegriff nicht unerschlossen gewesen sei, den ich jetzt
an ihm verspotte. Dabei führt er meine Worte aus dem ge=

dachten Sendschreiben an: „Wir, die man beschuldigt, nicht an die Wunder zu glauben, welche Gott im jüdischen Lande gethan, machen uns aus diesen nur deswegen nichts Besonderes, weil sie uns wie ein Tropfen im Meer verschwinden unter den zahllosen Wundern, welche Gott täglich und stündlich in allen Theilen der von ihm geschaffenen und erhaltenen Welt verrichtet. Kein Wunder vermöget ihr aufzubringen, das wir nicht auch, und das wir nicht größer und herrlicher hätten" [1]). Nun, dem Wunderbegriff in diesem Sinne, das kann ich Herrn Schenkel versichern, bin ich auch jetzt noch nicht verschlossen. Was ich da vor sechsundzwanzig Jahren geschrieben habe, könnte ich dem Sinne nach noch heute schreiben. Aber die Worte würde ich doch zum Theil anders wählen. Ich würde die doppelsinnige Anwendung des Ausdrucks: Wunder, vermeiden. Ich weiß sehr wohl, daß auch durchaus freidenkende Naturforscher kein Arges daran haben, von Wundern in der Natur zu sprechen, sofern der menschliche Geist wohl die Gesetze der Naturerscheinungen entdecken, die letzten Ursachen der Gesetze aber nicht ergründen kann, diese mithin immer ein Unbegriffenes bleiben. Dafür mag sich der Naturforscher ohne Anstand des Ausdrucks: Wunder bedienen, da es für ihn sich von selbst versteht, daß von Wundern im engen Sinne des Kirchenglaubens nicht mehr die Rede sein kann. Der Theolog hingegen, auf dessen Gebiete die letzteren herkömmlich eine so große Rolle spielen, thut wohl, nachdem er sich der Sache entledigt hat, ihr auch den Ausdruck: Wunder, über Bord nachzuwerfen, um jeden Mißverstand, jede Täuschung unmöglich zu machen. Das Wunder, als einzelner Eingriff des persönlichen Gottes oder eines von ihm bevollmächtigten Individuums in die Naturordnung, und das Wunder als die im gleichen Falle stets wiederkehrende Bethätigung eines in seinem Wirken bekannten, wenn auch in seinen letzten Gründen unbegriffenen Naturgesetzes — was haben diese beiden am Ende mehr mit einander gemein, als nach Spinoza's Ausdruck das Hundssternbild am Himmel mit der bellenden Bestie auf der Erde?

Für Beides den gleichen Ausdruck zu gebrauchen, müßte man schon deshalb vermeiden, um so hohle Deklamationen ab-

---

[1]) Bei Schenkel, Allg. kirchl. Zeitschrift a. a. O. S. 235.

zuschneiden, wie die folgende Schenkel'sche[1]): „Die Gottheit selbst
ist mir das Wunder der Wunder, Gott ist mir der Geist der
Geister, wunderbar ist mir das Leben des Geistes schon in dem
ersten Stammeln des Kindes, wie vielmehr in den Heldengestalten
geistiger Kraft und sittlichen Muthes, in den heiligen Vor=
kämpfern auf dem mit Schweiß und Blute getränkten Wege der
Erlösung der Menschheit von Sünde, Knechtschaft und Qual."
Das alles will man hier gar nicht wissen, sondern um die bibli=
schen Wunder handelt es sich, die von diesem Standpunkte aus,
wenn er fest und ehrlich innegehalten wird, von der Undenkbar=
keit noch abgesehen, als durchaus gleichgültige Kleinigkeiten er=
scheinen. In der That sagt hier auch Herr Schenkel, „jede einzelne
Wundererzählung der evangelischen Geschichte verfalle dem un=
erbittlichen Gerichte der Kritik; in jedem einzelnen Falle habe
nicht der Glaube, sondern der auf's strengste prüfende Verstand
zu entscheiden"[2]). Das sagt er zwar, aber er hält nicht Wort.
Oder ist es denn wirklich „der strengprüfende Verstand", der den
Aussätzigen von Jesu zwar nicht geheilt werden, aber „eine den
Fortschritt seiner Genesung ungemein fördernde Anregung seiner
Lebensthätigkeit erfahren" läßt? der überhaupt von den evange=
lischen Wundergeschichten, damit sie doch ja nicht als rein erfunden
erscheinen mögen, eine, wenn auch noch so kahle, geschichtliche
Grundlage zu retten sucht? Geschieht dies auch weniger um die
Wunder, als um den historischen Boden nicht zu verlieren, so
ist doch, so lange man auf der einen Seite noch von den gesetz=
mäßigen Naturerscheinungen als von Wundern redet, auf der
andern noch Wundergeschichten, wenn auch zum gewöhnlichsten
Geschehen abgeblätterte, festhält, des täuschenden Versteckspielens
kein Ende.

Mit ebenso ungeschickter Hand sucht mich Herr Schenkel bei
einer früheren Aeußerung über den Versöhnungstod Jesu zu er=
greifen. Er führt eine Stelle aus meinem Züricher Sendschreiben
an, wornach ich die Vorstellung von einem über die Sünden der
Menschheit ergrimmten, und erst durch das vergossene Blut Christi
beschwichtigten Gott als eine unvernünftige und unwürdige be=

---

1) Allg. kirchl. Zeitschrift a. a. O. S. 234 f.
2) Allg. kirchl. Zeitschrift a. a. O. S. 234 f.

zeichne, darum aber doch den Tod Jesu als das Bild und die
Bürgschaft unserer Begnadigung und Seligkeit darzustellen suche.
„Also derselbe Herr Strauß," ruft er dann, „welcher jetzt behauptet,
Erlöser in der ächten und ehrlichen Bedeutung des Worts sei
nur der für die Sünden der Welt sich opfernde Gottmensch, hat
früher diese Vorstellung als eine unvernünftige und unwürdige
bezeichnet"[1]). Ja wohl, und er betrachtet sie noch so; nur daß
er jetzt zugleich behauptet, weil der Ausdruck: Erlöser, eben von
dieser unwürdigen Vorstellung aus gebildet sei, müsse er mit ihr
aufgegeben werden. Zwar versichert Herr Schenkel, „die Behauptung, daß wir in Jesu nur dann unsern Erlöser verehren können,
wenn er Gottmensch in der kirchlichen Bedeutung des Wortes,
das mit seinem Blute den Zorn Gottes sühnende Opfer sei, diese
Behauptung sei so willkürlich, so durch und durch bodenlos[2]),
daß" — und was er noch weiter in diesem Style deklamirt.
Auch ihm sei Jesus der Erlöser, auch seiner Ansicht bleibe das
volle Recht, ihn so zu nennen. Denn Jesus habe „die Menschheit von den Irrthümern des Heidenthums und Judenthums"
befreit: — wo hat man je einen Menschen, der Mit- und Nachwelt von Irrthümern befreite, Erlöser genannt? Er habe ferner die
Menschheit „von der dumpfen Gewalt der Sünde, den verderblichen Mächten der Sinnlichkeit und Selbstsucht" losgemacht —
wir finden leider diese Mächte auch nach Christus noch in vollster
Wirksamkeit. Er habe endlich der Menschheit „das ewige Wesen
der Gottheit, die heilige Liebe, durch das höchste Opfer, welches
die Geschichte aufweist, geoffenbart"[3]): — hier wäre vor Allem
der Opferbegriff, der den Versuch einer Erschleichung enthält,
auszuscheiden; was übrig bliebe, würde auf eine Vervollkomm-
nung der Gottesidee, also wieder auf die Befreiung von Irrthümern hinauslaufen, die von sich aus nicht auf die Bezeichnung
als Erlöser führt. Es bleibt dabei: dieser Ausdruck ist von der
Vorstellung des Sühnopfers aus gemacht; von Schenkel's ratio-
nalistischer Vorstellung aus würde er nie aufgekommen sein, und
wenn ihn Schenkel dennoch gebraucht, so ist es ein täuschendes

---

1) Allg. kirchl. Zeitschrift a. a. O. S. 234.
2) A. a. O. S. 233.
3) A. a. O. S. 234.

Spiel mit Worten, deſſen auch ich einmal, im Geiſt einer Schule, mich ſchuldig gemacht, das ich aber bei beſſerer Einſicht längſt aufgegeben habe, während er ſich nicht von demſelben trennen will.

Erſt mit dem einen Fuße, dann mit dem andern! Wer iſt, beſonders unter dieſen Nachgekommenen, oder vielmehr Nichtnachgekommenen, der ein Recht hätte, den, der ihnen allen vorangeſchritten iſt, zu ſchelten, daß er mit dem erſten Schritte nicht auch ſchon den zweiten gemacht hat? Zu dieſem zweiten Schritte — wir ſind alle nur Mitarbeiter, alle, bis auf jene, die ihren Beruf darin ſehen, das, was wir mühſam geſondert, wieder durcheinander zu werfen — zu dieſem zweiten Schritte hat mir ein Mann geholfen, den mir auch Herr Schenkel, freilich mit gewohntem Ungeſchick, in Erinnerung bringt. „Ich rede nicht von dem Tüpfchen," ſagt er, „das ihm einſt, nach ſeiner Aeußerung, Ludwig Feuerbach auf ſein J geſetzt, und nicht von der Verehrung und Liebe zu Jeſu, an welcher es jetzt ihm von ſeiner Seite nicht fehlen ſoll"[1]). Als ob das unverträgliche Dinge wären! Ich danke Feuerbach „das Pünktchen, das er auf unſer J geſetzt", heute noch ſo lebhaft wie vor fünfzehn Jahren, als ich dieſe Worte ſchrieb[2]), und ich hegte für die geſchichtliche Perſönlichkeit Jeſu damals dieſelbe Liebe und Verehrung, wie ich ſie heute hege. Wenn den Herrn Kirchenrath das Pünktchen ſpaßhaft ſtimmt, ſo will ich ein anderes Bild gebrauchen, das freilich am Ende noch ſpaßhafter iſt. Feuerbach, will ich jetzt ſagen, hat das Doppeljoch, worin bei Hegel Philoſophie und Theologie noch gingen, zerbrochen. Er hat gezeigt, daß Religion und Philoſophie mit nichten denſelben Inhalt, nur unter verſchiedenen Formen, haben. Er hat, hierin mehr mit Schleiermacher zuſammentreffend, jeder der beiden Sphären ihren beſonderen Schwerpunkt zurückgegeben. Er hat das Beſtreben, in den einzelnen chriſtlichen Dogmen entſprechende philoſophiſche Wahrheiten verkörpert finden zu wollen, als ein verkehrtes nachgewieſen. Damit erſt war aber auch dem Spiel mit Worten, dem Fortgebrauch theologiſcher Formeln für einen nur noch philoſophiſchen Sinn, ein gründliches Ende gemacht; und auf dieſem Standpunkte, nun auch mit dem

---

1) A. a. O. S. 232.
2) In meinem „Chriſtian Märklin", 1851.

andern Fuße aus der Hegel'schen Schule herausgeschritten, habe
ich meine Glaubenslehre geschrieben. Herr Schenkel rühmt sich
so gerne, von der Zeit gelernt, mit dem vorrückenden Alter sich
nach Innen und Außen freier gemacht zu haben. Da hat er
aber gerade das nicht gelernt, wofür er manches Andere un=
gelernt hätte lassen mögen, gerade den wichtigsten Schritt zu
seiner innern Befreiung nicht gethan. Leichter war es freilich,
um der handgreiflichen Uebertreibungen willen auch das Richtige
an dem, was Feuerbach bot, zu verwerfen, als das Letztere mit
Ausscheidung des Ersteren sich anzueignen. Man kann aber gar
wohl seine Scheidung zwischen Philosophie und Religion gelten
lassen, wenn man auch die Art, wie er nun das Wesen der letz=
teren für sich faßt, zu niedrig findet.

Daß Herrn Schenkel meine Kritik der Schleiermacher'schen
Christologie gerade auf ihrem Standpunkte, der Frage um die
Urbildlichkeit und Einzigkeit Jesu, nicht genugthun würde, war
zu erwarten. Seine Behauptung aber, ich habe für meine Vor=
aussetzung, daß ein solcher Jesus geschichtlich unmöglich sei, „jeden
Beweis unterlassen"[1]), ist nur insofern nicht wunderbar, als es
zu jeder Zeit Leute gibt, die vor den Bäumen den Wald nicht
sehen. Ist doch, von früheren Schriften nicht zu reden, eben
meine Kritik des Schleiermacher'schen Lebens Jesu durchaus auf
diesen Beweis gestellt, der insbesondere in dem Abschnitt über
Schleiermacher's dogmatische Voraussetzungen Herrn Schenkel
überall vor den Füßen lag, und von ihm nur aufgehoben und
wo möglich widerlegt werden durfte. Doch um ihm das Letztere
zu erleichtern, will ich ihm den Beweis nun selbst in die Hände
liefern, zum Danke dafür, daß er durch die Fassung, die er seiner
Ansicht gegeben, mir die Entgegenstellung der meinigen erleichtert
hat. „Auf meinem Standpunkte," sagt er, „ist Jesus der einzige
unter Allen, der das Urbild des Göttlichen in seinem Leben so
vollkommen, als dies innerhalb der Schranken der menschlichen
Natur möglich ist, verwirklicht und dargestellt hat"[2]). Nun sage
ich: wenn die Vollkommenheit Jesu nur eine solche gewesen sein
soll, wie sie „innerhalb der Schranken der menschlichen Natur

---

1) Allg. kirchl. Zeitschrift a. a. O. S. 235.
2) A. a. O.

möglich ist", so muß eine solche Vollkommenheit an und für sich Allen, die an der menschlichen Natur Theil haben, möglich sein, und, wie es mit den in der menschlichen Natur angelegten Möglichkeiten sonst durchaus der Fall ist, wenigstens in einigen auch wirklich werden. Ausschließlich in Jesu wirklich geworden könnte sie nur dann sein, wenn sie auch ausschließlich nur in ihm (vermöge der eigenthümlichen Umstände seiner Erzeugung u. s. f.) möglich war; was die kirchliche Voraussetzung ist. Es stehen sich also hier zweierlei Vorstellungsweisen gegenüber. Auf der einen Seite die kirchliche: die Vollkommenheit als absolute nur in Christo möglich, darum auch nur in ihm wirklich. Auf der anderen die moderne: die Vollkommenheit als relative in allen Menschen möglich, also wenigstens in einigen so gut wie in Jesu wirklich. Jede dieser entgegengesetzten Ansichten steht für sich auf ihrem Boden fest; aber zusammensetzen lassen sie sich nicht, es läßt sich nicht aus der Voraussetzung der einen die Folgerung der andern ableiten. Wollte Jemand sagen, die schlechthinige Vollkommenheit, ob sie wohl nur in Christo möglich gewesen, sei doch in mehreren Menschen wirklich geworden, so würde Herr Schenkel der erste sein, dies ungereimt zu finden. Und wenn nun er sagt, die relative Vollkommenheit, obwohl in allen Menschen möglich, sei doch nur in Christo wirklich geworden: sollte dies nicht ganz dieselbe Ungereimtheit sein? Dieser handgreifliche Widersinn ist aber der Boden der ganzen heutigen Vermittlungstheologie.

Doch nicht nur möglich, meint Herr Schenkel, sei ein Christus in dem höheren Sinne, wie er ihn fasse, sondern die Annahme eines solchen sei sogar nothwendig. Meinem Worte gegen ihn: wenn alles das in der evangelischen Geschichte nicht wahr sei, was der Verfasser des Charakterbildes Jesu preisgebe, so sei noch viel weniger wahr, setzt er das andere entgegen: wenn das in der evangelischen Geschichte wahr sei, was ich darin anerkenne, so sei noch viel mehr wahr, da aus einer so farb- und substanzlosen Persönlichkeit, wie ich sie in Jesu übrig lasse, die Erfolge des Christenthums nicht zu erklären seien[1]). Nun, da hat mich der Kirchenrath ordentlich in die Enge getrieben; wie mag da herauszukommen sein? Ich weiß nichts Anderes, als ich gebe ihm vor-

---

[1] Allg. kirchl. Zeitschrift a. a. O. S. 236.

erst Recht. Gewiß muß von Jesu noch viel mehr wahr sein, als
was wir aus unseren Evangelien wissen; es müssen uns manche
Nachrichten über seine Verhältnisse, seine Pläne, den Gang seiner
Entwicklung und die Verwicklungen seiner letzten Zeiten verloren
gegangen sein. Besinne ich mich recht, so habe ich so etwas in
meinem Leben Jesu selbst gesagt. Ich habe ja wohl von einem
Baume gesprochen, dem die an ihm aufgerankten Schmarotzerpflanzen
nicht nur die eigenen Aeste und Zweige überdeckt, sondern auch
vielfältig das eigene Laub und Leben abgetrieben haben. Unter
dem Baume mit seinen eigenen Aesten und Zweigen habe ich den
Charakter und das Leben Jesu in ihren geschichtlichen Zügen,
unter den Schmarotzerpflanzen das Wunderhafte, Uebermenschliche
verstanden, das sich in der späteren Sage und Dichtung um jene
gezogen, theilweise sogar die geschichtlichen Züge ausgelöscht und
sich an ihre Stelle gesetzt hat. Daß diese abhanden gekommenen
Züge sich jetzt nicht mehr auf eine auch nur einigermaßen sichere
Art ergänzen lassen, daß daher das Jesusbild, wie wir es jetzt
entwerfen können, ein schwankender farbloser Umriß bleiben müsse,
habe ich gleichfalls beklagt. Gewiß also: „es muß noch viel mehr
wahr sein"; es fragt sich nur, von welcher Art dieses Mehrere
sein wird? Meiner Ansicht nach dürfen wir immer nur auf Natür=
liches, Menschliches vermuthen. Wir würden, wenn wir über
Jesum vollständigere Nachrichten hätten, gewiß viel genauer, ge=
wiß viel ausführlicher wissen, was er für ein Mensch gewesen,
wie sich die Gattung in ihm individualisiert hatte, wodurch er sich
von anderen edlen und großen Menschen unterschied. Aber nie
würden wir über die Linie des Menschlichen hinauskommen, nie
einen „Einzigen" finden, außer in dem Sinne, wie einerseits
selbst der geringste Einzelne zugleich ein Einziger, andererseits
aber auch der höchststehende doch nur Einer wie Mehrere ist. Nur
in diesem Sinne können auch die Wirkungen des Christenthums,
die ohne jenes in Christo vorauszusetzende Mehr nicht erklärbar
sein sollen, einzig genannt werden; auch sie berechtigen uns dem=
nach nicht, mit jenem Mehr über die bezeichnete Linie hinaus=
zugehen.

Indeß Herr Schenkel bleibt dabei, meine Umrißzeichnung zu
der geschichtlichen Persönlichkeit Jesu schon dadurch für verurtheilt
zu erklären, daß sie nicht ausreiche, die Erfolge des Christen=

thums begreiflich zu machen: „und den Beweis des Geistes und
der Kraft", setzt er als Trumpf darauf, „hat doch auch Lessing
für den besten erklärt" [1]). Schon wieder Lessing! Man sieht,
der kleine führt den großen — oder des Bildes wegen sollte ich
ja beinahe umgekehrt sagen — stets in der Tasche mit sich. In
der Tasche diesmal doch wohl nicht; außer sofern das Gedächtniß
eine solche heißen kann, die aber mit der Zeit manchmal löcherig
wird. „Ueber den Beweis des Geistes und der Kraft," soviel ist
richtig, hat Lessing eine eigene kleine Schrift geschrieben; darin
erklärt er aber diesen Beweis so wenig für den besten, daß er
vielmehr ausführt, derselbe beweise jetzt gar nichts mehr. Denn
unter dem Beweis des Geistes und der Kraft (aus 1. Kor. 2, 4)
versteht Lessing nicht, wie Schenkel meint, den Beweis aus den
geschichtlichen Wirkungen des Christenthums, sondern mit dem
Kirchenvater, dem er das Motto seiner Schrift entlehnt, den Beweis aus Weissagungen und Wundern. Da stellt er die berühmten Sätze auf; etwas Anderes seien selbstgesehene, selbstgeprüfte
Wunder, und Wunder, die man auf fremde Berichte hin glauben
soll; etwas Anderes Weissagungen, deren Erfüllung einer selbst
erlebt, und Weissagungen, von denen uns nur berichtet wird,
daß Andere ihre Erfüllung erlebt haben wollen. Wenn er also
anstehe, noch jetzt auf diesen Beweis hin etwas zu glauben, was
er auf andere seiner Zeit angemessenere Beweise hin glauben könne,
so liege das daran, daß dieser Beweis des Geistes und der Kraft
jetzt weder Geist noch Kraft mehr habe, sondern zu menschlichen
Zeugnissen von Geist und Kraft heruntergesunken sei. Unter den
besseren zeitgemäßeren Beweisen, worauf er seinen Christenglauben
stütze, verstand Lessing, neben der inneren Beschaffenheit der Lehre
Jesu, allerdings die Früchte, die sie seitdem der Menschheit getragen; aber diesen Beweis hat er nicht den des Geistes und der
Kraft genannt. Herr Schenkel hat mit seinen Citaten aus Lessing
kein Glück. Oben, wo er ihm einen Spruch entlehnte, führte er
diese Keule so, daß er, statt seinen Gegner zu treffen, bald dem
Herculesbilde, dem er sie entnommen, den Schädel zertrümmert
hätte; jetzt, wo er auf eine Schrift von ihm anspielt, verräth er,
daß er wohl Kunde von ihrem Titel, aber von ihrem Inhalt

---

[1]) Allg. kirchl. Zeitschrift a. a. O. S. 236.

keine Vorstellung hat. Lessing ist eben ein edles Roß, das nicht jeden Reiter aufsitzen läßt[1]); wer sich keiner festeren Schenkel, als Herr Schenkel, bewußt ist, der thut am klügsten, davon zu bleiben.

Denn herunterfallen mag man ja wohl noch weniger, als aus der Rolle fallen, dessen ich Herrn Schenkel in Betreff der Auferstehung Jesu beschuldigt habe. Er kann „das Mißverständniß seines Kritikers an dieser Stelle nur bedauern"[2]). Gut, so sei er also nicht aus seiner Rolle gefallen. Die Rolle, aus der ich ihn gefallen fand, war die der Halbheit und Zweideutigkeit. Will er in dieser verblieben sein, so habe ich kein Interesse, dem zu widersprechen. Am Ende hat er auch Recht. Ich sagte, auf jenem Punkte sei er ausnahmsweise einmal rein mit der Sprache herausgegangen. Denn er lehne mit unzweideutigen Worten sowohl das Wunder als den Scheintod, mithin jedes wirkliche Wiederaufleben des Gekreuzigten, ab, und fasse den Vorgang als einen rein psychologischen im Innern der Jünger auf. So habe nicht blos ich, so haben auch Anhänger Herrn Schenkel's den betreffenden Abschnitt seines Charakterbilds verstanden. Einer seiner ergebensten Schleppträger in der badischen Presse führt unter den Punkten, welche den Sturm der orthodoxen Partei gegen den Verfasser erregt haben, geradezu den „Freimuth" auf, womit er „die Auferstehung Jesu nicht als äußeren, sondern lediglich als inneren Vorgang im Seelenleben der Jünger" dargestellt habe[3]). Das, versichert nun Herr Schenkel, sei Mißverstand. Was soll Mißverstand sein? Daß er sowohl das Wunder als den Scheintod, d. h. sowohl das übernatürliche als das natürliche Wiederaufleben Jesu ablehne? Nein, denn das gesteht er auch jetzt noch ausdrücklich zu, und der Beisatz, daß es die wunderbare Wiederbelebung „des irdischen Leibes Jesu" sei, was er ablehne, wird ja wohl keine verfängliche Clausel sein. Läge also der Mißverstand vielleicht in dem Schlusse, den ich aus dieser doppelten Ablehnung ziehe, daß damit jedes wirkliche Wiederaufleben des Getödteten abgelehnt sei? Es hat nicht den Anschein; denn von einem Wiederaufleben desselben, daß ein solches

_______________

1) Cui male si palpere, recalcitrat, undique tutus.

2) Allg. kirchl. Zeitschrift a. a. O. S. 235.

3) Strauß und die Durlacher Konferenz. Badische Landeszeitung, 1865, 13. April, Nr. 88.

in seiner Meinung liege, spricht Herr Schenkel auch jetzt nicht. Er spricht nur von der „persönlichen Verklärung des Gekreuzigten nach seinem Tode in einem höheren realen Dasein". Ein höheres reales Dasein nach dem Tode ohne Wiederbelebung des Leibes: das ist ja wohl, was man sonst Unsterblichkeit zu nennen und als gemeinsamen Vorzug aller Menschenseelen zu betrachten pflegt? Ein erklecklicher Rest unchristlichen Glaubens, der diesem Kirchen= rathe noch geblieben ist! Mit seinem Christus, daran hält er fest, ist es nach dem Tode geworden, wie es mit allen anderen Menschen auch wird. Der apostolische Glaube war im Gegen= theil, daß es mit ihm geworden sei, wie mit keinem Andern.

Doch wir gehen wohl zu schnell; wir haben Herrn Schenkel nicht ausgehört. Nicht nur das höhere reale Dasein nach dem Tode läßt er ja seinem Christus, sondern er spricht auch von „einer Einwirkung seiner verklärten Persönlichkeit auf die Jünger= gemeinde", einer Einwirkung, die er weiterhin als eine „geist= vermittelte" bezeichnet, übrigens nicht wunderbarer findet, als die Wirkungen des Geistes überhaupt es seien. Ob nun dies etwas Besonderes, Christum vor allen andern Menschen Auszeichnendes sein soll, wird davon abhängen, ob Herr Schenkel auch sonst eine „Einwirkung" der Abgeschiedenen auf ihre Hinterbliebenen, ob er Geistererscheinungen und Geisterwirkungen annimmt oder nicht. Möglicherweise könnte er auch auf jene Clausel zurückgreifen, wornach er nur die Wiederbelebung „des irdischen Leibes Jesu" abgelehnt hatte. Dies ließe sich nämlich auch so deuten: der Leib Jesu sei wohl nicht als irdischer, mit Fleisch und Knochen, wieder belebt worden, wohl aber als überirdischer, mit jener von Keim ganz zur rechten Zeit wieder auf die Bahn gebrachten „ver= klärten, neu organisirten Leiblichkeit", deren Vermittlung ihm nun eine Einwirkung auf seine Zurückgelassenen ermöglicht habe, wie sie andern abgeschiedenen Seelen nicht zustehe.

Und richtig, in einer allerneuesten Auslassung[1]), die mir so eben noch zu Gesicht kommt, hat Herr Schenkel diesen Ausweg eingeschlagen. Nach Abweisung der beiden Annahmen, der Visions= hypothese und der von einer wunderbaren oder natürlichen Wieder=

---

1) Die Auferstehung Jesu als Geschichtsthatsache und als Heilsthatsache. Allg. kirchl. Zeitschrift 1865, 5. Heft, S. 289—304.

belebung des wirklich oder blos scheinbar getödteten irdischen Leibes Jesu, erklärt er, bleibe die dritte, und das sei die seinige: daß die Erscheinungen des Auferstandenen „reale Manifestationen seiner aus dem Tode lebendig und verklärt hervorgegangenen Persönlichkeit gewesen seien". Der Leichnam Jesu sei im Grabe geblieben, oder auf eine nicht mehr zu ermittelnde natürliche Art daraus entfernt worden; nur die Seele sei lebendig daraus hervorgegangen, und habe sich mit einer neuen, ihrem jetzigen Zustand angemessenen Leiblichkeit umgeben, „weil das menschliche Personenleben zu seiner Manifestation eines Organs nothwendig bedürfe". Doch damit stünde Jesus immer nur auf demselben Standpunkte mit allen übrigen Menschenseelen; und wenn er nun in dieser neuen Leiblichkeit sich seinen Jüngern kund gab, so wäre das, was wir sonst eine Geistererscheinung nennen, wobei man ja gleichfalls von einer höheren Leiblichkeit, einem feinern Seelenorgan zu reden pflegt. Nein! sagt Herr Schenkel, keine Gespenstererscheinung, denn diese sind Phantasiegebilde; sondern „eine reale geheimnißvolle Selbstoffenbarung der aus dem Tode lebendig und unvergänglich hervorgegangenen Persönlichkeit Jesu Christi", die, wie wenig wir sie auch näher zu beschreiben vermögen, doch unter allen Umständen von solcher Beschaffenheit war, „daß die Jünger den Eindruck erhielten, Jesum wirklich zu schauen, und einer stärkenden und erneuernden Mittheilung seines Personlebens gewürdigt zu werden". Aber, wenn doch alle Menschenseelen ohne Unterschied nach Ablegung des irdischen Leibes einer ihrem neuen Zustand angemessenen Leiblichkeit bedürfen, und sie demgemäß auch erhalten, so ist nicht einzusehen, warum nicht auch sie sich mittelst derselben ihren Hinterbliebenen sollten kundgeben können, zumal wo es an der „Geistvermittlung", d. h. nach Schenkel's Erklärung am Glauben, nicht fehlt. Allein durch die Zulassung von Geistererscheinungen fürchtet man, sich lächerlich zu machen, und da auf der anderen Seite für Jesum etwas Besonderes bleiben soll, so wird als Ersatz für so manches ihm Entzogene das Vorrecht — eine Zeit lang zu spuken, für ihn gerettet!

Gegen meine Ansicht von der Auferstehung Jesu äußert Schenkel: die Gründung der christlichen Kirche aus Hallucinationen zu erklären, „widerstrebe dem höher organisirten historischen Gefühle". Was ein höher organisirtes historisches Gefühl ist, weiß ich so wenig, als was eine verklärte höher organisirte Leiblichkeit ist; das aber weiß ich, daß Flunkereien wie diese Schenkel'schen selbst dem niedrigst organisirten historischen wie moralischen Ge= fühl ein Gräuel sind[1]).

Herr Schenkel sucht überall herum nach Ursachen, sich meinen Angriff auf ihn und seine Theologie zu erklären. Bald meint er, sein Charakterbild sei meinem Leben Jesu unbequem in die Quere gekommen[2]); bald vermuthet er, es habe mich verdrossen, daß er gegen mein Buch alsbald seine geflügelten Kater ausge= schickt, es in seiner und anderen Zeitschriften anzuschnurren[3]). Kann denn ein Schriftsteller nur persönliche, nur selbstsüchtige Gründe haben, wenn er gegen einen anderen auftritt? Mein durchaus nur in der Sache begründeter Widerwille gegen die Art von Theologie, welche Herr Schenkel vertritt, ist ihm doch lange= her bekannt; er ist mir von einem seiner Waffenträger noch kürz= lich bitter vorgeworfen worden. Wie ich nun vollends den Mann und sein neuestes Buch durch Drohung und Abwehr des Mär= tyrerthums in eine Stellung hineingeschwindelt sah, deren ich sie weder im guten noch im bösen Sinne würdig achten konnte: da griff ich zur Feder, und hielt es für Berufssache, zur Feder zu greifen.

Ja, Herr Kirchenrath, man kann einen Beruf haben, und es für Gewissenssache halten, diesem Berufe nachzukommen, wenn man auch nicht ordentlicher Professor der Theologie, nicht Semi= nardirektor und erster Universitätsprediger ist. Dieser mein Be= ruf, daß ich es Ihnen nur sage, geht gegen die Falschmünzerei. Daß in der Theologie eben jetzt viel Falschmünzerei im Schwange

----

1) Mein Gegner warnt mich vor dem Schicksal, in meiner „Verstandes= einsamkeit zuletzt allen Einfluß auf den Gang der Weltereignisse zu verlieren" (a. a. O. S. 301). Von den Tagesereignissen mag er Recht haben, in deren Strömung obenaufzuschwimmen ihm Bedürfniß ist; ob einer von uns und welcher auf die „Weltereignisse" Einfluß gehabt hat, darüber wollen wir das Urtheil der Nachwelt überlassen.

2) Allg. kirchl. Zeitschrift a. a. O. 4. Heft, S. 228.

3) Schwäbischer Merkur, 1865, Nr. 74.

geht, werden Sie vielleicht selbst nicht in Abrede ziehen; wenn
Sie auch davon nichts werden wissen mögen, was ich weiter be-
haupte, daß gerade die Richtung, der Sie angehören, fast ausschließlich von Falschmünzerei lebt. Jemand aufzustellen, der auf
dieses Unwesen ein Auge hätte, wäre längst an der Zeit gewesen;
aber eben weil es so weit verbreitet ist, geschieht Nichts; es sind
zu Viele und darunter zu Einflußreiche dabei betheiligt. Wohlan,
ich warte nicht, bis mich Jemand aufstellt; da bin ich, ich brauche
keinen äußeren, ich folge meinem inneren Berufe. Ueberall kann
ich nicht sein; aber ich thue, was ich kann. Wenn ich über den
Markt gehe, wenn ich an einer Kasse vorüberkomme, da halte ich
die Augen auf. Mit den falschen Groschen befasse ich mich nicht,
da wäre an kein Fertigwerden zu denken; aber wo einer bleierne
Thaler, oder gar Rechenpfennige statt Dukaten auflegt, der hat
es mit mir zu thun, der wird mich nicht los, bis er überwiesen
ist. Beliebt mache ich mich dadurch freilich nicht, Dank verdiene
ich mir keinen, als von der Wahrheit, der ich diene. Hat sich
denn Der Dank verdient, der einst die Krämer und Wechsler aus
dem Heiligthum trieb? „Der Eifer um Dein Haus verzehret
mich", ist ein schöner Wahlspruch, und ein solches Opfer gewiß
über Farren und Widder ein süßer Geruch dem Herrn.

## II.

# Gegen Hengstenberg.

Wenn ich der Streitverhandlung mit Dr. Schenkel eine gleiche mit Dr. Hengstenberg folgen lasse, so geschieht es nicht, um die Neckerei des Ersteren und seiner Partei zu widerlegen, die mir eine besondere Zärtlichkeit für diesen Gegenfüßler unterschiebt. Daß eine solche wenigstens von seiner Seite unerwidert wäre, geht aus den Neujahrsvorreden der Evangelischen Kirchenzeitung zur Genüge hervor. Besonders die diesjährige, die es mit meinem neuen Leben Jesu zu thun hat, macht mir nichts weniger als ein freundliches Gesicht. Daß ich mit den halben Standpunkten in der heutigen Theologie aufräume, wird nicht ohne Zufriedenheit vermerkt; aber der meinige sei nur dadurch besser, daß er recht augenscheinlich schlimmer sei. Daß die Katze die Mäuse wegfängt, wäre schon recht; wenn sie nur nicht auch den Braten fräße.

Als vor einem Menschenalter mein erstes Leben Jesu erschien, wurde es von der Evangelischen Kirchenzeitung geradezu wie das Thier aus dem Abgrund behandelt. Man hat es nach der Hand als ein gar nicht so gräuliches, ja als ein zu manchen Dingen nützliches Geschöpf kennen gelernt. Der neuen Bearbeitung des Werkes gegenüber war für die Evangelische Kirchenzeitung die vorige Stellung nicht mehr möglich. Eben durch das erste, und was sich von Verhandlungen und Untersuchungen daran geknüpft hatte, war dafür gesorgt, daß das zweite nicht mehr im Lichte des Unerhörten erscheinen konnte. Von selbst ergab sich jetzt eine andere, gewissermaßen entgegengesetzte Taktik. Dagewesen! viel besser oder schlimmer schon dagewesen! hieß es jetzt. Das frühere

Buch war schlecht, eine Jugendsudelei; das jetzige ist noch schlechter, schon deßwegen, weil es nicht besser ist. Der Verfasser hat sich mit dem heutigen Stande der einschlägigen Untersuchungen nicht gehörig bekannt gemacht; er spricht, als läge hier noch Alles wie vor fünfundzwanzig Jahren, da doch seitdem die Dinge „in ein ganz anderes Stadium getreten sind" [1]).

„Schon längst in ein anderes Stadium getreten" — woran erinnert mich doch diese Redensart? Richtig — es ist auch schon eine Weile her, und indessen abermals gar Manches in ein anderes Stadium getreten — seit unter der Sturm= und Drang= partei der Hallisch=Deutschen Jahrbücher die Phrase vom „über= wundenen Standpunkt" im Schwange ging. Damit wurde von jenen Männern des Galoppfortschritts kurzer Hand jeder zu den Todten geworfen, der nicht mit ihnen schnell wie die Todten reiten mochte. Im Sinne des Fortschritts ist nun freilich die Redensart vom neuen Stadium Seitens der Evangelischen Kirchenzeitung nicht gemeint. In diesem Sinne habe ja ich das neue Stadium, worein besonders durch die Kritik der Tübinger Schule die fraglichen Aufgaben theilweise getreten sind, nicht nur anerkannt, sondern demselben auch durch Umarbeitung meiner früheren Darstellung gerecht zu werden gesucht. Die Evangelische Kirchenzeitung will vielmehr sagen, es seien indessen neue Ent deckungen gemacht worden, die den alten Glauben bestätigen, und von diesen habe der Verfasser des umgearbeiteten Lebens Jesu keine Notiz genommen.

Es ist wahr, dieser hat im Gegentheil von den sogenannten neuen Entdeckungen der erhaltungseifrigen Theologie in ziemlich verächtlichem Tone gesprochen. Er hat sie in Bausch und Bogen als eitel Ausflüchte und Winkelzüge, als Finten und Flausen bezeichnet, auf die sich einzulassen, Zeit verderben heiße. Er hat sie mit den Feldmäusen in einem trockenen Spätsommer verglichen, die man, statt ihnen einzeln nachzustellen, am besten der massen= haften Vertilgung durch Herbstgewässer und Winterfrost über= lasse. Demgemäß hat er ausdrücklich erklärt, auf diese angeblich neuen Funde sich nur ausnahmsweise einzulassen, und um das Ge= schrei der Betroffenen oder vielmehr Uebergangenen sich nicht

---

1) Evangelische Kirchenzeitung, 1865, Januar, S. 56.

kümmern zu wollen. So gedachte er sich zu halten und hat er sich gehalten in einem für das Volk, d. h. für gebildete Nicht=theologen, bestimmten Buche; und wenn ihm dabei ein Fehler zur Last fällt, so kann es nur der sein, daß er es damit nicht noch wörtlicher genommen, nicht noch strenger jede Rücksicht auf jene Rabulistereien ausgeschlossen hat, die in der Regel nur der Theologe verständlich, nur der Urheber oder seine Partei erheb=lich findet.

Doch ein Anderes ist ein Buch, ein Anderes eine Gelegen=heitsschrift. Wenn ich von meinem Garten die Hasen am liebsten durch einen tüchtigen Zaun ausschließe, so mag ich mich darum doch einmal aufgelegt fühlen, im freien Felde solchem Gewild mit Hund und Büchse nachzugehen. Besonders wenn es mir in meinen Garten bricht und da Kohl und Bäume benagt. Oder genauer zugesehen, handelt es sich hier nicht um eine Jagd, son=dern um eine Ausforderung. Herr Hengstenberg sagt, ich habe neue wissenschaftliche Entdeckungen unberücksichtigt gelassen, ich habe alte Zweifel und Verneinungen wiederholt, als ob sie nicht seitdem widerlegt worden wären. Das durfte ich selbst in einem für das Volk bestimmten Werke nur dann, wenn ich erweisen konnte, daß an den angeblich neuen Entdeckungen nichts ist. Dem populären Buche brauchte ich diesen Beweis nicht einzuverleiben; aber für mich mußte ich ihn in petto haben. Herr Hengsten=berg schließt daraus, daß ich Ersteres nicht gethan, ich müsse wohl jene Entdeckungen gar nicht gekannt oder doch nur oberflächlich davon Notiz genommen haben. Da werde ich ihm beweisen müssen, daß im Gegentheil jene Funde, je genauer untersucht, desto weniger rücksichtswerth erscheinen.

Auf alles dasjenige mich einzulassen, was der Herausgeber der Evangelischen Kirchenzeitung in diesem Sinne gegen mich vor=bringt oder andeutet, kann hier nicht meine Meinung sein; ich werde meine wissenschaftliche Ehre lösen, wenn ich auf diejenigen Punkte eintrete, auf welche mein Gegner selbst besonderes Gewicht gelegt, die er selbst in einiger Ausführlichkeit behandelt hat.

1.

Davon hat er zwar gleich den ersten, auf den ich einzu=gehen mich bewogen finde, weniger selbst behandelt, als auf fremde

17*

Ausführungen sich berufen. Es ist die Geschichte von der Schatzung zur Zeit der Geburt Christi, Luc. 2, 1—5.

Du lieber Himmel! soll denn diese Geschichte nicht endlich einmal abgethan, dieses hundertmal gedroschene Stroh noch immer nicht gehörig ausgedroschen sein? Da sei ich, beschuldigt mich der Herausgeber der Evangelischen Kirchenzeitung, „so wenig orientirt in der jetzigen Lage der Sache", daß ich „ganz zuversichtlich den alten Einwand wiederhole, Quirinus habe erst mehrere Jahre nach Herodes Tode die Statthalterschaft Syriens übernommen; ohne eine Ahnung davon, daß die Frage durch die Entdeckung einer lateinischen Inschrift, welche eine doppelte Prätur des Quirinus in Syrien bezeugt, schon längst in ein anderes Stadium getreten sei"[1]). Diese Inschrift, in einem so gangbaren Buche wie der Tacitus von Ripperdey abgedruckt, sei schon 1851 von Bergmann in einer besonderen Schrift besprochen, und neuerlich von Lic. Gerlach in einer Kritik von Renan's Leben Jesu zu Gunsten der Angabe des Lucas geltend gemacht worden.

Also der Punkt mit der Schatzung ist in ein neues Stadium getreten „durch die Entdeckung einer lateinischen Inschrift". Nun, eine Neuigkeit ist diese Entdeckung eben nicht. Sie ist heuer schon 101 Jahre alt, und ihre erste Bekanntmachung geradeaus 100. Aber auch die neueren historisch-philologischen Bearbeiter der ent-deckten Inschrift, Bergmann und Mommsen[2]), haben sie nicht zu Gunsten der Angabe des Lucas verwerthet. Beide bleiben viel-mehr dabei, daß in Judäa um die Zeit von Christi Geburt, die jedenfalls mehrere Jahre vor die Verwandlung des Landes in eine römische Provinz fiel, ein Census durch einen kaiserlichen Statthalter nicht habe vorgenommen werden können, daß sich mithin der Evangelist in dieser Angabe geirrt haben müsse.

Die Inschrift soll, versichert Herr Hengstenberg weiter, „eine doppelte Prätur des Quirinus in Syrien bezeugen". Nehmen wir die Sache Stück für Stück; erst den Quirinus, und dann seine doppelte syrische Prätur.

---

1) Evangelische Kirchenzeitung, 1865, S. 56.
2) De inscriptione latina, ad P. Sulpicium Quirinum, Cos. a. 742 U. c., ut videtur, referenda, scripsit Rich. Bergmann etc. Berol. 1851. Und darin das Gutachten von Th. Mommsen S. IV—VII.

1) Also für's Erste, bezeugt denn die Inschrift[1] etwas von Quirinus? Seine Name wenigstens kommt darin, soweit sie uns erhalten ist, nicht vor; aber ist der Mann vielleicht so deutlich bezeichnet, daß wir an keinen andern denken können? Bergmann dachte Anfangs an Sentius Saturninus, und ließ sich erst später durch Mommsen auf Quirinus führen. Die Inschrift sagt von dem Manne, dessen Grab sie schmückte, Einiges aus, was bei Quirinus zutreffen würde; Anderes aber auch, wovon wir sonst keine Nachricht haben, daß es ihm begegnet wäre; und ebenso wissen wir von ihm aus anderen Quellen Einiges, was die Inschrift nicht enthält. a) Der Inschrift zufolge hatte der Ungenannte eine Völkerschaft, wie es scheint mit ihrem Fürsten (nach der Ergänzung am Anfang: regem), dem Augustus und dem römischen Volk unterworfen, und waren ihm dafür, neben einer doppelten supplicatio, triumphalia ornamenta zu Theil geworden. Nach Tacitus[2] hatte Quirinus für die Eroberung der Bergfesten der Homonadenser in Cilicien insignia triumphi erlangt, und aus Strabo[3] wissen wir, daß die Homonadenser unter Fürsten standen. Von Supplicationen, die für diesen Sieg des Quirinus angeordnet worden wären, wissen wir zwar nichts; sie könnten aber, auch wenn sie stattgefunden hatten, leicht von Tacitus übergangen sein. b) Der Inschrift zufolge war der Begrabene Proconsul von Asien gewesen. Daß Quirinus diese Stelle bekleidet hätte, ist uns zwar nicht bezeugt, aber daß er Consul gewesen ist, wissen wir, und da muß er dem Gesetze gemäß mindestens nach fünf Jahren eine der beiden consularischen

---

1) Wortlaut der Inschrift nach Mommsen's Copie:

<pre>
. . . . . . . . . . . . . . . . .
. . . . . . . . . . . . . . . . .
. . . . . . . . . . . . . . . .
. . gem qua redacta in pot . . . . . . .
Augusti populique Romani Senatu . . . . .
supplicationes binas ob res prosp . . . . .
ipsi ornamenta triumph . . . . . . . . .
pro Consul Asiam provinciam op . . . . . .
divi Augusti iterum Syriam et Ph . . . . .
</pre>

2) Annal. III, 48.
3) L. XII, p. 569 ed. Casaub.

Provinzen, Asien oder Afrika, verwaltet haben. c) Weiter hatte der Mann, dem die Grabschrift gilt, im Auftrage des Augustus Syrien und Phönizien verwaltet; was für Quirinus durch die bekannte Stelle des Josephus[1]) bezeugt ist; wie wir von ihm d) endlich auch das wissen, was für den Unbekannten der Inschrift aus der Benennung Augusts als divus erhellt, daß er erst nach diesem gestorben ist. Ob nun das Zusammentreffen dieser verschiedenen Umstände bei einem und demselben Manne nicht auch noch bei einem anderen als Quirinus nachweisbar oder wenigstens denkbar ist, müssen wir den Männern des Fachs überlassen; nur so ausgemacht, wie Hengstenberg voraussetzt, scheint uns die Sache zu Gunsten des Quirinus noch nicht zu sein.

2) Doch die Inschrift handle immerhin von Quirinus: bezeugt sie denn wirklich, daß er zweimal Statthalter von Syrien gewesen ist? Die Stelle lautet: (Legatus — dieses Wort ist eine Ergänzung) divi Augusti iterum Syriam et Ph (ergänzt: oenicem obtinuit oder administravit). Nun heißt freilich iterum wiederholt, zum zweiten Mal, und die Auskunft Bergmann's, es könne auch wohl von einer in's zweite Jahr verlängerten Amtsführung, wie die des Quirinus in Syrien es war, verstanden werden, hat wenig Wahrscheinlichkeit. Aber was ist denn der vorausjetzliche Quirinus der Inschrift zufolge zu zweien Malen gewesen? Lautete sie: Legatus divi Augusti Syriam et Phoenicem iterum administravit, so wäre es außer Zweifel, daß er eben diese Provinz zweimal verwaltet hätte, sie also, sofern dort vom zweiten Male die Rede wäre, schon früher einmal verwaltet haben müßte. Und denkt man nun bei dem zweiten Male an jene Statthalterschaft des Jahres 759 der Stadt, wo Quirinus nach der Absetzung des Archelaus Judäa der Provinz Syrien einzuverleiben hatte, wo aber Jesus nach jeder Berechnung seiner Geburt immerhin schon ein Knabe war, so bietet eine frühere syrische Verwaltung des Quirinus die Bequemlichkeit, daß man sie nach Belieben in das Geburtsjahr Jesu setzen, und sich weiterhin träumen kann, auch damals habe der Mann schon etwas, das eine Schatzung heißen konnte, vorgenommen. Allein so, wie sie zu diesem Ende lauten müßte, lautet die Inschrift nun eben nicht; das iterum steht nicht

---

1) Antiq. XVIII, 1, 1.

nach dem Namen der Provinz bei'm Zeitwort, sondern nach der
Bezeichnung der dem Quirinus von Augustus übertragenen Amts-
gewalt [1]). Legatus divi Augusti iterum Syriam et Phoenicem
(obtinuit), heißt nicht, er habe als Legat des Augustus Syrien
und Phönizien zum zweiten Male verwaltet, sondern, er sei jetzt
zum zweiten Male von Augustus zu seinem Legaten ernannt,
und als solcher diesmal nach Syrien geschickt gewesen. Wohin
er das erste Mal als solcher geschickt war, erfahren wir nicht;
ohne Zweifel hat es in dem abgetrümmerten Eingang der Inschrift
gestanden, und eine Andeutung davon ist uns doch auch jetzt
noch übrig geblieben, die uns aber mit nichten nach Syrien weist.
Hat nämlich der Unbekannte eine Völkerschaft dem Augustus und
dem römischen Volke unterworfen, und sieht man in dieser Völkerschaft unter der Voraussetzung, daß die Inschrift dem Quirinus
gelte, die Homonadenser, die Tacitus geradezu nach Cilicien,
Strabo an dessen Grenzen versetzt, so hat es alle Wahrscheinlichkeit, daß der Mann jene Eroberung als Legat des Augustus
ausgeführt hat, daß er also von Augustus, wie ihn der zum
ersten Mal mit dieser Würde betraute, nach Cilicien geschickt worden war. Für einen Präses von Syrien lagen auch die Homonadenser, die nicht auf der östlichen, sondern eher auf der nord-
westlichen Seite Ciliciens gewohnt zu haben scheinen, zu weit ab;
daß dagegen ein Consular nicht füglich könne nach Cilicien, als
in eine blos prätorische Provinz, geschickt worden sein, scheint mir
für Fälle, wo eine kriegerische Unternehmung auszuführen war,
nicht Platz zu greifen. Und weil es Hengstenberg beliebt, mir
unter Anderem auch mangelhaftes Studium des Josephus auf den
Kopf zuzusagen: kann denn er selbst den Eingang des 18. Buchs

---

1) Mommsen führt eine Inschrift auf L. Marius Maximus, worin es
heißt: proconsuli provinc. Asiae iterum, proconsuli provinc. Africae,
als Beweis dafür an, daß vocem »iterum«, provinciae praesidis nomini
appositam, semper ad eandem provinciam bis administratam spectare.
Aber gerade diese Inschrift zeigt, daß dann das iterum hinter dem Namen der
zweimal verwalteten Provinz steht; wenn es, wie in unserem Falle, dem Namen
der Provinz vorangeht und auf den der Würde folgt, so wird eben aus dem
angeführten Beispiele wahrscheinlich, daß es nicht sagen soll, wie oft der Mann
diese Provinz verwaltet hat, sondern wie oft er mit jener Würde bekleidet
gewesen ist.

der Antiquitäten mit Aufmerksamkeit gelesen haben, und gleich=
wohl behaupten, daß der Geschichtschreiber so, mit dieser Aus=
führlichkeit in den Personalien, einen Mann einführen werde, der
schon früher einmal auf demselben Schauplatz in Wirksamkeit
gewesen war?

3) Es ist mithin eine frühere syrische Verwaltung des
Quirinus, vor jener des Jahres 759 der Stadt, wo er den be=
kannten Census vornahm, wo aber Jesus schon ein Knabe war,
durch die in Rede stehende Inschrift nicht erwiesen. Aber gesetzt,
sie wäre erwiesen, gesetzt, Quirinus wäre schon früher einmal
Augustischer Legat in Syrien gewesen, was dann weiter? Der
berühmte Archäolog und Geschichtschreiber, der aus unserer In=
schrift eine frühere syrische Statthalterschaft des Quirinus er=
wiesen zu haben glaubt, gesteht ja selbst, daß damit für einen
früheren Census, den derselbe in Judäa vorgenommen, nichts be=
wiesen sei. Denn er weiß zu wohl, daß, so lange in diesem Lande
einheimische Fürsten regierten, eine solche Maßregel nach römi=
schem Staatsgebrauche sich nicht denken läßt[1]). Daher nimmt
Mommsen an, Lucas habe die beiden syrischen Statthalterschaften
des Quirinus verwechselt, und den Census, der erst in die zweite
fiel, irrthümlich schon in die erste verlegt.

Also was haben wir an der nagelneuen hundertjährigen
Entdeckung? was beweist die gefundene Inschrift für die Erzäh=
lung des Lucas, daß Jesus zur Zeit einer Schatzung geboren
sei, die Quirinus als Statthalter von Syrien auf Befehl des
Kaisers Augustus in Judäa vorgenommen habe? Für's Erste,
daß die Inschrift auf Quirinus gehe, ist eine, vielleicht wahr=
scheinliche, Vermuthung, aber nicht mehr. Für's Andere, daß
darin von einer zweimaligen Statthalterschaft in Syrien die Rede
sei, ist nicht richtig. Für's Dritte, selbst Eins und Zwei zuge=
geben, enthält die Inschrift von einer Schatzung, die in die frü=
here Statthalterschaft fiele, überhaupt von einer Schatzung, kein
Wort; mit dieser bleibt es wie vorher, daß sie erst stattgefunden
haben kann, als Jesus längst geboren war, und auch mit Lucas

---

1) Mommsen ap. **Bergm.** p. VI. s.: — quum per Judaeam, ante-
quam in provinciae formam redacta esset, (quod anno 759 factum est)
census ex imperatoris Romani auctoritate habitus esse nequeat.

bleibt es wie vorher, daß er sich in diesem Punkte geirrt hat.
Das neue Stadium, worein die Sache getreten sein soll, kommt
darauf hinaus, daß sie noch am alten Flecke steht; die neue Ent=
deckung, die wir so unverantwortlicher Weise unbeachtet gelassen
haben, ist so eingreifend und erheblich, daß wir sie bei einer neuen
Bea eitung unseres Werkes — abermals nicht beachten würden.


## 2.

„Auch der Versuch," sagt das Jahresvorwort der Evange=
lischen Kirchenzeitung zu meinen Ungunsten weiter, „den Lazarus
der Parabel (bei Lucas) zur Verdächtigung des geschichtlichen
Lazarus (bei Johannes) zu benutzen, konnte nicht angestellt wer=
den, ohne einzugehen auf den geführten Beweis, daß der Lazarus
der Parabel vielmehr den geschichtlichen Lazarus zur Voraus=
setzung hat [1]." Der Versuch ist aber angestellt worden ohne das,
folglich hat er auch angestellt werden können. Der Vorredner
will sagen, von Rechtswegen hätte er nicht angestellt werden sollen
ohne Rücksicht auf seinen Gegenversuch; er bringe sich dadurch,
daß er sich nicht erst mit diesem gemessen, um alle Kraft.

Der Herausgeber der Evangelischen Kirchenzeitung meint,
ich könne seinen Johannescommentar, oder daß ich dem Buche
seinen weihrauchduftenden, gut katholischen Titel lasse: „das
Evangelium des heiligen Johannes, erläutert von E. W. Hengsten=
berg u. s. w. [2]", nur etwa auf einer Reise gelesen haben. Je nun —

> Das Leben nennt der Derwisch eine Reise,
> Und eine kurze.

Was wir im Leben vornehmen, geschieht auf der Reise, und wir
thun wohl, dessen eingedenk zu bleiben, um uns weder mit un=
nöthigen Dingen zu bepacken, noch uns auf der kurzen Wander=
schaft länger als billig bei unwichtigen Gegenständen aufzuhalten.
So habe ich aus dieser Hengstenbergischen Raritätenbude aller=
dings nur wenige Stücke in meinen Reisewagen genommen, und
darunter ist eben das Stück über den Lazarus nicht gewesen. Da

---

1) Evangelische Kirchenzeitung, 1865, S. 59.
2) Was wir im Folgenden daraus berücksichtigen, findet sich im 2. Bande
S. 198 ff.

er es mir jetzt hereinwirft, sehe ich es genauer an, und da wird
sich ja finden, ob ich es behalten, oder wieder zum Kutschenschlag
hinauswerfen werde. Unbequem zum Mitnehmen ist es übrigens
schon dadurch, daß es so umfangreich ist. Sein Urheber hat un=
gemein weit ausgeholt, ist von dem historischen Lazarus nicht blos
auf den parabolischen, sondern auch auf Simon den Pharisäer
und den Aussätzigen, nicht blos auf Martha und Maria, sondern
auch auf Maria Magdalena und die Sünderin, nicht blos auf
das Verhältniß der evangelischen Berichte, sondern auch auf die
Familienverhältnisse des bethanischen Hauses zurückgegangen.

Wenn man, sagt Hengstenberg, den Zusammenhang des Jo=
hanneischen Lazarus mit dem Lazarus der Parabel des Lucas
verkennt, so bahnt man der destructiven Kritik den Weg [1]). Aber
verkennt denn die sogenannte destructive Kritik diesen Zusammen=
hang? Im Gegentheil, sie hebt ihn hervor und stützt sich auf
ihn; aber freilich, wie Hengstenberg klagt, um die geschichtliche
Wahrheit der Erzählung bei Johannes zu verdächtigen. Die Kritik
sucht den Johanneischen Lazarus aus dem parabolischen bei Lucas
abzuleiten, eben damit aber als eine unhistorische Figur erscheinen
zu lassen. Hengstenberg getraut sich, den Stiel umzukehren, und
die Parabel als eine solche nachzuweisen, die Jesus mit Bezug
auf den wirklichen Lazarus vorgetragen habe, vorgetragen haben
müsse.

Denn seht nur, bemerkt er, wie eigen, daß nur in dieser
Parabel, und sonst in keiner andern im neuen Testament, ein
Name genannt wird. — O, nicht blos einer, erwidern wir, son=
dern zwei: nicht blos Lazarus, sondern auch Abraham. Namen
übrigens, ob zwar nicht von Personen, doch von Orten, sind auch
sonst in den evangelischen Parabeln, und gerade bei Lucas, nicht
unerhört: Jerusalem und Jericho in dem Gleichniß vom barm=
herzigen Samariter. Wie hier an zwei bekannte historische Oert=
lichkeiten, so wird dort an eine allbekannte historische Persönlich=
keit, den Erzvater Abraham, die erdichtete Handlung angeknüpft.
Muß darum der andere Name, der noch in der Parabel vor=
kommt, der Name Lazarus, auch eine wirkliche historische Person
bezeichnen? und zwar eine lebende, wie jener eine längst verstor=

---

1) A. a. O. S. 211.

bene? Der Reiche bleibt namenlos: warum wird der Arme bei Namen genannt? Vom Reichen wird erzählt, vom Armen wird erzählt; wir sehen sie leben, sterben und nach dem Tode jeden an seinen Bestimmungsort gelangen. Sofort erblicken wir den Armen im Schooße Abraham's: schon hier war zu gleichmäßiger Bestimmtheit des Bildes neben dem Namen des Schooßhalters auch der des Gehaltenen gefordert. Nun spricht der Reiche, spricht zu Abraham, spricht von dem Armen; Abraham antwortet ihm, gleichfalls mit Bezug auf den Armen; wie leblos wäre es, wenn der Eine sagte: Vater Abraham, sende doch den Armen, mir mit einem Wassertropfen die Zunge zu kühlen, und der Andere antwortete: gedenke, mein Kind, daß du dein Gutes im Leben empfangen hast, der Arme dagegen das Uebele. Hier gehörte ein Name her, und der Urheber der Parabel wählte gleichsam den durchsichtigsten, der es recht nahe legte, daß die Person, die er einhüllte, nur eine symbolische war. Eleazar-Lazarus ist Gottheit oder Helfbirgott, ein Name, wie gemacht für einen Armen, dessen sich die Menschen im Leben nicht, wohl aber Gott im Tode angenommen hatte.

„Wenn aber Jesus überhaupt einen Namen nennen wollte, so konnte er jedenfalls nicht diesen gebrauchen, bei dem Jeder an den ihm nahestehenden Lazarus denken mußte" [1]). —

Wer sagt das? Hengstenberg doch nicht? Es ist ja der Kritik, der bösen Kritik aus dem Munde genommen. Wenn es im Kreise Jesu einen Lazarus, einen als seinen besonderen Freund bekannten Lazarus gab, wäre es zum mindesten sonderbar gewesen, wenn er zum Helden einer Gleichnißrede einen Lazarus gemacht, und dadurch den Zuhörern Veranlassung gegeben hätte, Beziehungen zu suchen, ob solche vorhanden waren oder nicht. Doch Geduld! Den Namen des Mannes, den er lieb hatte, fährt Hengstenberg fort, konnte Jesus in der Parabel nicht gebrauchen, „ohne diesen bestimmt im Auge zu haben". Eine kecke, ächt Hengstenberg'sche Stielumkehrung! Weil es eine seltsame Vergessenheit gewesen wäre, wenn Jesus in einer Gleichnißrede einen Mann mit dem Namen seines Freundes eingeführt hätte, so soll sich Jesus damit eben nicht vergessen, vielmehr absichtlich mit seiner Gleichnißrede auf den Freund und seine Verhältnisse gezielt haben.

---

1) A. a. O.

Dies erhelle gleich Anfangs aus dem Zuge der Parabel, daß der arme Lazarus begierig gewesen sei, sich zu sättigen von den Brosamen, die von des reichen Mannes Tische fielen. Da stelle sich uns „das geschichtliche Verhältniß, nur in dichterischer Ausmalung dar".

Das erste Wort, daß Lazarus, der Bruder der Martha, die ein Haus besaß, Jesum darin aufzunehmen, und Mittel, ihn köstlich zu bewirthen; der Maria, die für Jesum eine Salbe im Werthe von 300 Denaren aufbringen konnte: daß der in Verhältnissen gelebt haben soll, die sich auch nur dichterisch als die äußerste Mittellosigkeit darstellen ließen!

So wisset ihr nicht, läßt Hengstenberg uns verwundert an, daß Lazarus „im Hause seines Schwagers das Gnadenbrod aß?" [1]).

Gnadenbrod? Schwager? was für ein Schwager?

Auch das wisset ihr also nicht, daß „zur Seite Martha's als ihr Gemahl, dem sie vielfach zu Gefallen leben muß, die überaus widrige Persönlichkeit des Simon tritt?"

Simon? was für ein Simon? Doch nicht der Aussätzige? oder der Pharisäer?

Beide sind ja nur Einer, belehrt uns Hengstenberg. Der Mann war aussätzig gewesen, aber der Name ihm geblieben, weil er auch moralisch ein schäbiger Gesell, ein recht eingefleischter Pharisäer war [2]).

Aber wo steht denn —

Ganz recht, fällt uns Hengstenberg in's Wort, in den Evangelien steht es nicht. „Nirgends werden da Simon und Martha zusammengebracht. Daß er der Gemahl der Martha gewesen, müssen wir nur erschließen" [3]).

Aber um's Himmelswillen, woraus doch nur?

Ein so schlechter Hebräer, fährt uns Hengstenberg an, weiß freilich nicht, was der Name Martha bedeutet. Martha heißt Herrin, ist also ursprünglich gar kein Name, sondern Ehrentitel einer verheiratheten reichen Frau [4]).

---

1) A. a. O. S. 200.
2) A. a. O. S. 211. 220.
3) A. a. O. S. 208.
4) A. a. O. S. 200. 207.

Es sei; so kann ihn aber Martha auch als Frau irgend eines andern Mannes geführt, kann ihn als Wittwe fortgeführt haben; er könnte ihr vielleicht gar als einer erdichteten symbolischen Figur, als der geschäftigen Hausfrau im Gegensatz gegen die beschauliche Schwester, beigelegt worden sein; auf Simon als ihren Mann kommen wir immer nicht.

Weil ihr nicht in der Schrift zu forschen versteht! herrscht Hengstenberg uns an. Was sagt Johannes in der Geschichte von der bethanischen Mahlzeit? „Und Martha dienete" (12, 2), d. h. sie machte die Wirthin. Und was sagen Matthäus (26, 6) und Marcus (14, 3) von demselben Mahle? Es habe stattgefunden im Hause Simon's des Aussätzigen, den Lucas 7, 36 f. 40, wo er in anderer Fassung dieselbe Geschichte erzählt, Simon den Pharisäer nennt und ausdrücklich als den Wirth, einen sehr unwirthlichen freilich, darstellt. War Simon der Hausherr und Martha die Hausfrau, so folgt ja wohl, daß sie ein Ehepaar gewesen sind.

Es folgt, wenn man die verschiedenen Evangelisten für Einen nimmt, oder voraussetzt, so verschieden sie auch eine Sache darstellen, könne doch der Eine sie sich nicht anders als der Andere vorgestellt haben. So nennt beim bethanischen Mahle der vierte Evangelist die Schwestern Martha und Maria, aber von einem Simon sagt er nichts; umgekehrt nennen die beiden ersten den Simon, aber sie sagen nichts von Maria und Martha. Wenn Johannes von Simon als dem Herrn des Hauses in Bethanien, dem Gemahl der Martha, etwas wußte, oder wissen wollte, warum nannte er ihn nicht? Wenn Matthäus und Marcus etwas davon wußten, daß die Frau mit der Salbe Maria, die Schwester der Martha, war, warum gaben sie ihr diesen Namen nicht? Und wenn vollends dem Lucas bewußt war, daß seine weinende und salbende Sünderin keine andere als Maria von Bethanien gewesen ist, warum sagt er es nicht?

Sie hatten allesammt, belehrt uns Hengstenberg, ihre guten Gründe, es nicht zu sagen. Daß ihre Zurückhaltung eine absichtliche ist, liegt klar vor Augen. Es walteten hier Umstände ob, über welche einen Schleier zu werfen räthlich war. Was zuerst Martha betrifft, so „wollte man die schweren häuslichen Ver-

hältnisse, in denen sie als die Gattin des Pharisäers Simon
stand, nicht vor aller Welt darlegen" [1]).

Der guten Martha that, als unsere Evangelien, besonders
die beiden letzten, geschrieben wurden, sicherlich längst kein Zahn
mehr weh; die Rücksicht auf sie wäre also eine überflüssige gewesen. Und ihre traurigen Familienverhältnisse sind ja nur eure
Voraussetzung, wofür ihr den Beweis eben erst führen sollt.

Was aber Maria anbetrifft, fährt Hengstenberg fort, so erschien es, bei der Aufmerksamkeit der Heidenwelt auf die in der
Weltsprache geschriebenen Evangelien, „bedenklich, ihren Lebens-
gang offen darzulegen. Es hieß das eine der ersten christlichen
Hauptpersonen, und damit die Sache des Christenthums selbst,
dem rohen Spotte der Heidenwelt preisgeben. Angemessener erschien es, bloße Winke zu geben, so daß nur die tiefer Forschen-
den den ganzen Zusammenhang verfolgen konnten, der den ober-
flächlichen Lesern verborgen blieb" [2]). Es war nämlich nach
Hengstenberg diese Maria nicht, wie man sie sich gewöhnlich vorstellt, „eine stille und in sich gekehrte Seele, die ihr reines Herz
dem Heiland aufgeschlossen hatte, sondern ein Weib, wild und
unbändig — eine „Emancipirte" nennt er sie geradezu —, die
erst in Christo die Stillung des Aufruhrs ihrer Empfindungen
gefunden", nachdem er aus ihr — denn für Hengstenberg ist sie
zugleich keine andere als Magdalena — sieben böse Geister, im
moralischen, nicht im physischen Sinne, ausgetrieben hatte [3]).

Aber gerade an einer solchen vita anteacta, erwidern wir,
hätten ja die Heiden am wenigsten Anstoß genommen. Juden,
insbesondere Pharisäer, allenfalls: aber gerade Heiden und
Heidenchristen, für welche Lucas und Johannes vorzugsweise schrieben, am wenigsten. Ihretwegen hätte daher immerhin gesagt
werden mögen, daß Maria früher eine Sünderin, und daß die
durch ihre That und Jesu Wort berühmte Sünderin Maria gewesen war. Und wenn man sich nicht scheute, und sich, ohne
dem Wesen des Christenthums zu nahe zu treten, nicht scheuen
durfte, Jesum als den Sünderfreund darzustellen: wie hätte man

---

1) S. 206. 208.
2) A. a. O. S. 206.
3) A. a. O. S. 200. 207. 216 f.

die vergangenen und vergebenen Sünden derer, die er zu Gnaden und an sein Herz aufgenommen hatte, verdecken dürfen? — Doch wir kommen von Lazarus, von dem wir ja eigentlich reden wollten, ganz ab.

Ja, dieser Lazarus also, eröffnet uns Hengstenberg, war der ächte Bruder seiner Schwester. „Er hatte wahrscheinlich eine ähnliche Entwicklung durchgemacht, das Leben des verlorenen Sohnes geführt," und hatte jetzt nichts mehr zu leben[1]).

Aber, mein Himmel, der Beweis?

„Daß er als Mann sich in dem Hause seines Schwagers aufhielt, und zwar eines solchen Schwagers" —[2]).

Davon steht ja aber nirgends ein Wort. Johannes, der allein von diesem Lazarus weiß, sagt nur, als Jesus sechs Tage vor Ostern nach Bethanien gekommen, wo Lazarus, der Gestorbene, gewesen, haben sie ihm daselbst ein Mahl bereitet, bei welchem Martha aufgewartet, Lazarus aber einer von denen gewesen sei, die mit ihm zu Tische saßen (12, 1 f.). Hier erscheint Lazarus mit nichten in einer so „gedrückten Stellung", wie sie ihm Hengstenberg im Hause seines vermeintlichen Schwagers andichtet; ja, die Worte hindern gar nicht, ihn als den Herrn des Hauses vorzustellen, für den die Schwester die Wirthin machte: da sie aufwartete, konnte er ruhig mit seinem Gaste zu Tische sitzen, und daß dies ausdrücklich erwähnt ist, kann den Zweck haben, ihn als einen solchen darzustellen, der von Jesus wirklich und vollständig in das irdische Leben zurückgerufen war.

Bei eben diesem Mahle, am Tische des aussätzig gewesenen Pharisäers Simon und im Angesichte seines von ihm übel angesehenen Schwagers Lazarus, ist nun nach Hengstenberg die Gleichnißrede vom reichen Manne von Jesu vorgetragen worden.

Auch dies ist uns eine Neuigkeit. Lucas theilt sie mit (16, 18—31) in jener lose verbundenen Reden- und Geschichtensammlung, die er zwischen die Abreise Jesu aus Galiläa und seine Ankunft in Judäa zum Passahfest einschiebt. Daß Hengstenberg sie in die letzte Lebenswoche Jesu verlegt, geschieht, um einen Zeitpunkt zu gewinnen, dem bei jeder chronologischen Anordnung

---

[1]) A. a. O. S. 200.
[2]) A. a. O. S. 205.

die Auferweckung des Lazarus schon im Rücken lag. Sagt die Kritik: das Johanneische Lazaruswunder nach und aus der Parabel, so sagt Hengstenberg umgekehrt: die Parabel nach und aus dem Lazaruswunder.

So soll sie denn in dieser Zeit, zu diesem Mahle, ganz besonders passen. Steckt sie doch, wenn wir sie uns von Hengstenberg auslegen lassen, voll von Beziehungen auf die Verhältnisse und Gesinnungen der Gäste, wie sie zum Theil eben aus Anlaß jener wunderbaren Todtenerweckung zu Tage getreten waren. Der reiche Simon und der herabgekommene Schwager; das harte Gnadenbrod, daß der Letztere bei dem Ersteren aß; die Brüder, d. h. die pharisäischen Gesinnungs= und eben damals wohl auch Tischgenossen Simons mit ihrem Unglauben, sind ja mit Händen zu greifen. Daß der Lazarus der Parabel stirbt und seine Seele in Abrahams Schooß kommt, ist eine Anspielung auf das, was mit dem Freunde Jesu sich wirklich zugetragen hatte; und die Bemerkung über die Brüder in der Parabel, falls sie Mosen und die Propheten nicht hören, würden sie auch nicht glauben, wenn einer von den Todten auferstünde, ist mit Rücksicht auf die That= sache gemacht, daß unerachtet der Auferweckung des Lazarus, die sie mitangesehen, dennoch manche der zur Beileidsbezeugung her= ausgekommenen Juden, und mit ihnen auch Simon selbst, nicht glaubten, ja nun erst die Verkläger Jesu in Jerusalem wurden (Joh. 11, 46). „Ein verabredeter Plan zwischen Jesus und seinen drei gläubigen Hausgenossen, das war für den pfiffigen Juden die Lösung des ganzen Problems;" die Bethörung dieser Haus= genossen, die „Störung seines Hausfriedens", schürte seinen Grimm, und „so ging wahrscheinlich aus demselben Hause, in dem Maria zu den Füßen Jesu saß, und Martha ihm mit freudigem Herzen diente, die nächste Veranlassung zu Jesu Tode aus"[1]).

Daß sich der vierte Evangelist die Sache so nicht vorgestellt hat, ist sicher. Eine fremdartige Persönlichkeit im Kreise Jesu pflegt er sonst nicht zu verstecken, wie in der Erzählung von dem Abschiedsmahle den Verräther, der auch hier bei dem Mahle zu Bethanien das einzig störende Glied ist, von dem er weiß; hätte ihm auch der Wirth selbst, und gar noch weitere Pharisäer, als

---

[1]) A. a. O. S. 212 f.

solche vorgeschwebt, so ist entfernt nicht abzusehen, warum er sie nicht genannt und in ihrer Gesinnung bezeichnet haben sollte. Die Gründe, warum Johannes hierüber geschwiegen, warum überhaupt die Evangelisten über die Verhältnisse, die Hengstenberg hier ausgeklügelt haben will, einen Schleier gebreitet haben sollen, gehören dem schlechtesten rationalistischen Pragmatismus an, erinnern an Paulus und Venturini, ja sie spuken zum Theil der romanhaften Darstellung von Renan voraus. Oder wenn Hengstenberg über diesen Kreis hinauszukommen trachtet, geräth er ganz in's Bodenlose. Zur Beantwortung der nur auf Eine Art zu beantwortenden Frage, warum die Geschichte von der Auferweckung des Lazarus bei den übrigen Evangelisten außer Johannes fehle, sagt er: „Der Beruf jedes Evangelisten ging nur auf das ihm Zugängliche. Für das Tiefe und Geheimnißvolle hatte der Jünger, den der Herr lieb hatte, eine specielle Mission. Die Geschichte von der Auferweckung des Lazarus nun gehörte ganz in die Klasse des für Johannes Reservirten. In der Weise der drei ersten Evangelien erzählt, wird sie sich kaum denken lassen; sie gehörte recht eigentlich dem geistlichen Evangelium an" [1]). Daß wir uns diese Geschichte in der Weise der drei ersten Evangelien erzählt nicht wohl denken können, liegt aber nur daran, daß wir sie so, wie der vierte sie in seiner Manier erzählt, in Gedächtniß und Einbildungskraft tragen; das Thatsächliche daran mußte sich nothwendig auch in der schlichtesten Form wiedergeben lassen, und dies unmöglich finden, und sie darum dem geistlichen Evangelium vorbehalten, klingt wie ein versteckter Zweifel an ihrer Geschichtlichkeit. Von einer esoterischen Lehre Jesu in dem Sinne, daß sie nicht Allen, nur Dem und Jenem, mitgetheilt worden sei, hat man schon gesprochen; hier hätten wir esoterische Lehr- und Erzählungsstücke in dem neuen Sinne, daß sie nur von Dem und Dem, nicht auch von Anderen, mitgetheilt werden durften.

Bezeichnend für die Stellung Hengstenberg's ist besonders auch sein combinatorisches Bestreben. Die Aengstlichkeit der protestantischen Schriftauslegung mit ihrer Annahme einer wörtlichen Inspiration hatte manche Erzählungen in den Evangelien, bei aller Aehnlichkeit in der Hauptsache, um einiger Abweichungen in

______

1) A. a. O. S. 228. Vgl. 3. Band, S. 391.

Nebenpunkten willen auseinandergehalten. Die Geschichte von dem Hauptmann zu Kapernaum und seinem kranken Knecht bei Matthäus und Lucas sollte eine andere sein, als die von dem Königischen zu Kapernaum mit seinem kranken Sohn bei Johannes; ohnehin die Salbung Jesu durch eine Sünderin bei Lucas eine andere, als die Salbung in Bethanien durch eine Frau, die nach Johannes Maria, die Schwester des Lazarus, war. In diesen Stücken hatte es die ältere Kirche weniger genau genommen, hatte unbefangen in der bethanischen Maria die Sünderin, wie in dieser die Maria Magdalena gesehen. Die neuere Kritik ging scheinbar von der Pedanterie der protestantischen Schriftauslegung auf den liberalen kirchenväterlichen Standpunkt zurück. Aber in ihrer Art. Sie vergaß nicht, was sie in der Schule der Inspirations= exegese gelernt hatte. Die Abweichungen in den Erzählungen, wofür durch diese das Auge geschärft worden, hatte sie sich wohl gemerkt. Sie sagte also nicht mehr: ein Hauptmann kann als solcher gar wohl auch königlicher Diener heißen; Maria Lazari kann in einer früheren Lebensperiode eine Sünderin gewesen sein. Sondern sie sagte: dieselbe Geschichte einer Heilung in die Ferne, die der Eine von einem römischen Hauptmann erzählte, hat ein Anderer von einem Beamten des Herodes erzählt; in der Salbung, von der in der ältesten Christengemeinde so viel die Rede war, mochte der eine Erzähler das Bußwerk einer reuigen Sünderin, der Andere das reine Liebeswerk einer Jesu innigst angehörigen Seele sehen. Es hatte also jetzt nicht mehr jeder der verschiedenen Berichterstatter Recht, sie gaben nicht mehr jeder gleichsam ein Stück der zerschlagenen Wahrheit, die es nur zusammenzusetzen galt, um die ganze herauszubekommen; sondern jeder erzählte die Sache in seiner Art, wie er sie gehört, wie er sie behalten hatte, wie sie ihm für seine schriftstellerischen Zwecke taugte, also ver= setzt mit eigener und fremder Ansicht, besonderer Absicht, ein Gemisch von Wahrheit und Irrthum, Dichtung und Wahrheit.

So weit kann nun natürlich Hengstenberg nicht mitgehen; aber ebensowenig mit altkirchlicher Naivetät über die Abweichungen der Berichte hinweggehen. Er findet, diese Abweichungen müssen wohl erwogen, müssen genügend erklärt werden. Und hier hat ihm das, was die neuere Kritik von gewissen Absichten der Evan= gelisten zu sagen weiß, eingeleuchtet. Die Abweichungen erklären sich aus Absichten. In einer absichtlich angelegten Erzählung die geschichtliche Wahrheit als unbeschädigt nachzuweisen, ist freilich nicht immer leicht. Am leichtesten erscheint es, wo die Abweichung in bloßer Verschweigung besteht. Wenn Lucas von einer salbenden Sünderin spricht, aber den Namen Maria verschweigt; wenn Johannes in der Salbungsgeschichte diesen Namen nennt, aber das Prädicat einer Sünderin zurückhält; wenn die drei ersten Evangelisten die Salbung im Hause eines Simon vorgehen lassen, aber dabei weder von Maria noch von Martha reden; der vierte die letzteren in den Vordergrund stellt, aber des ersteren nicht gedenkt; und wenn endlich die Eröffnung, daß die Sünderin Maria zugleich keine andere als Maria Magdalena gewesen, von keinem einzigen Evangelisten gemacht wird: so sind es Absichten, woraus diese Verschweigungen sich erklären: die Absicht, den Simon zu schlagen, ohne seine Gattin mitzutreffen; die Absicht, das häusliche Verhältniß der Dulderin Martha nicht der gefühllosen Neugier, den früheren Wandel der Maria nicht dem Spotte der Heiden preiszugeben. Das mögen ganz löbliche Absichten sein, aber es sind kleinliche und überdem nicht einmal wahrscheinliche Absichten, und Hengstenberg, statt zu dem Standpunkte der Kritik sich zu erheben, durch die er sich hat anregen lassen, ist auf dem des gewöhnlichen Rationalismus stecken geblieben.

Die Kritik, indem sie die Evangelien als nachapostolische, mehr oder weniger frei componirte Partei= und Tendenzschriften faßt, versteht unter den Gründen, durch welche deren Verfasser sich bewegen ließen, die Dinge verschieden darzustellen, soweit es sich nicht um unwillkürliche Umbildungen in der Ueberlieferung handelt, durchaus sachliche, in ihrer verschiedenen Parteistellung, ihrer abweichenden Auffassung des Christenthums begründete Motive. Bei Hengstenberg hingegen, der in den Evangelien historische Berichte von Augenzeugen oder diesen nahestehenden Personen sieht, werden jene Motive zu lediglich persönlichen, engen, geradezu basenhaften Rücksichten: in die traurigen Familienverhältnisse einer Hausfrau nicht hineinsehen zu lassen; ihre ledige Schwester nicht durch Aufdeckung ihrer Vergangenheit zu compromittiren. Daß dergleichen Gründe nicht hinreichen, die vorliegende Erscheinung zu erklären, ist dem Herausgeber der Evangelischen Kirchenzeitung selbst bei der Frage fühlbar geworden, warum denn sämmtliche Evangelisten ihre Leser auf der Meinung lassen, die Sünderin, Maria Lazari und Maria Magdalena seien drei verschiedene Personen gewesen, da sie doch ihm zufolge nur Eine waren. Da thut seine Verschleierungshypothese ihm selbst nicht genug, und er meint, die Sache habe vielleicht noch einen weiteren Grund. „Das an sich in der Einheit der Personen Verbundene ist für Manche erbaulicher, wenn sie es getrennt und unter verschiedene Personen vertheilt betrachten. Diesen wollen die Evangelisten nicht geradezu den Weg verschließen. Zugleich aber war dafür gesorgt, daß das wahre Verhältniß von denen erkannt werden konnte, denen die Einheit der Person nicht ärgerlich, sondern erbaulich war" [1]). Nun, ärgerlich konnte die Einheit nur in diesem besonderen Falle sein, wo es sich um die Combination einer Sünderin mit einer Heiligen handelte; daß aber abgesehen davon es für Manche erbaulicher sei, ähnliche Personen auseinander zu halten, als zu Einer zusammenzufassen, ist eine Behauptung, die ebenso der Erfahrung wie den Gesetzen des Seelenlebens widerspricht. Wo in einem Erzählungskreis scheinbar verschiedene Personen vorkommen, die aber Aehnlichkeit mit einander haben, da liegt es nicht blos in der Natur des Verstandes, zu versuchen, ob es denn wirklich mehrere, und nicht vielmehr nur eine und dieselbe Person sei; sondern auch die Einbildungskraft wird, oft schon durch einen gemeinsamen Namen veranlaßt, unwillkürlich die verschiedenen Personen zusammenschauen. Man erinnere sich nur an den armen und den auferweckten Lazarus, wie sie gerade der kritiklosen Phantasie am ehesten zusammenfließen; an die gleichsam instinktmäßige Combination, welche die alte Kirche mit der Sünderin und Maria Magdalena vorgenommen hat. Die Rücksicht auf diese Neigung hätte die Evangelisten gerade zum Auskunftgeben veranlassen müssen; um ihr angebliches Schweigen zu erklären, muß Hengstenberg eine Neigung in der menschlichen Natur voraussetzen, wovon die umgekehrte sich nachweisen läßt.

Doch, wo sind wir an der Hand unseres Führers hingerathen? Wir sagten es ja, daß, auf seine Ausführung über das Verhältniß des Lazarus-Wunders zu der Lazarus-Parabel einzu-

---

1) A. a. O. S. 208.

gehen, um des weiten Bogens willen, den er dabei beschreibt,
eine beschwerliche Sache sei. Und was ist denn nun mit dieser
so weit ausholender Darstellung ausgerichtet? Ist der Beweis,
daß der Lazarus der Parabel den geschichtlichen Lazarus zur
Voraussetzung habe, wirklich zu zwingend geführt, daß die ent=
gegengesetzte Ansicht der Kritik dadurch unhaltbar geworden wäre?

Wohlgemerkt, die Kritik sagt nicht etwa: der Johanneische
Lazarus ist unhistorisch, weil er sich aus dem parabolischen ab=
leiten läßt. Sondern sie sagt: er ist unhistorisch aus anderen
Gründen; wenn ihr aber wissen wollt, wo er gleichwohl her=
kommt, so dürfet ihr nur auf die Parabel sehen. Als unhisto=
risch erkennt die Kritik die Johanneische Lazarusgeschichte vor=
nehmlich an zwei Merkmalen: an der Unmöglichkeit ihres In=
halts, und an dem Schweigen der übrigen Evangelisten. Die
erstere erkennt der Standpunkt der Evangelischen Kirchenzeitung
nicht an, und darüber rechten wir hier nicht; wie ungenügend
er das letztere erklärt, haben wir gesehen. Zum Behuf der Ab=
leitung der Wundergeschichte aus der Parabel nun weist die
Kritik außer dem gemeinsamen Namen, den gemeinsamen Zügen
des Sterbens und Wiederkommens, und der Vergeblichkeit dieses
Wiederkommens dem jüdischen Unglauben gegenüber, ganz be=
sonders auf die natürliche Fortschreitung hin, welche darin liegt,
daß, was bei Lucas nur als gefordert erscheint, die Wiederkehr
des verstorbenen Lazarus, und was hier nur für den eintretenden
Fall vorausgesetzt wird, die Fortdauer des Unglaubens der Brüder,
— daß das bei Johannes als wirklich eingetretenes Ereigniß,
als Wunder aller Wunder und äußerste Probe des jüdischen
Unglaubens, dargestellt wird. Das sind Merkmale, die vor Augen
liegen, und zu deren Geltendmachung die Kritik nur etwa noch
ihres, von Hengstenberg übrigens nicht beanstandeten, Beweises
bedarf, daß das vierte Evangelium nach dem dritten, und nicht
ohne Bekanntschaft des Verfassers mit demselben, geschrieben ist.

Sagt nun Hengstenberg: Nein! das Verhältniß ist das um=
gekehrte; die Parabel kann nur nach der Wundergeschichte und
mit Rücksicht auf diese gesprochen sein: so kennen wir jetzt seine
Gründe. Den Namen Lazarus, auf den er sich vor Allem stützt,
konnte Jesus in seiner Gleichnißrede sogar weit fügliche ge=
brauchen, wenn er einen Freund gleichen Namens nicht hatte,

der Name also ganz als symbolischer erschien. Der Schwager und
das Gnadenbrod, worauf in der Parabel angespielt sein soll, sind
keine evangelische Notizen, sondern Hengstenbergische Erdichtungen.
Von dem Unglauben der Juden aber zu sprechen, hatte der Ur=
heber der Lazarus=Parabel Veranlassung genug, auch wenn keine
Auferweckung des Lazarus vorangegangen war.

Sind das die Hengstenbergischen Riesen, mit denen sich die
Kritik erst hätte messen sollen, ehe sie an ihre Arbeit ging?
Nachdem wir sie in der Nähe betrachtet, werden unsere Leser sich
überzeugt haben, daß es Windmühlen sind, und uns zu gute
halten, wenn wir sie auch in Zukunft ungestört ihrem lustigen
Treiben überlassen.

### 3.

Aber, fährt die Evangelische Kirchenzeitung fort, „auch die
Widersprüche in den Auferstehungsberichten, die Strauß einfach
nur aus seinem älteren Buche herübernimmt, sind ein Anachro=
nimus. Die Sache befindet sich jetzt in einem ganz anderen
Stadium" [1]. Und zwar schon seit vierundzwanzig Jahren, seit
in derselben Kirchenzeitung über die genannten Widersprüche eine
Abhandlung erschien, die Hengstenberg jetzt, noch viel einfacher
als ich die Widersprüche, nämlich großentheils wörtlich, in seinen
Johannescommentar herübergenommen hat [2].

Der Schlüssel zwar, durch den er sich hier anheischig macht,
die vermeintlichen Widersprüche zu lösen, ist kein neuer, im
Gegentheil der alte Hauptschlüssel der Harmonistik, den die Ver=
drehung der Schlösser, die er öffnen wollte, schon seit Lessing's
Zeiten in Verruf gebracht hat. Der Hauptgrund, urtheilt Hengsten=
berg, warum man in den evangelischen Berichten von der Auf=
erstehung Jesu Widersprüche zu finden meine, sei die irrige Vor=
aussetzung, daß jeder Evangelist einen vollständigen Bericht über

---

1) Evang. Kirchenzeitung, 1865, S. 59.
2) Die angeblichen Widersprüche in den Berichten über die Auferstehung
Jesu und die Erscheinungen des Auferstandenen. Evang. Kirchenzeitung, 1841,
Nr. 62—66, S. 489—523. Das Evang. des heil. Johannes, 3. Bd.
S. 286—359.

diese Erscheinungen geben wolle; die Lösung liege in der Einsicht, daß „die Evangelisten nicht Alles sagten, was sie wußten, sondern nur was ihnen sachgemäß erschien"[1]). Allein, so unbestritten und unverfänglich es im Allgemeinen ist, daß ein Erzähler über das, was er erzählt, noch Manches gewußt haben kann, was er nicht erzählt, so darf dies doch im einzelnen Falle nur soweit vorausgesetzt werden, als es sich aus dem fraglichen Schriftsteller und seiner Erzählung selbst ergibt. Der Schriftsteller A berichtet die Begebenheit X mit den Umständen a, b und c; nun sind aber bei dieser Begebenheit, wie wir aus den Schriftstellern B und C wissen, auch noch die Umstände d, e und f vorgekommen; folglich muß auch der Schriftsteller A von diesen Umständen gewußt und sie in seiner Erzählung vorausgesetzt haben, wenn er auch nicht sachgemäß fand, etwas davon zu sagen. Das wäre ohne Zweifel eine sehr irrige Art zu schließen; daß sie gleichwohl die der alten Harmonistik war, ist bekannt: sollte sie auch die des Herausgebers der Evangelischen Kirchenzeitung sein, so vermöchten wir in ihr kein neues Stadium zu erkennen, worein dieser Gegenstand durch ihn getreten wäre.

Als den Punkt, von welchem die Zweifel gegen die Auferstehungsgeschichte vorzugsweise ausgegangen, bezeichnet Hengstenberg die Abweichung zwischen Johannes und den übrigen Evangelisten, dem Matthäus vor Allen, in der Darstellung des ersten Grabgangs der Frauen und seines Ergebnisses. Darunter versteht er nicht die abweichende Zahlbestimmung, daß der Eine von zwei, der Andere von drei, der Dritte von mehreren Frauen, Johannes nur von Maria Magdalena redet; mit dieser Differenz glaubt er vielmehr leichter Hand fertig zu werden; sondern er meint die Abweichung in der Angabe dessen, was Magdalena (mit ihren voraussetzlichen Begleiterinnen) dabei wahrnahm, und als wahrgenommen hernach den Aposteln verkündete. Nach Johannes (20, 1. 2) sah sie nur das Grab eröffnet (und leer), und berichtete hierauf dem Petrus und Johannes, man habe den Herrn daraus weggebracht, und sie wisse nicht, wo man ihn hingelegt habe. Nach den übrigen Evangelisten hingegen hatte Magdalena mit den andern Frauen zwar auch zunächst die Gruft eröffnet

---

1) Evang. Kirchenzeitung a. a. O. S. 507, 515.

gefunden und den Leib Jesu vermißt, war jedoch alsbald durch
einen oder zwei Engel belehrt worden, wohin derselbe gekommen,
daß er nämlich neubelebt aus dem Grabe hervorgegangen sei, und
sich den Seinigen demnächst zu zeigen gedenke; ja nach Matthäus
(28, 9 f.) war ihr und ihrer Begleiterin auf dem Rückwege zur
Stadt noch Jesus selbst begegnet, hatte sie angesprochen und ihre
Huldigung empfangen; und von beiden Seiten war sie zur Ueber=
bringung dieser Kunde an die Jünger angewiesen worden.  Hatte
hienach Magdalena bereits durch Engelsmund Belehrung darüber
empfangen, daß der Leib Jesu zu neuem Leben auferweckt sei:
wie konnte sie bei ihrer Rückkehr vom Grabe zu den beiden Jün=
gern sagen, sie wisse nicht, wo er hingelegt worden? wie konnte
sie gegen die Weisung des Engels (Luc. 24, 5) noch immer den
Lebendigen bei den Todten suchen? wie konnte sie dies ins=
besondere, wenn sie soeben den wiederbelebten Jesus selbst ge=
sehen, gesprochen und seine Füße umfaßt hatte?

Nach Johannes konnte sie es in allewege; denn nach Jo=
hannes hatte sie vorher keine Erscheinung der Art gehabt, son=
dern nur das offene und leere Grab wahrgenommen; mit sich
selbst steht also der Bericht des Johannes in vollkommener Ueber=
einstimmung: Maria verkündigt den Jüngern nicht mehr und
nicht weniger, als sie am Grabe wahrgenommen hat.  Warum
nun diesen Einklang des Johanneischen Berichts durch Aufdrän=
gung von Zügen aus einem anderen Berichte stören?  Deswegen,
weil ja sonst der Bericht des Johannes mit dem der Anderen
nicht stimmen würde; weil ja sonst nach Johannes Magdalena
damals eine Erscheinung noch nicht gehabt hätte, die sie nach
den übrigen schon damals gehabt hat.  Da ein solcher Wider=
spruch zwischen inspirirten Schriftstellern nicht stattfinden kann,
so schob die alte Harmonistik ohne Weiteres den Bericht des
Einen in den des Andern ein.  Der inspirirte Schriftsteller A
mußte mehr gewußt, mehr als geschehen vorausgesetzt haben, als
er ausdrücklich sagt, weil der inspirirte Schriftsteller B dieses
Mehrere berichtet.

Dies ging auf dem Standpunkte der heutigen, selbst der
inspirationsgläubigen Theologie, deren Glaube doch immer ein
verschämter ist, nicht mehr so einfach.  Es ging nicht mehr an,
dem Johannes die Ergänzung durch fremde Berichte aufzudrängen,

wenn er diese Ergänzung nicht selbst begehrte. Da war nun ein Mann wie Hengstenberg an seinem Platze. Man durfte ihn nur machen lassen, und der gestern noch so spröde, so selbstgenugsame Johannes hielt schon heute so flehentlich um Ergänzung durch die Anderen an, daß man sie ihm unmöglich abschlagen konnte. Hengstenberg machte sich anheischig, nachzuweisen, daß der Bericht des Johannes gar nicht verständlich sei, wenn man nicht Manches aus den Berichten der übrigen Evangelisten hinzudenke; daß das, was er erzählt, gar nicht so hätte geschehen, von ihm selbst nicht als so geschehen vorgestellt werden können, wenn nicht auch das, was die übrigen erzählen, geschehen gewesen und von ihm hinzugedacht worden wäre.

Nach Johannes hat Magdalena den beiden Jüngern nur von dem leeren Grabe gesagt. Nach Hengstenberg „muß sie mehr gesagt haben, als dies allein"[1]), muß sie auch von dem Trostreichen, was sie den übrigen Evangelisten zufolge weiter gesehen und gehört hatte, etwas gesagt haben, und zwar muß sie dies nach Johannes selbst, da sonst, was er erzählt, eine Unmöglichkeit wäre. Vom Grabe „läuft Magdalena zu den Jüngern; wie diese hinwiederum auf ihre Botschaft hin zum Grabe laufen". Das setzt nach Hengstenberg etwas Ermuthigendes, wovon Magdalena zu berichten hatte, voraus. Allein, setzt er dies voraus, so würde Johannes es angegeben haben; er denkt sich vielmehr Magdalena zur Eile aufgeregt durch den Schrecken, die theuren Ueberreste nicht mehr vorzufinden, die Jünger durch die Begierde, den so wichtigen Thatbestand zu untersuchen. Auch das weitere Benehmen dieser beiden Jünger spricht nicht dafür, daß ihnen Magdalena schon von etwas Uebernatürlichem berichtet hatte. Am Grabe angelangt, kommt der Eine gar nicht, der Andere nur durch Combination dessen, was er da an den Leintüchern wahrnahm, zum Glauben an die Auferstehung Jesu: er klimmt mühsam durch eigene Kraft zu der Höhe hinan, von der ihm offenbar noch durch keinen Bericht von einer Engel- oder gar Christuserscheinung eine unterstützende Hand gereicht war.

Weit entfernt also, daß Hengstenberg's Beweisführung uns überzeugt hätte, die Johanneische Darstellung fordere selbst eine

---

1) Evang. Kirchenzeitung S. 497 ff. Joh. S. 290 ff.

Ergänzung durch die der übrigen Evangelisten, bleiben wir viel=
mehr dabei, daß sie eine solche schlechterdings nicht verträgt.
Wenn Magdalena, müssen wir noch einmal fragen, als sie zu den
zwei Aposteln kam, bereits die beiden Erscheinungen gehabt hatte,
wovon ihr die Eine sagte, die Andere augenscheinlich zeigte, wie
es mit dem Leibe Jesu geworden war: wie war es möglich, daß
sie noch sagen konnte, sie wisse nicht, wo man den Leib Jesu hin=
gelegt habe? Hengstenberg tritt den Beweis an, daß es möglich
gewesen. Als Magdalena zu den Jüngern kam, habe ihr das,
was sie mit dem sinnlichen Auge wahrgenommen hatte, die Leer=
heit des Grabes, fester gestanden und sei daher von ihr stärker
betont worden, als die nur mit dem „geistlichen Auge" wahr=
genommenen Erscheinungen aus einer höheren Welt, gegen die ihr
bereits wieder Zweifel aufgestiegen waren. Um dies denkbarer
zu machen, malt Hengstenberg die Scene, wie Magdalena zu den
beiden Jüngern gelaufen kam, ganz pragmatisch aus. Man denke
sich die Männer, „denen sie sich geistlich unterzuordnen gewohnt
war, die schon oft mit Recht ihrer Erregtheit entgegengetreten
waren, schon oft gegen ihre schönen und süßen Träume mit Recht
die Wirklichkeit geltend gemacht hatten". Auch jetzt empfingen sie
sie „kühl und nüchtern", und das gab ihrem begeisterten Glauben,
der doch, wie so oft, nur die Oberfläche des Herzens einnahm,
„einen mächtigen Stoß". Zudem, sie sah nun, daß die Apostel,
die sie so weit über sich stellte, noch keine Erscheinung des Auf=
erstandenen gehabt hatten: wie hätte sie „bei ihrer Demuth"
glauben können, daß sie vor diesen Männern einer solchen ge=
würdigt worden, daß mithin, was sie geschaut zu haben glaubte,
eine wirkliche Erscheinung gewesen sei?[1])

Sehen wir hier bereits die, wenn man sie nimmt, wie sie
liegt, so einfache evangelische Erzählung in die Unnatur modernster
Empfindsamkeit hineingeschraubt, so müssen wir außerdem fragen:
wenn eine Erscheinung dieser Art, insbesondere eine Erscheinung
des auferstandenen Christus selbst, und die Ueberzeugung, eine
solche gehabt zu haben, etwas so Unsicheres war, daß jede Ver=
änderung der subjectiven Stimmung sie umblasen konnte: wozu
sollten dann dergleichen Erscheinungen dienen, und wie konnten

_______________

[1]) Evang. Kirchenzeitung S. 499.

sie, auch in mehrmaliger Wiederholung, zur Begründung des
Glaubens an die Auferstehung und die höhere Würde Jesu aus=
reichen? Hier weiß Hengstenberg keinen Rath, als jene von
Matthäus gemeldete Engel= und Christuserscheinung, wovon
Magdalena gegen die beiden Jünger geschwiegen haben soll, in
ihrem Werthe herabzusetzen. Allerdings, diese Erscheinungen be=
gründeten in Magdalena noch keine feste Ueberzeugung; aber sie
waren auch darnach. Die Engelerscheinung war nur eine „flüch=
tige": als ob Engelerscheinungen dies nicht ihrer Natur nach
wären, und als ob nicht gerade diesmal der Engel sich in beson=
ders ausführlicher Rede mitgetheilt hätte; die Erscheinung Christi
selbst war nur eine „weniger bedeutsame, vorübergehende, ober=
flächliche Erscheinung"[1]). Man staunt, den Herausgeber der
Evangelischen Kirchenzeitung von einer Erscheinung Christi, deren
Realität er doch nicht bezweifelt, in solchem Tone sprechen zu
hören. Es fehlt nur, daß er sagte, die Erscheinung sei auch un=
nöthig gewesen; worin er freilich mehr Recht haben würde als
er weiß. Um sie herabzusetzen, stellt er ihr diejenige Christus=
erscheinung entgegen, die Magdalena nach Johannes später hatte,
deren „Maria!" weit tiefer zum Herzen gedrungen sein müsse,
als das: „Fürchtet euch nicht!" der Erscheinung bei Matthäus.
Allein das ist nur der Unterschied in der Manier der beiden
Evangelien: im Sinne des Matthäus war seine Christuserscheinung
mit dem Fußfall der Frauen, der sich daran knüpfte, nicht min=
der bedeutsam, als im Sinne des Johannes die seinige, an die
sich eine ähnliche Huldigung der Magdalena knüpfen wollte.
Thomas empfing später den Tadel des Herrn, weil er der Er=
zählung seiner Mitapostel von einer Erscheinung des Auferstan=
denen keinen Glauben geschenkt hatte, von der er nicht selbst
Zeuge gewesen war: hätte Magdalena den Glauben an eine selbst=
erlebte Christuserscheinung sich so, wie Hengstenberg meint, ab=
handenkommen lassen, wäre es denkbar, als ihr der Herr — nach
dieser Voraussetzung zum zweiten Mal — erschien, daß sie so
ganz ohne Verweis davongekommen wäre?

Aber eben der Johanneische Bericht von dieser Erscheinung
ist von der Art, daß vor ihr eine andere nicht gedacht werden,

---

1) Evang. Kirchenzeitung S. 499. Joh. S. 298.

von Johannes nicht gedacht sein kann. — Im Gegentheil! ruft hier freilich Hengstenberg; Magdalena's Benehmen vor der Erscheinung bei Johannes ist nicht denkbar, wenn nicht die Erscheinung bei Matthäus vorangegangen war. Sie weint, als sie nach dem von beiden Jüngern genommenen Augenschein am Grabe steht (Joh. 20, 11). Dieses ihr Weinen „erklärt sich" nach Hengstenberg „nur auf Eine Weise, nur daraus, daß sie früher mehr gehabt, und deshalb erwartet hat, daß auch die Apostel mehr erhalten werden". Sie hatte früher ein Gesicht der Engel, vorübergehend auch des Herrn gehabt. „Jetzt gewahrt sie nichts als das leere Grab, und auch die Jünger haben weiter nichts gesehen. Da wird sie zweifelhaft an ihren früheren Wahrnehmungen, und dieser Zweifel bricht ihr das Herz"[1]. Allein all diese seltsamen Umsprünge in der Situation und der Stimmung der Magdalena sind der Johanneischen Erzählung fremd. Nach Johannes weint sie, weil die Leerheit des Grabes, von der sie den Aposteln die Kunde gebracht, sich nun auch bei genauerer Untersuchung bestätigt hat. In diese ihre Stimmung ist noch kein Strahl einer höheren Offenbarung, einer Engel- oder gar Christuserscheinung hineingefallen; das Geheimnißvolle, das sich mit Christo zugetragen, kehrt ihr bis jetzt nur seine negative lichtlose Seite zu, daß der Leib des Begrabenen nicht mehr zu finden ist; erst hierauf tritt an der finstern Scheibe zunächst der helle Rand der Engelvision hervor, bis sie ihr sofort in schnellster Drehung das volle Lichtantlitz der Christus-Erscheinung entgegenwendet.

Weit entfernt also, daß das Weinen der Magdalena sich nur aus einer schon früher gehabten Erscheinung erklärte, ist es vielmehr nur dann erklärlich, wenn sie bis dahin eine Erscheinung noch gar nicht gehabt hat. Gesetzt aber, es erklärte sich nur unter jener Voraussetzung: warum hat denn Johannes selbst es nicht daraus erklärt, warum hat er von dem früheren Gesichte der Magdalena nichts gesagt? Der Herausgeber der Evangelischen Kirchenzeitung ist um eine Antwort nie verlegen, folglich auch hier mit einer solchen schnell bei der Hand. „Es darf uns nicht befremden," sagt er, „daß Johannes nur die eine Seite von der

---

1) Joh. S. 299.

Botschaft" (und den Erlebnissen) „der Magdalena hervorhebt". Nur das, was sie mit leiblichen Sinnen wahrgenommen, die Ent=
fernung des Leichnams Jesu aus dem Grabe, machte ja auf die Jünger Eindruck. Das Weitere, was sie ihnen zu melden hatte, erweckte nur unbestimmte Hoffnungen, war bis auf weitere Be=
stätigung so gut wie nicht gesprochen, wie Lucas (24, 11) sich ausdrückt, bloßes Geschwätz[1]). Allerdings stellt so Lucas den Eindruck dar, welchen die Frauenbotschaft auf die Jünger machte; aber darum hat er doch vorher erzählt, was die Frauen Ueber=
natürliches gesehen und gehört, und wovon sie den Jüngern be=
richtet hatten. Wenn das, dessen Erzählung keinen Glauben findet, lieber gleich gar nicht erzählt werden müßte, so könnte ja überhaupt nicht erzählt werden, es habe etwas keinen Glauben gefunden.

Doch auch dadurch, vermuthet Hengstenberg, habe Johannes vielleicht sich bewogen finden können, nur die eine Seite an der Sache hervorzuheben, „daß auf diese Weise der Gegensatz reiner, die ganze Begebenheit in sich abgeschlossener, aus sich selbst ver=
ständlicher, typisch bedeutsamer wurde". Maria weint, und dar=
um findet sie Jesum, das sei der ewige Kern der Thatsache; „dieser würde aber nicht so stark hervortreten, wenn sie ihn (Jesum?) früher schon theilweise (!) gehabt hätte"[2]). Also von der Erzählung wird zugestanden, daß sie sich besser abrunde, aus sich selbst verständlicher werde, wenn von der früheren Erscheinung abgesehen wird; aber die Thatsache als solche soll sich nur dann genügend erklären lassen, wenn man die frühere Erscheinung hin=
zudenkt. Allein, was von der Erzählung gilt, muß auch von der Thatsache gelten; und jedenfalls, wenn Hengstenberg von dem Satze aus, mit dem er anhob, der Bericht des Johannes werde nur durch Einschiebung des Berichts der anderen Evangelien verständlich, zuletzt bei dem Satze ankommt, der Johanneische Bericht werde verständlicher, wenn man ihn mit solcher Ein=
schiebung verschone: so hat er seiner eigenen Voraussetzung säuberlich selbst den Hals abgeschnitten.

Eine andere, um ihrer durchgreifenden Bedeutung willen

1) Evang. Kirchenzeitung S. 501. Joh. S. 289 f.
2) Evang. Kirchenzeitung S. 501.

noch wichtigere Abweichung in den Auferstehungsberichten hat
Hengstenberg ziemlich obenhin behandelt¹). Es ist die Abweichung
in Betreff der Oertlichkeit des Erscheinens Jesu nach der Auferstehung, die Matthäus, die Begegnung mit den Frauen auf
ihrem Rückgang vom Grabe abgerechnet, nach Galiläa, Lucas in
den Umkreis von Jerusalem verlegt, während Johannes auf drei
Jerusalemische Erscheinungen eine galiläische folgen läßt. Bekanntlich wird diese Abweichung noch verschärft durch die geradezu entgegengesetzten Weisungen, welche die beiden erstgenannten
Evangelisten Jesu in dieser Hinsicht in den Mund legen. Bei
Matthäus (28, 7. 10) läßt sowohl der Engel als hierauf Jesus
selbst den Jüngern sagen, sie sollen nach Galiläa gehen, dort
werden sie ihn sehen; während er bei Lucas (24, 49) umgekehrt
die Jünger anweist, in Jerusalem zu bleiben, bis sie mit Kraft
aus der Höhe ausgerüstet werden würden. Da Lucas in dem
zweiten Theile seiner Schrift (Apostelgeschichte 1, 4) diese Anweisung auf den vierzigsten Tag nach der Auferstehung verlegt,
so sagt natürlich Hengstenberg, die spätere Anweisung schließe die
frühere entgegengesetzte nicht aus, es können also die Apostel gar
wohl der letzteren gemäß erst nach Galiläa gewandert, hierauf
nach Jerusalem zurückgekehrt, und hier, der späteren Anweisung
zufolge, bis Pfingsten verblieben sein. Hiegegen halten wir uns
an den Augenschein, daß am Schlusse seines Evangeliums Lucas
diese Weisung sammt der Himmelfahrt noch am Auferstehungs-
tage selbst vor sich gehen läßt, indem wir, wie gegen die Erklärung des einen Evangelisten aus dem andern, so auch dagegen
protestiren, daß die Meinung einer früheren Schrift desselben
Verfassers aus der unterdessen vielleicht veränderten einer späteren
erklärt werden dürfe; doch gehen wir darauf, da uns dies von
der nächsten Frage allzuweit abführen würde, hier nicht ein.

Aber auch von dieser Weisung bei Lucas abgesehen, wenn
wir nur die bei Matthäus für sich nehmen und mit der Geschichts-
erzählung der übrigen vergleichen, steht die Sache noch mißlich
genug. Gehet hin, sagt Jesus bei Matthäus (28, 10) zu den
Frauen, verkündiget meinen Brüdern, daß sie nach Galiläa gehen,
dort werden sie mich sehen. Sprach Jesus so am Auferstehungs-

---

1) Evang. Kirchenzeitung S. 515. 519.

morgen, wie durften die Jünger (nach Joh. 20, 26) noch acht Tage in Jerusalem bleiben? wie konnte er ihnen noch zu wiederholten Malen in und bei Jerusalem erscheinen, wenn er doch Galiläa als die Oertlichkeit, wo sie ihn sehen sollten, bestimmt hatte? Der gute Lücke hatte eine Aenderung des Entschlusses Jesu vermuthet. Daß damit Hengstenberg nicht einverstanden ist, versteht sich von selbst.

**Nichts von Verträgen! nichts von Uebergabe!**

Nicht blos aus der Vergleichung der übrigen Evangelisten, nein, aus Matthäus selbst getraut er sich, den Beweis zu führen, daß Jesus den Jüngern nicht erst in Galiläa, sondern auch schon vorher in Jerusalem habe erscheinen wollen. Siehe, er geht euch voran nach Galiläa, sage der Engel (Matth. 28, 7); wie Jesus selbst vor seiner Gefangennehmung beim Hinausgang zum Oelberg ihnen vorhergesagt habe, nach seiner Auferweckung werde er ihnen nach Galiläa vorangehen (Matth. 26, 32). Dies stelle er der Zerstreuung der Heerde gegenüber, von der er zuvor gesprochen: es heiße also nicht, er werde vor ihnen, früher als sie, nach Galiläa gehen, sondern er werde an ihrer Spitze, als Führer der wiedergesammelten Heerde, dahinziehen. Nun sei die Sammlung der durch den Tod Jesu zerstreuten Heerde seiner Jünger durch die Erscheinungen des Auferstandenen bedingt gewesen. Folglich habe er gerade, um ihnen in jenem Sinne nach Galiläa vorangehen zu können, ihnen vorher in und bei Jerusalem erscheinen müssen ¹).

Wir bemerken hiegegen zuvörderst nur, daß zwar Jesus am Abend seiner Gefangennehmung von diesem Vorangehen nach Galiläa als von einem zukünftigen spricht ($\pi\varrho o\acute{a}\xi\omega$), der Engel am Auferstehungsmorgen hingegen als von einem gegenwärtigen. Siehe, er geht euch voran ($\pi\varrho o\acute{a}\gamma\epsilon\iota$), sagt er, gehet gleichfalls hin, dort sollt ihr ihn sehen. Das kann man nur so verstehen: der Auferstandene habe sich bereits auf den Weg gemacht; und daß die Jünger, ehe sie ihm nachgingen, sich erst wieder in neuem Glauben sammeln, mithin vorher noch Erscheinungen des Auferstandenen haben sollten, davon fehlt jede Andeutung. In der früheren Rede Jesu bildet allerdings das Vorangehen Jesu nach

---

1) Evang. Kirchenzeitung S. 516. 519.

Galiläa zu der Zerstreuung und dem Anstoßnehmen an seinem Schicksale einen Gegensatz; aber nur so, daß dort, wohin er ging, um sich ihnen zu zeigen, ihr Glaube wieder aufleben, ihr Kreis sich wieder zusammenschließen werde. Es bleibt also dem Matthäus seine Meinung, daß, von der vorläufigen Begegnung mit den Frauen abgesehen, der Auferstandene seinen Jüngern erst in Galiläa erschienen sei; und da die übrigen Evangelisten eben so bestimmt von einer Reihe von Erscheinungen erzählen, die den Jüngern in und um Jerusalem zu Theil geworden, so bleibt hier auch in dem von Hengstenberg angekündigten „neuen Stadium" ein Widerspruch in den evangelischen Auferstehungsberichten.

Unerachtet wir dieses neue Stadium und die Mittel, durch welche der Herausgeber der Evangelischen Kirchenzeitung es herbeigeführt glaubt, schon genugsam kennen, sei doch zum Schluß, als einer besonders kennzeichnenden Probe, noch der Auskunft kürzlich gedacht, mittelst deren er eine, wenn man sie im rechten Lichte betrachtet, sehr unverfängliche Abweichung auszugleichen sucht. Bekanntlich erscheinen in oder an dem Grabe Jesu bei Lucas und Johannes zwei Engel, bei Matthäus und Marcus nur Einer. Wohl! ruft Hengstenberg; aber „Matthäus und Marcus sagen nicht, daß die Frauen nur Einen Engel gesehen haben; von einem Widerspruch kann also nicht die Rede sein". Gewiß, wo zwei Engel sind, da ist auch Einer; es fragt sich nur, wie ein Schriftsteller dazugekommen sein soll, wenn er doch zwei Engel im Sinne hatte, von Einem zu reden. Hengstenberg weiß auch das zu erklären. „Der Grund, weshalb es Matthäus und Marcus für unnöthig halten, der Zweizahl der Engel ausdrücklich zu erwähnen, ist in der Schriftlehre von den Engeln zu suchen. Diese erscheinen durchgängig nur als Himmelsboten, und da es überall nur auf die Botschaft ankommt, so ist ihre Zahl stets das Unwesentliche." Ja, wenn sie noch „jeder eine eigene Verrichtung" hätten; „aber sie sagen und thun ja beide dasselbe": wozu also jeden besonders erzählen?[1]

In der That, diese Probe fehlt noch, um uns das neue Stadium, von dem Hengstenberg spricht, mit Händen greifen zu lassen. Es besteht in nichts Anderem, als daß die rückschreitende

---

[1] Evang. Kirchenzeitung S. 504.

Theologie, da sie einsieht, wie durch Concessionen ihre Lage nur mißlicher wird, es jetzt durch Hartnäckigkeit im Behaupten und Frechheit im Verfechten ihres Standpunktes zu zwingen sucht. Nur keine Verlegenheit sich anmerken lassen! keine Antwort schuldig bleiben! was den Gründen an Gewicht fehlt, durch die Wucht ersetzen, womit man sie in die Wagschale wirft! Den Einwendungen der Kritik pflegte die ältere Apologetik mit einem bescheidenen Obgleich zu begegnen. Obwohl das und das, was die Kritik gegen die Erzählungen der Bibel oder die Lehren der Kirche vorbringe, nicht zu leugnen sei, so könne es mit denselben doch aus diesen und diesen Gründen seine Richtigkeit haben. An die Stelle dieses schüchternen Obgleich setzt Hengstenberg ein keckes Ebendeßwegen. Gerade das, worauf die Kritik sich für ihre Entscheidungen beruft, wird zum Beweis des Gegentheils umgekehrt; nicht die Verfechter der kirchlichen Rechtgläubigkeit sind es, welche der Zeit und ihren Fortschritten nachhinken, sondern die Vertreter der Kritik sind hinter dem „neuen Stadium" zurückgeblieben.

———

Dieser Art also sind die neuen Bollwerke, oder vielmehr die neuen Befestigungs- und Vertheidigungskünste, womit die alten, verfallenen, zum Theil auch schon verlassenen Bollwerke der orthodoxen Theologie auf's Neue haltbar gemacht sein sollen. Und an diese Künste, diese Bollwerke, scheut man sich nicht, den Bestand des Christenthums zu knüpfen!

Das Christenthum soll gefährdet sein, wenn es nicht wahr ist, was Lucas erzählt, daß Jesus zur Zeit einer Schatzung geboren sei, die Quirinus als Statthalter von Syrien gehalten. Wenn dies nicht wahr ist, dann kann allerdings der Evangelist, der es erzählt, kein inspirirter Schriftsteller mehr sein, dem der heilige Geist nur Wahres eingegeben hat. Und auch menschlich genommen erscheint er dann als ein Schriftsteller, dem nicht blos bedeutende historische Verstöße zuzutrauen sind, sondern der auch dazu nicht zu gut war, sich mitunter die Geschichte nach dogmatischen Zwecken zurecht zu machen. Ob nun in dem Zugeständniß, daß es so mit einem, möglicherweise mit allen Evangelisten stehe, eine Gefahr für das Christenthum liege oder nicht: erwägen wir auf alle Fälle, was daraus folgt, wenn um dieser wirklichen oder vermeintlichen Gefahr willen die Angabe des Lucas aufrecht erhalten werden soll. Aus ehrlichen Mitteln der Auslegung und der Geschichte, das ist unter Unbefangenen längst anerkannt, das hat sich in einer endlosen Reihe von Versuchen ausgewiesen, ist sie schlechterdings nicht mehr zu halten. Man muß also zu exegetischem oder historischem Schwindel seine Zuflucht nehmen, um sie wenigstens heute und morgen noch, um sie in den Augen Solcher, die sich verblüffen lassen, noch eine Weile in ein historisches Licht zu setzen. Daß sie weiter nichts als Schwindel sei, darf man heutzutage jeder neuen Auskunft, die jene Notiz zu retten verspricht, zum Voraus auf den Kopf zusagen: nach genauerer Untersuchung wird es sich bei jeder so gut wie bei der angeblichen Quirinusinschrift herausstellen. Nun erwäge man aber, was hierin liegt. Wenn einerseits, um die Angabe des Lucas als wahr zu erweisen, entweder die Auslegung oder die Geschichte gefälscht werden muß, und wenn andererseits an der Wahrheit jener Angabe die Wahrheit des Christenthums hängen soll, so wäre also die Wahrheit des Christenthums nur durch Unwahrheit aufrecht zu erhalten. Daß eine Wahrheit, die sich auf Unwahrheit stützen muß, selbst keine Wahrheit sein könnte, erhellt von selbst. Soll die Wahrheit des Christenthums stehen bleiben, so muß sie von einer Notiz unabhängig gemacht werden, die durch Mittel der Wahrheit nicht länger zu halten ist.

Nun ist es ein bekannter Trost, daraus, daß in der evangelischen Vorgeschichte sich unhistorische Züge finden, ergebe sich für den Kern der Geschichte Jesu, der nur die Zeit seines öffentlichen Wirkens in sich begreife, noch keine Gefahr. Diesen Trost verschmäht Hengstenberg, und wir stellen uns darin ganz auf seine Seite. So gut dort Unhistorisches sich eingeschlichen haben kann, so gut auch hier; das ist seine und das ist auch unsere Ueberzeugung. Nun meint er aber weiter, da das hier nicht angenommen werden dürfe, so auch dort nicht; wir hingegen sagen: da es dort schlechterdings anerkannt werden muß, so wird es auch hier, wo es nachweisbar ist, anerkannt werden müssen.

So ist denn das zweite Beispiel, worüber zwischen uns verhandelt worden, recht aus dem Kern des öffentlichen Lebens Jesu

genommen. Die Auferweckung des Lazarus ist das Hauptwunder
der evangelischen Geschichte; ihre Darstellung bei Johannes das
Prachtstück der evangelischen Erzählungskunst. Hat Jesus den
Lazarus nicht auferweckt, so fehlt uns ein Hauptbeweis, daß er
die Auferstehung und das Leben im Sinne des alten Christen=
glaubens ist; wenn die Johanneische Erzählung davon nicht
historisch ist, so liegt hier nicht blos ein Verstoß, sondern es liegt
eine bewußte und absichtliche Erdichtung vor. Jenes aufgeben,
dieses annehmen, ist noch in ganz anderer Art bedenklich, als die
Notiz von der Schatzung fallen lassen. Was muß denn aber ge=
leistet werden, wenn man die Johanneische Erzählung aufrecht
erhalten will? Die Forderung eines Zeugnisses aus der Profan=
geschichte fällt hier weg, wo wir es nicht mit einer Reichsver=
ordnung des Weltkaisers, sondern nur mit einem Vorgang aus
den Kreisen des Privatlebens zu thun haben. Aber warum
schweigen die drei ersten Evangelisten von der Auferweckung des
Lazarus? warum erzählen sie an ihrer Stelle Erweckungs=
geschichten, die sich weder als Wunder, noch an Wichtigkeit für die
Entwicklung des Schicksals Jesu mit der Lazarusgeschichte ver=
gleichen lassen? Sie fühlten ihre Unzulänglichkeit, antwortet der
Mann des neuen Stadiums; sie wußten, wie wunderschön College
Johannes diese Geschichte zu erzählen pflegte; sie wußten auch,
daß er im Sinne hatte, sein mündliches Evangelium, wenn er
das Leben behielt (und das mußte er ja wohl!) einmal schriftlich
zu verfassen: so ließen sie die Hand von einer Erzählung, der sie
sich nicht gewachsen fühlten, die sie einem Andern vorbehalten
mußten. Es liegt am Tage, wie unnatürlich hier alle Verhält=
nisse verschoben werden. Schriftsteller, die getrost niederschrieben,
was sie wußten oder glaubten, jeder so gut er eben konnte, aber
auch jeder in dem unbefangenen Vertrauen, es gut genug zu
können, die sollen sich gescheut haben, einem künftigen Schrift=
steller vorzugreifen; sollen Dinge, wichtige Dinge, aus ihren Be=
richten weggelassen haben, weil sie überzeugt waren, daß gerade
diese Dinge ein Anderer, der bis jetzt noch nicht geschrieben hatte,
besser würde erzählen können! Als ob es ihnen, wie einem heu=
tigen Schönschreiber, mehr auf das Wie als auf das Was ange=
kommen wäre! Eine solche Voraussetzung ist so gut Schwindel,

wie die Herbeiziehung der neu entdeckten Quirinusinschrift.  Dann
der angebliche Beweis aus der Parabel!  Die nur dann An=
spielungen auf einen wirklichen Lazarus enthält, wenn man diesem
Lebensverhältnisse andichtet, wovon in den Evangelien nicht die
Spur zu finden ist; wie man weiterhin nichtssagende Gründe er=
dichten muß, um das Fehlen dieser Spuren in den Evangelien
erklärbar zu machen.  Abermals Schwindel, und abermals die
Frage, ob denn nun daran die Wahrheit des Christenthums ge=
bunden sein soll?  Die Johanneische Lazarusgeschichte ist ohne
Schwindel nicht zu halten, sonst würde ja wohl Hengstenberg
nicht, um sie zu halten, geschwindelt haben; kann, wenn sie nicht
wahr ist, das Christenthum nicht wahr sein, so ist das Christen=
thum selbst ohne Schwindel nicht zu halten; dann wäre es aber
nicht einmal des Schwindelns werth, sondern würde besser ohne
Weiteres fallen gelassen.

Vollends den Mittelpunkt des Mittelpunkts, das eigentliche
Herz des bisherigen Christenthums, bildet die Auferstehung Jesu
selbst.  Auf sie vor Allem haben daher von jeher die schärfsten
Geschosse der Gegner gezielt; sie vor Allem die Vertheidiger zu
decken und sicher zu stellen gesucht.  Die Auferstehung Jesu ist
ein so beispielloses Ereigniß, daß sie ohne den strengsten histo=
rischen Beweis als Thatsache nicht gelten kann.  Dieser Beweis
müßte zweierlei enthalten: einmal müßte gezeigt werden, daß die
directen Zeugnisse für das angebliche Factum allen Anforderungen
genügen, die man an geschichtliche Zeugnisse machen kann; dann
müßte erwiesen werden, daß ohne das fragliche Ereigniß andere
Ereignisse, die geschichtlich feststehen, nicht zu erklären wären.
Daß der letztere Beweis nicht zu führen, daß vielmehr das Auf=
kommen des Glaubens an eine Wiederbelebung Jesu, und damit
die Gründung und der Fortbestand einer christlichen Gemeinde,
auch ohne den wirklichen Eintritt eines solchen Ereignisses zu er=
klären ist, das glaubt die Kritik gezeigt zu haben.  Noch länger
her glaubte sie des anderen Punkts, der Unzulänglichkeit der
directen Zeugnisse, der unauflöslichen Widersprüche in den neu=
testamentlichen Auferstehungsberichten, gewiß zu sein.  Nach
Hengstenberg ist die Kritik hier im Irrthum; die Widersprüche
sind gelöst, die Zeugnisse als einstimming und glaubhaft nachge=
wiesen.  Nämlich um den Preis, daß sie verdreht, daß in den

einen Evangelisten der andere hineingelesen, allen Gesetzen einer besonnenen und ehrlichen Schriftauslegung Hohn gesprochen wird. Daß Magdalena, während sie nach Johannes von nichts als von dem leeren Grab und ihrem Nichtwissen, wohin der Leib des Herrn gelegt worden, zu reden weiß, bereits nicht blos eine Engelerscheinung, die ihr von seiner Auferstehung Kunde gegeben, sondern auch die Erscheinung Jesu selbst, von der Matthäus berichtet, gehabt, diese Erscheinungen aber auf dem Wege zur Stadt geradezu aus der Tasche verloren haben soll; daß Matthäus und Marcus mit ihrem einen Engel am Grabe den beiden anderen Evangelisten, die von deren zweien erzählen, nicht widersprechen sollen, da sie ja nicht sagen, es sei nur einer gewesen: das und Aehnliches ist Schwindel über allen Schwindel, das ist Verleugnung jedes Wahrheitsgefühls, ein Preis, um den wir selbst die Wahrheit des Christenthums nicht erkaufen möchten, wenn anders Wahrheit sein könnte, was um Lüge erkauft werden müßte [1]).

Aber, wenn auch nicht mit der Schatzung, noch mit dem Lazaruswunder: bei der Auferstehung Jesu ist es doch wohl außer Streit, daß mit ihr die Wahrheit des Christenthums steht und

---

[1] Von ganz anderem Belang ist eine Nachweisung Hengstenberg's in demselben dritten Bande seines Johannes, der zu spät erschien, als daß ich ihn für meine Umarbeitung des Lebens Jesu noch hätte benutzen können. Sie betrifft die Zahl 153 bei dem Fischfang Joh. 21. Hier hatte der Kirchenvater Hieronymus zwar das Symbolische im Allgemeinen richtig erkannt, aber in Betreff der Zahl hatte seine Hinweisung auf den griechischen Dichter Oppian keine Ausbeute gewährt (vergl. mein Leben Jesu f. d. d. V. [Ges. Schr. Bd. IV] S. 119). Hengstenberg faßt mit uns das Netz voll Fische bestimmter als die Fülle der Heidenwelt (Röm. 11, 25), für die Zahl aber verweist er nach Grotius auf 2. Chron. 2, 17, wo Salomo die Fremdlinge im Lande Israel, d. h. die übergetretenen Reste der Kananiter, zählte, und deren 153,600 fand. Johannes, sagt hier Hengstenberg gewiß zutreffend, zählte auf jedes Tausend einen Fisch, da fällt das unvollständige Tausend (die 600) weg (S. 338). Das meint natürlich Hengstenberg, wie immer, so: Gott oder Christus habe absichtlich gerade so viele Fische gefangen werden lassen, um damit in Anspielung auf die Zahl der Proselyten aus Salomo's Zeit, die künftige Erweiterung der Kirche durch Bekehrungen aus der Heidenwelt anzudeuten; wir verstehen es so, daß um eben dieser Andeutung willen die Erzählung ohne geschichtliche Grundlage erdichtet worden sei. Seltsam! gerade für seine besten Entdeckungen (vergl. m. Leben Jesu f. d. d. V. [Ges. Schr. Bd. IV] S. 216) hat Hengstenberg buchstäblich des Teufels Dank; ich meine, den der Kritik, die ihm zufolge vom Teufel ist.

fällt? Sagt nicht der Apostel Paulus: Ist Christus nicht auf=
erstanden, so ist unsere Predigt eitel, so ist auch euer Glaube eitel
(1. Kor. 15, 14. 17)? Gewiß, und an diesem apostolischen Wort
ist nicht zu deuteln. Das Christenthum in der Gestalt, wie Pau=
lus, wie alle Apostel es im Sinne hatten, wie es in den Be=
kenntnißschriften sämmtlicher christlichen Kirchen vorausgesetzt ist,
fällt mit der Auferstehung Jesu, ja es ist mit ihr, der jetzt glei=
cher Weise Geschichts= wie Naturwissenschaft (man frage herum
bei ihren redlichen und unerschrockenen Vertretern!) die Aner=
kennung versagen, bereits dahingefallen. Nun fragt sich: ist mit
dieser Gestalt, oder vielmehr mit dieser Gesammtheit seiner bis=
herigen Gestaltungen, das Christenthum selbst so verwachsen, daß,
sie aufgeben, die Lossagung vom Christenthum bedeutet? In dem
Streit um diese Frage liegt die Entscheidung desto ferner, je mehr
es am Ende doch nur ein Streit um Worte und Namen ist. Was
sich aber jetzt schon feststellen läßt, ist dieses: Wenn das Christen=
thum Wahrheit ist, so kann es zu seiner Stütze keiner Unwahrheit
bedürfen; was an ihm einer solchen Stütze bedarf, das ist nicht
seine Wahrheit, sondern der Irrthum an ihm; was übrig bleibt,
wenn diese Stützen und die durch sie gestützten Irrthümer fallen —
wir glauben aber, daß etwas, und nicht wenig, übrig bleibt —
nur das ist die Wahrheit des Christenthums. An dieses selbst tritt
jetzt die Wahl heran, ob es mit seiner Wahrheit, indem es sich
auf sie zusammenzieht, stehen, oder mit seiner Unwahrheit, wenn
es von ihr nicht lassen zu können meint, untergehen will.

-------

# VIII.

# Krieg und Friede.

## Zwei Briefe an Ernst Renan

nebst dessen Antwort auf den ersten.

## 1870.

### Vorwort.

Von verschiedenen Seiten bin ich aufgefordert worden, meine beiden Briefe an Ernst Renan über den jetzigen Krieg zusammendrucken zu lassen. Ich thue es, indem ich denselben das Antwortschreiben Renan's auf meinen ersten Brief in einer Uebersetzung beifüge, zu deren Ausarbeitung mich gleich nach dem Empfange die Anmuth dieses Schriftstückes gereizt hatte.

In einer Zeit so gewaltiger Thaten nimmt sich freilich das Wort noch ärmer aus als sonst. Das sollen wir empfinden, denen nur das letztere verliehen ist; doch sollen wir darum nicht vergessen was geschrieben steht: „Im Anfang war das Wort".

———

## I.

### Strauß an Renan.

Hochgeehrter Herr! Die freundliche Aufnahme, die, wie Ihr Schreiben vom 30. v. M. mir sagt, mein Büchlein über Voltaire bei Ihnen gefunden, ist mir eine große Beruhigung gewesen. Dasselbe hatte in Deutschland, während der wenigen Wochen, die ihm von seinem Erscheinen an bis zum Ausbruch des Krieges vergönnt waren, sich allseitig eines günstigen Empfanges zu erfreuen; aber die Schwierigkeiten, die ein Fremder zu überwinden hat, um dem Mann einer andern Nation gerecht zu werden, vollends wenn dieser Mann geradezu ein Inbegriff der fremden Nationalität genannt werden muß, hatte ich mir nie verhehlt, und wartete daher nicht ohne Unruhe auf das Urtheil, das mir von den Stimmführern unter Voltaire's Landsleuten entgegenkommen würde. Daß das Ihrige zu Gunsten meiner Arbeit ausgefallen, macht mich derselben erst recht froh; die Wahrheit, die Sie ihr zugestehen, ist wenigstens mein einziges Bestreben gewesen.

Freilich, wer kann sich einer literarischen Arbeit, und gerade einer internationalen Friedensarbeit, wie meine Schrift über Voltaire gemeint war, freuen in einem Augenblicke, wo die beiden Nationen, die sie einander näher zu bringen helfen sollte, sich in Waffen gegenüberstehen? Gewiß haben Sie Recht, wenn Sie sagen, daß dieser Krieg allen denen, die sich um die geistige Verbindung zwischen Frankreich und Deutschland bemühen, höchst schmerzlich sein müsse; wenn Sie es als ein Unglück betrachten, daß nun auf langehin wieder Haß, Ungerechtigkeit und lieblose Beurtheilung an der Tagesordnung sein sollen zwischen den zwei Theilen der europäischen Familie, deren Einverständniß für das Werk der Gesittung am nothwendigsten sei; nicht minder, wenn Sie es als die Pflicht jedes Freundes von Wahrheit und Gerechtigkeit hinstellen, neben vollständiger Erfüllung der nationalen Pflichten, sich doch von dem parteiischen Patriotismus frei zu erhalten, der das Herz verengt und das Urtheil fälscht.

Sie äußern, hochgeehrter Herr, Sie hätten gehofft, daß der Krieg sich noch würde beschwören lassen. Das haben auch wir Deutschen seit 1866, in jedem einzelnen Falle, da er zu drohen schien, gehofft; aber im Allgemeinen hielten wir einen Krieg mit Frankreich als Folge der Ereignisse jenes Jahres für unvermeidlich; so unvermeidlich, daß man da und dort unter uns die tadelnde Frage hören konnte, warum Preußen nicht schon früher, aus Anlaß des Luxemburger Handels z. B., den Krieg aufgenommen und die Sache zum Austrag gebracht habe? Nicht als hätten wir den Krieg gewollt, aber wir kannten die Franzosen genug, um zu wissen, daß sie ihn wollen würden. Es ist wie mit dem siebenjährigen Krieg als Folge der beiden schlesischen des großen Friedrich. Er hat denselben auch nicht gewollt, aber er hat gewußt, daß Maria Theresia ihn wollen und nicht

ruhen würde, bis sie Bundesgenossen dafür gewonnen hätte. Auf
ein hergebrachtes Uebergewicht verzichtet ein Herrscher, ein Volk,
nicht so leicht; sie werden Versuche machen, es sich zu erhalten,
bis es ihnen entschieden genommen ist. So damals Oesterreich,
so jetzt Frankreich, beide Preußen gegenüber, dem, diesmal
besser belehrt, das ganze außerösterreichische Deutschland zur
Seite steht.

Frankreich ist seit den Zeiten Richelieu's und Ludwigs XIV.
gewohnt, die erste Rolle unter den europäischen Nationen zu
spielen, und durch Napoleon I. ist es in diesem Anspruche bestärkt
worden. Derselbe gründete sich auf seine starke politisch-militärische
Organisation, noch mehr auf die classische Literatur, die sich im
Laufe des 17. und 18. Jahrhunderts in Frankreich entfaltet und
seine Sprache, seine Bildung, zur weltbeherrschenden gemacht
hatte. Die nächste Bedingung dieser Herrscherrolle Frankreichs
war aber die Schwäche Deutschlands, das seiner Einheit getheilt,
seiner Einigkeit zwiespältig, seiner Beweglichkeit schwerfällig gegen=
überstand. Doch jede Nation hat ihre Zeit, und, wenn sie rechter
Art ist, nicht bloß Eine. Die deutsche hatte die ihrige schon im
16. Jahrhundert, im Reformationszeitalter, gehabt; sie hatte diesen
Vorsprung in der Folge theuer bezahlt durch die Zerrüttungen
eines dreißigjährigen Krieges, der sie nicht nur in politische Un=
macht, sondern auch in geistige Verkommenheit zurückwarf; darum
aber war es mit ihr noch lange nicht zu Ende. Sie ersah sich
von neuem ihre Zeit. Sie fing es auf der Seite an, wo die
französische nicht die Wurzeln ihrer Macht, aber die ihres Rechts
zur europäischen Führerrolle gehabt hatte. Sie bildete sich im
Stillen; sie erzeugte eine Literatur; sie ließ eine Reihe von
Dichtern und Denkern aus sich hervorgehen, die den französischen
Classikern des 17. und 18. Jahrhunderts mehr als nur ebenbürtig
zur Seite traten. Mochten sie auch an Feinheit des Weltver=
standes und der Weltbildung, an Klarheit und Eleganz der Form,
die Franzosen nicht immer erreichen, so waren sie ihnen doch an
Tiefe des Gedankens, an Wärme des Gemüthes überlegen; die
Idee der Humanität, der harmonischen Ausbildung der mensch=
lichen Natur im Einzelnen wie im Zusammenleben, ist von der
deutschen Literatur im letzten Viertel des vorigen und im ersten
des jetzigen Jahrhunderts entwickelt worden.

Damit hatte Deutschland die geistige Führerrolle in Europa übernommen, während Frankreich die politische, zuletzt freilich in hartem Kampfe mit England, noch immer fortführte. Aber entweder war Deutschlands literarischer Aufschwung eine taube Blüthe gewesen, oder es mußte demselben auch ein politischer folgen. In der napoleonischen Zeit hatte sich Frankreich ganz unmittelbar über Deutschland hergelegt; diese Last wurde abgeworfen in den Befreiungskämpfen der Jahre 1813 und 1814. Aber der Grund unserer Unmacht, der Mangel an politischer Einheit, wurde nicht gehoben. Im Gegentheil: war allerdings das deutsche Kaiserthum schon längst nur ein Schatten gewesen, so war jetzt auch dieser Schatten geschwunden. Deutschland war ein buntes Aggregat größerer und kleinerer unabhängiger Staaten geworden. War freilich auch diese Unabhängigkeit ein bloßer Schein, so war sie doch darin real genug, daß sie jede starke Action des Ganzen unmöglich machte; während der Bundestag, der die Einheit vorstellen sollte, sein Dasein fast nur durch Niederhaltung jeder freieren Regung in den einzelnen Staaten zu erkennen gab. Wenn Frankreich von neuem Lust bekam, sich auf unsere Kosten zu vergrößern, so waren es nicht wir, so waren es Rußland und England in erster Linie, die es ihm wehren mußten. Das fühlte man in Deutschland wohl; es fühlten's die Männer der Freiheitskriege, die während der traurigen Reactionsjahre eine ganz andere Saat aufgehen sahen, als sie ausgestreut zu haben sich bewußt waren; die Jugend fühlte es, die in den Gedanken und Liedern dieser Kriege heranwuchs. Darum hatten auch die Einheitsbestrebungen dieser nächsten Zeit etwas gar Jugendliches, Unreifes und Romantisches an sich. Die deutsche Idee ging als Spuk, als der Schatten des alten Kaisers um. Daß die damaligen Machthaber auf Studentenverbindungen, auf die so unpraktischen demagogischen Umtriebe, wie man es hieß, so großes Gewicht legten, bewies nur, welch ein böses Gewissen sie hatten.

Das Gewitter Ihrer Julirevolution reinigte auch bei uns einigermaßen die Luft, ohne uns doch wesentlich weiter zu bringen. Des Hinblickens auf die anders geartete Nation wurde jetzt zu viel, da doch jedes Volk vor allem in die eigenen Hände, die eigene Art und Geschichte blicken soll. In den Kammern unserer

Kleinstaaten wurde es lebendig, manche tüchtige Kräfte regten sich:
aber der beschränkte Raum engte auch ihren Gesichtskreis ein.
Da Preußen und Oesterreich dem constitutionellen Wesen ver=
schlossen blieben und in der Gegenwirkung gegen sein Ueberhand=
nehmen in den kleineren Staaten zusammenhielten, so galt in diesen
der Widerstand gegen den Bundestag, den kläglichen Rest der
deutschen Einheit für Patriotismus. In die Länge freilich konnte
man sich nicht verbergen, daß mit muthigen Kammerreden in den
kleinen Staaten nichts gethan sei, so lange sich deren Regierungen
auf den Bundestag, d. h. auf die beiden absoluten Großstaaten
stützen konnten. Gedanken von einer Volksvertretung am Bunde
tauchten auf; in Preußen geschah durch Zusammenberufung des
vereinigten Landtags ein hoffnungsreicher, wenn auch nur halber
Schritt: als abermals ein Stoß von Ihrer Seite, die Fe=
bruarrevolution, in die deutsche Entwickelung eingriff. Diese
französischen Anstöße waren für uns nur so lange verderblich,
als sie uns schwach fanden; in dem Maße, als wir in uns
selbst erstarkten, wurden sie uns immer förderlicher, so daß
dieser letzte, der recht übel für uns gemeint war, uns heute
schon gedeihlichere Folgen, als alle früheren in Aussicht stellt.
Der Stoß von 1848 traf uns in einem Augenblick, wo
man in den einzelnen deutschen Staaten zum Gefühl der Frucht=
losigkeit aller particularistischen Bestrebungen für Freiheit und
Volkswohl gekommen war, und half nun mit einemmale dem Ge=
danken der deutschen Einheit zum Durchbruch. In dem aus all=
gemeinen Wahlen hervorgegangenen deutschen Parlamente gab
sich dieser Gedanke zum erstenmal ein politisches Organ, vor
dessen moralischer Autorität eine Zeitlang alle bestehenden Parti=
culargewalten zurücktreten mußten. Hatte aber der deutsche Ein=
heitsgedanke während der zwanziger Jahre vorzugsweise in unsern
Studenten gelebt, so könnte, wer scherzen wollte, sagen, daß er
1848 an die Professoren gekommen war; insofern wenigstens, als
ja, wie schon öfter behauptet worden, in jedem gebildeten Deut=
schen ein Stück von einem Professor steckt. Genug, die Sache
wurde theoretisch sehr gründlich, aber auch sehr unpraktisch ange=
griffen; man verlor mit Feststellung von Grundrechten, mit De=
battiren über Verfassungsparagraphen eine kostbare Zeit; bis un=
vermerkt die realen Mächte wieder Kraft gewonnen hatten, und

der ideale Bau des neuen Deutschlands wie ein Wolkengebilde zerfloß.

Man hatte von solcher luftigen Höhe herab die deutsche Kaiserkrone einem Fürsten angeboten, der, obwohl übrigens selbst ein Wolkenmann, doch darin eine richtige Einsicht zeigte, daß er weder sich für den rechten Träger noch diese Krone für eine tragbare erkannte. Die Versuche, die er dann auf eigene Hand noch machte, einen Theil des damals Gebotenen sich doch anzueignen, endigten noch kläglicher als der Versuch des deutschen Volkes, sich selbst neu zu constituiren, geendet hatte. Während dieser Kämpfe hatte sich immer mehr der Dualismus zwischen Preußen und Oesterreich als das Grundübel der deutschen Zustände herausgestellt. Während der Metternich'schen Zeiten war Preußen an Oesterreichs Schlepptau gegangen, und man hatte darin die Bürgschaft der Ordnung und Sicherheit gesehen; daß es jetzt immer ernstlichere Versuche machte, seinen eigenen Willen zu haben und eigene Zwecke zu verfolgen, war der österreichischen Politik ebenso unbequem als ungewohnt. Was daher von jetzt an Preußen in Deutschland schaffen oder weiterführen wollte, vom Zollverein angefangen, wurde von Oesterreich geheim und offen bekämpft; es trat für Deutschland der Zustand eines Wagens ein, dem ein Pferd vorn, ein anderes von gleicher Stärke hinten vorgespannt ist, und der daher nicht aus der Stelle kommt. Aber die Zeiten erziehen sich ihre Männer, vorausgesetzt, daß sich unter dem Nachwuchse Persönlichkeiten vom rechten Zeuge und diese an der rechten Stelle finden. Der Herr von Bismarck war ein Mann von solchem Zeuge, und seine Stellung am Bundestag in Frankfurt der rechte Standort, um in den innersten Sitz des deutschen Elends hineinzusehen. Es war zunächst sein preußischer Stolz, welcher Oesterreich für die von ihm über Preußen verhängten Demüthigungen Rache schwur; doch war ihm dabei nicht unbewußt, daß mit Preußen auch Deutschland geholfen sein würde. Aus Anlaß des Kampfes um Schleswig-Holstein gelang es einen Augenblick, die beiden Pferde neben einander zu spannen; doch kaum war der nächste Zweck erreicht, so ging der alte Gegenzug wieder an. Jetzt galt es, die Stränge zu zerhauen, die das hinten angespannte Pferd mit dem Wagen verbanden; dann mußte es dem vorderen ein leichtes sein, ihn vorwärts zu bringen. Ein wahres Columbus=Ei, dieser Gedanke; ein jeder schien ihn haben zu müssen: und doch hat, wenn auch nicht bloß Einer ihn gehabt, doch nur Einer die rechten Mittel ergriffen, ihn ins Werk zu setzen.

Im Leben der Völker wie der Einzelnen finden sich Erfolge, wo das von uns selbst langeher Gewünschte und Erstrebte uns in so fremder Gestalt entgegentritt, daß wir es nicht erkennen, uns wohl gar unmuthig und grollend davon abwenden. So war es mit dem preußisch=österreichischen Kriege des Jahres 1866 und seinen Folgen: er brachte uns Deutschen was wir lange gewollt hatten; aber er brachte es nicht so wie wir es gewollt hatten, und darum stieß es ein großer Theil des deutschen Volkes von sich. Wir hatten die Einigung Deutschlands von der Idee, von dem Wunsche des Volks, den Gedanken seiner besten Männer aus zu Stande bringen wollen: jetzt war sie von Seiten der realen Macht, durch Blut und Eisen, angebahnt. Wir hatten, wie ja die Idee hoch und weit fliegt, sämmtliche deutsche Stämme in einer Reichs= verfassung zusammenschließen wollen: jetzt waren, in Anbequemung an die Verhältnisse der Wirlichkeit, nicht nur die Deutschen in Oesterreich, sondern auch die süddeutschen Mittelstaaten draußen geblieben. Es hat Zeit gebraucht, bis der deutsche Idealismus, bis auch der deutsche Eigensinn sich mit dem Gegebenen versöhnte; aber die Macht, ich möchte sagen die Vernunft, dieses Gegebenen war so unwiderstehlich, daß die bessere Einsicht in kürzester Frist die erfreulichsten Fortschritte gemacht hat.

Was nicht am wenigsten beigetragen hat, auch dem Ver= blendetsten ein Licht aufzustecken, war die Art wie Frankreich sich zu diesen Ereignissen verhielt. Es hatte sie geschehen lassen in der Hoffnung, aus den inneren Kämpfen des Nachbarlandes Ge= winn für seine Uebermacht zu ziehen; als es sich in dieser Rech= nung getäuscht sah, konnte es seinen Verdruß nicht verhehlen. Von jetzt an konnten wir Deutschen die Werthbestimmung unserer politischen Verhältnisse an der französischen Schätzung reguliren; denn die Werthe erschienen auf beiden Seiten geradezu entgegen= gesetzt. An Frankreichs sauern Mienen gegen Preußen und den Nordbund konnten wir ermessen, daß in beiden unser Heil, an seinem Liebäugeln mit der süddeutschen Sonderbündelei, daß hier unser schlimmster Schaden liege. Jede Bewegung, welche Preu=

ßen machte, nicht die Südstaaten zum Beitritt zu nöthigen, son=
dern nur ihnen die Thür offen zu halten, wurde von Frankreich
beargwohnt und zum Gegenstande von Einreden gemacht; selbst
bei so gar nicht politischen Anlässen, wie die Unterstützung der
Eisenbahn über den Gotthard, krähte kampflustig der gallische
Hahn. Frankreich hat seit dem Sturze Napoleons dreimal seine
Verfassung geändert: Deutschland hat nie daran gedacht, ihm
darein zu reden, es hat stets das Recht des Nachbars anerkannt,
sein Haus im Innern nach Bedürfniß und Bequemlichkeit, oder
auch nach Laune, umzubauen. Ist denn nun, was wir Deutschen
1866 und seitdem gethan, etwas anderes? Brachte, was wir in
unserem bis dahin notorisch unwohnlichen Hause von Wänden
einschlugen, von Balken einzogen, von Mauern aufführten, dem
Nachbarhaus Erschütterung? drohte es ihm Licht und Luft zu
schmälern? stellte es ihm Feuersgefahr in Aussicht? Nichts von
alledem; unser Haus schien ihm nur zu stattlich zu werden, diesem
Nachbar; er wollte in der ganzen Straße das schönste und höchste
Haus besitzen, und hauptsächlich durfte das unsrige nicht zu fest
werden, wir sollten es nicht verschließen können, es sollte
ihm jederzeit unbenommen bleiben, wie er früher schon mehr=
mals gethan, nach Belieben einige Zimmer davon in Besitz
zu nehmen und zu seinem Hause zu schlagen. Und doch hatten
wir diejenigen Theile unseres Hauses, welche der gewaltthä=
tige Nachbar in früheren Zeiten sich angeeignet, bei unserem Um=
bau gar nicht in Anspruch genommen, sondern sie ihm gelassen
und die Sache als verjährt betrachtet; jetzt freilich, nachdem er
an das Schwert appellirt hat, wachen auch diese alten Fragen
wieder auf.

Frankreich will seinen europäischen Primat nicht aufgeben;
nur wenn es auf diesen ein Recht hat, hat es auch ein Recht,
sich in unsere inneren Angelegenheiten zu mischen. Worauf stützt
sich denn aber sein vermeintliches Recht auf jenen Primat? An
Bildung hat sich Deutschland ihm längst zum mindesten gleichge=
stellt; die Ebenbürtigkeit unserer Literatur wird von den Ver=
tretern der französischen anerkannt; und um die Gleichmäßigkeit,
womit vermöge eines geordneten Schulunterrichts Bildung und
Sittigung alle Schichten unseres Volks durchdringt, werden wir
von den besten Männern des französischen beneidet. Die Aus=

schließung der Reformation aus Frankreich, so viel sie beigetragen
hat, seine politische Macht zu verstärken, so schwer hat sie sein
geistiges und sittliches Gedeihen geschädigt. Aber auch in politischer Tüchtigkeit sind wir den Franzosen, wenn auch langsam, doch
vollauf nachgekommen. Die Revolution von 1789 schien ihnen
einen gewaltigen Vorsprung vor uns zu geben, wir danken ihr
die Sprengung mancher Fessel, die uns sonst wohl noch lange
gedrückt haben dürfte; aber was wir seitdem in Frankreich gesehen
haben, ist nicht dazu angethan, uns von einer Wettbewerbung
abzuschrecken. Gemäßigte Regierungen scheinen dort nur dazu da
zu sein, um unterwühlt zu werden, sich in Anarchie, wie diese sofort in Despotismus, aufzulösen; ob die constitutionelle Monarchie,
in der auch Sie wie ich die einzig haltbare Staatsform für Europa (Ausnahmsstellungen abgerechnet) sehen, in Frankreich jemals
feste Wurzeln werde treiben können, haben ja auch Sie selbst in
Ihrer trefflichen Schrift über diesen Gegenstand bezweifelt, wenigstens es mehr gewünscht als gehofft.

Daß ich die vielen guten Eigenschaften der französischen Nation nicht verkenne, daß ich in ihr ein wesentliches und unent-
behrliches Glied der europäischen Völkerfamilie, ein vielfach wohl-
thätiges Ferment in dieser Mischung sehe, das brauche ich Ihnen,
hochgeehrter Herr, so wenig erst zu versichern, als Sie mich der
gleichen unparteiischen Schätzung der deutschen Nation und ihrer
Vorzüge zu versichern brauchen. Aber Nationen wie Individuen
haben als Kehrseite ihrer Vorzüge auch ihre Fehler, und in Bezug auf diese haben unsere beiden Nationen seit Jahrhunderten
eine sehr verschiedene, ja entgegengesetzte Erziehung genossen. Wir
Deutschen haben in der harten Schule des Unglücks und der
Schmach, wobei großentheils Ihre Landsleute unsere unnachsich-
tigen Schul- und Zuchtmeister waren, unsere Grund- und Erb-
fehler, unsere Träumerei, unsere Langsamkeit und vor allem
unsere Uneinigkeit als das erkennen gelernt was sie sind, als die
Hindernisse jedes nationalen Gedeihens; wir haben uns zusammen-
genommen, gegen diese Untugenden gekämpft und sie immer mehr
von uns abzuthun gesucht. Dagegen sind die französischen Na-
tionalfehler von einer Reihe französischer Herrscher großgezogen,
lange Zeit vom Erfolg aufgeschwellt und auch vom Unglück nicht
abgetrieben worden. Das Trachten nach Glanz und Ruhm, die

Neigung, denselben, statt durch stille Arbeit im Innern, durch
laute abenteuernde Unternehmungen nach außen zu erreichen,
die Anmaßung an der Spitze der Nationen zu stehen und die
Sucht sie zu bevormunden und auszubeuten — diese Untugenden,
die in der gallischen Art liegen mögen, wie die oben bezeichneten
in der germanischen, sind von Ludwig XIV., von dem ersten und
hoffentlich dem letzten Napoleon in einer Weise aufgefüttert worden,
daß der Nationalcharakter dabei den tiefsten Schaden genommen
hat. Die gloire insbesondere, die noch jüngst einer Ihrer Minister
das erste Wort der französischen Sprache genannt hat, ist viel=
mehr ihr schlechtestes und verderblichstes, das die Nation gut
thun würde für eine Zeitlang ganz aus ihrem Wörterbuche zu
streichen; ist sie doch das goldene Kalb, um das diese seit Jahr=
hunderten ihre Tänze aufführt; der Moloch, dem sie so viele
Tausende ihrer Söhne und der Söhne ihrer Nachbarvölker zum
Opfer gebracht hat, und eben jetzt wieder bringt; das Irrlicht,
das sie von gedeihlichen Arbeitsfeldern hinweg immer wieder in
die Wüste und oft genug an den Rand des Abgrundes gelockt
hat. Und während jene frühern Herrscher, Napoleon I. insbe=
sondere, von diesem nationalen Dämon selbst auch besessen, mit=
hin bei ihren wenn auch ungerechten Kriegen doch gewissermaßen
naiv waren, ist es bei dem jetzigen Napoleon die bewußte raffi=
nirte Absicht, zu den Zwecken kalter Selbstsucht die Nation irre
zu führen, ihre Aufmerksamkeit von der sittlichen und politischen
Verkommenheit im Innern nach außen abzulenken, was ihn die
nationale Leidenschaft der Glanz=, Ruhm= und Raubsucht fort
und fort schüren heißt. Es ist ihm gegen Rußland in der Krim,
gegen Oesterreich in Italien gelungen; in Mexico hat er empfind=
liches Mißgeschick gehabt; gegenüber Preußen den rechten Zeit=
punkt verpaßt; zu Anfang dieses Jahres konnte man einen
Augenblick meinen, es sei ihm Ernst damit, von dieser Straße ab
auf die der innern Reformen im Sinne vernünftiger Freiheit und
Wirthschaftlichkeit einzulenken; bis der Rückgriff zum Plebiscit alle
Welt belehrte, daß er der alte geblieben sei. Von da an war
auch für Deutschland alles zu fürchten — oder daß ich besser rede,
alles zu hoffen.

Die Einheit, die er hintertreiben wollte, jetzt haben wir sie;
die unerhörte Anmaßung, die in dem Ansinnen an den König

von Preußen lag, war dem geringsten Bauer in der Mark wie
den Königen und Herzogen südlich des Mains gleich verständlich
und unerträglich; wie ein Sturm wehte der Geist der Jahre
1813 und 1814 durch alles deutsche Land, und bereits haben die
ersten Kriegserfolge uns ein Pfand gegeben, daß einer Nation,
die nur für dasjenige kämpft, wozu sie das Recht und die Macht
in sich fühlt, der Erfolg unmöglich fehlen kann. Dieser Erfolg,
um den wir ringen, ist einzig die Gleichberechtigung der europäischen Völker, ist die Sicherheit, daß fortan nicht mehr ein un-
ruhiger Nachbar nach Belieben uns in den Arbeiten des Friedens stören und der Früchte unseres Fleißes berauben kann. Dafür wollen wir Bürgschaften haben, und erst wenn diese gegeben
sind, wird von einem freundlichen Einvernehmen, von einem ein-
trächtigen Zusammenwirken der beiden Nachbarvölker an allen
Arbeiten der Cultur und Humanität die Rede sein können; dann
aber auch erst, wenn dem französischen Volke der falsche Weg
versperrt ist, wird es in der Lage sein, Stimmen wie der Ihrigen das Ohr zu öffnen, die es von jeher auf den rechten, den
Weg der redlichen Arbeit an sich selbst, der Zucht und Sitte,
hingewiesen haben.

Ich bin weitläufiger geworden als ich eigentlich wollte und
als am Ende auch schicklich ist; allein unsere deutschen Zustände
und Bestrebungen zeigen sich dem Fremden so gerne nur im Nebel, und um diesen ein wenig zu zertheilen, ist einiges Ausholen
unvermeidlich. Noch weniger schicklich werden Sie es vielleicht
finden, daß Ihnen diese Zeilen gedruckt statt geschrieben zukom-
men. Gewiß würde ich in gewöhnlichen Zeiten erst Ihre Genehmigung eingeholt haben; bis aber unter den jetzigen Umständen
mein Gesuch in Ihre, und Ihre Antwort in meine Hände käme,
wäre der rechte Augenblick vorbei; und ich denke doch, es sei nicht
übel gethan, wenn in dieser Krisis zwei Männer aus beiden Nationen, deren jeder in der seinigen unabhängig und dem politischen Parteitreiben ferne steht, sich über die Ursachen und die
Bedeutung des Kampfes freimüthig und doch ohne Leidenschaft
gegeneinander aussprechen. Denn erst dann wird diese meine
Aeußerung mir ihren wahren Werth zu haben scheinen, wenn sie
Ihnen zu einer ähnlichen von Ihrem Standpunkt aus Veranlassung gibt.

20*

Unterdessen, mein Herr, genehmigen Sie die Versicherung der aufrichtigen Verehrung, die Sie kennen, und erhalten unter allem Kriegsgetümmel Ihre freundliche Zuneigung

Ihrem ergebensten

D. F. Strauß.

Rorschach am Bodensee, 12. Aug. 1870.

# II.

## Renan an Strauß.

Werther und gelehrter Herr!

Ihre erhabenen und philosophischen Worte sind in einem
Zeitpunkte, wo alle Mächte der Hölle entfesselt schienen, wie eine
Friedensbotschaft zu uns gekommen; sie sind uns überaus tröst-
lich gewesen, mir vor allen, der ich Deutschland verdanke, was
ich am höchsten schätze, meine Philosophie, ich kann beinahe sagen,
meine Religion. Ich war im Seminar zu St. Sulpice, um's
Jahr 1843, als ich anfing, Deutschland kennen zu lernen durch
die Schriften von Goethe und Herder. Ich glaubte in einen
Tempel zu treten, und von dem Augenblick an machte mir alles,
was ich bis dahin für eine der Gottheit würdige Pracht gehalten hatte, nur noch den Eindruck welker und vergilbter Papier-
blumen. So hat mich auch, wie ich Ihnen im ersten Augenblicke
der Feindseligkeiten geschrieben habe, dieser Krieg mit Schmerz
erfüllt, zunächst um des entsetzlichen Unglücks willen, das er nothwendig nach sich ziehen mußte, dann um des Hasses, um der
ungerechten Urtheile willen, die er verbreiten, und des Nachtheils,
den er den Fortschritten der Wahrheit bringen wird. Das große
Unglück der Welt ist, daß Frankreich Deutschland nicht versteht
und Deutschland Frankreich nicht: dieses Mißverständniß wird
sich jetzt nur noch verschlimmern. Man bekämpft den Fanatismus
auf der einen Seite durch den gleichen Fanatismus auf der anderen; nach dem Kriege werden wir uns Gemüthern gegenüber
befinden, die durch die Leidenschaft verengt, für die Weite und
Freiheit unseres Gesichtskreises verdorben sind.

Ihre Gedanken über den Entwicklungsgang der deutschen

Einheit finde ich vollkommen richtig. In dem Augenblick, als ich die Nummer der Allgemeinen Zeitung erhielt, worin Ihr schönes Schreiben abgedruckt ist, war ich gerade beschäftigt, für die Revue des deux mondes einen Artikel zu verfassen, der in diesen Tagen erscheinen wird, worin ich Ansichten entwickelte, die mit den Ihrigen durchaus zusammentreffen. Es ist klar, wenn man einmal den Grundsatz der dynastischen Legitimität aufgegeben hat, so gibt es für die territoriale Abgrenzung der Staaten keine andere Grundlage mehr, als das Recht der Nationalitäten, d. h. der natürlichen Gruppen, wie sie durch Race, Geschichte und den Willen der Bevölkerungen bestimmt sind. Und wenn es irgend eine Nationalität gibt, die ein augenscheinliches Recht hat, in all ihrer Unabhängigkeit zu existiren, so ist dieß sicher die deutsche. Deutschland hat den besten nationalen Rechtstitel, nämlich eine geschichtliche Rolle von höchster Bedeutung, eine Seele, möchte ich sagen, eine Literatur, Männer von Genie, eine eigenthümliche Auffassung göttlicher und menschlicher Dinge. Deutschland hat die bedeutendste Revolution der neueren Zeiten, die Reformation, gemacht; außerdem hat sich in Deutschland seit einem Jahrhundert eine der schönsten geistigen Entwicklungen vollzogen, welche die Geschichte kennt, eine Entwicklung, die, wenn ich den Ausdruck wagen darf, dem menschlichen Geist an Tiefe und Ausdehnung eine Stufe zugesetzt hat, so daß, wer von dieser neuen Entwicklung unberührt geblieben, zu dem der sie durchgemacht hat, sich verhält, wie einer der nur die Elementarmathematik kennt, zu dem der im Differentialcalcul bewandert ist.

Daß eine so große geistige Kraft, mit so viel Sittlichkeit und Ernst verbunden, eine entsprechende politische Bewegung hervorbringen mußte, daß das deutsche Volk berufen war, auf dem Felde der äußeren Verhältnisse, der materiellen und praktischen Interessen, eine Geltung zu gewinnen, die seiner Bedeutung auf dem geistigen Felde entsprach, das war für jeden Einsichtigen, von Gewohnheit und oberflächlicher Parteinahme Unverblendeten offenbar. Was die Rechtmäßigkeit der Wünsche Deutschlands vollends außer Zweifel stellte, war der Umstand, daß sein Drang nach Einheit eine Vorsichtsmaßregel war, veranlaßt durch die beklagenswerthen Thorheiten des ersten Kaiserreichs; Thorheiten, die von aufgeklärten Franzosen ebenso verworfen werden, wie

von den Deutschen, aber gegen deren Wiederkehr es gut war sich
zu schützen, da gewisse Leute noch immer unbesonnen genug sind,
diese Erinnerungen zu pflegen.

Ich kann Ihnen sagen, daß im Jahr 1866 wir (ich spreche
hier im Namen einer kleinen Gruppe wahrhaft liberaler Männer)
mit großer Freude den Anfang begrüßt haben, den Deutschland
machte, sich als eine Macht ersten Ranges zu constituiren. Nicht
als hätte es uns besser als Ihnen behagt, diesen großen und
glücklichen Erfolg durch das preußische Heer herbeigeführt zu
sehen. Sie haben besser als irgend einer gezeigt, wie viel fehlt,
daß Preußen Deutschland wäre. Aber gleichviel; wir dachten
hierüber wie vermuthlich auch Sie, daß nämlich die deutsche Einheit, nachdem sie durch Preußen zu Stande gekommen, Preußen
in sich auflösen würde, gemäß dem allgemeinen Gesetze, wornach
der Sauerteig in der Masse verschwindet, die er in Gährung
gesetzt hat. An die Stelle dieses anmaßlichen und engherzigen
Pedantismus, der uns an Preußen so oft mißfällt, sahen wir
allmählig und endgültig den deutschen Geist mit seiner wunder-
vollen Weite, seinem poetischen und philosophischen Anhauche
treten. Was für unsere liberalen Instincte abstoßend war in einem
feudalen wenig parlamentarischen Lande, mit einem Adel voll
beschränkter Orthodoxie und Vorurtheilen jeder Art, das vergaßen
wir wie Sie es vergaßen, um in der weiteren Zukunft nur Deutschland zu sehen, d. h. eine große freisinnige Nation, bestimmt, die
politischen, religiösen und socialen Fragen um einen entscheidenden Schritt weiter zu fördern, und vielleicht dasjenige zu Stande
zu bringen, was wir in Frankreich bis jetzt ohne Erfolg versucht haben: eine vernünftige und begriffsmäßige Organisation
des Staats.

Wie sind diese Träume getäuscht worden! wie haben sie der
bittersten Wirklichkeit Platz gemacht! Ich habe meine Gedanken
über diesen Punkt in der Revue entwickelt; ich kann sie in zwei
Worte fassen. Man mag die Fehler der französischen Regierung
so groß machen als man will; aber ungerecht wäre es, außer
Acht zu lassen, wie tadelnswerth in vielen Stücken auch das Benehmen der preußischen Regierung gewesen ist. Sie wissen, daß
1865 die Plane des Herrn von Bismarck dem Kaiser Napoleon III.
mitgetheilt wurden, der ihnen im allgemeinen zustimmte. Wenn

diese Zustimmung aus der Ueberzeugung floß, daß die Einheit Deutschlands eine geschichtliche Nothwendigkeit und daß zu wünschen sei, diese Einheit möchte sich in freundlichem Einverständniß mit Frankreich gestalten, so hatte der Kaiser dreimal Recht. Es ist mir persönlich bekannt, daß etwa einen Monat vor dem Beginn der Feindseligkeiten von 1866 Napoleon III. an den Erfolg Preußens glaubte, ja daß er denselben wünschte. Unglücklicherweise war es das Zaudern, die Neigung, einander widersprechende Kundgebungen sich folgen zu lassen, was in diesem wie in mehreren Fällen dem Kaiser verderblich wurde. Der Sieg von Sadowa trat ein, ohne daß etwas vereinbart war. Unbegreifliche Wandelbarkeit! Irregeführt durch die Großsprechereien der Kriegspartei, verwirrt durch die Vorwürfe der Opposition, ließ der Kaiser sich verleiten, ein Ergebniß als Niederlage zu betrachten, das für ihn ein Sieg hätte sein müssen, und das er in jedem Falle gewollt und herbeigeführt hatte.

Wenn der Erfolg alles rechtfertigt, ist die preußische Regierung vollkommen freigesprochen; aber wir beide, mein Herr, sind Philosophen, wir haben die Naivetät zu glauben, daß auch der Sieger Unrecht gehabt haben kann. Die preußische Regierung hatte von Napoleon III. und von Frankreich ein stillschweigendes Bündniß nachgesucht und angenommen. Obwohl nichts festgestellt war, schuldete sie doch dem Kaiser und Frankreich Beweise von Dankbarkeit und Sympathie. Einer von Ihren Landsleuten, der in diesem Augenblicke gegen Frankreich mehr Leidenschaft zeigt, als ich an einem Manne von Lebensart gerne sehe, sagte mir in dem Zeitpunkte von dem die Rede ist, Deutschland sei Frankreich eine große Erkenntlichkeit schuldig für den reellen, wenn auch nur negativen Antheil, den letzteres an seiner Begründung gehabt habe. Geleitet durch einen Stolz, der in Zukunft noch verdrießliche Folgen haben wird, dachte das Berliner Kabinet hierüber anders. Gewiß haben territoriale Vergrößerungen, wenn es sich um eine Nation handelt, die bereits 30 bis 40 Millionen zählt, wenig Bedeutung; die Erwerbung von Savoyen und Nizza ist für Frankreich mehr lästig als nützlich gewesen. Dennoch kann man bedauern, daß die preußische Regierung in der Luxemburger Angelegenheit von der Strenge ihrer Ansprüche nichts nachgelassen hat. Die Abtretung Luxemburgs an Frankreich hätte Frankreich nicht größer, Deutschland nicht kleiner gemacht; aber diese unbedeutende Concession wäre hinreichend gewesen, die oberfläch= liche Meinung zu befriedigen, die in einem Lande des allgemeinen Stimmrechts geschont sein will, und hätte der französischen Re= gierung möglich gemacht, ihren Rückzug zu maskiren. An dem größten Kreuzfahrerschlosse, das in Syrien noch vorhanden ist, dem Kalaat-el-hosn, sieht man, in schönen Buchstaben aus dem 12. Jahrhundert, folgende Inschrift, die das Haus der Hohen= zollern auf das Wappenschild aller seiner Schlösser eingraben lassen sollte:

| | |
|---|---|
| Sit tibi copia, | Inquinat omnia |
| Sit sapientia, | Sola superbia, |
| Formaque detur: | Si comitetur. |

Darum kann in Betracht der entfernten Kriegsursachen ein unparteiischer Sinn die Vorwürfe zwischen der französischen und der preußischen Regierung beinahe gleich theilen. Was die nächste Ursache, jenen beklagenswerthen diplomatischen Zwischenfall, oder vielmehr jenes grausame Spiel beleidigter Eitelkeiten anlangt, die, um elende Diplomatenstreitigkeiten zu rächen, alle Geißeln über das menschliche Geschlecht losgelassen haben, so wissen Sie, wie ich davon denke. Ich befand mich in Tromsoë, wo ich in der glänzendsten Schneelandschaft der Polarmeere mich auf die Tod= teninseln unserer keltischen und germanischen Vorfahren träumte, als ich jene schreckliche Nachricht erhielt: nie habe ich so wie an diesem Tage das unselige Schicksal verwünscht, das unser armes Vaterland dazu verdammt zu haben scheint, immer nur von Un= wissenheit, Dünkel und Unfähigkeit geleitet zu sein.

Dieser Krieg, man mag sagen was man will, war keineswegs unvermeidlich. Frankreich wollte in keiner Art den Krieg. Man darf in diesen Dingen nicht nach den Rednereien der Journale und dem Geschrei der Boulevards urtheilen. Frankreich ist gründ= lich friedliebend, seine Neigungen sind der Ausbeutung seiner unerschöpflichen Reichthumsquellen und den demokratischen und socialen Fragen zugewendet. Der König Ludwig Philipp hatte das Wahre in diesem Punkte mit sehr richtigem Sinne gesehen. Er erkannte, daß Frankreich mit seiner ewigen Wunde, die stets bereit ist sich wieder zu öffnen (dem Mangel einer Dynastie oder einer allgemein angenommenen Verfassung) den großen Krieg

nicht führen könne. Eine Nation, die ihr Programm erfüllt und
die Gleichheit erreicht hat, kann unmöglich mit jungen Völkern
kämpfen, die noch voll von Illusionen und im frischen Feuer ihrer
Entwicklung sind. Glauben Sie mir, die einzigen Ursachen des
Krieges sind die Schwäche unserer constitutionellen Einrichtungen
und die verderblichen Rathschläge, die von dünkelhaften und be=
schränkten Militärs, von eiteln oder unwissenden Diplomaten dem
Kaiser gegeben wurden. Das Plebiscit hat damit nichts zu thun;
im Gegentheil, diese seltsame Kundgebung, welche zeigte, daß die
Napoleonische Dynastie ihre Wurzeln bis in die innersten Einge=
weide des Landes getrieben hatte, mußte glauben machen, der
Kaiser würde sich fortan mehr und mehr von dem Gebahren eines
verzweifelten Spielers lossagen. Ein Mann, der großen Grund=
besitz sein eigen nennt, scheint uns weniger veranlaßt, alles auf
Einen Wurf zu setzen, als der, dessen Reichthum zweifelhaft ist.
In der That, um die Gefahren eines Brandes zu beseitigen, ge=
nügte es zu warten. Wie viele Fragen in den Angelegenheiten
dieses armen Menschengeschlechts wollen dadurch gelöst sein, daß
man sie nicht löst. Nach Verfluß von etlichen Jahren ist man
ganz überrascht, daß die Frage gar nicht mehr vorhanden ist.
Hat es jemals einen Nationalhaß gegeben, wie den, der sechs
Jahrhunderte lang Frankreich und England geschieden hat? Noch
vor 25 Jahren, unter Ludwig Philipp, war dieser Haß ziemlich
stark, alle Welt erklärte, er könne nur in Krieg endigen: er ist
wie mit einem Zauberschlage verschwunden.

Natürlich, mein werther Herr, haben seit der verhängniß=
vollen Stunde die einsichtsvollen Liberalen hier zu Lande nur
den einen Wunsch, geendigt zu sehen, was niemals hätte angefan=
gen werden sollen. Frankreich hatte tausendmal Unrecht, sich der
innern Entwicklung Deutschlands widersetzen zu wollen; aber
Deutschland würde einen nicht minder schweren Fehler begehen,
wenn es die Integrität Frankreichs antasten wollte. Hat man
die Absicht, Frankreich zu Grunde zu richten: nichts besser erdacht,
als ein solcher Plan; verstümmelt würde Frankreich in Krämpfe
gerathen und zu Grunde gehen. Wer, wie einige Ihrer Lands=
leute, der Meinung ist, Frankreich müsse aus der Zahl der Völker
getilgt werden, der ist nur folgerichtig, wenn er seine Verkleine=
rung verlangt; er sieht sehr wohl, daß diese Verkleinerung sein Ende sein

würde. Wer dagegen, wie Sie, die Ueberzeugung hat, daß Frankreich für die Harmonie der Welt unentbehrlich ist, der hat die
Folgen wohl zu erwägen, die eine Zerstückelung desselben nach
sich ziehen würde. Ich kann hier mit einer Art von Unparteilichkeit
sprechen. Ich habe mich mein Leben lang bestrebt, ein guter
Patriot zu sein, soweit ein rechtschaffener Mann es sein soll, doch
zu gleicher Zeit vor dem übertriebenen Patriotismus als einer
Ursache des Irrthums mich in Acht zu nehmen. Zudem ist meine
Philosophie der Idealismus: wo ich das Gute, Schöne, Wahre
sehe, da ist mein Vaterland. Im Namen der wahren ewigen
Interessen des Ideals würde ich trostlos sein, wenn Frankreich
nicht mehr existiren sollte. Frankreich ist nöthig als Protestation
gegen Pedantismus, Dogmatismus, engherzigen Rigorismus. Sie,
der Voltaire so gut begriffen hat, müssen das begreifen. Der
Leichtsinn, den man uns vorwirft, ist in seinem Grunde ernsthaft
und anständig. Beachten Sie, daß, wenn unsere Geistesart mit
ihren Vorzügen und Mängeln verschwinden würde, das menschliche Bewußtsein sicherlich ärmer gemacht wäre. Mannigfaltigkeit
ist nöthig, und die erste Pflicht des Menschen, der mit wahrhaft
frommem Sinn in die Plane der Gottheit eingeht, ist die Duldsamkeit, ja selbst die Achtung für die providentiellen Organe des
geistigen Lebens der Menschheit, die ihm am wenigsten gleichartig
und sympatisch sind. Ihr berühmter Mommsen hat vor wenigen
Tagen in einem Briefe, der uns einigermaßen betrübt hat, unsere
Literatur dem schlammigen Wasser der Seine verglichen und gemeint, man sollte die Welt vor ihr wie vor einem Gifte bewah-
ren. Wie? dieser strenge Gelehrte kennt also unsere burlesken
Journale und unser thörichtes kleines Possentheater? Seien Sie
versichert, daß hinter der marktschreierischen und elenden Literatur,
die bei uns wie überall den Beifall des Haufens hat, es noch ein
sehr ausgezeichnetes Frankreich gibt, verschieden von dem Frankreich des 17. und 18. Jahrhunderts, und doch desselben Stammes:
für's Erste eine Gruppe von Männern des höchsten Werthes und
von vollkommenem Ernste; dann eine ausgewählte Gesellschaft,
liebenswürdig und ernsthaft zugleich, fein, tolerant, eine Gesellschaft die alles weiß ohne etwas gelernt zu haben, die das letzte
Ergebniß jeder Philosophie instinctmäßig vorausahnt. Hüten Sie
sich, dieses Element zu verletzen. Frankreich, ein sehr gemischtes

Land, hat das Eigene, daß gewisse germanische Pflanzen darin
oft besser als in ihrem heimischen Boden gedeihen; es ließe sich
das durch Beispiele aus unserer Literargeschichte des 12. Jahrhun=
derts belegen, durch die mittelalterlichen Heldengesänge, die scho=
lastische Philosophie, die gothische Baukunst. Sie scheinen zu
glauben, daß durch gewisse radicale Maßregeln die Verbreitung
der gesunden germanischen Ideen erleichtert werden würde. Täu=
schen Sie sich nicht: diese Propaganda wäre dann vielmehr rein
abgeschnitten; das Land würde sich mit Wuth in seine nationalen
Bahnen, seine eigenthümlichen Fehler stürzen. „Um so schlimmer
für Frankreich!" werden Ihre Ultras sagen. „Um so schlimmer
für die Menschheit!" werde ich hinzusetzen. Die Unterdrückung
oder das Schwinden eines Gliedes setzt den ganzen Körper in
Mitleidenschaft.

Die Stunde ist feierlich. Es gibt in Frankreich zwei Strö=
mungen der Meinung. Die einen räsonniren so: „Machen wir
diesem verhaßten Handel so rasch wie möglich ein Ende; treten
wir alles ab, Elsaß, Lothringen; unterzeichnen wir den Frieden;
dann aber Haß auf den Tod, Vorbereitungen ohne Rast, Allianz
mit wem es sich trifft, unbegrenzte Nachgiebigkeit gegen alle rus=
sischen Anmaßungen; ein einziges Ziel, eine einzige Triebfeder
für das Leben: Vertilgungskampf gegen die germanische Race."
Andre sagen: „Retten wir Frankreichs Integrität, entwickeln wir
die constitutionellen Einrichtungen, machen wir unsre Fehler gut,
nicht indem wir Rache träumen für einen Krieg, worin wir die
ungerechten Angreifer waren, sondern indem wir mit Deutschland
und England ein Bündniß schließen, dessen Wirkung sein wird,
die Welt auf dem Wege der freien Gesittung weiter zu führen."
Deutschland wird entscheiden, ob Frankreich diese oder jene Poli=
tik erwählen wird; es wird damit zugleich über die Zukunft der
Gesittung entscheiden.

Ihre hitzigen Germanisten berufen sich darauf, das Elsaß
sei ein deutsches Land, unrechtmäßiger Weise vom deutschen Reiche
abgerissen. Bemerken Sie, wie die Nationalitäten sämmtlich nur
gleichsam in Bausch und Bogen miteinander abgefunden sind;
fängt man einmal an, in dieser Art über die Ethnographie jedes
Gaues zu räsonniren, so öffnet man endlosen Kriegen Thür und
Thor. Schöne französisch redende Provinzen bilden keinen Be=

standtheil von Frankreich, und das ist sehr vortheilhaft, für Frank=
reich selbst. Slavische Länder gehören zu Preußen. Diese Unre=
gelmäßigkeiten sind der Civilisation sehr förderlich. Die Vereini=
gung des Elsasses mit Frankreich z. B. ist eines der Ereignisse,
die der Propaganda des Germanismus am meisten Vorschub ge=
leistet haben; das Elsaß ist das Thor, durch welches die Ideen,
die Methoden, die Bücher aus Deutschland in der Regel eingehen,
um zu uns zu gelangen. Es ist außer Streit, wollte man das
elsässische Volk befragen, so würde eine unermeßliche Majorität
sich für das Verbleiben bei Frankreich aussprechen. Ist es Deutsch=
lands würdig, sich mit Gewalt eine widersetzliche, erbitterte, vollends
seit der Verwüstung Straßburgs unversöhnlich gewordene Provinz
anzueignen? Man ist in der That zuweilen betroffen von der
Kühnheit Ihrer Staatsmänner. Der König von Preußen scheint
im Zuge, sich die Lösung der französischen Frage aufzubürden,
Frankreich eine Regierung geben und diese demgemäß auch auf=
recht erhalten zu wollen. Kann man muthwilligerweise nach einer
solchen Last verlangen? Wie ist es möglich, nicht einzusehen, daß
die Consequenz dieser Politik wäre, Frankreich für ewige Zeiten
mit 3 bis 400,000 Mann besetzt zu halten? Deutschland will
also mit dem Spanien des 16. Jahrhunderts wetteifern? Und seine
große und hohe Geistesbildung, was sollte aus ihr bei solchem
Spiele werden? Es nehme sich in Acht, daß nicht eines Tags,
wenn man die ruhmvollsten Tage der germanischen Race bezeich=
nen will, man der Periode ihrer Militärherrschaft, die vielleicht
durch geistige und sittliche Erniedrigung bezeichnet sein wird, die
ersten Jahre unseres Jahrhunderts vorziehe, wo sie, äußerlich be=
siegt, erniedrigt, der Welt die höchste Offenbarung der Vernunft
gab, welche die Menschheit bis dahin gekannt hatte.

Man muß erstaunen, daß einige Ihrer besten Geister dieß
nicht einsehen, und besonders, daß sie gegen eine europäische In=
tervention in diesen Fragen sind. Der Friede kann, so scheint
es, nicht direct zwischen Frankreich und Deutschland geschlossen
werden; er kann nur das Werk Europa's sein, das den Krieg
mißbilligt hat, und wollen muß, daß kein Glied der europäischen
Familie allzusehr geschwächt werde. Sie sprechen mit gutem
Rechte von Garantien gegen die Wiederkehr ungesunder Gelüste;
aber welche Garantie könnte stärker sein, als wenn Europa von

neuem die gegenwärtigen Grenzen sanctionirte und jedem Theile
untersagte, an eine Verrückung der durch die alten Verträge ge=
setzten Marksteine zu denken? Jede andere Lösung würde das
Thor offen lassen für Rachehandlungen ohne Ende. Wenn Eu=
ropa dieß thut, so wird es für die Zukunft den Keim der furcht=
barsten Institution gelegt haben, einer Centralautorität, meine
ich, einer Art von Congreß der vereinigten europäischen Staaten,
der den Nationen Recht spricht, sich über sie stellt und das Na=
tionalitätsprincip durch das Princip der Föderation regulirt.
Bis auf unsere Tage hat diese Centralmacht der europäischen
Gemeinschaft sich nur wirksam gezeigt in vorübergehenden Coa=
litionen gegen das Volk, das auf Universalherrschaft Anspruch
machte; es wäre gut, wenn sich eine permanente und präventive
Coalition bildete zur Aufrechterhaltung der großen gemeinsamen
Interessen, die doch zuletzt die der Vernunft und Civilisation sind.

Das Princip der europäischen Föderation kann so eine
Grundlage der Vermittlung bilden, ähnlich derjenigen, die im
Mittelalter die Kirche bot. Man ist bisweilen versucht, eine
verwandte Rolle den demokratischen Tendenzen und der Bedeu=
tung zu leihen, die in unsern Tagen die socialen Probleme ge=
winnen. Die Bewegung der zeitgenössischen Geschichte besteht
darin, daß die patriotischen Fragen auf der einen Seite und die
demokratisch=socialen auf der andern sich die Wage halten. Diese
letzteren Probleme haben eine Seite der Berechtigung und werden
in gewissem Sinne vielleicht die großen Friedensstifter der Zu=
kunft sein. Es ist gewiß, daß die demokratische Partei ihrer Ver=
irrungen ungeachtet, sich mit Aufgaben beschäftigt, die höher lie=
gen als das Vaterland; die Anhänger dieser Partei reichen sich
die Hände über alle Scheidewände der Nationalitäten hinüber und
zeigen große Gleichgültigkeit gegen die Fragen des Ehrenpunkts,
die vor allen den Adel und die Militärs berühren. Die Tausende
von armen Leuten, die sich jetzt gegenseitig morden für eine
Sache, die sie nur halb verstehen, hassen sich nicht, sie haben
gemeinsame Bedürfnisse, gemeinsame Interessen. Daß sie dereinst
dahin kommen werden, sich zu verständigen und sich die Hände
zu reichen trotz ihrer Anführer, das ist ohne Zweifel ein Traum;
es läßt sich indeß mehr als ein Weg vorhersehen, auf dem Preu=
ßens maßlose Politik derartigen Ideen einen von ihm ungeahnten

Vorschub leisten kann. Es ist schwer denkbar, daß diese Wuth einer Handvoll Menschen, der Ueberreste alter Aristokratien, noch lange im Stande sein sollte, Massen friedlicher Bevölkerungen zur Schlachtbank zu führen, die auf dem Standpunkt einer ziemlich vorgerückten demokratischen Denkart angekommen und mehr oder minder mit ökonomischen Ideen (ihnen sind sie heilig) getränkt sind, deren Eigenthümliches eben darin besteht, daß sie gegen die nationalen Rivalitäten gleichgültig machen.

Ach, mein theurer Herr, wie gut hat Jesus gethan, ein Reich Gottes zu gründen, eine Welt, erhaben über Haß, Eifersucht und Stolz, wo der Geachtetste nicht wie in der traurigen Zeit, worin wir leben, derjenige ist, der am meisten Uebels thut, der schlägt, tödtet, beschimpft, der größte Lügner, der Unehrlichste, Ungezogenste, der Mißtrauischste und Treuloseste, der Furchtbarste an bösen Anschlägen, an teuflischen Ideen ist, am wenigsten Mitleid und Verzeihung kennt, am wenigsten Lebensart hat, der seinen Gegner überrascht und ihm die schlimmsten Streiche spielt; sondern der Sanfteste, der Bescheidenste, der am meisten aller Dreistigkeit, aller Prahlerei und Härte fern ist, der aller Welt den Vortritt läßt, der sich als den Letzten betrachtet. Der Krieg ist ein Gewebe von Sünden, ein widernatürlicher Zustand, wo man das als schöne Handlung empfiehlt, was man zu jeder andern Zeit als Fehler und Verbrechen meiden heißt; wo es Pflicht ist, sich über das Unglück des Andern zu freuen, wo derjenige, der Gutes für Böses thun, der die evangelische Vorschrift, Unrecht zu verzeihen, sich selbst zu erniedrigen, üben wollte, abgeschmackt und tadelnswerth erscheinen würde. Was den Eintritt in Walhalla eröffnet, verschließt den in das Reich Gottes. Haben Sie bemerkt, daß weder in den acht Seligkeiten, noch in der Bergpredigt, noch sonst im Evangelium, noch in der ganzen urchristlichen Literatur ein Wort sich findet, das die kriegerischen Tugenden unter denjenigen aufführte, die das Himmelreich gewinnen?

Bestehen wir auf diesen großen Friedenslehren, die den Menschen entgehen, die, von ihrem Stolze bethört, durch ihre ewige und so unphilosophische Todesverachtung fortgerissen sind. Niemand hat das Recht, gegen das Unglück seines Vaterlandes gleichgültig zu sein; aber der Philosoph wie der Christ hat immer

Gründe, zu leben. Das Reich Gottes kennt weder Sieger noch Besiegte; es besteht in den Freuden des Herzens, des Geistes und der Einbildungskraft, die der Besiegte mehr als der Sieger schmeckt, wenn er sittlich und geistig höher steht. Ihr großer Goethe, Ihr bewundernswerther Fichte, haben sie uns nicht gelehrt, wie man ein edles und folglich glückliches Leben führen kann mitten in der äußern Erniedrigung seines Vaterlandes? Mir gibt übrigens Eines zu großer Seelenruhe Grund. Im letzten Jahre, bei den Wahlen zum gesetzgebenden Körper, bot ich mich den Wählern an; ich wurde nicht gewählt; aber meine Anschläge finden sich noch an den Mauern der Dörfer des Seine-Marne-Departements, und darin ist zu lesen: „Keine Revolution, keinen Krieg! Ein Krieg wäre ebenso verderblich wie eine Revolution." Um ein ruhiges Gewissen zu haben in Zeiten wie die unsrigen, muß man sich sagen können, daß man das öffentliche Leben so wenig grundsätzlich gemieden als gesucht hat.

Erhalten Sie mir immer Ihre Freundschaft und bleiben meiner wärmsten Zuneigung versichert.

Paris 13. Sept. 1870.

Ernst Renan.

## Strauß an Renan.

Sie haben, hochgeehrter Herr, meinem Wunsche stattgege=
ben, Sie haben mein offenes Schreiben an Sie in derselben Form
beantwortet, und Sie haben dieß in einer so freundlichen, lie=
benswürdigen Art gethan, daß ich Ihnen den Dank dafür nicht
schuldig bleiben darf. Ihr Antwortschreiben erneuert mir die
ermuthigende Ueberzeugung, mit Ihnen auf gleichem Boden zu
stehen und, bei aller Abweichung über die Wege, doch demselben
Ziele zuzustreben. Redliche Förderung der Menschheit auf der
Bahn freier harmonischer Entwicklung ist für uns beide der Leit=
stern unseres Denkens und Schaffens; wobei jeder, wie billig,
zunächst auf seine eigene Nation zu wirken, aber auch die des
andern zu verstehen sucht und zu schätzen weiß.

Gar wohlthuend haben mich gleich im Eingang Ihres Schrei=
bens die Worte warmer Anerkennung berührt, die Sie der deut=
schen Literatur unserer classischen Periode widmen. Und gern
und aufrichtig stimme ich dagegen Ihnen zu, wenn Sie von dem
Beurtheiler Ihrer Nation verlangen, daß er von den ungesun=
den Producten einer frivolen Tagesliteratur die gehaltvollen
Früchte der Arbeit ernster Geister, von dem Frankreich des Lan=
des und der Mode einen gediegenen Kern, von der schlechten
sittenlosen Gesellschaft eine gute, tief und wahrhaft gebildete zu
unterscheiden wisse. Es kann nicht geläugnet werden, es ist wäh=
rend der letzten Jahrzehnte von Frankreich in Form von Roma=
nen und Theaterstücken insbesondere, ein solcher Giftstrom aus=
geflossen, daß man dem deutschen Gelehrten, dessen Sie gedenken,
sein zürnendes Wort nicht verargen darf. Aber wenn er, um
sich dazu veranlaßt zu finden, nicht nöthig hatte nach Paris zu

reisen, wenn er alle die Schandstücke, alle die schamlosen Tänze
in Berlin selber aufführen sehen konnte, so liegt hierin für uns
Deutsche bereits das beschämende Geständniß, daß wir durch will=
fährige Aufnahme uns zu Mitschuldigen der französischen Ver=
derbniß gemacht haben. Und andrerseits eine Literatur, in der
eben während dieser Zeiten des Verfalles so edle und feine Gei=
ster wie — um nur Einen, leider verstorbenen, zu nennen —
Sainte=Beuve gewirkt haben, die dürfen wir nicht in Bausch und
Bogen als eine verderbliche von uns weisen. Nur tiefer gedrun=
gen und weiter verbreitet als französische Patrioten wohl sich
selbst gestehen mögen, und als auch wir Deutschen noch vor kur=
zem vermutheten, ist dort nicht allein in der Literatur, sondern
auch im Volke das Verderben; von dieser allgemeinen Fäulniß
und Auflösung aller sittlichen Bande haben wir vor dem gegen=
wärtigen Kriege keine Vorstellung gehabt.

Von Ihrer Einsicht und Billigkeit war es nicht anders zu
erwarten, als daß sie uns Deutschen, neben der geistigen und
sittlichen Geltung, die wir uns unter den Völkern errungen, auch
das Recht zugestehen würden, uns verhältnißmäßig politisch gel=
tend zu machen. Sie gönnen diesem „Volke von Denkern" auch
bei der Theilung der Erde ein Stück. Daß aber das für jenes
lose Aggregat unabhängiger Groß=, Mittel= und Kleinstaaten,
das bis 1866 Deutschland hieß, nicht erreichbar, daß dazu die
Zusammenfassung der deutschen Stämme und Staaten in einen
wirklichen Gesammtstaat erforderlich war, sehen Sie gleichfalls
ein. Warum, fragen Sie in der geistvollen Abhandlung über
den deutsch=französischen Krieg in der Revue des deux Mondes,
warum Deutschland das Recht versagen, dasjenige bei sich zu
thun, was wir bei uns gethan, wozu wir Italien geholfen haben?
Wenn also und insoweit Frankreich uns deßwegen den Krieg er=
klärt hat, weil es unsere staatliche Erstarkung nicht dulden wollte,
geben Sie ihm entschieden Unrecht.

Aber Sie geben davon nicht dem französischen Volke und
geben überhaupt Frankreich nicht die ganze, höchstens die halbe
Schuld. Nach Ihnen ist das französische Volk friedlich gesinnt;
es braucht und es will Muße, seine reichen Hülfsquellen auszu=
beuten, seine politischen Einrichtungen im Sinne der Freiheit
auszubauen. Ich muß glauben, daß Sie Ihr Volk kennen; aber

woher kommt denn der Zauber, welchen der Ruf nach der Rhein=
gränze immer wieder auf dasselbe ausübt? woher die sonderbare
Vorstellung, daß es nicht bloß für Waterloo, das ihm eine Nie=
derlage und den endgültigen Sturz des ersten Kaiserreichs mit
seiner Herrlichkeit brachte, sondern auch für Sadowa, wo es kei=
nen Mann und keinen Fußbreit Landes verlor, Genugthuung,
Rache zu nehmen habe? Woher anders als daher, daß zu den
offenen Wunden Frankreichs nicht bloß, was Sie als solche be=
zeichnen, der Mangel einer allgemein anerkannten Dynastie, son=
dern ganz besonders auch diese krankhaft reizbare Eifersucht Deutsch=
land gegenüber gehört. Sie werden selbst gestehen müssen, daß
das Verlangen nach der Rheingränze seit mehr als 50 Jahren
jeder Franzose buchstäblich mit der Muttermilch einsaugt; und
wie viele sind deren, die sich von einem mit der Muttermilch
eingesogenen Vorurtheil durch späteres Nachdenken losmachen?
Einer auf Tausend nicht einmal. Wenn Sie also sagen: dieser
Krieg ließ sich vermeiden, so erwiedere ich: ja, wenn die Fran=
zosen sich verwandeln ließen. Solange sie die blieben, die sie
sind, mochten sie eine Republik oder eine Monarchie bilden, unter
einem Kaiser oder einem König stehen, es konnte jeden Augenblick
der Fall eintreten, daß jene Reizbarkeit erregt wurde, die Regie=
rung dem Druck von unten, dem Drängen einer Partei, dem
Geschrei der Presse nicht widerstehen zu können glaubte, und sich
zum Kriege fortreißen ließ.

Um so mehr, urtheilen Sie, hätte Deutschland Ursache ge=
habt, die französische Empfindlichkeit zu schonen; daß Preußen
aus übel angebrachtem Stolze verschmäht habe diese Rücksicht zu
nehmen, darin bestehe die Hälfte seiner Schuld an dem Unheil,
das über beide Völker gekommen. Für den wenigstens negativen
Beistand, welchen Napoleon III. Preußen zu seinem Unternehmen
von 1866 geleistet, d. h. dafür, daß er dasselbe nicht verhindert
habe, sei ihm Preußen zu Dank verpflichtet gewesen, und diesen
Dank hätte es ihm füglich durch Ueberlassung des unbedeutenden
Luxemburg abstatten können. Sie selbst gestehen, daß nichts ab=
gemacht, keine Zusage gegeben, auch die Gesinnung des Kaisers
noch im Schwanken gewesen, als Preußens Heer ohne sein Zu=
thun auf dem Schlachtfelde von Königgrätz die Sache entschied.
Welche seltsame Großmuth wird Preußen zugemuthet mit dem

Verlangen, es hätte, nachdem es durch eigene Kraft den Preis errungen, dem Nachbar, der nichts dazu, nur auch nichts dawider gethan, einen Lohn ausbezahlen sollen, den es nicht versprochen, der andere nicht verdient hatte? Oder wenn je von einem Danke geredet werden soll, gut, so gehörte für eine bloß negative Unterstützung auch nur ein negativer Dank, d. h. daß, wenn Napoleon einmal etwas ähnliches auszuführen Lust empfand, auch Preußen seinerseits ihm nicht in den Weg trat; und wie? dieses Negative hatte ihm ja Preußen zum voraus schon geleistet, indem es der Einverleibung von Savoyen und Nizza in das französische Kaiserreich keinen Widerstand entgegengesetzt hatte. Aber die öffentliche Meinung in Frankreich hätte Preußen schonen, durch Abtretung Luxemburgs der französischen Regierung den Verzicht auf weitere Forderungen erleichtern sollen. Als ob Preußen nicht auch eine öffentliche Meinung zu schonen gehabt, und als ob ihm die in Deutschland nicht wichtiger hätte sein müssen als die französische! Unsere alten Kaiser hatten sich „allezeit Mehrer des Reichs" genannt; aber es lag vor Augen, daß sie seit 200 Jahren allezeit vielmehr Minderer desselben gewesen waren, eine Provinz nach der andern vom Reiche hatten abkommen lassen. Nun hatte sich der König von Preußen an den Platz dieser alten Kaiser gestellt: durfte er als Minderer des Reichs debütiren? Nachdem er soeben mehrere deutsche Provinzen für sich erobert, durfte er in die verrufenen Spuren der habsburgischen Kaiser dadurch treten, daß er dagegen, wie sie so oft gethan, eine deutsche Provinz, die nicht ihm gehörte, an Frankreich kommen ließ? Sie haben die Vorwürfe nicht so in der Nähe gehört, die damals bei uns auf die bloße Vermuthung hin, daß so etwas geschehen könnte, von Partikularisten und Demokraten auf Preußen gehäuft wurden, das sich als Schirmvogt Deutschlands so schlecht bewähre. Im Frühjahr 1866, ehe Preußen seine Kraft erprobt hatte, ließ sich ein Abkommen der Art denken und zur Noth entschuldigen; jetzt, nachdem es dieselbe im Kampf mit Oesterreich gemessen hatte, wäre ein solches Zugeständniß als Mangel an Muth und Redlichkeit zugleich erschienen: gilt ja doch die vermittelnde Auskunft, die damals mit Luxemburg getroffen wurde, noch heute manchen als ein Flecken auf Preußens Schild, auf den sie gelegentlich immer wieder hindeuten.

Ich zweifle, ob dieser Luxemburger Handel, wobei sich
Preußen, nach deutscher Anschauung wenigstens, fast allzu nach=
giebig bewiesen hat, die rechte Veranlassung war, um, wie Sie
thun, das Hohenzollern'sche Haus vor Uebermuth zu warnen.
Aber auch sonst zeigt die Geschichte nicht, daß Uebermuth zu den
Erbfehlern dieses Hauses gehöre. Um weiter nicht als in das vo=
rige Jahrhundert zurückzugehen, so haben wir Deutschen den
Vater des großen Friedrich, den König mit dem Zopf und der
Riesengarde zu Potsdam, als einen Bären in der Vorstellung,
den das Kaiserhaus Oesterreich an dem Ringe alten Respects und
stets neuer Intriguen, den es ihm durch die Nase gezogen, bei
allem Brummen seinerseits, doch lebenslänglich führte; in Frie=
drich allerdings schwang der preußische Adler sich zu einem Flug
empor, dessen Kühnheit alle Welt bewunderte; aber mit dem
Tode des großen Königs sank er flügellahm zu Boden. Bald ka=
men die Zeiten, wo der Adler des neuen französischen Kaiser=
reichs den preußischen in den Käfig sperrte; dieser gebrauchte
Krallen und Schnabel sich loszuringen, es war ein großer Augen=
blick: aber, du lieber Himmel, es sind nicht bloß die älteren un=
ter uns, die es noch mit angesehen haben, wie demüthig mehr als
ein Menschenalter hindurch der einhalsige preußische Adler im
Dienste der beiden Doppeladler Mäuse (Demagogen und Revo=
lutionäre) fing! Kaum sind es zehn Jahre, daß er sich wieder
erinnert hat, was für ein Vogel er eigentlich ist, und allerdings
hat er in der kurzen Zeit bereits zwei Flüge gemacht, die der
Welt noch mehr als jene früheren zum Erstaunen und fast zum
Schrecken gereichen. Aber im Gegentheil, Mäßigung, nicht Ueber=
muth, ist Hohenzollern'sche Tradition. Schlesien wollte Friedrich
von Oesterreich haben, aber weiter nichts; und so wird man auch
finden, daß Wilhelm I. seine Ansprüche an Frankreich ebenso be=
stimmt begrenzt hat als er sie durchführen wird.

Doch nicht bloß das preußische Königshaus, auch Volk und
Staat in Preußen geben Ihnen zu allerlei Bedenken Anlaß. Sie
und Ihre Gesinnungsgenossen, berichten Sie, haben sich im Jahr
1866 der preußischen Erfolge gefreut, doch in der Voraussetzung,
daß sofort Preußen in Deutschland aufgehen, an die Stelle des
engen steifen preußischen Wesens das deutsche mit seiner Weite
und Fülle treten werde. Da Sie jetzt schon über Enttäuschung

klagen, so hatten Sie also jene Umwandlung während der Frist von vier Jahren erwartet. Das will mir fast etwas zu kurz gemessen scheinen. So schnell geht es mit einer solchen Umgestaltung doch wohl nicht, zumal ja gerade diejenigen Länder, die dabei das meiste hätten wirken müssen, die süddeutschen, bis heute noch nicht in nähere Verbindung mit Preußen getreten sind. Gewiß, auch wir wünschen das Aufgehen Preußens in Deutschland; aber es geht uns damit wie jenem Kirchenvater mit dem Geschenk der Keuschheit, wir wünschen es doch noch nicht so geschwind. Wir übrigen Deutschen können die Einwirkung des unvermischten preußischen Wesens noch eine geraume Zeit gar wohl brauchen, wir haben von Preußen als solchem noch viel zu lernen. Ich bin ein Süddeutscher, wie Sie wissen, kann also hier keiner Parteilichkeit verdächtig sein. Ich will aber auch nach der andern Seite hin ganz offen sprechen. Liebenswürdig ist auch uns, ich meine auch den preußisch gesinnten Süddeutschen, das specifisch preußische Wesen nicht. Dieses Absprechen, dieses Besserwissen, diese Meinung, weil sie das Wort viel früher finden als wir, so seien sie uns auch im Denken unendlich voraus, sind für uns beleidigend. Wir glauben, was Denkkraft betrifft, ihnen nicht nachzustehen, an Gemüth und Einbildungskraft sie sogar zu übertreffen. Aber Eines muß der Süddeutsche, der nicht in seiner Eigenart eigenliebig befangen ist, dem Norddeutschen, dem Preußen insbesondere, lassen: als „politisches Thier" ist er dem Süddeutschen überlegen. Er verdankt dieß theils der Natur seines Landes, das, kärglich ausgestattet, mehr zur Arbeit treibt, als zum Genuß einlädt; theils seiner Geschichte, der Zucht und Schulung unter harten aber tüchtigen Fürsten, der allgemeinen Wehrpflicht vor allem, dem Palladium des preußischen und hoffentlich nun des gesammten deutschen Staats, das aber bis auf die neueste Zeit dem übrigen, besonders dem südlichen Deutschland fehlte. Dieses Institut macht den Staat und die Pflicht gegen denselben in allen Schichten der Bevölkerung gleichsam allgegenwärtig; mit jedem Sohne der heranwächst, jedes Jahr, wenn die Zeit der Uebungen kommt, wird jede Famlie aufs unmittelbarste und lebendigste an den Staat, aber mit der Pflicht gegen denselben auch an dessen Ruhm und Stärke, an die Ehre ihm anzugehören erinnert. Glauben Sie mir, mit den so geschulten Preußen ver-

glichen, sind wir Süddeutschen doch nur, wenn Sie mir den nie=
drigen Ausdruck nachsehen wollen, gemüthliche Bummler. Mit
unserer Gefühlswärme und Treuherzigkeit geht eine gewisse Be=
quemlichkeit, Lässigkeit und Weichlichkeit Hand in Hand. Wir
leben so gerne nur nach Herzenslust; während in Preußen,
möchte man sagen, der kategorische Imperativ seines großen Phi=
losophen als staatliches Pflichtgefühl das ganze Volk durchdringt.
Wie leicht hier selbst der Vorzug zum Fehler wird, können wir
am besten an uns Württembergern erkennen. Die ständische Ver=
fassung dieses kleinen Landes, „das alte gute Recht", von dem
noch Uhland sang, war Jahrhunderte lang der Hort, woduch
es, trotz allerlei despotischer Eingriffe, doch seine Zustände immer
in leidlicher Ordnung erhielt; während ein trefflicher Jugend=
unterricht in hohen wie niederen Schulen die Durchschnittsbil=
dung hob und dem Volke das Bewußtsein dessen gab, was es an
seiner Verfassung und Verwaltung hatte. Das hat nun aber an=
dererseits einen Geist der Selbstzufriedenheit, des beschränkten
Behagens in den kleinen Verhältnissen groß gezogen, der einer
Ausdehnung des politischen Gesichtskreises äußerst hinderlich ge=
worden ist. Dem echten und gerechten Württemberger war sein
Ländchen die Heimath alles Richtigen, Soliden und Gediegenen;
über der Grenze fing für ihn alsbald theils Unverstand theils
Schwindel an, und das preußische Wesen insbesondere lebte bis
auf die neueste Zeit nur als Zerrbild in seiner Vorstellung. So
ist es gekommen, daß ein übrigens höchst begabter und tüchtiger
deutscher Stamm oder Stammestheil doch in politischer Hinsicht
während der letzten Jahre sich als den zurückgebliebensten ge=
zeigt hat.

Schon der Krieg von 1866 übrigens mit seinen Erfolgen
gab unseren Süddeutschen viel zu denken: der jetzige Krieg, so
steht zu hoffen, wird die Berichtigung ihrer Vorstellungen voll=
enden. Sie müssen einsehen, daß, wenn sie auch diesem Kampf
ihre Arme geliehen haben, doch Preußen den Kopf dazu herge=
geben hat. Ohne den preußischen Kriegsplan der sie leitete, ohne
die preußische Heereseinrichtung der sie sich anschließen konnten,
würden sie, das müssen sie fühlen, mit all ihrem guten Willen,
all ihrer Stärke und Mannhaftigkeit, doch nichts gegen die Fran=
zosen ausgerichtet haben. Und nicht an Muth und Tapferkeit,

wohl aber an Zucht und Pünktlichkeit — das kann ihnen gleich=
falls während dieses Krieges nicht entgangen sein — haben sie
noch viel zu thun, wenn sie den Preußen nachkommen wollen.
Ein größerer Staat, ausschließlich aus süddeutschen Elementen
gebildet, würde wohl einen wohlgenährten und vollsaftigen, aber
auch einen schwammigen und unbehülflichen Körper geben; wie
ausschließlich norddeutsche Bestandtheile zwar einen festen und
behenden, aber doch wohl zu magern und trockenen: zu unserem
künftigen deutschen Staate wird Preußen das starke Knochenge=
rüste und die straffen Muskeln hergeben, die das südliche Deutsch=
land mit Fleisch und Blut ausfüllen und ausrunden mag. Und
nun glaube man noch, daß ein Theil den andern ohne Schaden
entbehren könne; nun zweifle man noch, daß beide bestimmt seien,
erst mit und durcheinander zum vollkommenen Staats= und Volks=
körper zu gedeihen! „Herb ist des Lebens innerster Kern," hat
gerade unser süddeutscher Dichter gesungen. An dem Stamme,
der den Kern eines großen lebensfähigen Staates bilden soll, ist
das Herbe kein Fehler.

Sie entschuldigen diese Abschweifung, hochgeehrter Herr, die
allerdings mehr an die Adresse meiner lieben Landsleute als an
die Ihrige gerichtet ist; sie war aber veranlaßt durch Ihr Be=
dauern, von einem Aufgehen Preußens in Deutschland noch so
wenig bemerken zu können. Meine Meinung ist, daß es damit
keine Eile hat, daß dasselbe aber, soweit es wünschenswerth, seiner
Zeit sicher erfolgen wird. Auch Sie, finde ich, geben diese Hoff=
nung nicht auf; ja Preußens ganze Obmacht in Deutschland er=
scheint Ihnen schon darum nur als etwas vorübergehendes, weil
sie Ihnen zufolge bloße Rückwirkung der Furcht vor Frankreich
ist. Unter die Fittige des preußischen Adlers ducken sich die
deutschen Küchlein nur darum so willig, weil sie da Schutz vor
dem gallischen Hahn mit seinem ewigen Scharren und Krähen zu
finden glauben. Höre dieser auf zu drohen — und dazu hoffen
Sie ihn zu überreden —, so werden sie sich schon wieder hervor=
machen; mit der Gefahr, lesen wir in dem Aufsatz in der Revue,
werde auch die Einheit verschwinden, und Deutschland zu seinen
natürlichen Instincten, der Uneinigkeit und dem Particularismus,
zurückkehren. „Die feinen Bevölkerungen von Sachsen und Schwa=
ben (danke im Namen der Schwaben schönstens für das uns sel=

ten gespendete Eigenschaftswort) werden es satt bekommen, meinen
Sie, sich in die preußischen Regimenter stecken zu lassen; das
südliche Deutschland insbesondere werde seine frohe und freie,
heitere und harmonische Lebensweise wieder annehmen."

Das letztere geht auf das preußische Mucferthum, und hier
ist nun begreiflich wieder ein Punkt, wo Sie sich meiner und
meiner Gesinnungsgenossen voller Zustimmung versichert halten
dürfen. Was Sie in dem oftgenannten Aufsatz von dem olym-
pischen Spotte sagen, den Goethe, in das jetzige Berlin versetzt,
über diese „frommen Krieger und gottesfürchtigen Generale" aus-
gießen würde, ist allerliebst. Ein Cultusministerium Mühler in
einem Staate, der sich so gerne den Staat der Intelligenz nennen hört, fordert freilich den Hohn heraus. Im vorigen Jahrhundert wurden doch erst nach dem Tode des Heldenkönigs die
Wöllner und Bischofswerder möglich: jetzt in der Umgebung des
Fürsten, der mit so glänzendem Erfolge Friedrichs Schwert gezogen, zugleich die Betbrüder Friedrich Wilhelms II. zu sehen, ist
ein seltsamer Anblick; obwohl, soweit es nicht zur Clique wird
oder der Heuchelei Vorschub thut, auch hier das Wort in Kraft
bleibt, daß es jedem freistehen muß, nach seiner Façon selig zu
werden. Es wird vorübergehen, hoffen wir, wie noch ein anderes
vorübergehen wird das Sie rügen, die Junkerherrschaft im preußischen Staate. Wir werden es zwar dem deutschen Adel nie vergessen, daß er uns einen Bismarck und Moltke, wie früher einen
Stein und Gneisenau, gegeben hat; und die prinzlichen und adeligen Heerführer in dem gegenwärtigen Kriege machen ihre Sache
so vortrefflich, daß Bürgerliche an ihrer Stelle es auf keinen
Fall besser könnten; während auf französischer Seite der in den
Tornister jedes Gemeinen gelegte Marschallsstab die berufenen
Wunder dießmal hat vermissen lassen. Das hindert jedoch nicht,
daß uns die an Ausschließung grenzende Schwierigkeit, die es im
preußischen Staat für den Bürgerlichen hat, zu den höheren
Stellen in der Verwaltung und besonders im Heere sich empor-
zuschwingen, als ein Mangel, als ein Rest alter Vorurtheile erscheint, und daß wir für den neu zu begründenden deutschen
Staat volle Freiheit der Concurrenz ohne Standesunterschied verlangen. Und wir hoffen damit um so gewisser durchzudringen,
je weniger, wie Sie es anzusehen scheinen, das preußische Heer-

wesen einen adeligen Officierstand zur Voraussetzung hat. Es ist
keineswegs der Junker, den der preußische Soldat in seinem Offi-
cier respectirt, sondern der Vorgesetzte, weiterhin die Ordnung
des Dienstes und das Gesetz des Staats; das preußische Militär-
system, das Vornehm und Gering, Reich und Arm, unter die
gleichen Fahnen stellt, der gleichen Ordnung unterwirft, zu den
gleichen Opfern heranzieht (Opfer die übrigens auch in diesem
Kriege der Adel im schönsten Wetteifer mit dem Bürger- und
Bauernstande gebracht hat), ist eine im besten und gesündesten
Sinne demokratische Institution.

Um so schlimmer wäre es, wenn, wozu Sie die Aussicht eröffnen, die übrigen, besonders die südlichen Deutschen es jemals
satt bekommen würden, sich dem preußischen Heerwesen anzu-
schließen. Nein, gestatten Sie mir es zu sagen, so gering denke
ich von meinen süddeutschen Brüdern, so trüb von der deutschen
Zukunft nicht. Sie glauben uns etwas gutes zu wünschen oder
vorherzusagen, und wundern sich, daß wir das Wohlgemeinte zurückweisen. Aber wir sehen nichts anderes darin als den Wunsch
jenes Römers, eines edeln hochherzigen Mannes ohne Zweifel,
und der nichts dafür konnte, daß er eben doch Römer war und
blieb: das Wort des Tacitus meine ich, wo er die Götter bittet,
unter den jugendfrischen germanischen Stämmen zum Besten des
alternden Roms die Zwietracht erhalten zu wollen. Nein, wenn
erst unsere Heere sieggekrönt über den Rhein in ihre heimathlichen
Gaue zurückkehren, wenn sie so manchen nicht mehr mit heimbringen werden, der froh und frisch mit ihnen ausgezogen war:
dann werden sie uns als den besten und nicht zu theuer er-
kauften Siegespreis die Unmöglichkeit zurückbringen, daß, die jetzt
in so vielen Schlachten sich zur Seite gestanden, für dieselbe
Sache gegen denselben Feind gekämpft und geblutet haben, jemals
wieder sich sollten feindlich gegenüberstehen, ja nur jemals wieder
von einander lassen können. Das Blut seiner Söhne aus Nord
und Süd wird Deutschlands Einheit für alle Zukunft gekittet
haben: denn auch in diesem Sinn ist es ein wahres Wort: „Blut
ist ein ganz besondrer Saft.‟

Allerdings, hochgeehrter Herr, rechnen wir auch noch auf
einen unmittelbaren Siegespreis; hat doch der Krieg, wenn er
einmal über die Nothwehr hinaus ist, in der Regel den Zweck,

dem Feind etwas abzugewinnen. Sie denken an Land, und daran wollen Sie nicht daß wir Deutschen denken sollen. Zunächst denken wir auch noch nicht daran, sondern nur an unsere Sicherheit, und glauben Sie mir, wenn Sie im Stande wären, uns von Seiten ihrer Landsleute dieser Sicherheit zu versichern, so möchten wir wegen des Landes wohl mit uns reden lassen. Aber eben damit hat es gute Wege: das fühlen Sie selbst, und so fühlt man es auch Ihrer Rede an. Sie steigern hier ein wenig, will mir scheinen. Darunter verstehe ich nicht die bewegten Worte, womit sie für die Unentbehrlichkeit Frankreichs im Chor der europäischen Culturvölker eintreten. Frankreich die lebendige Protestation gegen Pedantismus, Dogmatismus und Rigorismus — das ist ein Wort, welches ich von ganzem Herzen unterschreibe. Gewiß, diese Saite an der Leier der Menschheit könnte nicht gesprengt werden ohne deren Vollstimmigkeit zu schmälern. Aber einer Chorstimme piano zurufen, heißt noch lange nicht sie verstummen machen. Und daß Frankreich durch seine grellen Trompetenklänge unsere europäische Harmonie doch mitunter auch arg gestört hat, werden Sie selbst nicht in Abrede ziehen wollen. Sie versichern, die Wegnahme von Elsaß und Lothringen käme einer Vernichtung Frankreichs gleich. Da traue ich dem französischen Staats= und Volkskörper doch eine zähere Lebenskraft zu. Und um so mehr muß ich mich über solchen Mangel an Vertrauen auf die französische Nationalität bei Ihnen wundern, wenn ich erwäge, daß es ja nur wesentlich deutsche Provinzen sind, deren Lostrennung Sie bedroht. Frankreich soll nicht mehr bestehen können, wenn man ihm seine deutschen Provinzen nimmt; sein Körper soll sich nicht mehr erhalten können, wenn ihm der Zufluß deutschen Blutes abgeschnitten ist: ich möchte dieses Zugeständniß nicht gemacht haben, wenn ich ein Franzose wäre. Deutschland seinerseits hat fortbestanden, und hat sich von seiner damaligen Schwäche erholt, auch nachdem ihm jene Länder genommen waren, und doch waren es deutsche Länder, Stücke von seinem eigenen Leibe losgerissen: und Frankreich sollte die Abtrennung von Ländern nicht überstehen können, die, ursprünglich nicht zu ihm gehörig, nur nachträglich und oberflächlich mit ihm in Verbindung gesetzt worden sind? Es ist in die Seele Ihres eigenen Nationalstolzes hinein, daß ich dem widersprechen muß.

Freilich, was Sie von dem Volke das sein Programm erfüllt, das Alter der Illusionen hinter sich hat (so seltsam letzteres auch auf das illusionslustige Frankreich passen mag) im Verhältniß zu dem andern Volke sagen, das noch im frischen Feuer seiner Entwicklung begriffen ist, klingt ahnungsvoll an die Rede von dem Niedergang der lateinischen Race an, die jetzt unter der germanischen umgeht; wenn es aber an dem wäre, wenn insbesondere Frankreich, was ich mir nicht denken kann, zu Grunde gehen sollte, so trügen wenigstens nicht wir, sondern lediglich Frankreich selbst die Schuld. Ein Volk, das sich erhalten will, darf nicht über dem Jagen nach Glanz und Genuß seinen sittlichen Kern verfaulen lassen; und das französische könnte nur dabei gewinnen, wenn es durch unser Einschreiten veranlaßt würde, statt mit Turkoshorden an der Spitze der Civilisation durch Europa zu marschiren, lieber daheim seine Schulen zu verbessern.

Ebensowenig können wir Deutschen uns einem andern Dilemma ergeben das Sie uns stellen. Wir haben die Wahl, sagen Sie, uns Frankreich entweder durch Verstümmelung zum unversöhnlichen Feinde zu machen, und dadurch einer unabsehbaren Reihe der verderblichsten Kriege Thür und Thor zu öffnen; oder durch eine schonende Behandlung es zu versöhnen und zum gedeihlichsten Bunde für gemeinsame Förderung der Freiheit und Gesittung einzuladen. Es ist ein ganz hübsches Bild, wie Sie (in der Revue) uns für den letztern Fall Frankreich malen: „besiegt, aber stolz in seiner Integrität, einzig der Erinnerung an seine Fehler und der Entwirrung seiner innern Zustände hingegeben." Sie müssen uns schon entschuldigen, aber die Gallia als Büßende uns zu denken, ist eine Vorstellung, die wir ohne Lächeln nicht vollziehen können. Ja, sie wird sich ihrer Fehler, ihrer Niederlagen erinnern, d. h. sie wird Rache kochen für diejenigen, die ihr diese beigebracht haben. Das aber wird sie thun, ob wir ihr dazu auch noch Land abnehmen oder nicht. Ein Volk das für Sadowa, also für eine ihm ganz fremde Niederlage, Genugthuung haben wollte, wird für Wörth und Metz, für Sedan und Paris zehnfach um Rache schreien, wenn wir ihm auch weiter nichts zu leide thun als daß wir es so oft geschlagen haben. Wir verbessern also unsere Lage für die Zukunft im mindesten nicht, wenn wir es schonen, im Gegentheil wir verschlechtern sie.

Da wir von seinem guten Willen unter keinen Umständen etwas
zu erwarten haben, müssen wir darauf bedacht sein, daß sein übler
Wille uns fortan nicht mehr schaden kann. Wie das zu machen?
— nun, sehen Sie nur die Landkarte an. Mit dem Winkel hier,
der zwischen Basel und Luxemburg in das deutsche Gebiet ein=
springt, ist es ein= für allemal nicht richtig. Man sieht gleich:
das ist keine Grenze die sich natürlich gemacht hat; hier ist ein=
mal Gewalt geschehen. Hier hat der Nachbar sich ein Thor in
unser Haus gebrochen: dieses Thor müssen wir ihm vermauern.
Hier hat der Feind einen Fuß auf unser Land gesetzt: wir wer=
den ihn veranlassen diesen Fuß zurückzuziehen. Sie fragen wohl,
welches Volk sich nicht, genau genommen, über seine Grenzen zu
beklagen hätte. Aber welches Volk, frage ich, wird diese Grenzen
nicht berichtigen, wenn ihm der Nachbar einmal die Waffen in
die Hand gedrückt hat, und es über dieselben siegreich bis ins
Herz des feindlichen Landes vorgedrungen ist? Die Festungen,
die Frankreich bisher benützt hat, um von ihnen aus in unser
Land einzufallen, werden wir ihm wegnehmen, nicht um mittelst
ihrer künftig das seinige anzugreifen, sondern das unsrige sicher=
zustellen. In dieser Absicht sind bei uns jetzt Volk und Regierungen
einverstanden; während wir sämmtliche Nachbarvölker als Zeugen
dafür aufrufen können, daß es unsere Art niemals gewesen (die
es der Natur unseres jetzigen Heerwesens zufolge künftig noch
weniger sein kann), die Friedensstörer zu machen, wenn man uns
in Ruhe läßt.

Daß Elsaß und Lothringen einmal zum deutschen Reiche
gehört haben, daß überdieß im Elsaß und einem Theil von Loth=
ringen die deutsche Sprache, trotz aller französischen Bemühungen
sie zu unterdrücken, noch immer die Muttersprache ist, war für
uns nicht Veranlassung, Anspruch auf diese Länder zu erheben.
Wir dachten nicht daran, sie von einem friedlichen Nachbar wieder=
zufordern. Nachdem er aber den Frieden gebrochen und die Ab=
sicht kundgegeben hat, unsere Rheinlande, die er einmal mit
höchstem Unrecht ein paar Jahre besessen, abermals an sich zu
reißen, jetzt müßten wir die größten Thoren sein, wenn wir, als
die Sieger, was unser war und was zu unserer Sicherung nöthig
ist (doch auch nicht weiter als dazu nöthig ist), nicht wieder an
uns nehmen wollten. Sie kehren das vae victis zum vae victoribus

gegen die ihren Sieg mißbrauchenden Sieger um: damit hat es, wie gesagt, keine Gefahr; aber auch den Spott und die Reue werden wir uns zu ersparen wissen, die den Sieger, der seinen Sieg zu benützen versäumte, heimzusuchen pflegen. Daß es uns in nicht allzu langer Zeit gelingen werde, in diesen Landstrichen das alte halb erstickte Deutschthum neu zu beleben, und selbst die wirklich französischen Landestheile, die wir mitzunehmen uns genöthigt sehen möchten, uns freundlich zuzuwenden, das werden Sie von Ihrem Standpunkt aus natürlich nicht für möglich halten, aber doch uns gestatten, daß wir es hoffen und uns zur Aufgabe machen. Wir sind überzeugt, daß wir den Bewohnern dieser Landstriche in dem neubegründeten Deutschland Güter zu bieten haben werden, die Frankreich ihnen bis jetzt nicht geboten hat; während eben durch die neue Wendung der deutschen Dinge manche Uebelstände beseitigt sind, die sie in früheren Zeiten von dem Anschluß an Deutschland abgeschreckt haben würden. Daß sich der Elsäßer erniedrigt gefühlt hätte, statt dem Großstaate Frankreich einem deutschen Klein= oder Mittelstaate anzugehören, begreifen wir; aber davon ist auch jetzt nicht mehr die Rede. Nicht einmal so, daß er ja, selbst wenn er Baden oder Bayern zugetheilt würde, doch an dem deutschen Gesammtstaat und seiner Vertretung Antheil bekäme; sondern alle Stimmführer in Deutsch= land begegnen sich jetzt in der Ansicht, daß es nur Preußen sein könne, das die eroberten Lande an sich zu nehmen habe. Ist es der Schutz des südwestlichen Deutschlands gegen Frankreich, der durch eine Annexion dieser Landstriche bezweckt wird, so kann diesen Schutz nur die Centralmacht selbst in ausreichendem Maße gewähren; wie nur dieser Großstaat im Stande ist, die zunächst fremdartigen und widerstrebenden Elemente ohne Störung seines Organismus in sich aufzunehmen.

Sie wundern sich, wie es doch komme, daß auch die einsichts= volleren unter den Deutschen sich nicht dazu verstehen wollen, unser jetziges Zerwürfniß mit Frankreich durch Vermittelung der neutralen Mächte, durch einen Congreß schlichten zu lassen, aus dem weiterhin ein bleibendes europäisches Schiedsgericht werden könnte. Das kommt zunächst so, daß wir bei dem letzten Schieds= gerichte dieser Art, das uns mit Frankreich ins Gleiche setzen sollte, dem Wiener Congreß, allzu schlecht gefahren sind. Fast

niemals sind ja auch die sogenannten neutralen Mächte (damals
waren es übrigens sogar unsere Bundesgenossen) wirklich ganz
unbetheiligt und unbefangen bei einer solchen Angelegenheit:
Neid und Furcht, Verbindungen und Verwendungen üben mancherlei
Einfluß, wie es insbesondere damals geschah, daß durch derartige
Einwirkungen uns Deutschen der Preis unserer Siege verkümmert,
daß namentlich Preußen in jene unerträglichen Grenzen einge-
schlossen wurde, die allein schon sein Hervorbrechen im Jahre
1866 rechtfertigen könnten. Aber den bringendsten Grund, von
einem solchen Schiedsgerichte nichts wissen zu wollen, geben Sie
selbst uns an die Hand. Dasselbe sollte, sagen Sie in Ihrem
Briefe, sowohl Frankreich als Deutschland verbieten, die durch
die alten Verträge zwischen beiden festgesetzten Grenzen zu ver-
rücken. Da Sie auch von den „gegenwärtigen Grenzen" reden,
so möchte man an die Verträge von 1815 denken. Aber — in
dem Aufsatz in der Revue kommt es an den Tag, daß vielmehr
die Verträge von 1814 verstanden sind. Also sollten wir Saar-
louis und Landau mit ihren Gebieten, die wir erst 1815 in Besitz genommen, wieder verlieren. Das sollte Frankreichs Buße
für den freventlich begonnenen Krieg, das der Preis unserer glor-
reichen aber blutigen Siege sein, daß wir gar noch ein Stück
Land herausgeben, an den besiegten Angreifer herausgeben
müßten! Nein, wenn selbst ein so billig denkender Mann wie
Ernst Renan dem von ihm befürworteten Schiedsgericht einen
solchen Vorschlag unterlegen kann, so sind wir vollauf gerechtfertigt,
wenn wir darauf bestehen, wie wir den Krieg allein geführt, so
auch die Friedensbedingungen ausschließlich selbst zu dictiren.

Allerdings, um einen Vorschlag dieser Art dem siegreichen
Deutschland annehmlich zu machen, bedürfte es übernatürlicher
Beweggründe, und es ist insofern ganz in der Ordnung, daß Sie
uns am Schluß ihres Schreibens die Seligpreisungen in der
Bergpredigt, insbesondere die der Friedfertigen, zu Gemüthe
führen. Wer verehrt nicht nach Gebühr die ideale Hoheit dieser
evangelischen Paradoxen; aber wer hat sich nicht längst mit ihnen
auf den Fuß gesetzt, sie, wie am Ende bei jedem geistreichen
Worte nöthig ist, cum grano salis zu verstehen? Vor dem
Spruche: „So dir jemand einen Streich giebt auf deinen rechten
Backen, dem biete den andern auch dar", haben wir gewiß alle

Hochachtung; aber wer möchte einen Sohn haben, der sich wörtlich nach diesem Spruche behandeln ließe? oder wer einen Schwieger= sohn, der nach dem andern Spruche der Bergrede: „Sorget nicht für den andern Morgen u. s. w." seine Wirthschaft einrichtete? Die katholische Kirche hat sich diesen Sprüchen gegenüber mit der Unterscheidung von Geboten für alle und Rathschlägen für die nach Vollkommenheit Strebenden zu helfen gewußt; tiefer hat die protestantische die Keuschheit in die Ehe, die Armuth in den Besitz, den Frieden in den Krieg hereinzuziehen gewußt; damit werden auch wir uns beruhigen können. Wenn allerdings, wie Sie bemerken, weder irgendwo im Evangelium noch weiterhin in der urchristlichen Literatur ein Ausspruch sich findet, der die kriegerischen Tugenden für himmelsfähig erklärt, so hat sich da= gegen nie und nirgends ein christlicher Staat, so wenig wie ein heidnischer, gefunden, noch hätte einer bestehen können, der jene Tugenden nicht zu schätzen gewußt hätte. Sie sagen dem Kriege viel schlimmes nach; ich hätte wohl Lust demselben, ohne Ihnen zu widersprechen, viel gutes nachzusagen; dann hätten wir vielleicht beide zusammen die Wahrheit erschöpft. Verderblich für die Sitt= lichkeit und weiterhin auch den Bestand der Staaten und Völker sind allerdings von jeher die Raub= und Eroberungskriege gewesen, von den asiatischen der Römer an bis auf die Ihres ersten Napoleon. Dagegen haben solche Kriege, welche die Völker zur Abwehr fremder Einfälle, zur Wahrung ihrer bedrohten Un= abhängigkeit unternahmen, neben allem Elend, das auch sie in reichem Maße mit sich führten, doch regelmäßig einen Aufschwung des nationalen Lebens zur Folge gehabt, von den Perserkriegen der Griechen an bis zu unseren deutschen Befreiungskriegen und bis zu dem jetzigen, von dem wir für unsere inneren Angelegen= heiten das Beste zu hoffen schon heute berechtigt sind.

Uebrigens ist es eigen, und beweist einen merkwürdigen Um= schwung der Dinge, daß ein Franzose uns Deutschen den Frieden predigt. Ein Mitglied des Volkes, das seit Jahrhunderten die europäische Kriegsfackel in Händen hielt, dem Nachbar, der immer nur zu thun gehabt hat, die Brände zu löschen, die der andere in seine Städte geworfen, an seine Saaten gelegt hatte. Was mußte geschehen, wie viel sich ändern, bis es dahin kam! Der Franzose hat den Deutschen so lange mißhandelt, so unaufhörlich bedroht, bis dieser endlich, um sich Ruhe zu schaffen, sich entschloß, seine Sichel zum Schwert umzuschmieden. Und mit diesem Schwert hat nun der Deutsche dem Franzosen so gründlich zugesetzt, daß dieser anfängt, ihm die Segnungen der Sichel anzupreisen. Bei uns bedarf es dieses Preisens nicht; wir wären am liebsten bei der Sichel geblieben. Als Milo in der Verbannung die Vertheidigungsrede Cicero's zu lesen bekam, die dieser erst nachträglich zu dem berühmten Kunstwerk ausgearbeitet hatte, soll er gesagt haben: „Hättest du so gesprochen, o Marcus Tullius, so würde ich jetzt nicht in Massilia diese leckeren Fische essen." Ganz ähnlich könnten jetzt unsere in Frankreich eingerückten Söhne reden, gesetzt es fiele ihnen am Wachtfeuer das Blatt mit Ihrem Sendschreiben in die Hand. Hättest du so zu deinen Franzosen gesprochen, o Ernst Renan, könnten sie sagen, und, was die Hauptsache ist, sie zu deinen friedlichen Gesinnungen bekehrt, so würden wir nicht hoffentlich demnächst in Paris diese köstlichen französischen Weine trinken. Aber die Weine mögen ihnen noch so gut schmecken, die guten Jungen wären doch lieber daheim geblieben. Sie fürchten, hochgeehrter Herr, die Deutschen möchten nach solchen Anfängen am Kriegerleben Geschmack finden, und bedrohen uns mit einem eisernen Zeitalter für diesen Fall. Die beste Warnung, wenn es für uns einer solchen bedürfte, läge immer in einem Blick auf Ihre Nation und die Folgen, die eine tiefgewurzelte Kriegs= und Raublust für dieselbe gehabt hat. Wir Deutschen werden das Schwert, das wir nur nothgedrungen ergriffen haben, zwar nicht eher aus der Hand legen, als bis der Zweck dieses Krieges erreicht ist; aber seien Sie sicher, wir werden es auch keinen Tag länger in der Hand behalten.

Ach, wir haben ja nachher, wenn der Friede geschlossen ist, noch so vieles daheim zu thun, und diese häusliche Aufgabe erscheint uns geradezu als die Hauptsache, der Sieg über die innern Schwierigkeiten noch wichtiger als der über den äußern Feind. Ja, es ist nicht ohne eine gewisse Bangigkeit, daß wir an diese innere Aufgabe denken. Die des Kriegs haben wir schon öfter gut gelöst, die des Friedens immer nur mittelmäßig. Von 1814 und 15 ist es sprüchwörtlich unter uns, daß die Federn der Diplomaten verdorben haben, was die Schwerter unserer Krieger gut gemacht hatten; das Jahr 1866 hat uns statt eines ganzen nur ein halbes Deutschland gebracht. Und nun 1870? Ueber den Rhein sind wir siegreich vorgedrungen, haben sein linkes Ufer uns vollends ganz erobert: und der Main sollte uns eine Grenze, sein linkes Ufer auch ferner außerhalb des deutschen Staates bleiben? Wir können es nicht denken, wir würden denjenigen, und wäre es der Höchgestellte, für unwerth des deutschen Namens achten, der im Stande wäre, aus Vorurtheil und Eigensinn, oder aus Selbstsucht und Ehrgeiz, den Eintritt der noch abgetrennten deutschen Stämme in den deutschen Gesammtstaat zu verzögern. Einsteigen! Einsteigen! ruft's, wenn der Zug der Eisenbahn im Abfahren begriffen ist, und einzelne Passagiere auf dem Perron noch zögernd und wählerisch hin= und hertrippeln. Nur eingetreten, eingetreten in den deutschen Staat! so ruft jetzt die Geschichte; der Augenblick ist da, die Fluth geht hoch, nicht noch einmal ge= wartet bis die Ebbe euer Schiff auf den Sand setzt. Nur jetzt nicht lange gemarktet, nicht viele Bedingungen gemacht; daß wir uns alle, alle einigen, ist die Hauptsache, das weitere, soweit es gut ist, wird sich finden. Und wenn Zureden nicht hilft, so kön= nen wir auch drohen. Ihr habt jetzt mitgeholfen, ihr süddeut= schen Staaten, Frankreich zu demüthigen, ihm schöne Länderstrecken abzunehmen. Daß es euch das gedenken, daß es gelegentlich Rache an euch zu nehmen suchen wird, dürfet ihr als gewiß betrachten. Wie wollet ihr ihm aber widerstehen, wenn ihr euch nicht fest und ganz mit euren norddeutschen Brüdern zusammenschließet? Fest und ganz, d. h. nicht bloß durch gebrechliche einzelne Ver= träge, wo es jedesmal noch auf den guten Willen ankommt ob man sie halten will; sondern durch völligen, rückhaltlosen Eintritt in den einigen deutschen Bundesstaat.

Sehen Sie, hochgeehrter Herr, an diesen Fragen hängt eigentlich unser Herz; wir sind bereits, aus Frankreich zurück, wieder in Berlin, und so sehr wir uns auch der Kunde freuen werden, daß unsere Krieger in Paris eingezogen seien, vollkommen wird unsere Freude erst dann sein, wenn die Abgeordneten der Bayern und Schwaben, der Pfälzer und der Hessen im Saale des deutschen Reichstags ihren friedlichen Eintritt halten. Wenn wir hoffentlich bald dieses Ziel erreichen, und wenn dann die Franzosen ihre inneren Angelegenheiten eben so wohl bestellen, wenn sie aus diesem Kriege sich die Lehren ziehen, die so unver=

kennbar in demselben liegen, wenn auch das äußere Hinderniß,
das in der Erstarkung Deutschlands liegt, sie abhalten wird, von
neuem falsche Bahnen einzuschlagen: dann wird es um beide Völ=
ker gut stehen, Europa wird alle Ursache haben mit dem neuen
Zustande zufrieden zu sein, die Menschheit wird in ihrer Entwick=
lung einen bedeutenden Schritt vorwärts gethan haben, und die
Männer, die es als Beruf betrachten, für diesen Fortschritt zu
wirken, werden sich von neuem freudig die Hand reichen können.

Wenigstens hoffnungsvoll reiche ich Ihnen schon heute die
meinige, indem ich Sie für die Bedrängniß der nächsten Wochen
einem freundlichen Geschick, mich aber Ihrem fortdauernden Wohl=
wollen empfehle.

Darmstadt, 29. September 1870.

D. F. Strauß.

Pierer'sche Hofbuchdruckerei. Stephan Geibel & Co. in Altenburg